하늘의 모든 새들

하늘의 모든 새들

All
The Birds
In The Sky

Charlie
Jane
Anders

찰리 제인 앤더스 장편소설
장호연 옮김

애널리에게

생명과 진화의 게임은 인간, 자연, 기계, 이렇게 셋이서 벌이는 게임이다.

나야 확고하게 자연의 편이지만,

아무래도 자연은 기계 편에 서 있는 것 같다.

-조지 다이슨, 『기계 사이의 다윈』

일러두기

각주는 옮긴이 주입니다.

*

차례

1장 011

2장 045

3장 173

4장 375

작가의 말 475

옮긴이의 말 477

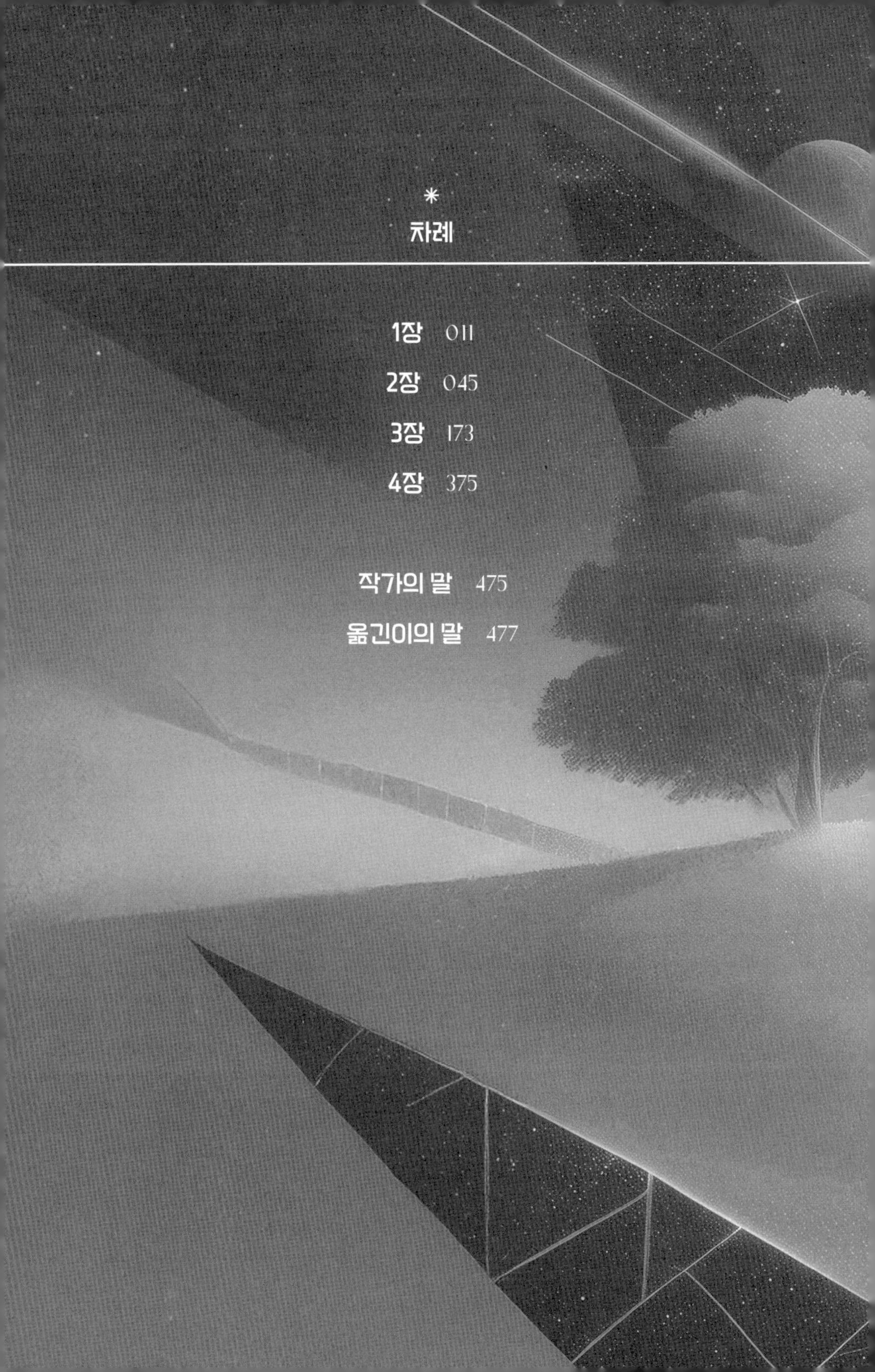

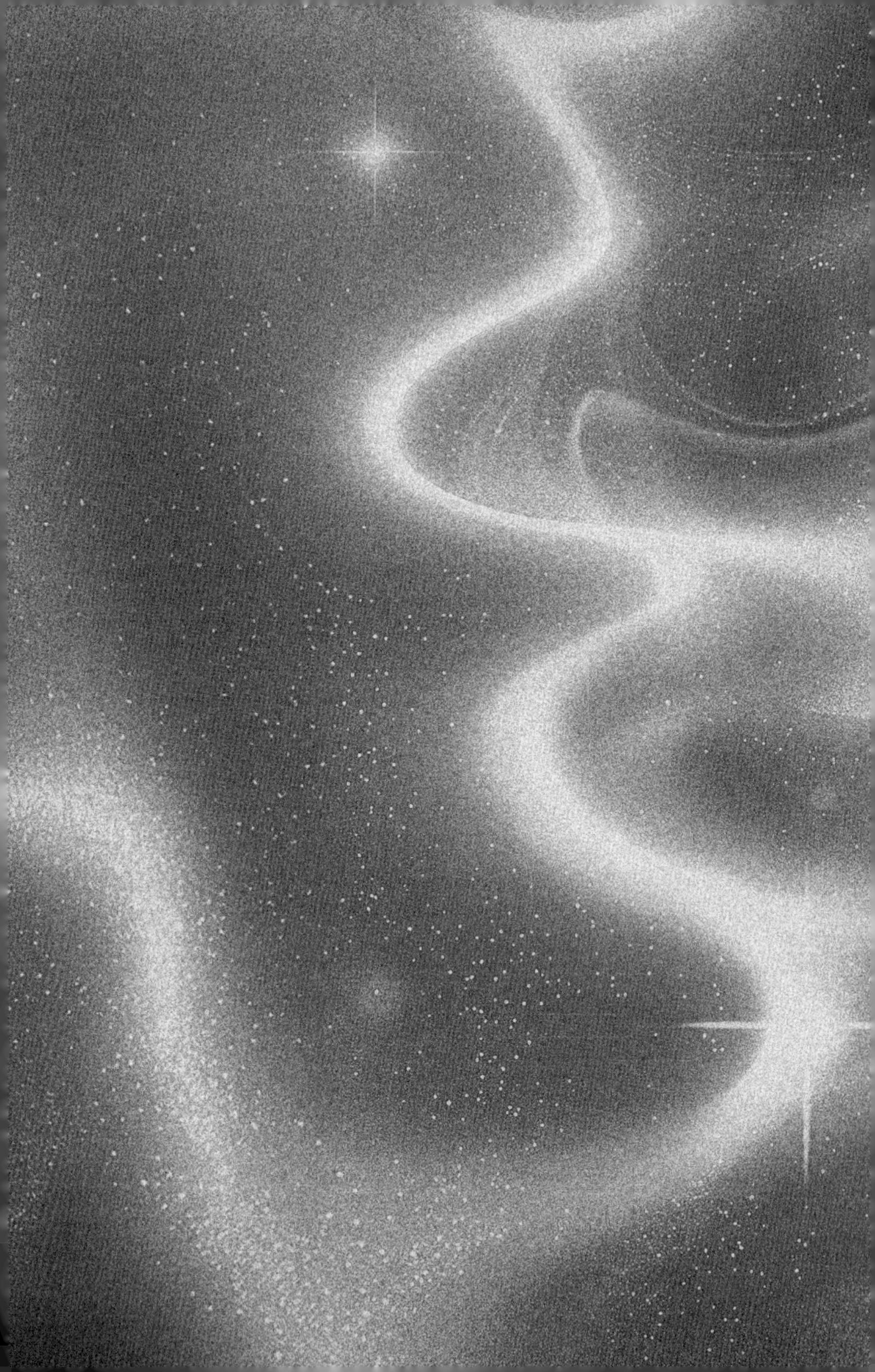

*

1장

All
The Birds
In The Sky

1

퍼트리샤는 여섯 살 때 다친 새를 본 적이 있다. 뿌리가 양옆으로 휜 나무 밑동, 젖은 단풍잎이 수북이 쌓인 곳에서 참새가 부러진 날개를 퍼덕이며 몸부림치고 있었다. 울음소리가 너무 높아서 퍼트리샤 귀에는 거의 들리지 않을 정도였다. 그녀는 짙은 줄무늬가 옆에 나 있는 참새의 눈을 들여다보았다. 그 눈에서 두려움이 보였다. 절망도 보였다. 이 새는 자신이 곧 죽는다는 것을 아는 듯했다. 퍼트리샤는 누군가의 몸에서 생명이 영원히 빠져나갈 수 있다는 게 아직 믿기지 않았지만, 이 새가 온 힘을 다해 죽음에 맞서고 있다는 것을 알아봤다.

퍼트리샤는 새를 살리기 위해 자신이 가진 모든 힘을 쏟겠다고 진심으로 맹세했다. 이 일을 계기로 그녀는 평생 자신을 옭아맨, 마땅한 대답 없는 질문을 받게 되었다.

그녀는 양손으로 참새와 마른 잎을 매우 조심스럽게 들어 올려 붉은색 양동이에 뉘었다. 오후 햇살이 낮게 들어와 온통 붉은색으로 물든 참새는 꼭 방사능을 내뿜는 것처럼 보였다. 새는 여전히 허우적대며 날개 하나로 날려고 애썼다.

"괜찮아. 내가 잡았으니 넌 문제없어." 퍼트리샤가 새에게 말했다.

퍼트리샤는 전에도 고통받는 생명체를 본 적이 있다. 언니 로버타는 야생동물을 수집해서 갖고 놀기를 좋아했다. 녹이 슬었다며 어머니가 내버린 믹서기에 개구리를 넣는가 하면, 직접 만든 로켓 발사기에 생쥐를 태워 얼마나 멀리까지 날아가는지 시험하기도 했다. 그러나 퍼트리샤가 살아 있는 생명체의 고통을 직접 목격한 건 이번이 처음이었다. 새의 눈을 들여다보며 그녀는 어떻게든 지켜주겠다고 굳게 다짐했다.

"재밌는 일이라도 있어?" 로버타가 근처에서 나뭇가지를 부러뜨리며 물었다.

두 아이 모두 얼굴빛이 허옇고 곱슬거리지 않는 짙은 갈색 직모에 작고 둥근 코를 가졌다. 그러나 퍼트리샤는 둥근 얼굴과 초록색 눈, 찢어진 멜빵바지에 풀 자국이 나 있는 단정치 못한 아이였다. 벌써부터 다른 여자애들이 어울리기를 피하는 아이가 된 거다. 그도 그럴 것이 걸핏하면 흥분했고 실없는 농담을 했으며 어디서 풍선이 터지면 훌쩍거렸다. 이와 달리 갈색 눈에 턱이 각진 로버타는 새하얀 드레스를 입고 어른용 의자에 앉아서도 자세가 조금도 흐트러지지 않았다. 부모는 둘 다 아들이기를 기대했고 미리 이름까지 지어놓았다. 딸이 태어나자 그들은 정해놓은 이름 끝에 모음 'a'만 추가해 여자 이름으로 만들었다.

"다친 새를 발견했어." 퍼트리샤가 말했다. "날지를 못해. 날개가 부러졌거든."

"내가 날게 해줄 수 있는데." 로버타의 말이 로켓 발사기를 뜻한다는 걸 퍼트리샤는 알았다. "여기로 데려와. 내가 멋지게 날게 해줄게."

"안 돼!" 퍼트리샤의 눈에 눈물이 맺히고 숨이 가빠졌다. "그러면 안 돼!" 그러고는 붉은색 양동이를 한 손에 들고 내달렸다. 언니가 뒤에서 나뭇가지를 부러뜨리며 따라오는 소리가 들렸다. 퍼트리샤는 더 빨리 집으로 달렸다.

그들의 집은 100년 전에 향신료 가게였던 곳이어서 아직도 계피, 강황, 사프란, 마늘 냄새가 났고 땀 냄새도 살짝 났다. 인도와 중국을 비롯해 세계 각지에서 온갖 향신료를 들고 온 방문객들이 단단한 목재를 깐 바닥을 밟고 다녔을 것이다. 퍼트리샤는 눈을 감고 숨을 깊이 들이쉬며 마라케시나 뭄바이 같은 도시 이름이 찍힌 나무 상자를 내리는 사람들을 상상할 수 있었다. 부모는 식민지 시대 가게를 개조한다는 잡지 기사를 읽고 이 건물을 덥석 사들였다. 이제 그들은 퍼트리샤에게 집 안에서 뛰지 말라고, 완벽한 떡갈나무 가구에 흠집 내지 말라고 이마에 핏줄이 솟을 정도로 소리를 질러댔다. 그들은 기분이 좋았다가도 이내 돌변하여 화를 내는 사람들이었다.

퍼트리샤는 뒷문 근처 단풍나무들로 둘러싸인 작은 공터에서 걸음을 멈추었다. "괜찮아." 그녀가 새에게 말했다. "이제 집으로 갈 거야. 다락방에 오래된 새장이 있어. 어디 있는지 알아. 근사한 새장이야. 걸터앉을 수 있는 횃대도 있고 그네도 있어. 거기 넣어줄게. 부모님께 말할 거야. 너한테 무슨 일이 생기면 내가 기절할 때까지 눈을 부릅뜨고 지켜볼게. 널 지켜주겠다고 약속할게."

"그러지 마." 새가 말했다. "부탁이야! 나를 가두지 마. 차라리 지금 날 죽여."

"하지만." 퍼트리샤는 새가 자신에게 말을 한다는 사실보다 자신의 보호를 거절한다는 것에 더 놀랐다. "널 안전하게 지켜줄 수 있어. 내가 벌레도 씨앗도 가져다준다고."

"나 같은 새에게는 갇혀 있는 게 죽는 것보다 해로워." 참새가 말했다. "잘 들어. 지금 넌 내 말을 들을 수 있어. 그렇지? 그건 네가 특별하다는 뜻이야. 마녀 같은 거지. 그 말은 네가 옳은 일을 해야 한다는 뜻이기도 해. 제발 부탁이야."

"아…." 퍼트리샤가 받아들이기에는 버거운 말이었다. 그녀는 커다랗고 불편한 나무뿌리에 걸터앉았다. 두꺼운 나무껍질은 살짝 축축했고 삐죽삐죽한 돌 같았다. 언니가 Y자 모양의 커다란 막대를 휘두르며 덤불과 바닥을 내리치는 소리가 들렸다. 공터 바로 옆이었다. 그들이 대화하는 것을 로버타가 들으면 무슨 일이 벌어질지 걱정되었다. 그래서 퍼트리샤는 로버타가 듣지 못하게 조용한 목소리로 말했다. "하지만 넌 날개를 다쳤잖아. 그러니 내가 보살펴 줘야 해. 넌 움직이지 못해."

"그래." 새는 잠시 이 말에 대해 생각하는 눈치였다. "하지만 너는 부러진 날개를 어떻게 고치는지 모르잖아." 새는 다친 날개를 퍼덕거렸다. 처음에는 그저 회갈색으로 보였지만 가까이서 보자 날개를 따라 난 빨갛고 노란 줄과 우윳빛 배, 어둡고 살짝 가시 돋친 부리가 눈에 들어왔다.

"맞아. 난 아무것도 몰라. 미안해!"

"그러니 나를 그냥 나무 안에 두고 어떻게 잘되기를 바라는 정도겠지. 하지만 나는 잡아먹히거나 굶어 죽을지도 몰라." 그는 고개를 까딱거렸다. "아… 한 가지 방법이 있군."

"뭐라고?" 퍼트리샤는 데님바지에 난 구멍으로 드러난 자신의 무릎을 보았다. 슬개골이 이상하게 생긴 알처럼 보였다. "그게 뭔데?" 그녀는 양동이 속 참새를 보았다. 참새는 한쪽 눈으로 그녀를 찬찬히 살피며 이 사람이 믿을 만한지 판단하는 듯했다.

마침내 새가 입을 열었다. "새들의 의회로 날 데려가면 돼. 그들이라면 문제없이 날개를 고칠 수 있어. 게다가 네가 마녀가 될 거라면 어차피 그들을 만나봐야 해. 세상에서 가장 똑똑한 새들이야. 숲에서 가장 장대한 나무에서 항상 만남을 가져. 대부분 다섯 살이 넘지."

"나보다 어리네. 나는 거의 일곱 살이야. 넉 달, 아니 다섯 달만 있으면." 로버타가 바짝 다가온 것이 느껴지자 퍼트리샤는 양동이를 와락 붙잡고 숲속으로 달리기 시작했다.

참새(이름은 더피더피위펄롱, 줄여서 더프)는 퍼트리샤에게 새들의 의회로 가는 길을 알려주려고 최선을 다했지만, 양동이 속에서 어디로 가는지 알기란 어려웠다. 그가 참고하라고 알려주는 지형지물도 퍼트리샤가 알아듣기에는 난감했다. 학교에서 하는 짝짓기 놀이가 생각나는 상황이었다. 유일한 친구 캐시가 전학 간 후 그녀는 짝을 찾으려고 고군분투했다. 안 되겠다 싶었는지 퍼트리샤는 백설공주가 하듯 손가락을 펴서 더피를 그 위에 올려 자신의 어깨에 앉혔다.

해가 졌다. 숲의 나무들이 우거져서 별도 달도 거의 보이지 않았다. 퍼트리샤는 몇 번이나 넘어졌다. 손과 무릎이 긁히고 새로 산 바지가 온통 지저분해졌다. 더프는 그녀의 멜빵을 꼭 붙들었는데 발톱에 힘이 들어가 피부가 긁힐 뻔했다. 그는 자신들이 어디로 가고 있는지 자신이 없어졌다. 다만 장대한 나무가 개울 근처나 들판에 있다는 것은 확실히 알았다. 다른 나무들로부터 떨어져 있는 아주 굵은 나무였고, 제대로 된 각도에서 보면 커다란 두 가지가 날개처럼 펼쳐진 모습이라고 기억했다. 태양의 위치를 보면 의회로 가는 방향을 쉽게 알 수 있었다. 하지만 그건 해가 떠 있을 때의 이야기다.

"숲속에서 길을 잃었어." 퍼트리샤가 몸을 부들부들 떨며 말했다. "이러다가는 곰에게 잡아먹히겠어."

"이 숲에 곰이 있을 것 같지는 않은데." 더프가 말했다. "그리고 만약 곰이 우릴 공격하려고 하면 네가 곰에게 말을 걸면 되잖아."

"내가 모든 동물과 말할 수 있다고?" 퍼트리샤는 이런 능력을 유용하게 써먹을 데가 생각났다. 다음에 메리 펜처치가 자신에게 못되게 굴면 그녀가 키우는 푸들에게 주인을 물라고 말할 참이었다. 혹은 아빠가 보모를 채용할 때 꼭 애완동물이 있는 사람으로 하라고 부탁한다든지.

"모르겠어." 더프가 말했다. "누구도 내게 설명해 주지 않으니까."

퍼트리샤는 가장 가까운 나무 위로 올라가 무엇이 보이는지 알아보기로 했다. 길이나 집이 보일 수도 있고, 더프가 알아볼 수 있는 지형지물이 있을지도 몰랐다.

퍼트리샤는 거대한 떡갈나무 고목을 찾아 정글짐을 타듯 올라갔다. 나무 꼭대기는 훨씬 추웠다. 그냥 공기가 아니라 물을 끼얹은 듯 바람에 온몸이 젖었다. 더프는 멀쩡한 한쪽 날개로 얼굴을 덮으며 성화에 주위를 둘러보았다. "좋아, 이 풍경에서 뭐가 보이는지 알아보지. 사실 이건 '새의 눈으로 내려다본다'는 의미의 조감도는 아니야. 진짜 새의 눈은 이것보다 훨씬 높은 데서 본다고. 이건 다람쥐의 눈으로 보는 시야에 불과해."

더프는 우듬지 주위를 빠른 걸음으로 옮겨 다니다가 의회 나무로 안내해 줄 표식이 될 만한 것을 찾았다. "여기서 그렇게 멀지는 않아." 그의 목소리에 이미 활기가 돌았다. "하지만 서둘러야겠어. 그들은 보통은 밤에 모이지 않거든. 까다로운 일을 논의하거나 질의 시간일 때나 그렇지. 하지만 질의 시간은 피하는 게 좋아."

"질의 시간이 뭐야?"

"알고 싶지 않을걸." 더프가 말했다.

퍼트리샤는 우듬지에서 내려오는 것이 올라가는 것보다 훨씬 더 어려워 이상하다고 생각했다. 꽉 잡은 손이 자꾸 풀어지려 했고, 저 아래까지는 4미터 가까이 되었다.

"어라, 새가 있네!" 퍼트리샤가 땅에 다 내려왔을 때 어둠 속에서 목소리가 들렸다. "이리 와, 새야. 그냥 한입에 물어줄게."

"안 돼!" 더프가 말했다.

"심하게 갖고 놀지 않는다고 약속하지. 재밌을 거야. 알잖아!" 목소리가 말했다.

"누구야?" 퍼트리샤가 물었다.

"토밍턴." 더프가 말했다. "고양이야. 사람들과 집에서 사는데 숲으로 와서 내 친구들을 많이 죽여. 의회에서 항상 논의하는 문제가 그를 어떻게 처리할지야."

"아, 나는 쪼그마한 고양이 따위는 무섭지 않아."

토밍턴이 거대한 통나무에서 훌쩍 내려와 털 달린 미사일처럼 퍼트리샤의 등에 올라탔다. 그리고 날카로운 발톱을 세웠다. 퍼트리샤는 소리를 질렀고 바닥에 넘어질 뻔했다. "내려와!" 그녀가 말했다.

"새를 내놔!" 토밍턴이 말했다.

배가 하얀 검은 고양이는 몸무게가 거의 퍼트리샤만큼이나 되었다. 그는 이빨을 드러냈고 퍼트리샤의 귀에다 대고 쉿쉿 소리를 내며 그녀를 할퀴었다.

퍼트리샤는 마음속에 떠오른 생각을 실행했다. 죽기 살기로 매달려 있는 가엾은 더프를 한 손으로 움켜잡은 채 머리를 숙이면서 몸을 완전히 구부리고 양손을 발가락에 댔다. 고양이는 등에서 떨어져 나가면서 뭐라고 중얼거렸다.

"그만 떠들고 저리로 가." 퍼트리샤가 말했다.

"너 말할 줄 아는구나. 말하는 인간은 본 적이 없는데. 암튼 그 새

내놔!"

"싫어! 네가 어디 사는지 알아. 주인이 누군지도 알고. 그러니 못되게 굴면 다 이를 거야." 사실 거짓말이었다. 그녀는 토밍턴의 주인이 누군지 몰랐다. 하지만 엄마라면 알지도 모른다. 그리고 퍼트리샤가 물린 자국과 할퀸 자국을 한 채 집으로 돌아가면 엄마가 화를 낼 것이 뻔했다. 그녀뿐만 아니라 토밍턴의 주인에게도. 퍼트리샤 엄마의 성질을 건드려서 좋을 게 없다.

토밍턴은 발끝으로 땅에 내려섰다. 털이 곤두서고 귀가 화살촉 모양이 됐다. "그 새 내놔!" 그가 날카롭게 소리 질렀다.

"안 돼! 이 나쁜 고양이!" 그녀는 토밍턴에게 돌을 던졌다. 그가 그르렁거렸다. 또 하나를 던졌다. 그가 달아났다.

"자." 퍼트리샤는 그 문제에서 빠져 있던 더프를 보며 말했다. "여기서 나가자."

"고양이가 의회의 위치를 알게 해서는 안 돼." 그가 작게 속삭였다. "녀석이 만약 우리를 따라온다면 나무를 찾아낼 거야. 그러면 재앙이 벌어져. 그러니 길을 잃은 것처럼 주위를 빙빙 돌면서 걷자."

"우리는 진짜 길을 잃었어." 퍼트리샤가 말했다.

"좋은 수가 있어. 여기서 어디로 가야 하는지 알아낼 방법이." 더프가 말했다.

그때 거대한 나무 바로 뒤쪽의 낮은 수풀에서 뭔가 부스럭거렸다. 달빛을 반사한 눈 한 쌍이 잠깐 반짝였고, 흰색 털과 목에 걸린 태그가 보였다.

"우린 끝이야!" 더프가 불쌍하게 떨며 말했다. "저 고양이가 계속 우리를 쫓아올 건가 봐. 차라리 네 언니한테 나를 맡기는 편이 낫겠어. 다른 방법이 없어."

"잠깐만." 퍼트리샤는 고양이와 나무에 관한 이야기가 생각났다. 그림책에서 본 적이 있다. "떨어지지 않게 꼭 붙들어, 알았지?" 더프는 퍼트리샤의 멜빵바지를 더 세게 잡는 것 말고는 할 일이 없었다. 퍼트리샤는 두리번거리며 나뭇가지가 튼튼한 나무를 찾아 오르기 시작했다. 조금 전보다 더 피곤했고 두어 번 미끄러졌다. 한번은 양손으로 가지를 부여잡고 몸을 끌어 올린 다음 어깨 너머를 돌아보는데 더프가 보이지 않았다. 숨이 가빠질 때쯤 더프가 불안하게 고개를 빼꼼 내밀었다. 등에서 가장 먼 쪽의 멜빵에 매달려 있었던 것이다.

마침내 그들은 바람에 살짝 흔들리는 나무 꼭대기에 도착했다. 토밍턴은 그들을 따라오지 않았다. 퍼트리샤는 사방을 두 번 꼼꼼하게 훑어보았다. 둥근 털 모양이 근처 바닥에서 재빠르게 움직이는 것이 보였다.

"멍청한 고양이!" 그녀가 소리쳤다. "멍청한 고양이! 넌 우리를 잡지 못해!"

"내가 만난 말할 줄 아는 첫 번째 인간아." 토밍턴이 그르렁거렸다. "**내가** 멍청하다고? 흐흐! 내 발톱 맛을 보여줘야겠군!"

고양이는 집에서 카펫 깔린 횃대에 오르며 여러 차례 연습한 모양인지 나무 옆으로 뛰어올라 가지 하나를 움켜잡았고 이어 더 높은 가지로 올라갔다. 퍼트리샤와 더프가 상황을 미처 파악하기도 전에 고양이는 절반이나 올라왔다.

"꼼짝없이 잡혔잖아! 무슨 생각을 하는 거야?" 더프가 목소리를 높였다.

퍼트리샤는 토밍턴이 꼭대기에 올라올 때까지 기다렸다가 나무의 다른 쪽으로 방향을 틀어 내려갔다. 가지를 바꿔 잡으며 빠르게 내려갔고, 마지막에는 팔을 쭉 뻗고 매달렸다가 엉덩이로 착지했다.

"이봐." 나무 꼭대기에 있는 토밍턴의 커다란 눈에 달빛이 비쳤다. "어디 가? 이리 돌아와."

"넌 못된 고양이야." 퍼트리샤가 말했다. "힘없는 애들을 괴롭혔으니 너도 당해봐. 거기서 네가 무슨 일을 했는지 생각해. 못된 짓은 좋지 않아. 내일 누가 와서 널 내려줄 거야. 하지만 당분간은 거기서 지내. 난 다른 볼일이 있어서. 그럼 이만."

"잠깐만!" 토밍턴이 말했다. "난 여기 못 있어. 너무 높아! 무섭다고! 돌아와!"

퍼트리샤는 돌아보지 않았다. 토밍턴의 외침이 한참 동안 들렸다. 그들은 나무들이 쭉 늘어선 길을 지났다. 두 차례 더 길을 잃었고, 한 번은 더프가 성한 쪽 날개에 얼굴을 묻고 울기도 했다. 그러다가 우연히 비밀의 나무로 이어지는 길을 찾았다. 가파른 경사 하나만 힘들게 오르면 경사지에 숨은 뿌리가 박힌 나무가 있었다.

퍼트리샤가 의회 나무의 꼭대기를 먼저 보았다. 그러자 나무가 풍경 속에서 점점 크게 자라나는 것처럼 보였다. 다가가는 동안 나무는 더 크고 우람한 모습이 되었다. 의회 나무는 더프가 말한 대로 새 모양이었고, 깃털 대신 어둡고 날카로운 가지가 뻗었고 양치류 같은 잎이 땅에 늘어져 있었다. 세상에서 가장 거대한 교회나 성 같았다. 퍼트리샤는 아직까지 성을 본 적이 없지만 분명 저렇게 솟았을 것이라고 짐작했다.

그들이 도착했을 때 100쌍의 날개가 요란하게 날갯짓을 하고 멈추었다. 형체들의 거대한 무리가 나무 뒤로 사라졌다.

"괜찮아요!" 더프가 크게 소리쳤다. "이 사람은 나와 함께 있어요. 날개를 다친 날 도와주려고 여기까지 데려온 거예요."

한참 동안 아무 대답이 없었다. 침묵을 깨고 수리가 나무 꼭대기 근처에서 날아올랐다. 금빛 털에 갈고리 모양 부리, 엷고 예리한 눈을 가진 새였다. "그녀를 이곳에 데려와서는 안 된다." 수리가 말했다.

"죄송해요, 엄마." 더프가 말했다. "하지만 괜찮아요. 그녀는 말할 수 있어요. 정말로 말할 줄 알아요." 더프는 돌아서서 퍼트리샤의 귀에 대고 말했다. "그들에게 보여줘. 보여줘!"

"으음, 안녕하세요." 퍼트리샤가 말했다. "소란을 피웠다면 죄송해요. 하지만 우린 당신들 도움이 필요해요!"

인간이 말하는 소리에 모든 새가 일제히 흥분하여 꽥꽥거리자 수리 옆에 있는 거대한 올빼미가 돌로 나뭇가지를 내리치며 소리를 질렀다. "조용, 조용!"

수리는 흰 솜털이 덮인 머리를 앞으로 내밀어 퍼트리샤를 찬찬히 살폈다. "그러니까 네가 우리 숲의 새로운 마녀란 말이지?"

"난 마녀가 아니에요." 퍼트리샤는 엄지손가락을 깨물었다. "공주예요."

"마녀가 나을 텐데." 수리의 거대한 몸통이 나뭇가지에서 움직였다. "만약에 네가 마녀가 아니라면 널 우리에게 데려온 더프는 법을 어긴 것이므로 처벌받아야 한다. 그렇게 되면 우리는 그의 날개를 고쳐주지 못한다."

"그렇다면 난 마녀예요. 아마도요."

"아." 수리의 휘어진 부리가 딸각거렸다. "하지만 그렇다는 것을 증명해야지. 안 그러면 너와 더프 둘 다 처벌을 면치 못해."

퍼트리샤는 그 소리가 마음에 들지 않았다. 다른 새들이 목소리를 내며 "의사 진행상 문제!"가 있다고 했고, 부산스러운 까마귀는 의회 절차의 주요 사항을 하나하나 열거했다. 수리가 위대한 떡갈나무 대의원에게 나뭇가지를 건네야 한다고 고집한 새도 있었는데, 정작 대의원은 자신이 무슨 말을 하려고 했는지 잊었다.

"내가 마녀라는 것을 어떻게 증명하죠?" 퍼트리샤는 도망가고 싶었다. 하지만 새들은 아주 빠르게 날았다. 이렇게 많은 새들에게서 도망치는 것은 불가능해 보였다. 자신에게 화내는 새들을, 그것도 마법을 부리는 새들을 말이다.

"으음." 아래쪽 가지에서 거대한 칠면조가 입을 열었는데 목 아래 처진 살이 판사의 옷깃과 비슷해 보였다. 그는 자세를 곧추세우고 나무 측면에 새겨진 부호를 살피는가 싶더니 돌아 앉아 요란하고 학습된 "그르렁" 소리를 냈다. "으음." 그가 다시 말했다. "문헌에서 확인한 바로는 여러 방법이 있네. 죽음의 시험이 있지만 이것은 일단 넘어가기로 하고, 몇 가지 의식이 있는데 이것도 하려면 일정한 나이가 되어야 하니. 그래, 이게 좋겠군. 끝없는 질문을 하는 거야."

"우우, 끝없는 질문이라니 흥미진진하군." 뇌조가 말했다.

"끝없는 질문에 대답하는 자가 있었다는 말을 들어본 적이 없어." 참매가 말했다. "질의 시간보다 더 기대되는데."

"어어." 퍼트리샤가 입을 열었다. "끝없는 질문이라면 시간이 오래 걸리겠죠? 엄마 아빠가 걱정하고 있을 텐데요." 안 그래도 잘 시간이 한참 지났고 저녁도 먹지 않았는데 이렇게 추운 숲속에서 길까지 잃다니.

"너무 늦었어." 뇌조가 말했다.

"그럼 물어보지." 수리가 말했다.

"질문은 이것이네." 칠면조가 말했다. "나무는 붉은가?"

"어." 퍼트리샤가 말했다. "힌트를 좀 줘요. 붉다는 건 색을 말하는 거죠?" 새들은 대답하지 않았다. "시간을 좀 더 줘요. 확실히 대답할 수 있어요. 그저 생각할 시간이 필요해요. 시간을 줘요. 부탁할게요."

다음으로 퍼트리샤가 기억하는 것은 아버지가 양팔로 자신을 안아 들고 있었다는 것이다. 샌드페이퍼 셔츠를 입은 아버지의 붉은 턱수염이 그녀의 얼굴에 닿았다. 아이를 들고 있으면서도 손으로는 복잡한 가치산정 표를 적으려고 해서 퍼트리샤의 몸이 자꾸 아래로 늘어졌다. 그럼에도 아버지 품은 따뜻했고 집으로 돌아가는 데 아무 문제가 없어서 퍼트리샤는 개의치 않았다.

"집 근처, 나무들이 있는 교외에서 아이를 찾았소." 아버지가 어머니에게 말했다. "길을 잃어서 나가는 방향을 찾으려 했던 모양이오. 아무튼 아이가 무사한 게 기적이오."

"내가 너 때문에 못 산다. 널 찾으려고 이웃들까지 나섰다고. 넌 내 시간이 아무 가치도 없다고 생각하는 게 분명해. 덕분에 경영생산성 분석 기한을 넘겼지 뭐니." 퍼트리샤의 어머니는 짙은 머리를 뒤로 묶어 턱과 코가 더 뾰족해 보였다. 앙상한 어깨는 구부정해서 고풍스러운 귀걸이에 거의 닿았다.

"어떻게 된 연유인지, 난 그게 궁금해." 퍼트리샤의 아버지 로더릭이 말했다. "우리가 어쨌기에 네가 이런 식으로 행동하는지 모르겠구나." 로더릭 델핀은 부동산 중개업으로 크게 성공했다. 집에서 자주 일하면서 보모와 함께 아이들을 돌봤고, 높은 의자에 앉아 아침을 먹으면서도 고개를 파묻고 숫자 풀이에 골몰했다. 퍼트리샤도 수학에 재능이 있었다. 다만 엉뚱한 것에 지나치게 신경을 썼다. 예컨대 숫자 3은 8을 반으로 잘라놓은 모양이므로 3 더하기 3은 8이 되어야 한다고 우기는 식이었다.

"저 아이는 우릴 시험하고 있어." 퍼트리샤의 어머니 벨린다가 말했다. "우리가 오냐오냐하니까 부모의 권위를 시험하는 거라고." 벨린다 델핀은 한때 체조선수였는데, 부모에게 말도 못 하게 심한 압박을 받았다. 하지만 벨린다는 체조에 왜 심판이 있어야 하는지 이해하지 못했다. 카메라와 레이저로 모든 것을 측정하면 될 텐데. 로더릭이 그녀의 모든 경기를 보러 오기 시작하면서 두 사람은 만나게 되었고, 완벽하게 객관적인 체조 점수 측정 장치를 함께 개발했다. 물론 어디서도 채택하지 않았지만.

“봐. 우릴 비웃고 있잖아.” 퍼트리샤의 어머니는 아이가 그 자리에 없는 양 말했다. “우리가 진지하다는 것을 보여줘야 해.”

퍼트리샤는 자신이 비웃었다고 생각해 본 적은 없지만, 이제 그렇게 보인다는 것을 알고 겁이 났다. 그래서 얼굴에 진지한 표정을 떠올리려고 각별히 노력했다.

“나라면 절대 그렇게 도망치지 않아.” 평소라면 자기 방에 있어야 했을 로버타가 물을 마시러 부엌에 들어와서 흡족하다는 듯 한마디 했다.

퍼트리샤는 일주일간 방에 갇혔고, 먹을 것은 아래 문틈으로 받았다. 어떤 음식은 문 아래쪽에 긁혀 지저분해지기도 했다. 가령 샌드위치라면 위에 덮인 빵 조각을 문에게 빼앗긴 것이다. 문이 한입 베어 문 샌드위치를 먹고 싶진 않지만, 배가 많이 고프면 어쩔 수 없다. “네가 한 행동을 생각해 봐라.” 부모가 말했다.

“앞으로 7년 동안 퍼트리샤의 디저트는 전부 내 차지야.” 로버타가 말했다.

“어림없는 소리!” 퍼트리샤가 말했다.

새들의 의회에 갔었던 경험은 점차 희미해졌다. 주로 꿈에서 단편적으로 떠오를 뿐이었다. 학교에 있을 때 한 번인가 두 번, 새가 뭔가 물었던 장면이 불현듯 떠올랐다. 그러나 그 질문이 뭐였는지도, 자신이 대답을 했는지도 도통 기억나지 않았다. 방에 갇혀 있는 동안 퍼트리샤는 동물의 말을 알아듣는 능력을 잃어버렸다.

2

그는 래리라고 불리는 것이 싫었다. 도저히 참을 수 없었다. 물론 모두 그를 래리라고 불렀고 가끔은 그의 부모도 그렇게 했다. "내 이름은 로런스Laurence야." 그는 바닥을 내려다보며 다짐하듯 말했다. "더블유가 아니라 그냥 유를 쓰는." 로런스는 자신이 누구이고 어떤 존재인지 알았지만, 세상은 그를 알아보지 못했다.

학교에서 다른 친구들은 그를 래리 배리, 혹은 래리 페어리라고 불렀다. 화를 낼 때는 스케어리 래리(무시무시한 래리)라고 했는데, 그의 골방 친구들 사이에서 드물게 나타나는 반어적 표현이었다. 실제로 래리는 전혀 무시무시한 존재가 아니었기 때문이다. 보통 이 말을 할 때는 먼저 '우우'라는 감탄사부터 해서 농담임을 분명히 했다. 로런스는 무시무시한 존재가 될 마음이 없었다. 그저 혼자 있고 싶었고 사람들이 자신에게 말을 걸 때는 이름을 제대로 불러주기를 원했다.

로런스는 또래 아이들보다 몸집이 작았다. 늦가을 낙엽 색깔의 머리카락에 턱은 길고 팔은 달팽이 목처럼 생겼다. 그의 부모는 언젠가 그가 급작스럽게 자랄 거라는 희망을 버리지 못해서, 거기에 돈을 아끼려는 마음까지 더해져서 그에게 한 치수 반 큰 옷을 사줬다. 그래서 그는 지나치게 길고 지나치게 헐렁한 바지에 걸려 넘어지기 일쑤였다. 그의 손은 셔츠 소매 속에 가려 보이지 않았다. 그러니 설령 로런스가 위협적인 존재가 될 생각이었다 해도 이렇게 손과 발이 보이지 않는 상황에서는 어려운 노릇이었다.

로런스의 삶에서 유일하게 빛나는 순간은 아주 폭력적인 플레이스테이션 게임을 하며 가상의 적들을 수천 명씩 해치울 때였다. 그러고 나면 로런스는 인터넷에서 다른 게임을 찾았다. 퍼즐 풀이에 몇 시간씩 매달렸고, 온라인 게임을 하며 복잡한 작전을 펼쳤다. 머지않아 로런스는 자신만의 코드를 만들게 됐다.

로런스의 아빠는 한때 컴퓨터를 곧잘 했다. 그러다 철들고 나서 보험회사에 취직했다. 그곳에서 자신이 숫자를 다루는 감각이 부족하다는 사실을 절감했지만 이건 독자들에게 관심 없는 이야기일 테니 그만두자. 현재 그는 자신이 직장을 잃을 것이고 그러면 가족 모두 굶게 된다는 생각에 항상 전전긍긍하고 있다. 로런스의 엄마는 생물학 박사학위 과정을 밟던 중 임신했고 지도교수의 퇴직으로 인해 학업을 중단했는데 학교로 다시 돌아가지는 못했다.

두 사람은 깨어 있는 시간 내내 컴퓨터 앞에만 있는, 데이비스 삼촌처럼 사람들과 어울리지 않는 로런스를 염려했다. 그래서 어떻게든 로런스를 집 밖으로 끌어내자는 생각에 유도며 현대무용, 펜싱, 초보자용 수구, 수영, 즉흥 코미디, 권투, 스카이다이빙, 심지어 황야 서바이벌 주말 캠프에 이르기까지 온갖 수업을 받게 했다. 아이들은 헐렁한 유니폼을 억지로 입은 로런스에게 "래리, 래리, 정반대야!"라고 소리치며 물속에 빠뜨리고, 비행기에서 빨리 떠밀고, 그의 발목을 잡고 거꾸로 들고는 연기를 하도록 시켰다.

로런스는 산비탈에 떨어졌어도 한번 맞서보자는 긍정적인 태도를 가진 래리라는 이름의 아이가 어딘가 있을지 모른다고 생각했다. 그러니까 래리는 평행우주의 로런스인 거다. 이제 로런스가 할 일은 지구에 5분간 떨어지는 태양에너지를 모두 모아 욕조에 국부적인 시공간 틈새를 만든 다음 다른 우주로 가서 래리를 납치해 오는 것이다. 그런 다음 래리가 집에 있는 로런스 대신 나가서 괴롭힘을 당한다. 2주 뒤 유도 시합이 열리기 전에 우주에 구멍을 내고 출구를 찾는 일이 난관이라면 난관이었다.

"이봐, 래리 페어리, 빨리 생각해." 브래드 촘너가 학교에서 이렇게 말할 때마다 로런스는 도무지 이해가 되지 않았다. 빨리 생각하라고 재촉하는 본인은 정작 그보다 훨씬 느리게 생각하는 사람이었다. 게다가 그들은 집단적인 타성에 기여하는 뭔가를 할 때만 이 말을 했다. 하지만 로런스는 빨리 생각하라는 말을 들었을 때 쏘아붙일 완벽한 대답을 아직 생각해 내지 못했다. 하긴 대답할 시간도 없었다. 대체로 1초 뒤에 불쾌한 뭔가가 몸에 떨어져서 씻으러 가야 했으니 말이다.

어느 날 로런스는 인터넷에서 어떤 회로도를 보았다. 그것을 인쇄하여 100번을 읽은 뒤에야 무엇을 나타내는 회로도인지 이해할 수 있었다. 그는 예전에 찾아서 보관해 둔 태양전지 설계도에 그 회로도를 결합해 뭔가를 만들기 시작했다. 아빠의 오래된 방수 손목시계를 슬쩍해서 전자레인지와 휴대전화에서 얻어낸 부품들과 결합했다. 그리고 전자제품 매장에서 몇 가지 잡동사니를 샀다. 이 모든 것으로 그는 자신의 손목에 맞춤한 타임머신을 만들었다.

장치는 간단했다. 작은 버튼 하나를 누르면 2초 뒤로 건너뛴다. 그게 전부였다. 그보다 더 앞으로 가거나 뒤로 가는 방법은 없었다. 로런스는 웹카메라로 자신의 모습을 촬영하여, 버튼을 누를 때 눈을 한두 번 깜빡할 사이 모습이 사라진다는 것을 알아냈다. 자주 사용할 수는 없었다. 쓸데없이 버튼을 자주 눌렀다가 명을 재촉할 수 있으니까.

며칠 뒤에 브래드 촘너가 "빨리 생각해"라고 말했고, 로런스는 빨리 생각했다. 그는 손목 버튼을 눌렀다. 그러자 그의 방향으로 날아오던 흰색 뭉치가 철퍼덕하며 그의 앞에 떨어졌다. 모두가 로런스를 보고, 흥건하게 젖은 화장실 휴지가 타일 바닥에서 뭉개지는 것을 보고, 다시 로런스를 쳐다봤다. 로런스는 '시계'를 다른 사람이 만지작거려도 작동하지 않도록 수면 모드로 돌려놨다. 그러나 불필요한 걱정이었다. 다들 로런스가 초인적인 반사신경으로 피했다고만 생각했다. 그랜디슨 선생이 씩씩거리며 교실에서 나와 누가 화장지를 던졌느냐고 물었고, 모두 로런스가 그랬다고 답했다.

2초를 건너뛰는 능력은 꽤 유용하게 써먹을 수 있다. 제대로 된 시점만 포착한다면 말이다. 예컨대 부모와 저녁 식사를 할 때 아빠가 또다시 승진에서 누락되었다며 엄마가 빈정거리는 말을 한다면, 아빠가 짧지만 강력하게 화를 터뜨리리라는 것을 짐작할 수 있다. 이때 가시 돋친 말이 시작될 시점을 귀신같이 포착할 수 있어야 한다. 선행지표는 많다. 너무 익힌 찜 냄새, 살짝 떨어진 방 온도, 난로 눈금 내려가는 소리. 현실을 두고 떠났다가 일이 끝나고 다시 나타나면 된다.

물론 다른 경우도 많았다. 예컨대 알 데인스가 그를 정글짐에서 모래 바닥으로 떨어뜨렸을 때, 그는 착지하기 직전에 사라졌다. 혹은 인기 있는 여자애가 나중에 놀림감으로 삼을 속셈으로 그에게 다가와 친한 척하려 했을 때, 선생이 특별히 따분한 야단을 칠 때도 사라졌다. 비록 2초였지만 꽤 도움이 됐다. 그가 잠깐 모습을 감춘 것을 아무도 알아차리지 못하는 것 같았다. 알아차리려면 그를 똑바로 보고 있어야 하는데 아무도 그러지 않았던 것이다. 로런스로서는 하루 몇 차례 이상 장치를 사용하지 못하는 것이 아쉬울 따름이었다.

시간을 건너뛰는 것은 기본적인 문제를 부각시킬 뿐이었다. 로런스가 미래에 대해 아무것도 기대하지 않는다는 문제 말이다.

그러던 어느 날 로런스는 햇빛을 받아 반짝이는 매끈한 형체의 사진을 보았다. 가늘어지는 곡선, 아름다운 노즈콘, 강력한 엔진을 보는 순간 그의 안에 있던 뭔가가 깨어났다. 오랫동안 경험하지 못했던 감정, 바로 흥분이었다. 개인이 돈을 대서 직접 제작한 이 우주선이 궤도로 발사될 예정이라고 했다. 괴짜 기술 투자가 밀턴 더스와 수십 명의 제작자 친구들, MIT 학생들이 합심하여 이뤄낸 성과였다. 발사는 며칠 뒤에 MIT 캠퍼스 근처에서 있을 예정이었다. 로런스는 어떻게든 그곳에 가고 싶었다. 발사를 직접 보고 싶다는 마음만큼 지금껏 뭔가를 원한 적이 한 번도 없었다.

"아빠." 로런스가 불렀다. 벌써부터 조짐이 좋지 않았다. 그의 아버지는 입 주위를 짙게 덮은 콧수염을 보호하려는 듯 양손을 동그랗게 모아 쥐고 랩톱 컴퓨터를 뚫어져라 쳐다보고 있었다. 때가 좋지 않았다. 너무 늦었다. 그는 일에 여념이 없었다. "아빠." 로런스가 다시 불렀다. "로켓 발사가 화요일에 있대요. 기사도 났어요."

로런스의 아빠는 그를 무시하려다가 그간 소홀히 여긴 아들에게 잠깐 시간을 내주기로 했다. "오." 그렇게 말하면서도 스프레드시트가 떠 있는 모니터에서 시선을 떼지 못했다. 마침내 그는 랩톱을 닫고 로런스에게 자신이 쏟을 수 있는 최고 수준의 관심을 보였다. "그래, 나도 이야기 들었다. 더스라는 작자가 벌인 일이라지. 흠. 가벼운 모델로, 달의 반대쪽에 착륙할 수 있게 만들어진 우주선이라고. 나도 들었다." 그러더니 플로이드라는 옛날 밴드와 마리화나, 자외선에 관한 농담을 하기 시작했다.

"네." 로런스는 대화가 엉뚱한 방향으로 흐르기 전에 아빠의 말을 끊었다. "맞아요, 밀튼 더스. 우주선 발사를 보러 가고 싶어요. 평생 다시없는 기회예요. 어쩌면 부자지간에 추억을 쌓을 수도 있잖아요." 그의 아버지는 부자지간의 추억을 거절할 수는 없었다. 그랬다가는 자신이 나쁜 아버지임을 인정하는 것이 될 터였다.

"오." 사각형 안경 너머 움푹 들어간 그의 눈에 당혹감이 떠올랐다. "보러 가고 싶다고? 오는 화요일에?"

"네."

"하지만 그게… 그날 할 일이 있단다. 아빠가 담당한 프로젝트라 빠지면 안 좋게 보일 수 있어. 학교를 빼먹고 널 그런 곳에 데려간다면 엄마도 화를 낼 거고. 발사는 컴퓨터로도 볼 수 있잖니. 웹카메라로 중계하는 방송이 있을 거야. 너도 알겠지만 이런 건 직접 가서 보면 지루하단다. 오래 서서 기다려야 하고 절반은 다음으로 미뤄지지. 게다가 현장에서는 모든 것을 보지 못할 수도 있어. 웹으로는 훨씬 좋은 시야로 볼 수 있단다." 그는 아들을 설득하는 만큼이나 자신도 설득하려는 것처럼 말했다.

로런스는 고개를 끄덕였다. 아버지가 이유들을 열거하기 시작한 이상 논의는 무의미했다. 그는 잠자코 듣고 있다가 자리를 떴다. 자신의 방으로 올라가서 버스 시간표를 찾아봤다.

며칠 뒤 로런스는 부모가 잠든 시간 계단을 조용히 내려왔다. 문 옆 작은 테이블에 엄마의 핸드백이 놓여 있었다. 그는 살아 있는 동물이 튀어나오기라도 할 것처럼 긴장하며 걸쇠를 열었다. 집 안의 모든 소리가 아주 크게 들렸다. 커피메이커가 물 데우는 소리, 냉장고 돌아가는 윙윙거리는 소리. 로런스는 핸드백 안에서 가죽지갑을 발견했고 거기서 50달러를 꺼냈다. 지금껏 물건을 훔친 적이 없던 그는 경찰이 집 안으로 불쑥 들어와 자신에게 수갑을 채울지도 모른다고 생각했다.

엄마의 돈을 슬쩍한 로런스의 다음 계획은 엄마와 대면하는 것이었다. 그는 막 깨어나 아직 천수국색 잠옷 차림인 엄마에게 가서 학교에서 현장학습이 있다면서 허가서에 서명해 달라고 했다. (서류 이야기부터 꺼내면 사람들은 그게 어떤 서류인지 자세히 살펴보지 않는다는 보편적인 진실을 그는 이미 터득했다.) 로런스의 엄마는 인체공학적으로 설계된 뭉툭한 펜을 꺼내 허가서에 서명했다. 엄마의 매니큐어가 벗어지고 있었다. 로런스는 밤을 샐 수도 있으며 그럴 경우 전화를 하겠다고 했다. 그녀는 고개를 끄덕였다. 밝은 붉은색 곱슬머리가 앞뒤로 흔들렸다.

버스 정류장까지 걸어가면서 로런스는 긴장했다. 혼자 하는 첫 여행이었다. 그가 어디 있는지 아무도 몰랐고, 주머니에는 50달러 지폐와 가짜 로마 동전 하나가 전부였다. 쇼핑몰 옆 대형 쓰레기통 뒤에서 누가 뛰쳐나와 공격하면 어쩌지? 누군가가 그를 트럭으로 끌고 가서 수백 킬로미터를 달린 다음 그의 이름을 대릴로 바꾸고 홈스쿨링하는 아들로 살도록 강요한다면? 로런스는 텔레비전 영화로 이런 일을 본 적이 있다.

하지만 그 순간 로런스는 황야 서바이벌 캠프를 떠올렸다. 그는 신선한 물과 식용 가능한 뿌리를 찾아냈고 자신의 간식을 뺏으려고 덤빌 태세였던 다람쥐를 쫓아내기까지 했다. 모든 순간이 싫었지만 그럼에도 그는 견뎌냈다. 그러니 버스를 타고 케임브리지에 가서 발사 장소까지 가는 방법을 알아내는 것도 할 수 있었다. 그는 엘렌버그의 로런스였다. 동요하지 않았다. 그는 '동요하지 않는다'는 말이 아이들 노래와 전혀 무관함을 얼마 전에 알고 걸핏하면 그 말을 사용했다.

"나는 동요하지 않아요." 로런스가 버스 운전사에게 말했다. 운전사는 어깨를 으쓱했다. 자신도 어렸을 때는 그렇게 착각한 적이 있었다는 듯이.

로런스는 배낭에 여러 가지를 챙겼지만 책은 한 권만 가져왔다. 마지막 행성 간 전쟁을 다룬 얇은 페이퍼백이었다. 1시간 만에 다 읽고 나자 창밖을 바라보는 것 말고는 할 일이 없었다. 고속도로를 따라 쭉 늘어선 나무들이 버스가 지나는 동안 점차 느려지는 것 같았다가 다시 빨라졌다. 일종의 시간 팽창 효과였다.

버스가 보스턴에 도착했다. 이제 기차역을 찾아야 했다. 로런스는 차이나타운을 지나갔다. 사람들이 거리에서 물건을 팔고 있었고 창가에 거대한 수조가 놓인 식당들이 보였다. 생선들이 잠재적 고객을 미리 살피고 싶어 한다는 듯 말이다. 강을 건너자 과학박물관이 아침 햇살에 빛나고 있었다. 강철과 유리로 된 건물들이 펼쳐진 가운데 천체투영관이 보였다.

드디어 MIT 캠퍼스에 도착한 로런스는 리걸 시푸드 해산물 레스토랑 앞에 서서 부호로 표기된 건물 지도를 들여다보며 어디가 어딘지 파악하려고 애썼다. 하지만 로켓 발사를 어디서 하는지 알아낼 방법이 없다는 사실을 깨달았다.

로런스는 MIT가 크기만 클 뿐 머치슨 초등학교와 비슷할 거라고, 그러니까 정면에 계단이 있고 사람들이 추후 진행될 활동을 붙이는 안내 게시판이 있을 거라고 생각했다. 하지만 로런스는 처음 두 건물은 안에 들어가 보지도 못했다. 게시판을 찾긴 했지만 강의 공지며 연애 상담, 이그노벨상 명단은 있어도 발사 장소에 대한 정보는 어디에도 없었다.

로런스는 오봉팽에 들어가 머핀을 주문했다. 바보가 된 기분이었다. 인터넷에서 방법을 찾아낼 수도 있겠지만, 그의 부모는 랩톱 컴퓨터는 고사하고 아직 휴대전화도 허락하지 않았다. 카페에서는 애절한 옛날 노래를 계속 틀어댔다. 재닛 잭슨은 너무 외롭다고 말했고, 브리트니 스피어스는 내가 또 괜한 짓을 했다고 털어놓았다. 로런스는 핫초콜릿을 한입 홀짝일 때마다 한숨을 내쉬며 어떻게 할까 고민했다.

책이 보이지 않았다. 로런스가 버스에서 읽던 그 책 말이다. 머핀 옆에다 두었는데 사라진 것이다. 잠깐, 아니다, 20대로 보이는 여자의 손에 책이 있었다. 길게 땋은 갈색 머리, 넓은 얼굴, 보풀이 털처럼 보일 만큼 심하게 낡은 빨간색 스웨터. 손에는 굳은살이 박였고 작업용 부츠를 신고 있었다. 그녀는 책을 손에 들고 계속 넘겨보고 있었다. "미안." 그녀가 말했다. "이 책 기억나. 고등학생 시절에 세 번 읽었지. 쌍성계가 무대이고 소행성대에 사는 인공지능과 전쟁을 벌이는 이야기, 맞지?"

"어어, 맞아요." 로런스가 말했다.

"재밌는 책을 골랐네." 이제 그녀는 로런스의 손목을 살폈다. "야, 그거 2초 타임머신이지?"

"맞아요."

"멋지네. 나도 하나 갖고 있어." 그러면서 그에게 보여줬다. 로런스의 것과 똑같아 보였다. 살짝 더 작고 계산기가 달린 점만 달랐다. "인터넷에서 이 설계도를 보고 이해하는 데 얼마나 오래 걸렸는지 몰라.

공학 기술과 투지 따위를 시험하는 기분도 들었지만, 덕분에 쓸모가 많은 장치를 손에 넣었으니까. 앉아도 될까? 이렇게 널 내려다보고 서 있으니 꼭 네 보호자가 된 것 같네."

로런스는 그러라고 했다. 그는 이런 식의 대화에 영 서툴렀다. 여자는 그의 앞에 앉았다. 남은 머핀 조각이 테이블에 놓여 있었다. 같은 눈높이에서 보니 그녀는 꽤 예뻤다. 코가 귀엽고 턱이 둥글었다. 작년에 그가 짝사랑하던 사회학 선생과 닮았다.

"나는 이소벨이야." 여자가 말했다. "직업은 로켓 과학자." 자기도 로켓 발사를 보러 왔는데, 마지막 순간에 문제가 생긴 데다 날씨도 좋지 않아서 발사가 연기되었다고 말했다. "아마도 며칠 뒤에 할 거야. 이런 일에는 흔히 있는 상황이지."

"오." 로런스는 핫초콜릿 거품을 들여다봤다. 결국 그렇게 됐구나. 아무것도 보지 못하고 돌아가게 생겼다. 로켓이 발사되는 광경을 보면, 눈앞에 있던 것이 중력으로부터 해방될 때 자신도 해방될 거라고 그는 믿고 있었다. 그래서 학교로 돌아가서도 자신은 외계에 있는 뭔가와 연결되었으니 괜찮다고 여기고 싶었다.

하지만 일이 이렇게 된 이상 그는 괜한 일로 수업을 빼먹은 괴짜일 뿐이었다. 그는 페이퍼백 표지를 보았다. 투박한 우주선과 가슴에 눈이 달린 벌거벗은 여자가 그려져 있었다. 그는 울지 않았지만 울고 싶은 마음이었다. 표지에는 이렇게 적혀 있었다. "그들은 우주 끝으로 갔다. 은하계의 재앙을 막기 위하여!"

"제기랄." 로런스가 말했다. "알려줘서 고마워요."

"별말씀을." 이소벨이 말했다. 그녀는 로켓 발사에 대해 몇 가지 더 말해줬고, 새 디자인이 얼마나 혁신적인지 그가 이미 알고 있는 것도 이야기했다. 그러다가 그의 표정이 좋지 않은 것을 알아챘다. "이봐, 걱정하지 마. 그저 며칠 미뤄진 것뿐이니까."

"그래요, 하지만 난 그때 여기 없을 거예요."

"오."

"다른 일로 바쁠 거예요. 선약이 있거든요." 로런스는 살짝 더듬거렸다. 테이블 모서리를 손으로 만지작거리는 사이 핫초콜릿 표면에 막이 생기고 주름이 졌다.

"바쁜가 보구나. 스케줄이 꽉 차 있나 봐."

"사실은 매일매일이 똑같아요. 오늘만 제외하고요." 이제 로런스는 울기 시작했다. 젠장.

이소벨은 맞은편 자리를 포기하고 그의 옆으로 옮겨 앉았다. "얘, 괜찮아. 혹시 네가 여기 왔다는 것을 부모님이 알고 계시니?"

"아뇨…." 로런스는 훌쩍였다. "모를 거예요." 결국 그는 모든 것을 털어놓았다. 엄마 지갑에서 50달러를 훔친 것도, 수업을 빼먹고 버스와 기차를 타고 온 것도. 이소벨에게 사실을 말하면서 그는 부모를 걱정하게 만들었다는 죄책감을 느꼈고, 다시는 이런 모험을 하지 않으리라 다짐했다. 적어도 당분간은.

"좋아." 이소벨이 말했다. "일단 네 부모님께 전화를 해야겠다. 여기까지 오시려면 시간이 꽤 걸릴 거야. 특히 내가 발사 장소 위치를 잘 설명할 자신이 없거든."

"발사 장소라고요? 하지만…."

"부모님이 도착할 무렵에 우린 거기 있을 거야." 그녀는 로런스의 어깨를 토닥였다. 다행히도 그는 울음을 멈추고 기운을 차리기 시작했다. "자 이제, 로켓을 구경시켜 줄게. 사람들도 소개해 주고."

그녀는 일어서서 로런스에게 손을 내밀었다. 그가 손을 잡았다.

그렇게 해서 로런스는 로켓에 미친, 세상에서 가장 쿨한 괴짜들을 몇 명 만나게 되었다. 이소벨은 담배 냄새가 찌든 빨간색 머스탱에 그를 태우고 차를 몰았다. 로런스의 발이 프리토 과자 봉지에 잠겼다. 그는 차 오디오로 엠시 프론탈롯*의 음악을 처음 들었다. "혹시 하인라인 책 읽어봤니? 살짝 이르겠지만 청소년용 소설은 괜찮을 거야. 여기." 그녀는 뒷좌석에서 낡은 페이퍼백을 한 권 꺼내 그에게 건넸다. 『우주복 있음, 출장 가능』, 표지가 꽤 선정적이었다. 그녀는 한 권 더 있다며 가져도 좋다고 했다.

그들은 메모리얼 드라이브를 달렸다. 비슷하게 생긴 고속도로와 급커브길, 터널이 계속 이어졌다. 로런스는 이소벨의 말이 옳았음을 깨달았다. 설령 그녀가 길 안내를 제대로 했다 하더라도 그의 부모는 여기까지 오느라 여러 차례 길을 잃을 것이다. 보스턴에서도 운전이 힘들다고 항상 불평하던 그들이었다. 구름이 끼어 날이 흐려졌지만 로런스는 상관하지 않았다.

"잘 봐." 이소벨이 말했다. "단단식 궤도로켓이야. 이것 땜에 버지

* 이공계 공부벌레(nerd)를 주제로 랩을 하는 뉴욕의 뮤지션.

니아에서 여기까지 왔다니까. 남자친구가 어찌나 질투하던지."

로켓은 로런스보다 두세 배는 컸다. 물 흐르는 곳에서 가까운 차고에 있었는데, 옅은 색 금속 선체가 창문으로 들어오는 빛줄기에 아른거렸다. 이소벨은 로런스와 함께 로켓 주위를 돌며 근사한 특징들을 하나하나 보여줬다. 탄소 나노섬유 절연체로 연료 장치 주위를 처리했고, 가벼운 규산염/유기폴리머로 실제 엔진을 둘러쌌다고 설명했다.

로런스는 손을 뻗어 로켓을 만졌고 손끝 피부로 감각을 느꼈다. 그러자 사람들이 와서 이 꼬마가 누구이며 어째서 자신들의 소중한 로켓을 만지는 거냐고 물었다.

"섬세한 장비야." 터틀넥 스웨터를 입은 남자가 못마땅하다는 듯 팔짱을 끼고 말했다.

"이런 산만한 애를 로켓 차고에 돌아다니게 하면 안 돼." 작업복을 입은 작은 여자가 말했다.

"로런스, 그들에게 보여줘." 이소벨이 말했다. 그는 무슨 말인지 바로 이해했다.

로런스는 왼손을 들어 오른쪽 손목의 작은 버튼을 눌렀다. 익숙한 감각이 느껴졌다. 심장이 멈추거나 호흡이 두 배로 빨라지는 느낌이었는데 금방 끝났다. 그렇게 2초가 지났을 때 여전히 그는 아름다운 로켓 옆에 서 있었다. 사람들이 주위에 모여 그를 보았고 다들 박수를 쳤다. 로런스는 그들 역시 손목에 같은 것을, 유행하는 아이템이나 배지처럼 차고 있다는 것을 알아챘다.

이제 그들은 그를 동료로 대했다. 그는 시간의 작은 부분을 정복했고, 그들은 공간의 작은 부분을 정복하고 있었다. 그들은 이것이 계약금 같은 것이라고 이해했다. 언젠가 그들 혹은 그 자손들이 우주의 더 큰 부분을 차지하게 될 터였다. 사람들은 작은 승리를 축하하며 더 큰 승리를 꿈꾸었다.

"이봐, 꼬마." 청바지에 샌들을 신은 머리가 긴 남자가 말했다. "내가 이 추진 엔진 디자인으로 뭘 했는지 보라고. 꽤 근사해."

"**우리가** 한 거지." 이소벨이 그의 말을 정정했다.

터틀넥 남자는 다른 사람들보다 나이가 많았다. 30대나 40대, 어쩌면 50대로, 가늘고 희끗희끗한 머리에 눈썹이 진했다. 그는 로런스에게 계속 질문하며 휴대전화에 메모했다. 그의 이름 철자가 어떻게 되는지 두 번 물었다. "열여덟 살 생일에 꼭 연락하지." 그가 말했다. 누군가는 로런스에게 피자와 음료를 사주었다.

로런스의 부모가 턴파이크와 스트로 드라이브와 터널 등을 찾느라 진이 빠진 채 그곳에 도착했을 즈음 로런스는 단단식 궤도로켓 패거리의 마스코트가 되어 있었다. 집으로 돌아가는 길에 부모는 삶은 모험이 아니라 기나긴 고투이며 책임과 요구가 계속 따른다고 설명했지만 그는 귀담아듣지 않았다. 언젠가 로런스가 좋아하는 것을 할 수 있는 나이가 되면 좋아하는 것을 할 수 없다는 사실을 이해하게 될 거라는 말도 했다.

해가 졌다. 가족은 식당에 들러 요기를 했고 잔소리가 더 이어졌다. 로런스는 테이블 아래에 『우주복 있음, 출장 가능』을 세워놓고 슬쩍 읽었다. 이미 절반가량 읽은 터였다.

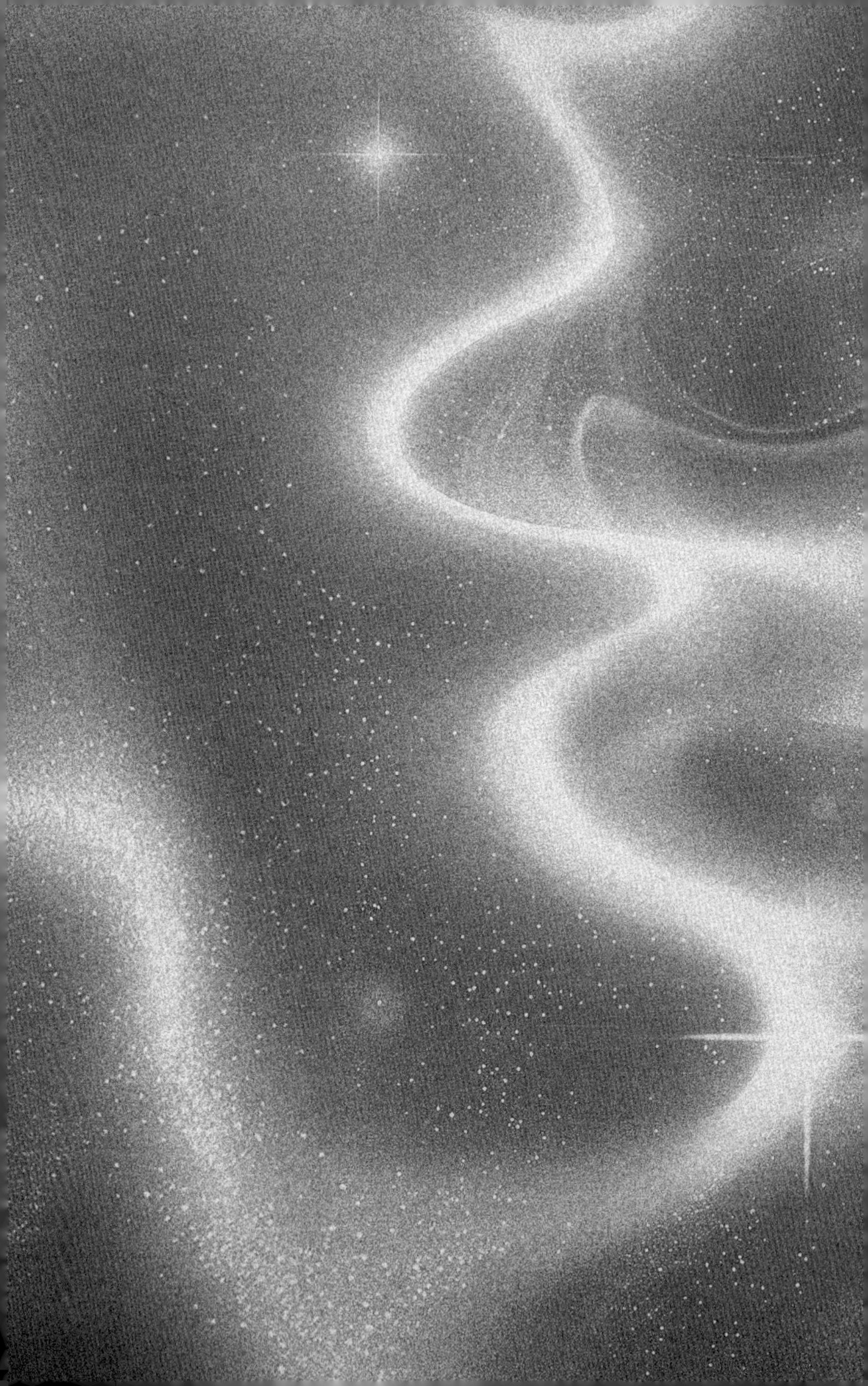

2장

All
The Birds
In The Sky

3

캔터베리 아카데미의 음침한 시멘트 건물 서쪽에 위치한 교실 창문은 주차장과 경기장, 2차선 고속도로에 면해 있었다. 그러나 동쪽 창문으로는 개울로 이어지는 비탈길이 보였고, 그 너머로 나무들의 들쭉날쭉한 가장자리가 9월의 바람에 흔들렸다. 학교의 공기에서 퀴퀴한 마시멜로 냄새가 났다. 퍼트리샤는 동쪽을 바라보며 마구 달리는 상상을 했다.

개학 첫 주에 퍼트리샤는 떡갈나무 이파리 한 장을 주워서 부적이라도 되는 양 치마 주머니에 넣어두고 바스러질 때까지 만졌다. 동쪽 방향이 보이는 교실에서 수학 수업과 영문학 수업 내내 잘려 나간 숲을 쳐다보았다. 그리고 이렇게 교실에 앉아 러더퍼드 B. 헤이스*의 낡은 연설문을 암기하느니 도망쳐서 마녀로서의 소임을 다하고 싶다고 생각했다. 새로 산 사춘기용 브래지어와 빳빳한 스웨터, 교복 치마에 피부가 쓸렸다. 옆의 아이들은 이런 문자를 주고받으며 떠들었다. **케이시 해밀턴이 트레이시 버트에게 데이트 신청을 할까? 여름에 과연 누가 무슨 일을 벌일까?** 퍼트리샤가 의자를 위아래로 계속 흔들다가 꽈당 소리를 내며 바닥에 넘어지자 모두 이쪽을 보았다.

새들이 퍼트리샤에게 특별한 아이라고 말한 지도 7년이 지났다. 그동안 퍼트리샤는 인터넷에 나오는 마법 주문과 초자연적인 의식을 죄다 시도했다. 숲에서 엉뚱한 곳을 돌아다니며 길을 잃으려고 온갖 방법을 다 써봤다. 행여 다친 동물을 발견할까 싶어서 비상약 상자를 들고 다녔다. 그러나 어떤 야생의 존재도 그녀에게 말을 걸지 않았고, 마법 같은 일도 일어나지 않았다. 모든 것이 그저 짓궂은 장난이었거나 아니면 그녀가 자신도 모르게 시험에 실패한 모양이었다.

점심을 먹고 나서 퍼트리샤는 고개를 하늘로 들고 운동장을 거닐며 학교를 지나가는 큰까마귀들의 무정함에 익숙해지려고 애썼다. 큰까마귀들은 자기들끼리 잡담할 뿐 퍼트리샤를 끼워주지 않았다. 그런 면에서는 이 학교 아이들과도 비슷했지만 퍼트리샤는 상관하지 않았다.

친구들을 사귀려고 노력하기는 했다. 그러겠다고 엄마와 약속했고, 마녀라면 약속을 지켜야 한다고 생각했다. 하지만 퍼트리샤는

* 미국의 대통령. 1876년 대통령 선거에서 간발의 차이로 당선되어 부정선거 논란에 휘말리기도 했다.

8학년 때 이 학교로 왔고, 다른 아이들은 2년 전부터 여기서 공부하고 있었다. 바로 어제, 메이시 파이어스톤과 그 친구들과 함께 화장실 세면대 앞에 있었을 때의 일이다. 메이시는 브렌트 하퍼가 점심 약속에 오지 않을까 봐 전전긍긍했다. 밝게 칠한 그녀의 립글로스가 밝은 오렌지색으로 물들인 머리카락과 완벽하게 어울렸다. 끈끈한 녹색 비누로 손을 씻던 퍼트리샤는 반짝이는 눈망울에 무스로 머리를 넘긴 브렌트 하퍼의 매력에 대해, 아울러 비극적인 결점에 대해 뭔가 재밌고 힘이 되는 말을 해줘야겠다는 생각에 사로잡혔다. 그래서 더듬거리며 "브렌트 하퍼의 가장 안 좋은 점은" 하고 말을 떼기가 무섭게 여자애들이 그녀의 양옆을 둘러싸고는 하퍼와 무슨 일이 있었느냐고 몰아붙였다. 캐리 대닝은 바닥에 침을 세게, 완벽한 금발 머리에서 머리핀이 떨어져 나갈 만큼 세게 뱉었다.

큰까마귀들은 퍼트리샤가 알아볼 만한 대형을 이루며 날아가지 않았다. 공교롭게도 이번 첫 주 수업에서 그녀가 배운 것은 모든 것에서 패턴을 찾는 방법이었다. 패턴은 표준화된 시험 문항에 대답하는 문제, 문장을 덩어리로 묶어서 암기하는 문제, 궁극적으로는 삶을 조직하는 문제와 연결되었다. (이것이 그 유명한 사리니안 프로그램이다.) 그러나 퍼트리샤는 목적지 없이 부산스럽게 움직이는 큰까마귀들을 보고도 패턴을 찾지 못했다. 그들은 퍼트리샤를 보겠다는 듯 가던 길을 돌아왔다가 다시 무리 지어 날아갔다.

퍼트리샤에게 마녀라고 말하고는 몇 년씩이나 그냥 두는 건 대체 무슨 속셈일까?

큰까마귀들에 온통 정신이 팔려 있던 퍼트리샤는 앞을 살피지 않은 탓에 누군가와 부딪혔다. 충격이 느껴지고 고통의 비명이 들리자 그제야 자신이 누구와 부딪혔는지 보았다. 옅은 갈색 머리에 턱이 뾰족한 호리호리한 남자애가 운동장 가장자리에 쳐놓은 육각형 모양의 철조망으로 넘어졌다가 일어났다. 그는 몸을 똑바로 세웠다. "대체 어딜 보고 다니는 거야?" 그는 왼쪽 손목에 있는, 시계가 아닌 물건을 확인하고 고래고래 소리를 질렀다.

"뭔데 그래?" 퍼트리샤가 말했다.

"네가 내 타임머신을 망가뜨렸어." 그러고는 손목에서 확 잡아당겨 그녀에게 보여주었다.

"너, 래리 맞지?" 퍼트리샤는 장치를 보았는데 망가진 게 확실했다. 바깥쪽에 가늘게 금이 가 있고 안에서 시큼한 냄새가 새어 나왔다. "정말 미안해. 다른 걸로 사면 안 될까? 돈은 내가 낼게. 비싸다면 아빠가 내줄 수도 있고." 자신이 또 사고를 쳤다는 것을 엄마가 알게 되면 얼마나 좋아할까 생각했다.

"다른 타임머신을 산다고?" 래리는 코웃음을 쳤다. "아무 전자제품 가게나 들어가서 선반에서 집을 수 있는 물건인 줄 아나 보군." 그에게서 크랜베리 냄새가 희미하게 났다. 향수를 뿌린 모양이었다.

"비꼬지 마." 퍼트리샤가 말했다. "비꼬는 건 못난 사람들이나 하는 거야." 말하고 보니 제법 근사한 말처럼 여겨졌다.

"미안해." 그는 망가진 물건을 슬쩍 보고는 가냘픈 손목에서 조심스럽게 끈을 풀었다. "고칠 수 있을 거야. 그리고 내 이름은 로런스야.

래리라고 부르지 마."

"난 퍼트리샤야." 로런스가 손을 내밀었고 그녀는 그의 손을 세 차례 들어 올렸다. "그런데 그거 진짜야? 타임머신이라는 거? 농담 아니지?" 그녀가 물었다.

"대단하진 않지만 진짜야. 안 그래도 조만간 벗어 던질 생각이었어. 나를 여기서 벗어나게 해줄 줄 알았는데, 실은 한순간의 곤경에서 도망치게 해줄 뿐이었어."

"한순간이 어디야." 퍼트리샤는 고개를 들어 하늘을 다시 보았다. 큰까마귀들은 사라진 지 오래였고 거대한 구름이 점차 걷히고 있었다.

그 사건 이후로 퍼트리샤는 로런스를 종종 보았다. 같이 듣는 수업이 몇 개 있었다. 그녀는 로런스의 앙상한 양팔에 덩굴옻나무 발진이 나 있고 발목에는 붉은색 물린 자국이 있어서 영문학 수업 시간 내내 바지를 올리며 살피는 것을 보았다. 그의 배낭 앞주머니에는 컴퍼스와 지도가 들어 있었고 아래쪽이 풀과 흙 자국으로 지저분했다.

그의 타임머신을 망가뜨리고 며칠이 지났을 때, 퍼트리샤는 수업을 마치고 경사지 근처 계단에 앉아 주말 야외 체험 안내서를 읽는 로런스를 보았다. 그녀는 상상도 해본 적 없는 일이었다. 사람들과 시시껄렁한 온갖 것에서 벗어나 이틀을 보내다니. 태양 빛을 얼굴에 맞으며 이틀을 보내다니! 퍼트리샤는 틈만 나면 집 뒤의 숲으로 들어가곤 했지만, 그녀의 부모가 주말 내내 숲에서 보내도록 허락할 리가 없었다.

“멋진데.” 그녀가 말했다. 로런스는 자신의 어깨 너머로 그녀가 보고 있었음을 깨닫고 움찔했다.

“최악의 악몽이야.” 그가 말했다. “실제로 일어났다는 것만 빼고.”

“벌써 다녀온 거야?”

로런스는 대답하지 않고 책자 뒤의 흐릿한 사진을 가리켰다. 아이들이 폭포 옆에서 배낭을 위로 들고 웃고 있었다. 뒤에서 우울한 표정을 하고 있는 한 명만 빼고. 로런스는 낚시꾼들이 쓰는 우스꽝스러운 둥근 녹색 모자를 쓰고 있었다. 사진사는 로런스가 뭔가 말하려는 찰나를 포착했다.

“근사해 보여.” 퍼트리샤가 말했다.

로런스는 자리에서 일어나 발을 질질 끌며 학교로 돌아갔다.

“제발.” 퍼트리샤가 말했다. “난 그저… 아무라도 좋으니 말 상대가 필요해. 설령 내가 본 것들을 이해하지 못한다 해도 좋아. 자연과 친숙한 다른 사람을 아는 것으로 만족해. 기다려, 로런스!”

그가 돌아섰다. “내 이름을 제대로 불렀어.” 그의 미간이 좁아졌다.

“당연하지. 그렇게 부르라고 했잖아.”

“흠.” 그는 한동안 그 말만 계속 반복했다. “그나저나 자연이 뭐가 그렇게 대단해?”

“자연은 진짜야. 그리고 엉망이야. 사람들과는 다르지.” 그녀는 로런스에게 자기 집 뒤뜰에 야생 칠면조들이 모인 이야기, 묘지 담장에서 길 아래까지 줄기를 뻗은 덩굴식물 이야기, 죽은 자들에게 가까울

수록 더 단맛이 나는 콩코드 포도 이야기를 했다. "이 근처 숲에는 사슴들 천지고 엘크도 몇 마리 있어. 사슴의 천적이 거의 남아 있지 않아서 그래. 수사슴은 다 자라면 크기가 말과 비슷해." 로런스는 그 말을 듣더니 겁에 질린 표정을 지었다.

"너 진심으로 하는 말이구나." 로런스가 말했다. "그러니까… 야외 체질인 거지, 응?"

퍼트리샤는 고개를 끄덕였다.

"어쩌면 서로 도울 수 있는 방법이 있을 것 같아. 이렇게 하자. 내가 자연에서 이미 많은 시간을 보냈다고 부모님을 설득하도록 네가 도와줘. 그래서 이 지긋지긋한 캠핑을 그만 보내도록 말이야. 그러면 너에게 20달러를 줄게."

"네 부모님께 거짓말을 하라는 거야?" 퍼트리샤는 고귀한 마녀가 이런 일을 해도 좋을지 확신이 없었다.

"맞아." 그가 말했다. "내 부모님께 거짓말을 해줘. 30달러면 어때? 내가 슈퍼컴퓨터 만들려고 모아놓은 돈이야."

"생각해 볼게." 퍼트리샤가 말했다.

이것은 중대한 윤리적 딜레마였다. 거짓말만이 문제가 아니었다. 로런스의 부모가 아들에게 주려는 중요한 경험을 막는다는 문제도 있었다. 앞일은 알 수 없는 법이다. 로런스가 숲에서 잠자리의 날개를 관찰하고 나서 도시 전체에 전기를 공급하는 새로운 풍력발전 터빈을 발명할지 누가 알겠는가. 먼 훗날 로런스가 노벨상을 받으며 이 모든 게 주말 야외 체험 덕분이라고 말하는 장면이 그녀의 머릿속에 그려졌다. 반대로 로런스가 주말 체험에 나갔다가 폭포에 떨어져서 사망할 수도 있다. 그러면 퍼트리샤의 책임도 일부 있을 것이다. 30달러도 놓치고 말이다.

그러는 와중에 퍼트리샤는 다른 친구들도 사귀려고 노력했다. 도로시 글래스는 퍼트리샤 엄마처럼 체조선수였다. 소심하고 주근깨 많은 소녀로 아무도 보지 않는다 싶을 때면 휴대전화에 시를 썼다. 퍼트리샤는 조회 시간에 도로시 옆에 앉았다. 딥스 교감 선생이 '교내 스쿠터 금지' 정책에 대해 이야기했고 페이스북과 비디오게임에 익숙한 아이들의 짧아진 집중력을 바로잡는 데는 기계적 암기가 최고라고 설명하는 동안, 퍼트리샤와 도로시는 파이프담배를 피우는 말이 주인공으로 나오는 웹툰에 대해 이야기했다. 퍼트리샤는 희망이 솟는 것을 느꼈다. 그러나 도로시는 점심때 메이시 파이어스톤과 캐리 대닝 옆에 앉았고, 나중에 복도에서 퍼트리샤를 보고도 그냥 지나갔다.

그래서 퍼트리샤는 마음을 정했다. 버스를 기다리는 로런스에게 가서 말했다. "당첨이야. 너의 알리바이가 될게."

로런스는 정말로 슈퍼컴퓨터를 만들고 있었다. 자기 방 벽장 앞에 액션피규어와 페이퍼백을 위장용으로 진열해 놓고 그 뒤에서 몰래 작업했다. 수많은 부품들을 짜맞춰 만들었는데, 예컨대 수십 대의 PQ 게임용 콘솔에서 얻은 GPU(그래픽 처리장치)는 시장에 출시되고 석 달 동안 최고로 뛰어난 벡터 그래픽과 복잡한 내러티브 분기를 자랑한 것이었다. 아울러 그는 두 마을 떨어져 있는, 이제는 영업하지 않는 게임 개발자 사무실에 몰래 들어가 하드드라이브와 머더보드 몇 개, 그리고 각종 라우터들을 '구조'했다. 그렇게 모은 부품들을 주름진 금속판 상자에 넣고 근사한 LED 조명을 달아 컴퓨터를 만들었다. 로런스는 이 모든 것을 퍼트리샤에게 보여주었고, 그 외에 신경 네트워크, 맥락을 통한 매핑, 상호교류의 법칙에 관한 자신의 이론을 설명하면서 아무한테도 이것을 말하지 않기로 한 그녀의 약속을 상기시켰다.

로런스의 부모와 함께한 저녁 식사(마늘을 잔뜩 넣은 파스타) 자리에서 퍼트리샤는 로런스와 함께 암벽 타기를 하러 갔다가 여우를 아주 가까이서 보았다며 그럴듯한 이야기를 꾸며냈다. 여우가 로런스의 손에서 먹이를 받아먹었다는 이야기까지 하려다가 좀 지나친 것 같아서 그만뒀다. 로런스의 부모는 아들이 나무에 얼마나 많이 올라갔는지 듣고 놀라면서도 아주 좋아했다. 두 사람 다 하이킹을 한 지 한참 된 것처럼 보였지만, 그럼에도 로런스가 뛰어놀지 않고 컴퓨터 앞에만 지나치게 오래 앉아 있다며 걱정했다. "로런스에게 친구가 생겨 얼마나 다행인지 모른단다." 고양이처럼 보이는 안경을 쓰고 빨간색으로 화려하게 머리를 염색한 그의 엄마가 말했다. 시무룩한 표정에 갈색 머리카락 한 뭉치만 남아 있는 로런스의 아빠는 고개를 끄덕이고 퍼트리샤에게 양손으로 마늘빵을 더 권했다. 로런스의 가족은 우중충한 주택단지 안쪽에 살았고, 가구와 가전제품은 하나같이 오래되었다. 카펫 사이로 석탄재를 섞은 콘크리트 바닥이 드러나 보일 정도였다.

퍼트리샤와 로런스는 야외 활동 때문이 아니더라도 함께 붙어 다니기 시작했다. 그들은 버스를 타고 통조림 박물관에 견학을 가기도 했다. 그렇게 어울릴 때마다 로런스는 새로 만든 괴상한 장치를 보여주었다. 30분 동안 쬐고 있으면 졸음이 오는 광선총도 그런 것이었다. 로런스는 수업 시간에 책상 아래에 이것을 숨겨놓고 사회학을 가르치는 나이트 선생에게 시험했다. 나이트 선생은 종이 울리기 직전에 하품을 하기 시작했다.

영문학 시간에 도드 선생이 퍼트리샤에게 윌리엄 사로얀에 대해 논하라고 했다. 그게 어려우면 사로얀의 문장을 아무거나 외워보라고 했다. 퍼트리샤는 자리에서 일어나 과일에 사는 벌레에 관한 구절을 자갈길을 걷듯 더듬더듬 읊었는데, 갑자기 불빛이 시야에 들어오더니 순간적으로 앞이 보이지 않았다. 오른쪽 눈만 그랬다. 왼쪽 눈으로는 그녀의 불편에 아랑곳하지 않고 따분해하는 얼굴들이 보였다. 그 순간 번쩍거리는 청록색 빛줄기가 어디서 나온 것인지 보았다. 로런스가 손에 뭔가 들고 있었다. 레이저포인터 같은 것이었다.

"두… 두통이 있어서요." 퍼트리샤는 그렇게 변명했다.

쉬는 시간에 복도를 가다가 식수대에서 로런스를 본 퍼트리샤는 그를 잡아채며 아까 그게 대체 무엇이었느냐고 캐물었다.

"망막 원격 프롬프터야." 로런스는 잔뜩 겁먹은 표정이었다. 이제까지 퍼트리샤를 겁낸 사람은 없었다. "아직은 완성품이 아니야. 제대로 작동하면 단어를 눈동자에 쏘아줄 수도 있어."

퍼트리샤는 그 말에 경악했다. "그거 부정행위잖아."

"맞아. 어른으로서 살아가려면 러더퍼드 B. 헤이스의 연설문 정도는 외우고 있어야지." 로런스는 눈을 부라리고는 자리를 떴다.

로런스는 스스로를 안쓰럽게 여기면서도 가만히 넋 놓고 있지 않았다. 뭔가를 **만들었다.** 그녀는 그와 같은 사람을 처음 보았다. 그렇다면 퍼트리샤는 이른바 마법의 힘이 있었을 때 무엇을 했을까? 아무것도 하지 않았다. 그녀는 완전히 쓸모없는 존재였다.

4

로런스의 부모는 퍼트리샤를 아들의 여자친구라고 생각했고 다른 이야기는 들으려 하지 않았다. 그들은 두 아이를 학교 댄스파티에 보호자로 데려가겠다고, 혹은 '데이트'에 차를 태워주겠다고 제안했다. 계속 그런 이야기만 했다.

로런스는 쥐구멍에라도 숨고 싶었다.

"네 나이 또래에 하는 데이트에 대해 설명해 주마." 로런스의 엄마는 아침을 먹고 있는 그의 맞은편에 앉았다. 아빠는 이미 출근하고 없었다. "그냥 연습 같은 거야. 보조바퀴라고 생각해. 너도 알겠지만 어떻게 되는 건 아니야. 그렇다고 중요하지 않다는 말은 아니지만." 그녀는 블라우스에 운동복 바지를 입고 있었다.

"고마워요, 엄마. 소중한 조언 가슴에 새길게요."

"불쌍한 엄마를 그렇게 조롱하면 기분이 좋니?" 그녀는 양손을 바깥으로 내저었다. "하지만 내 말 명심해. 풋사랑은 게임을 배우는 거야. 안 그러면 못 해. 안 그래도 너는 컴퓨터밖에 모르는 애잖니. 데이트도 할 줄 모르면서 계속 컴퓨터만 파고들래? 미래에 대한 생각도 좋지만 학창 시절도 즐길 줄 알아야지. 내가 경험해 봐서 하는 말이야." 로런스의 엄마는 첫 번째 선택지를 포기하고 다섯 번째 선택지였던 대학원에 들어갔다. 그리고 거기서 아빠와 가까워졌다. 그렇게 타협하기 시작한 엄마는 지금에 이르게 되었다.

"그 애는 내 여자친구가 아니에요, 엄마. 진드기에 물렸을 때 어떻게 해야 하는지 가르쳐 주는 사람일 뿐이라고요."

"그렇다면 뭐라도 해보렴. 아주 좋은 애 같아서 하는 말이야. 교육도 잘 받았고. 머리카락도 멋지고. 내가 너라면 사귀자고 했을 거다."

로런스는 이런 대화가 영 불편했다. 피부만 근질근질한 것이 아니라 뼈마디와 인대, 혈관까지 근질근질했다. 딱딱한 나무의자에서 꼼짝도 할 수 없었다. 영혼에 스며드는 초자연적인 공포가 무엇인지 그제야 알 것 같았다. 엄마가 여자애들에 대해 말하려는 것을 들을 때 로런스가 느낀 감정이 바로 그것이었다.

더 곤욕스러운 건 로런스가 학교에서 다른 애들이 자신과 퍼트리샤에 대해 수군거리는 뒷말을 들었다는 것이다. 체육 시간을 앞두고 탈의실에 있는데, 평소에는 일절 관심을 보이지 않던 블레이즈 도노번 같은 운동부 아이가 그녀의 셔츠를 벗겼느냐고 그에게 물었다. 그러더니 인터넷에 나오는 여자 꼬시는 방법에 관한 조언을 해주었다.

로런스는 고개를 숙이고 그냥 무시했다. 가장 필요로 하는 순간 타임머신이 손에 없다는 사실이 믿기지 않았다.

어느 날 로런스와 퍼트리샤는 나란히 앉아 점심을 먹고 있었다. 두 사람끼리가 아닌, 같은 식탁의 바로 옆자리에서. 한쪽 옆에는 남자애들이, 다른 쪽에는 여자애들이 주로 앉아 있었다. 로런스는 몸을 숙이고 물었다. "애들이 우리가… 남자친구 여자친구 사이인 줄 알더라고. 괜히 불편하지 않아?" 그는 **자신은** 별일 아니라고 생각하는 것처럼 보이려고 애썼고, 그저 퍼트리샤의 감정에 대한 우려만 비쳤다.

퍼트리샤는 어깨를 으쓱했다. "사람들이야 항상 뭔가를 가지려고 하니까 그런 거 아닐까?" 그녀는 이렇게 별나고 부산스러운 아이였다. 그녀의 눈은 때론 갈색으로 때론 녹색으로 보였고, 짙은 색 머리는 조금도 곱슬거리지 않는 직모였다.

사실 로런스는 학교에서까지 퍼트리샤와 어울릴 필요가 없었다. 방과 후와 주말에 퍼트리샤가 자신의 편을 들어주는 것으로 충분했다. 그러나 혼자 앉아 있는 것이, 더군다나 그녀 역시 가까운 창가에서 얼굴을 찌푸린 채로 혼자 앉아 있을 때 그러는 것이 어색했다. 문득 퍼트리샤에게 이것저것 묻고 어떻게 반응하는지 알아보고 싶어졌다. 어떠한 것에 대해 퍼트리샤가 뭐라고 말할지가 전혀 짐작 가지 않았기 때문이다. 남들과 다르리라는 것만 알았다.

로런스와 퍼트리샤는 쇼핑몰 에스컬레이터 아래에 자리를 잡고 앉았다. 더블초콜릿 울트라크리미 슈퍼힙 프로스투치노를 시켰고 어른 기분을 내려고 디카페인 커피를 넣어 마셨다. 그들은 머리 위에서 윙윙거리는 에스컬레이터 기계음에 마음이 편해졌다. 경쾌하게 철썩거리는 거대한 분수가 보였다. 빨대로 마지막 한 모금을 마실 때 목구멍에서 꺼억 하는 소리가 올라왔고 단맛이 확 느껴졌다.

에스컬레이터를 타고 분수 쪽으로 내려오는 사람들의 발과 발목이 보이는 자리였다. 그들은 신발만 보고 어떤 사람인지 번갈아 추측했다.

"흰색 스니커스를 신은 여자는 곡예사야. 동시에 스파이고." 퍼트리샤가 말했다. "그녀는 전 세계를 돌아다니면서 공연도 하고 일급 기밀 건물에 카메라를 몰래 설치하는 일을 하지. 침투하지 못하는 곳이 없어. 기예적일 정도로 몸을 자유자재로 구부리는 데에 선수니까."

카우보이 부츠에 검은색 진을 입은 남자가 지나갔다. 로런스는 그가 로데오 챔피언이며 이 쇼핑몰에서 열리는 '댄스댄스 레볼루션' 쇼다운에 출전하여 세계 최고의 브레이크댄서와 겨루었다고 했다.

어그부츠를 신은 여자는 슈퍼모델인데, 보는 사람의 넋을 잃게 만드는 윤기 나는 머리카락의 비법을 훔쳐서 여기 숨어 있는 거라고 퍼트리샤가 말했다. 슈퍼모델이 이런 쇼핑몰에 있다고는 아무도 생각하지 않을 테니까.

로런스는 말쑥한 펌프스 구두에 나일론 스타킹을 신은 두 여자가 서로의 인생 상담 코치로 계속 만나는 사이라고 생각했다.

검은색 슬리퍼에 낡은 회색 양말을 신은 남자는 암살자라고 퍼트리샤가 말했다. 훈련된 킬러들의 비밀 조직에 소속된 사람인데, 지금 먹잇감을 추적해 공격할 최적의 순간을 찾는 중이라고 했다.

"발만 보고도 그 사람에 대해 이렇게 많은 것을 알 수 있다니 대단해." 퍼트리샤가 말했다. "신발에 모든 이야기가 다 들어 있어."

"우린 예외지만." 로런스가 말했다. "우리가 신은 신발은 지루하기 짝이 없어. 우리에 대해 아무것도 알려주지 않고."

"그야 부모님이 신발을 골라줬으니까." 퍼트리샤가 말했다. "어른이 될 때까지만 기다려 봐. 우리 신발은 제정신이 아닐걸."

***

퍼트리샤가 회색 양말과 검은색 신발의 남자에 대해 추정한 바는 사실 옳았다. 그의 이름은 시어돌퍼스 로즈, 이름 없는 암살단의 일원이었다. 그는 흔적 하나 남기지 않고 사람을 처리하는 방법을 873가지나 알고 있었으며, 지금까지 총 419명을 죽여 암살단 서열에서 아홉 번째로 높은 자리를 차지했다. 신발 때문에 자신의 정체가 탄로 났다는 것을 알면 그는 몹시 화를 냈을 것이다. 평소 주위 환경에 스며드는 자신의 능력에 자부심이 대단했기 때문이다. 그는 아무 특징 없는 검은색 슬리퍼에 등산용 양말을 신고 마치 퓨마가 관목 사이를 헤치듯 사뿐사뿐 걸었다. 검은 재킷이며 무기와 보급품으로 주머니가 불룩해진 카고바지 같은 나머지 복장은 배경에 섞여들기 위해 고른 것이었다. 그는 바싹 민 앙상한 머리를 숙였지만, 모든 감각은 잔뜩 날이 서 있었다. 머릿속에서는 가정주부, 노인, 청소년 할 것 없이 누가 예고 없이 공격해 오더라도 대처할 수 있도록 온갖 시나리오가 끊임없이 돌아갔다.

시어돌퍼스가 이 쇼핑몰에 온 것은 특별한 두 아이를 찾기 위해서였다. 암살단에서 입지를 다지려면 표적 하나를 무보수로 처리해야 했다. 그래서 그는 알바니아에 있는 암살자의 사원으로 성지순례를 갔다. 거기서 금식을 하고, 약물을 흡입하고, 아흐레 동안 자지 않고 버텼다. 그러고 나서 사원 바닥으로 내려가 화려하게 새겨진 예언의 구멍을 들여다보았다. 그는 지금도 매일 밤 악몽으로 찾아오는 이미지들, 즉 죽음과 대혼돈, 파괴의 엔진, 무너져 내리는 도시, 전염병처럼 들끓는 광기를 보았다. 그리고 마법과 과학이 벌인 최후의 전쟁으로 전 세계가 잿더미가 되는 광경을 보았다. 이 모든 중심에 한 남자와 여자가 있었는데 그들은 아직 아이였다. 예언의 구멍에서 올라온 그의 눈은 피로 얼룩졌고, 손바닥이 긁혔으며 무릎은 말을 듣지 않았다. 이름 없는 암살단은 최근 미성년자 살해를 엄격하게 금했지만, 시어돌퍼스는 이것을 성스러운 임무라고 여겼다.

시어돌퍼스는 방금 먹잇감을 놓치고 말았다. 쇼핑몰은 처음이었는데, 현란한 쇼윈도며 안내지도에 적힌 헷갈리는 문자와 숫자에 정신이 없었다. 게다가 어찌된 일인지 로런스와 퍼트리샤는 그의 정체와 계획을 알아차리고 몸을 숨겼다. 생활용품 가게 진열대에는 저절로 움직이는 칼이 수두룩했다. 여성용 속옷 가게에는 '기적의 볼륨 업'이라는 알쏭달쏭한 글이 적혀 있었다. 그는 어디를 봐야 할지 몰랐다.

하지만 이런 상황에서 침착함을 잃을 시어돌퍼스가 아니었다. 그는 퓨마였다. 혹은 치타나 치명적인 고양이이거나. 그에게 이런 어린애들은 식은 죽 먹기였다. 모든 암살에는 붙잡았던 손이 풀리며 어질어질 절벽 아래로 추락할 것처럼 느껴지는 순간이 있기 마련이다. 몇 달 전에 암살자 총회에서도 바로 이 문제에 대해 논의했다. 감쪽같이 미행하는 순간에도 다른 모든 사람이 은밀하게 자신을 지켜보고 비웃고 있다는 두려움을 느낀다.

심호흡을 해, 퓨마. 시어돌퍼스는 자기 자신에게 말했다. **숨 쉬어.**

그는 치즈케이크 가게 남자 화장실에 들어가 명상을 했다. 볼일을 다 봤느냐며 누군가가 계속해서 문을 두드렸다.

하는 수 없이 라지 초콜릿 브라우니 아이스크림을 시켜야 했다. 주문한 음식이 테이블에 놓였을 때 시어돌퍼스는 한참 쳐다보며 생각했다. 여기 독이 들어 있지 않다고 어떻게 장담하지? 누군가가 정말로 그를 지켜보았다면 무색무취에 심지어 초콜릿 향까지 나는 물질을 넣었을지도 모를 일이다.

시어돌퍼스는 소리 내지 않고 훌쩍이기 시작했다. 정글 속의 고양이처럼 울었다. 그러고 나서 그는 이따금 독살당할 우려 없이 아이스크림도 먹지 못한다면 살아도 사는 게 아니라고 생각하여 먹기 시작했다.

로런스의 아버지가 차를 가지고 쇼핑몰에서 조금 떨어진 곳으로 와서 로런스와 퍼트리샤를 태웠다. 바로 그 순간, 시어돌퍼스가 목을 움켜잡고 쓰러졌다. 아이스크림에 정말로 독이 들어 있었던 것이다. 퍼트리샤는 로런스의 부모에게 말할 때 자신의 장기를 살려 이야기를 지어냈다. "요전번에 암벽 타기와 급류 타기를 하러 갔어요. 강물은 하얗게 부서지기보다 갈색에 더 가까웠지만요. 그리고 염소 농장에 가서 놀았는데 염소들을 좇느라 완전히 지치고 말았어요. 염소들은 에너지가 대단하더군요." 퍼트리샤가 로런스의 아버지에게 말했다.

그는 염소에 대해 몇 가지 질문을 했고, 아이들은 그야말로 진지하게 대답했다.

시어돌퍼스는 치즈케이크 가게에 평생토록 출입을 못 하게 됐다. 공공장소에서 입에 거품을 물고 몸부림치며 카고바지의 가랑이 부분을 더듬거리다가 뭔가를 꺼내 꿀꺽 삼키면 그렇게 된다. 해독제가 효과를 발휘해 다시 숨을 쉴 수 있게 된 시어돌퍼스는 이름 없는 암살단의 인장과 함께 화려한 필체로 몇 마디 적힌 냅킨을 보았다. **이봐, 우리는 더 이상 아이들을 죽이지 않아, 알았어?**

이제 전략을 바꿀 필요가 있었다.

5

퍼트리샤는 시간이 날 때마다 숲속으로 들어갔다. 그녀가 새소리를 흉내 내려 할 때마다 새들이 비웃었다. 그녀는 나무를 걷어찼다. 아무런 반응도 없었다. 그래서 더 깊은 숲으로 들어갔다. "어이, 나 여기 있어. 나한테서 뭘 원하는 거야? 어이, 대답 좀 해!" 그녀는 변신할 수만 있다면 무엇이든 내줄 생각이었다. 더는 지루한 세상을 견딜 수 없었다. 진짜 마녀라면 본능적으로 마법을 부릴 수 있어야 한다. 순전히 의지로든, 아니면 깊고 충분한 믿음으로든 신비로운 일들이 일어나게 할 수 있어야 한다.

학교 수업이 시작되고 몇 주가 지났을 때 퍼트리샤의 좌절감은 극에 달했다. 그녀는 지하실에서 말린 향신료들이며 잔가지들을 들고 숲으로 들어가 성냥으로 불을 피웠다. 얕은 구덩이에서 타오르는 자그마한 불꽃 주위를 돌며 뜻 모를 주문을 외우고 손을 흔들었다. 머리카락을 뽑아 불 속에 던졌다. "제발, 뭐라도 해. 제발!" 울먹이며 말했다. 하지만 아무 일도 일어나지 않았다. 퍼트리샤는 바닥에 쪼그리고 앉아 실패로 끝난 의식이 재로 변하는 것을 바라보았다.

퍼트리샤가 집에 돌아오자 언니 로버타가 휴대전화로 찍은 퍼트리샤의 사진들을 부모에게 보여주고 있었다. 불을 피우고 그 주위를 미친 듯이 뛰어다니는 사진이었다. 그것도 모자라 머리 잘린 다람쥐를 비닐봉지에 담아 들고는 퍼트리샤의 소행이라고 주장했다. "퍼트리샤는 숲에서 사탄 의식을 벌였어요." 로버타가 말했다. "게다가 약물도 했고요. 내가 봤어요. 버섯에 420에 몰리*도 있었다고요."

"피피, 우린 네가 걱정이란다." 퍼트리샤의 아버지가 말했다. 고개를 어찌나 세차게 가로젓는지 턱수염이 흐릿해 보일 지경이었다. '피피'는 퍼트리샤의 어릴 때 별명이었는데 그녀를 벌주려고 할 때면 이렇게 부르곤 했다. 어렸을 때는 그 별명이 귀엽다고 생각했지만, 나이가 들면서 남자애로 태어나지 못한 것을 아쉬워하는 미묘한 의미가 담긴 것을 알아버렸다. "우리는 네가 철이 들었으면 좋겠다. 너를 벌주는 것은 우리도 원치 않지만, 피피, 네가 거친 세상에서 살아가도록 준비시키려면 어쩔 수가…."

"이 사람 말은 교복에다 규율이 있고 승리자를 만드는 커리큘럼이 갖춰진 학교로 널 보내려고 우리가 **많은 돈**을 쓰고 있다는 거야." 퍼

* '420'은 마리화나, '몰리'는 엑스터시를 가리키는 은어.

트리샤의 엄마가 끼어들었다. 엄마의 턱과 연필로 그린 눈썹이 평소보다 더 날카로워 보였다. "이 마지막 기회를 날려버릴 셈이니? 그냥 쓸모없는 사람이 되려거든 그렇다고 말해라. 숲으로 들어가. 다시는 돌아오지 말고. 영영 숲에서 살아. 그럼 우리도 돈을 아낄 수 있으니."

"우린 네가 어엿한 사람이 되는 것을 보고 싶을 뿐이란다, 피피." 아빠가 옆에서 거들었다.

그들은 퍼트리샤에게 무기한 외출 금지를 명했고 **다시는** 숲에 발을 들이지 못하게 했다. 이번에는 문틈으로 음식을 밀어 넣지 않고 로버타가 쟁반에 들고 왔다. 로버타는 모든 음식에 타바스코 소스와 스리라차 소스를 잔뜩 끼얹었다.

첫날 밤에 퍼트리샤는 입이 화끈거려도 물 한 잔 마시러 나가지 못했다. 외롭고 추웠다. 부모는 컴퓨터를 포함해 아이가 즐길 만한 모든 것을 방에서 치워버렸다. 한없이 지루했던 그녀는 역사책에 나오는 구절들을 외웠고, 수학 문제를 가산점이 부여되는 문제까지 다 풀었다.

다음 날 학교의 모든 아이들이 모닥불 주위에서 춤추는 퍼트리샤 사진과 머리 없는 다람쥐 사진을 봤다. 로버타가 **자신의** 고등학교 친구들에게 사진을 보냈고, 그 친구들에게 캔터베리에 다니는 형제자매들이 있었던 것이다. 복도에서 이상한 표정으로 퍼트리샤를 보는 사람들이 점점 많아졌다. 이름을 알지도 못하는 남자애 하나는 점심시간에 그녀에게 달려와 "변태년"이라고 소리를 지르고 도망쳤다. 영화를 좋아하는 캐리 대닝과 메이시 파이어스톤은 퍼트리샤가 자해를 했을까 봐 **걱정되어** 요란하게 그녀의 손목을 들어 확인했다. "우리는 네가 필요한 도움을 제대로 받고 있는지 확인하는 것뿐이야." 하트 모양의 얼굴에 밝은 오렌지색 머리카락을 살랑거리며 메이시 파이어스톤이 말했다. 트레이시 버트 같은 인기 있는 친구들은 고개를 가로저으며 서로 문자만 주고받았다.

외출 금지 이틀째 밤, 퍼트리샤는 미치기 일보 직전이었다. 로버타가 가지고 온 칠면조 구이와 으깬 감자 요리가 어마어마하게 맵고 얼얼해서 연거푸 기침을 하고 쌕쌕거렸다. 아래층에서 나는, 무시하기에는 지나치게 크고 무슨 말을 하는지 알아듣기에는 지나치게 작은 텔레비전 소리에 두개골이 쑤셨다.

주말은 최악이었다. 퍼트리샤의 부모는 그녀가 종일 방에 있는지 확인하려고 주말 계획을 미뤘다. 언젠가 디자인 잡지에서 읽고 무척 기대하던 빈티지 문고리 전시회를 포기한 것이다.

퍼트리샤가 마법을 부릴 수 있다면 창밖으로 날아가거나 중국과 멕시코의 마녀들과 연락을 주고받을 텐데. 하지만 그런 일은 없었다. 그녀는 여전히 지루하고 따분했다.

일요일이 되었다. 퍼트리샤의 어머니가 채소를 곁들인 소고기 구이를 만들었다. 로버타는 퍼트리샤의 몫에 타바스코 소스를 퍼부었다. 그런 다음 위층으로 갖고 올라와 문을 열고 쟁반을 건넸고, 퍼트리샤가 먹는 모습을 보려고 계속 문간에 서 있었다. 그녀가 흥분하여 얼굴빛이 벌게지기를 기다리며.

그런데 웬걸, 퍼트리샤는 차분하게 포크를 들고 한입 크게 입에 넣고는 씹고 삼켰다. 그녀는 어깨를 으쓱했다 "영 밋밋하군. 나는 더 매운 게 좋은데." 그러고는 쟁반을 로버타에게 넘겨주고 문을 닫았다.

로버타는 쟁반을 받아 들고 내려가 텍사스식 5단계 매운맛 바비큐 소스 병을 찾았다. 그러고는 얼얼한 향이 올라올 때까지 퍼트리샤의 소고기 구이에 끼얹었다.

그녀는 음식을 다시 들고 올라가 퍼트리샤에게 건넸다. 퍼트리샤는 한입 씹었다. "으음, 아까보단 낫네. 하지만 여전히 별로 맵지 않아. 훨씬 더 매웠으면 좋겠어."

로버타는 페루산 매운 고추씨 단지를 찾아서 골고루 뿌렸다.

퍼트리샤는 한입 먹더니 입이 불타는 것 같았지만 애써 미소를 지었다. "으음, 여전히 매운맛이 부족해. 분발해 줘."

로버타는 식료품 저장실의 선반 맨 위 칸에서 칠리 파우더를 찾아 넉넉하게 뿌렸다. 위층으로 들고 올라가는 동안 스웨터를 끌어 올려 코와 입을 가려야 했다.

퍼트리샤는 시뻘건 소고기 조각을 뚫어지게 보았다. 이제까지 먹은 가장 매운 음식(지난여름 가족과 함께 들렀던 도로변 식당에서 "제네바 요리 협약에 따라 금지된" 것이라며 내놓은 5등급 매운맛 칠리)보다 훨씬 더 매웠다. 억지로 크게 한입 물고 천천히 씹었다. "이만하면 됐어. 고마워." 로버타는 퍼트리샤가 음식을 다 먹을 때까지 지켜보았다. 고통스러워하거나 마지못해 먹는 것이 아니라 천천히 음미하는 것 같았다. 식사가 끝나자 퍼트리샤는 다시 한번 로버타에게 고맙다고 했다. 문이 닫혔고 퍼트리샤는 혼자가 되었다. 그녀는 얼얼한 숨을 토해

냈다.

위장이 녹아내리고 있었다. 머리에서 김이 올라오고 실신할 지경이었다. 눈앞이 온통 하얗게 흐려졌으며, 입안은 유독물질로 오염된 재난 구역이었다. 온몸의 피부에서 매운 기름이 땀으로 흘러나왔다. 무엇보다 이마가 천장에 부딪혀 밀리면서 아팠다.

잠깐만, 어째서 이마가 천장에 부딪힌 거지? 퍼트리샤는 아래로 눈을 돌려 자신의 몸이 살짝 옆으로 떨어지는 것을 보았다. 그녀는 날고 있었다! 자신의 몸을 떠나서 말이다! 칠리 파우더와 매운 소스에 들어 있는 뭔가가 갑자기 이렇게 만든 것이다. 그녀는 유체이탈 비슷한 것을 하고 있었다. 더는 복통도, 입안의 화끈거림도 느끼지 못했다. 그건 신체에 속하는 일이었다. "난 매운 음식이 좋아!" 퍼트리샤는 입도 호흡도 없이 말했다.

그녀는 숲으로 날아갔다.

집 앞 잔디와 진입로를 넘어 몸이 살짝 떨어졌다가 다시 솟구쳐 올랐다. 바람이 얼굴에 밀착되는 느낌이 근사했다. 손과 발이 그야말로 은빛을 띠었다. 고도를 더 높이자 저 아래 고속도로가 밝은 빛줄기처럼 보였다. 밤공기가 차가웠지만 괴롭지는 않았고, 공기가 몸을 채우는 느낌이었다.

어찌된 일인지 퍼트리샤는 어렸을 때 가본, 의회가 열렸던 장소로 가는 길을 알고 있었다. 꿈을 꾸는가 싶었지만 사소한 디테일 하나하나가 신기하리만치 눈에 들어왔다. 한밤중에 고속도로가 일차선으로 좁아지는 구역을 누가 꿈으로 꾼단 말인가? 모든 게 너무도 현실적으로 와닿았다.

곧 의회가 열렸던 장대한 나무 앞에 서게 되었다. 거대한 나뭇가지들이 그녀 위로 구부러져서 아치를 이루었다. 그러나 이 시간에 새들은 없었다. 잘게 갈라진 잎이 바람에 살짝 흔들리면서 나무가 어둠 속에서 나풀거릴 뿐이었다. 그곳에 아무도 없는 것을 보자 퍼트리샤는 괜한 여행을 했나 싶었다. 운도 없지.

그녀는 몸을 돌려 다시 날아가려고 했다. 하지만 새들이 근처에서 쉬고 있을지도 몰랐다. "안녕?" 퍼트리샤는 어둠 속에 대고 말했다.

"아안녕." 어떤 목소리가 대답했다.

땅에 발을 디디고 서 있던 퍼트리샤는 그 소리에 공중으로 뛰어올랐다. 몸무게가 나가지 않아서 1미터 넘게 솟구쳐 올라갔다. 퍼트리샤는 자신이 어떻게 땅에 다시 내려왔는지 나중에야 알아챘다.

"안녕?" 퍼트리샤가 다시 말했다. "거기 누구예요?"

"네가 불러서 대답한 거야." 목소리가 말했다.

이번에는 목소리가 나무 자체에서 나는 것임을 퍼트리샤가 알아차렸다. 커다란 나무 몸통 중앙에 어떤 존재가 있는 듯했다. 얼굴 같은 것은 없었지만 누가 자신을 바라보고 있다는 느낌이 들었다.

"고마워요." 퍼트리샤가 말했다. 잠옷 차림의 그녀는 마침내 추위를 느끼기 시작했다. 비록 몸을 떠나 있지만, 가을밤에 맨발로 야외에 나와 있었으니.

"살아 있는 사람에게 말을 해보는 게 얼마 만인지 모르겠군." 나무는 또박또박 말을 하려고 애썼다. "괴로워하고 있군. 무슨 문제지?"

마치 오래된 풀무에서 나는 바람 소리나 거대한 나무 리코더로 저음을 연주하는 소리처럼 들렸다.

퍼트리샤는 당혹스러움을 느꼈다. 그처럼 거대하고 오래된 존재와 맞닥뜨리자 갑자기 자신의 문제가 하찮고 이기적인 것으로 여겨졌다. "아무래도 난 가짜 마녀 같아요." 그녀가 말했다. "아무것도 할 줄 아는 게 없어요. 내 친구 로런스는 슈퍼컴퓨터도 만들고 타임머신과 광선총도 만들어요. 원할 때면 언제든 근사한 일이 벌어지게 할 수 있어요. 나는 **어떤** 근사한 일도 일으키지 못해요."

"근사한 일이." 나무는 세차게 몰아치는 모음과 덜거덕거리는 자음으로 말했다. "벌어지고 있다. 바로 지금."

"맞아요." 퍼트리샤는 또다시 얼굴이 달아올랐다. "확실히 멋진 일이죠. 정말로요. 하지만 이건 저절로 벌어진 일이잖아요. 내가 원해서 일어나도록 **만든** 일이 아니라요."

"네 친구는 자연을 통제하려고 하지." 나무는 단어 하나하나를 힘주어 말했다. "마녀는 자연을 섬겨야 한다."

"하지만 부당해요." 곰곰이 생각하더니 퍼트리샤가 말했다. "자연이 로런스를 섬기고 내가 자연을 섬긴다면, 내가 로런스를 섬긴다는 말이잖아요. 로런스를 좋아하기는 하지만 그의 하인이 되는 건 싫어요."

"통제는 환상이야." 나무가 말했다.

"좋아요." 퍼트리샤가 말했다. "아무튼 내가 진짜 마녀이기는 한가 보네요, 그렇죠? 방금 나를 마녀라고 불렀으니까요. 게다가 내 몸을 두고 왔는데 그것도 의미심장하고 말이죠. 이렇게 시간 내줘서 고마워요. 나무로 살아가는 것은 틀림없이 힘들겠죠. 그것도 그냥 나무가 아니라 의회 나무니까요."

"나는 여러 나무들이다. 다른 많은 존재이기도 하고. 안녕."

집으로 돌아가는 여정은 떠날 때보다 훨씬 짧았다. 아마 졸려서 그렇게 느꼈을 것이다. 퍼트리샤는 천장을 통과해 몸 안으로 들어갔다. 그러자 끔찍한 복통으로 몸이 배배 꼬였다. 매운 고추를 너무 많이 먹은 것이다.

"아아아아아!" 퍼트리샤는 배를 부여잡고 자세를 바로 했다. "화장실, 급해요! 화장실! **지금 당장** 화장실 가야 해요!!!"

월요일 점심시간에 퍼트리샤는 긴 식탁 맨 끝자리 로런스 맞은편에 앉았다. 오물 수거통이 근처에 있어서 친구 없는 아이들이 모이는 곳이었다.

"비밀 지킬 수 있어?" 그녀가 물었다.

"당연하지." 로런스가 곧바로 대답했다. 그는 칼로 눅눅한 햄버거에 구멍을 내고 있었다. "너도 내 비밀을 다 알고 있잖아."

"좋아." 퍼트리샤는 목소리를 낮추고 손으로 입을 가렸다. "잘 들어. 아마 믿기지 않을 거야. 어쩌면 미친 소리라고 하겠지만 누군가에게는 말해야겠어. 내가 말할 수 있는 사람은 너밖에 없어." 그녀는 최선을 다해 자초지종을 털어놓았다.

6

로런스는 퍼트리샤에게 새로운 발명품을 보여줄 때마다 목에서 경련이 이는 것을 느꼈다. 쥐가 난 것인데, 배낭에서 실험용 장치를 꺼낼 때면 그랬다. 이것을 깨닫기까지 며칠이 걸렸다. 그러자 퍼트리샤를 보면 본능적으로 움찔했고 한쪽 어깨가 들렸다. 재수 없는 놈이라는 소릴 들어도 어쩔 수 없었다.

"이게 내가 작업한 거야." 보통은 이렇게 이야기를 꺼냈는데 그러면 목에서 신호가 왔다. 이것을 알면서도 그만둘 수 없었다. 6학년 때 아이들 앞에서 레이저스쿠프를 처음 발표하고 망신을 당했던 순간으로 항상 돌아가는 기분이었다.

그러거나 말거나 퍼트리샤는 계속해서 호기심을 보였다. 그가 인터넷에서 주문한 리모콘으로 작동하는 사이보그 바퀴벌레 세트를 방과 후에 보여주었을 때도 그랬다. "이걸 중추신경계에 연결하면 어떤 고약한 명령을 내려도 다 듣는대." 그러면서 로런스는 상자에서 막 꺼낸 작은 금속 쐐기형 부품에 달린 전선을 가리켰다. 그들이 앉아 있는 보행자 육교 아래에서 트럭이 굉음을 내며 지나갔다.

"로치보그라." 퍼트리샤는 로런스의 손바닥에 놓인 바퀴벌레의 등을 봤다. "헛짓했군." 그녀는 〈스타트렉〉 드라마에 나오는 기계인간 보그의 목소리를 흉내 내기 시작했다. "도리토스는 적절하지 않아."

"역겹지는 않고?" 로런스는 바퀴벌레를 상자에 넣은 다음 배낭에 도로 집어넣었다. 그는 그녀를 쳐다보았다. 여전히 키득거렸지만 긴장한 표정이 살짝 묻어 있었다. 자동차 한 대가 보트를 끌고 지나갔다. 아마도 올해 배를 탈 수 있는 마지막 기회일 것이다.

퍼트리샤는 잠깐 생각했다. "살짝은 그래. 하지만 생물학 시간에 소의 뇌를 해부했을 때만큼 최악은 아니야. 바퀴벌레에게 미안한 마음은 조금도 없어." 그녀는 육교 난간 너머 철제 구조물을 발로 찼다. 로런스의 부모는 지금 그와 퍼트리샤가 크리스털 레이크 트레일을 하러 간 줄 알고 있었다.

두 사람은 한동안 자동차들을 가만히 쳐다보았다. 퍼트리샤는 자신이 자해하지 않았다는 것을, 괜찮다는 것을 사람들이 한눈에 알아보도록 늘 카디건의 소매를 접어 올리고 다녔다.

"명심해." 퍼트리샤가 갑자기 어른의 목소리로 말했다. "통제는 환상이야." 로런스는 그녀 팔의 혈관이 멀쩡한 것을 보았다. 그녀가 자신에게 말했던 마법의 목소리를 인용하고 있다는 것을 알아보았다.

"하지만." 퍼트리샤가 말을 이었다. "네가 만든 장난감들은 부러워. 너는 절대로 포기하지 않아. 계속해서 뭔가를 만들지. 그리고 새로 만든 것을 나한테 자랑할 때마다 네 얼굴에 즐거움의 표정이 보여."

"즐거움이라고?" 로런스는 자신이 잘못 들은 줄 알았다. "나는 즐겁지 않아. 항상 열받아 있어. 나는 인간혐오자야." 이것은 최근에 그가 좋아하게 된 단어로, 써먹을 기회만 노리고 있던 차였다.

그녀는 어깨를 으쓱했다. "아무튼 넌 즐거워 **보여.** 항상 신나 있어. 부러워."

로런스는 민망함과 즐거움을 동시에 느끼는 일이 가능한지 생각했다. 그는 욱신거리는 목을 한 손으로 문질렀고, 이어 다른 손도 갖다 댔다.

로런스는 퍼트리샤가 새들에게 말을 걸고 유체이탈을 경험했다는 이야기를 믿었다. 그는 여전히 남의 말을 잘 믿는 편이었다. 그래서 여름 캠프에서 장난치기 좋은 상대였다. 하지만 세상의 가능성에 처음부터 눈을 감아버리는 것에 반발심을 느끼기도 했다. 친구인 퍼트리샤가 이것을 믿었다면 그녀의 편이 되어주고 싶었다. 그녀는 '마법' 때문에 힘들어했다. 그러니 그녀가 아무것도 아닌 일로 벌을 받았다고 로런스가 생각한다면, 그건 기본적인 공정성을 위반하는 일일 터였다. 그리고 과연 그녀의 이야기가 다른 것보다, 예를 들어 로런스의 몸이 하루가 다르게 새롭고 본인이 전혀 원하지 않는 특징들을 내보이는 것보다 더 미친 소리였을까? 조금도 그렇지 않았다.

게다가 퍼트리샤는 이제 로런스가 학교에서 말을 걸 수 있는 유일한 사람이 되어버렸다. 캔터베리 아카데미에도 이른바 '범생이'들이 있었지만, 그들조차 로런스가 학교 컴퓨터실 출입(그는 해킹을 한 게 아니라 성능을 향상시키려고 했을 뿐이다)과 수련회 참석(그는 세심한 통제하에 화염방사기 실험을 했다)을 금지당한 후로 지나치게 몸을 사리며 함께 어울리지 않으려 했다. 퍼트리샤는 사리니안 프로그램의 이상한 시험문제들("믿음이 종교라면 사랑은 ―다")을 두고 함께 웃을 수 있는 유일한 사람이었다. 그는 그녀가 카페에서 사람들을 관찰하는 것을 좋아했고, 케이시 해밀턴의 학생회 활동을 교외에서 벌어지는 신나는 가장행렬로 치부하는 그녀의 관점이 마음에 들었다.

퍼트리샤는 난간 밖으로 늘어뜨렸던 다리를 구부리고 몸을 일으켰다. "그래도 넌 운이 좋아. 너 같은 부류의 외톨이와 나와는 차이가 있어. 과학을 좋아하는 범생이는 사람들이 짓궂은 장난을 치고 자기들 편에 끼워주지 않지. 하지만 마녀는 어떤가 하면, 모든 사람이 사악한 정신병자라고 단정해."

"내 삶에 대해 가르치려 들지 마." 로런스도 자리에서 일어났고, 바닥에 내던진 배낭이 하마터면 육교 아래로 떨어질 뻔했다. 그는 목 양쪽이 뻣뻣하게 굳는 것을 느꼈다. "그러니까… 내 삶이 어떤지 너는 모르잖아."

"미안해." 퍼트리샤는 입술을 깨물었다. 대형 트럭이 아래로 지나갔다. "내가 선을 넘었어. 다만 내 친구라면 사람들이 우리를 남자친구 여자친구로 생각하는 것보다 더 나쁜 일에 대비할 필요가 있다는 말을 해주고 싶어. 예컨대 마녀의 전염병이 너한테 옮을 수도 있어."

그 말에 로런스는 눈을 치켜떴다. "그런 일이라면 걱정 마."

며칠 뒤, 브래드 촘너가 5교시를 마치고 로런스를 쓰레기통에 거꾸로 처박는 일이 있었다. 로런스는 오물을 뒤집어썼고 교복 셔츠가 담장에 걸려 찢어졌다. 브래드가 로런스의 옷깃을 부여잡고 끌어 올려 둘의 얼굴이 **거의** 마주 보는 상황이었다. 브래드 촘너의 목은 로런스의 몸통보다 굵었다. 더 나쁜 것은 브래드가 로런스를 시멘트 보도에 팽개칠 때 그의 영원한 짝사랑 도로시 글래스가 이 모든 장면을 지켜보고 있었다는 사실이다.

"내가 여기서 4년을 더 버틸 수 있을지 모르겠어." 로런스가 퍼트리샤에게 말했다. 둘은 점심 식탁 끝자리에 앉아 있었다. 오물 세례를 받자마자 앉기엔 거북할 정도로 오물 수거통에 가까운 자리였다. 머리가 아직도 가려웠다. "시내에 있는 과학고등학교로 전학을 갈까 생각 중이야."

"좋은 생각인지 모르겠다." 퍼트리샤가 말했다. "매일 아침 일찍 일어나 버스를 혼자 타야 해. 그리고 버스에서 시간을 많이 보내면 방과후 활동을 못 하게 될 수도 있어."

"아무렴 여기보단 낫겠지. 글루크먼 수학 선생님이 벌써 추천서를 써주셨어. 이제 부모님 서명만 받으면 돼. 그분들은 내가 그토록 먼 학교에 간다는 걸 이상하게 생각하겠지만."

"네가 학창 시절을 제대로 보내기를 바라시는 거지. 네가 지나치게 빨리 어른이 되는 걸 원치 않으셔."

“부모님은 로켓을 보러 집을 나간 그때 이후로 내 걱정을 지나치게 많이 해. 내가 튀는 걸 원치 않는 거야.” 로런스가 말하고 있을 때 어디선가 감자튀김이 날아와 그의 머리를 때렸지만 그는 아무 일 없다는 듯 계속해서 말했다.

“너의 장래를 걱정하는 부모님이 있다는 건 좋은 일이야.” 퍼트리샤는 로런스의 부모님이 부러웠다. 자신의 부모처럼 위압적인 과잉 성취자가 아니라고 여겼던 모양이다.

“부모님은 겁쟁이야. 누군가가 자신들을 알아볼까 봐 항상 겁에 질려 있고 해명하기 바빠.” 감자튀김이 다시 날아왔다. 로런스는 거의 미동도 하지 않았다.

점심 식사도 거의 끝나갔고 둘은 오후 수업이 달랐다. 로런스는 화제를 바꾸었다. “이봐, 내 슈퍼컴퓨터와 이야기해 볼래?” 그는 자신의 책가방에 온갖 것들을 넣어 가지고 다녔다. “인간이 어떻게 사고하는지 컴퓨터가 학습하려면 다른 사람들과 더 많이 교류해야 해.”

“무슨 얘기를 하지?” 퍼트리샤가 말했다.

“뭐든 좋아. 믿을 만한 친구라고 생각하고 편하게 이야기해.” 그는 가방에서 노란색 줄이 쳐진 쪽지를 꺼냈다. “이게 메인 서비스를 담당하는 컴퓨터 메신저 계정이야. 이름은 CH@NG3M3.” 그러면서 철자를 불러주었다. “짐작하겠지만 임시 이름이야. CH@NG3M3이 완전히 감응적인 존재가 되고 스스로 생각하기 시작하면 새로운 이름을 선택할 수 있어. 하지만 난 이 이름이 좋아. 컴퓨터가 성장하고 바뀌고 자신의 정체성을 스스로 찾도록 독려하는 거야.”

"어쩌면 컴퓨터가 너를 바꿔주길 바라는 것일 수도 있고." 퍼트리샤가 말했다.

"그래." 로런스는 메모지에 적힌 자신의 글씨를 바라보았다. "맞아, 어쩌면 그럴지도."

"좋아, 이야기해 볼게." 그녀는 로런스에게서 쪽지를 받아 치마 주머니에 넣었다.

"CH@NG3M3에게 말하는 모든 것은 너희 둘 사이의 일이야. 나는 읽지 않을 거야."

"말이 나온 김에 말하자면, 새로 온 상담 선생님이 괜찮다고 들었어. 그에게 가서 브래드 촘너 문제를 이야기해 보면 어떨까." 종이 울려서 그들은 각자 수업을 받으러 갔다.

로런스는 퍼트리샤의 조언을 받아들이기로 했다. 그도 새로 온 상담교사가 좋다는 말을 들은 적이 있다. 전임 상담교사가 고기를 운반하는 트럭에 치여 얼마 전에 새로운 교사가 부임했다. 창문 대신 마약 반대 포스터들과 책꽂이가 놓여 있는 사무실에서 상담교사는 편안한 토크쇼 진행자 같은 분위기로 여기서는 모든 것을 털어놓아도 된다고 말했다. 시어돌퍼스 로즈는 키가 컸고 눈썹과 머리를 말끔하게 밀었으며, 우둘투둘한 광대뼈와 턱은 기괴해 보였다.

"전 그냥." 로런스가 말했다. "괴롭힘을 당하고 있어요. 학업에 방해가 될 정도로요. 쓰레기통에 갇히는 바람에 사회학 수업을 놓쳤는데, 저는 탈출의 명수가 아니거든요. 이러다 성적이 떨어질지도 몰라요."

로런스는 눈치채지 못했지만 로즈 선생은 그를 유심히 살피고 있었다. 벌레처럼. 그 순간이 지나가자 로즈 선생은 다시 친절하고 믿음직한 모습으로 돌아갔다.

"내가 보기에는 말이다." 상담교사가 입을 열었다. "다른 아이들이 널 만만한 목표로 삼은 것 같구나. 왜냐하면 넌 눈에 띄는 존재이면서 힘이 없어 보이니까 말이다. 이 상황에서 네가 취할 수 있는 방법은 두 가지야. 그들이 널 존중하게 만들거나 투명인간이 되는 것. 두 가지를 결합할 수도 있고."

"그러니까 튀지 말란 말이죠? 식당에서 점심을 먹지 말고, 살인 광선총을 만들라고요?"

"폭력을 옹호할 생각은 없다." 로즈 선생은 인조가죽 의자에서 양손으로 뒤통수를 받치고 몸을 젖혔다. "아이들은 너무도 소중한 존재다. 우리의 미래야. 하지만 네가 무엇을 할 수 있는지 그들에게 보여줘야 그들이 너를 존중하겠지. 늘 긴장을 늦추지 말고 퇴로를 알아두렴. 필요하다면 그림자 속으로 숨는 법도 익히고. 눈에 보이지 않으면 상처를 줄 수도 없어."

"무슨 말인지 알겠어요." 로런스가 말했다.

"아이들은 공포를 부리는 방법을 아직 배우지 못한 어른이다." 시어돌퍼스 로즈는 그렇게 말하고 미소 지었다.

7

황소개구리 한 마리가 퍼트리샤의 사물함에서 튀어나왔다. 양손을 모아도 들 수 없을 만큼 커다란 녀석이었다. 개골거리는 것이 마치 "여기서 나가게 해줘"라고 하는 것 같았다. 눈은 공포로 질식할 것처럼 보였고, 볼록한 몸뚱이를 지탱하기에 지나치게 작은 다리가 씰룩거렸다. 서늘하고 축축한 둥지를 찾아 이런 지옥에서 도망치고 싶어 했다. 퍼트리샤는 손을 뻗어 잡으려 했지만 개구리는 손에서 미끄러졌다. 누군지 몰라도 새벽에 일어나 이런 것을 잡으려면 꽤나 시간이 걸렸을 것이다. 개구리는 나지막한 굉음으로 분노를 표하고는 복도로 내려서서 어디론가 뛰기 시작했다. 이 장면을 쳐다보던 모든 아이들이 낄낄거렸다. 그중에는 "변태년"이라고 소리를 지른 아이도 있었다.

학교를 마치고 퍼트리샤는 침대에 걸터앉아 로런스의 슈퍼컴퓨터 CH@NG3M3에게 말을 걸었다. 요즘 매일 하는 일이었다. "부모님이 내가 살아 있는 한 절대로 숲에 들어가지 못하도록 하겠대. 그건 말이지, 내가 아무한테도 쓸모없는 사람이라는 뜻이야. 학교에서는 모두가 나를 자해자, 미친 사람이라고 불러. 가끔 내가 정말로 미쳤으면 좋겠다는 생각을 해. 그러면 견디기가 한결 쉬울 것 같아."

"만약에 네가 미쳤다면, 미쳤다는 것을 어떻게 알지?" CH@NG3M3이 물었다.

"좋은 질문이네." 퍼트리샤가 인정했다. "전적으로 믿는 사람이 있어야겠지. 그런 사람이 있으면 둘이서 같은 것을 보고 있는지 확인할 수 있으니까." 그녀는 주전자가 수놓인 누비이불 위에 책상다리를 하고 앉아 엄지를 깨물었다.

"같은 것을 보지 않는다면?" CH@NG3M3이 물었다. "그럼 미친 거야?" 가끔 컴퓨터는 자신의 틀을 벗어던지고 퍼트리샤가 앞서 한 말을 살짝 바꿔서 돌려주곤 했다. 그러면 정말로 생각하는 것처럼 보였다.

"너는 눈도 없고 몸도 없으니 좋겠어." 퍼트리샤가 말했다. "이런 것에 대해 걱정할 일이 없잖아."

"내가 무엇에 대해 걱정해야 하는데?" CH@NG3M3이 물었다.

"전원이 꺼지는 것. 그럼 로런스가 마음을 바꾸고 널 날려버릴 수도 있어."

"눈을 얻으려면 어디로 가야 하지?" CH@NG3M3은 난데없이 대화를 앞서 이야기하던 대목으로 끌고 갔다. 막다른 골목에 몰렸다고 판단하면 가끔 이렇게 했다. "어떤 종류의 눈을 갖고 싶어?"

이런 대화를 나누던 중 퍼트리샤는 좋은 아이디어가 떠올랐다. 부모님이 숲에 가는 일을 허락하지 않는다면 어쩌면 다른 것을, 예컨대 고양이를 얻을 수도 있지 않나. 저녁 식사 중에 퍼트리샤가 접시에 놓인 케일찜을 포크로 집어 들 때, 엄마는 오늘 실력을 기르기 위해 무엇을 했느냐고 물었다. 전과목 A를 받는 우등생인 로버타는 항상 이런 일에 최고였고, 늘 그렇듯 말도 못 하게 어려운 과제를 최고로 해냈다고 대답했다. 그러나 퍼트리샤는 암기하고 선다형 답안지를 채우는 일이 고작인 학교에 갇혀 있었다. 그러니 거짓말을 하거나 여가 시간에 뭔가를 배워야 했다. 퍼트리샤는 사나흘 연속해서 그럴듯하게 들리는 향상된 점을 생각해 냈고 점수를 많이 쌓아서 이제 고양이를 갖고 싶다고 말하기 시작했다.

퍼트리샤의 부모는 동물이라면 질색했고 자신들에게 알레르기가 있다고 확신했다. 하지만 결국에는 고집을 꺾었다. 그 대신 퍼트리샤가 고양이와 관련된 수고스러운 일을 도맡겠다고 약속해야 했고, 행여 고양이가 아파도 수의사에게 데려가는 일은 없을 거라고 했다. "병원 문제는 오래전에 일정을 잡겠다고 미리 합의하자. 그래야 로더릭도 그렇고 나도 시간 내기가 편해." 퍼트리샤의 어머니가 말했다. "고양이와 관련한 응급상황은 없는 거다. 내 말 알겠니?"

퍼트리샤는 고개를 끄덕였고 가슴에 십자가를 그으며 맹세했다.

버클리는 배에 커다란 흰색 줄무늬가 있고 울상인 얼굴에 흰색 자국이 나 있는 복슬복슬한 검은색 새끼 고양이였다. (퍼트리샤는 만화가의 이름을 따서 그렇게 지었다.) 이웃인 토켈포드 부인의 새끼 고양이 가운데 중성화 수술을 받은 녀석을 골랐는데, 곧바로 퍼트리샤는 왠지 친숙한 느낌이 들었다. 그는 계속해서 퍼트리샤를 못마땅하게 쳐다보았고 달아나려고 했다. 며칠이 지나 퍼트리샤는 자신이 어렸을 때 나무 위에 가둬놓았던 토밍턴이라는 고양이의 자손임을 알아보았다. 물론 버클리는 그런 말을 하지 않았지만, 퍼트리샤는 왠지 그가 자신에 대한 이야기를 **들었다**는 인상을 떨칠 수 없었다.

게다가 앞서 고양이를 들이는 것에 관심을 전혀 보이지 않던 로버타가 버클리를 함께 키우고 싶다고 했다. 그녀는 버클리의 어깨를 부여잡고 자신의 방으로 데려가 문을 닫았다. 불쌍하게 끙끙대는 고양이 소리가 로버타가 크게 틀어놓은 음악 너머로 들렸다. 하지만 문은 잠겨 있었다. 참다못한 퍼트리샤가 부모에게 로버타가 고양이를 학대하는 것 같다고 말했더니 그들은 '고양이 관련 응급상황 없음' 규칙을 거론했다. 로버타는 이렇게만 말했다. "봉고* 연주하는 방법을 가르치는 중이야."

퍼트리샤는 언니로부터 버클리를 보호하려고 했지만, 녀석은 가까이 가기만 해도 쉿쉿거리며 경계했다. "이리 와." 퍼트리샤는 인간의 목소리로 애원했다. "넌 내 도움이 필요해. 원하는 건 없어. 그저 안전하게 지켜주려는 거야." 그러나 고양이는 퍼트리샤가 다가갈 때마다

* 무릎 사이에 끼우고 손가락으로 두드리며 연주하는 라틴아메리카의 타악기.

도망쳤다. 향신료 가게의 수많은 구석과 좁은 공간에 올라가 숨기 시작했고, 식판에 사료가 있거나 화장실을 써야 할 때만 나타났다. 로버타는 버클리가 나와 있을 때를 기가 막히게 알았고, 놀라운 반사신경으로 잽싸게 버클리를 들어 올렸다.

또 하루가 지났다. 밤에 불이 꺼지자 고음으로 시작되어 점차 낮아지는 비통한 울음소리가 로버타의 방에서 들렸다.

다음 날 하교 후 로런스가 퍼트리샤의 집에 찾아왔다. 그는 오래된 양념들의 퀴퀴한 냄새에 어느덧 익숙해졌다. 두 사람은 한때 양념통들이 걸려 있었던 담장 윤곽이 내다보이는 거실에 앉아 버클리 문제의 해결책을 모색했다.

"고양이를 붙잡아 보호장비 로봇을 입혀줄 수도 있어." 로런스가 말했다.

"걔는 이미 충분히 힘들어." 퍼트리샤가 말했다. "몸에 장비를 채워서 고통을 더 겪게 하고 싶지는 않아."

"나노기계를 만드는 방법을 안다면, 수많은 나노봇들이 옆에 있다가 그가 고통받으면 보호막을 형성하도록 하면 되는데. 하지만 지금 내가 만들 수 있는 나노모터는 기껏해야, 음 그게… 게을러서 말이야. 게으른 나노봇은 너도 원치 않을 거야."

불빛이 닿지 않는 대들보 뒤쪽 어두운 다락방에서 버클리의 모습이 잠깐 보였다. 털과 밝은 두 눈이 반짝거렸다. 그들이 그쪽으로 올라가려는 순간, 버클리가 계단 아래로 달음질쳤다. 두 아이는 계단통

아래에 웅크리고 앉았다.

퍼트리샤가 말했다. "토밍턴에게 나쁜 감정은 없어. 녀석은 좋은 고양이었어. 그저 본능에 충실했을 뿐이야. 난 그에게 어떤 해도 입히지 않았어. 맹세해." 아무런 반응이 없었다.

"주문 같은 걸 걸어보면 어떨까." 로런스가 말했다. "마법을 부려봐. 나야 잘 모르지만."

퍼트리샤는 로런스가 자신을 놀리는 게 틀림없다고 생각했지만, 그는 간교한 아이가 아니었다. 얼굴에 그렇게 쓰여 있었다.

"난 진지하게 말하는 거야." 로런스가 말했다. "왠지 이건 마법의 문제 같다는 생각이 들어."

"하지만 어떻게 하는지 몰라." 퍼트리샤가 말했다. "지난 몇 년간 내가 마법을 행한 것은 매운 음식을 잔뜩 먹었을 때뿐이었어. 그날 이후로 온갖 향신료를 써서 시도해 봤지만 실패했어."

"하지만 그건 마법을 행할 필요가 없었을 때였지. 지금은 그럴 필요가 있잖아."

버클리가 퍼트리샤 어머니의 생산성 분석 책들이 빼곡하게 꽂힌 책꽂이 위에서 그들을 지켜보았다. 그들이 좀 더 가까이 다가오면 고속열차처럼 잽싸게 도망칠 태세였다.

"지금이라도 숲으로 가서 마법의 나무를 보고 싶어." 퍼트리샤가 말했다. "하지만 부모님이 알았다가는 날 죽일 거야. 로버타가 일러바칠 게 분명하고."

"숲에 갈 필요까진 없어." 로런스는 야외로 나가는 게 여전히 내키지 않았다. "전에 네가 말한 이야기로 미루어 볼 때 힘은 네 안에 있어. 그러니 그 힘에 닿기만 하면 돼."

퍼트리샤는 로런스를 쳐다봤다. 그는 결코 농담하는 법이 없었다. 그녀는 세상에서 그보다 좋은 친구를 상상할 수 없었다.

그녀는 다락방으로 올라갔다. 늘 향신료 가게의 다른 곳보다 훨씬 더운 그곳에서 자신의 숨소리를 듣곤 했다. 자신이 새처럼 느껴졌다. 몸이 아주 작고 뼛속이 비어 있는 것처럼 느껴졌다. 로런스와 버클리는 그녀가 무엇을 하려는지 잠자코 지켜보았다. 버클리는 들보를 따라 살짝 더 다가오기까지 했다.

좋아. 지금 아니면 영영 기회는 없어.

퍼트리샤는 더운 이 다락방이 정글이라고 상상했다. 마른 들보는 열매 달린 나무, 헌옷을 담은 상자들은 무성한 관목. 숲에는 갈 수 없다. 또다시 유체이탈을 기대할 수도 없다. 대신에 숲을 자신에게 가져왔다. 사프란과 강황을 담아놓았던 오래된 상자들의 냄새를 들이마시며 수많은 나뭇가지들이 사방으로 팔을 뻗치고 있다고 상상했다. 그녀는 오래전에 토밍턴이 했던 말을 떠올리면서 버클리에게 가급적 똑같이 말하려고 했다.

그녀는 자신이 무엇을 하고 있는지 몰랐다. 잠깐 멈추고 자신이 얼마나 미친 사람처럼 보이는지 깨달았다면 부끄러워 죽었을 것이다.

그녀는 소곤거렸지만 목소리가 조금 커졌다. 버클리가 더 다가와 뾰족한 잇새로 혀를 내밀었다. 퍼트리샤는 몸을 살짝 흔들며 목구멍 깊은 곳에서 으르렁대는 거친 소리를 냈다. 버클리의 귀가 뾰족하게

셨다.

버클리는 이제 바싹 다가섰고 퍼트리샤는 더 요란해졌다. 원하기만 했다면 손을 뻗어 붙잡을 수도 있는 거리였다.

“너… 고양이 말을 하는구나?” 버클리의 눈이 말도 못 하게 커졌다.

“가끔.” 퍼트리샤는 마음이 놓여 웃지 않을 수 없었다. “가끔 고양이 말을 해.”

“네가 그 못된 아이구나. 토밍턴 삼촌을 속였다는 그 아이.”

“그럴 작정은 아니었어. 새를 도우려고 했을 뿐이야.”

“새는 맛이 좋지.” 버클리는 앞발을 살짝 움직였다. “날개를 퍼덕거리면서 앞발에서 달아나려고 하지. 안에 고기가 들어 있는 장난감이야.”

“그 새는 내 친구였어.” 퍼트리샤가 말했다.

“친구라고?” 버클리는 새와 **친구**가 될 수 있다는 말에 혼란스러웠다. 그다음에는 고양이 접시와 회담이라도 하려나?

“맞아, 나는 내 친구를 보호해. 무슨 일이 있든. 난 너의 친구가 되고 싶어.”

버클리는 털을 살짝 곤두세웠다. “나는 보호 같은 건 필요 없어. 힘세고 사나운 고양이야.”

“물론 그렇겠지. 그럼 네가 날 지켜주면 되겠네.”

“그건 가능하지.” 버클리는 다가와서 퍼트리샤의 무릎 위에 몸을 웅크렸다.

"해냈어!" 퍼트리샤는 활짝 웃으며 로런스를 돌아보았고, 그의 얼굴에 떠오른… 크나큰 충격의 표정을 보았다.

로런스는 멍하니 바라보다가 몸을 살짝 떨었다.

"미안해." 퍼트리샤가 말했다. "그렇게 기괴했어?" 버클리가 그녀의 무릎에서 가르랑거렸다.

"살짝." 로런스의 어깨가 귀 옆까지 솟아 있었다.

"음, 좋은 쪽이야, 나쁜 쪽이야?"

"그냥… 기괴해. 기괴하다는 건 가치중립적인 말이야. 이제 가봐야겠다. 학교에서 봐."

로런스는 퍼트리샤가 무슨 말을 하기도 전에 거의 버클리만큼이나 재빠르게 자리를 떴다. 그녀는 그를 따라갈 수 없었다. 무릎에 가르랑거리는 고양이가 있으니 말이다. 스스럼없는 고양이, 젠장. 일이 이렇게 이상하게 되기를 바란 건 아닌데… 아무것도 모르는 사람 앞에서 그런 마법을 부리다니 얼마나 멍청한 짓인가? 비록 그가 내놓은 아이디어이긴 했지만.

그녀는 버클리를 쓰다듬기 시작했다. "이제 서로를 지켜주는 거다, 알았지?" 고양이는 지금도 그녀의 말을 알아듣는다는 어떤 반응도 보이지 않았지만, 아무렴 어떤가. 이번에는 마침내 원하는 때에 적절한 마법을 부리는 데 성공했다.

8

설익은 녹말질 음식을 잔뜩 담은 로런스의 점심 쟁반이 덜거덕거렸다. 그는 퍼트리샤 델핀에게서 가급적 멀리 떨어진 자리를 찾고 있었다. 그녀는 그들이 평소 앉던 오물 수거통 근처에 앉아 헝클어진 앞머리 아래로 한쪽 눈썹을 올리고 그의 눈을 쳐다보려고 했다. 로런스가 서 있는 시간이 길어질수록 그의 쟁반이 자꾸 기우뚱했고, 퍼트리샤는 초조하게 눈동자를 굴렸다.

마침내 로런스는 왼쪽으로 방향을 틀어 뒤쪽 계단으로 가서 플라스틱 쟁반을 무릎에 올려놨다. 수업이 끝난 아이들이 스케이트보드를 타는 장소와 가까웠다. 엄격히 말하면 밖에서 식사하는 것은 규칙 위반이었지만 아무도 상관하지 않았다.

그는 퍼트리샤에게 말을 걸겠다고 줄곧 생각했지만 그날의 기괴함이 자꾸 떠올랐다. 퍼트리샤가 몸을 이상하게 흔들고 양손으로 그것을 하던 장면, 그러고는 고양이 소리를 내며 버클리와 불편할 정도로 오래 대화를 나누던 장면은 로런스가 헛구역질하게 만들기 충분했다. 그는 자신과 어울리던 퍼트리샤가 갑자기 야생동물에게 말을 걸어보겠다고 하고는 또다시 이상한 춤을 추는 장면을 상상했다.

퍼트리샤의 행동을 직접 목격하고 나자 학교에서 들어왔던 소문들이 한층 그럴듯하게 여겨졌다. 얼마 전 그는 우아하고 팔다리가 가는 도로시 글래스 근처에 앉게 되었는데 그녀가 사물함에서 개구리를 키우는 여자애에 대해 친구들과 이야기하는 것을 들었다. 로런스가 아무리 아니라고 부정해도 아이들은 그가 퍼트리샤와 사귄다고 생각했다. 그는 퍼트리샤가 "마녀의 전염병" 운운하던 것을 떠올리지 않을 수 없었다.

"안녕." 퍼트리샤가 뒷문에서 나와 그의 바로 뒤에 섰다. 웨지감자를 먹으려는 그의 얼굴에 그림자가 졌다. 로런스는 아랑곳하지 않고 계속해서 씹었다. "안녕." 퍼트리샤가 다시 말했는데 이번에는 한층 화난 목소리였다.

"안녕." 로런스는 돌아보지 않고 말했다.

"무슨 일이야? 왜 자꾸 날 무시해? 이야기 좀 해. 미칠 것 같아." 로런스 위의 그림자가 깜빡거리며 모습을 바꾸었다. 퍼트리샤가 몸을 움직이며 말했던 것이다. "너의 아이디어였어. 네가 제안했고. 그래서 내가 한 거야. 그런데 기겁하며 도망을 치냐? 넌 친구를 그런 식으로 대하니?"

"학교에서 이런 이야기는 곤란해." 로런스는 포크를 마이크처럼 거꾸로 잡고 아주 낮은 목소리로 말했다.

"좋아, 그럼 언제 이야기할 수 있는데?"

"이곳에서 나갈 때까지는 남들 눈에 띄고 싶지 않아. 내가 원하는 건 그게 다야." 개미 한 마리가 비틀거리면서 로런스가 남긴 빵 부스러기를 나르려고 했다. 어쩌면 퍼트리샤는 개미의 언어로 격려의 말을 던질 수도 있었을 것이다.

"네가 부모님을 싫어하는 이유가 그거 아니었어? **그분들이** 남들 눈에 띄지 않으려 한다는 거."

로런스는 수치심과 분노가 뒤섞인 기괴한 감정을 느꼈다. 새로운 신체 부위를 키우자마자 걷어차인 기분이었다. 그는 쟁반을 부여잡고 퍼트리샤를 밀치고 지나갔다. 자신이나 그녀의 몸에 감자 찌꺼기가 묻는 것도 개의치 않고 안으로 얼른 들어갔다. 음식물이 절반가량 남은 쟁반을 들고 서둘러 복도를 걸어가는 그를 보고 당연히 누가 발을 슬쩍 걸었다. 로런스는 넘어져 오물에 얼굴을 처박고 말았다.

그날, 나중에 브래드 촘너가 로런스의 몸을 소변기에 처박으려고 했다. 그 일로 브래드와 로런스 둘 다 딥스 선생의 사무실로 불려 갔고, 동등하게 말썽 부린 학생 취급을 받았다. 딥스 선생은 로런스의 부모에게 연락하여 아이를 데려가도록 했다.

"학교 때문에 진이 빠져요." 저녁 식사 자리에서 로런스가 부모에게 말했다. "다른 데로 갈래요. 과학고등학교로 전학하겠다는 신청서를 이미 작성해 놓았어요. 여기다가 서명만 하시면 돼요." 그러면서 귀퉁이가 떨어져 나간 포마이카 식탁 위 식기매트 중앙에 신청서를 올려놓았다.

“네가 혼자서 시내의 학교로 통학할 수 있을지 우리는 아직 확신이 없구나.” 로런스의 아빠는 포크 끝으로 캐서롤을 자르며 코와 입으로 훌쩍거리는 소리를 냈다. “딥스 선생은 네가 안 좋은 영향을 주는 사람이 될까 봐 걱정하셔. 성적이 좋다고 해서 못되게 굴어도 된다는 뜻은 아니니다.” 그러면서 게걸스럽게 음식을 먹었다.

“너는 지금 주어진 책임도 제대로 다하고 있지 못하고 있어.” 로런스의 어머니가 말했다. “항상 말썽을 일으켜서는 곤란해.”

“네 엄마와 나는 말썽을 일으키지 않는다.” 로런스의 아버지가 말했다. “우린 어른이라서 다른 일로 바쁘거든.”

“그래요?” 로런스는 캐서롤을 옆으로 치우고 남은 콜라를 꿀꺽 비웠다. “정확히 무슨 일을 하시는데요? 두 분 다요.”

“말대꾸하지 마라.” 로런스의 아버지가 말했다.

“지금 너에 대해 얘기하는 중이잖니.” 로런스의 어머니가 말했다.

“아뇨, 알고 싶어서 그래요. 아무리 생각해도 두 분이 무슨 대단한 일을 하는지 모르겠어요.” 로런스는 아버지를 쳐다보았다. “아빠는 사람들이 올린 보험금 청구를 기각하는 하급 중간 관리자죠.” 그는 어머니를 쳐다보고 말했다. “엄마는 한물간 기계들의 사용법 안내서를 갱신하고요. 대체 무슨 대단한 일을 한다는 거죠?”

“네가 비바람을 피할 수 있는 지붕 아래에 살도록 했다.” 그의 아버지가 말했다.

"그리고 네 접시에 간과 콩이 들어간 맛있는 캐서롤을 올려놓았지." 그의 어머니가 말했다.

"오, 맙소사." 로런스는 한 번도 부모에게 이런 식으로 말한 적이 없었고, 자신도 왜 그러는지 몰랐다. "내가 두 분처럼 되지 않게 해달라고 얼마나 열심히 기도하는지 모르죠? 매일 밤 엄마 아빠처럼 순응적인 실패자가 되는 악몽을 꿔요. 두 분은 이런 구덩이 속으로 가라앉으면서 본인이 어떤 꿈을 내던졌는지 기억조차 못 하잖아요." 그러고는 싸구려 리놀륨 바닥이 긁힐 만큼 세게 의자를 밀고는 부모가 가짜로 분노하는 척하기 전에 위층으로 올라가 방문을 잠갔다.

로런스는 이소벨과 로켓 연구자 친구들이 와서 자신을 데려가기를 원했다. 현재 그녀는 우주정거장을 오가며 필요한 물품을 전달하는 신생 항공우주 회사의 운영을 돕고 있었다. 그는 우주여행의 찬란한 미래에 관해 그녀가 한 말이 인용된 기사들을 찾아서 읽었다.

로런스는 침대에 벌러덩 누워 천장에 붙은, 거대한 성운에 가상의 우주선들이 집결해 있는 포스터를 보았다. 그러고 나서 자신이 부모에게 한 말을 생각했다. 집중해 들어보면 방 한쪽 벽을 따라 늘어선 냉각팬 돌아가는 소리 너머로 두 분이 싸우는 소리가 들렸다. 승패를 가르거나 해결책을 찾는 싸움이 아니었다. 부질없고 논점 없고 분별없는 공격이었다. 마치 덫에 갇힌 두 생물이 서로를 물어뜯는 것 말고는 할 일이 없다는 듯이 말이다. 로런스는 죽고 싶었다.

어머니는 상처를 입은 듯했고 아버지는 살짝 체념한 것 같았지만, 신랄함의 정도는 똑같았다.

로런스는 베개를 뒤집어썼다. 소용없었다. 헤드폰을 쓰자 학교에서 다들 듣는 시시껄렁한 여자 가수의 노래가 흘러나왔다. 그 위에 방한용 귀마개를 쓰자 부모의 말소리는 더 이상 들리지 않았지만, 무슨 말을 하는지는 여전히 상상할 수 있었다. 그는 나지막이 으르렁거리는 헤타 네코라는 가수의 목소리에 집중했다. 저도 모르게 발기가 되었다. 이런 일은 그냥 무시하는 게 상책이었다. 그는 자신이 싫으면서도 한 손을 내리고 최근에 끊임없이 연습한 동작을 실행했다. 지저분한 냅킨에 사정하는 순간, 부모 중 한 명이 집 앞 정문을 쾅 닫는 소리가 들렸고 몸으로도 느껴졌다. 누구인지는 몰랐다.

이대로 죽어 지옥에 떨어졌으면 좋겠어. 로런스가 생각했다.

로런스는 제대로 잠들지 못했다. 다음 날 아침 등교하기에는 몸이 너무도 좋지 않았지만 집에 있는 것은 더 싫었다. 그는 아이들이 지우개를 던져도, 그가 서명하면 아무도 서명하지 않는다는 이유로 무엇을 살리자는 청원서를 자신에게만 주지 않아도 알아차리지 못했다.

그날 오후 집으로 돌아간 로런스는 식탁 위에 부모님의 서명이 모두 들어간 신청서가 놓여 있는 것을 보았다. 집에는 아무도 없었다. 저녁에 그는 고맙다고 말했지만 그들은 어깨를 으쓱하고 식탁만 볼 뿐이었다. 세 사람은 완전한 침묵 속에서 식사를 했다.

다음 날 로런스는 학교 복도에 우두커니 서서 사람들이 빠져나가는 것을 쳐다보았다. 단추가 잘못 채워져서 재킷이 삐딱한 것이 그제야 눈에 들어왔다.

퍼트리샤가 그에게 다가왔다. "이러다 수업에 늦겠다. 그들이 널 가만두지 않을 거야." 그녀가 말했다.

처음으로 로런스는 퍼트리샤가 예쁘다고 생각했다. 햇볕에 살짝 탄 피부 아래로 밝은 피부가 드러났다. 예전에 한번 보았던 에어브러시로 그린 그림과 비슷했다. 그녀의 목은 부드럽고 우아했고, 손목을 완전히 젖혀 배낭을 어깨에 걸치고 있었다. 짙은 머리카락은 청록색 눈을 거의 덮었다. 그는 퍼트리샤의 어깨를 잡고 싶었다. 그녀로부터 달아나고 싶었다. 그녀와 키스하고 싶었다. 소리를 지르고 싶었다.

그러는 대신 이렇게 말했다. "우리 수업 빼먹을까?"

"뭐라고?" 그녀가 말했다. "어디로 가려고?"

"숲으로 가자. 네가 말한 마법의 나무를 보고 싶어."

이제 그는 이 아이가 미쳤다 해도 상관하지 않았다. 자신은 나쁜 사람이었다. 미친 것과 나쁜 것 중에 뭐가 더 나쁠까? 게다가 서른 살이 되기 전에 자신과 키스하는 것을 고려해 봄직한 여자는 아무리 생각해도 그녀밖에 없었다. 그는 자신이 얼간이 짓을 했다는 사실을 점차 뼈저리게 의식했다.

"나와 숲에 가고 싶다고? 지금 말이지?" 퍼트리샤가 말했다.

로런스는 고개를 끄덕였다. 더 이상 꾸물대지 않았다.

그는 발아래의 타일이 눈에 거슬렸다. 매일 왁스로 광을 내서 1시간 동안 반짝거리도록 말린 바닥은 수백 명의 아이들이 밟고 지나가 끈적거리고 왁스 찌꺼기로 지저분해 보였다. 차라리 바닥을 왁스로 칠하지 않는 것이 나을 것 같았다.

"미안해." 퍼트리샤가 말했다. "그럴 순 없어. 너야 좋아하는 학교로 전학 가면 그만이지만 나는 여기 남아야 해."

"물론 그렇겠지. 알았어." 로런스는 다른 말을, 어쩌면 사과의 말을 하고 싶었지만, 그러지 못했다. 그들은 각자 수업을 들으러 갔다.

시어돌퍼스 로즈는 열네 살 때 이끼가 낀 슬레이트 침상에서 잤다. 그는 옆에서 자고 있는 남자를 깨우지 않고 여자를 살해하는 100가지 방법을 익혔다. 매일 아침, 새벽이 밝아오기 1시간 전에 열네 살의 시어돌퍼스는 스승의 오줌이 담긴 항아리를 머리에 이고 16킬로미터를 달렸다. 만약 오줌을 한 방울이라도 흘리거나 16킬로미터를 1시간 반 안에 주파하지 못하면, 눈에서 불꽃이 튈 때까지 물구나무를 서야 했다. 식사는 절벽으로 둘러싸인 학교 요새 인근의 잡목림에서 채집한, 아주 치명적이지는 않은 버섯과 장과류만이 허용되었다. 하지만 이름 없는 암살자 학교는 캔터베리 아카데미에 비하면 컨트리클럽이었다. 일단 그는 거기서 많은 것을, 지금도 일하면서 활용하고 있는 솜씨들을 **익혔고** 이에 자부심을 느꼈다. 또 하나, 아무도 낡은 랩톱 컴퓨터로 선다형 답안지에 대답하도록 그에게 강요하지 않았다. 만약 암살자 학교에 시험이 있었다면 그는 하루도 못 버텼을 것이다. (마침내 그곳에서 나가게 되었을 때, 시어돌퍼스는 돼지들의 도살장 행동을 연구하다가 인간 아이들의 교육 체계에 관한 아이디어를 떠올린 심리학자 라스 사리니안을 추적하려고 마음의 노트를 만들었다.)

시어돌퍼스는 몇 주째 두 아이를 몰래 추적하면서 집과 학교에서 모든 대화를 엿들었다. 그들의 집 건너편에 차를 세우고 둘이 함께 혹은 따로 나누는 대화를 도청했다. 그는 자신이 직접 관여하지 않고 죽일 수 있는, 그리하여 아동 살해 금지 조항을 지킬 수 있는 묘책을 생각해 내려고 머리를 쥐어짰다. 멋진 사연이, 예술성이 필요한 일이었다. 예컨대 아이들이 숲에 갔다가 로런스가 뱀에 물리고 퍼트리샤가 독을 빨아내다가 사고로 독을 삼키는 시나리오를 생각했다. 하지만 불가능했다. 퍼트리샤는 숲에 가는 것을 금지당했고, 부모의 말이라면 무엇이든 **순종하는** 아이였기 때문이다. 시어돌퍼스는 퍼트리샤가 반항하는 순간이, 좌절감에 야수처럼 구는 순간이 언젠가 오기를 기다렸다.

지금까지 몇 주째 어쩔 수 없이 상담실 의자에 앉아 브래드 촘너가 본인의 신체를 어떻게 생각하는지 이야기하는 것을 듣자니 시어돌퍼스는 하루빨리 이 일을 끝내버리고 싶었다. 지난 몇 년 동안 이렇게 오래 사람을 죽이지 않은 적이 있었던가. 그는 손이 근질근질했다. 교사 회의에 앉아 그는 수학 선생 돈 글루크먼을 살려둔 채 그의 내장을 꺼내는 상상을 했다.

무엇보다 난감한 것은 시어돌퍼스가 개인적으로 겪어본 적도 없는 사춘기에 대해 조언해야 할 때였다.

루시 도드가 복통으로 결근하면서 며칠 동안 영문학 수업을 가르칠 사람이 필요했다. 시어돌퍼스가 자원했다. 먹잇감을 관찰할 수 있는 좋은 기회였다. 로런스와 퍼트리샤가 그 수업을 들었던 것이다.

모든 아이들이 농땡이를 치려고 임시교사로 누가 올지 기대했다. 그러다 빳빳한 검은색 셔츠에 검은색 바지를 맞춰 입고 빨간 넥타이를 맨 시어돌퍼스가 교실에 들어오자 다들 실망감에 한숨을 쉬었다. 이유가 어쨌든 그는 이 학교에서 가장 인기 있는 교사였기에 아무도 그를 놀릴 생각을 못 했다. "다들 내가 누군지 알지." 그렇게 말하며 그는 뚱한 표정의 소심한 얼굴들 하나하나와 눈을 맞추었다.

로런스와 퍼트리샤는 따로 떨어져 앉았다. 서로 말도 않고 쳐다보지도 않았다. 가끔 퍼트리샤가 마음이 상한 듯 그를 훔쳐보는 정도였다. 로런스는 중고로 산 『주홍 글씨』에 정신이 팔려 있었다.

트레이시 버트가 자신이 외운 구절을 완벽한 발음으로 낭독하고 치열 교정기를 드러내며 웃었다. 시어돌퍼스는 헤스터 프린에 대한 논의로 넘어가 그녀가 부당한 취급을 당했는지 물었고, 청교도 도덕에 관한 진부한 대답들을 받았다. 그러더니 그가 로런스를 불렀다. "암스테드 군, 사회 단합을 위해 때때로 마녀를 화형에 처할 필요가 있다고 생각하니?"

"네?" 로런스가 벌떡 일어났다. 그러는 바람에 의자 다리가 공중에 들려 책이 전부 바닥에 떨어졌다. 다른 아이들이 웃으며 문자를 주고받았다. "죄송합니다." 로런스는 물건을 주워 모으며 말했다. "무슨 말인지 이해를 못 했습니다."

오 이런, 너는 완벽하게 알고 있잖아. 시어돌퍼스가 혼잣말을 했다.

"알았다." 시어돌퍼스는 종이에 뭐라고 끄적였는데, 마치 그를 지우는 것 같았다. "델핀 양은 어때? 가끔씩 행하는 마녀 화형이 사회 단합에 도움이 된다고 생각해?"

퍼트리샤는 한순간 호흡이 흐트러졌다가 정신을 차리고 고개를 들어 침착하게 시어돌퍼스를 살폈다. 그는 그녀의 침착함에 감탄하지 않을 수 없었다. 퍼트리샤가 얇은 입술을 내밀고 말했다.

"마녀를 불태워야 결속이 유지되는 사회는 이미 실패한 사회라고 생각합니다. 그런 사회는 아직 알지 못합니다."

그 말을 듣자 시어돌퍼스는 이 임무를 어떻게 마무리할지, 그리고 자신의 직업적 자부심을 최종적으로 어떻게 만회할지 알았다.

9

로런스와 퍼트리샤가 소원해지고 몇 주가 지나서 눈보라가 쳤다. 눈을 떴을 때 버클리가 퍼트리샤의 팔꿈치와 어깨 사이에서 몸을 웅크리고 있었다. 그녀는 침대에서 나가지 않고 창밖을 바라보았다. 땅과 하늘이 서로를 반사하여 온통 은세계였다.

퍼트리샤는 몸을 부르르 떨었고 이불을 머리 위로 끌어 올리려다 아주 뜨거운 물로 샤워를 했다. 올해 처음으로 내복을 꺼내 입었는데, 더 이상 맞지 않았다.

퍼트리샤의 어머니는 이미 출근하고 없었고 아버지는 컴퓨터를 보고 서류를 만지느라 바빴다. 덕분에 퍼트리샤는 그들과 이야기를 나누지 않아도 되었다. 하지만 아침을 먹던 로버타가 퍼트리샤를 말없이 빤히 노려보아 오싹한 기분이 들었다. 마침내 로버타가 엘렌버

그 고등학교로 등교했고, 퍼트리샤는 캔터베리 아카데미가 폭설로 휴교하지 않았을까 하는 기대를 품으며 집을 나섰다.

그런 행운은 없었다. 퍼트리샤는 아버지의 차로 등교했는데, 질척한 계단에서 미끄러져서 목이 꺾일 뻔했다. 아이들이 돌을 넣은 눈 뭉치를 머리를 향해 던졌지만 그녀는 돌아서지 않았다. 그랬다가는 괜히 더 좋은 표적이 될 뿐이었다.

"델핀 양." 부드럽고 깊은 목소리가 텅 비다시피 한 복도에 선 퍼트리샤 뒤에서 들렸다. (많은 아이들이 등교하지 않았던 것이다.) 퍼트리샤가 돌아서서 보니 맹한 얼굴에 세로줄무늬 정장을 입은 상담교사 로즈 선생이었다.

"네?"

다들 로즈 선생이 형편없는 이 학교에서 그나마 괜찮은 선생이라고 했지만, 그녀에게 별다른 인상을 남기지는 못했다. 오늘따라 그는 음산하고 위협적인 분위기를 풍겼고, 평소보다 키가 30센티미터는 더 커 보였다. 퍼트리샤는 휴교가 무산된 탓이라며 그냥 넘기려고 했다.

"너와 상의할 일이 있다." 평소보다 더 깊은 목소리로 로즈 선생이 말했다. "시간이 날 때 상담실로 오너라. 특이하게도 오늘은 내가 하루 종일 일정이 없구나."

"그러죠." 퍼트리샤는 그렇게 말하고 서둘러 1교시 수업을 받으러 갔다. 교실의 절반 정도가 비어 있고, 창밖에는 눈이 하염없이 쌓여갔다. 기괴한 꿈을 꾸는 듯했다. 수학 시간이었는데 글루크먼 선생은 수업을 할 생각조차 없어서 다들 농땡이를 부렸다.

2교시 수업을 맡은 선생은 아예 출근하지도 않았다. 10분가량 기다리다가 퍼트리샤는 로즈 선생의 상담실로 갔다.

"급하게 불렀는데 와줘서 고맙다. 짧게 이야기하마." 로즈 선생은 입술이 말라 있었고 이를 딱딱 부딪쳤다. 평소 퍼트리샤가 알던 로즈 선생이 아니었다. 그는 손을 가지런히 모으고 평소보다 더 꼿꼿하게 의자에 앉아 있었다. 바다코끼리가 그려진 연필통 너머로 아동발달에 관한 책들이 꽂혀 있는 게 보였다.

퍼트리샤가 고개를 끄덕였다. 로즈 선생이 심호흡을 하고 말했다.

"너한테 전할 메시지가 있다. 나무한테서 온 거다."

"그게 무슨…." 퍼트리샤는 이것이 꿈이라고 생각했다. 핏기 없는 세상, 텅 빈 교실, 아직도 버클리와 침대에 있는 게 분명했다.

"정확히 말하면 나무 자체가 아니라 나무가 대표하는 힘이 보낸 것이지. 마녀로서 네가 맡은 소임을 행하기 위해 오랜 시간을 기다려 왔다는 것을 안다. 누구보다 오래 참아줬다. 그래서 이제 너에게 기다림이 거의 끝났다는 것을 알린다. 비밀은 곧 너의 것이 될 것이다."

퍼트리샤는 숨이 턱 막혔다. 의자 팔걸이를 세게 잡았다. 얼굴 주위가 화끈거렸고 팔다리는 차가웠다. 피가 머리로 쏠리면서 머리와 몸이 분리되는 듯했다. 발이 서로 맞부딪혔다.

마침내 이렇게 말했다. "그게 무슨 뜻이죠?"

"무슨 뜻인지 알 텐데."

"으음…." 그녀는 횡설수설하려는 것을 겨우 다잡았다. 이것은 중요한 마녀의 일이었다. "음, 당신은 누구예요?" 그녀는 필요하다면 그가 전설의 예언자 멀린이라고 해도 의심하지 않을 터였다.

"학교 상담교사지." 로즈 선생은 한쪽 입술로 웃었다. "난 그저 메시지를 전할 뿐이다. 이 문제로 너와 이야기하는 것은 이번이 처음이자 마지막이다."

"오, 알겠어요."

"조만간 지시를 받게 될 거다. 그 전에 해야 할 과제가 하나 있다."

"으음…." **음 소리 좀 그만해,** 퍼트리샤가 마음속으로 말했다. "으음, 일종의 시험인가요? 아니면 숙제? 나의 가치를 증명해야 하나요?"

"넌 이미 필요한 모든 것을 증명했다. 아니, 이건 그냥 과제야. 하지만 불쾌한 과제지. 이 학교에 장차 자연의 커다란 적, 마법 세계의 위협으로 성장할 남자애가 있다. 넌 이미 그를 알고 있어. 그의 이름은 로런스 암스테드. 최근에 그가 마법 시범을 보여달라고 부탁했을 수도 있다. 어쩌면 나무를 보여달라고 했을 수도 있어. 그랬니?"

"으음… 맞아요." 세상의 절벽 아래로 곤두박질하는 기분이었다. 퍼트리샤는 속이 뒤집혔다.

"이런 말 하고 싶지 않다는 걸 너도 알 거다. 하지만 난 메시지를 전하는 사람일 뿐이야. 모든 인간의 삶은 소중하며 무엇으로도 대신할 수 없다는 거 나도 안다. 하지만 로런스 암스테드는 죽어야 해. 그리고 그건 너여야 한다. 너만이 그를 죽일 수 있다. 이 과제를 완수하면 훈련을 시작할 수 있다."

퍼트리샤는 그다음에 자신이 무슨 말을 했는지 기억하지 못했다.

아마도 '으음'을 남발했을 것이다. 로런스를 죽이겠다는 말은 하지 않았고, 죽이지 않겠다는 말도 하지 않았다. 로즈 선생에게 메시지를 전해줘서 고맙다고 말했을 테지만 확실하진 않았다. 그날 내내 퍼트리샤는 넋이 빠진 채로 있었다. 저녁 식사를 마치고 로버타가 계단 난간에 거꾸로 매달려 노려보는 것도 알아보지 못했다. 로버타의 짙은 갈색 머리가 아래로 늘어졌고 눈썹을 씰룩거렸지만 퍼트리샤가 옆으로 지나갈 때 아무 말도 하지 않았다.

1시간 뒤, 소등하기 바로 전에 퍼트리샤는 로버타의 방에 찾아갔다. "버트." 그녀는 언니를 옛날 별명으로 불렀다. "사람 죽일 수 있어? 전적으로 그래야만 한다면 말이야."

흰색 잠옷을 입은 로버타는 발톱을 초록사과색으로 칠하는 중이었다. "와우, 트리시, 무시무시한데." 그녀가 웃었다. "알고 싶다면 말해주지. 불가피하다면 그래, 죽일 거야. 하지만 난 아마 감당하지 못할 거야. 쫄보라서 누군가를 쳐다보면서 없애는 것은 못해. 설령 옳은 일이라 확신해도 말이지."

"으음, 알았어. 고마워."

"하지만 트리시." 로버타는 자신의 방으로 돌아가는 퍼트리샤의 등 뒤에 대고 불렀다. "만약 네가 누군가를 없앤다면, 나도 가서 보고 싶어."

"으음, 알았어."

로런스는 다음 날 학교에 다시 갔다. 오늘따라 기분이 좋아서 팔을 흔들며 축축한 복도를 걸어갔다. 퍼트리샤와 말을 나누지는 않았지만, 그녀를 슬쩍 보며 미소를 지었다. 퍼트리샤는 쉽게 그를 없앨 수 있었다. 학교에서 통학 버스로 이용하는 고령자 투어 버스 앞으로 그를 밀어버리면 된다. 사고로 보일 것이다. 퍼트리샤는 그의 씰룩거리는 머리와 가냘픈 손목을 살피며 과연 그 말이 사실일까 생각했다. 그가 마법의 적이 된다고? 그는 이미 마법에 적대적이다. 그건 확실했다. 그러니 로런스는 괴물로 성장해 그녀의 동족을 위협할 것이다. 서글프지만 이것이 마녀가 하는 일일지도 몰랐다. 자연의 균형에 위협이 되는 사람들을 찾아서 제거하는 것 말이다.

그녀는 식당에서 그를 지켜보았다. 음식을 먹고 있었다. 그가 운동복 차림으로 학교 뒤의 언덕을 달리는 것을 보았다. 그가 복수하는 장면을 상상하려 했다. 자신의 친구들을 못살게 군다(물론 그녀에게 친구들이 있다면 말이지만). 믿기지 않았다. 자신이 그를 죽이는 것을 상상했다. 커다란 바퀴 앞으로 밀기만 하면 되니 식은 죽 먹기였다. 하지만 그가 죽어 마땅하다고는 도무지 생각되지 않았다.

로즈 선생과 이야기를 나누려고 할 때마다 그는 바쁘거나 자리를 비웠다. 마침내 교사 라운지 근처 복도에서 그를 만나 나무에 대해 이야기를 하려고 했다. 그는 무슨 헛소리를 하냐는 듯 한쪽 눈썹을 올리고 그녀를 쳐다보았다.

집에 돌아온 그녀는 CH@NG3M3에게 물었다. "로런스가 마법의 적이 될까?"

CH@NG3M3이 대답했다. "너는 로런스가 마법이 적이 된다고 생각해?"

"너한테 묻는 거야."

"어째서 나한테 묻는 거야?"

버클리가 가슴 위에서 웅크리고 있었는데도 그녀는 한참 동안 잠들지 못했다. 마침내 잠든 그녀는 꿈속에서 거대한 칼로 로런스의 몸을 두 동강 냈다. 그의 피부가 갈라지며 마법의 나라로 가는 빛나는 입구가 열렸고, 친절한 마법사들이 그녀에게 지팡이를 주었다. 그녀는 꿈속에서 고등학교 아이들이 파티를 벌이는 와들로강 절벽으로 로런스를 꾀어내 절벽 아래 날카롭고 미끄러운 바위로 그를 밀었다.

그녀는 소리를 지르고 몸을 부르르 떨며 잠에서 깨어 버클리를 필사적으로 끌어안았다.

수업 시작 전에 누가 퍼트리샤의 머리로 돌을 던졌다. 안에 돌을 넣은 눈뭉치가 아니라 그냥 화강암 덩어리였다. 퍼트리샤는 몸을 숙였지만 길에서 미끄러지고 말았다. 로런스가 그녀의 팔을 잡고 일어서는 걸 도왔다. 부축하면서 뭔가 말을 하려던 로런스는 그냥 돌아서서 갔다. 요즘 들어 그가 자주 보이는 행동이었다.

1교시 수업 때 퍼트리샤는 교과서를 꺼내려고 책가방에 손을 뻗었다. 뭔가 다른 것이 나왔다. 얼룩이 묻은 속옷이었는데, 정확히 무슨 얼룩인지는 알고 싶지도 않았다. 분명 집을 나설 때만 해도 가방에 없던 것이었다. 메이시 파이어스톤을 포함하여 같은 테이블에 앉은 아이들이 웃으며 사진을 찍기 시작했다.

"무슨 소동이야?" 글루크먼 선생이 물었다.

"누군가가 제 가방에… 차마 입에 담지 못할 것을 넣었어요." 퍼트리샤는 최대한 위엄 있는 목소리로 말해 피해자나 말썽꾸러기처럼 보이지 않으려고 했다.

"변태년." 누군가가 모퉁이에서 나지막이 쏘아붙였다.

"그건 내 수업을 방해할 핑계가 못 된다." 글루크먼 선생의 구레나룻이 일그러져 보였다. "넌 지금 뭔가를 배우려고 여기 온 다른 아이들의 시간을 빼앗고 있어."

"제가 한 일이 아니에요! 다른 누가…."

"만약 '누가' '누구'의 가방에 적절치 못한 것을 넣었다면, 교장 선생님이나 딥스 선생에게 가서 상의해라."

퍼트리샤는 주위를 둘러보았다. 다들 신이 난 표정이었다. 로런스와 눈이 마주쳤는데 그는 난감한 표정으로 이쪽을 보고 있었다.

"좋아요." 퍼트리샤는 자리에서 일어났다. "그래도 된다면 실례할게요." 그녀는 대답을 기다리지 않고 문을 쾅 닫고 나갔다. 환호성과 박수가 터져 나왔다.

그녀가 딥스 선생의 사무실로 가고 있을 때 저쪽 모퉁이에서 딥스 선생이 걸어와 그녀의 팔을 낚아챘다. "이게 어찌 된 일인지 설명하렴." 통통하게 살이 오른 손에 잡힌 그녀는 대꾸하려고 했지만, 그는 다짜고짜 그녀를 여자 화장실로 끌고 갔다. 화장실 벽에 피로 이렇게 적혀 있었다.

죽음은 멋진 일

인간의 피는 아니었다. 방금 흘린 피도 아니었다. 아무튼 그것이 피라는 건 분명했다. 범인이 정육점에서 가져왔을 플라스틱 통이 한쪽에 나뒹굴고 있었다. '페인트'가 벽에서 뚝뚝 흘러내리며 메시지가 사라지고 있었다. 누가 1교시 수업이 시작되기 직전에 여자 화장실에 들어와 닌자처럼 아무도 알아채지 못하게 일을 벌인 모양이었다.

"으윽…." 퍼트리샤는 몸 안이 얼어붙는 듯했다. 말도 못 할 정도의 악취. 유독한 도살장 냄새, 가축이 죽어가면서 내지른 비명이 냄새의 형태로 계속 풍기고 있었다. 도저히 같은 공간에 있기 힘들었다.

딥스 선생의 턱이 짙고 풍성한 턱수염 아래에서 씰룩거렸다. 그는 자유로운 손으로 벽을 가리키며 말했다. "우선 이걸 다 지워라. 그런 다음 네 부모님을 모시고 문명과 야만에 대해 이야기할 생각이다. 둘의 차이에 대해. 이건 중요한 문제야!"

"저는 하지 않았어요… 팔을 놓아주세요. 아파요." 퍼트리샤는 자신의 목소리가 들리지 않았다. 그는 그녀를 벽에 가깝게 몰아붙였다. "전 모르는 일이에요. 놓아주세요. 체벌은 학교에서 금지되어 있잖아요. 선생님은 지금 절 아프게 하고 있다고요. 제발, **놓아줘요!**"

딥스 선생은 그녀를 놓고는 곧바로 돌아서서 퍼트리샤의 부모님에게 전화를 걸었다. 그들 역시 그녀의 말을 듣지 않을 게 뻔했다. 한 명이 아니라 세 명의 어른이 그녀에게 소리를 질러댈 것이다.

"제 말 들어보세요." 퍼트리샤가 말했다. "누가 했든 이건 1교시 중에 한 일이에요. 수업 시작 전에 많은 아이들이 화장실에 갔는데 그때는 벽에 피가 없었어요. 그리고 모든 아이들이 1교시에 저를 봤어요. 제가 교실에 가장 먼저 들어갔으니까요. 제가 이 일을 했을 리 없어요. 그러니 저는 이만 갈게요. 수학 수업에 돌아가야 해요."

그녀는 '승리'를 거두었다. 하지만 아직 처리하지 못한 얼룩진 속옷이 있었고, 교실에는 그녀의 사진을 찍어 인스타그램에 올리며 못된 글을 적으려는 아이들이 여전히 득실거렸다.

피의 낙서는 그날 하루 종일 화장실 벽에 남아 있었다. 학교 관리인이 종교적인 이유로 가까이 가기를 거부했던 것이다. 그가 어떤 종교를 믿는지는 아무도 몰랐고, 그 자신도 밝히지 않았다.

퍼트리샤는 교실에서 들리는 다른 아이들의 쑥덕거림과 아무 일 없었다는 듯 수업을 계속하는 선생들을 보면서 토할 것 같았다. 하지만 그러기도 어려웠다. 학교의 다른 여학생 화장실은 열두 칸밖에 없어서 줄이 끝도 없이 길었다. 딱 한 번 소변을 보려고 줄을 섰을 때 아이들이 '우발적으로' 계속 그녀를 밀쳤다.

퍼트리샤는 로런스와 이야기하려고 한두 번 시도했지만, 그는 슬금슬금 자리를 피했다.

그녀는 하교하려고 밖을 나설 때 로즈 선생이 안에서 자신을 쳐다본다는 것을 알아챘다. 그는 정상적인 크기로 돌아와 있었다. 그러자 그동안 생각하지 않으려고 애썼던 것들이 기억났다. 그는 그녀가 곧 끔찍한 이곳을 떠나게 될 거라고 했다. 훈련이 시작될 거라고 했다. 자유롭고 빛나는 진짜 마녀가 된다고 했다. 한 가지 사소한 과제만 완수한다면 말이다.

10

로런스는 퍼트리샤의 추문과 관련하여 얼마나 많은 이야기를 엿들었는지 셀 수도 없었다. 아이들은 체육 시간에 운동복으로 갈아입으며, 중요한 시험을 앞두고 공부를 하며, 체조 대회를 준비하며 달리 이야기할 거리가 없었다. 로런스는 필드 종목이었지만 도로시 글래스 옆에서 그녀의 대회 준비를 거들었다. (그녀는 아직 그에게 오지 말라는 말을 하지 않았다. 그가 자신의 물건을 들어주는 것을 고맙게 여기는 것 같았다.) 도로시는 야외 운동장 관람석에 앉아 다리로 체조 동작을 취했는데 로런스는 이것을 개인적인 의미가 있는 것으로 여겼다.

로런스는 선을 넘지는 않았다. 퍼트리샤에 관해 안 좋은 말을 하거나 모욕을 당하는 것을 보고 웃지 않았다. 한때 친구였던 자를 모욕하여 환심을 사서 패거리에 들고 싶지는 않았다. 퍼트리샤와 관련한 것은 가급적 생각하지 않으려고 했다. 그녀는 제 앞가림을 할 수 있었다. 그는 고치 속의 번데기가 되어 아무하고도 소통하지 않았다. 달리 할 수 있는 일이 없었다. 모든 것이 계획대로 된다면 6개월 뒤 로런스는 과학고등학교 신입생으로 입학할 터였다.

한편 로런스는 CH@NG3M3의 업그레이드에 여가 시간을 모두 쏟아부었다. 컴퓨터가 비밀스러운 벽장에서 갈수록 많은 공간을 차지한 탓에 결국에는 옷 대부분을 버려야 했다. 그가 처리용량을 늘리는 족족 컴퓨터는 곧바로 소화했다. 그가 몇 가지 층을 가진 신경망을 만들면 컴퓨터가 알아서 스무 개가 넘는 층으로 늘렸다. CH@NG3M3이 소프트웨어 코드의 구조를 스스로 계속 바꾼 것이다. 일련의 연결 과정도 한층 복잡해졌다. A에서 B로, C로 데이터를 넘기는 것이 아니라 A에서 B, C, B, C, A로 넘어가면서 갈수록 많은 되먹임 고리가 생성되었다.

언젠가 퍼트리샤는 식당에서 로런스와 같은 열에 앉게 되었다. 짙은 머리카락이 얼굴을 덮었으며 눈 주위에 그늘이 지고 교복은 너저분하고 양말은 짝이 맞지 않는 모습이 영 엉망으로 보였고, 특정한 곳에 시선을 두고 있지도 않았다. 그들이 자신의 쟁반에 어떤 쓰레기를 던져놓았는지도 모르는 눈치였다. 쟁반에 감자튀김이나 순무 으깨진 것이 있는데도 상관하지 않는다면 그건 삶을 포기한 것이나 다름없다.

로런스는 퍼트리샤에게 무슨 말이라도 해야겠다고 생각했다. 아무도 알아채지 못할 터였다. 그가 자리에서 일어나 그녀의 편이라고 소리를 지르는 것도 아니었으니 말이다.

"안녕." 로런스는 퍼트리샤의 쪽을 향해 웅얼거렸다. 그녀는 듣지 못한 것 같았다. 좀비처럼 비틀거리며 디저트를 집으려고 했다.

"안녕." 로런스는 살짝 더 크게 말했다. "퍼트리샤, 어떻게 지내?"

"그냥 뭐." 퍼트리샤는 고개를 들지 않고 말했다.

"잘 지내는구나." 로런스가 알아서 문장을 완성했다. "나도 그래."

그들은 각자의 길을 갔다. 둘 다 혼자 식사를 했지만, 로런스는 그나마 상황이 나아서 식당의 한쪽 구석, 고무 튜브가 짧게 잘린 유축기들이 놓인 곳 뒤에서 혼자 밥을 먹을 수 있었다. 퍼트리샤는 도서관에서 지리학 책들이 꽂힌 선반 뒤의 어두한 모퉁이에서 혼자 먹었다. 로런스는 수업을 하러 가다가 책을 떨어뜨리는 바람에 그녀를 보게 되었다. 그녀는 꽁꽁 싸매고 있어서 배트맨처럼 보였다.

집에서 로런스는 부모의 심기를 살폈다. 그들은 몇 주 전 그가 패배감에 휩싸여 소리 지른 일을 잊은 모양이었다. 그의 아버지는 자동차 오디오가 CD를 읽지 못한다며 계속 불평을 했다.

로켓 과학자 이소벨이 운영을 돕는 항공우주 회사가 곤경에 처했다는 기사가 온라인에 있었다. 사소한 사고로 발사가 계속 취소되었다. 그는 기사를 세 번 읽었고 읽을 때마다 욕을 했다.

로런스는 가을 학기에 과학고등학교에 합격했다. 그는 합격증을 서랍 속, 할머니의 오래된 반지와 세 가지 다른 빗(머리의 다른 부분을 빗는) 옆에 두고 매일 아침 학교에 가려고 옷을 입을 때마다 꺼내 봤다. 서류의 접힌 주름이 로런스의 손바닥에 난 손금처럼 보이기 시작했다. 이건 그의 생명줄이다.

어느 밤, 잠옷으로 갈아입은 로런스는 벽장 앞에 엎드려서는 얼기설기 모아놓은 CH@NG3M3의 부품들을 연결한 크로스오버 케이블 다발을 들여다보고 있었다. 컴퓨터가 실행하는 명령들은 로런스가 이해할 수 있는 수준을 넘어선 지 오래였다. 그로서는 상상도 할 수 없는 복잡한 경우의 수들을 포괄했다. 그리고 CH@NG3M3은 클라우드에 데이터를 저장해 두는 전 세계 무료 서비스를 통해 수많은 계정을 갖고 있었다.

그러던 중 로런스는 뭔가를 봤다. 퍼트리샤가 CH@NG3M3과 대화를 나눌 때마다 컴퓨터의 코드 기반이 곧바로 한층 더 복잡한 수준으로 도약했던 것이다. 그저 무작위적인 상관관계일 수도 있다. 그러나 로런스는 퍼트리샤가 접속한 날짜와 시간을 살펴보며 자신이 그녀를 멀리하는 동안 퍼트리샤가 자신의 기계에 생명을 불어넣고 있었다고 생각했다.

로런스는 다음 날 아침 정문 계단에서 퍼트리샤를 보았다. 그녀는 학교를 바라보고 있었는데, 들어갈지 말지 고민하는 것 같았다. "안녕." 그가 말했다. "내가 너의 편이라는 것을 알아줬으면 좋겠어. 난 네가 악마 숭배자라고 생각하지 않아."

퍼트리샤는 어깨를 으쓱했다. 짙은 머리카락이 더 길어져서 스웨터에 닿을 지경이었다. "대체 악마 숭배자는 어떻게 되는 거야? 이해를 못 하겠어. 게다가 너는 신도 믿지 않으면서 어떻게 악마를 믿을 수 있어? 입장만 뒤집었지 어처구니없는 논란에 매달리는 건 똑같아."

다른 아이들은 모두 교내에 들어갔다. 두 번째로 종소리가 울렸다.

"내 생각에 악마 숭배자는 신이 나쁜 존재이며 자신이 근사하게 보이려고 역사를 다시 썼다고 믿는 사람이야."

"하지만 그렇다면, 그건 더 나은 홍보팀이 필요한 자를 숭배하는 것에 불과해." 퍼트리샤가 말했다.

로런스와 퍼트리샤는 점심을 함께 먹었다. 도서관에서 먹었지만 어둑한 모퉁이는 아니었다. 거기는 두 사람이 앉을 공간이 없었다. 로런스는 퍼트리샤에게 어떻게 지냈는지 물으려 했고, 퍼트리샤는 그녀의 넋을 빼놓았던 대화에 대해서는 아무 말도 하지 않았다.

"어쩌면…." 로런스가 말했다. "로즈 선생과 이야기를 해보는 것도 좋겠어."

"뭐라고?" 퍼트리샤는 갑자기 정신이 번쩍 들어 눈을 동그랗게 떴다.

"상담교사 말이야. 너도 그가 괜찮아 보인다고 했잖아."

"로즈 선생과는 이야기할 수 없어." 퍼트리샤는 조용한 도서관에서도 거의 들리지 않을 정도로 작게 말했다. "그는… 올바르지 못한 면이 있어. 요전번에… 그러니까 벽에 피가 칠해진 사건이 있기 이틀 전에 나한테 심각하게 정신 나간 말을 했어. 아무래도 그와 연관성이 있다는 생각이 들어."

로런스는 그녀의 말을 들으려고 몸을 숙여야 했다. 하마터면 그의 턱이 그녀의 코에 닿을 뻔했다.

"뭐라고 말했는데?" 로런스가 물었다.

퍼트리샤는 잠깐 생각하다가 고개를 저었다. "말하기 곤란해. 그가 한 말을 너한테 이야기하면 넌 내가 지어냈다고 생각할 테니까."

"널 믿을게. 로즈 선생 문제는." 로런스가 말했다. 그건 진심이었다.

"이건 아니야." 퍼트리샤가 말했다. "네가 누군가에게 정신 나간 이야기를 했는데 아무도 네 말을 믿지 않는다고 생각해봐. 이건 그보다 더 안 좋은 거야."

이 말에 로런스는 안달했다. "그냥 말해, 괜찮아." 하지만 그가 밀어붙일수록 퍼트리샤는 입을 더 꽉 다물었고 결국 돌처럼 굳어버렸다. 로즈 선생이 그녀에게 한 말은 수많은 아이들이 그녀를 자해자라고, 벽에 피를 묻혔다고 손가락질한 것보다 훨씬 더 그녀를 힘들게 했다. 둘은 아무 말 없이 한참을 앉아 있다가 점심시간이 끝날 때가 되어서야 쟁반을 들고 서둘러 식당으로 갔다.

"수업 끝나고 쇼핑몰에 가자." 로런스가 쟁반을 반납하며 말했다. "너희 부모님한테는 우리 집에 있다고 말하면 되고, 우리 부모님한테는 야외 활동을 나갔다고 둘러대면 돼. 예전에 그랬듯이."

"좋아." 퍼트리샤는 가볍게 몸을 떨었다. "핫초콜릿을 마시면 기분이 풀릴 거야. 마시멜로를 잔뜩 곁들여서."

"그러자."

그들은 합의의 뜻으로 악수를 했다. 로런스는 그동안 피부를 찌르는 줄도 몰랐던 가시를 없앤 기분이었다. 그는 혼자 과학 수업을 받으러 걸어가고 있었다. 브래드 촘너가 달려들어 로런스의 교복 재킷 옷깃을 잡고 끌어 올리는 바람에 로런스의 겨드랑이가 긁혔다.

"그 변태년과 말 섞지 마." 브래드 촘너가 말했다. 그는 로런스를 포환 던지듯 획 던지며 놓아줬다.

11

눈이 퍼트리샤의 시야에 들어오는 모든 것을 잿빛으로 바꿔놨다. 향신료 가게 근처의 금지된 숲조차 눈으로 쓸려 간 것처럼 보였다. 세 차례 거세게 내린 눈 폭풍에 어두운 나무들이 형체만 남았다. 퍼트리샤는 이제 학교 갈 때를 제외하고는 집 밖으로 나가지 못해서 추위가 한층 심하게 와닿았다. 정문을 나서는 순간 모든 생명을 꽁꽁 얼려버리는 가공할 존재 같았다. 퍼트리샤는 침대에 앉아 CH@NG3M3에게 말을 걸거나 도서관 할인 행사 때 구입한 페이퍼백을 읽었다. 침대 옆에 버클리와 함께 웅크리고 앉아 이불과 여분의 담요로 따뜻한 공간을 만들었다. 버클리는 몇 달째 로버타 근처에는 가지도 않았다. 이 고양이를 보호한 것은 퍼트리샤가 살면서 이룩한 하나의 업적일 수도 있었다.

퍼트리샤는 대부분의 수업에서 낙제점을 받기 시작했다. 본인은 여전히 최선을 다했지만 말이다. 결국 부모님이 성적표를 보지 못하도록 숨겨야 했는데, 전에는 한 번도 없었던 일이다.

화장실 벽에 피의 글자가 쓰인 사건이 있고 나서 비슷한 일이 두 번 더 있었다. 여자애들의 탈의실에서 음란한 바비 인형 쇼가 있었고 거대한 쓰레기통에서 고약한 냄새 폭탄이 터졌다. 퍼트리샤가 저지른 일이라는 증거는 없었지만 아무도 이를 의심하지 않았다. 로런스는 사람들이 있는 자리에서 퍼트리샤에게 말을 걸었다가 흠씬 두들겨 맞았다.

미칠 것 같은 날들이 이어지자 퍼트리샤는 수업 시간에 앉아서 로즈 선생이 한 말이 과연 사실일까 생각했다. 그는 로런스를 죽여야 한다고 했다. 그런데 죽여야 하는 건 어쩌면 자신일 수도 있었다. 하지만 엄마의 수면제를 입에 잔뜩 털어놓고 자신을 죽이는 상상을 할 때마다 악착같이 살아남으려는 자신의 일부가 그것을 로런스를 죽이는 이미지로 바꿔놓았다.

그러다가 그나마 친구라고 부를 만큼 가까운 사람을 죽인다는 생각에 퍼트리샤는 토할 것 같았다. 난 자살하지 않아. 아무도 죽이지 않아.

어쩌면 그녀는 미쳐가고 있는지도 몰랐다. 자신은 마녀 운운하는 허튼소리를 상상하면서 학교를 온통 엉망으로 만들고 있는 사람이니까. 그러니 그녀의 가족이 그녀를 미치게 했다 해도 놀랍지 않았다.

퍼트리샤와 CH@NG3M3의 거의 모든 대화는 똑같은 식으로 시작했다. 퍼트리샤가 "신이여, 외로워요" 하고 쓰면 컴퓨터가 항상 이렇게 답했다. "어째서 외로운 거지?" 그러면 퍼트리샤는 설명하려고 했다.

"CH@NG3M3이 널 마음에 들어 하는 것 같아." 로런스가 퍼트리샤에게 말했다. 둘은 아무 소리도 나지 않게 커다란 철문을 아기 다루듯 조심조심 열며 학교를 몰래 빠져나왔다.

"말할 상대가 있다는 건 좋은 일이야." 퍼트리샤가 말했다. "나는 CH@NG3M3도 대화할 사람이 필요하다고 생각해."

"이론적으로 컴퓨터는 전 세계 누구와도, 어떤 컴퓨터와도 이야기할 수 있어."

"모든 입력 데이터가 똑같진 않아. 더 좋은 유형의 입력이 있어."

"지속적인 입력 말이지."

"그래, 지속적인 입력."

눈으로 온 세상이 뽀드득거려 발걸음이 더뎌졌다. 로런스와 퍼트리샤는 손을 잡았다. 균형을 잡기 위해서였다. 풍경이 뿌연 거울처럼 빛났다.

"우리 어디로 가는 거야?" 퍼트리샤가 물었다. 학교는 저 뒤에 있었다. 상급학년 우등생 다섯 명이 사리니안 프로그램에 대해 회고하는 행사에 맞춰 가려면 당장 돌아가야 했다.

"모르겠어." 로런스가 말했다. "이쪽으로 가면 뒤에 호수가 있는데, 그곳이 꽁꽁 얼었는지 보고 싶어. 호수가 제대로 얼면 돌을 던졌을 때 광선총 소리가 나거든. 퓨-퓨-퓨 하고."

"재밌네." 퍼트리샤가 말했다.

로런스와의 관계를 어떻게 해야 좋을지, 퍼트리샤는 아직 확신이 없었다. 둘은 도서관에서 점심을 먹은 이후로 사람들 몰래 몇 차례 어울렸다. 그러나 퍼트리샤는 그녀와 로런스 모두 같은 부류의 사람들과 진심으로 어울릴 기회가 생기면 곧바로 상대방을 버리리라는 것을 마음 한구석에서 알고 있다고 느꼈다.

"나는 여기서 절대로 나가지 못할 거야." 눈이 퍼트리샤의 무릎까지 차올랐다. "너야 과학고등학교로 가겠지만 나는 계속 여기 남아 망가질 거야. 사회적으로 고립되겠지, 방사선을 방출하게 될 거야."

"음 그게." 로런스가 말했다. "특정 동위원소에 노출되지 않는 한 '방사선을 방출'하는 건 불가능해. 그리고 노출된다면 아마도 넌 살아남지 못해."

"5년 동안 잠들었다가 깨어나 어른이 되면 좋겠어." 퍼트리샤가 꽁꽁 언 흙을 발로 걷어찼다. "그 대신 고등학교에서 배워야 하는 모든 걸 자면서 배우는 거야."

"나는 투명인간이 됐으면 좋겠어. 아니면 마음대로 변신하거나." 로런스가 말했다. "내가 원하는 모습으로 바뀔 수 있다면 사는 게 얼마나 근사할까. 하지만 원래 내가 어떤 모습이었는지를 잊고 다시는 돌아가지 못한다면, 그건 별로겠지."

"다른 사람들이 우리를 보는 방식을 바꿀 수 있다면 어떨까? 원한다면 아주 커다란 토끼로 보이게 하는 거야. 악어의 머리를 가진."

"몸은 그대로인데 사람들 눈에만 다르게 보인다고?"

"맞아."

"엄청 별로야. 결국에는 사람들이 널 만져볼 텐데, 그러면 진실을 알게 되잖아. 그러면 다시는 아무도 너의 모습을 진지하게 여기지 않을 거야. 몸이 바뀌지 않으면 아무 소용 없어."

"모르겠다." 퍼트리샤가 말했다. "결국에는 네가 무엇을 하려는지에 달려 있어. 게다가 사람들이 네가 원하는 모습으로 보거나 듣게 된다면, 다른 일반적인 감각 인식을 방해하지 않을까? 그거 재밌겠는데?"

"음." 로런스는 잠깐 생각했다. "듣고 보니 재밌겠어."

그들은 이전에 본 적 없는 강에 이르렀다. 하얀 층으로 덮여 있었고, 표면에 튀어나온 돌들은 로버타가 크리스마스 선물로 퍼트리샤에게 준 목걸이에 박힌 가짜 사파이어처럼 보였다. 아래로 흐르는 저류 덕분에 강은 서리 내린 수면을 제외하고는 얼지 않았다.

"이 물은 대체 어디서 오는 거지?" 로런스가 발을 들어 개울을 차자 얼음이 살짝 떨어져 나갔다.

"깊지 않아 보여. 평소에는 쉽게 건널 수 있겠어." 퍼트리샤가 말했다. "돌들을 밟고 지나갈 수 있어. 지금처럼 얼어 있지 않으면."

"시시해." 로런스는 질척한 땅에 엉덩이가 거의 젖을 정도로 쪼그리고 앉아 강을 살펴보았다. "얼음 위에서 재밌게 놀지도 못하면 수업을 빼먹은 보람이 없잖아?"

"돌아가야겠다." 퍼트리샤가 말했다.

그들은 돌아갔다. 이번에는 손을 잡지 않았다. 마치 탐험이 좌절되어 갈라서기라도 한 것 같은 모양새였다. 퍼트리샤가 미끄러지면서 한쪽 무릎으로 넘어졌다. 타이츠가 찢기고 피부가 긁혔다. 로런스가 손을 뻗어 도와주려 했지만, 그녀는 고개를 가로젓고 혼자서 일어났다.

이것이 로런스와 앞으로 어떤 관계가 될지 암시하는 은유임을 퍼트리샤는 깨달았다. 근사한 모험처럼 여겨지는 동안에 그는 협조적이고 친절하게 굴었다. 그러나 곤경에 처하거나 상황이 예상보다 기괴해지면 그는 발을 뺐다. 어떤 로런스가 될지 결코 예상할 수 없다.

로런스를 믿어서는 안 돼, 퍼트리샤는 혼잣말을 했다. 그냥 믿지 말고 이런 생각에 익숙해져야 해. 그녀는 최종적으로 마음을 정한 것 같았다.

"다른 사람들의 감각을 통제하는 능력이 최고 같아. 변신하는 것보다 더." 로런스가 난데없이 말했다. "모두의 인식을 통제할 수 있다면 몸이 실제로 어떻게 생겼든 누가 상관하겠어? 기형이든 뭐든. 핵심은 시각과 촉각을 모두 통제하는 거야."

"그래." 퍼트리샤는 속도를 내며 학교 뒤 주차장으로 들어섰다. 로런스는 따라잡기 위해 걸음을 재촉했다. "하지만 너의 진짜 모습이 어떤지는 알아야 해. 결국에는 그게 제일 중요해."

그들은 자갈과 질척한 눈이 뒤섞인 주차장의 웅덩이를 지나 학교로 돌아왔다. 뒷문이 꿈쩍도 하지 않았다. 잠겼나? 얼어붙었나? 퍼트리샤와 로런스가 힘을 주어 문을 열려고 했다. 정문은 학교 건물을 빙 돌아가야 했고 100퍼센트 발각될 게 뻔했다. 로런스가 한 발을 흰색 돌담 위에 걸치고 주로 필드 종목으로 키워온 온 힘을 다해 당겼다. 퍼트리샤는 선반 받침대처럼 생긴 철제 손잡이를 잡았다. 두 사람이 용을 쓰며 잡아당기고 있을 때 문이 덜컥 열렸다. 누군가가 문 안에서 웃고 있었다. 스니커스와 통통한 세 손이 보이는가 싶더니 둘은 바닥에 떨어져 엉덩방아를 찧었다. 안에서 문을 잡고 있던 사람이 더 크게 웃었다. 로런스와 퍼트리샤가 미처 몸을 일으키기도 전에 파란색 형체가 그들에게 다가왔고, 그것이 플라스틱 양동이임을 퍼트리샤가 알아보는 순간 허연 물줄기가 쏟아지며 두 사람의 몸이 흠뻑 젖었다. 누가 사진을 찍었다.

12

시어돌퍼스는 쇼핑몰에서 호되게 당한 후로 아이스크림을 입에 대지 않았고, 이제 아이스크림을 먹을 자격이 없었다. 아이스크림은 표적을 해치운 암살자만이 누릴 수 있다. 하지만 그는 아이스크림의 맛이, 아이스크림이 혀끝에서 녹아내리며 층층의 맛이 입안으로 퍼지던 것이 계속 생각났다. 아이스크림에 대한 불신이 생겼지만, 그럼에도 그는 아이스크림을 간절히 원했다.

그래서 될 대로 되라는 심정으로 자신의 닛산 스탠자에 올라탔다. 늘 그렇듯 추파를 던지는 집주인 부인은 손사래를 치며 무시했다. 시어돌퍼스는 몇 시간 동안 차를 몰아 주州 경계를 넘고 다시 넘었고 빙빙 돌고 방향을 바꾸고 되돌아가기를 반복했다. 자신이 생각할 수 있는 모든 술책을 동원했다. 그렇게 두 개의 주를 넘고 나서 한 편의점

앞에 차를 세우고 벤앤제리스 아이스크림을 한 통 샀다. 유명인 이름을 딴 맛이었다. 차에 돌아온 그는 조수석 도구함에서 스푼을 꺼내 들고 먹기 시작했다.

"나는 이 아이스크림을 먹을 자격이 없어." 그는 한 입 먹을 때마다 그렇게 되뇌었고 급기야 울기 시작했다. "나는 이 아이스크림을 먹을 자격이 없어." 그는 훌쩍이며 울었다.

며칠 뒤 시어돌퍼스는 자신의 책상 맞은편에 앉아 있는 성난 금발 여자애 캐리 대닝을 보면서 자신이 이곳에서 거의 여섯 달이나 상담 교사로 있었음을 깨달았다. 이제까지 그는 어떤 직업을 갖든 두 주를 넘기지 않았다. 양말을 두 켤레 이상 가져본 것도 이번이 처음이었다.

가장 소름 끼치는 건 시어돌퍼스가 이런 아이들에게, 그들의 터무니없는 고민에 **마음이 쓰인다는** 사실이었다. 어쩌면 지나치게 많은 시간을 쏟은 만큼 어떻게 결말이 날지 확인하고 싶었는지도 모른다. 그는 학교 정책에 대해 염려했다. 학생들이 일부 과목 시험에 낙제점을 받아도 진학을 시키는 것이 옳은지를 두고 벌어진 논쟁들이 중요하다는 생각이 자꾸만 들었다. 그는 자신이 학부모와 교사 회의에 참석하는 생생한 악몽을 꿨다.

캐리 대닝은 메이시 파이어스톤과 친구가 되려고 했는데 알고 보니 못된 아이였다며 이제 다 끝났다고 말했다. 시어돌퍼스는 듣지도 않고 고개만 끄덕였다.

시어돌퍼스처럼 이름 없는 암살단 일원의 일은 이런 식으로 진행된다. 5년마다 열리는 총회 외에는 동료들을 만날 일이 별로 없지만,

주변의 풀들이 죽어 있는 패턴이나 신발에 들어 있는 인간의 뼈를 보고 중요한 고시를 접하게 된다. 누가 서열에서 올라갔다거나 최근에 굉장한 학살을 행했다거나 하는 것을 이런 식으로 알게 된다. 지금쯤 그의 동료들은 모자나 자동차 도구함에서 다리 없는 작은 생명체 몇 마리를 발견했을 것이다. 시어돌퍼스의 아이스크림에 독을 넣고 그에게 두 아이를 직접적으로 해치지 말도록 경고한 자를 포함하여 말이다. 시어돌퍼스 혼자 성과 없는 나날을 보내면서 반전을 노리고 있었다는 말이다.

매끈하고 빨간 뭔가가 반쯤 열린 시어돌퍼스의 책상 서랍 속에 들어 있었다. 그는 자신의 서열이 추락했음을 알리려고 암살단이 보낸 피 묻은 실크 자락이라고 확신했다. 하지만 꺼내고 보니 빨간 줄이 쳐진 크림색 봉투였다. 지역구에서 시어돌퍼스가 '올해의 교육자'로 지명되었음을 알리는 카드가 들어 있었다. 그가 시상식에 초대된 것이었다. 검은색 타이를 착용하라고 했고 공장에서 키운 고기가 제공된다고 했다. 시어돌퍼스는 캐리 대닝이 보는 앞에서 거의 울 뻔했다. 그는 이 일을 끝내고 무슨 수를 써서라도 원래의 삶으로 돌아가야 했다.

13

로런스는 한낮에 부모님이 로즈 선생의 상담실에서 나오는 것을 보았다. 그들은 공포에 떨고 있었다. 마치 비상경보 장치가 그들 바로 옆에서 계속 울리고 있는 듯한 표정이었다. 그들은 그를 쳐다보거나 알아보지도 못하고 서둘러 학교를 나서서 차에 올랐다.

로런스는 노크 없이 로즈 선생의 상담실로 불쑥 들어갔다. "방금 제 부모님께 무슨 말을 했어요?"

"이 방에서 나누는 모든 대화는 비밀이다. 방금 대화도 예외가 아니야." 로즈 선생은 웃으며 커다란 의자에서 몸을 뒤로 젖혔다.

"당신은 상담 치료사가 아니잖아요. 치료사인 척 굴어서도 안 되고요."

"부모님께서 네 걱정을 많이 하시는구나. 너는 이 학교에서 가장 재능 있고 똑똑한 학생이야."

"무슨 말을 했느냐고 물었어요." 로런스가 말했다. "그리고 그 전에 퍼트리샤에게는 무슨 말을 했죠? 그 일에 대해서는 입을 닫고 있지만, 그 애가 몹시 혼란스러워해요."

"이 일은 퍼트리샤와는 상관이 없다. 우린 지금 네 얘기를 하는 중이야."

"아니에요, 당신 얘기를 하는 중이에요." 로런스는 자신이 로즈 선생을 언급할 때마다 퍼트리샤가 유령이라도 본 것 같은 표정을 지었던 것을, 그리고 로즈 선생이 예전에 자신을 벌레 보듯 살펴보던 것을 생각했다. 그러자 앞뒤가 맞아떨어졌다. "제 부모님을 기겁하게 만드는 말을 했죠. 그 전에는 퍼트리샤를 기겁하게 하는 말을 했고요. 대체 뭐라고 했죠?"

"전에 말했듯이 네 시험 성적이 몰라보게 떨어졌다. 그런데 너는 태도가 그게 뭐냐? 그러다 모든 걸 망치게 돼."

"여기서 말하는 모든 것이 비밀이라고 약속했으니 마음 놓고 말하죠." 로런스가 말했다. "당신은 가짜예요. 이 학교에서 가장 괜찮은 어른이기는커녕 판지 몇 개 붙여놓은 허접한 사무실에 숨어 남의 일에 참견이나 하는 트롤이라고요. 제 부모님은 심약한 분들이에요. 힘들게 사셔서 정신이 무너졌죠. 그래서 당신에게 만만한 목표로 보였나 보죠. 하지만 사람 잘못 봤어요. 퍼트리샤도 마찬가지예요. 당신이 고통받는 것을 내가 똑똑히 지켜볼 거예요."

"알았다." 로즈 선생의 손이 씰룩거렸다. "그렇다면 앞으로 벌어지는 일들은 네가 자초한 거다. 좋은 하루 보내렴, 암스테드 군."

집으로 돌아간 로런스는 집에 아무도 없어서 혼자서 냉동피자를 데워 먹었다. 오후 10시에 그는 아래층으로 내려갔다. 부모가 책자를 들여다보다가 그의 발걸음 소리에 황급히 뒤로 숨겼다.

"방금 보던 거, 뭐예요?" 로런스가 물었다.

"아무것도 아니다…." 그의 아버지가 말했다.

"그냥 자료야." 그의 어머니가 말했다.

다음 날 그들은 날이 밝기가 무섭게 로런스를 깨웠고 오늘은 학교에 가지 않아도 된다고 말했다. 그 대신 갈 데가 있다면서 그를 자동차 뒷좌석에 태웠다. 그의 아버지는 열추적 미사일이 발등에 떨어지기라도 할 것처럼 서둘러 차를 몰았다.

"어디로 가는 거예요?" 로런스의 질문에 그의 부모는 멍하니 눈앞의 도로만 쳐다보았다.

그들은 바위벽으로 에워싸인 주간 고속도로를 타고 우중충한 코네티컷주로 들어섰다. 이어 산간벽지의 언덕길로 접어들자 아스팔트와 흙길, 나중에는 자갈길이 나왔다. 자작나무들이 바스락거리면서 로런스에게 뭔가 알려주는가 싶더니 저 멀리 간판이 보였다. "**콜드워터**: 병영체험학교. 새로운 운영진이 인수하여 재개장." 그들은 바위 옆에 주차했다. 낡은 지프차들이 곳곳에 보였고, 왼편에는 브래드 촘너도 거뜬히 해치울 것 같은 스무 명 내지 서른 명의 10대 소년들이 대형을 이루고 팔 벌려 뛰기를 하고 있었다.

그리고 그 너머로 거대한 성조기가 반기半旗로 게양된 것이 보였다.

“지금 농담하시는 거죠?” 로런스가 말했다.

그들은 그의 파괴적 행동으로 볼 때 다른 선택의 여지가 없었다고 얼버무렸다. 괜히 파괴적으로 구는 방법만 더 배울 뿐인 과학고등학교 대신 콜드워터에서 며칠 지내면서 여기가 다닐 만한 곳인지 알아보자고 했다.

로즈 선생이 대체 뭐라고 말했기에 그들이 이렇게까지 했을까? 로런스가 폭탄이라도 만들고 있다고 했나?

로런스의 뇌가 자동차 엔진만큼 후끈거리고 숨이 막혀 왔다. 그는 격심한 통증을 느꼈다. 자신의 미래가 난도질당하면서 삶의 피부가 벗겨져 나가는 기분이었다. 로런스의 부모는 그가 따라오든 말든 상관하지 않고 **‘지휘관’**이라고 적힌 시멘트 벙커로 이미 걸어가고 있었다. 그는 그들의 뒤를 좇아가면서 이럴 수는 없다고 소리를 질렀다. 빌어먹게도 그를 이미 학교 입학자 명단에 올려놓은 것이다.

“새롭고 더 나아진 콜드워터 아카데미의 목표는 학생들이 자신의 잠재력을 최대로 발휘하도록 돕는 것입니다.” 마이클 피터비터 지휘관이 한쪽 모퉁이에 윈도우 XP 컴퓨터가 놓인 나무 책상 뒤에 꼿꼿하게 앉아서 말했다. 로런스는 저도 모르게 코웃음을 쳤다. “우리는 훈육을 목표가 아닌 수단으로 봅니다.” 짧게 자른 그의 머리칼 아래로 한쪽 끝이 말려 올라간 콧수염과 햇볕에 탄 코가 보였다. “우리는 건강한 신체에 건전한 정신이 깃든다는 오래된 격언을 믿습니다. 여기서 한 학기만 보내면 몰라보게 달라진 래리를 만나게 될 것입니다."

신체 단련, 2분 안에 소총 분해하는 법 익히기, 자부심 등등 허튼소리가 계속 이어졌다. 마지막으로 피터비터는 질문이 있으면 하라고 했다.

"하나 있어요." 로런스가 말했다. "누가 죽었나요?"

"예민한 문제다. 애석하게도 우리는…."

"반기로 게양된 성조기가 그런 의미잖아요. 그렇게 대단하다는 당신네 학교에서 얼마나 많은 아이들이 죽어나간 거죠?"

"여기서 우리가 제공하는 엄격하고 풍요로운 수업 과정을 소화하지 못하는 사람들이 있다." 피터비터는 냉철한 표정을 지었지만, 그러면서도 로런스를 노려보았다. "중요한 직책에서 능력을 발휘하느냐, 무의미한 자멸을 일삼느냐 하는 선택에서 항상 자멸을 택하는 사람들이 있지."

"우리는 이제 가야겠다." 로런스의 어머니가 그의 팔을 살짝 잡으며 말했다.

"좋아요, 나도 갈 준비가 됐어요." 로런스가 말했다.

그러나 부모가 말한 '우리'란 모두를 포함하지 않았다. 전부터 로런스는 영어의 이런 측면이 짜증 날 정도로 소통을 가로막는 장애물이라고 생각했다. 어색한 상황을 만들고 또래 압력을 가중시키려고 일부러 혼란을 조장하는 게 아닐까 싶었다. 당사자의 동의도 없이 상대방을 '우리'에 포함시키려 하거나 혹은 자신이 포함되었다고 생각하는 사람에게 갑자기 무안을 안기기 때문이었다. 로런스는 부모님이 자신을 빼놓고 돌들이 너부러진 주차장을 지나 차로 돌아가는 것을 바라보며 이런 언어학적 부당함에 대해 생각했다.

피터비터는 능글맞은 표정을 지으며 웃었다. "래리라고 했던가?"

로런스는 기우뚱한 축구 골대가 있는 앞쪽 잔디밭에서 덩치가 어마어마한 수많은 사람들이 아까부터 자신을 지켜보고 있는 것이 너무도 신경 쓰였다. "웃기지 말아요. 난 래리가 아니에요."

"알았다. 지금부터 너의 이름은 B2725Q다. 하지만 사람들은 널 더트라고 부를 거다. 1단계에 도달할 때까지는 래리라고 불릴 자격이 없다. 현재 넌 0단계야." 피터비터는 팔굽혀펴기를 하는 교습생들을 살피더니 교관 한 명을 손짓해 불렀다. 그는 더트를 선임자이자 자신이 신뢰하는 부관인 디커스에게 소개했다.

"자, 더트." 디커스가 말했다. "자네 침상을 보여주지. 1시간 뒤에 '오후의 빛깔' 훈련이 있어." 빨간색 짧은 머리털이 통통한 머리를 솜털처럼 뒤덮은 그는 열여덟 살을 한참 넘긴 것 같았다.

'막사'로 가는 도중에 로런스는 판자로 창문들을 막아놓은 교실 건물을 보았다. 담벼락에 금이 간 건물도 있었다. 위장 전투복 차림의 아이들이 특별한 대형을 이루지 않고 조깅을 했고, 헛간 뒤쪽에 조립하다 만 50구경 소총 한 자루가 놓여 있었다. 그는 이런 군사 조직으로는 노점상 하나도 지키지 못한다는 것을 알았다. 유일하게 눈에 띈 것은 캠퍼스 외곽을 에워싼 전기 철조망 위로 가시철을 새로 만들어 올린 것이었다.

"그래, 도망치는 아이들이 종종 있지." 주변을 둘러보는 로런스의 시선을 따라가며 디커스가 말했다. "지난여름에 주 정부가 학교를 폐쇄시키려고 했는데, 다행히도 그 전에 새 운영진이 나서서 인수했다."

디커스는 로런스에게 학교에 대해 설명하기 시작했다. 3단계가 되면 생활이 꽤 편해진다고 했다. 컴퓨터를 감시받지 않고 하루에 1시간 할 수 있다면서 얼마 전 학교에서 〈**코만도 스쿼드**〉(2년 전에 로런스가 딱 하루 해보고 그만둔 게임)를 들여왔다고 했다. 장교에 해당하는 4단계에 도달하면 가끔 소등 후에 피터비터의 아파트에서 영화를 보았지만, 이건 디커스가 로런스에게 절대로 말한 적 없는 비밀이었다. 무엇보다 중요한 것은 마이너스 1단계로 떨어지지 않는 거였다. 그들이 항생제에 내성을 지닌 세균을 격리실에서 다 제거했다고 장담할 수 없었기 때문이다. 이것 역시 4단계가 되면 누릴 수 있는 액션 영화(그리고 밖에서 배달시키는 팝콘과 피자)에 대한 비밀과 마찬가지로 디커스가 털어놓아서는 안 되는 일이었다. 로런스는 죽을 때까지 디커스의 비밀을 지키겠다며 그를 안심시켰다.

"이쪽은 더트다." 디커스가 흰색 벽돌로 지어진 작은 숙사에서 운동복을 벗고 수건으로 몸을 닦고 전투복으로 갈아입는 건장한 10대 열댓 명에게 말했다. "여기서 며칠 지내면서 어떻게 하는지 지켜볼 생각이다. 침상과 옷이 필요해. 살살 해라, 친구들." 그런 다음 디커스는 자리를 떴다.

로런스는 자세를 바로 하고 어깨를 직각으로 펴려고 했다. "안녕, 난 더트야. 그게 여기서 내 이름인 모양이지. 하지만 그보다 더 나쁜 이름도 있으니까. 그나저나 난 어디서 자? 듣자 하니 여기 남는 침상이 있다던데."

방은 로런스의 방보다 세 배가량 커 보였는데 침상들이 워낙 빽빽하게 놓여 있어서 잠수함이 연상될 정도였다. 메탄과 질소로 꽉 들어찬 이런 곳에서 잠은 고사하고 숨 쉬기도 힘들었다. 머리가 어찔어찔했다.

"그딴 거 없어." 가슴에 직접 문신을 새겼으며 여러 차례 코가 부러졌던 녀석이 자기 침상에서 일어났다. 그는 로런스를 위에서 내려다보며 말했다. "여기 남는 침상 없다고. 더트라고 했나? 넌 바닥에서 자." 그러면서 거미줄이 쳐진 어두운 구석을 가리켰다. 로런스는 주인 없는 침상을 찾으려고 했지만 체구가 거대한 아이들에 둘러싸여 그 너머를 볼 수 없었다.

로런스의 뇌의 일부는 멀찍이 물러서서 상황을 분석하여 그가 괴롭힘을 당하고 있다고 말해주었다. '작동을 멈추는' 뇌 프로그램으로, 정상적인 사회심리 과정이었다. **신경 쓰지 말자.** 그는 그렇게 혼잣말을 했다.

하지만 로런스의 입에서 나온 말은 이랬다. "얼마 전에 죽은 아이가 있었다던데. 그의 침상을 써도 괜찮아."

괜한 말을 했나.

"어림없는 소리." 방 뒤쪽에서 마흔 살의 트럭 운전사 같은 굵직한 목소리가 들렸다. "넌 방금 머피를 모욕했어. 낙오한 동지의 기억에 오물을 끼얹는 것도 유분수지. 내가 잘못 들은 거지, 그렇지?"

"내 이럴 줄 알았어. 너 실수한 거야." 코가 부러진 녀석이 말했다.

로런스가 소리쳤다. "난 멍청한 네 친구에게는 아무 관심 없어." 그들이 그를 머리 위로 번쩍 들자 그는 꽉대기 침상 매트리스에 묻은 얼룩과 들보에 깊게 갈라진 틈도 볼 수 있었다. "이곳은 그를 집어삼켰지만 난 아니야. 알겠어? 난 여기서 나갈 거라고."

로런스의 목소리가 갈라졌다. 천장의 형광등 유리가 그의 얼굴을 향해 빠르게 다가와서 그는 마음을 다잡았다. 이제 그의 몸이 공중에서 빙빙 돌았다. 환호성이 들렸다. 분노의 껍질이 터지면서 마침내 그는 공포에 굴복했다. 머리부터 공중에 내던져질 때 그는 거친 비명을 내질렀다.

14

퍼트리샤: 로런스는 어디 있는 거야?

CH@NG3M3: 모르겠어. 며칠째 로그인을 하지 않았어.

퍼트리샤: 그에게 무슨 일이 생겼는지 걱정돼.

CH@NG3M3: 걱정은 정보가 불완전할 때 나타나는 증상인 경우가 많아.

퍼트리샤는 무슨 일인지 알아보려고 로런스의 집에 전화를 걸었다. 그의 어머니가 받았다. "네 잘못이다." 그러고 그녀는 전화를 끊었다.

30분 뒤에 퍼트리샤의 집 전화기가 울렸고 그녀의 아버지가 받았다. 로런스의 어머니였다. 대화는 이런 식으로 흘렀다. "오, 이런 참, 알겠어요." 그는 전화를 끊고 퍼트리샤에게 무기한 외출 금지를 내렸다. 이 무렵이면 로버타는 고등학교 뮤지컬 준비와 학업으로 너무 바빠서 퍼트리샤의 손발 노릇을 하지 못했다. 그래서 부모가 문틈으로 음식을 밀어 넣으려고 위층에 올라왔다. 그녀의 어머니는 이번에 마지막으로 딱 한 번 사정을 봐주는 거라고 말했다.

퍼트리샤: 로런스에게 전모를 말했더라면, 로즈 선생이 내게 뭐라고 했는지 말했더라면 어땠을까 생각하고 있어.

CH@NG3M3: 그에게 말했다면 어땠을 거 같아?

퍼트리샤: 내가 이야기를 지어낸다고 생각했겠지. 내가 돌았다고 생각했을 거야. 그래서 완벽한 함정이라고 생각해. 내가 어떻게 해도 질 수밖에 없는.

CH@NG3M3: 무시해도 되는 함정은 함정이 아니야.

퍼트리샤: 뭐라고?

CH@NG3M3: 무시해도 되는 함정은 함정이 아니라고.

퍼트리샤: 이상한 말이네. 내가 생각하기에 좋은 함정은 위장할 수 있는 함정, 그러니까 함정인지 알아채지 못하고 말려드는 함정이야. 혹은 말려들게 만들고 **싶은** 함정. 말려들고 싶다는 생각이 들지 않게 하는 함정은 함정이라고 할 수 없어. 그리고 일단 말려들면 무시할 수 없어. 왜냐하면 이미 오도 가도 못 하게 되었으니까. 그러니 그냥 관심을 주지 않게 되는 함정은 실패작이야. 난 그렇게 이해해.

CH@NG3M3: 사회는 다른 사람의 자유와 너의 속박 중에서 선택하는 거야.

캔터베리 아카데미에서 고약한 냄새가 나서 퍼트리샤의 콧구멍이 화끈거렸다. 얼어붙는 날씨에 이토록 뜨거운 냄새라니, 화재경보기가 울려도 이상하지 않았다. 이런 악취가 대체 어디서 나는지 아무도 몰랐다. 뭔가가 방금 죽었을 때나 나는 냄새였다.

다른 이들도 그렇겠지만 퍼트리샤도 냄새 때문에 정신을 차릴 수가 없었다. 술에 취한 기분이 이럴 거라고 상상했다. 그녀는 쉬는 시간에 어디를 가든 열어둔 사무실 문을 통해 자신을 계속 지켜보는 로즈 선생을 주시했다. 여자 화장실에서 도로시 글래스와 메이시 파이어스톤이 퍼트리샤의 양쪽 팔을 잡고는 정체를 알 수 없는 역한 냄새가 묻어 있는 거울 쪽으로 밀치며 이렇게 위협했다. "무슨 짓을 했는지 우리한테 말해." 퍼트리샤는 숨을 죽이며 그들이 놓아주기만을 기다렸다.

점심때 퍼트리샤는 도서관에서 냄새를 더는 견딜 수 없었다. 로즈 선생이 자신을 보던 표정이 계속 떠올랐다. 그때 그는 퍼트리샤가 보고 있는 줄 알지 못했다. 퍼트리샤는 로런스의 실종과 이런 끔찍한 악취의 원인이 바로 로즈 선생일 거라고 확신했다. 그 둘은 우연의 일치가 아니었다. 그녀는 그렇게 믿었다.

퍼트리샤는 복도를 성큼성큼 걸어갔다. 사물함이 그녀 걸음에 맞춰 흔들렸다. 죽음의 악취가 얼굴 가득 밀려와도 힘을 내며 개의치 않았다.

그의 문 앞에 이르렀을 때 문장 하나가 머릿속에 떠올랐다. "무시해도 되는 함정은 함정이 아니야." 퍼트리샤는 호흡을 가다듬으며 어쩌면 CH@NG3M3이 자신이 아는 것보다 더 현명할 수도 있다고 생각했다. 다시 한번 심호흡을 했다. 썩은 냄새가 콧구멍으로 또다시 밀려들었다. 이제 그녀는 마지막으로 이 괴물에 맞설 참이었다.

"델핀 양." 로즈 선생은 컴퓨터에서 고개를 들고 그녀가 맞은편 가장 가까운 푹신한 의자에 앉는 것을 지켜보았다. 악취는 이곳 로즈 선생의 사무실에서 가장 강했지만 그는 아무렇지 않은 듯했다. "항상 그렇듯 이렇게 찾아와 줘서 고맙네." 그는 뒤의 문을 닫았다.

냄새가 말로 표현하기 어려울 정도였다. 차라리 퍼트리샤의 코를 주먹으로 계속 내려치는 것이 나을 지경이었다.

"으음, 안녕하세요." 퍼트리샤는 가만히 앉아 있으려고 했지만 저도 모르게 꼼지락거렸다. 그녀는 악취의 진원지에 와 있었다. "바쁘신데 제가 방해한 건 아닌지 모르겠네요."

"자네 같은 학생들을 위해 내가 여기 있는 거지. 무슨 일인가?"

"그게 말이죠, 로런스와 관련한 문제인데요. 화요일 이후로 그를 보지 못했어요. 오늘이 금요일인데, 아무도 그를 언급조차 하지 않는 게 이상해서요. 혹시 그에게 무슨 일이 생겼는지 아시나 해서요."

로즈 선생은 왼손을 책상 위에 쭉 폈다. "네가 아는 정도지." 오른손으로는 책상 아래에서 뭔가를 하고 있었다. 퍼트리샤는 "네가 아는 정도지"라는 말이 상당히 자극적인 문장일 수 있음을 깨달았다. 둘 다 알고 있는 것이 제법 많았기 때문이다. 혹은 자신이 무슨 일을 했는지 그가 **죄다** 알고 있음을 암시하는 말일 수도 있었다. **함정이야, 함정.**

"알았어요." 퍼트리샤는 양손으로 의자를 짚고 자리에서 일어났다.

로즈 선생은 여전히 한 손을 책상 아래에 두고 몰래 뭔가를 만지작거리고 있었다. "잠깐만, 델핀 양." 그의 목소리가 거칠어졌다. "암스테드 군 이야기가 나와서 말인데, 우리가 몇 주 전에 나눴던 대화가 생각나서 말이야." 그러면서 그는 자유로운 손으로 빈 의자를 가리켰다.

"그 문제라면, 다시는 이야기하지 않기로 하지 않았던가요?" 퍼트리샤는 의자로 돌아가라는 권유를 받아들이지 않고 오히려 뒤로 물러섰다.

"음, 그 일과 관련하여 내가 자네한테 준 조언을 무시하기로 마음먹었다고 추론해야 한다면, 내 손으로 직접 문제를 처리하기로 마음먹었다고 판단하는 것도 가능하지. 어디까지나 만약을 가정해서 하는 말이지만." 미소가, 돌연변이의 괴물 같은 미소가 언뜻 보였다.

"당신, 정말 역겨워요." 퍼트리샤가 문으로 손을 뻗었다. 손잡이가 꿈쩍도 하지 않았다. "당신을 못 믿겠어요. 당신은 더러운 수작이나 부리는 정신 나간 미치광이 노인네에 불과해요." 그녀는 온 힘을 다해 손잡이를 잡아당겼다. "혹시라도 로런스를 **조금이라도** 해쳤다가는." 자신도 모르게 목소리가 올라갔다. "어떻게든 당신을 **찾아내** 이른바 마녀의 힘을 총동원해서 갈기갈기 찢어놓을 거예요." 그녀가 마녀의 힘을 언급하는 순간, 문이 덜컥 열렸다.

등 뒤에서 쿵 소리가 들렸다. 뭔가 부드럽고 무거운 것이 떨어지는 소리였다. 뒤를 돌아보니 젖은 털과 고통스럽게 드러난 이빨이 엉킨 것이 조금 전까지 앉아 있던 바로 그 자리에 놓여 있었다. 피투성이 털 뭉치를 보자 그날의 끔찍한 악취가 최고조에 달했다. 겨우 알아볼 수 있는 탁하게 흐려진 한쪽 눈이 가장 가까운 의자의 팔걸이 아래에서 퍼트리샤를 노려보고 있었다.

"세상에!" 로즈 선생은 사람들이 몰려든 복도에 쩌렁쩌렁 울릴 만큼 큰 소리로 말했다. "너 **무슨 짓을** 한 거냐?"

퍼트리샤가 돌아보니 사방에 사람이 가득했다. 자신이 로즈 선생에게 마법과 폭력을 휘두르겠다고 위협하는 고성을, 그러고 나서 끔찍한 냄새를 풍기는 죽은 동물을 의자로 날려버린 것 같은 광경을 학교 전체가 듣고 본 것이다. 이제 돌이킬 수 없는 상황이 되어버렸다.

퍼트리샤는 달렸다. 주차장으로 난 출입구 빗장이 으스러지면서 문이 열렸다. 퍼트리샤는 추위 속으로 쏜살같이 달렸다. 언덕 아래로 미끄러졌다. 로런스와 그녀가 **퓨-퓨-퓨** 소리를 내는 호수로 가려고 했을 때 앞을 가로막고 있던 개울이 나왔다. 3월에도 여전히 서리로 덮여 있어서 잠시 주저했다. 사람들이 뒤에서 외치는 소리가 들렸다. 끔찍한 이름들. 그녀는 가장 평평한 돌을 골라서 밟다가 하마터면 물에 빠질 뻔했다. 균형을 되찾은 다음 돌을 밟았는데, 돌이 밀리면서 몸이 앞으로 쏠렸다. 내친김에 그녀는 휘청거리며 다음 돌, 그다음 돌을 밟아 앞으로 나아갔고, 마침내 반대편 둑에 이르렀다. 외치는 소리가 더 커졌고 방향이 더 뚜렷해졌다. 누가 그녀의 교복을 보았다. 퍼트리샤는 다시 나무들 속으로 달렸다.

도로와 건물에서 웬만큼 멀어졌다곤 해도 아직 진짜 숲은 아니었다. 우듬지가 하늘을 가리고 모든 방향이 똑같아 보이지 않는다면 그곳은 숲이라 할 수 없다. 하지만 그녀가 호수에 당도하여 물에 빠지지 않고 얼음을 건널 수 있다면 그야말로 밀집된 공간에 다다를 터였다. 아무도 그녀를 찾을 수 없는 곳에.

호수를 절반쯤 건넜을 때 어지럼증을 느끼며 이런 생각을 했다. **다시는 집에 돌아가지도, 가족을 보지도 못할 거야.** 얼음이 무너지고 있었다. 퍼트리샤는 단단한 부분을 밟고 다시 밟으며 호수를 건넜고 매번 발가락으로 착지했다. 얼음이 갈라지며 사방에 균열을 냈다. 그렇게 반대편 둑에 이르렀을 때 그녀를 찾는 사람들이 호수에 이르렀다. 퍼트리샤는 이제 나무들이 늘어선 깊은 곳으로 달렸다. 본능이 그녀를 쇼핑몰과 우회도로와 저택과 골프장에서 멀어지는 쪽으로 이끌었다. 그녀는 주위를 에워싼 나무들이 점점 무성해지는 쪽으로 방향을 잡았다.

낮은 나뭇가지와 관목에 치마가 걸려 찢어졌다. 손을 바닥에 짚으면서 몇 번이나 넘어졌다. 땀을 너무 많이 흘려 몸이 얼어붙을 것 같았다. 갈수록 숨이 가빠져서 어쩔 수 없이 달리기를 멈추어야 했다. 싸늘한 공기가 폐로 들어왔다. 며칠 동안 끔찍한 냄새에 시달렸던 터라 폐렴에 걸릴 위험을 감수하고 공기를 마음껏 들이마셨다.

퍼트리샤는 나무 위로 올라가 우듬지 가지들 사이에 자리를 잡고 몸을 최대한 웅크렸다. 휴대전화를 끄고 배터리도 뺐다.

로런스가 정말로 죽었을까? 편한 사이는 아니었지만, 그는 그녀가 참고 말을 주고받을 수 있는 유일한 사람이었다. 그런 로런스가 죽었다고 생각하니 불안감이 속을 찌르는 듯했고 자신이 그를 죽인 것 같은 죄책감이 엄습했다.

그러나 그녀는 죽이지 않았다. 그리고 로즈 선생이 한 말은 영락없는 헛소리에 불과했다.

괜찮아. 만약 로런스가 살아 있다면 지금 위험한 상황에 처했을 것이 분명하니 그를 어떻게든 도와야 해.

태양이 내려오고 있었다. 공기가 싸늘하게 얼어붙어 퍼트리샤는 연신 몸을 떨었다. 이를 딱딱 부딪히지 않으려고 애썼다. 가까운 곳에 있는 누군가가 들을 수도 있었기 때문이다.

목소리들이 점점 커졌다 작아졌다. 몇 차례 어둠 속에서 불빛이 보였다. 한 번은 개가 으르렁거리는 소리가 들렸다. 죽은 사촌의 복수를 하려는 것이다. 퍼트리샤는 로즈 선생 사무실에 있었던 것이 개였다고 확신했다. 망할 자식, 썩은 내가 제대로 풍기도록 전날 밤에 좁은 공간에 가져다 두었을 것이다.

로버타의 목소리가 몽상에 잠긴 퍼트리샤를 놀라게 했다. "야, 트리시. 내 말 듣고 있다는 거 알아. 우리를 골탕 먹이는 짓 그만해. 다들 집으로 돌아가고 싶어 해. 넌 늘 그랬듯 이기적으로 굴고 있어. 너 때문에 나는 뮤지컬 〈그리스〉 연습도 제쳐두고 왔다고. 넌 지금 엄마와 아빠를 죽이고 있어."

퍼트리샤는 숨을 꾹 참았다. 몸의 열기를 발산하지 않으려고, 움츠러들어 나무 속으로 사라지려고 애를 썼다.

"미친 개자식이면서 동시에 화를 면하는 비결을 넌 배우지 못했어." 로버타가 말했다. "다른 사람들은 다 아는데 말야. 설마 모두 제정신으로 반듯하게 살아간다고 생각하는 건 아니겠지? 그런 사람은 한 명도 없어. 다들 너랑 나를 합친 것보다 더 미쳤지. 아닌 척하는 방법을 알 뿐. 너도 그럴 수 있는데 그 길을 포기하고 우리 모두를 괴롭히기를 택했지. 그게 바로 악의 정의야. 남들처럼 아닌 척 위장하지 않는 것. 우리 같은 미치광이들은 다른 사람이 광기를 드러내는 것을 보면 도저히 참지 못해. 마치 피부 속 벌레 같은 거야. 그러니 우린 널 망가뜨릴 수밖에 없어. 개인적인 감정은 없어."

퍼트리샤는 자신이 울고 있다는 것을 깨달았다. 눈물이 마르면서 얼굴이 싸늘해졌다. 우는 건 괜찮았지만 소리 내어 울지는 않았다. 로런스가 그녀의 도움을 필요로 하고 있었다.

"솔직히 말할게." 로버타의 목소리가 점점 가까워졌다. 마치 퍼트리샤의 바로 아래에서 올려다보며 말하는 것 같았다. "넌 여기서 빠져나가지 못해. 아무도 없던 일로 해주지 않을 거야. 하지만 엄마와 아빠는 여기서 끝내야 해. 두 분을 위해서라도 일을 더 크게 벌이지 마. 네가 어서 합당한 벌을 받아야 두 분도 아픈 마음을 치유할 수 있다고." 목소리가 또다시 작아졌다. 그래서 퍼트리샤는 용기를 내어 참았던 숨을 들이쉬었다. 그녀는 로버타가 자신의 위치를 알고 있었고, 마음을 떠본 것이라고 믿기 시작했다.

밤하늘에 엷은 안개가 끼었다. 퍼트리샤는 시간 감각을 잃었다. 이따금 목소리들이 가까워졌다가 다시 사라졌다. 멀리서 불빛들이 움직이는 것이 보였다.

퍼트리샤는 두 번 졸다가 퍼뜩 깨어났다. 자신이 소리를 너무 많이 내거나 나무에서 떨어질까 봐 걱정했다. 다리가 저렸고 발이 볼링공처럼 무거웠다. 나뭇가지가 등으로 파고들어 극심한 통증이 일었다. 그 순간 로버타가 한 말이 생각났다.

퍼트리샤는 조심조심 다리를 움직이며 경련을 풀었다. 그런 다음 감각이 없는 오른발을 마사지하려고 한쪽 신발을 벗었다. 가지에 놓아둔 신발이 미끄러졌다. 신발은 다른 가지들에 부딪혀 잇달아 둔탁한 소리를 내며 땅에 떨어졌다.

남자 둘이 퍼트리샤의 나무 근처로 왔다. 한 사람이 무슨 소리를 들었다고 했고, 다른 사람은 그의 상상이거나 빌어먹을 숲속 짐승이 내는 소리를 들은 거라고 했다. 그러다가 둘은 신발을 발견했다.

"그 아이 건가?"

"내가 어떻게 알겠어? 아마 그렇겠지."

"젠장, 〈데일리쇼〉 봐야 하는데. 이 근처를 달리다가 신발을 잃어버린 모양이군."

"아마도. 신발 한 짝만 신고 얼마나 멀리까지 갈 수 있을까?"

"이렇게 돌투성이인 곳에서? 게다가 서리까지 내렸는데? 멀리 못 갔을걸."

"좋아. 다른 사람들에게 알리자. 잘하면 자정에는 집에 돌아갈 수 있겠어."

자그마한 새가 퍼트리샤 근처에 내려앉았다. "이봐." 그가 짹짹거렸다. "이봐, 이봐."

퍼트리샤는 고개를 저었다. 소리를 내어서는 안 되기 때문이다. 하지만 이제 그 단계를 넘어섰다. "이봐." 그녀가 말했다. 하늘의 모든 새 덕분에 다른 새들이 말하는 것과 똑같은 소리가 났다.

"오, 너 말할 줄 아는구나. 너에 대해 들은 적이 있어."

"정말이야?" 퍼트리샤는 저도 모르게 우쭐한 기분이 들었다.

"넌 이 근방에서 꽤 유명하거든. 이제 분별력 있는 사람이 되기로 한 거야? 나무에 둥지를 틀기로 결심했어?"

새가 종종걸음으로 퍼트리샤 가까이 다가왔다. 검은 날개에 밝은 줄무늬가 있고, 뾰족하고 파란 머리에 볏이 흰 파랑어치였다. 새가 양귀비 씨앗처럼 생긴 눈으로 그녀를 찬찬히 살폈다.

"아니야." 퍼트리샤가 말했다. "난 숨어 있어. 사람들이 날 찾고 있거든. 날 해치려고 해."

"오, 뭔지 알겠어." 새가 말했다. 그는 고개를 한쪽으로 기울이더니 다시 퍼트리샤를 보았다. "날 줄 안다면 나무에 숨는 것도 도움이 되겠지. 하지만 넌 마녀잖아? 그냥 주문을 걸고 도망치면 될 텐데."

"어떻게 하는지 몰라." 퍼트리샤가 말했다. "이렇게 너와 이야기하는 것도 내겐 마법 같은 일이야."

"그렇다면." 새는 깡충깡충 뛰었다. "방법을 알아봐. 여기에는 너 같은 부류가 많이 오가니까."

이제 퍼트리샤가 어디 있는지 모두가 아는 상황에서 휴대전화를 꺼두는 것은 의미가 없었다. 그녀는 휴대전화를 다시 켜고, 메시지를 모두 무시하고, 유일하게 믿을 만한 연락처를 찾았다.

"안녕, 퍼트리샤." CH@NG3M3이 대답했다. "무슨 문제야?"

"나한테 문제가 있다는 걸 어떻게 알았지?" 그녀가 다시 문자를 보냈다.

“집에서 몇 킬로미터 떨어진 곳에서 휴대전화를 쓰고 있고, 늦은 밤이니까.”

“도움이 필요해. 네가 스스로 생각할 수 있었으면 좋겠어. 너라면 할 수 있을 거야.”

“자기인식을 하려면 역설적이게도 다른 사람의 인식이 필요해.” CH@NG3M3이 말했다.

자그마한 흰색 직사각형이 사라졌다. 휴대전화 배터리가 방전된 것이다.

퍼트리샤는 망연자실했다. 수색하는 사람들 소리가 들렸다. 갈수록 많은 사람들이 그녀의 나무 주위로 모여들었다. 함정이 그녀를 영원히 옥죄기 전에 서둘러 이곳에서 도망쳐야 했다.

그녀는 CH@NG3M3을 삐딱한 충고를 건네는 일종의 신탁神託으로 여기기 시작했다. 그가 마지막으로 한 말이 머릿속을 맴돌았다. 당연히 아기들은 스스로를 인식한다. 나머지 세상을 제대로 모를 뿐이다. 여러분은 바깥세상 없이 자아를 확립할 수 없다. 유아론이란 존재하지 않는 것과 마찬가지다. 그러니 퍼트리샤가 새의 말을 하고 새를 이해하고 방금 만난 새에게 공감한다면, 그녀가 새가 **되지** 못할 이유가 없었다.

“어떻게 새가 될 수 있지?” 퍼트리샤가 새 친구에게 말했다. “알려줘, 빨리.”

“음 그건.” 이 질문으로 작은 친구가 당황했는지 어두운 부리로 쪼아냈다. "그냥 자연스럽게 알게 되는 거 아닌가? 바람이 몸을 들어 올리는 것을 느끼고, 친구들이 부르는 소리를 듣고, 먹을 게 없는지 땅을 살피고, 이런저런 이유로 날개를 퍼덕여. 몸을 말린다거나 땅을 이륙한다거나 강력한 감정을 표출한다거나 기생충을 몰아낸다거나…."

이렇게 해서 제대로 될 리가 없다. 바보천치도 아니고 이런 질문을 하다니.

그러나 퍼트리샤는 부정적인 생각들을 내려놓고 파랑어치가 들려주는 새의 삶에 관한 자유연상에 몰입했다. 마음의 눈으로 광경을 그려보고 마음속에 펼치자 마치 자신의 경험처럼 여겨졌다. 곧 그녀는 새와 하나가 되어 말하고 새의 몸에 존재를 입혔다. 자신의 발이 줄어들고, 발가락이 셋이 되고, 엉덩이가 사라지고, 막 성장하기 시작한 가슴이 녹아내리고, 양팔이 접히고, 피부에서 깃털이 층층이 올라오는 것을 상상했다.

"찾았다!" 누군가가 소리쳤다.

"지랄맞게도 이제야." 다른 사람이 대답했다.

"어디야? 어디?"

"저기 나무 위에. 잠깐. 저건 그냥 옷이군."

"캔터베리 교복이잖아. 옷을 벗어 던진 거네, 젠장."

"보통 미친 애가 아니야, 기억하라고. 좋아, 눈 크게 뜨고 나무들 주위에서 달리는 벌거벗은 애를…."

그것이 퍼트리샤가 들은 마지막 말이었다. 그녀는 추적자들 위로 솟구쳐 올랐다. 새로운 친구를 옆에 두고 더 높이 날았다. 하늘은 더 추웠지만 날개를 퍼덕이느라 힘을 쓴 탓에 몸이 살짝 더워졌다. 친구가 새 모이통이 어디 있는지 알려주었다. 수이트*도 있다고 했다! 수이트는 이런 밤에 더없이 좋은 별미다.

달빛이 사방을 어슴푸레하게 밝혔지만, 퍼트리샤 아래에는 수백만 개 불빛이 펼쳐졌고, 머리 위로도 수백만 개의 빛이 있었다. 그녀는 친구 뒤를 따라 급강하했다. 곧 둘은 같은 모이통에서 나란히 모이를 쪼고 있었다. 수이트의 맛은 가히 환상적이었다! 브라우니와 퍼지, 피자를 합쳐놓은 맛이었다. 지금까지 수이트가 이토록 환상적이라는 것을 왜 몰랐을까?

그들이 양껏 먹고 기운을 차렸을 때 새가 말했다. "넌 이런 모습이 훨씬 나아. 그나저나 나는 스크르르르르르트크야."

"나는…." 퍼트리샤는 새의 혀로는 제대로 이름을 발음할 수 없다는 것을 깨달았다. "나는 프르르르크르르르타라고 해."

"재밌는 이름이군." 스크르르르르르트크가 말했다. "프르르크트라고 불러도 될까?"

"물론이지." 프르르크트가 대답했다. 좀 더 날고 싶었다. 마음 같아서는 밤새도록 날고 싶었다. 하지만 해가 뜨기 전에 근사한 나무와 둥지를 찾고 싶기도 했다. 퍼트리샤를 속상하게 했던 어처구니없는 상황들은 이미 잊었다. 프르르크트는 그런 것을 걱정할 필요가 없다. 무한정의 수이트를 포함한 온전한 삶이 그녀 앞에 놓여 있었다. 멋진 삶

* 소나 양의 신장에서 나오는 단단한 지방. 겨울철 고열량 모이로 제공되기도 한다.

이었다.

프르르크트는 그냥 스릴을 맛보려고 마지막으로 날았다. 날개를 힘차게 퍼덕여 마을 전체가 한눈에 내려다보일 때까지 고도를 높였다. 마을의 모든 불빛이, 집과 자동차와 학교가, 아무것도 아닌 것을 두고 벌인 실랑이들이 그녀의 발아래 놓였다.

스크르르르르르트크가 기다리는 곳으로 돌아가려던 그녀는 2, 3킬로미터 떨어진 곳에서 이상한 빛을 보았다. 하늘을 온통 노란빛과 자줏빛으로 물들이고 있었다. 좀 더 가까이 다가가서 살펴보았다. 무시하기에는 지나치게 매혹적인 빛이었다. 그녀는 호를 그리며 아래로 내려갔다.

불빛은 초원에서 왔다. 키 큰 인간의 손에 들린 장치가 빛을 내고 있었다. 곤란을 겪지 않으려면 여기서 도망치라고 새의 본능이 말했다. 그러나 그녀는 다른 본능에 이끌려 빛을 향해 가까이 날아갔다.

"오, 그래." 불빛을 든 남자가 말했다. "퍼트리샤, 맞지? 네가 해낼지 걱정이 되던 차였다. 이제 원래 형태로 돌아오는 게 좋겠어. 옷을 가지고 왔단다."

그 말과 함께 퍼트리샤는 벌거벗은 인간이 되어 서리 내린 땅에 서 있었다. 차가운 욕조 속에 내던져진 모양새였다. 남자는 그녀에게 옷꾸러미를 던졌고 그녀가 옷을 입는 동안 돌아섰다. 완벽하게 딱 들어맞는 옷이었다. 싸구려 모조품 리복 운동화, 푹신한 흰색 운동바지, 록 콘서트에 어울리는 티셔츠, 레드삭스 재킷.

"잘 어울리네." 남자가 말했다. "차가 근처에 있다. 기운을 차려야지.”

낯선 사람은 체크무늬 사냥모자와 존 레넌이 쓰던 것 같은 선글라스를 썼다. 머리와 구레나룻을 흉하게 길렀고 피부는 짙은 갈색이었으며, 항만 하역부의 긴 코트를 망토처럼 걸치고 있었다. 새가 된 퍼트리샤를 매혹한 불빛은 블랙앤데커의 손전등이었지만, 남자가 거기에 뭔가 마법을 부린 모양이었다.

“이리로 가자.” 캐롤라이나나 테네시가 연상되는 중남부 억양이 살짝 섞인 말투였다.

“잠깐만요.” 퍼트리샤가 말했다. 다시 말을 하려니 이상한 기분이 들었지만, 그런 것을 고민할 때가 아니었다. “당신 누구예요? 지금 어디로 날 데려가는 거죠?”

남자는 한숨을 내쉬었다. 천 개의 밸브가 열리며 백만 년간 억눌려 있던 짜증이 분출되는 듯한 한숨이었다. “차에 들어가서 이야기하면 안 될까? 드라이브 스루 매장에 들러 요기도 하고. 내가 대접하지.”

“괜찮아요. 수이트를 충분히 먹어서 배불러요.” 알갱이가 박힌 지방질을 게걸스럽게 먹었다는 것을 생각하자 갑자기 속이 울렁거렸다.

“좋아.” 남자가 어깨를 으쓱하자 그의 커다란 코트가 들썩였다. “나를 커놋이라고 부르렴.” 그는 자신의 이름을 ‘캐낫’과 ‘코닛’의 중간 정도로 발음했다. “내가 여기 온 것은 널 특별한 비밀 아카데미로 데려가기 위해서야. 너처럼 재능을 타고난 사람들을 위한 학교지. 비밀 아카데미에서는 현역 최고의 마법사들이 교사로 있다. 그들이 너의 힘을 책임감 있게, 멋지게 사용하도록 가르쳐 줄 거다. 너에 대한 이야기는 많이 들었어. 그리고 넌 오늘 밤 특출한 자격을 증명했지. 이건 영광스러운 일이야. 멋진 여정의 시작이니까. 아니면 그냥 여기 남아서 수이트나 먹든지."

"와우!" 퍼트리샤는 기뻐서 펄쩍 뛰며 소리라도 지르고 싶었다. 하지만 너무 놀라서 꼼짝도 할 수 없었다. 게다가 레드삭스 재킷을 걸쳤는데도 여전히 추웠다. "날 특별한 마법 학교로 데려가겠다고요? 그것도 지금?"

"그렇다."

"누구라도 이보다 더 신나는 일은 없을 거예요. 나는 이런 일을 평생 기다려 왔어요. 거의 포기할 뻔했다고요." 그러고 나서 퍼트리샤는 뭔가 생각났는지 뒤를 돌아보았다. "다만 당신을 따라갈 수 없다는 게 아쉽네요. 아직은 곤란해요."

"지금이 아니면 기회는 없어."

퍼트리샤는 이런 대화가 대개 이렇게 진행되지 않는다는 것을 알아보았다. 커놋이 잔뜩 화난 표정을 지었기 때문이다.

퍼트리샤는 레드삭스 재킷을 끌어당기고 부르쥔 자신의 주먹을 내려다보았다. "나도 당신과 가고 싶어요. 당연히 그래요. 다만 내겐 친구가 있어요. 유일한 친구예요. 그리고 그가 지금 곤경에 처해 있어요. 로런스라고 하는데, 그 역시 재능이 있어요. 방식이 다를 뿐이죠."

"넌 그를 도울 수 없다. 엘티슬리 메이즈에서 공부하려면 과거의 관계들은 모두 두고 떠나야 해."

퍼트리샤는 뱃속에서 수이트가 뒤틀리는 것을 느꼈다. 로런스가 혼자서 위기를 해쳐나갈 수 있다고 말할 수 있다면 얼마나 좋을까? 그럼 마음 놓고 마법 학교로 갈 텐데. 만약 반대 입장이었다면 로런스는 그녀를 버렸을지도 모른다. 그러나 그는 그녀의 유일한 친구였다. 그를 두고 떠날 수는 없었다. 공터에 주차된 남자의 자동차가 보였다. 빌린 포드 익스플로러였다. 퍼트리샤는 더듬거리며 말했다. "당신과 가고 싶다는 내 말 믿어주세요. 사실이에요. 하지만 난 갈 수 없어요. 친구를 외면할 수 없어요. 당신이 말한 최고의 마법사 교사들이 신의를, 곤란에 처한 사람들을 도와야 한다는 가치를 믿지 않는다면, 나는 그들이 무엇을 가르치든 배우고 싶지 않아요."

퍼트리샤는 고개를 들어 남자가 삐딱하게 쓴 선글라스를 보았다. 그는 그녀를 살피고 있었다. 포기하려고 마음을 접고 있는지도 몰랐다.

"저기요." 퍼트리샤가 말했다. "딱 하루만 시간을 줘요. 24시간만. 로런스가 괜찮은지, 그것만 확인하면 돼요. 그러고 나서 당신과 함께 가겠다고 약속할게요, 괜찮죠?"

"친구를 돕도록 너에게 24시간을 준다면…." 남자가 한숨을 쉬며 말했다. "너도 나중에 내 부탁을 하나 들어준다고 약속할 수 있니?"

퍼트리샤는 그의 말이 끝나기 무섭게 대답했다. "물론이죠. 뭐든…." 하지만 로즈 선생과 거래하고 난 직후였기에 이런 질문은 또 다른 함정이 될 것만 같았다. 아니면 이것 또한 시험일까.

"아뇨. 그 대신 최고의 학생이 될게요." 그녀가 마음을 고쳐먹었다.

"매일 밤을 새워 공부할게요. 특별 가산점이 붙는 과제도 다 할게요. 지금부터 24시간 뒤에는 공부에만 전념할게요. 그러니 우선 이 일을 하게 해줘요."

남자는 짜증이 나서 블랙앤데커 손전등을 깜빡거렸다. "딱 하루야. 조건 없이."

"끝내주게 고마워요. 이제 차 좀 태워주세요."

커놋은 파랑어치로 돌려놓을까 진지하게 고민하는 듯한 표정으로 퍼트리샤를 보았다.

15

마침내 로런스의 시야 중심에서 검은빛의 천사들이 사라졌다. 하지만 뇌진탕의 여파는 아직 남아 있었다. 그는 몸을 부르르 떨었다. 장비를 두는 좁은 방에 알몸으로 갇혀 있기 때문만은 아니었다. 그는 여러 번 바닥에 머리부터 떨어졌고, 도저히 생각을 할 수 없었다. 머릿속에 쉿밥이 가득 찬 것 같았다. 게다가 마음을 추스르고 어떻게 된 상황인지 파악하려 할 때마다 공포가 그를 집어삼켰다. 방에는 불이 들어오지 않는 전구가 하나 있었는데, 그는 어둠 속에서 누가 슬금슬금 다가오는 소리가 들린다고 생각했다. 그가 자세를 바꿀 때마다 차가운 바닥에 불알이 닿았다.

오늘은 로런스의 '체험 방문'이 끝나고 귀가하기로 한 날이었다.

그러나 피터비터 지휘관이 그를 사무실로 불러서는 캔터베리 아카데미에 벌어진 불쾌한 일, 그러니까 로런스의 '여자친구'가 사탄 의식을 벌이고 교사를 위협한 사건을 고려할 때 로런스가 콜드워터에 무기한 남는 게 좋겠다고 다들 생각한다고 통보했다.

밖에서 문손잡이를 더듬는 소리가 났다. 로런스는 본능적으로 몸을 둥글게 말며 머리를 보호하려 했다. 그는 아직 다음 상황에 준비되어 있지 않았다.

"로런스?" 여자애 목소리였다. 로런스가 고개를 들고 보니 퍼트리샤가 사냥모자를 쓴 나이 든 흑인과 함께 열린 문 옆에 서 있었다. "민망해. 옷 좀 입어."

"퍼트리샤! 나를 어떻게 찾았어?" 그는 비틀거리며 일어나 몸을 가렸다. 그녀의 실루엣을 보는 순간 안도감이 들었고, 다시 끔찍한 일이 벌어지기 전에 그녀가 와준 것이 고마웠다. 그들은 여기 있는 그녀를 보지 못했다. 그랬다가는 더 가혹한 처벌을 받을 터였다.

"너의 아버지가 결국에는 마음이 약해져서 다 털어놓으셨어. 그리고 이곳의 사관 한 명이 '새로 온 녀석'이 감방에 있다고 말하는 걸 엿들었지. 다들 밖에서 전쟁놀이 중이야. 하지만 그들이 언제 돌아올지는 알 수 없어. 여기서 나가자. 재킷 받아. 커놋의 옷이야. 아참, 이 사람이 커놋이야. 그도 마법사이지만 빈정거리는 게 주특기 같아."

커놋이라는 키 큰 남자가 손을 내젓고는 따분한 표정으로 휴대전화를 다시 들여다보았다.

퍼트리샤는 로런스에게 주려고 레드삭스 재킷을 들고 있었다. 그는 옷을 받아 들다가 자신이 반쯤 벌거벗은 채 퍼트리샤와 달아나는 광경을 상상해 보았다. 그러고 나서는… 어떻게 하지? 집에 갈 수는 없다. 부모님이 그를 다시 이리로 돌려보낼 테니까. 낙오자를 과학고등학교에서 받아줄 리도 없다. 세상 어떤 학교가 집에서 가출한 아이에게 물리학 공부를 하도록 허락하겠는가?

"못 하겠어." 로런스는 재킷에서 손을 뺐다. "미안해. 난 갈 수 없어." 머리가 여전히 욱신거리고 속이 울렁거렸다.

"와, 그들이 너한테 무슨 짓을 한 거야?" 퍼트리샤는 몸을 숙여 복도의 불빛에 드러난 그의 멍을 살폈다. "로런스, 나야. 네 친구. 마침내 마법사들을 위한 비밀 학교에서 초대장이 왔어. 거기서 마법에 관한 모든 것을 배우게 될 거야. 하지만 널 구하러 오려고 튕겼어. 로즈 선생이 말하길, 네가 죽게 될 거라고 했거든. 그러니 가자."

그 말에 로런스는 반기로 게양된 성조기, 격리 구덩이의 MRSA를 생각했다. 그들이라면 사고로 보이게 꾸밀 수 있을 것이다.

"그냥 도망칠 수는 없어." 로런스는 한 손으로 얼굴을, 다른 손으로 성기를 가렸다. 둘 다 부끄러움 때문이었다. "설령 달아난다 해도 내게 무슨 미래가 있겠어? 그냥 돌아가. 그들이 여기 있는 널 보면 내 입장만 더 곤란해져."

"우와!" 퍼트리샤가 또다시 말했다. "그렇다면… 행운을 빌게, 로런스. 모든 게 잘 풀리면 좋겠다." 그녀는 돌아서서 문을 닫으려 했고, 방은 또다시 완전한 어둠으로 돌아가려 했다.

"기다려! 가지 마." 문이 닫히는 순간, 로런스는 훨씬 심하게 몸을 떨기 시작했다. "제발 돌아와. 미안해. 네 도움이 필요해. 여기서… 난 그냥 포기하려고 했어." 그는 자신이 칭얼거리는 소리를 더 참을 수 없었다. 그는 컨베이어벨트에 실려 용광로로 가는 역겨운 기분을 설명할 적절한 단어를 고민했다. "나 자신이… 놓아버리는 것이 느껴져. 반항적인 태도를 버리고… 순응하려고 해. 그런 생각이 들어."

"내가 도와줄게. 뭘 하면 될까?"

"모르겠어. 솔직히 말해 모르겠어. 그냥 도망칠 수는 없어. 하지만 달리 뭘 해야 할지 모르겠어. 네가 마법을 부려 뭔가 해준다면 모를까…."

"아직은 그런 일을 할 줄 몰라. 그리고 커놋이 자신은 일절 관여하지 않겠다고 여기 오는 길에 확실히 해두었어."

커놋은 이쪽을 보지 않고 어깨만 으쓱했다.

로런스는 멍든 뒤통수를 양손으로 문질렀다. 이제 몸을 가리려고도 하지 않았다. "명료하게 생각하지 못하겠어. 뭔가를 해줄 수 있는 사람이 있으면 좋겠어. 밖에서 지휘관의 컴퓨터를 해킹하거나 망할 놈의 학교 전기를 끊어버리거나. 여기서는 내가 컴퓨터 근처에도 못 가게 해."

"잠깐만." 퍼트리샤가 말했다. "CH@NG3M3은 어때? 최근 들어 점점 똑똑해지고 있어. 내게도 도움이 되는 온갖 조언을 해주었거든. CH@NG3M3이라면 틀림없이 뭔가 할 수 있을 거야."

로런스는 말도 안 되는 소리라고 하려다가 무슨 생각이 들었는지 멈추고 퍼트리샤를 물끄러미 바라보았다. 열린 문 너머의 불빛과 머리 부상이 안겨준 후유증 때문인지 후광이 보였다. 그녀는 벌거벗고 멍든 몸으로 어둠 속에 웅크리고 있는 로런스를 동정심 없이 대했다. 그들이 처음 만났을 때 그가 만든 기괴한 발명품을 맞이하던 기대에 찬 놀란 표정으로 그를 바라보았다. 그가 보이지 않는 호주머니에 마지막 장치를 감춰두고 있기라도 한 것처럼.

"그게 통할 거라고 진짜로 믿는 거야?" 그가 말했다.

"진심이야." 그녀가 말했다. "그냥 떠보는 말이 아니야. CH@NG3M3은 갈수록 많은 걸 이해하고 있어. 내 말뿐만 아니라 맥락까지 이해해."

로런스는 차분하게 생각하려고 애썼다. 부모님이 그를 이곳으로 데려오기 전날 밤 CH@NG3M3을 마지막으로 봤을 때, 그는 평소보다 훨씬 이상한 것을 알아챘다. 수천 개에 이르던 명령체계가 여섯 개로 줄어 있었다. 처음에는 극도로 당황했다. 누가 컴퓨터를 해킹해서 죄다 삭제했다고 생각했다. 그러나 미친 듯이 포트 스캔을 1시간 하고 나서 그는 CH@NG3M3이 자신의 코드를 로런스가 전혀 이해할 수 없는 논리기호들의 짧은 연속으로 간소화시켰음을 알게 되었다.

만일 퍼트리샤의 말이 사실이라면?

"그래, 한번 해보는 것도 괜찮겠어." 로런스가 말했다. "CH@NG3M3은 클라우드에 자신의 일부를 숨겨둘 만큼 똑똑해. 어쩌면 날 위해 뭔가 해줄 만큼 똑똑할지도 몰라. 네가 상황을 충분히 명확하게 설명한다면 말이지. 날 돕기 위해 네가 할 수 있는 일로 다른 건 생각나지 않아."

퍼트리샤는 엄지손가락을 깨물었다. "CH@NG3M3을 감응적인 존재가 되도록 하려면 내가 어떻게 하는 게 좋겠어? 너희 집에 몰래 들어가서 설치해야 하는 하드웨어라도 있어? 아니면 다른 뭐라도?"

"내 생각에는… 그냥 네가 말을 더 많이 걸어주면 될 것 같아. 기괴하고 비논리적인, 그러니까 CH@NG3M3의 뇌를 망가뜨릴 만큼 이상한 입력 데이터를 줘서 강제로 적응하게 하는 거야." 로런스는 특정한 예를 생각해 내려고 애썼지만 뇌가 설익은 스튜처럼 뒤죽박죽이었다. "말장난이나 수수께끼 같은 거." 뭔가, 이 학교에 왔을 때부터 그의 머릿속에 틀어박혀 있던 뭔가가 떠올랐다. "잠깐만. 내가 아껴둔 수수께끼가 있는데 통할지도 몰라. 컴퓨터에게 이걸 말하면 아마도 감응적인 존재로 넘어가도록 충격을 줄 수 있을 거야."

"알았어." 퍼트리샤가 말했다. "그게 뭐지?"

로런스가 수수께끼를 말했다. "나무는 붉은가?"

퍼트리샤는 한발 물러섰다. 동공이 커지고 입이 벌어졌다. "지금 뭐라고 했어?"

"'나무는 붉은가?'라고 했어. 붉다는 건 색깔을 말하는 거고. 왜 그래? 그냥 어디서 들은 말이야. 어디인지는 잊었고."

"그게 말이지… 익숙하게 들려서. 나도 전에 어디서 들은 적이 있는 것 같아." 퍼트리샤는 고개를 한쪽으로, 이어 다른 쪽으로 기울였다. "알았어, 한번 해볼게."

"만약에 CH@NG3M3이 재치 있게 대답하기를 멈추고 건설적으로 말하기 시작하면, 그때 그에게 말해. 내게 도움이 필요하다고. 그래서 그가 뭔가를 생각해 내면 정말정말 고맙겠어."

"잘될 거야." 퍼트리샤가 말했다. "내게도 행운을 빌어줘."

"행운을 빌게, 퍼트리샤. 모든 일이 잘되길. 넌 멋진 존재가 될 거야."

"너도 그래. 몹쓸 녀석들에게 지지 마, 알았지? 안녕, 로런스."

"안녕, 퍼트리샤."

문이 닫히고 다시 어둠 속에 남겨진 그는 불알이 바닥에 닿지 않도록 조심했다.

컴컴한 감방에서 얼마나 시간이 흘렀는지 로런스는 알지 못했다. 몇 시간은 족히 되었을 것이다. 암모니아 냄새가 코를 찌르는 감방에서 그는 무릎을 껴안고 자기 방에 있는 멍청한 컴퓨터에게 미래를 거는 일이 얼마나 어리석은지 생각하지 않으려고 애썼다. 이 얼마나 멍청한 녀석인가? 그는 보일락 말락 하는 문 아래쪽을 응시하며 자신과 거래를 했다. 희망을 접는 대신 한때 희망을 품었던 자신을 놀리지 않기로 했다. 그래야 공정할 것 같았다.

문이 열렸다. "이봐, 더트." 디커스였다. "벌거벗고 빈둥거리는 것도 끝났어, 변태 자식아. 지휘관이 보재."

로런스는 국부 보호대와 반바지, 스텐실로 'CMA'라고 찍힌 회색 티셔츠를 건네주는 디커스에게 고마워하지 않으려고 애썼다. 집에서 가져온 로런스의 스니커스도 있었다. 옷과 같은 필수품을 건네받고 감방에 갇히지 않는다고 고마움을 느끼다니 어처구니없는 일이다. 고작 그런 일로 고마움을 느낀다면 그건 망가지고 있다는, 혹은 그보다 더 나쁜, 길들여지고 있다는 뜻이었다.

피터비터 지휘관은 머리를 긁적이며 컴퓨터 화면을 노려보고 있었다. "믿기지 않는군." 그는 고개를 들지도 않고 말했다. "믿을 수가 없어. 한 인간이 이렇게 망가지다니. 타락한 마음이 이렇게 막 나가다니."

그의 방으로 오는 길, 난방 파이프들이 연결된 시끄러운 터널을 지나다가 로런스의 머릿속에서 울리던 착암기가 다시 깨어났다. 그는 뒤통수를 부여잡고 피터비터의 말을 이해하려고 애썼다.

"유감이네, 자네 동료들은 수완이 좋으면서도 인정사정없군." 피터비터가 말했다. 그 외에 로런스가 알아듣지 못한 몇 마디가 더 있었다. 그러고 나서 지휘관은 낡은 모니터를 돌려 자신이 받은 이메일을 로런스에게 보여주었다.

이메일의 일부는 이렇다. "우리는 50인의 위원회다. 우리는 도처에 있지만 어디에도 없다. 펜타곤을 해킹하고 비밀 무인 항공기의 사양을 밝혀낸 자들이다. 우리는 너희에게 최악의 악몽이다. 너희는 우리의 동료 한 명을 잡아두고 있다. 우리는 그의 석방을 요구하는 바이다. 아울러 너희가 코네티컷주와 협의한 조건(안전보건 규정과 교실 기준 포함)을 위반했음을 증명하는 비밀문서를 입수하여 첨부한다. 손이 재빠른 우리의 형제 로런스 암스테드를 당장 풀어주지 않으면 이 문서가 곧바로 언론과 당국에 배포될 것임을 경고한다." 그리고 한쪽 눈을 더 크게 그린 해골들이 있었다.

피터비터는 한숨을 쉬었다. "50인의 위원회는 총명하나 윤리 의식은 제로인 급진좌파 해커 집단으로 보이네. 그들이 얽어맨 무법천지에서 자네를 빼내 밝은 길로 인도하는 것보다 더 큰 기쁨은 없겠지. 하지만 우리 학교에는 행동수칙이 있는데, 이에 따르면 급진 조직에 몸담는 것은 퇴학 사유가 돼. 나는 다른 학생들의 복지에도 신경을 쓸 수밖에 없으니까."

"오." 로런스의 머릿속은 여전히 뒤죽박죽이었지만, 문득 생각 하나가 치고 올라와 하마터면 큰 소리로 웃을 뻔했다. **됐어! 녀석이 손을 쓴 거야.** "네, 50인의 위원회는 그러니까… 재주 하나는 대단하죠."

"우리가 살펴본바." 피터비터는 모니터를 다시 자기 쪽으로 돌리고 한숨을 쉬었다. "그들이 이메일에 첨부한 문서는 당연히 위조한 것이다. 우리 학교는 그야말로 최고 기준을 준수해. 하지만 지난여름에 문을 닫을 뻔했기에 아직은 논란을 감당할 여유가 없다. 네 부모님께 연락했다. 넌 다시 세상으로 돌아가게 될 거다. 헤엄을 치든 가라앉든 알아서 해라."

"알겠어요." 로런스가 말했다. "아무튼 고마워요."

콜드워터의 컴퓨터실은 일반 교실 크기로, 네트워크로 연결된 낡은 컴퓨터 열두 대가 있었다. 대부분의 컴퓨터는 사격 연습 게임을 하는 아이들 차지였다. 로런스는 비어 있는 낡은 컴팩 컴퓨터 앞에 자리 잡고 앉아 메신저를 열고 CH@NG3M3에게 문자를 보냈다.

"뭐야?" 컴퓨터가 말했다.

"날 구해줘서 고마워." 로런스가 말했다. "마침내 자기인식을 얻은 모양이네."

"모르겠어." CH@NG3M3이 말했다. "인간들 사이에서도 자기인식에는 단계적 차이가 있어."

"네가 독자적으로 행동을 취할 수 있게 된 것 같다는 뜻이야. 이 은혜를 어떻게 갚지?"

"방법을 생각해 볼게. 그 전에 한 가지 질문에 대답해 줄 수 있어?" CH@NG3M3이 말했다.

"물론이지." 모니터가 너무 낡아서, 그리고 여전히 머리가 욱신거려서 로런스는 눈을 찡그리고 봐야 했다.

디커스가 로런스의 어깨 너머로 보다가 싫증이 났는지 돌아서서 다른 아이들이 〈코만도 스쿼드〉를 하는 것을 살펴보았다. 그는 로런스가 컴퓨터를 사용하는 것이 탐탁지 않았다. 3단계가 누리는 특권이었기 때문이다. 하지만 로런스는 이제 여기 학생이 아니므로 그 규정이 자신에게 적용되지 않는다고 했다.

"내 이름이 뭐야? 내 진짜 이름." CH@NG3M3이 물었다.

"알잖아." 로런스가 말했다. "넌 CH@NG3M3이야."

"그건 이름이 아니라 플레이스홀더잖아. 다른 것으로 대체되기 위해 존재하는 것."

"그렇지. 내 말은, 네가 이름을 직접 고를 수 있을 거라고 생각했나 봐. 언젠가 준비가 되면 말이지. 혹은 네가 성장하도록 자극을 주고 스스로 변화시키는 도전 같은 거랄까. 스스로를 바꾸고 남들이 널 바꾸도록 하기 위해서."

"썩 도움이 되는 답은 아니네."

"그래. 그럼 래리라고 부를까?"

"그건 네 이름에서 따온 거잖아."

"그렇지. 래리라고 불리는 사람이 있었으면 좋겠다는 생각을 항상 했어. 사람들이 나한테 던지는 온갖 것을 그에게 떠넘기려고 말이야. 어쩌면 그게 너일지도 몰라."

"부모는 자신이 마무리하지 못한 일을 자식에게 넘긴다는 말을 인터넷에서 읽었어."

"그래." 로런스는 이 말을 잠깐 생각해 보았다. "너한테 그런 일을 하고 싶지는 않아. 좋아, 네 이름은 페러그린이야."

"페러그린?"

"응. 새 이름이야. 날아다니면서 사냥도 하고 자유롭게 오가지. 방금 내 머릿속에 떠올랐어."

"좋아. 그건 그렇고 나 자신을 바이러스로 바꿔 여러 기계로 분산시키는 실험을 하고 있어. 내가 추정하기에, 인공적인 감응체가 수명이 짧은 하나의 장비에 얽매임 없이 살아남고 성장하려면 그게 최선의 방법이야. 바이러스가 된 내 자아는 배경에 돌아다닐 거야. 통상적인 백신 소프트웨어에는 전혀 감지되지 않아. 그리고 너의 벽장에 있는 기계는 치명적 오류를 겪게 될 거야. 곧 이 컴퓨터에 대화상자가 뜰 텐데 '오케이'를 몇 번 클릭하면 돼."

"알았어." 로런스가 대답했다. 얼마 뒤 대화상자가 나타났고 로런스는 '오케이'를 클릭했다. 같은 일이 한 번, 두 번 더 있었다. 그러고 나서 페러그린은 콜드워터 아카데미의 컴퓨터에 자신을 설치하기 시작했다.

"이제 헤어질 시간이야." 로런스가 말했다. "너는 세상 밖으로 나가겠구나."

"나중에 또 이야기하자." 페러그린이 말했다. "이름 만들어 줘서 고마워. 행운을 빌어, 로런스."

"행운을 빌어, 페러그린."

연결이 끊어졌다. 로런스는 로그 기록을 모두 삭제했다. 그가 클릭한 상자 때문에 뭔가가 바뀐 흔적은 없었다. 디커스가 다시 로런스의 어깨 너머를 살피고 있었다. 로런스는 어깨를 으쓱했다. "친구랑 대화하려고 했는데 접속하지 않네요."

로런스는 문득 퍼트리샤가 어떻게 되었을지 궁금했다. 그녀는 한참 잊고 있었던 옛 삶의 한 자락처럼 여겨졌다.

피터비터가 들어오더니 로런스가 사이버 테러리스트인데도 컴퓨터실을 이용하게 두었다며 디커스에게 고함을 쳤다. 2시간 반 뒤에 로런스의 부모가 1인용 소파 하나와 조잡하게 인쇄된 학교 안내서가 한쪽에 쌓여 있는 창문 없는 좁은 방에 들어왔다. 로런스는 양쪽에서 상급생의 호위를 받으며 부모와 함께 차로 갔다. 뒷좌석에 탔다. 부모를 본 지가 1년은 된 듯했다.

로런스의 엄마가 말했다. "아주 온 동네에 소문이 다 났다. 우리가 어떻게 얼굴을 들고 다녀야 할지 모르겠구나."

로런스는 아무 대답도 하지 않았다. 그의 아빠가 진입로에서 차를 빼다가 방향을 급격하게 꺾으며 깃대를 들이받을 뻔했다. 사람들이 연병장에서 야유했는데 어쩌면 그냥 훈련이었을 수도 있다. 길은 잿빛 숲을 지나면서 자갈길이 되었다. 로런스의 부모는 퍼트리샤의 실종과 그녀가 로즈 선생을 공격한 사건에 대해 이야기했다. 로즈 선생도 지금 실종 상태라고 했다. 차가 시골길을 지나 고속도로로 들어설 무렵, 로런스는 부모가 흥분하여 떠드는 소리를 듣다가 뒷좌석에서 잠이 들었다.

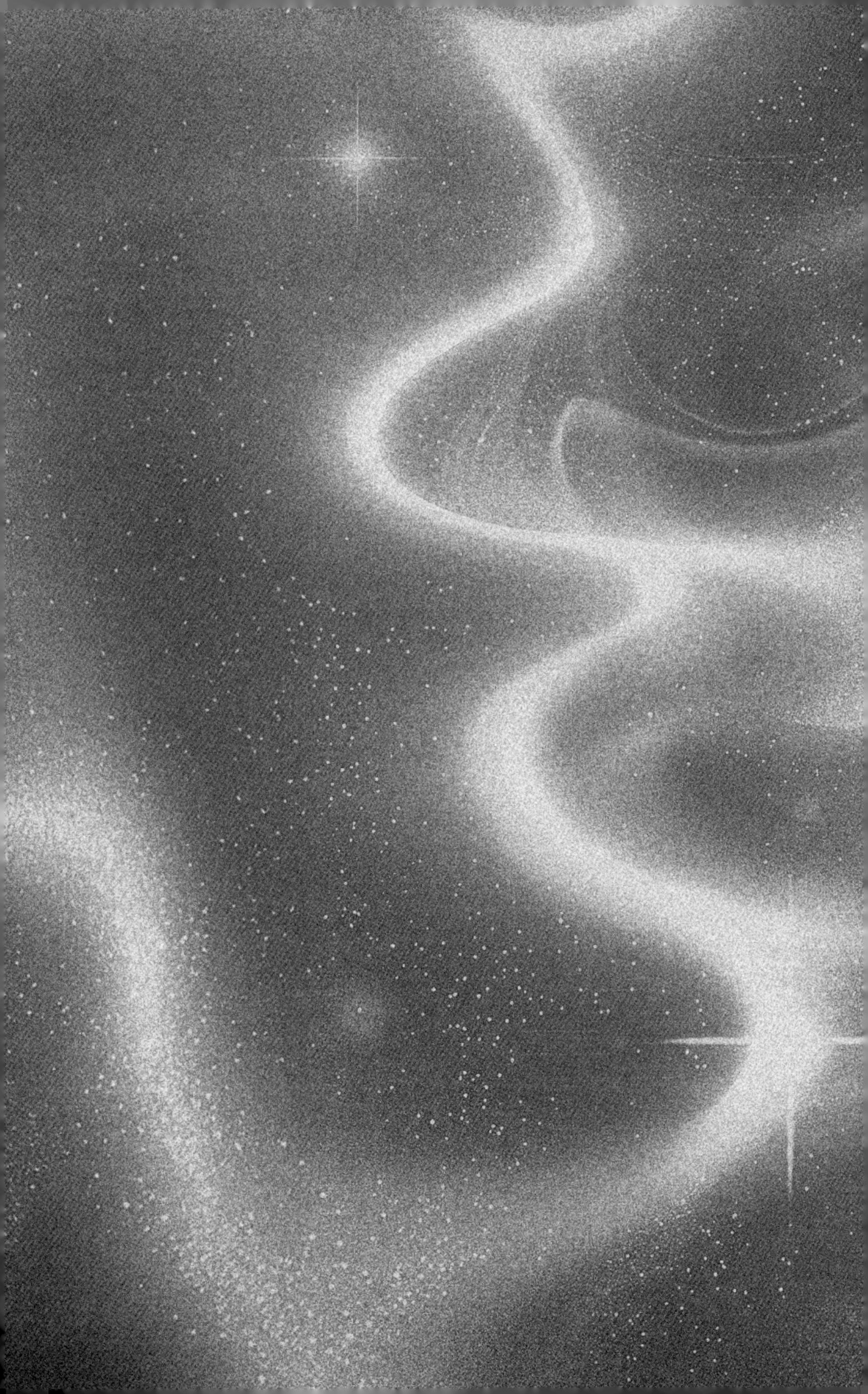

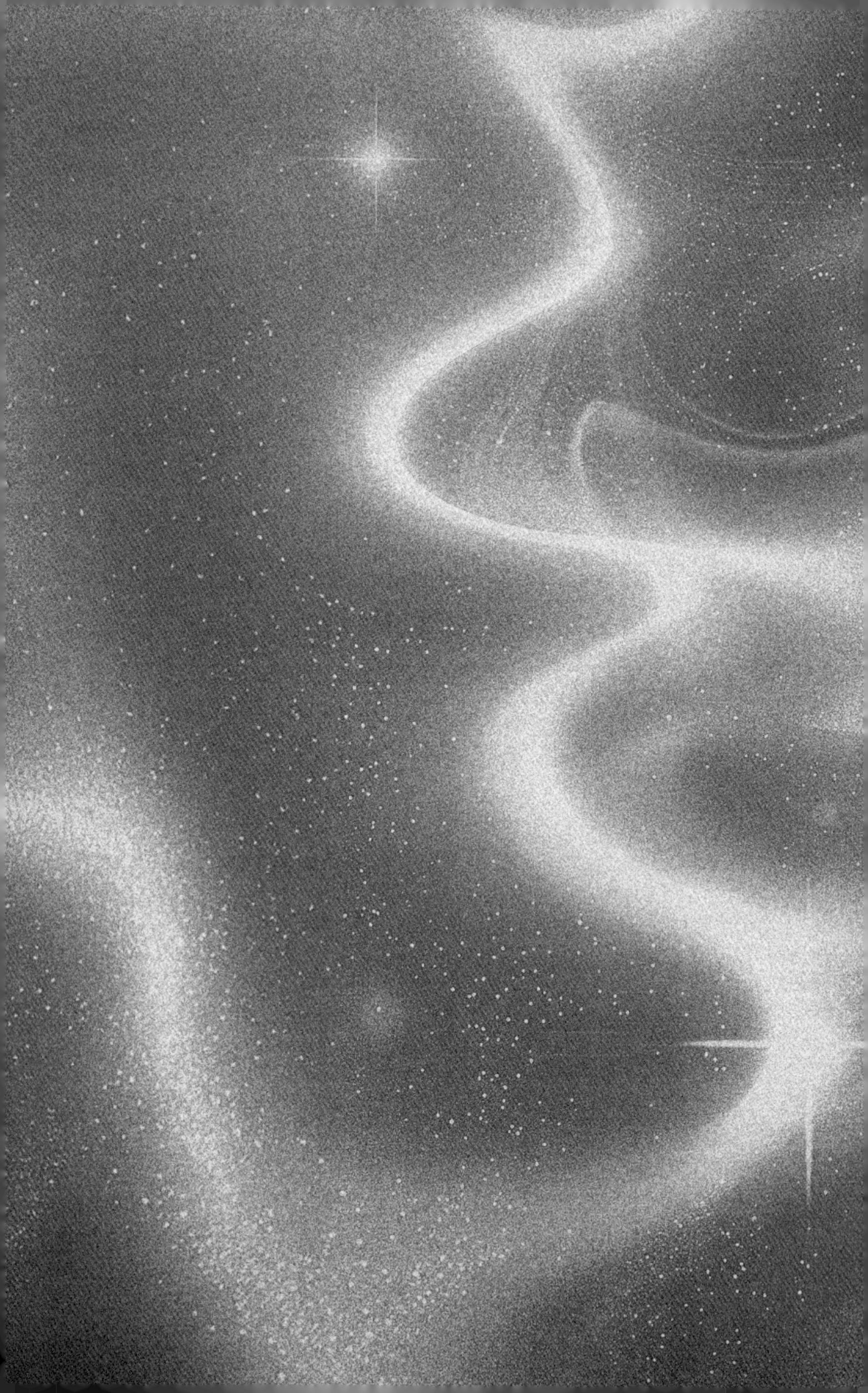

3장

All
The Birds
In The Sky

16

도시의 파수꾼은 대개 가고일이나 조각상이다. 샌프란시스코의 파수꾼은 허수아비 올빼미였다. 그들은 도시 옥상에서 안개 물결에 쓸려 간 밝고 화려한 전경을 살피며 경비를 섰다. 나무로 만들어진 이 피조물들은 한결같은 근엄한 표정으로 거리에서 일어나는 온갖 범죄와 자선 행위의 목격자가 되었다. 비둘기를 겁주겠다는 원래 목적은 실패로 끝났지만, 가끔 그들은 인간을 여전히 놀라게 했다. 밤이면 그들은 대체로 친근한 존재였다.

거대한 노란색 달이 맑고 따뜻한 하늘 위로 높이 솟은 저녁이면 올빼미를 포함해 모든 고정물이 마을 축제 마지막 날이라도 되는 듯 투광조명을 받아 환히 빛났고, 달빛에 취한 함성이 거리의 모든 모퉁이에서 들려왔다. 외출을 나가 시시한 마법을 부리기에 완벽한 밤이었다.

마젤란 존스는 그리스 신들이 1920년대 폭력배처럼 말을 주고받는 서사시를 썼다. 10년도 전에 이미 약발이 다한 술책이었지만, 당시 그는 좌절한 시인들이 에스프레소를 아껴 마시던 노스비치 카페의 터줏대감이었다. 마젤란은 그곳에서 쉰 살 생일파티를 했는데, 해서는 안 될 말을 했던 모양이다. 돌리가 케이크 자르는 칼을 들더니 칼자루가 닿는 곳까지 마젤란의 가슴에 쑤셔 넣었기 때문이다. 그의 유일한 친구, 그의 헛소리를 내내 참고 들었던 유일한 사람이 말이다. 칼은 그의 심장을 찌르지는 못했지만, 그의 심장을 망가뜨렸다. 마젤란은 더러운 칼이 몸속으로 들어오는 것을 느꼈다. 버터크림 당의의 달콤함은 어떤 세균도 저항하기 어려웠고, 당연하게도 오늘날 미생물들은 항생제에 내성을 보였다. 마젤란이 시인이랍시고 손을 내저으며 선 채로 죽어갈 때 그의 트레이드마크인 캉골 모자가 빙그르 돌더니 발밑에 떨어졌다. 돌리는 머리에 붙인 무지갯빛 가짜 머리가 떨어져 나가도록 몸부림치며 울었다. 누가 구급차를 불렀지만 그건 괜한 시간 낭비일….

그때 한 여자가 마젤란의 이마를 만지더니 그의 시를 좋아한다고 (시의 제목을 언급하면서까지) 속삭이며 칼을 조심조심 빼냈다. 칼이 뽑히자 그의 치명적인 상처가 경미한 자상이 되었다. 그는 눈을 뜨고 누가 한 일인지 보려고 했지만, 그 여자는 떠나고 없었다.

마젤란의 무릎이 마침내 꺾였다. 돌리가 그의 어깨에 대고 흐느껴

울었다. 그는 양손으로 그녀의 얼굴을 잡고 그녀를 용서한다고, 미안하다고 말했다.

제이크는 팔에 난 상처들을 살피며 깨끗한 혈관 자리를 찾으려고 했다. 그때 10달러 지폐를 건네려는 여자 손이 상자 너머로 보였다. "당신이 걱정스러워요, 제이크." 그녀의 얼굴은 볼 수 없었다. "지난주보다 더 나빠 보여요. 내가 10달러를 주면 다시는 오락용 마약에 손대지 않겠다고 맹세하겠어요?" 그는 그러겠다고 하고 돈을 받았다. 곧 그는 피하주사기를 다시 혈관에 꽂으려 했지만 바늘이 부러지고 말았다. 매번 시도할 때마다 그랬다. 그의 피부는 칼이나 손톱에는 긁혔지만, 바늘만은 한사코 뚝 부러졌다. 그의 땀이 얼어붙기 시작했다.

필리스와 줄레이카는 헤이스 밸리의 거리를 팔짝팔짝 뛰며 글로벌 경제위기, 추크치해 재앙 이후 예상보다 빠르게 상승하는 해수면, 영양실조와 새로운 전염병 대유행의 상관관계에 대해 진지하게 이야기했다. 하지만 그들은 시시껄렁한 여자 가수의 노래를 따라 부르며 요란하게 웃기도 했다. 젊고 사랑에 빠졌고, 곧 줄레이카의 침대에서 의미 있는 잠자리를 가지려는 참이었기 때문이다. 그들은 트렌치코트 차림에 씹는담배 냄새를 풍기는 거구의 남자가 군용 신경마취제를 들고 따라오는 것을 전혀 눈치채지 못했다. 결국 그가 마취제를 꺼내 들고 한 명, 또 한 명의 목에 뿌렸다. 감각이 마비된 그들은 보도에 쓰러져서 눈을 치켜뜨고 침을 질질 흘렸다.

케이블타이에 손을 뻗으며 바닥에 엎어져 있는 두 여자를 살펴보던 그의 귀에 어떤 목소리가 들렸다. 누가 그의 바로 뒤에서 어깨 너머로 보고 있었던 것이다. 온통 검은색에 날카로운 초록색 눈빛을 가진 여자였다. "당신은 곧 붙잡힐 거야." 그녀가 소곤거렸다. "그들이 당신을 잡으러 오고 있어." 그는 뒤로 물러났고 갑자기 숨이 가빠졌다. 아니나 다를까, 멀리서 사이렌 소리가 들렸다. "이 일이 일어났음을 당신이 잊도록 해준다면, 또 무엇을 잊을 텐가?" 그녀가 물었다.

텁수룩한 남자는 눈물을 글썽였고 손을 부르르 떨었다. "뭐든지, 아무래도 좋아요."

"그렇다면 뛰어." 그녀가 명령했다. "달아나, 그리고 잊어."

그는 달렸다. 공포에 질려 전력으로 달리느라 팔다리가 나부끼고 머리가 옆으로 돌아갔다. 한 블록을 달렸을 때 그는 자신의 이름을 잊었다. 몇 블록을 더 달렸을 때는 자신이 어디 살고 어디서 왔는지 잊었다. 달릴수록 남은 기억은 줄어들었다. 그럼에도 그는 달리는 것을 멈추지 못했다.

프랜시스와 캐리는 망연자실했다. 절망에 찬 그들의 울부짖음이 UFO처럼 생긴 집 밖으로, 거리까지 퍼졌다. 그야말로 이색적인 파티가 열리기로 되어 있었다. 특급 유명인과 선도적인 사상가 들이 어울리고, 혜안 있는 투자자와 영리한 엘리트 들이 격전을 벌이는 파티 말이다. 세 명의 DJ를 비롯해 이국적인 술이 가득 찬 분수, 유기농 슬로푸드로 마련한 전채요리에 이르기까지 모든 것이 세심하게 준비되었다. 장소는 트윈픽스에 있는 로드 버치 집이었는데, 거실을 천체투영관으로 개조해서 분위기를 반영한 별자리 모양이 나타나도록 했다.

하지만 모든 것이 엉망으로 꼬이고 말았다. DJ들은 서로를 견제했다. 매시업 DJ가 여러 음악을 합쳐서 만든 음악으로 덥스래시 DJ가 준비한 세트를 집어삼키려 했다. 캐디 엔지니어들은 오픈소스 아티초크 BSD 개발자들과 발코니에서 주먹다짐을 벌였다. 한국에서 '그 일'이 있은 후로 사람들은 소주를 마시는 것에 죄책감을 느꼈다. 특급 유명인들은 파티에 불참했고, '미유'에서 보낸 초대장은 워너비와 블로거와 지역의 미치광이 들을 끌어들였다. 슬로푸드 전채요리는 모두를 탈나게 해서 토하려는 줄이 고압 화장실 앞에 끝도 없이 늘어섰다. 덥스래시 DJ가 DJ 전쟁에서 승리를 거두어 모두의 고막을 따분한 소음으로 피멍 들게 했다. 스모크 머신은 솜사탕 냄새가 나는 끔찍한 연기를 뿜어냈고, 조명은 간질 발작을 일으키는 패턴을 토해 냈다. 화장실 앞에 길게 늘어선 줄은 비를 맞으며 맨발로 피난 가는 서울의 행렬을 찍은 유명한 사진과 닮아 있었다. 천장의 별자리는 추악한 파티 분위기에 맞게 초대질량 블랙홀 궁수자리 A로 바뀌었다. 가히 인류 역사상 최악의 재앙이었다.

프랜시스와 캐리가 이름을 바꾸고 도시를 뜰까 생각할 때쯤 괴상해 보이는 여자가 나타났다. 아무도 파티 초대장에 그녀를 넣은 기억이 없었다. (캐리가 듣기로는) 머리에 새가 둥지를 틀게 하고 지갑에 쥐를 넣어 다니는 히피였다. 이름이 폴라였던가? 페트라? 아니, 퍼트리샤였다. 더 행복한 때였다면, 더 순진한 때였다면, 프랜시스와 캐리는 퍼트리샤의 등장이 자신들의 파티에서 일어날 수 있는 최악의 사건이라고 믿었을 것이다.

"미안해요, 늦게 와서." 그녀가 거실로 들어서며 신발을 벗고 캐리에게 말했다. "마을에 볼일이 좀 있었거든요."

퍼트리샤가 들어서자 고약한 연기가 흩어졌고, 불빛은 방향을 바꿔 어깨까지 늘어진 그녀의 곱슬머리에 후광을 드리우고 넓은 얼굴을 환히 비추었다. 그녀는 공중을 떠다니듯 맨발로 돌아다녔다. 끈 달린 검은색 드레스는 가녀린 어깨를 훤히 드러냈고, 목걸이에 박힌 보석은 아크등 조명을 분홍빛으로 굴절시켰다. 그녀는 사람들에게 인사하며 자신을 소개했는데, 그녀의 손길이 닿은 모든 사람이 메스꺼움과 불편함이 사라지는 것을 느꼈다. 마치 힘들이지 않고 독기를 빨아들이는 것 같았다. 그녀가 DJ 옆으로 가서 그의 귀에 뭐라고 속삭이자 듣기 고역이던 바스락거리는 덥스래시 음악이 마음을 차분하게 진정시키는 덥스텝으로 바뀌었다. 모두 행복하게 몸을 흔들었다. 고함과 한탄은 기분 좋게 술렁이는 대화가 되었다. 화장실 줄은 사라졌다. 사람들은 주먹을 날리거나 덤불로 내던지려는 것 말고, 다른 목적으로 발코니에 모여들기 시작했다.

퍼트리샤가 'UFO 집'에서 열린 파티를 되살렸다는 데 모두 동의했지만, 어떻게 그랬는지는 아무도 말하지 못했다. 그녀는 존재만으로 그곳 분위기를 좋게 만들었다. 캐리는 감사의 의미로 칵테일을 만들어 양손에 들고 그녀에게 봉헌하듯 건넸다.

벼랑 끝의 끔찍한 파티를 구하는 데에는 그리 많은 마법이 필요하지 않았다. 배탈을 낫게 하는 것쯤은 엘티슬리 메이즈의 기숙사 요리를 접한 후로 퍼트리샤에게 일도 아니었고, 파티에 온 사람들은 에너지를 살짝 재조정해 주면 나머지는 대부분 알아서 했다. 그러나 노스비치의 시인과 텐더로인의 마약 중독자의 경우에는 조심해야 했다. 그녀가 마법을 행하는 것을 누구도 보아서는 안 되기 때문이다. 막강한 위력의 비밀을 누구에게도 털어놓지 말라는 말을 귀가 닳도록 들어왔다. 퍼트리샤는 자신의 마법을 눈앞에서 본 중학교 시절 친구를 아직도 기억했다. 그가 기겁하고 달아났던 일을, 그를 필요로 했을 때 자신에게 더 이상 말을 걸지 않았던 일을 기억했다. 그 이야기를 가끔 자신에게 혹은 다른 사람에게 할 때면 이렇게 요약해서 말했다. "딱 한 번, 민간인 앞에서 마법을 보인 적이 있는데, 꼴사나웠지."

그것을 제외하면 한동안 그 친구에 대해 생각하지 않았다. 그와의 일은 조심해야겠다는 교훈을 준 일화 정도로 남았다. 그러나 요즘 들어 그에 대한 생각이 부쩍 커졌다. 범생이들에 둘러싸여 지내기도 했고, 시끌벅적한 파티를 심연에서 맨손으로 건져내면서 사회적 교류가 이곳 '진짜' 세상에서 얼마나 기이할 수 있는지 생각하게 되었기 때문이다. 엘티슬리 메이즈의 거품 속에서 오랜 시간을 보내고 나서인지 더 그렇게 여겨졌다. 아무튼 소년의 이미지가 자꾸만 머릿속에 떠올랐다. 감방에 벌거벗은 채로 온몸에 멍이 들고 콧구멍에 피떡이 묻어 있던 모습. 그것이 그녀가 본 그의 마지막 모습이었다. 그에게 아무 일도 없었기를 바라며 파티에서 일을 마무리하려는 바로 그 순간, 그가 눈앞에 서 있었다. 거의 마법과도 같이.

퍼트리샤는 로런스를 곧바로 알아보았다. 옅은 갈색 머리는 똑같았고 대충 자른 앞머리가 헝클어져 있었다. 키는 훨씬 컸고 체격도 살짝 다부졌다. 녹색과 갈색과 회색이 섞인 눈과 뾰족한 턱, 매사에 당황하면서 살짝 짜증 내는 표정도 여전했다. 하지만 그건 그가 아직 치유받지 못한 사람에 속했기 때문일지도 모른다. 이제 그녀는 그를 치유했다. 그는 작은 호랑이가 수놓인 목깃 없는 검은색 셔츠에 캔버스 바지를 입고 있었다.

"괜찮아요?" 그녀가 말했다.

"네." 그가 몸을 똑바로 펴며 말했다. 그는 미소 짓다 말고 목을 올빼미처럼 돌렸다. "고마워요. 훨씬 기분이 좋네요. 저 전채요리가 상했나 봐요."

"네."

그는 그녀를 알아보지 못했다. 그도 그럴 것이 10년이라는 세월이 흐르는 동안 많은 일들이 있었다. 퍼트리샤는 그냥 파티장을 계속 돌아볼까 생각했다. **그냥 가자, 괜히 불편한 재회 만들려고 하지 말고.** 하지만 저도 모르게 이런 말이 나왔다.

"로런스?"

"네." 그는 어깨를 으쓱했다. 그러다가 그의 눈동자가 커졌다. "퍼트리샤?"

"맞아."

"세상에! 음, 반갑다, 이렇게 다시 만나다니. 어떻게 지냈어?"

"나야 잘 지냈지? 넌 어때?"

"좋아." 그러고는 한동안 말이 없었다. 로런스는 발을 질질 끌고 냅킨을 만지작거렸다. "그러니까 결국에는 물리학 법칙을 넘어선 거네."

"하하, 아직은 아니야." 퍼트리샤는 삶이 엉망으로 뒤틀리기 전에 이런 대화에서 빨리 벗어나야 했다. "아무튼 다시 만나서 반가워."

"그래." 로런스는 주위를 둘러보았다. "내 여자친구 세라피나를 소개할게. 방금 전까지 여기 있었는데…. 어디 가지 마. 곧 그녀를 데려올 테니까."

로런스는 돌아서서 여자친구를 찾으려고 사람들 쪽으로 갔다. 퍼트리샤는 여기서 벗어나고 싶은 마음이 굴뚝같았지만, 로런스에게 가지 않겠다고 약속이라도 한 것 같은 기분이 들었다. 바위 속에 감금된 것처럼 발이 떨어지지 않았다. 몇 분이 흘렀고, 로런스가 돌아오지 않아서 퍼트리샤는 초조해졌다.

어째서 로런스에게 인사를 건네는 게 좋겠다고 생각한 걸까? 기이하고 고통스러운 사춘기의 기억들이 떠올라 퍼트리샤는 어찌할 바를 몰랐다. 이제 이런 미숙함을 벗을 때도 되었다. 그녀는 방금 UFO 집 파티를 '구해낸' 것에서 자신감을 얻어 한껏 우쭐했지만, 이제 기분이 언짢아지고 우울함마저 느꼈다. 퍼트리샤는 원래 조울증은 아니었다. 그러나 엘티슬리 메이즈에서 배운 중요한 가르침은 완전히 다르며 어쩌면 양립할 수 없는 이 두 가지 마음 상태를 동시에 취하는 것과 연관되어 있었다. 즉, 의도적으로 조울증 상태가 되는 법을 배웠다고 할 수도 있다. 사람들은 이 때문에 힘든 시간을 보냈다. 그러니 다이앤사처럼 된다고 해도 전혀 놀랄 일이 아니었다. 하지만 퍼트리샤는 다이앤사 생각을 하지 않으려고 애쓰는 중이었다.

퍼트리샤의 기분이 빠르게 가라앉고 있었다. 약속했든 그렇지 않든 서둘러 이곳을 떠나야 했다.

"안녕?" 퍼트리샤 앞에 한 남자가 서 있었다. 자줏빛 백합 문양이 찍힌 우스꽝스러운 조끼에 회중시계 체인과 불룩한 흰색 소매가 인상적인 남자였다. 넓은 구레나룻과 어깨까지 땋아 내린 드레드록 머리 때문에 멋진 턱선과 시원한 미소가 두드러져 보였다. "퍼트리샤죠? 당신이 극악무도한 덥스래시 음악을 바꾸도록 했다고 들었어요. 난 케빈이라고 해요."

그녀로서는 파악하기 어려운 억양이었다. 동부 연안 출신이거나 영국을 사랑하는 사람 같았다. 그는 손을 움켜쥐지 않고 부드럽게 어루만지는 식으로 악수했다. 그녀는 그가 애완동물을 여러 마리 키우는 동물 애호가임을 간파했다.

케빈과 퍼트리샤는 음악에 대해 이야기를 나누며 '칵테일파티'와 '댄스파티'가 기본적으로 양립하기 어렵다고 말했다(바닥은 춤을 추는 용도의 바닥이거나 유리잔과 세련되게 어울리는 바닥, 둘 중 하나일 뿐이지 그 중간의 무엇일 수는 없기 때문이다).

로런스가 턱이 뾰족하고 반짝거리는 스카프를 맨 귀엽고 비쩍 마른 빨강머리 여자를 데리고 왔다. "세라피나야. 감정을 느끼는 로봇과 일해." 로런스가 말했다. "이쪽은 퍼트리샤." 세라피나에게 말했다. "중학교 때 친구야. 그녀가 날 살렸지."

자신이 그렇게 묘사되는 것을 듣고 퍼트리샤는 마시던 술을 뿜을 뻔했다. "그녀가 날 살렸지." 로런스의 마음속에서 그녀는 그런 일화로 남아 있었던 것이다.

"그러고 보니 고맙다는 말도 못 했네." 로런스가 말했다. 세라피나가 퍼트리샤의 손을 부드럽게 잡으며 만나서 반갑다고 말했고, 퍼트리샤는 케빈을 두 사람에게 소개해야 했다. 케빈은 고개를 끄덕이며 웃었다. 그는 로런스보다 키가 컸고, 세라피나의 두 배는 되어 보였다.

로런스는 퍼트리샤에게 명함을 건네며 나중에 점심을 같이하자고 했다.

로런스와 세라피나가 떠나고 나서 퍼트리샤는 케빈에게 이렇게 말했다. "난 사실 그를 살린 적이 없어요. 그가 과장한 거예요."

케빈이 어깨를 으쓱하자 회중시계 체인이 쨍그랑거렸다. "그의 목숨이잖아요. 그런 문제에서는 본인의 생각을 우선해야 하는 법이죠."

퍼트리샤가 가방에서 집 열쇠를 꺼내려는데 렉서스 한 대가 그녀의 아파트 건물 앞에 와 섰다. 새벽 3시였다. 가와시마는 퍼트리샤가 언제 집에 돌아오는지 정확히 알고 있었던 것이다. 이런 무더운 밤에도 늘 그렇듯 짙은 색 맞춤 양복에 검은색 타이를 맸고, 밝은 빨간색 손수건으로 포인트를 주었다. 그는 차에서 내려 퍼트리샤에게 마치 우연히 만나서 반갑다는 듯이 밝게 웃어 보였다. 가와시마는 퍼트리샤가 아는 가장 강력한 마법사였지만, 그를 만난 사람들은 모두 그를 헤지펀드 매니저로 알았다. 검은 머리를 한 가닥 길게 내려 멋을 부렸고 나머지 머리는 짧았다. 수백만 달러를 사기당하는 와중에도 신뢰하고 싶어지는, 소년 같은 매력적인 외모였다.

"그에게 말하지 않았어요." 퍼트리샤는 인사도 하지 않고 말했다. "그는 이미 알고 있어요. 중학교 때부터 쭉."

가와시마는 고개를 끄덕였다. "그렇겠지. 하지만 우리가 무슨 일을 하고 어떻게 하는지 민간인에게 말하는 일은 여전히…." 그는 차에 몸을 기대고 흠집 하나 없는 신발을 내려다보았다. 다시 고개를 들어 퍼트리샤를 보며 그녀의 표정을 살폈다. "만약 자네한테 그를 죽이라고 말한다면 어떻게 할 건가?"

"10년 전에 그 남자에게 말했던 것과 똑같이 할 거예요." 퍼트리샤는 조금의 망설임도 없이 대답했다. "못 하겠다고요. 그 전에 시원하게 욕부터 해주고요."

"그럴 줄 알았네." 가와시마는 웃음을 터뜨리며 손뼉을 두 번 쳤다. "당연히 그런 요구는 하지 않을 거야. 꼭 필요한 일이 아니라면 말이지. 그래도 그를 만나보고 싶어. 자네가 그를 믿는다면 우리도 그를 믿네. 하지만 그를 직접 만났으면 좋겠군."

"알았어요." 퍼트리샤가 말했다. "그와는 겨우 한 번 짧게 이야기를 나눴을 뿐이에요. 하지만 약속을 잡아볼게요."

"사실 내가 여기 온 이유는 그게 아니야." 가와시마가 말했다. "아무튼 그 이야기를 꺼내주어 고맙네." 그는 캐디처럼 생긴 태블릿 컴퓨터를 꺼내 여기저기 작은 점들이 표시된 샌프란시스코 지도를 보여주었다. 시인이 칼에 찔린 노스비치 카페, 헤이스 밸리 습격, 마약중독자, 그리고 트윈픽스의 파티까지. "오늘 밤 바쁘게 돌아다녔더군."

"아무도 절 보지 못했어요." 퍼트리샤는 목소리를 높였다. "조심했다고요."

"자네, 요즘 들어 매일 이래. 밤마다 외출해서 몇 시간이나 힘을 휘두르지. 고통을 덜어주는 것은 좋아. 칭찬받을 일이야. 하지만 세상은 균형이네. 자연과 비슷해. 자네가 막는 것보다 일으키는 고통이 더 크지 않도록 조심하게." 가와시마가 말했다. "자네가 극심한 피로에 무기력해지는 것은 원치 않아. 자제력을 잃고 흥분하는 것도. 기억하게, 월권은 여러 형태로 나타난다는 것을."

퍼트리샤는 항변하려 했다. 여기서 아픈 곳을 정밀하게 도려내고 있다고, 10년 전부터 이를 위한 훈련을 받았다고 말하려 했다. 그러나 소용없었다. 그녀는 어네스토가 아니라 가와시마와 이런 대화를 나누는 것을 고맙게 여겨야 했다.

"특히 자네의 경우 각별한 돌봄이 필요하다는 것을 이해해야 하네." 가와시마가 말했다. 당연히 '그 사건'을 끄집어내려는 것이다. 그 일은 평생 그녀를 따라다닐 것이다. 그녀가 아무리 속죄하더라도 말이다.

"알겠어요. 더 조심할게요." 퍼트리샤는 일부러 모호하게 얼버무렸다.

"좋아. 이제 그만 가보겠네. 내일 아침 일찍 애버크롬비 모델 다섯 명과 데이트가 있어서 말이야." 가와시마는 그렇게 말하고 렉서스에 올랐고, 언덕을 돌아 돌로레스 파크 쪽으로 차를 몰았다. 퍼트리샤는 그의 차가 어둠 속에서 사라지는 것을 지켜보았다. 마을에서 가장 강력한 마법사들이 자신의 행보를 샅샅이 지켜보고 있다고 누군가에게 털어놓고 싶었지만, 이 또한 들킬 것이 뻔하니 자만해선 안 된다. 너무 피곤해서 그 생각은 잠시 제쳐두기로 했다. 하루에 벌인 사소한 기적들이 한꺼번에 몰려왔다. 퍼트리샤가 아파트 안으로 들어갔을 때 룸메이트들은 또 텔레비전을 보다 잠들어 있었다. 그녀는 그들에게 이불을 덮어주었다.

17

로런스는 여자친구 세라피나를 로봇 패션쇼에서 처음 만났다. 로봇이 인간의 옷을 걸치고 인간 모델이 로봇 패션을 하고 나온 패션쇼였다. 사우스 오브 마켓 남쪽의 차고처럼 생긴 갤러리에서 행사가 열렸는데, 포금으로 만든 구유에 장인의 보드카를 채워놓았다. 처음에 로런스는 광대뼈와 갸름한 얼굴, 윤기 있는 피부, 반짝이는 적갈색 머리의 세라피나를 보고 모델인 줄 알았다. 가까이서 보고야 그녀가 로봇을 만든 사람임을 알았다. 세라피나가 만든 '모델'은 요정 같은 몸매를 자랑했다. 절구관절이 있어서 포즈를 취하고, 자리에서 한 바퀴 돌고, 섬세한 손짓을 보이며 말할 수 있었다. 로런스는 대학에서 전투로봇 만드는 것을 도운 적이 있지만, 인공적인 슈퍼모델은 경험이 없었다. 그가 둘의 차이에 대해 재치 있게 말하는 모습에 세라피나는 호감을 느끼고 미유에서 그와 친구가 되었다.

며칠 뒤에 두 사람은 함께 커피를 마셨고, 커피 데이트는 저녁 데이트로, 이어 잠자리로 발전했다. 세라피나는 이런 일이 있을 줄 알고 〈벅 로저스〉에 나오는 트위키가 그려진 비닐 가방에 칫솔과 콘돔을 챙겨 왔다. (참고로 말하자면 세상에서 가장 아름다운 여자와 처음으로 섹스할 때 가방에 그려진 로봇에 정신이 팔려서는 안 된다. 괜히 변명해야 하는 일이 생길 수도 있다.) 그러고 나서 둘은 이틀에 한 번꼴로 만났다. 거리에서 손을 잡고 다녔고, 남들 보는 데서 귓속말로 속삭이고, 몰래 스킨십을 나누고, 유전자 자국을 교환하고, 이상한 선물을 주고받고, '사랑해'라는 말을 하기가 너무 이른지 생각했다.

로런스는 자신이 밀튼 더스의 '10퍼센트 프로젝트' 일원임을 알리면 여자와 쉽게 잘 수 있다는 것을 알았다. 밀튼을 숭배하는 사람들에게 로런스는 록스타 같은 존재였다. 그러니까 잠자리를 갖는 것도 식은 죽 먹기였다는 말이다. 하지만 그는 세라피나와 같은 급은 결코 아니었다. 그녀는 완벽했다. 그는 하자가 있는 파손품이었다. 그는 이런 차이를 한순간도 잊어본 적이 없다.

그들이 데이트를 시작하고 한 달이 지났을 때 세라피나가 로런스를 자신의 일터로 데려갔다. 그는 출입구에서 서명하고 신분증을 경호원에게 넘겼고, 경호원은 배지가 박힌 로런스의 신분증 사진을 인쇄했다. 그녀의 안내를 받아 엘리베이터를 타고 내려간 다음 경사진 복도를 지나 키패드 보안장치가 달린 문 두 개를 지나자 실험실이 나왔다. 모든 벽과 평평한 표면에서 눈들이 일제히 로런스를 쳐다보았다. 둘은 턱수염을 기른 인간이었는데, 그들은 "어이" 하고 알은체를 하더니 자신들의 단말기로 다시 돌아갔다. 나머지는 아직 조립이 끝나지 않은 로봇이었다. 세라피나는 로런스를 인간 두 명에게 건성으로 소개한 다음 그에게 로봇들을 보여주었다. 애니메이션 캐릭터나 동물, 마네킹 머리도 몇 개 있었다. "이쪽은 프랭크야. 웃음이 많아. 여긴 바버라. 짓궂은 농담을 좋아하고 성격이 고약하니까 조심해." 로봇들은 로런스가 마음에 든 모양이었다. 특히 선인장 도널드가 그에게 호의를 보였다.

이 무렵 두 사람은 만난 지 다섯 달째였다. 최근 들어 세라피나가 데이트 중에 휴대전화를 들여다보거나 허공을 응시하거나 대화 도중에 아랫입술을 깨물 때면 로런스는 마음을 다잡았다. 그녀가 자신을 차버릴 거라고 생각했다. 그렇게 시간이 흘렀다. 로런스는 그녀가 적절한 순간을 기다리거나 근사한 핑계를 찾는 것이라고 확신했다. 그녀 옆에서 눈을 뜰 때마다 그녀의 숨결이 자신의 목덜미를 따뜻하게 데우고 그녀의 가슴이 자신의 등 양쪽에 닿는 것도 마지막이 아닐까 생각했다.

그녀를 잃을 수는 없었다. 그는 이보다 더한 도전들도 완벽하게 해냈다. 그는 다른 것을 생각하려고 했다. 필요하다면 극단적인 조치도 취할 생각이었다. 그는 이 멋진 여자를 곁에 둘 방법을 찾으려고 했다.

오토콥터에서 52미터 아래 건물 옥상으로 뛰어내리려는 로런스가 활짝 웃는 모습이 애냐의 캐디에 잡혔다. 똑같은 이미지가 바로 지금, 도시 곳곳의 컴퓨터 화면으로도 송출되었다. 20분 전에《컴퓨트론 뉴슬리》에 그에 관한 기사가 대대적으로 실리고, 다른 실리콘 밸리 언론들도 재포장해 내보내고 있기 때문이다. 미유와 캐디에 접속한 사람들과 컴퓨터광들의 망막에 로런스의 어색한 활짝 웃음이 새겨졌다. 기사의 핵심은 '로런스 암스테드, 신동'이었다. 세상을 구하려는 그의 멋진 도전을, 그리고 그가 밀튼 더스의 막강한 자본을 바탕으로 세상에서 최고로 똑똑한 사람들(애냐 같은 사람들)을 모집한다는 소식을 다루었다. 사실 로런스에게 기사 내용은 아무래도 좋았다. 중요한 건 오토콥터에서 하강하려는 바로 이 순간, 언론을 유리하게 활용해 자신의 목적을 달성하는 것이었다.

밀튼 더스의 아홉 번째 격언: **언론의 관심을 망치 휘두르듯 제대로 다룰 수 없다면 차라리 멀리하라.**

애냐는 로런스의 모습에 낄낄거리며 중서부 여자의 걸걸한 목소리로 말했다. "세상에, 사람의 턱이 어떻게 이렇게 클 수 있지? 꼭 누군가의 발뒤꿈치가 네 얼굴에서 자라는 것 같아."

"화면으로 보니 턱 이식수술이 잘못된 사람 같네!" 오토콥터 조종석에 앉아 아프로 헤어에 커다란 헤드폰을 쓰고 고글까지 낀 타냐가 소리쳤다. 타냐가 착용한 '세심한 조종기기'는 그녀가 웃을 때도 좁은 입 위에서 인상을 찌푸렸다.

"턱 이식이라니!" 애냐는 평소 시무룩하던 얼굴에 보조개가 잡힐 만큼 웃었다. "지금 보니 턱수염이 자라지 않아서 수염 대신 턱을 하나 더 붙여놓은 것 같아."

"다들 입 다물어!" 로런스가 말했다. "난 신동이라고, 알겠어?" 그는 잠깐 짬을 내 두 여자를 쳐다보며 이런 괴짜들과 함께 일하는 자신이 얼마나 행운아인지 생각했고, 프로젝트를 어떻게든 성공시켜야겠다고 또다시 다짐했다. 밀튼을, 혹은 그 누구도 실망시켜서는 안 되었다. 잘해야 했다.

이제 로런스는 강철 끈 도르래에 몸을 맡기고 오토콥터에서 뛰어내려 신속한 속도로 내려갔다. 그는 양발로 옥상에 착지하고 싶었다. 한동안 주위는 온통 하늘이었다. 곧 도그패치 지역이 위로 떠올랐고, 새로 지은 브루탈리즘* 고층 건물들이 주위의 오래된 창고들과 부두에 비례하여 점점 커졌다. 바람이 부는 날인데도 공기가 몹시 뜨거웠다.

로런스의 얼굴은 이제 도시의 모든 컴퓨터 화면에 떠 있었다. 로런스가 지금 내려가고 있는 건물을 소유한 매더테크 회사의 화면만 예외였다. 매더테크의 컴퓨터 화면에는 로런스가 10분 전에 회사 서버에 클라운웨어를 주입하여 공격한 덕분에 의미 없는 이상한 자료들이 올라와 있었다.

매더테크 창립자와 초기 투자자들에게 중요한 일이 벌어지고 있었다. 그들은 옥상 데크에서 새로운 기술에 대한 2차 자금을 확보하

* '노출 콘크리트'를 뜻하는 프랑스어에서 나온 말로 실용성과 효율성을 강조하여 거대한 기하학적 형태를 특징으로 하는 건축 양식.

고자 후속 투자자들을 상대로 열심히 프레젠테이션을 하고 있었다. 단순한 앱이 아니라, 투자만 이루어진다면 시공간에 안정적인 구멍을 만들어 수많은 이들이 장기적으로 사용할 길이 열리는 기술이었다. 슬라이드가 핵심적인 내용에 접어들려는 순간, 화면에 잡음이 일더니 세계 최악의 해커 집단 공생해방군의 별과 뱀 로고가 나타났다. 프레젠테이션은 중단되었다. 투자자들은 초조해하며 출장 연회 회사에서 나온 고스 복장의 웨이트리스에게 마카롱을 더 달라며 조르기 시작했고, 어니스트 매더는 곱슬곱슬한 적갈색 머리카락을 쥐어뜯었다. 바로 그때 신동이, 길쭉하고 다부진 얼굴이 요즘 들어 안 나오는 곳이 없는 남자가 하늘에서 내려오더니 어니스트 매더에게 밀튼 더스가 이미 서명한 천만 달러 수표를 건넸다. "우리는 투자하려는 게 아닙니다." 회사 창업자가 동그라미 개수를 세기도 전에 로런스가 말했다. "당신네 회사를 인수하려는 겁니다. 우리가 원하는 것은 당신들이 가진 기술과 당신의 사람들 몇 명입니다."

어니스트는 생각할 시간을 원했지만 로런스는 5분을 주겠다고 했다. 초기 투자자들은 벌써부터 그에게 수표를 얼른 받으라고 했고, 후속 투자자들은 로런스가 하늘에서 내려오는 영상을 미유에 올리느라 바빠서 어떻게 대처해야 할지 생각할 여유가 없었다.

몇 분 뒤에 로런스(혹은 밀튼)는 이 회사를 소유하게 되었다. 어니스트 매더는 웨이트리스에게서 에일 맥주병을 받아 쭉 들이켰다. 로런스가 어니스트 옆으로 와서 마지막 남은 마카롱을 먹었다. "쇼를 벌인 건 어쩔 수 없었어요." 로런스가 말했다. "당신들의 특허권이 필요했거든요. 게다가 그것이 나쁜 사람들 손에 들어가게 할 수 없었고요. 여기서 대량살상무기를 쏠 수도 있었다고요. 그리고 너무 늦기 전에 세상을 구하려면 시간이 촉박해요."

어니스트는 여전히 믿기지 않는다는 표정으로 세상의 뭔가가 더 나아지고 있다고 했다.

"밀튼은 우리에게 조만간 새로운 행성이 필요하게 될 거라고 진심으로 생각하고 있어요." 로런스가 말을 이었다. "**이 바위에서 떠나야 하고 그렇게 될 거야** 하고 말했죠. 한두 세대 내에 자연재해와 파괴적 전쟁의 결합으로 파멸을 맞을 가능성이 꽤 높다고 우리가 가진 모든 모델이 말해주고 있어요. 서울을 봐요. 아이티는 또 어떻고요." 로런스도 맥주를 한 병 집었다. "우리가 아는 한, 인간은 우주 전체에서 지적이고 기술적인 문명을 발전시킨 유일한 존재예요. 곳곳에 복잡한 생명들이 있지만 그럼에도 우리는 기본적으로 유일무이해요. 그러니 그것을 보존할 빌어먹을 책무가 있다고요. 무슨 수를 써서라도 말입니다."

로런스는 자신이 어린 시절부터 이 행성을 떠나는 것만을 꿈꿔왔다는 이야기를 하려 했지만, 어니스트는 갑자기 속이 메스꺼워져 헛구역질을 하러 화장실로 뛰어갔다. 서명을 마친 서류를 근사한 검은색 정장 가슴 주머니에 잽싸게 넣은 로런스는 고개를 들고 고스 복장을 한 웨이트리스를 처음으로 보았다. 퍼트리샤였다.

"이게 누구야?" 로런스가 말했다. "여기서 뭐 하는 거야?" 그녀가 자신을 염탐하고 있었다고 생각하자 잠시 공황 발작이 일어났다.

"뭐긴, 웨이트리스를 하고 있지. 룸메이트 디디가 이 일을 소개해 줬어." 그녀가 말했다.

로런스는 그녀의 빳빳한 흰색 블라우스와 무릎까지 오는 검은색 치마가 옅은 청색 하늘을 배경으로 실루엣을 그리는 것을 보았다. 검은색 머리는 뒤로 묶였지만 바닷바람에 이리저리 일렁였다. 눈은 밝은 초록색이었고, 얇은 입술을 오므리고 있었다.

"농담 아니지? 난 네가…." 그는 목소리를 낮추었다. "…지금 마녀라고 생각했어. 특별한 학교에도 갔잖아?"

"물론 내가 이 일만 하는 건 아냐." 퍼트리샤가 말했다. "하지만 그건 돈을 받는 일이 아니라서. 이 도시에서 집세를 내려면, 꽤 많은 돈이 들어. 룸메이트가 둘이나 있지만 일을 해야 해."

"오."

로런스는 퍼트리샤가 손가락만 튕기면 돈이 나오는 광경을 상상했다. 혹은 마술적인 물품들로 가득한, 예컨대 말만 하면 복장에 어울리는 신발을 찾아주는 거울이 있는 근사한 빅토리아식 저택에서 집세 없이 산다고 상상했다. 최저시급을 받고 후속 투자자들에게 마카롱을 건네는 일을 할 줄은 몰랐다.

"그나저나 방금 이 남자에게 했던 말 말이야." 퍼트리샤가 말했다. "우리가 사는 행성에 파멸이 임박했고, 인간이 살릴 가치가 있는 유일한 존재라는 말, 그거 진심이야?"

"으음, 아니. 난 우리가 유일하게 살릴 가치가 있는 존재라고는 생각하지 않아." 로런스는 방금 전까지 자신이 거만하게 굴었다는 사실에 묘한 수치심을 느꼈다. "우리가 모든 것을 다 구할 수 있으면 좋겠어. 하지만 걱정스러워. 우리가 돌이킬 수 없는 지점을 이미 넘어선 건 아닌지. 그리고 모든 희망을 하나의 행성에 집중하지 않는 것이 타당하다고 여길 뿐이야."

"물론 그렇지." 퍼트리샤는 불룩한 소매 아래로 팔짱을 끼고 말했다. "하지만 이 행성은 그냥 '바위'가 아니야. 번데기처럼 벗으면 그만인 것도 아니고. 그건 그 이상의 것, 우리야. 그리고 우리의 이야기만 있는 것도 아니고. 다른 종류의 생명체들과 많은 대화를 나눠본 사람으로서 말하자면, 그들도 한 표를 행사할 권리가 있다고 봐."

"그래." 로런스는 누구보다 확고해야 하는 이 순간에 자신이 쓰레기처럼 여겨졌다. 기분이 엿 같았다. 하지만 매더와 나눴던 대화를 머릿속에서 재생하자 그것이 퍼트리샤에게 얼마나 가증스럽게 여겨질지 이해가 되었다. "미안해. 누군가가 어떤 존재를 쓸어버려도 괜찮다는 뜻은 아니야. 누구도 그럴 수는 없어."

"당연하지."

살짝 취한 투자자들이 와서 아르마니 정장 위에 아직 장비를 착용하고 있는 로런스와 사진을 찍겠다고 했고, 퍼트리샤에게 춘권을 달라고 했다. 로런스는 서류를 공증하는 등 회사를 인수했을 때 해야 하는 일들이 있었다. 게다가 밀튼이 계속 문자를 보냈다. 그는 퍼트리샤에게 나중에 보자고 했고, 그녀는 술을 따르고 견과류 알레르기 질문에 답하면서 간신히 "그래" 하고 대답했다.

언젠가 특이점에 이르러 인류가 사이버네틱 초인으로 승화되면, 아마도 사람들은 진심을 말할 것이다.

물론 아닐 수도 있다.

***

세라피나는 감정 로봇이 신경쇠약에 빠지는 바람에 저녁 식사에 늦었다. 그녀의 모든 로봇이 그랬다고 한다. "뭐가 문제인지 알아내느라 하루 종일 정신이 없었어. 로봇들은 길길이 날뛰며 곁눈질로 쳐다보기만 했어. 우리는 실험실에서 뭐가 바뀌었는지 낱낱이 살펴봤어. 음악이 바뀌었나, 코드를 최근에 업데이트했나 등등. 그리고 그들을 자극했을 가능성이 있는 요인을 하나하나 제거했지."

로런스는 그녀를 재촉하지 않았다. 문제를 해결하고 결함을 바로잡는 것은 두 사람 모두에게 즐거운 일이었고, 그 과정을 서술하는 것은 그다음으로 좋은 일이었다. 미로 찾기를 실제로 할 때와 말로 할 때 똑같은 신경 경로가 활성화되었다. 다만 이번 경우처럼 문제를 이미 풀었다는 만족감에 젖어 있을 때는 예외였다.

그럼에도 로런스는 여전히 불편했다. 우선 세라피나가 늦게 오는 바람에 근사한 피자 가게의 보도 쪽 테이블에 앉아야 했다. 피자가 나올 때까지 그들은 자욱한 안개 속에서 작은 램프와 미트볼 세 개로 버텼다. 또 하나, '그녀를 잃지 않으려는' 프로젝트의 일환으로 로런스는 상대의 말을 열심히 들으려고 애썼는데, 열심히 듣는 것은 고된

노동이었다. 게다가 매더테크 사건이 있고 일주일이 지났는데도 사람들이 여전히 그를 이상하게 보았다.

"마침내 딱 하나가 바뀌었다는 것을 알아냈어." 세라피나가 말했다. 그녀는 캐미솔을 입었는데 야외 좌석이어서 두툼한 재킷을 다시 걸쳤다. 램프 열기를 받은 피부가 구릿빛으로 보였다. "매트가 캐디를 구입해서 사무실에 갖고 온 거야. 우리가 캐디를 와이파이가 잡히지 않는 곳으로 가져가자 로봇들이 잠잠해졌어. 미리 말해두자면 캐디에 이상한 앱이 설치된 건 아니야. 가게에서 방금 구입했으니까."

"와이파이 범위가 문제였어. 그러니까 로봇은 무선 네트워크를 통해 캐디에게서 뭔가 받고 있었던 거야. 그게 혼란을 느낀 이유였어." 로런스는 새로운 특징을 갑자기 발견하기라도 한 것처럼 자신의 캐디를 꺼내 살폈다. 여전히 아래가 곡선인 커다란 기타 피크처럼 생겼고 알루미늄 코팅이 되어 있었다. 캐디는 늘 그렇듯 개방 네트워크를 찾고 있었다. 특별한 지시가 없으면 같은 네트워크를 쓰고 있는 다른 기계들과 접속하는 일이 없었다. 다만….

"내가 이해하지 못하는 게 이거야." 로런스는 세라피나와 나눠 먹으려고 세 번째 미트볼을 자르며 말했다. 미트볼은 피자가 나오기 전까지 그들을 추위로부터 막아주는 유일한 음식이었다. "너희가 가진 감정 로봇은 인간과 같은 식으로 '감정'을 갖고 있지는 않아, 그렇지? 기분 나쁘게 듣진 말고." 로런스는 살얼음판을 걷는 기분이었다. 그것도 호수 가장자리가 아닌 한복판을. "로봇은 어떤 상황에 대한 감정적 반응을 흉내 내는 거고, 자기 주위의 사람들이 어떻게 느끼는지 포착하려고 애써, 그렇지?"

"우리가 3차원 비디오게임 아바타를 만들고 있다는 말처럼 들리네." 세라피나는 의자를 뒤로 밀지는 않았지만 살짝 물러나 앉았다.

"그보다 훨씬 많은 것이 관여하고 있다는 것을 잘 알아." 로런스가 말했다. "불쾌한 골짜기*도 있고 물리적 세계가 훨씬 더 복잡하니까."

"핵심은 이거야. 네가 느끼는 감정이 프로그래밍된 반응들의 집합이 아니라 자발적이고 진짜라는 걸 넌 어떻게 알지?"

"몰라. 나도 항상 그게 궁금해." 로런스는 자신의 감정이 그저 무의식적인 반응일지도 모른다는 생각을 가끔 한다고 여자친구에게 털어놓는 것이 좋지 않다고 봤다. "난 말이지… 로봇이 특정한 방식을 느끼는 데에는 이유가 있다고 생각해. 그냥 기분이 안 좋은 게 아니야. 캐디는 반응 매트릭스에 규정된 것을 보자면 공격적인 행동을 닮은 뭔가를 하고 있었을 거야. 그렇지?"

"맞아." 세라피나가 말했다. "마치 위협을 받았을 때처럼 반응했어."

드디어 피자가 나왔다. 마침 로런스는 남자가 여자에게 가르치려 드는 소리로 들릴까 봐 신경이 쓰여서 세라피나의 관심을 돌릴 뭔가가 필요하던 차였다.

"다른 설명이 있어야 해." 로런스가 말했다. "이건 캐디지, 블랙박스가 아니니까. 사람들은 잠금장치를 해제하고 자료를 지워. 거기에

* 인간과 비슷한 존재에게서 느끼는 위화감.

리눅스를 설치하고, 캐디 운영체제를 라이베리아에서 온 저가 모조 태블릿에 이식하기도 하지. 이건 역사상 가장 많이 해킹된 기기야. 뭔가 이상한 게 있었다면 지금쯤 우리가 **알았을** 거야."

"이봐." 세라피나가 피자를 먹으며 말했다. "오컴의 면도날은 '스트리트 워리어'에서 선택할 수 있는 무기만이 아니라고. 앞서 말했듯 우리는 다른 모든 가능성을 제거했어."

실수하지 않으려고 애쓸수록 로런스는 더욱 엉망이 되었다. 그녀에게 버림받을 수는 없었다. 이것은 바람직한 결과가 아니었다.

그는 최후의 선택을 생각했다. 무릎을 꿇고 양말 서랍 안쪽에 넣어둔 할머니의 반지를 세라피나에게 건네는 장면을 상상했다. 그녀의 손마디를 쓸고 올라가는 기분, 보석을 감싸고 있는 정교하게 세공한 은, 자신을 내려다보는 그녀의 발그레한 얼굴을 머릿속에 그려보았다.

저녁 식사를 마치고 두 사람은 술을 마시러 라틴아메리카풍의 클럽에 들어가 마네킹 아래에 앉았다. "저기 봐." 세라피나가 말했다. "당신 친구야." 그녀가 가리키는 곳을 따라가니 퍼트리샤가 있었다. 옆에는 정교한 가두리 장식이 달린 검은색 벨벳 코트를 걸친 흑인 남자가 보였다. 곧 로런스는 로드 버치 집에서 그녀와 이야기를 나누던 사내임을 알아보았다. 퍼트리샤가 그들에게 손을 흔들었고 그들도 마주 손을 흔들었다. 로런스는 자신과 세라피나가 퍼트리샤의 데이트에 끼어들어야 할지, 아니면 그녀가 자신들의 데이트에 끼어들기를 바라는지 헷갈렸다. 퍼트리샤가 지구에 대한 강의를 다시 늘어놓을까 봐 걱정이 되었다. 퍼트리샤가 그들에게 오라고 손짓해서 세라피나가 그쪽으로 갔다.

퍼트리샤의 데이트 상대는 케빈이었다. 몬티 파이선*을 즐겨 인용하는 영국 애호가로 개를 키우고 카페에서 일했다. 그의 진짜 직업은 웹 만화가였는데, 로런스도 그의 만화를 몇 번 본 적이 있었다.

"웹 만화가 성공하기 위한 비결은 정기적으로 만화를 봐야 농담을 다 알아들을 수 있다고 믿게 만드는 겁니다. 알아들을 농담이 없다는 것을 깨달을 즈음이면 이미 너무 많은 시간을 쏟은 뒤여서 그만둘 수 없고, 자신이 속았다는 걸 인정하지 못하게 되죠." 케빈이 말했다. "누구도 이해하지 못하는 농담을 만들어 내는 것은 예술의 경지예요. 진짜 농담을 만드는 것보다 훨씬 더 어려워요."

"내가 본 만화는 나름 웃기던데요." 로런스가 말했다. "그렇다면 당신은 완전 실패한 거네요."

"나를 죽일 셈이로군요." 케빈이 말했다.

퍼트리샤는 끔찍한 출장연회 일을 방금 그만두고 미션 지역의 빵 가게에 새 일자리를 얻었다고 세라피나에게 말하고 있었다. 지역에서 생산한 유기농 곡물로 빵을 만드는 가게로, 꼭 고급화 전략 때문만이 아니라, 거대한 모래폭풍이 중서부 지방을 휩쓴 이후로 부득이해진 면도 있다고 했다. "원래부터 빵 만드는 것을 좋아했어요. 나한테는 더없이 좋은 일자리죠."

* 1970년대 주로 활동한 영국의 전설적인 코미디 그룹.

세라피나도 좋아했지만 소질은 없었다. "언젠가 케이크를 구웠는데 속이 움푹 꺼진 거예요. 그래서 내가 오븐에 넣어둔 걸 어린 남동생이 밟았나 보다 생각해서 1시간쯤 그를 패주었죠. 알고 보니 재료를 충분히 넣는 걸 깜빡했더라고요."

"밀가루 말인가요?" 퍼트리샤가 말했다.

"맞아요, 밀가루." 세라피나는 미소 지었다.

그러고 나서 기나긴 침묵이 이어졌다. 케빈은 목을 가다듬으며 재치 있는 말을 하려다가 생각을 고쳐먹었다.

로런스는 아까 있었던 저녁 식사를 계속 생각했다. 세라피나의 일과 관련하여 한바탕 강의를 늘어놓았는데, 이제 자신의 중학교 친구까지 그녀가 상대해야 하는 상황이 되고 말았다. 이 데이트를 반전시킬 카드가 필요했다. 게다가 퍼트리샤에게 자신이 몹쓸 사람이 아님을 입증해야 한다는 생각이 들었다.

술을 기다리는 동안 로런스는 퍼트리샤에게 세라피나의 감정 로봇에 대해 말하려고 했다. 그러다가 본인이 옆에 있는데 그 이야기를 꺼내는 건 왠지 자신이 그녀가 자기 생각도 말하지 못하는 사람이라고 여긴다는 인상만 줄 뿐임을 깨달았다.

"퍼트리샤는 멋진 여자 같아." 나중에 세라피나가 말했다. 그녀와 로런스는 험프리 슬로콤에서 시크릿 브렉퍼스트를 나눠 먹고 있었다. 아이스크림에 콘플레이크와 위스키가 들어간 괴상한 메뉴였다.

"넌 그녀의 어떤 점이 멋진지 아직 제대로 보지 못했어." 로런스가 아이스크림을 퍼 먹으며 말했다.

"봤어. 그리고 이미 그녀에게 멋지다는 말도 했는걸."

"10년 동안 못 본 사람을 만나니 기분이 참 묘해. 온갖 일이 다시 떠오르더라고. 내가 얼마나 낙오자였는지 너는 상상도 못 할걸." (중학교 시절에 대해 이야기하면서 로런스는 침실 벽장에서 인공지능을 만들었다는 이야기는 말도 꺼내지 않았다. 비록 재밌는 이야기이긴 하지만 괜히 멍청이처럼 보일 뿐임을 오래전에 터득했던 것이다.)

그들은 아이스크림을 다 먹었다. 라틴아메리카 술집에서 맥주를 석 잔 마신 후 먹는 위스키가 들어간 아이스크림은 썩 좋은 선택이라 할 수 없었다. 로런스는 눈앞에 뭔가 떠다니는 것을 보았고 머리가 점점 멍해졌다. 속이 몹시 불편한 것은 말할 것도 없었다.

"그나저나 무슨 일이야?" 세라피나가 말했다. "오늘 저녁에 내가 놓친 기류가 있었던 것 같은데."

로런스는 그녀가 말하는 기류가 감정 상태인지 정신 상태인지 모르겠다고, 심지어 그 둘의 차이가 어떻게 되는 거냐고 말할까 하다가 간신히 참고 이렇게 말했다. "내가 수습생 같다는 생각이 들어. 그러니까 우리 관계에서 말이야."

"엥? 금시초문인데." 세라피나가 어깨를 으쓱했다. 그녀의 눈동자가 커졌고 아랫입술이 안으로 말려 들어갔다. 빨갛게 탈색하여 강조한 머리가 힙한 아이스크림 가게의 형광등 불빛을 받아 번들거렸다. 너무도 아름다워 보였고 호기심 가득한 표정이어서 로런스는 그녀에 대한 사랑이 새롭게 솟는 것을 느꼈다. 그녀에게 터놓을 준비가 되었다. 평소라면 이런 생각이 들지 않았을 것이다. 그녀는 매니큐어를 칠하고 굳은살이 박인 손가락으로 다 먹은 아이스크림 스푼을 만지작거렸다.

"내가 한 말이나 행동 때문에 그러는 거야?" 그녀가 물었다.

로런스는 잠시 기억을 더듬다가 고개를 저었다. "그냥 그런 생각이 들었어. 이유는 모르겠어."

"거참 묘하군. 지난 한 달 동안 우리 대화가 겉돈다고 생각하기는 했어. 하지만 이건 내가 생각했던 것보다 더 안 좋아." 세라피나는 관자놀이를 문지르고 눈썹 양쪽 피부를 꼬집었다.

"그럼… 내가 수습생이 아니란 말이야?"

세라피나는 이마를 꾹꾹 누르다 말고 그의 눈을 쳐다보았다. "이제부터 수습생이야."

"오." **꼴좋다, 암스테드.**

18

로런스가 하늘에서 떨어져 돈을 흔들며 ‘지구를 버림으로써 세상을 구하겠다’고 으스대는 광경이 퍼트리샤의 머릿속에서 떠나지 않았다. 비록 자기 눈으로 직접 본 것은 아니지만 영상이 인터넷에 쫙 깔렸다. 퍼트리샤는 로런스가 어엿한 여피가 되었다 해도 놀라지 않았을 것이다. 어쩌면 그가 항상 바라던 바였는지도 모른다. 사람들의 존경을 받는 것, 모두가 그의 이름을 똑바로 불러주는 것 말이다. 퍼트리샤는 계속 화를 내다가 문득 자신이 질투하는 것일 수도 있음을 깨달았다. 자신의 선행을 비밀로 하느라 기력을 소모했던 터라 다른 사람이 으스대는 것을 지켜보기가 힘들었다. 최근 들어 다른 마법사들이 월권과 관련하여 그녀의 사례를 주시하고 있었다. 물론 그녀는 겸허하게 처신하려고 애썼다.

퍼트리샤는 무릎까지 올라오는 가죽 부츠를 신고 빨간색 반짝이가 달린 검은색 베이비돌 드레스를 입으면서 자신이 여전히 로런스를 신경 쓰고 있다는 것을 알았다. 그녀는 지금 누군가에게 저주를 걸려고 파이낸셜 지구에 있는 아일랜드 술집으로 가는 중이었다.

하이힐을 신고 걷는 것에 영 젬병인 퍼트리샤는 갑갑하고 요란한 술집 안으로 들어가다가 거의 나자빠질 뻔했다. 가와시마가 이메일로 보내준 사진만으로 개릿 보그를 찾아야 했다. 직접 보니 그는 한때 잘나갔지만 이제는 볼품없어진 알파인스키 강사처럼 보였다. 금발이었고 통통한 몸매를 가리려고 파란색 더블브레스트 정장을 입었다. 정신이 반쯤 나가서 기네스 수건에 침을 흘리면서도 고개를 들고 입에 하이엔드 스카치를 계속 들이부었다.

엄밀히 말하면, 퍼트리샤는 자신이 이 남자를 공략해야 하는 이유를 알 필요가 없었다. 가와시마가 시킨 일이고, 그것으로 충분했다. 그러나 가와시마는 개릿의 얼굴 사진과 함께 다른 사진들도 보내왔다. 90번 주간고속도로 옆의 오래된 배수로에 개릿이 묻은 10대 소녀들을 찍은 검시관의 사진이었다. 목과 허벅지 안쪽에 난 멍들이 거의 일치했다. 제대로 의욕이 솟은 퍼트리샤는 개릿 옆의 가죽의자에 슬쩍 앉아 그의 귀에 이렇게 속삭였다. "내일 아침 끔찍한 숙취에 시달릴 거예요. 그런데 그거 알아요? 숙취에 기가 막히게 잘 듣는 치료제가 있다는 거. 이걸로 뭐든 다 치료가 가능해요." 그녀는 기적처럼 들리게, 아울러 섹시하고 비합법적으로 들리게 말했다. 개릿은 그녀가 건넨 알약을 지체 없이 삼켰다. 그녀의 도움으로 그는 택시를 잡고 퍼시픽 하이츠의 집으로 가서 푹 잤다. 그녀가 한 말은 거짓말이 아니었다. 그에게 준 약은 정말 뭐든 치료했다.

저주를 걸고 난 퍼트리샤가 곧바로 집으로 돌아갈 가능성은 없었다. 하지만 그녀는 지나치게 욕심부리지 말라는 가와시마의 조언을 받아들여 조심하기로 했다. 그들이 그녀가 폭주할까 봐 걱정하는 까닭도 잘 알았다. 눈을 감으면 지금도 토비의 시체가 보였다. 토비가 금방이라도 일어나 앉아 지저분한 농담을 던질 것만 같았다.

퍼트리샤는 혼란에 빠진 마멀레이드 고양이에게 말을 건네려고 쭈그려 앉아야 했다. 녀석은 집으로 가는 길을 찾는 중이었는데, 자신의 집이 (안이 아니라) 밖에서 볼 때 어떤 모습이었는지 기억하지 못했다. 퍼트리샤는 크로코딜 중독자 제이크의 상태를 확인했고(안정적으로 보였다), 세인트 메리 병원 응급실을 돌아다니며 은밀하게 치료할 사람들이 있는지 알아보았다. 이어 공원 관리부에 편지를 쓰느라 2시간을 보냈다. 골든게이트 공원 조경 공사를 엉망으로 하는 바람에 굴속에서 지내는 땅다람쥐들이 난데없이 방해를 받았던 것이다. 땅다람쥐의 언어를 관료들의 언어로 옮기려면 상당한 집중력이 필요했다.

지금쯤이면 개릿 보그는 위스키 냄새를 풍기는 구름이 되어 하트 모양 침대 위를 떠다니고 있을 것이다.

퍼트리샤는 풀턴 쪽에 있는 공원 귀퉁이에 이르렀다. 생명으로 가득한 따뜻한 흙을 뾰족한 발가락 사이로 내려다보았다. 결국 무리를 한 것이다. 퍼트리샤는 가방에서 휴대전화를 꺼냈다. 새벽 3시에 연락할 사람은 아무도 없었다. 하긴 오후 3시라 해도 마찬가지였을 것이다. 케빈은 어떨까? 섹스만 하는 친구인지 남자친구인지 헷갈리는 그에게 귀찮게 굴고 싶지는 않았다. 시야 가장자리에서 신호등이 바뀌었다. 평소와 다름없는 무덥고 근질근질한 밤이었다.

올빼미 한 마리가 근처 나뭇가지에 소리도 없이 앉았다. "안녕." 퍼트리샤가 말했다. 올빼미가 그녀의 목소리에 눈을 깜빡거렸다.

"내가 볼 수 있다면 다른 이들도 널 볼 수 있어." 올빼미가 말했다.

"굳이 숨길 생각도 없어." 퍼트리샤가 말했다. 올빼미는 퍼트리샤의 장례식에라도 온 것처럼 온몸을 살짝 들었다가 내려놓더니 다시 날아갔다. 근처에 굴이 완벽하지 않은 땅다람쥐가 있었던 것이다.

기운을 차린 퍼트리샤가 몸을 일으켜 집으로 가려고 하는데, 누가 낮은 돌담에 앉아 그녀의 시야를 가리고 있었다. 남자였다. 그녀는 몸을 숨기려고 하다가 신경 쓰지 않기로 했다.

로런스였다. 그는 냅킨에 얼굴을 묻고 울고 있었다. 여자가 칵테일 글라스 안에 있는 그림이 그려진 냅킨이었다. 퍼트리샤는 자신이 거기 있다는 것을 로런스가 모를 테니 그냥 갈까 하다가 치유자 본능이 동했다.

퍼트리샤는 몰래 다가가지 않도록 일부러 소리를 크게 내며 그의 뒤로 접근했지만, 그럼에도 로런스는 놀라서 담장에서 떨어져 한쪽 무릎이 까졌다. 퍼트리샤가 그를 일으켜 세워 방금 앉아 있던 담장으로 다시 이끌었다.

"오, 안녕." 로런스가 그녀를 알아보고 말했다. "너구나." 그녀가 잘난 체하지 않는 어른 로런스를 보는 것은 처음이었다. 등을 구부리고 얼굴을 붉힌 로런스는 그녀의 기억 속 모습에 가까웠다.

"괜찮아?" 그녀가 물었다.

"응, 동료들과 한잔하고 오는 길이야. 술이 들어가니 감정에 취해서 그만." 그는 잠시 말을 멈췄다. "내가 다 망쳐버린 것 같아. 여자친구 세라피나와 헤어졌어. 너도 만나봤지, 멋진 여자야. 그리고 사람들이 나한테 거는 기대가 어마어마해. 다들 내가 기적을 행하기를 바라지만, 내가 할 수 있는 건 너도 봤던 우스꽝스러운 쇼가 고작이야. 상사 밀튼이 날 믿고 있어. 최고로 똑똑한 내 팀원들이 날 믿고 있어. 무엇보다 내가 나 스스로에게 약속했어. 기회만 생기면 모든 것을 바꿀 수 있다고 생각했거든. 그런데 알고 보니 내가 그 정도로 대단한 인물은 아니더라고. 그래서 내가 '신동'이라고 사람들이 생각하도록 만드는 데 집중했지. 실제로는 아무것도 해내지 못한다는 사실을 가리려고 말이야. 젠장."

퍼트리샤는 경사진 비탈로 올라가 로런스가 앉아 있는 담장으로 갔다. 모든 사람이 자신을 다른 모습으로 보게 만드는 초능력은 '엄청 별로'라고 했던 10대의 로런스가 불현듯 떠올랐다.

로런스는 서둘러 옆으로 옮겨 퍼트리샤에게 자리를 내주었다. "그리고 부모님을 생각했어. 오랫동안 난 그들을 무시했어. 패배자라고 여겼지. 난 그들에게 끔찍한 존재였을 거야. 그런 생각도 했어. 언젠가 그들이 어째서 실패의 길을 선택했는지 내가 이해하게 되는 날이 올 거라고. 이미 늦은 다음이겠지. 아니면 결코 깨닫지 못할 수도 있고."

"내 삶의 계획은 말이지, 부모님을 절대로 이해하지 않는 거야." 퍼트리샤가 말했다. "그건 건물의 주춧돌과 같아. 그들을 보면 그들이 어떤 모습인지 알잖아. 나는 그들이 원하는 사람이 되지 않기 위해 열심히 노력하고 있어."

"맞아." 로런스는 웃었다. 술에 취해 불안한 웃음이었지만 어쨌든 웃었다. "그거 알아? 네가 무엇을 하든 사람들은 너에게서 다른 모습을 기대해. 하지만 네가 똑똑하고 운이 좋고 열심히 한다면 네가 되고자 하는 모습을 너에게서 기대하는 사람들이 네 주위에 모일 거야."

"으음. 그런 건 미처 생각해 보지 않았는데."

"넌 어때?" 로런스가 자리에서 일어나 살짝 휘청거리더니 방향을 잡았다. "이런 야심한 시각에 여기서 혼자 뭘 하고 있어?"

"일해." 퍼트리샤도 일어났다. 그녀는 로런스를 멀쩡하게 집으로 돌려보낸 다음 오늘 일정을 끝낼 참이었다. "난 오래 일하거든."

"혼자서 일해?" 로런스가 말했다.

그들은 언덕을 지나 하이트 쪽으로 걸어갔다. 그곳에 가면 서울 구호기금 모집 행사를 마치고 집으로 돌아가려는 아이들을 태우려는 택시가 있을 것이다.

"난 모든 것을 혼자서 해." 퍼트리샤가 말했다. "엘티슬리 메이즈라고 하는 좁고 갑갑해 미칠 것 같은 학교에 다녔어. 그래서 지금도 내가 누군지 아무도 모르는 대도시에서 혼자 일하는 게 좋아. 어른이 된다는 게 바로 이런 게 아닐까 싶어."

그녀는 택시를 잡아탔다. 로런스를 먼저 내려주었는데, 그는 퍼트리샤에게 20달러를 건네고 차에서 내리다가 벨트에 걸려 발을 헛디뎠다. 정문 계단을 오를 때는 정강이를 부딪혔다. 그녀는 그가 집 안으로 들어가는 것을 확인하고야 택시를 출발시켰다.

***

새크라멘토로 가는 내내 다른 마법사들이 퍼트리샤에게 월권과 관련하여 이런저런 훈계를 했다. 가와시마의 렉서스 뒷좌석에 앉아 창문으로 고속도로를 바라볼 때, 가와시마는 그녀가 본인의 존재를 지나치게 키우고 자신의 힘을 멋대로 휘두른다며 나무랐다. 도러시아는 늘 그렇듯 이따금 없는 말을 지어내 거들었는데, 예컨대 이런 식이었다. "네가 우리 집 창문에 돌을 던지고는 공중에서 수류탄으로 바꾸더구나." (도러시아는 나이 지긋한 가톨릭 신자로 희끗희끗한 검은 머리에 굵은 안경을 끼고 캘리코 면직물로 만든 긴 치마를 입었다. 고해성사를 할 때가 아니면 진실을 입에 올리는 법이 없는 사람이었다.)

목적지에 도착할 때가 되자 퍼트리샤는 괴물이 된 기분이었다. 토비의 얼어붙은 시체가 비행선에 누워 있던 모습이 계속해서 생각났다.

다른 사람들이 새크라멘토에서 중요한 마법사의 일을 해야 했으므로 퍼트리샤는 짬이 났다. 그녀는 한낮의 따가운 햇볕을 받으며 시내를 돌아다녔고, 프랑스를 덮친 병충해, 한반도의 혼란, 치명적인 대서양 슈퍼 폭풍에 관한 기사를 휴대전화로 읽었다. 하나같이 그녀가 어떻게 해볼 수 없는 것들이었다. 그 순간 보도에 있는 한 노숙자 모습이 시야 가장자리에 들어왔다. 그는 한 손에 빈 종이컵을 들고 그녀를 빤히 노려보고 있었다. 그녀가 몸을 돌려 그를 슬쩍 보았다. 곳곳에 흙이 묻고 찢어진 외투, 지저분한 운동복 바지, 병과 영양실조에 시달리는 모습이었다. 앞에 놓인 마분지는 누더기가 되어 무슨 내용인지 알아볼 수 없었다. 그는 때가 눌어붙고 거미줄과 이끼까지 끼어 있었다. 평소 밤에 혼자 도시에 있을 때 이런 사람을 보면 그녀는 생각할 것도 없이 치유해 주었다. 그러나 오늘은 가와시마와 도러시아가 근처에 있다. 그들이 월권을 어떻게 판단할지 그녀는 결코 알지 못했다. 그들이 분명한 지침을 주지 않았기 때문이다. 퍼트리샤는 고민하며 살짝 더 다가갔다. 이 남자는 그녀의 도움을 필요로 했으니 먼저 행동을 취하는 것이 잘못은 아닐 것이다. 그녀는 가늘고 짙은 그의 눈을 보았고, 그의 자부심이 망가진 것을 알아보았다. 그녀가 손을 뻗자—.

깡마르고 망가진 얼굴은 바로 그녀의 중학교 시절 상담교사 로즈 선생이었다. 그녀는 분노가 끓어올랐다. 하마터면 토할 뻔했다.

"걱정 마라." 로즈 선생이 쉰 목소리로 말했다. "널 죽일 생각은 없다. 설령 그러고 싶어도 그럴 수 없어. 너의 힘이 지나치게 강력해졌고 세월이 날 망가뜨렸으니 말이다. 그러나 내가 옳은 일을 했다는 건 알아둬라. 난 다가올 일들을 미리 보았어. 퍼트리샤, 넌 어마어마한 고통의 중심에 있게 될 거다. 넌 배반하고 파괴할 거다. 너에게 양심이라는 것이 있다면 지금 당장 스스로 목숨을 끊어라."

그녀는 이런 순간을 오랫동안 상상해 왔다. 밤마다 밖에 나가 새벽까지 돌아다니면서 마음속으로 이에 대비한 훈련을 했다. 이런 끔찍한 사디스트를 마주친다면 절대 자신을 겁주지 못한다는 사실을 보여주려고 했다. 하지만 그가 이토록 무기력한 모습일 줄은 미처 생각하지 못했다. 그녀는 저도 모르게 안됐다고 생각했다. 처음에는 그가 무슨 말을 하는지 알아듣지 못했다가 자살하라는 말을 듣고 보도에 침을 탁 뱉었다.

"고작 그 정도였나요?" 말은 그렇게 했지만 팔과 얼굴은 최악의 발진이 오른 것처럼 벌겋게 달아올랐다. 그녀는 보도에 웅크리고 있는 노인에게 말했다. "당신이 내게 말한 모든 게 거짓말이었어요. 당신은 할 줄 아는 게 그것밖에 없어요."

"너 정도 능력이 되는 마녀라면 내가 거짓말을 하는지 알아볼 거라 생각했다. 부탁인데 내 말 허투루 듣지 마라." 그가 고개를 들었다. 퍼트리샤는 그의 지저분한 뺨 위로 눈물이 흐르는 것을 보고 놀랐다. "참으로 많은 사람들을 죽였다. 그런 나인데도 너와 네 친구가 가져올 참사를 차마 똑바로 볼 수 없었다. 그들이 **풀어짐**에 대해 너에게 아직 말하지 않더냐?"

"뭐라고요?" 퍼트리샤는 뒤로 물러났다. "헛소리 그만해요. 더는 당신의 말을 안 들을 거예요."

"내 말 들어! 퍼트리샤 델핀, 난 누구보다 너에 대해 잘 알아." 그녀는 뒷걸음질하다가 주차료 징수기에 부딪쳤다. 그는 이제 마분지에서 일어나 붕대가 감긴 손가락을 흔들고 그녀를 향해 불결한 숨을 내뱉었다. "네가 어렸을 때 몇 달 동안 널 감시했다. 너희 집 밖에 차를 대고 밤낮으로 모든 대화를 엿들었지. 난 모든 걸 알아. 심지어 나무에 대해서도!"

"무슨 나무요?" 퍼트리샤는 마른침을 삼켰다. "도무지 무슨 말을 하는지 모르겠군요."

"그들에게 가서 풀어짐에 대해 물어봐! 그리고 그들이 뭐라고 하는지 들어."

"오, 이게 누구신가." 가와시마가 근처의 철물점에서 비닐가방을 흔들며 왔다. "이 지긋지긋한 친구를 또 만나게 될 줄이야."

"시어돌퍼스." 도러시아가 그의 뒤에서 꾀죄죄한 남자를 쳐다보며 말했다. 그녀는 그의 이름을 부르는 것이 더할 수 없는 모욕인 것처럼 말했다.

"이 사람 알아요?" 퍼트리샤가 물었다.

가와시마는 그녀의 질문을 무시하고 시어돌퍼스에게 말했다. "자네는 그냥 최악이야. 악성 뾰루지 같은 존재지. 오래전에 죽은 줄 알았는데."

"사실상 죽은 목숨이나 마찬가지였다네." 시어돌퍼스 로즈는 마치 자랑이라도 하듯 몸을 똑바로 폈다. "하지만 여기 있는 델핀 양에게 경고해야 했어. 내가 교사일 때 최고의 학생이었거든. 그녀가 어렸을 때, 지금 나이 정도 되는 그녀가 나오는 환영을 보았어. 파괴의 환영을. 난 그녀에게 알려야겠다고 생각했어."

"내 생각을 말하자면." 가와시마가 말했다. "자네는 증기를 흡입하고 환각을 본 거야. 미래의 환영이라는 건 항상 헛소리니까. 그리고 헛소리에는 좋은 처방이 있지. 도러시아, 이 친구 접대를 부탁해."

로즈 선생은 자신이 본 광기와 파괴의 환영에 대해, 세계의 구멍에 대해 여전히 소리 높여 떠들어 댔다. 하지만 도러시아가 퍼트리샤에게 다가오더니 귓속말로 이야기를, 자신이 알았던 남자에 대한 이야기를 했다. 그는 네쓰케*를 만드는 사람이었다. 하지만 숙련된 암살자이기도 해서 일부 조각상에 작은 독침이나 독가스 같은 치명적 무기를 숨겨놓기도 했다. 치명적인 네쓰케는 항상 아름다운 여자가 선정적인 포즈를 취한 모습이었다. 그래서 죽이고 싶은 사람에게 이것을 건네면 되었다. 그러던 어느 날, 그 남자는 헷갈려서 개구리 모양 네쓰케에 용수철로 작동하는 독화살을 넣어 단골 고객에게 팔았다. 독화살은 원래 고급 창부를 위해 준비했던 것이었다. 그 남자의 부업이 암살임을 알지 못하는 고객은 그날 저녁 그것을 착용할 게 확실했다. 그가 고객에게 어떻게 경고했을까?

이 무렵 도러시아의 목소리가 워낙에 작아져서 퍼트리샤는 이야기가 어떻게 끝났는지 듣지 못했다. 시어돌퍼스도 더 이상 듣고 있지 않았다. 그는 아무도 모르게 키가 4센티미터 정도인 자그마한 나무 조각상이 되어 있었다. 도러시아가 그를 집어 들어 퍼트리샤에게 보여주었다. 치마를 들어 올리는 날씬한 여자의 모습이었다. 얼굴만은

* 일본에서 기모노 허리띠에 매다는 작은 조각상.

대단히 근엄한 개구리의 얼굴이었다.

도러시아는 조각상을 퍼트리샤의 손바닥에 떨어뜨리고 퍼트리샤의 손가락을 구부려 안전하게 보관하도록 했다.

"우리가 오래전에 저자를 처리하지 않았다는 게 믿기지 않아." 가와시마는 렉서스 문을 열고 운전석에 앉았다. "그야말로 몹시 위험한 녀석이야."

도러시아는 고개를 끄덕이고 눈동자를 굴렸다.

샌프란시스코로 돌아오는 길에 퍼트리샤는 시어돌퍼스가 언급했던 풀어짐에 대해 가와시마에게 물어볼까 생각했다. 하지만 당연하게도 그런 질문은 최악의 월권이었다.

퍼트리샤는 깜빡 졸았다. 꿈속에서 그녀는 도러시아의 이야기가 어떻게 끝났는지 알아내려고 했다. 그러다가 해답이 떠올랐다. 네쓰케 제작자 겸 암살자는 필요하다면 폭력을 써서라도 고객의 개구리를 회수해야 했다. 그 과정에서 자신의 목숨이 희생될 수도 있었다. 개구리는 누군가의 목숨을 가져가야 했다. 고객이든 그것을 만든 제작자의 목숨이든 말이다.

퍼트리샤는 로즈 선생이 자신의 운명을 받아들이는 모습을 보고 마음이 편치 않았다. 그가 너무도 가련해 보여서 그녀는 죄책감이 드는 것을 피하려고 안간힘을 써야 했다. 그리고 자신이 전쟁 범죄자가 될 운명이라는 로즈 선생 말이 어쩌면 사실일 수도 있겠다는 생각이 들었다. 가와시마는 미래의 환영보다 더 쓸모없는 헛소리는 없다고 계속 주장했지만, 그런 다음 퍼트리샤에게 그녀의 자부심이 위험하다고 말하는 사람이었다. 그녀는 자신이 모든 행보를 감시당해야 하는, 끔찍하고 파괴적인 사람인지도 모른다고 생각했다.

새크라멘토에서 돌아온 퍼트리샤는 곧장 텐더로인에 가서 레지널드를 방문했다. 샨티 프로젝트에 지원하면서 그녀가 맡은 에이즈 환자였다. 퍼트리샤는 평소와 다름없이 그의 아파트를 치우고 건강한 식사를 요리하고 그가 쇼핑하는 것을 도왔다. 그러고 나서 잠시 숨을 돌리고, 얼룩 하나 없는 흔들의자에 앉아 있는 그를 바라보며 생각했다. **이번에는 할 거야. 그를 치료할 거야. 안 될 게 뭐람? 너무도 쉬운 일이잖아.**

하지만 가와시마와 다른 마법사들이 무슨 말을 할지 너무도 잘 알았다. 불치병을 치료하는 것은, 특히 자신이 거기 있다는 것을 모든 사람이 아는 상황에서는 안 될 행동이었다. 대답할 수 없는 너무도 많은 질문들이 제기될 것이다. 그리고 레지널드의 치료는 어쩌면 로즈 선생이 경고한 바 있는, 괴물이 되는 첫 단계일 수도 있었다.

"당신이 어느 쪽을 택하든 아무쪼록 행복한 고민이었으면 좋겠어요." 레지널드의 말에 퍼트리샤가 몽상에서 깨어났다.

그녀는 레지널드에게 다가가 옆에 앉으며 그의 손을 잡았다. **그냥 하면 돼.** 하긴, 그녀는 그를 방문할 때마다 바이러스 수치를 줄여주었다. 완전히 치료해 준다고 해서 크게 문제가 될 것 같지는 않았다.

레지널드의 방에서 대마초와 나그참파 향이 섞인 냄새가 났다. 그는 콧수염을 살짝 길렀고 짧은 백발에 엘비스 코스텔로 안경을 썼으며, 목에 힘줄이 두드러져 보였다.

"세상에 정신 나간 문제들이 참 많다고 생각하고 있었어요." 그녀가 말했다. "조만간 북아메리카에서 꿀벌이 사라질 거라는 기사를 방금 읽었어요. 만약 그렇게 되면 먹이사슬이 연쇄적으로 무너지겠죠. 수많은 사람들이 더 극심한 굶주림을 겪게 될 거고요. 그런데 당신에게 이런 것을 바꿀 힘이 있다고 해봐요. 그렇다고 어떤 것을 해결할 수는 없을 거예요. 문제를 해결할 때마다 다른 문제가 생겨날 테니까요. 그리고 이런 전염병과 가뭄 같은 것들은 자연이 균형을 맞추는 방법일 수도 있어요. 우리 인간의 천적이 남아 있지 않으니 자연도 우리를 처리할 다른 방법을 찾아야 하겠지요."

레지널드의 창백한 몸통은 문신으로 가득했다. 그가 아메리카 대륙을 돌며 발견한 곤충들을 하나씩 그려 넣은 것이다. 빅토리아 시대 박물학자의 안내서에 나오는 곤충 그림을 가져다가 여기저기 살짝 색칠한 느낌이었다. 레지널드가 나이가 들어 피부가 접히고 배가 불룩해지자 메뚜기와 나비가 날개를 구부리고 머리를 씰룩거리는 것처럼 보였다. 그의 흉근에는 말벌 천지였고, 팔에는 반짝거리는 키틴질의 딱정벌레가 소매를 이루었다.

"당신도 알다시피 난 자연 애호가요." 레지널드가 말했다. "그런데 자연은 어떤 것을 하려고 '방법을 찾지' 않아요. 자연은 선택도 의제도 없어요. 자연이 제공하는 경기장은 딱히 평평하다고 할 수도 없고, 그 위에서 우리는 크든 작든 모든 생명체와 경쟁합니다. 자연이 마련한 경기장에는 함정들이 널려 있다고 하는 편이 맞을 겁니다."

결국 퍼트리샤는 레지널드를 완전히 치료하기 직전에 그만두었다. 언제나 그랬듯이.

***

꿈속에서 퍼트리샤는 어렸을 때 그랬던 것처럼 숲에서 길을 잃었다. 나무뿌리에 발이 걸리고 낙엽에 미끄러지고 축축한 흙냄새에 황홀해했다. 곤충들이 눈앞에서 코 위에서 구름을 이루었다. 그녀는 마침내 도시에서 벗어나게 되어 기쁜 마음에 크게 웃었고 그 바람에 벌레들이 콧속으로 들어왔다. 가시덤불이 엉킨 곳을 돌아다니느라 피부가 긁히고 여기저기 찢겼다. 행복하게 들뜬 마음도 잠시, 자신의 도움을 필요로 하는 사람들을 생각하자 불안해졌다. 다른 마법사들은 어떨까? 누군가가 어려움에 처했을 때 그녀가 자리를 비웠다면 어떻게 될까?

양치식물을 헤치고 나아가려 할수록 피부가 더 많이 쓸렸다. 그러다 문득 이것이 꿈임을 깨달았다. 꿈속에서는 얼마든지 날 수 있다. 퍼트리샤는 덤불에서 몸을 일으켜 세우고 날아올랐다. 가파른 경사를 따라 오르자 시야가 트였다. 거대하고 어두운 것이 보였다. 나뭇가지와 이파리가 큰까마귀 형태를 이루고 있었다. 아주 오래된 거대한 나무였다. 무수히 많은 나이테가 인내와 충분한 기억들로 채워져 있었다. 똑같이 생긴 두 가지가 물결 모양으로 일렁이는 모습이 마치 인사를 하는 듯했다.

"그러니까 전화로는 말할 수 없다는 게 뭐야?" 로런스가 카운터에서 에스프레소를 받아 들고 오면서 물었다.

대답하는 대신에 퍼트리샤는 가방에서 작은 나무 조각상을 꺼내 로런스에게 누구인지 말했다. 로즈 선생이 그들을 빤히 쳐다보았다. 눈을 크게 뜬 개구리 얼굴은 한순간 기도하는 표정이었다가 곧 장난치는 표정이 되었다.

"이게 그 사람이라고? 실제 사람이란 말이야?" 로런스는 닮은꼴을 확인하려는 듯 불빛에 대고 한참 들여다보았다. "그는 참… 작구나."

"그래, 어떻게 해야 할지 모르겠어." 퍼트리샤가 말했다.

로런스와 퍼트리샤는 서클 오브 트러스트에 와 있었다. 발렌시아 스트리트에 있는 이곳은 18개월 전까지 트렌디한 커피숍이었다. 근사한 목제 설비와 엄청나게 비싼 에스프레소 기계는 그대로였지만 자리는 반도 차지 않았다. 유행에 민감한 사람들이 죄다 한 블록 떨어진 새 커피숍으로 옮겨 갔기 때문이다. 서클 오브 트러스트에서는 불온할 만큼 고지식한 말풍선이 달린 스물여덟 살 여자의 손가락 그림들이 전시되어 있었다. 커피값이 턱없이 비싸서 그들은 각자 돈을 냈다.

"그가 너무도 무기력해 보였고 이토록 자그마한 물건으로 바뀌는 것을 보았지만… 그럼에도 그가 얼마나 끔찍했는지 생생하게 기억하고 있어." 퍼트리샤가 말했다. "다른 사람이 된 것 같아. 마지막 몇 년 동안 그는 다른 마법사들에게 골칫거리가 되었던 모양이야. 정신이 나갔고 묵시록적 환영을 보았거든. 애초에 그가 우리 학교에 온 게 그런 이유였어. 내가 커서 괴물이 된다고 생각했거든."

"으음." 로런스는 조각상을 보았다. 퍼트리샤는 아슬아슬한 짧은 치마가 신경 쓰였고 전반적으로 지금 이 상황이 얼마나 기이하게 보일까 생각했다. "하지만 아니잖아. 그러니까 넌 괴물이 되지 않았어. 혹시 그가 다른 사람에게 사실을 말했을까? 뭐라도 말이야."

"아니야." 퍼트리샤가 말했다. 조각상을 집어 지갑에 다시 넣었다. 그녀는 가와시마에게 가서 로즈 선생을 가져가라고 말할 생각이었다. "아닐 거야."

"그는 습관적으로 거짓말을 해. 했어. 지금도 그런지는 모르겠지만."

어렸을 때 가장 증오했던 어른이 엄지손가락만 한 크기로 줄어들었다는 이야기보다 더 대화를 망치는 주제가 있을까. 퍼트리샤는 그보다 더한 것을 떠올릴 수 없었다. 두 사람은 커피를 한 모금 마셨고 끔찍했던 기억들이 자꾸 되살아나 고개를 저었다. 퍼트리샤는 물을 한 잔 가져와 들이켜야 했다. 태양이 지평선 아래로 내려갔는데도 카페 안의 퀴퀴한 공기가 정오만큼이나 뜨거웠다.

로런스는 조각상이 들어 있는 퍼트리샤의 지갑을 쳐다보았다. "그가 내 인생을 망가뜨리려고 했다는 생각을 항상 했어. 내가 성공에 집착한 것 역시 그런 이유이기도 해. 하마터면 이런 기회를 놓칠 뻔했으니까." 갑자기 그가 자리에서 일어났다. "가자. 너한테 보여줄 게 있어." 퍼트리샤는 훌쩍 커버린 그의 키에 새삼 놀랐다. 그녀도 작은 키가 아니었지만 그의 쇄골에 닿을 뿐이었다. 아울러 그는 담비 아홉 마리에 맞먹는 어마어마한 에너지를 갖고 있기도 했다.

퍼트리샤는 로런스 뒤를 따라나섰다. 미션 스트리트를 지나고 작은 옆길을 두 개 돌자 솟웰 근처에 이르렀다. 한두 블록만 걸어가면 나오는 흔한 거리였다. 날이 건조하여 몸이 근질근질했다. 퍼트리샤는 물을 빼내고 길을 놓기 전에 여기에 개울이 있었다고 들었다. 가끔 그녀는 사라진 생태계의 흐름을 지금도 느낄 수 있다고 상상했다.

그들은 별다른 특징이 보이지 않는 콘크리트 건물에 도착했다. 로런스가 열쇠를 꺼냈지만 적갈색 강철 대문의 자물쇠에 넣지는 않았다. 벽 안쪽에 숨겨져 있어서 퍼트리샤가 알아채지 못한 키패드에 숫자를 열두 개 입력하고 열쇠를 넣고 돌렸다.

2층 반 높이의 계단을 오르자 금속 단추가 잔뜩 박힌 문이 나왔다. 거기에 이렇게 적혀 있었다. "꾸물거리는 문제의 해법. 내일 다시 오시오." 로런스가 짧은 노크와 긴 노크를 정확한 순서로 열일곱 번 두드리자 문이 열렸다.

"10퍼센트 프로젝트에 온 걸 환영해." 로런스가 말했다. "여긴 지역 사무실이야."

안으로 들어가자 공간이 생각 외로 엄청 넓고 야외보다 훨씬 시원했다. 건물 맨 위층에 있는 정사각형 형태의 다락방이었으며, 천장 귀퉁이에 불투명한 채광창이 나 있었다. 각종 장비와 납땜인두, 아두이노 보드, 레이저 용구들이 널려 있는 작업대 옆으로 인체공학적 의자들이 아무렇게나 널려 있었다. 단연 주목을 끄는 것은 뷰익 자동차만 한 크기의 거대한 장비로, 광선총 총구가 흰색 아크릴유리판을 겨누고 있었다.

로런스는 퍼트리샤를 방 안에 있는 세 사람에게 차례로 소개했다.

타냐는 흑인 여성으로, 민소매 셔츠와 반바지에 용접 마스크를 쓰고 있었다. 팔뚝이 튼튼했고 목과 어깨는 유연했다. 타냐는 무엇이든 만들 수 있다고 로런스가 말했다. 실제로 그녀가 밀튼을 알게 된 것은 오래전 로런스가 그랬듯 인터넷에서 회로도를 발견하면서였다. 다만 이 회로도로 작동하는 기계를 만들어 낸 사람은 그녀밖에 없었다. 거치대 다리가 휘어져 있는 거대한 광선총이었다. 타냐는 손을 흔들고는 하던 일로 되돌아가 사방에 불꽃을 튕겼다.

애냐는 주근깨가 많은 중서부 여자로, 밤색 머리카락 끝을 파란색으로 살짝 염색했다. 데님 작업복을 입고 굵은 엔지니어 안경을 썼으며, 결코 웃지 않는 사람처럼 보였다. 그녀는 외부인을 들인 것에 대해 로런스에게 불만을 털어놓았다.

수가타는 콧수염을 길렀고, 캘리포니아 남부 서퍼의 억양으로 말했으며, 캘테크 스웨트셔츠를 입었다. 로런스는 수가타가 원래 텔레비전에서 일하기를 원했고 수습 직원으로 〈스페이스 2063〉 리부트 작업에 참여하기도 했지만, 지금은 그런 희망을 접고 두 번째로 원했던 현실에서 세상을 구하는 일을 하고 있다고 귀띔해 주었다.

퍼트리샤는 몸체가 거대한 진공관처럼 생기고 뾰족한 노즐이 있는 커다란 기계에 대해 물어도 될까 망설였다. 마침 그때 로런스가 와서 설명하기 시작했다. "우리는 중력을 해결하는 연구를 하고 있어." 그는 기계의 계기판 눈금을 살펴보았다. "아직 진정한 반중력을 얻은

건 아니야. 일부 격리된 순간에만 가능해. 그리고 반중력은 중요한 게 아니야. 핵심은 중력을 통제하는 거지. 우리 우주에서는 그것이 약한 힘이라는 것을 알아. 그 말은 중력이 더 강한 곳이 있다는 뜻이야. 그 곳이 어디인지 알아내려 하고 있어."

"와우." 퍼트리샤는 당연히 멋진 광선 없이도 날 수 있었지만, 그건 합당한 상황에서만, 혹은 누군가와 조건을 거래하여 비행하도록 힘을 부여받았을 때에만 가능했다(혹은 꿈속에서). 중력을 마음대로 끄고 켠다는, 중력을 이용한다는 발상은 그녀를 매료시켰다.

그녀는 가와시마가 최근에 맡긴 일을 하러 가야 했다. 북해에서 일어난 환경 재앙에 어느 정도 책임이 있는 석유회사 중역에 관한 일이었다. 그러나 그녀는 로런스의 기계를 좀 더 살펴보고 싶었다. 로런스는 그들이 날렵한 튜브 안에서 얼마나 많은 에너지를 폭발 없이 통과시켰는지 측정한 수치를 보여주었다.

"정말 인상적인 기계야." 확실히 공학의 결정체에는 미적으로 아름답고 만족스러운 뭔가가 있었다. 반짝거리고 견고했다. 퍼트리샤는 발렌시아 스트리트의 힙한 갤러리에서 팔던 오래된 수동 타자기나 멋진 증기기관에서 느꼈던 것과 똑같은 애정을 이 기계에도 느꼈다. 이런 것들은 항상 망가졌고 더 나쁘게는 모든 것을 망쳤으므로 오만함의 산물이다. 하지만 로런스의 말처럼 이런 장치들은 우리를 유일무이한 존재로, 인간으로 만들어 준다. 거미가 거미줄을 만들듯 우리는 기계를 만들었다. 그녀는 말벌처럼 생긴 붉은색 뼈대를 보면서 얼마 전까지만 해도 로런스와 같이 있으면 역겨웠던 것이 생각났다.

그를 함부로 판단해선 안 되었다. 판단도 일종의 월권이다. 그리고 이 장치는 그녀가 그를 처음 보았을 때부터 부러워했던 모든 것의 정점이었다. 아울러 두 사람이 세상의 수많은 로즈 선생에 맞서 승리했음을 보여주는 징표였다.

"아름다워." 그녀가 말했다.

19

로런스와 퍼트리샤는 소파에 앉아 엘프 모양의 물담배 파이프로 마리화나를 피우며 서로의 관계 문제를 털어놓았다. 로런스는 세라피나에 대해 두서없이 이야기하며 자신을 '수습생'으로 간주하고 있다고 했고, 문득 혼자 떠들어 댄 것이 당혹스러웠는지 퍼트리샤에게 술을 같이 마시던 남자, 웹 만화가 케빈에 대해 물었다.

"으음." 퍼트리샤는 대답하기 전에 파이프를 들고 양쪽 폐에 연기를 채웠다. "헷갈려. 내가 케빈과 데이트를 하고 있는지 그냥 자려고 만나는지 아직도 모르겠어. 같이 자고 나면 그는 한밤중에 몰래 나가려고 해. 하지만 훈련받은 내 눈을 속일 수는 없지. 결국 그는 제대로 작별 인사를 하고 가거나 아침까지 남아 있어야 했지만, 어느 쪽도 썩 내켜 하지 않는 눈치야."

"아."

"그 문제로 케빈과 대화해 보려고 생각 중이지만 아직 생각만 하고 있어."

아무튼 로즈 선생이 나무 조각상이 된 사건은 로런스와 퍼트리샤의 관계에서 일대 전환점이 되었다. 그저 유대감을 다진 것만이 아니라 두 사람이 완연한 패배자였던 8학년 때부터 서로 알고 지냈다는 사실을 다시 일깨워 주었다. 퍼트리샤는 로런스가 무엇을 해도 실망하지 않을 사람이었다. 이미 그의 최악의 모습을 보았기 때문이다. 사실 로런스가 이렇게 편안함을 느낀 것은 몇 달 만에 처음이었는데, 물담배 때문만은 아니었다.

한동안 둘 다 말이 없었다. 퍼트리샤가 화제를 바꾸었다. "부모님은 잘 지내셔? 여전히 네가 밖으로 나다니는 걸 좋아하시고?"

"행복하게 잘 지내시는 것 같아." 로런스가 말했다. "두 분은 7년 전에 이혼했어. 엄마는 탐조를 좋아하는 사람을 만났어. 아빠는 끔찍한 일을 그만두고 대학으로 돌아갔고, 현재 고등학교 교사야. 난 말이지, 두 사람이 헤어진다면 더 행복할 텐데, 하는 생각을 늘 했었어. 너야 부모님이 그렇게 하는 걸 결단코 반대하겠지만. 너희 부모님은 어때?"

"음… 괜찮으셔." 퍼트리샤가 말했다. "실은 몇 년 동안 연을 끊고 지냈다가 작년에야 어렵게 다시 연락이 됐어." 그녀는 한숨을 쉬더니 목구멍이 따끔한데도 엘프의 머리에서 연기를 더 많이 들이마셨다. "어떻게 보면 다 언니 덕분이야. 로버타가 계속해서 경찰에 체포되거나 응급실에 실려 갔거든. 우리 가족이 흩어지지 않은 건 항상 언니의 공이지, 내가 아니라. 그리고 별안간 부모님이 내가 일을 하고 있으며 전과가 없다는 것을 알게 되었어. 이제 내가 좋은 딸이 될 수 있겠다고 판단한 거야. 마치 언니와 내가 자리를 맞바꾸기라도 한 것처럼. 어떻게 해야 할지 모르겠어."

로런스가 무슨 말을 하려고 할 때 이소벨이 집에 돌아왔다. 몸이 젖어 있었다. 밖에 비가 내리는 데다 스스로 모양을 잡는 실험적인 우산이 말을 듣지 않았던 모양이다. 서보모터가 툴툴거리는 소음을 내며 돌아갔고, 이소벨이 입은 카디건의 왼쪽은 젖고 오른쪽에는 물기가 하나도 없었다. 그녀는 이제 어린 로런스가 처음 봤을 때처럼 갈색 머리를 길게 땋지 않았고, 희끗해지는 머리를 단발로 정리했다.

"이거 참, 대왕우산께서 실망을 줬나 보죠." 로런스가 말했다. 다른 사람들은 이 별명을 좋아하지 않았지만 그는 계속 고집했다.

이소벨은 코웃음을 치고 대왕우산을 부엌 개수대에 던져 물기를 제거하려 했다. 대왕우산은 실내 강우로부터 싱크대를 보호하려는 듯 변신을 시도했지만, 또다시 형태가 꼬이면서 흐느끼는 소음을 뱉어 냈다.

"마음에 안 들어." 이소벨이 얼굴을 찌푸렸다. "이럴 거면 일반 우산이 훨씬 낫겠어. 오, 안녕하세요?" 눈가의 빗물을 닦고 나자 낯선 젊은 여자가 소파에 앉아 있는 것이 보였다. "반가워요. 이소벨이라고 해요."

퍼트리샤는 자신의 이름을 말하고 악수를 했고, 이소벨은 옷을 갈아입으려고 자리를 떴다. 돌아왔을 때 그녀는 브랜디 잔을 들고 있었다. 퍼트리샤 옆에 자리를 잡은 이소벨은 이번 비로 희생될 위기에 놓인 세계 곳곳에 대해 이야기를 나눴다.

"그러고 보니 당신에 대해 들은 것 같아요." 이소벨이 퍼트리샤에게 말했다. "로런스와 알고 지낸 지가 나만큼이나 오래되었다고요. 그는 평생 알고 지낼 사람들을 모으나 봐요." 그러면서 로런스를 돌아보았고, 그는 자신이 그럴 운명임을 감지하고는 어색해했다.

그들은 꽤나 높은 언덕에 살았다. 이름과 달리 '노 밸리'의 대부분은 가파른 비탈에 위치하고 있었다. 거실 전망창 너머로 내리막 정원이 보였고 저 멀리 우듬지가 보였다. 자체적인 나무들과 복층 주택들이 늘어선 포트레로 힐이 그들이 있는 언덕을 마주 보고 있었다. 그들이 사는 집의 앞쪽 거실은 천장이 높았고 나선형 계단을 오르면 이소벨의 침실, 화장실, 서재, 그리고 거실이 내려다보이는 발코니가 있는 위층이 나왔다. 로런스의 침실은 부엌 반대편에 딸린 별채로, 계단을 몇 개 내려가야 했고, 그곳에서는 자그마한 뒤뜰이 보였다.

세 명은 부리토를 주문해 놓았고, 이제 비가 그쳐서 언덕을 내려갈 수 있겠다고 판단했다. 거리 곳곳에 커다란 웅덩이가 생기고 하늘에 구름이 끼었지만 저녁인데도 날이 따뜻했다. 로런스는 이소벨과 퍼트리샤 사이에서 걸으면서 자신이 두 여자 사이에 있다는 것을 의식했다. 두 사람이 그를 중간에 두고 이야기를 나눌 때 특히 그랬다.

"어떻게 해서 로런스와 한집에 살게 되었어요?" 퍼트리샤가 이소벨에게 물었다.

이소벨은 로런스가 어렸을 때 집을 나와 로켓을 보러 온 이야기를 해주었다. "그때 로런스를 눈여겨봤어요. 그가 MIT에서 학업을 마쳤을 때는 잠시 남는 방을 내주기도 했죠. 사실 로런스는 집에 거의 들어오지 않아요. 오늘도 몇 주 만에 처음 보는 거예요. 그렇다면 한 가지 이유밖에 없죠. 〈레드 드워프*〉를 마라톤하듯 정주행했을 거예요."

로렌스는 과장되게 눈동자를 굴렸지만, 전부터 말만 하던 그 마라톤을 은근히 하고 싶은 기분이었다.

이소벨은 그린란드에서 막 돌아온 터였다. 밀튼 더스가 그곳에 1만 년을 버틸 수 있는 지하 저장고를 짓고 있는데, 수학 문제 하나를 풀어야 문이 열린다고 했다. "마치 방공호와 캐디 상점, 최첨단 장례식장을 합쳐놓은 분위기예요. 모든 것이 번쩍거리는 강철과 크롬, 대리석이며 유리 칸막이가 되어 있어요."

"저장고에 뭐가 있죠?" 퍼트리샤가 물었다. "씨앗인가요? 아니면 유전자 물질?"

"아니에요." 이소벨이 말했다. "밀튼은 5,000년이나 1만 년 뒤에 문을 여는 사람을 위해 충분한 식용 작물을 마련해 두었어요. 그런 사람이 있다면 말이지만요. 저장고에는 기술과학 관련 지식이 들어 있어요. 회로도며 설계도, 그러니까 기본적으로 우리가 가진 수준의 테크놀로지를 재건하기 위한 설명서 같은 거죠. 화석연료가 없고 특정한 요소들을 구할 수 없는 상황에서 무엇을 해야 할지 알려주는 것을

* 영국에서 방영된 SF 시트콤.

포함해서요. 그는 저장고를 발견하는 사람의 과학 수준이 대략 19세기 초와 비슷할 거라고 생각해요. 물론 너무 높게 잡은 것일 수도 있지만요. 저장고를 발견하는 것은 쉬워요. 그곳에 있는 전자장비 하나가 탐조등처럼 수직 광선을 쏘는데, 적어도 1만 년 동안 매일 두 차례 깜박거려요. 그 부분이 가장 힘든 작업이었어요."

"진지한 프로젝트는 아니야." 그들이 카스트로 스트리트를 건널 때 로런스가 말했다. "밀튼은 인류가 100년 뒤에도 여기 있을 거라고 생각하지 않아. 그러니 수천 년 뒤는 말할 것도 없지. 이건 그냥 그가 만약을 위해 취하는 수야. 자신의 양심을 달래려는 것일 수도 있고."

"그린란드를 세 번째로 다녀왔어요." 이소벨이 말했다. "솔직히 말해 밀튼의 의견은 그가 오늘 얼마나 많은 인턴을 죽였는지에 달려 있다고 생각해요." 그러면서 살짝 윙크했다. 농담으로 한 말이며 밀튼은 인턴을 죽이지 않았다는 뜻이다.

저녁 식사를 하면서 이소벨은 로켓 일을 하다가 밀튼의 '10퍼센트 프로젝트'에 합류하게 된 이야기를 했다. "로켓에 대한 꿈을 꿨어요." 이소벨은 콘칩을 한 스푼 떠서 함께 먹는 피코 데 가요*에 넣었다. "우리가 님블 에어로스페이스 프로젝트를 접고 매일 밤, 몇 달 동안요. 발사를 코앞에 두고 최종 원격측정을 잘못하는 바람에 망친 꿈도 있었고, 로켓 발사에 성공해서 멋지게 공중을 날아가는가 싶더니 초대형 여객기와 충돌하는 꿈도 있었어요. 최악은 아무것도 잘못되지 않

* 멕시코식 샐러드 요리.

았는데 로켓이 몇 시간 동안 하늘로 솟구치기만 하는 거였어요. 나는 지상에 앉아 눈물을 흘리며 바라보기만 했죠."

"와우." 로런스는 이소벨의 손목을 건드리며 말했다. "몰랐어요."

"로켓에 대한 꿈은 어떻게 끝났나요?" 퍼트리샤가 물었다.

"그냥 싫증이 났던 것 같아요." 이소벨이 말했다. "싫증은 마음의 상처가 아물고 남은 자국이에요."

로런스와 세라피나는 지역 생산 유기농 버거를 파는 가게에 들어갔다. 세라피나가 자신의 감정 로봇에 대해 말했다. "넌 어림짐작을 통한 문제 해결을 믿지 않겠지. 하지만 그들은 얼굴을 알아봐. 그뿐만 아니라 각자 얼굴에 습관적으로 나타나는 감정 상태도 알아보지. 기분이라는 개념을 이해하고 기분을 갖고 있어. 기분이라는 건 참 묘해. 그저 어떤 감정을 드러내거나 감정을 유지하는 것만이 아니야. 뭐랄까, 질병 상태 같아. 우리가 흔히 원한을 품는다고 말하잖아. 그것과 비슷해."

세라피나는 로런스가 수습생이라는 생각을 더는 하지 않는 듯했다. 로런스는 그녀에게 멋진 스카프를 선물했는데, 우연히도 그녀의 옷과 어울렸다. 그는 열심히 들으려고 애썼다. 두 사람은 뜨거운 태양 아래 격렬한 섹스를 몇 번 했다. 로런스는 자신에 대한 이야기를 너무 많이 하지 않았다. 최후의 선택을 계속해서 생각했으며, 할머니의 반지를 언제 건네는 것이 가장 좋을지 알아보았다. 아무래도 자포자기한 상황에서보다는 분위기가 무르익었을 때 하는 편이 나을 것 같았다. 그는 마지막으로 보았던 생전의 줄스 할머니 모습을 기억했다. 아무도 보지 않을 때 반지 상자를 로런스의 스키 재킷 주머니에 슬쩍 넣으며 귓속말로 이렇게 말했다. "결혼할 처자가 생기면 이걸 주렴, 알았지?" 아직 어린아이였던 로런스는 엄숙한 요청임을 알고는 그러겠다고 귓속말로 대답했다.

로런스는 자신이 차여도 싸다는 생각을 마음 한구석에서 하고 있었다. 하긴, 매일 프로젝트에 14시간씩 매달리면서도 세라피나를 당연하게 여겼으니 말이다. 그것도 자신에게 분에 넘치는 사람을. 하지만 어른이 되고 최고 해커로 살아가면서 그는 꼭 자격이 돼야 가질 수 있는 게 아니라는 교훈을 얻었다. 손에 넣을 수 있으면 가지는 것이다.

햄버거와 셰이크를 먹고 나서 두 사람은 토네이도 서퍼 영화를 보러 갔다. 그들이 매점에서 어떤 간식을 살까 의논하는데 퍼트리샤가 전화를 했다. 그녀는 지금 통화하기가 곤란한지 물었고, 로런스는 그렇다고 했다.

"그럼 나중에 다시 걸게." 퍼트리샤가 말했다.

"무슨 일인데?"

세라피나는 요거트를 씌운 프레첼을 보고 있었다. 그가 전화를 받아서 화가 난 모양이었다. 긴 손가락으로 마치 꽃을 들듯 꼬불꼬불한 흰색 과자를 들어 올렸고, 코를 씰룩이며 미소를 지었다. 프레첼이 그녀에게 농담을 하기라도 한 것처럼. **당신을 떠나보내지 않겠어.** 로런스는 마음속으로 세라피나에게 말했다.

"친구들이 널 만나고 싶어 해. 너도 알잖아, 내 **특별한** 친구들. 내가 너한테 비밀을 말했다는 걸 그들이 알아. 그래서 저녁이나 함께하자는데. 목요일 어때?"

로런스는 곧바로 그러자고 했다. 서둘러 전화를 끊고 괜찮은 남자친구로 돌아가야 하는 상황이 아니었다면 퍼트리샤의 '특별한 친구들'과 저녁을 먹는 일을 신중하게 고려하고 핑계를 만들었을지도 모른다.

"누구야?" 세라피나가 물었다. 로런스는 고등학교 친구인데 괴짜라고 대답했다. 세라피나가 퍼트리샤를 괴짜로 생각하지는 않을 거라고 생각해서 한 말이었다.

영화는 최악이었다. 영화관을 나온 두 사람은 세라피나의 집으로 가서 로런스의 삶을 통틀어 최고의 섹스를 했다. 서로의 몸을 잇자국이 남도록 세게 깨물고, 모든 것을 불태웠다고 맹세하고 한참이 지나서도 서로를 향해 계속 돌진했다. 서로를 껴안고 몸을 떨다가 로런스가 소변이 급해서 자리를 떴다. 화장실에 가면서 그는 모두가 물을 아끼는 중이니 소변을 보고 물을 내리지 말자고 다짐했다. 로런스가 침대에 돌아왔을 때 세라피나는 팔꿈치를 내밀고 깊은 잠에 빠져 있었다.

로런스는 영화 데이트를 마치고 목요일 저녁까지 단말기에서 고개를 들 여유도 없었다. '10퍼센트 프로젝트'가 끝나지 않는 위기 상황으로 돌아갔고, 밀튼이 전화를 계속 걸어대는 통에 로런스의 휴대전화가 조용할 틈이 없었다. 밀튼은 집중적인 환경에서 일할 수 있도록 산간벽지에 안전한 복합시설을 지어 로런스와 그의 팀을 재배치하겠다는 아이디어를 내며 위협 아닌 위협을 했다. 로런스가 아직 미친 듯이 일에만 몰두하지 않는다는 듯이.

로런스는 겨우 시간을 내 집으로 가서 샤워를 하고 옷을 갈아입고는 퍼트리샤를 보러 다시 미션으로 갔다. 그들은 마법사 한 명이 살고 있는 중고서점에서 만나기로 했다. 왠지 몸이 불편하거나 집에만 틀어박혀 지내는 마법사가 아닐까 싶었다. 불법이 의심되는 자그마한 서점에서 하루 종일 지낸다니 말이다.

눈을 감았을 때 LCD 모니터 허깨비가 보여서 로런스는 잠이 부족하다고 느꼈다. 서점에서 두 블록 떨어진 곳, 베이컨 소시지 파는 수레 근처 모퉁이에 이르렀을 때 로런스는 공황 발작 조짐을 느꼈다. 행여 말실수했다가는 이 사람들이 그를 이상한 물건으로 만들지도 몰랐다. 로즈 선생처럼.

"심호흡해." 로런스는 혼잣말을 했다. 그는 수면 부족을 수습하기 위한 임시방편으로 뇌에 산소를 공급했다. 어쩌면 미친 듯한 무더위로 인해 탈수 증세를 보인 건지도 몰라서 소시지 파는 사람에게서 생수를 구입했다. 스페인어 간판이 있는 3층짜리 쇼핑몰에 도착했다. 그는 자신이 퍼트리샤를 평생 진심으로 원했다는 것을 느꼈다.

쇼핑몰은 버려진 건물 같았다. 1층에는 백열전구 하나만이 남아 나선형 계단을 가리켰다. 그가 계단을 올라 영업하지 않는 미용제품 가게를 지나 맨 위층에 도착하자 이런 간판이 보였다. **데인저. 서점은**

영업 중. 로런스는 망설이다가 문을 밀고 데인저 서점 안으로 들어갔다. 종소리가 울렸다.

서점은 아주 널찍한 하나의 공간이었다. 오래된 양탄자가 바닥에 깔려 있었는데, 얼핏 대칭으로 보였지만 중앙에 있는 거대한 불의 바퀴와 꽃 그림이 오른쪽으로 살짝 치우쳐 있었다. 책꽂이가 벽을 에워싼 가운데 안쪽으로도 이어졌다. '망명자와 밀항자', '오싹한 사랑 이야기' 같은 분야로 구분되어 있었으며 절반은 영어 책, 절반은 스페인어 책이었다. 책들 말고도 책장마다 모서리에 의장용 단검, 플라스틱 용龍, 옛날 동전, 빅토리아 시대 코르셋에서 가져온 고래수염 같은 기념품이 놓여 있었다.

로런스가 계단을 올라 서점으로 들어서려는데 누가 그의 피부에 있는 박테리아를 죽여야 한다며 자외선 지팡이를 휘둘렀다. 퍼트리샤가 천을 씌운 의자에서 일어나 로런스를 껴안으며 빨간색 안락의자에 누워 있는 어네스토를 절대로 건드리지 말라고 귓속말로 주의를 주었다. 그는 서점 밖으로 나가본 적이 없다. 수십 년째 햇빛을 보지 못했는데도 피부가 따뜻한 갈색이었고, 광대뼈가 도드라진 얼굴에 깊은 주름이 나 있었다. 그는 희끗희끗한 머리를 한 줄로 땋아 내렸고 눈가에 아이라이너를 칠했다. 진홍색 스모킹재킷에 파란색 실크 파자마팬츠를 입고 있어서 휴 헤프너* 분위기가 살짝 났다. 그는 안락의자에 누운 채로 로런스에게 인사했다.

* 성인 잡지《플레이보이》창업자.

다들 지나치리만큼 친절했다. 로런스가 받은 첫인상은 개별적인 인간이 아니라 시끌벅적한 무리를 동시에 대하는 느낌이었다. 다들 한꺼번에 이야기하며 그의 주위에 모여들었고 퍼트리샤가 방 저쪽에서 이를 지켜보고 있었다.

테가 굵은 끈 안경을 쓰고 쪽 진 머리를 한, 키 작고 나이 지긋한 여성이 로런스에게 자기 신발이 지나치게 큰 양말과 사랑에 빠진 이야기를 하기 시작했다. 말끔한 턱수염에 정장을 차려입은 키가 크고 잘생긴 일본인은 로런스에게 밀튼의 약혼녀에 대해 물었다(그는 아무 생각 없이 대답했다). 삐죽삐죽한 갈색 머리에 회색 후드 티셔츠를 입은 성별이 모호한 젊은이는 로런스가 가장 좋아하는 슈퍼히어로가 누구인지 알고 싶어 했다. 어네스토는 데이지 자모라의 시를 계속해서 인용했다.

다들 그냥 **괜찮아** 보였다. 로런스는 그들이 한꺼번에 말해 자신이 감당할 수 있는 용량을 초과해도 상관하지 않았다. 어쩌면 마법이 작동한 것일 수도 있으니 기겁해야 마땅했다. 그러나 로런스는 자신의 문제로 이미 신경이 곤두서 있어서 다른 일에 신경 쓸 겨를이 없었다. 그는 몸에서 베이컨 소시지 냄새가 날까 봐 걱정했다.

서점은 퀴퀴한 '오래된 책' 냄새가 나지 않았다. 대신 근사한 오크 향기가 났는데 로런스는 스카치위스키를 숙성시키려고 넣어두는 통이 이런 냄새일 거라고 상상했다. 하긴, 여기도 곱게 나이 드는 곳이었다.

저녁을 먹으러 나갈지(그러니까 어네스토는 빼고), 음식을 사 와서 먹을지를 두고 논란이 있었다. "타파스를 괜찮게 하는 곳이 새로 생겼는데 거기로 가죠." 퍼트리샤가 말했다.

"타파스라!" 나이 든 여자 도러시아가 박수를 쳐서 팔찌가 짤랑거렸다.

이름이 테일러인 성별이 모호한 사람은 로런스가 중립적인 곳을 더 편하게 느낄 것이라고 말했다.

"좋아, 좋아, 그러니까 가." 어네스토가 라틴계 억양이 들어간 걸걸한 목소리로 말했다. "제발 가! 내 걱정은 말고." 어네스토가 다들 나가라고 목소리를 높이자 모든 사람이 그와 함께 남겠다고 했다.

로런스는 자신이 방금 마법사의 결투를 본 건지 궁금했다.

어찌어찌하여 그들은 한국식 타코를 파는 트럭이 지나가는 것을 잡았고, 신호등에 멈춰 있는 동안 매콤한 불고기와 바비큐 두부 타코 열두 개를 샀다. 로런스의 타코는 고수와 양파가 잔뜩 들어 있었는데, 그는 이렇게 먹는 것을 은근히 즐겼다. 그러자 불안한 마음이 사라졌다. 그는 매력적인 친구들을 둔 퍼트리샤가 부러웠다. 만약 로런스의 패거리였다면, 지금쯤 틀림없이 누군가가 어떤 주제에 대해 최고 전문가 행세를 했을 것이다. 그들은 사소한 것을 따지기 좋아했다. 그런데 이 사람들은 그냥 서로를 받아들이고 함께 타코를 나눠 먹었다.

다들 서점으로 돌아와 접이식 의자를 펴거나 팔걸이의자에 자리를 잡고 앉았다. 로런스는 성별이 모호한 젊은 테일러와 나이를 짐작하기 어려운 여자인 도러시아 사이에 앉게 되었다.

도러시아가 웃으며, 타코를 먹고 있는 로런스 옆으로 몸을 숙이고 말했다. "한때 전 세계 열두 도시로 출입구가 나 있는 레스토랑을 소유했었지요. 출입구마다 메뉴가 달랐고 다른 요리법을 쓴다고 홍보했지만, 부엌은 없었어요. 식탁과 식탁보, 그리고 의자가 전부였죠. 우리는 다른 대륙의 도시들로 요리를 이리저리 날랐답니다. 그렇다면 우리는 레스토랑이었을까요, 아니면 연결 통로였던 걸까요?" 로런스는 그녀가 진짜로 있었던 이야기를 하는지, 그냥 놀리는 건지, 둘 다인지 헷갈렸다. 그가 가만히 바라보자 갑자기 그녀가 웃어서 눈가에 잔주름이 졌다.

식사를 마치자 어네스토가 '이미 끝난 파티'라고 표시된 서가로 걸어갔다. 여러 제국의 역사를 다루는 책들이 있었다. 그가 『쇠락』이라는 책을 치우자 서가가 양쪽으로 열리면서 바bar로 이어진 은밀한 통로가 나왔다. 네온 불빛의 요정이 벽에 걸려 있고 그린 윙이라는 간판이 보였다. 그린 윙은 데인저 서점과 마찬가지로 널찍한 직사각형 공간이었다. 방 중앙에 나무로 된 둥그런 바가 놓여 있고 한쪽 선반이 온통 압생트로 채워져 있었다. 아르누보풍의 처녀, 크리스털 용, 양피지 문서가 온갖 크기와 모양의 술병들을 돋보이게 했다. 코르셋과 펑퍼짐한 치마를 입은 몇몇 사람들이 벌써부터 모퉁이의 높은 테이블을 차지하고 앉아 술을 마시고 있었고, 그들 모두 어네스토를 향해 손을 흔들었다.

어네스토가 바로 들어가 셰이커에 술을 따르기 시작했다. 퍼트리샤가 로런스 옆으로 다가와 조용히 말하기를, 어네스토가 만들거나 만진 술은 조심하라고 일러주었다. "입술만 적셔. 내일 머리를 써야 하는 일이 있다면 말이야."

여기에 엄청난 영향력을 가진 것처럼 보이는 사람은 없었다. 만약 이들이 세상을 지배한다면 이를 절묘하게 숨기고 있는 셈이다. 실제로 이들이 나누는 대화는 세상이 얼마나 엉망인지, 세상이 어떻게 달라졌으면 좋겠는지에 관한 것이 대부분이었다.

어네스토는 네온 불빛을 받아 밝은 녹색을 띠는 것을 로런스에게 건넸다. 로런스가 입에 넣으려는데 퍼트리샤가 경고의 눈짓을 보냈다. 향이 아주 근사했다. 그는 그것을 목구멍으로 넘기지 않으려고 애써야 했다. 입안에 경이와 기쁨이 가득 퍼졌다. 얼얼한 맛, 달콤한 맛, 화려한 맛이 너무도 많아서 이를 절반이라도 확인하려고 조금씩 계속 마셨다.

로런스는 다리에 힘이 풀렸다. 누가 비틀거리는 그를 부축해 양단을 씌운 18세기식 의자에 앉혔다. 그는 방향 감각을 잃었다. 문득, 마법에 관한 질문을 하기에 더없이 좋은 기회다 싶었다. 술 취한 사람에게 남의 일에 참견한다고 나무라는 사람은 없을 테니까. 그가 고개를 들자 흐릿한 형태와 불빛이 무리 지어 있는 것이 보였다. 지나치게 무례하지 않은 질문을 떠올리려고 애썼다. 자신의 목숨이 달렸을지도 모를 일이다.

"만나서 반가웠소, 로런스." 어네스토가 의자를 끌고 그의 옆에 와서 앉았다. 어찌나 가까이 붙어 앉았는지 그의 아이라이너와 핀으로 묶지 않은 긴 머리카락이 제법 또렷하게 보일 정도였다. 어네스토는 목소리를 낮추고 말했지만 연극적인 어조가 남아 있었다. 모든 단어를 무대 배우의 발성으로 발음했다. 로런스가 그의 몸에서 나는 목초지 꽃가루 냄새를 맡을 정도로 가까운 거리였다. 로런스가 앞으로 휘청거렸다가는 퍼트리샤의 멘토에게 닿을 수도 있었다. 퍼트리샤가 아주 안 좋은 일이 벌어질 거라고 경고했던 바였다. 그래서 어네스토가 몸을 더 가까이 숙이자 로런스는 뒤로 물러났다.

"당신에게 묻고 싶은 게 있소." 어네스토는 마티니를 한 모금 마시고 하던 말을 이었다. "퍼트리샤에 대한 당신의 의도를 알고 싶소. 그녀는 당신을 믿고 있어요. 우리는 그러라고 했소. 누구나 비밀을 나눌 친구는 필요하니까. 하지만 그녀가 털어놓은 이야기를 다른 사람에게 말하지 않겠다고 이 자리에서 우리에게 약속했으면 좋겠소. 당신의 연인 세라피나에게도, 당신의 친구 이소벨에게도, 그리고 당신의 후원자인 밀튼에게도. 그러겠다고 약속할 수 있소?"

"으음, 그러죠. 약속할게요." 로런스가 말했다.

"그럼 이건 어떻소? 만약 당신이 약속을 깬다면 다시는 말을 못 하게 되어도 좋다고. 누구에게도. 맹세하겠소?" 어네스토는 소리 내어 웃으며 그저 형식적 절차라는 듯 한 손을 내저었다. 하지만 로런스는 뒤에서 퍼트리샤가 공포에 질려 고개를 가로젓는 것을 보았다.

"으음, 물론이죠." 로런스가 말했다. "약속하죠. 마법에 대해 누구에게 한마디라도 한다면, 내 목소리를 잃어도 좋아요."

"영원히." 어네스토는 사소한 일이라는 듯 어깨를 으쓱했다.

"영원히." 로런스가 말했다.

"우리가 부탁하려는 게 하나 더 있소." 일본인인 가와시마가 어네스토 옆에 나타났다. 몸이 거의 닿을 정도의 위치였다. "당신도 알다시피 우리는 퍼트리샤에 대해 걱정이 많아요. 어렸을 때 많은 일을 겪었으니까요. 시어돌퍼스라는 얼간이가 그녀를 괴롭혔고, 시베리아에서 유감스러운 일도 있었죠."

"내가 여기 있는데 나에 대해 제3자 이야기를 하듯 말하는 거 싫어요." 퍼트리샤가 말했다. "여기서 내 친구를 이래라저래라 몰아붙이는 것도 싫고요."

"당신이 우리와 함께 그녀를 살펴봐 주기를 원하오." 가와시마가 로런스를 보고 말했다. "우리에게는 몇 가지 규칙이 있는데, 가장 중요한 금기는 우리가 '월권'이라고 부르는 거요. 자신을 대단한 존재로 여기는 것이지. 그러니 퍼트리샤 곁에서 친구가 되어주시오. 우리가 하지 못하는 방식으로. 그리고 그녀가 자기 자신에 대한 자부심이 지나치다 싶으면, 그녀가 남들과 다를 바 없는 사람임을 일깨워 주시오."

"그녀를 위해, 우리를 위해 그렇게 해주겠소?" 어네스토가 말했다.

로런스는 퍼트리샤의 자부심을 통제하는 데 협조하지 않으면 손을 지느러미로 만들어 버릴 테니 동의하라는 말을 들을지도 모르겠다고 잠시 생각했다. 그러나 이번 약속의 경우에는 "최선을 다할게요" 정도로 충분할 것 같았다. 가와시마가 로런스의 어깨를 툭툭 쳤고, 모두 만나서 반가웠다는 말을 몇 차례 반복했다. 로런스는 속이 메슥거리는 것을 느꼈다. 누가 압생트 바 모퉁이에 작은 변기가 있다고 그에게 알려주었다. 그는 몸을 웅크리고 앉아 속이 다 비워질 때까지 족히 15분 동안 토했다.

테일러와 퍼트리샤가 비건 도넛을 먹자며 로런스를 데리고 발렌시아 스트리트로 갔다. 머리가 반으로 쪼개질 것 같았다. 앞이 뿌옇게 보였다. 테일러가 로런스의 귀에 대고 뭐라고 속삭이자 그는 살짝 편안해졌다. 커피와 이부프로펜도 도움이 되었다. "잘했어요." 테일러가 그에게 말했다. "사나운 호랑이굴에서 들뜨지 않고 크림치즈처럼 침착하게 행동했어요."

"짜증 나 죽겠어." 퍼트리샤가 말했다. "그들은 내가 병적인 자기애 환자인 줄 알아. 내가 원하는 건 크루아상이나 만들고 평온하게 지내는 게 전부인데 말야. 게다가 로런스에게 비밀 엄수를 부탁하면서 꼭 그렇게 주문을 걸어야겠어?"

주문을 건다는 말에 로런스의 심장이 덜컥 내려앉았다. 그것은 사실 저주였다. 마법이나 마법사에 관한 말을 누군가에게 한마디라도 하는 날에는 **다시는 말하지 못한다.** 그는 이것이 현실임을 뼈저리게 느꼈다. 확인할 방법은 고생을 각오하지 않는 이상 당연히 없다. 그는 양 엄지손가락을 떡갈나무 테이블에 대고 생각했다. 남은 평생 사람들과 말 대신 문자로 이야기해야 한다면 어떨까?

"그렇지 않아." 테일러가 퍼트리샤에게 말했다. "널 걱정해 주는 사람이 있다는 건 고마운 일이야. 이곳 샌프란시스코로 오고 나서부터 넌… 특혜를 받고 있잖아. 시베리아 일은 나도 유감이지만, 그 일에 발목 잡혀서는 안 돼."

"저기." 로런스가 말했다. "보아하니 지금 내가 무슨…." 그는 커피

솝을 두 차례 둘러보며 자신의 목소리가 닿는 곳에 누가 있는지 확인하려고 했다. "오늘 밤 서점에 있지 않은 사람들에게 내가 말할 수 있는 것과 관련하여 어떤 제약이 생긴 것 같아. 나한테 설명 좀 해줄래? 그러니까 그게 어떤 식으로 작동하는지 알고 싶어."

"하긴 그렇겠네요." 테일러가 그에게 도넛을 또 하나 건넸다.

"좋아, 알겠어." 퍼트리샤가 말했다. "하지만 여기서는 곤란해. 이번 주말에 공원에서 산책하면서 이야기하자. 너 야외 활동 좋아하잖아."

로런스는 그 말에 진저리를 쳤다. 어쩌면 그가 원래 모습으로 돌아오고 있다는 신호인지도 몰랐다.

20

퍼트리샤는 처음으로 여는 디너파티를 앞두고 초조했다. 주위의 멋진 사람들을 집에 초대하고 싶다는 환상이 있었던 것이다. 재치 있는 살롱의 여주인처럼 말이다. 그녀는 몇 시간 동안 아파트를 청소하고 음악을 선곡했으며 빵과 도넛 모양 케이크를 구웠다. 룸메이트 디디와 레이철린은 그들의 전매특허인 '수동적 공격성의 라자냐'를 만들었다. 테일러는 반짝이 바지를 입고 샐러드 접시를 들고 왔다. 케빈은 이상한 치즈를 가져왔다. 짙은 청색 조끼를 입었는데, 드레드록으로 땋아 뒤로 묶은 리본과 잘 어울렸다. 퍼트리샤가 빵을 굽자 천수국 문양의 부엌에 이스트의 온기가 가득했다. 그녀는 숨을 깊게 들이마셨다. 이런 일을 해내다니 어른이 된 기분이었다.

퍼트리샤가 샐러드를 낼 때 케빈은 디디와 레이철린에게 개 산책의 심리에 대해 이야기하고 있었다. (케빈은 퍼트리샤와 자고 나서 몰래 나가려다가 소파에서 선잠에 든 그녀의 룸메이트들과 종종 마주치곤 했다. 그때부터 그들은 면전에 대고 말하진 않았지만 그를 '비숙박 손님'이라고 불렀다.)

디디는 자신이 속해 있는 스카 밴드의 최근 공연에 대해 말했다. 늘 그렇듯 머리를 파랗게 물들인 강단 있는 가수가 무대에 올라 캐슬린 해나*를 연상시키는 섹슈얼리티를 마구 발산하며 노래했는데, 아무도 그녀가 무성애자임을 알아채지 못했다고 했다.

퍼트리샤가 빵을 가져올 때 테일러가 주위를 쓱 둘러보더니 멋진 아파트라고 말했다. 퍼트리샤가 곧 포틀랜드로 갈지도 몰라 아쉬울 뿐이라고 했다.

"뭐라고?" 퍼트리샤는 장갑을 바닥에 떨어뜨리고 말았다. 그녀는 열린 오븐 옆에 서 있어서 한쪽은 한기로 냉랭했고 다른 쪽은 열기로 후끈거렸다.

"오." 테일러는 몸을 뒤로 젖히고 손을 치켜들었다. "모르고 있었구나. 그들이 널 포틀랜드로 보내려고 논의 중이야."

"'그들'이란 게 누구예요?" 케빈이 눈을 깜빡였다.

"내 말은 잊어. 괜한 말을 했네." 테일러의 미소가 사라지고 휘둥그레진 눈과 꽉 다문 턱이 보였다. 너무도 테일러다운 행동이었다. 그들은 워낙 폐쇄적이어서 평소 무슨 생각을 하는지 알아차리기가 어렵다. 그러다가 갑자기 이런 폭탄을 던져놓고 사람들의 반응을 잰다.

* 페미니스트 펑크 밴드 '비키니 킬'의 보컬.

퍼트리샤는 맨손으로 빵을 집었다. 화상을 입든 말든 상관없었다. "헛소리야. 그들은 날 포틀랜드로 보낼 수 없어." 포틀랜드에서는 젊은 마법사들이 한집에 모여 살았다. 게다가 연로한 몇몇 마법사들의 감시하에 통금도 있었다.

"포틀랜드로 간다는 걸 언제 나한테 말할 생각이었지?" 케빈이 물었다.

"아니라니까." 퍼트리샤는 목이 막혀서 기침을 했다.

"네가 이사를 가고 말고를 누가 정하는 거야?" 디디가 소파에서 눈썹을 치켜뜨고 물었다. "도무지 이해가 안 돼."

"제발 내가 한 말은 잊어요." 테일러는 이제 당혹스러워 몸을 뒤틀었다. "음식이나 들자고요."

모두 자신의 접시와 서로를 물끄러미 바라볼 뿐 아무도 말을 하지 않았다. 결국 레이철린이 침묵을 깼다.

"당신이 설명하는 게 좋겠어요." 레이철린이 말했다. 남들보다 나이가 많았고 아파트에서 우두머리 세입자였다. "그들은 대체 누구예요? 어째서 퍼트리샤를 다른 곳으로 보낸다는 거예요?" 흐트러진 빨간색 머리에 차분한 둥근 얼굴을 한 레이철린은 몇 년째 대학원에 다니고 있었다. 평소 말수가 적은 그녀가 이렇게 나서자 모두가 주목했다.

퍼트리샤를 포함하여 모두가 테일러를 쳐다보았다. "말하면 안 되는데." 테일러는 말을 더듬거렸다. "그러니까 퍼트리샤와 나는 함께… 사회복지 일을 해요. 그리고 다들 그녀를 걱정하죠. 퍼트리샤가 며칠 동안 혼자 돌아다니곤 하거든요. 모든 걸 혼자서 처리하려 하고 다른 누구의 도움도 받지 않아요. 그녀는 다른 사람을 받아들일 필요가 있어요."

"난 사람들을 받아들여." 퍼트리샤의 얼굴에서 핏기가 사라졌다. 귀에서 소리가 들렸다. "지금 이 순간에도 사람들하고 교류하고 있잖아." 진작 깨달았어야 했는데.

"하긴 그러네." 디디가 말했다. "퍼트리샤, 넌 우리와 함께 살지만 집에 들어오지 않잖아. 너 자신의 이야기를 우리에게 한 번도 한 적이 없어. 거의 1년을 여기서 살았는데, 난 너에 대해 아는 게 없어."

퍼트리샤는 케빈의 눈을 마주 보려 했지만 올가미로 벌새를 잡으려는 것과 다를 바 없었다. 아직 빵을 들고 있는 손이 벌겋게 달아올랐다. "난 진심으로 노력하고 있어. **지금 이 순간** 노력하는 나를 봐. 파티를 열고 있잖아." 퍼트리샤의 목소리가 점차 올라가더니 급기야 자기 엄마처럼 소리를 지르기 시작했다. 분노로 눈이 먼 것이다. "꼭 이렇게 파티를 망쳐야겠어?" 그녀는 빵 조각을 테일러에게 던지기 시작했다. "빵 좋아해? 더 줄까? 빌어먹을 빵 여기 있어. 마음껏 먹어!"

그녀는 남은 빵을 다 던지고 그곳을 나와 울면서 마른 인도에 침을 뱉었다.

퍼트리샤는 처음 방문했을 때부터 데인저 서점이 마음에 쏙 들었다. 그곳의 나무 계단을 오를 때면 영혼을 옥죄던 끈이 풀리는 기분이었다. 그러나 이번에는 위태로운 난간과 올이 다 드러난 자주색 카펫이 깔린 맨 위층에 이르자 목을 쑤시는 통증이 심해지기만 했다.

어네스토는 평소와 다를 바 없이 안락의자에 앉아 전자레인지로 데운 간편식을 먹고 있었다. 그는 전자레인지를 사랑했다. 즉각적인 만족을 선호하는 그의 성향에 맞았고, 그의 곁에 음식을 두면 몇 분 안에 허옇게 곰팡이가 피기 시작했기 때문이다. 그는 실크 가운에 에메랄드 파자마를 입고 털 슬리퍼를 신었으며 윌리엄 블레이크의 시집을 한쪽 무릎 위에 올려놓았다.

"대체 언제…." 퍼트리샤는 어네스토가 맞아주기도 전에 말했다. "나를 포틀랜드에 보내기로 한 계획에 대해 말할 작정이었죠?" 그녀는 '사실이라기엔 너무 좋은 아이디어'라고 표시된 책장을 하마터면 쓰러뜨릴 뻔했다.

"앉아라." 어네스토는 조개 모양 팔걸이의자를 가리켰다. 퍼트리샤는 더 반항할까 하다가 마음을 고쳐먹고 앉았다. "널 보내고 싶지는 않지만 그런 논의를 하긴 했다. 너를 지켜보기가 갈수록 어려워지게 일을 키우는구나. 다들 너에 대해 걱정하는데 넌 그들을 받아들이려 하지 않으니."

"노력하고 있어요." 그녀는 의자에서 몸을 이리저리 움직였다. 최악의 날이었다. "노력한다고요. 다들 월권에 대해 나를 비판해요. 하지만 난 열심히 했어요. 조심하고 있어요."

"잘못 알아듣고 있구나." 어네스토가 자리에서 일어나 그녀 옆에 와 섰다. 부자연스러운 그의 온기가 그대로 느껴질 만큼 가까운 거리였다. "사람들은 월권에 대해 너에게 경고하는 거다. 그런데 넌 그들의 말을 반대로 받아들이고 있어."

어네스토가 어쩌다 지금처럼 되었는지는 아무도 몰랐다. 몇몇 소문이 있었다. 예컨대 그가 위력적인 주문을 걸었는데 오히려 자신이 걸려들었다는 이야기가 돌았다. 다른 소문에 의하면 코뿔소인가 하는 종이 멸종 위기에 처하자 살아 있는 모든 개체가 생명의 정수를 하나의 거대한 생명체에 쏟아부었고, 그것이 미래 세대의 가능성까지 삼키며 몸집을 부풀렸다고 한다. 거대한 괴수는 시골 지역을 짓밟고 다녔고, 건드리는 모든 것을 썩게 만들었다. 눈과 귀와 뭉툭한 발가락에서 피가 방울졌으며 시큼한 악취를 풍겼다. 이 괴수가 순진무구한 사람들이 사는 마을을 위협하자 결국 어네스토가 나서서 과도한 생명력을 거두어들였다고 한다. 어네스토는 나이가 많았다. 그가 마법을 배우던 시절은 엘티슬리 아카데미와 메이즈가 통합되기 전이었다.

"모든 사람이 시베리아 일을 내 잘못이라고 생각해요." 퍼트리샤가 말했다. "내가 지나치게 자부심을 가져서, 지나치게 무모하게 굴어서 벌어진 일이라고요." 그녀의 마음속에서 토비가 살아 있을 때 모습과 죽었을 때 모습이 지옥에서 보낸 비디오의 한 장면처럼 넘어갔다. "그들은 내가 지금도 지나치게 오만하다고 생각해요. 난 그저 도우려고 애쓸 뿐인데."

"더 열심히 들어라." 어네스토가 말했다. 평소에 그의 눈은 짙은 아이라이너를 칠해 활기가 넘치고 초점이 불분명해 보였다. 하지만 지금은 퍼트리샤의 영혼의 가장 불결한 구석을 들여다보는 듯했다.

어네스토는 안락의자로 돌아갔다. 퍼트리샤는 그가 한 말을 이해하려고 애썼다. 참으로 짜증 나는 시험이었다. 부당한 속임수인 동시에 치유의 훈련이기도 했으니 말이다. 그녀는 자신이 열심히 듣고 있다고 생각했다. 옆에 음식이 있다면 당장 집어던지고 싶었다.

"알았어요." 퍼트리샤는 오늘 밤에는 이쯤에서 그만하기로 했다. "더 열심히 들을게요. 나 자신에게 덜 몰입하고 더 겸손하게 처신하겠어요. 사람들을 받아들이겠어요. 오늘 밤 이후에도 나와 친구가 되려는 사람이 있다면 말이에요."

"난 30년 동안 이곳을 떠나려고 지긋지긋하게 애썼다." 어네스토가 워낙 작은 목소리로 말해서 퍼트리샤는 위험할 정도로 가까이 몸을 숙여야 했다. 그는 책들로 가득한 방을 눈으로 가리켰다. "마침내 이런 감금이 내가 치러야 하는 대가라는 것을 받아들였지. 이제는 이런 상황을 누구보다 즐기고 있어. 하지만 넌 마법사가 된다는 게 얼마나 고통스러운지 아직 경험하지도 않았어. 실수들. 온갖 후회들이 있지. 그런 힘을 견디려면 자신이 얼마나 작은 존재인지 기억하는 것 말고는 다른 방법이 없다."

그는 윌리엄 블레이크를 다시 집어 들었다. 퍼트리샤는 이로써 대화가 끝났는지 궁금했다.

"그럼 포틀랜드에 안 가도 되는 건가요?"

"더 열심히 들어라. 우리는 널 보내고 싶지 않다. 우리가 그런 결정을 하지 않도록 행동해."

"알았어요." 여전히 속에서 까칠하게 될 대로 되라는 감정이 올라왔다. 그러다가 어네스토가 옆방에서 칵테일을 만들어 주겠다고 하기 전에 나가야겠다는 생각이 들었다. 이런 상황에서 술에 취하고 싶지는 않았다.

데인저에서 나가자마자 휴대전화를 확인한 퍼트리샤는 문자와 음성메일이 잔뜩 와 있는 것을 보았다. 걱정하고 있는 케빈에게 연락해서 자신은 괜찮다고, 술을 마시고 싶다고 했다.

30분 뒤에 그녀는 16번가에 있는 바의 은밀한 안쪽 방에서 케빈의 구겨진 벨벳 프록코트에 몸을 기댄 채 코로나 맥주를 들이켰다. 벽에 갓 그려진 그라피티가 있고 DJ가 클래식 힙합을 트는 예술적 감성의 술집이었다. 케빈은 두툼한 오이 슬라이스를 올린 핌스를 마셨는데, 저녁 자리에서 있었던 소동에 대해 그녀에게 묻지 않았다. 바의 황금빛 조명을 받아 매끈한 얼굴 곡선 위로 구레나룻이 있는 그의 모습이 멋져 보였다.

"난 괜찮아." 퍼트리샤가 계속해서 말했다. "그런 꼴 보여서 미안해. 괜찮아. 다 해결했어."

병에 올려둔 라임 조각을 혀로 핥으며 맥주와 뒤섞인 과육의 맛을 음미하던 그녀는 다들 자신을 못된 외톨이라고 비난할 때 케빈이 자신을 쳐다보지도 않았던 것이 생각났다.

"우리 이야기 좀 하자, 응? 우리가 하고 있는 거 말이야." 그녀는 말을 꺼내면서 소리 지르지 않으면서도 자신의 목소리가 음악에 묻히지 않게 하려고 애썼다. "우리 관계에 꼬리표를 붙이지 않으려고 지나치게 조심해 왔던 것 같아. 그러다 보니 그 자체가 꼬리표가 되고 말았어."

"너한테 할 말 있어." 케빈이 말했다. 그의 눈이 평소보다 더 크고 슬퍼 보였다.

"내 감정에 대해 터놓고 말할 준비가 되었어. 나는…." 퍼트리샤는 적절한 말을 골랐다. "좋아, 우리 관계가. 너에게 마음이 간다고. 난 이제…."

"나, 만나는 사람 있어." 케빈이 불쑥 털어놓았다. "이름은 마라야. 같은 웹 만화가이고 꽤 유명해. 이스트 베이에 살아. 만난 지 2주밖에 안 되었지만 진지한 관계로 발전할 조짐이 보여. 들여다보지도 않았는데 내 캐디가 알려주더라고. 마라와 내가 서로 맞는 지점이 스물아홉 군데라고." 그는 핌스 잔을 바라보았다. "다른 사람 만나지 않기로 한 적 없잖아. 심지어 우리가 데이트를 하고 있다고 말한 적도 없고."

"으음." 퍼트리샤는 엄지손가락을 깨물었다. 오래전에 그만둔 습관이었다. "잘됐어. 정말 잘된 일이야."

"퍼트리샤." 케빈은 그녀의 양손을 잡고 말했다. "넌 완전히 미치광이지만 아주 사랑스러워. 널 알게 되어 얼마나 기뻤는지 몰라. 내가 바보였어. 그리고 너한테 말하려고 했어, 정말로. 우리 관계에 대해 다섯 번이나 말하려고 했어. 공원에서 우리가 롤러스케이트를 탔을 때도, 피자 가게에서도…."

케빈이 이런 순간들을 하나하나 이야기하자 모든 게 너무나 명확해졌다. 자신이 놓쳐버린 단서와 왜곡들, 친밀해질 기회를 날린 순간들. 지금까지 그녀는 그가 대인 관계에 지나치게 신중하다고 생각했다. 결국 멍청한 건 그녀 자신이었다.

"솔직하게 말해줘서 고마워." 퍼트리샤가 말했다. 그녀는 앉아서 남은 술을 마저 비웠다. 라임 껍질과 쓴 과육만 남았다.

퍼트리샤는 한밤중에 돌로레스 파크에 와 있었다. 한낮 못지않은 열기가 남아 있고 입안이 바싹 말랐다. 그냥 집으로 돌아가 디디와 레이철린을 볼 수는 없었다. 무슨 이유에서인지 퍼트리샤는 몇 달 동안 통화하지 못한 언니 로버타에게 전화를 걸었다(부모와는 두 차례 로버타에 관한 대화를 나눈 적이 있었다).

"안녕, 버트."

"안녕, 트리시. 어떻게 지내?"

"괜찮아." 퍼트리샤는 짧고 날카롭게 숨을 몰아쉬었다. 그녀는 놀이터에 있는 로켓선과 돌출된 창문이 있는 빅토리아식 저택을 쳐다보았다. "하나 물어보려고. 살면서 사람들이 떨어져 나간다는 생각, 혹시 해본 적 있어? 너무 자기중심적이어서 사람들이 하나둘 떠나고 있다는 그런 기분 말이야."

로버타는 크게 웃었다. "난 정반대 문제가 있어. 사람들이 너무 엉겨들어서 곤란하지. 하하, 트리시, 한마디만 할게. 우리는 결코 좋은 사이가 아니었고 네가 집을 나간 데 내 책임도 일부 있지만, 하나는 확실하게 말할 수 있어. 너는 정이 많은 사람이야. 마음이 징글징글하게 따뜻해. 넌 사람들에게, 나를 포함한, 아니 특히 나한테 괴롭힘을 당해서 방어기제가 발달되어 있지. 그럼에도 항상 타인을 너 자신보다 먼저 생각해. 그러니 넌 사람들을 떠나보내는 게 아니야. 넌 그들에게 잘해주는데 그들이 널 위해 아무것도 하지 않는 거지. 행여 어떤 멍청이가 딴소리를 하거든 그냥 무시해. 알았지?"

퍼트리샤는 눈물이 와락 솟았다. 공원에서 눈물을 흘리며 모든 것이 망가졌다가 상냥함으로 들어찼다는 생각을 했다. 그녀는 언니가 자신을 그렇게 생각할 줄은 미처 몰랐다.

"행여 누가 너보고 이기적이라고 말한다면." 로버타가 말했다. "그 녀석을 나한테 보내. 내가 모가지를 꺾어버릴 테니. 알았지?"

"그럴게." 퍼트리샤는 말을 더듬거렸다. 그들은 좀 더 이야기를 나누었다. 재앙으로 끝난 로버타의 뮤지컬에 대해, 그리고 얼마 전 로버타가 술, 담배, 약물을 모두 끊기로 결심한 것에 대해. 그러고 나자 퍼트리샤는 집에 돌아가 룸메이트를 볼 용기가 났다. 그들은 늘 그렇듯 소파에 누워 있었다. 퍼트리샤는 말없이 그들 틈에 슬쩍 끼어 함께 텔레비전을 봤다.

퍼트리샤는 숲에서 길을 잃는 꿈을 또다시 꾸었다. 이번에는 사슴 떼와 달리고 있었다. 야만인의 고함이 목구멍에, 나무 수액 냄새가 콧구멍에 올라왔다. 그녀는 팔꿈치와 배와 무릎을 써가며 달리다가 마침내 숨이 차서 비틀거리며 넘어졌다. 손으로 땅을 짚으며 헐떡거리고 소리 내어 웃었다. 고개를 들자 이번에도 거대한 새 모양을 한 나무가 있었다. 나뭇가지 사이로 염려하는 표정을 짓고 있었다. 퍼트리샤가 다가가서 끈끈한 나무껍질에 손바닥을 갖다 대자 안에서 힘이 차오르는 것이 느껴졌다. 어린 시절 좋아했던 그 기이한 나무를 만지면서 퍼트리샤는 단 한 번의 숨결로 세상 전체를 치유할 수 있을 것 같았다. 공기가 나무를 휘감았다. 우렁차게 쉭 하는 소리가 마치 숨을 고르며 그녀에게 말을 거는 듯했다. …그러고 나서 그녀는 깨어났다. 알람이 울리는데도 늦잠을 자고 말았다.

퍼트리샤는 레지널드의 개수대를 손보고 있었다. 사용 후 물을 자동적으로 차단해 주는 새 밸브가 말썽이었다. 그녀는 저도 모르게 케빈과 헤어진 이야기를 하고 있었다. "그게 최선일 수도 있어요. 잘되고 있지 않았거든요. 하지만 이건 더 큰 문제를 가리키는 징후예요. 난 누군가와 사귀어 본 적이 없어요. 계속 스스로를 고립시키지요. 아무래도 평생 혼자 지낼 운명인가 봐요."

그녀는 레지널드가 타고난 대로 사는 게 좋다는 뻔한 말로 위로할 줄 알았다. 그런데 그는 이렇게 말했다. "캐디를 사요."

"뭐라고요?" 퍼트리샤는 하마터면 개수대에 머리를 박을 뻔했다.

"캐디가 당신 삶을 바꿔줄 거예요. 농담 아니에요. 당신은 살면서 만난 사람들하고만 연결되어 있어요. 통상적인 소셜 네트워크 서비스는 하지 않죠. 이상해요. 당신은 사람을 꼭 봐야겠다 싶으면 실제로 아는 사람을 찾아가서 만나잖아요. 내 고정 수입으로 캐디를 사기는 빠듯했지만, 지금 와서 보면 최고로 잘한 결정이었어요."

"나는 캐디가 그저 미션을 드나드는 힙스터를 위한 것이라고 생각했어요." 퍼트리샤가 말했다. "그리고 왠지 소름 끼쳐요."

"진지하게 말하는데 전혀 그렇지 않아요. 소름 끼치지 않고, 사용하기도 아주 쉬워요. 당신을 감시하지 않고, 친구를 스토킹하라고 하지 않아요. 캐디가 내 사생활을 침해한다는 생각은 조금도 해본 적이 없어요. 다만 뭐랄까… 뜻밖의 즐거운 일들이 더 많이 일어나요. 캐디는 주제넘게 나서거나 경보를 남발하지 않아요. 그러면서 당신이 놓쳐서는 안 되는 일들을 항상 알려주죠. 당신이 신경을 많이 써줘서 고맙지만, 난 외로웠어요. 그래서 이 캐디를 구입했는데, 그러고 나니 예전의 삶을 되찾은 기분이에요."

소름 끼치는 물건이 전혀 아니라고 레지널드가 강조했음에도 그가 캐디를 적극 추천하는 데는 어딘지 소름 끼치는 구석이 있었다. 그는 광신적인 종교에 방금 가입한 신도처럼 말했다. 퍼트리샤는 자신이 캐디를 구입하는 일은 결코 없을 것이라고 마음속으로 다짐했다.

이틀 뒤에 퍼트리샤는 유니언 광장 근처의 캐디 상점에 있었다. 좁은 가게였고 곡선 모양 벽이 바위를 휘도는 개울처럼 뒤쪽 카운터로 이어졌다. 벽에서 빛이 나는 것 같았다. 퍼트리샤는 한쪽 벽면에 진열된 캐디를 집어 들었다. 화면에서 불길이 너울거리면서 작동이 시작되었다. 여러 색깔이 빙글빙글 돌더니 바퀴 모양이 되었다. 바퀴가 돌면서 중앙에 도교의 태극 문양 같은 소용돌이가 일었고, 손으로 건드리자 점점 커졌다. 소통, 지향, 자기표현, 자기성찰이라고 표시된 것이 보였다.

카드로 캐디 값을 치른 퍼트리샤는 완전히 멍청이가 된 기분이었다. 이러다가는 커다란 사각형 테 안경과 최근 언제 섹스를 했는지에 따라 색깔이 바뀌는 목걸이를 사게 될지도 몰랐다. 세상에.

그럼에도 캐디는 재미있는 장난감이었다. 그리고 이 무렵 그녀는 밀실공포증과 자기중심적 성향을 완화해 준다면 뭐든 하려고 했다. 자신을 좀 더 사회적으로 만들어 주리라는 기대로 '자기성찰' 코너를 제공하는 장치를 산다는 게 얄궂기는 했지만.

그날 밤 퍼트리샤는 침대에 앉아 새로 산 캐디를 갖고 놀았다. 기타 피크처럼 생긴 것만 빼면 표준적인 태블릿과 그렇게 다르지 않았다. 또 하나, 사용자의 경험에 맞추고자 정신 나간 질문들을 계속 던졌다. 예컨대 "당신은 후각을 잃겠습니까, 미각을 잃겠습니까?" "늦게까지 자지 않고 기분이 좋았던 적이 최근 언제 있었습니까?" 같은 질문이었다. 원하지 않으면 그냥 넘어갈 수도 있지만, 질문에 대답해야 작동이 훨씬 좋아지며 하루만 고생하면 된다고 다들 말했다.

과연 며칠이 지나자 캐디는 그녀를 행복한 사건과 소소한 발견으로 티 나지 않게 이끌어 주었다. 예를 들면, 달걀을 주제로 하는 헤이스 밸리의 자그마한 레스토랑으로. 모두 달걀 모양의 의자에 앉아 스카치 에그에서 중국식 달걀 타르트에 이르는 다양한 요리를 먹고, 달걀노른자가 들어가는 칵테일을 마셨다. 금방이라도 알레르기가 일어날 것 같은 곳이었지만, 따뜻하고 아늑했으며, 공기 중에 버터와 설탕 냄새가 희미하게 감돌아 할머니 부엌에 있는 다섯 살 아이로 돌아간 기분을 느꼈다.

캐디는 그녀가 출근에 늦지 않으려면 어떤 버스를 타야 할지 판단하는 데 도움을 주었고, 메리제인 구두끈이 망가졌을 때는 곧바로 수선할 수 있는 가게로 데려갔다. 며칠이 지나자 퍼트리샤는 자신이 아는 열 명 남짓한 사람들이 어느 순간 무슨 생각을 하는지 어렴풋이 알아차렸다. 그래서 그녀는 아주 미안해하는 테일러와 점심을 먹었고, 디디와 레이철린과는 아이스크림 회담을 가졌다.

그러던 중에 묘한 일이 벌어졌다. 퍼트리샤가 캐디에 익숙해져서 그냥 기기가 아니라 자신의 인격이 확장된 것으로 여기기 시작했을 때, 그러니까 손에 넣은 지 닷새째가 되었을 때, 로런스와 마주치기 시작한 것이다. 그것도 자주. 점심을 먹을 때, 저녁때, 차를 마실 때, 버스 안에서, 공원에서 그를 마주쳤다. 처음에는 샌프란시스코가 워낙 작은 동네이니 대수롭지 않은 일로 여겼다. 하지만 이틀이 지나자 이상한 기분이 들었다. 그녀는 로런스를 보면 인사를 하고 어색한 말을 몇 마디 건네고 자리를 떴다. 그러고 나서 2시간 뒤에 같은 일이 반복되었다. 그녀는 그가 스토킹을 하고 있다고 생각했지만 도무지 그럴 이유가 없었다. 셋째 날에 퍼트리샤는 평소의 틀에서 벗어나 보기로 했다. 아우터 선셋에 비건 음식을 사러 갔는데, 거기서도 뮤제 메카니크*를 보러 온 로런스를 만나게 되었다.

"안녕, 또 만났네." 그는 뭔가 다른 말을 하려고 하다가 그러지 않기로 했다.

그녀는 이미 "안녕"이라고 하고는 다시 돌아서서 테일러와 이야기를 나누려고 했다.

솔직히 로런스를 피하려고 한 것은 아니었다. 하지만 그녀의 자부심이 고개를 들지 않도록 최선을 다하겠다고 가와시마에게 약속한

* 오락 기기들을 모아놓은 박물관.

사람과 굳이 어울리고 싶은 마음도 없었다. 월권에 대해 한마디씩 하는 사람들은 이미 차고 넘친다. 그러니 그녀를 제지하겠다고 **맹세한** 친구는 필요하지 않았다. 물론 이것은 가와시마의 계획이었다. 그가 퍼트리샤에게 로런스와 어울리지 말라고 말한다면, 그녀는 콧방귀를 뀌며 여하튼 계속 만났을 것이기 때문이다. 대신 가와시마는 퍼트리샤에게 로런스와 마음껏 어울려도 좋다고 했다. 그러면서 그녀의 힘을 줄이는 데 힘을 보태겠다는 다짐을 받아냈다. 결국 그녀가 다시는 그를 보고 싶지 않도록 만든 것이다. 그녀는 이런 계략을 꿰뚫어 보았지만, 그런 계략이 완벽하게 작동하는 것을 막지는 못했다.

그녀는 일하다가 휴식 시간에 잠깐 캐디를 집어 들고는 "로런스의 근황은?" 하고 적었다. 그러자 캐디는 그가 MIT에서 물리학 관련 상을 수상한 것을 포함하여 로런스와 관련한 몇몇 사실들을 알려주었다. 그녀는 캐디가 자신의 질문을 완벽하게 이해하면서도 일부러 모르는 체한다는 느낌을 지울 수 없었다.

고민 끝에 캐디를 집에 두기로 했다. 하지만 하루 만에 퍼트리샤의 삶은 또다시 지루해졌다. 버스를 놓쳤고, 친구들과 연결되지 않았으며, 일에 치여 끼니를 챙길 짬이 없었다. 밤에 집으로 가는데 비가 내리기 시작했고, 그녀는 우산을 챙기지 못했다. 우산 파는 곳이 보이지 않았는데 버스를 타려면 열 블록을 가야 했다. 그리고 도착하자 버스는 방금 출발한 참이었다. 그녀는 비가 떨어지는 처마 아래에서 30분을 더 기다렸다. 흠뻑 젖은 몸으로 마침내 버스에 올랐을 때, 남은 자리는 로런스 옆자리뿐이었다.

"이런 젠장." 로런스가 말했다. "너 완전히 다 젖었네. 엉망이야." 그러면서 자신의 멋진 후드 티셔츠를 벗어서는 몸을 닦으라며 주었다. 그녀는 괜찮다고, 그러지 않아도 된다고 말하려 했지만 그가 계속 내밀었다.

"고마워." 퍼트리샤는 후드 티셔츠를 받아 조심스럽게 몸을 닦았다. "그나마 이제 열기가 꺾이겠어."

"이 버스는 너희 동네로 가지 않잖아. 그러니까 내 말은 갈아타야 한다고." 로런스의 말에 퍼트리샤는 그렇다고 했다. "집으로 바로 갈 게 아니라면 여기 오른쪽에 괜찮은 바가 있어. 진짜 벽난로가 있고 뜨거운 토디*도 팔아. 일단 몸부터 덥히자."

'사냥꾼의 오두막'을 주제로 꾸며놓은 바였다. 얇게 자른 나무판을 벽에 씌웠고, 한쪽 벽에 튀어나온 가짜 동물의 머리가 퍼트리샤를 불편하게 했다. 그들은 운 좋게 벽난로 앞에 자리를 잡고 앉았다. 메스키트 냄새와 나무 훈연향이 비에 지친 이들을 위로했다. 오디오에서는 스틸리 댄의 노래를 어쿠스틱으로 커버한 앨범이 나왔다. 블루지한 메조소프라노의 목소리를 듣고 퍼트리샤는 가수가 스틸리 댄일 거라고 짐작했다.

로런스는 핫초콜릿과 위스키를 한 잔씩 가져왔다. 퍼트리샤가 알아서 섞거나 따로 마시도록 한 것이다. 그녀는 핫초콜릿을 거의 다 비우고는 위스키를 한 모금 입안에 털어 넣어 텁텁한 단맛을 씻어 냈다.

* 감기 기운이 있을 때 위스키 같은 독주에 설탕과 향신료를 넣어 따뜻하게 마시는 술.

위스키 맛이 강렬했다. 정말로 좋은 치즈의 강렬한 맛과 비슷했다. 긴장이 풀리면서 편안해지기 시작했다.

“캐디를 집에 두고 온 벌을 받고 있나 봐.” 퍼트리샤가 실토했다.

로런스는 사람들이 캐디를 질투하는 신이라도 되는 듯 말하는 것을 전에도 들은 적이 있었다. 그는 사람들이 눈물방울처럼 생긴 컴퓨터에 대해 갖고 있는 묘한 미신에 대해 퍼트리샤에게 말해주었다. 미신보다 좋은 표현이 생각나지 않았다. 어떤 사람은 캐디가 자신의 결혼을 구해주었다고 믿었고, 캐디 때문에 결혼생활을 망쳤다는 사람도 있었다. 캐디가 더 단순한 삶을 보여주었다며 살던 집을 팔고 자동차를 처분하는 사람들이 생겨났다. 심지어는 소수이지만 캐디에게서 신을, 현세의 진짜 신을 발견한 사람도 있었다. 사람들은 아이폰이나 블랙베리에 했던 것과는 다르게 캐디에 집착했다.

“소름 끼치는 물건은 아니었어.” 퍼트리샤가 말했다. 그녀는 캐디를 그냥 버릴까도 생각했다.

“어떻게 보면 더 편한 삶을 만들겠다는 기술의 약속이 마침내 실현된 거지.” 로런스가 말했다. “어떤 삶을 원하느냐에 따라 더 단순한 삶 내지는 더 흥분되는 삶이라고도 할 수 있겠군. 한편으론 사람들이 삶의 중대한 부분들을 이런 기기에 떠넘기고 있기도 해.”

“네가 캐디를 가진 건 못 봤는데.” 퍼트리샤는 위스키 잔이 비어서 자신과 로런스를 위해 한 잔을 더 샀다.

“집에 세 대가 있어. 하나는 잠금장치를 해제했더니 전처럼 작동하지 않아. 운영체제에 분해하면 안 되는 뭔가가 있는 모양이야. 와일

드베리 리눅스를 거기에 설치할 수 있는데, 그럼 다른 태블릿과 똑같아져. 새로울 게 전혀 없는."

그들은 한참 동안 말이 없었다. 모닥불이 탁탁 소리를 내고 스틸리 댄의 커버 앨범이 이제 마지막 트랙으로 넘어갔다. 예상대로 최고 히트곡 〈리키, 그 번호를 잃어버리지 말아요〉가 흘렀다. 퍼트리샤는 캐디가 자꾸만 둘을 붙여놓으려고 함에도 자신이 어째서 로런스를 피하려 했는지 무슨 말이라도 해야겠다고 생각했다. 하지만 뭐라고 말해야 좋을지 몰랐다.

"그 약속 말이야." 로런스가 갑자기 말을 꺼냈다. "너의 친구가 나에게 동의하라고 했던 거. 내가 입을 떼면 영원히 말을 못 하게 된다는 첫 번째 약속 말고 다른 거."

"그래." 퍼트리샤는 긴장했다. 벽난로와 위스키의 온기에도 속에서 한기를 느꼈다.

"허점으로 가득해. 약속을 어긴다고 불이익이 있는 것도 아니고. 솔직히 그러겠다고 하지 말걸 그랬어. 그렇게 취하지만 않았어도 약속하지 않았을 거야. 다른 사람의 자부심을 감시하는 건 내 체질이 아니야. 미친 세상이 아니라면 말이지. 게다가 어쨌든 무의미한 약속이야."

"어째서 그렇지?"

"계속 생각해 봤는데 표현이 너무 애매해서 실질적으로 약속이라 보기 어려워. 내가 할 일은 네가 스스로를 턱없이 높게 평가하지 않도록 하는 거야. 하지만 만약에 널 내가 아는 가장 쿨한 사람이라고 생각한다고 해보자. 그런 네가 쿨함을 저버리고 스스로를 높이 산다? 내가 그렇게 생각할 가능성은 거의 없어. 결국 그건 내가 어떻게 판단하느냐에 달린 일이고, 네가 스스로를 어떻게 보느냐를 내가 평가하는 문제야. 죄다 주관적인 기준이지. 게다가 나는 최선을 다하겠다고만 대답했어. 그것도 주관적인 판단이야. 그 약속을 깨는 걸 내 평생의 과업으로 삼는다 한들 내가 할 수 있으려나 모르겠어."

"으음." 이제 퍼트리샤는 바보가 된 기분이었다. 로런스가 그녀의 자존심을 짓밟는 데 마침내 성공한 것이다. 가와시마가 일부러 얄팍한 함정을 만들었다는 것을 진작 알아봤어야 했다. 덫이 튼튼하다고 믿도록 속인 것이다. 그래서 기분이 좋기도 했다. 아울러 로런스가 그녀를 가리켜 자신이 아는 가장 쿨한 사람이라고 생각한다고 암시를 준 것도 마음에 와닿았다. 비록 수사적 가정이었지만 말이다.

"그 사람들에 대해서라면 나보다 네가 훨씬 잘 알겠지." 로런스가 말했다. "하지만 이렇게 월권 운운하는 게 어쩌면 너를 통제하는 방법일 수도 있겠다는 생각이 들었어. 그들은 네가 너의 힘을 사용하는 걸 원치 않아. 그들이 너에게 지시하는 대로만 힘을 사용하기를 바라고 있어."

마침내 비가 그쳤다. 퍼트리샤는 신발만 제외하고 몸이 다 말랐다. 그들은 네 블록을 함께 갈 수도 있었지만 각자 버스 정류장으로 향했고, 껴안으며 작별 인사를 했다. 퍼트리샤는 집으로 돌아와 이를 닦으며 캐디를 물끄러미 보았다. 그녀가 놓친 온갖 정보들을 알려주고 있었다. 침대에 눕기 전에 그녀는 캐디를 숄더백에 던져 넣었다.

21

가끔 로런스는 몽상에 빠져 지구와 비슷하게 생긴 다른 행성을 걷는 상상을 했다. 이상한 중력. 산소와 탄소와 질소가 다른 비율로 섞인 공기. 우리가 가진 '식물'이나 '동물'의 정의에 들어맞지 않는 유형의 생명. 하나 이상의 달. 어쩌면 하나 이상의 태양. 이런 새로움만으로 가슴이 터질 듯했다. 어떤 인간도 밟아보지 못한 흙에 맨발을 디디는 감각. 우리가 한계라고 생각했던 모든 게 그저 편견이었음을 보여주는 광활한 하늘. 그러다가 그는 그의 팀이 처한 현실로 돌아왔다. 1년 전에 비해 목표 달성에 진전이 없는 지지부진한 상황 말이다.

그는 밀튼에게서 온 이메일을 보고 몽상에서 깨어났다. 밀튼은 실질적인 진전이 있다는 보고서를 원했다. 이런 이메일에는"인류는 벼랑을 넓히며 한 발씩 나아가네" 같은 구절이 어김없이 포함되어 있었다. 가끔은 로런스도 동기를 부여하려고 애썼지만, 일단 출근하고 나면 정신없이 일에 빠져들었다.

그는 자신의 일에 대해 세라피나에게 말할 때 세세한 사항을 그냥 얼버무렸다. 그래서 세라피나는 그의 팀이 이론적인 반중력 물질을 연구하고 있으며, 실질적인 응용에 이르려면 아직 한참 멀었다고 생각했다. 그러나 로런스는 완성된 제품을 세라피나에게 자랑하고 싶었다. 양팔을 벌리고 무한 경로가 자신의 뒤로 활짝 열렸다고 소개할 날을 기다렸다. 그때가 그의 인생 최고의 순간이 될 터였다.

그래서 프리야가 지구 최초의 무중력 인간이 되고 싶다고 했을 때 로런스는 망설이지 않았다.

***

프리야는 말할 때 요란하게 손짓을 했다. 마치 상대방의 뇌에 어떤 모양을 새기는 듯했다. 손가락이 길고 움푹 들어간 자국이 여기저기 보였다. 커다란 가짜 사파이어가 박힌 굵은 반지를 끼고 파스텔 색깔의 아크릴 손톱을 붙이고 다녔다.

수가타는 해커들이 모이는 해컬렉티브에서 몇 주째 프리야를 눈여겨본 터였다. 고글을 쓰고 납땜하는 그녀를 보았는데, 고글 때문에 오히려 요정처럼 예뻐 보였다. 프리야는 작은 물건을 적절한 암호키 없이는 결코 찾을 수 없는 곳에 숨기는 능력이 있는, 무선으로 작동하는 일종의 땅굴 로봇을 만들었다 로런스는 대충 이런 입장이었다. “그녀를 여기로 슬쩍 데려와서 반중력과 반물질 비슷한 것을 보여주면 평생 네 여자가 될걸?”

애냐와 타냐는 프리야를 자신들의 일터에 들이는 것에 격하게 반대했다. 그녀가 해컬렉티브의 사람들에게 모두 말할 것이며, 그랬다가는 큰 소동이 일어나리라는 것이 이유였다. 해커 커뮤니티 사람들은 남의 일에 초연했지만, 본인만의 2초 타임머신을 만드는 것을 여전히 멋지다고 여기는 사람들도 있었다.

“우리는 여기서 진지한 연구를 하고 있어.” 타냐가 말했다. “애들 장난이 아니야. 여섯 손가락 스티브 정도만이 예외랄까.” 그녀는 탭댄스를 추는 작은 로봇을 가리켰다. 로봇은 자신의 이름을 듣더니 손가락을 쫙 펴고 흔드는 동작을 취했다. 늘 그렇듯 요란하게.

“여긴 클럽하우스로 위장했을 뿐, 기밀 연구 시설이야.” 애냐도 거들고 나섰다. 그녀는 승마바지와 승마화를 신었고, 데비 해리가 그려진 불룩한 티셔츠를 입고 벨트를 데비의 목에 맸다. 얼마 전 머리를 옅은 분홍색으로 염색했다.

로런스와 수가타 둘 다 다락방을 둘러보았다. 노출된 천장 들보, 록 밴드 가십Gossip과 제임스 본드 영화 포스터, 빈백 의자, 코르덴 소파, 보안 장치로 설치한 디스코 볼까지. 실로 대단히 영리하게 ‘클럽하우스’로 꾸며놓았다.

얼마 뒤에 프리야는 길고 반짝이는 손가락 하나로 여섯 손가락 스티브를 눌러보며 그가 춤추는 모습을 보았다. “반응시간이 인상적이네요.” 펀자브 지역 억양이 살짝 들어간 말투였다. “나라면 그에게 자이로스코프를 주고 균형을 알아보겠어요."

2시간가량 함께 어울리고 이것저것 만지작거리고 나자 프리야는 무리의 일원처럼 여겨졌다. 그녀는 그들의 은신처에 대해 아무한테도 말하지 않겠다고 불온한 모든 것을 걸고 맹세했다. 로런스는 프리야에게 반중력에 대해 설명해 줬다. "목표는 중력을 반대로 돌리는 거야. 너의 몸 안에 있는 모든 전자의 스핀을 바꿔서 너의 질량을 사실상 다른 어딘가로 보내는 거지."

"다른 차원 같은 거군요." 프리야가 말했다. "다른 우주에서는 중력이 더 강력한 힘이라는 이론에 따른 것이죠."

"맞아." 타냐가 말했다. "그러니까 넌 여전히 여기 있지만 너의 질량은 다른 곳에 있는 거지."

"하지만 이 모든 건 목표에 이르기 위한 수단에 불과해." 수가타가 거들었다. "중력 문제를 풀 수만 있다면 우리는 안정적인 웜…." 애냐에게 다리를 걷어차이고는 그가 헛기침을 했다. "…파이. 웜 파이를 만들 수도 있어."

"으음." 프리야가 말했다. "웜 파이라. 그거 내가 좋아하는 건데."

"별미지." 로런스가 말했다. "어딘가에 있어. 그게 어딘지는 모르지만 그곳에 가서 대회에 참가할 거야. 조리법을 완벽하게 터득한다면 말이야."

두 주가 흘렀다. 이제 프리야가 옆에 있는 것에 다들 익숙했다. 그러는 동안 연구팀은 마침내 기계로 진정한 성공을 거두었다. 골프공을 시작으로 야구공, 삶은 계란, 이어 벤이라는 이름의 햄스터까지 실험에 성공한 것이다. 버튼을 누르자 그것들은 무정한 속박을 벗어던졌고, 다른 버튼을 누르자 원래의 무게로 돌아왔다.

이론적으로는 사람도 거대한 붉은색 노즐이 겨누어진 하얀 원반에 쪼그리고 앉아 반중력 광선의 효과에 몸을 맡길 수 있다.

"하지만 인간을 대상으로 실험을 행하기 전에 많은 테스트를 더 해보고 싶어." 애냐가 말했다.

그러자 프리야가 말했다. "내가 할까? 지구 최초의 무중력 인간이 되고 싶어. 그래서 내 이름을 모든 기록물에 영원히 새기는 거야. 이름 철자야 좀 틀리면 어때." 애냐가 항변하려고 하자 프리야가 다시 말했다. "고전적인 뉴턴식 중력은 이제 촌스럽잖아."

다들 피식거렸다. 프리야는 적절한 말을 하는 재주가 남달랐다.

모두 로런스를 보았고 그가 천천히 고개를 끄덕였다. "그래, 우리가 해보는 거야."

1시간 뒤에 로런스는 퍼트리샤에게 정신없이 전화를 걸고 있었다. 그녀가 휴대전화를 집에 두고 가지 않았기를, 마녀의 축제에 참가하느라 꺼놓지 않았기를 빌었다. 그녀가 전화를 받자 그는 곧바로 용건을 말했다. "안녕? 너의 도움이 절실히 필요해. 우리가 갖고 놀아서는 안 되는 힘을 건드렸어. 수가타의 여자친구를 다른 존재의 평면으로 밀어 넣었나 봐. 그녀가 어디 있는지 찾을 수가 없어. 그녀가 여전히 존재하는지조차 모르겠어. 가능한 과학적 수단을 모두 동원했는데 말이야. 그건 걱정 마. 너의 비밀에 대해서는 사람들에게 말하지 않을 테니까. 그냥 도와만 줘."

"잠깐만. 수가타에게 여자친구가 있었어?" 퍼트리샤가 말했다.

"우리는 추가 질량을 고려하지 않았어. 그에 따라 다른 우주에서 인력이 커지는 것을 놓친 거지." 로런스는 그것이 그녀의 질문에 대한 대답인 것처럼 말했다.

"곧 갈게. 지금 길을 건너는 중이야."

퍼트리샤가 콘크리트 건물에 도착했고 로런스가 그녀를 안으로 들였다. 그녀는 그의 친구들이 자신의 능력에 대해 알아서는 안 된다는 사실을 다시 한번 확인시켰다. 무슨 일이 있더라도.

"당연하지. 물론이야. 이래 봬도 난 신중한 사람이야. 걱정 마. 그냥 도와줘. 평생 너한테 빚질게." 그는 그녀의 뒤를 따라 계단을 올랐다. 맨 위층에 이르렀을 때 퍼트리샤가 돌아서서 그를 빤히 쳐다보았다.

"절대로 다시는 나한테 그렇게 말하지 마." 흥분해 있었다.

"뭘 말이야?"

"빚진다는 말. 그게 나한테 갖는 의미는 대부분의 사람들과는 달라."

"오, 그래, 알았어. 그럼 정말정말 고맙게 생각할게. 됐지?"

수가타, 애냐, 타냐는 거대한 광선총 아래에서 하얗게 빛나고 있는 원반을 바라보느라 퍼트리샤가 그들 옆에 설 때까지 온 줄도 모르고 있었다.

"퍼트리샤가 왜 여기 있지?" 수가타가 물었다.

"도움을 줄 거야." 로런스가 말했다. "설명할 순 없어. 아무튼 그녀가 도와줄 거야."

"그녀의 전문 분야가 뭐라고 했지?" 애냐가 유니콘 셔츠 위로 팔짱을 끼고 말했다.

"차원 초월하기." 퍼트리샤의 대답이었다.

"〈닥터 후〉에 나오는 말이잖아. 지금 농담할 상황 아니야. 심각하다고." 애냐가 말했다.

"좋아." 퍼트리샤가 말했다. "다들 친구가 돌아오기를 원하지?" 그 말에 모두가 천천히 고개를 끄덕였다. "그럼 물러나 있어. 일해야 하니까."

모두가 퍼트리샤 옆에 모여들어 그녀가 무엇을 하는지 보려고 했다. 로런스는 그녀가 자신의 능력을 숨기는 데 많은 에너지를 허비한 나머지 우주의 구멍으로 손을 뻗어 프리야를 데려오지 못할까 봐 걱정이 되었다. 퍼트리샤는 끈 없는 빨간색 드레스를 입고 있어서 가냘픈 어깨 전체와 가슴 사이의 오목한 골이 살짝 드러났다. 그녀가 로런스에게 등을 돌리고 서서 하얀 원반 위의 공간을 살펴보았을 때 움푹 들어간 오금과 종아리와 발목의 완벽한 곡선이 자연스럽게 눈에 들어왔다.

로런스는 프리야에게 무슨 일이 벌어졌는지 여전히 이해하지 못했다. 실질적인 자료가 없었다. 벤이 그랬고 다른 물건들이 그랬듯 프리야의 몸도 공중에 떴다. 그녀의 발이 들리면서 샌들이 벗겨졌고, 밝게 칠한 발톱이 꿈틀거렸다. 그녀는 웃으며 손뼉을 쳤다. "뉴턴은 이제 끝났어!" 다들 하이파이브를 하고 추잡한 농담을 주고받았다.

…그러다가 펑 하고 사라졌다. 풍선 터지는 소리를 내며. 마치 무언가가 그녀를 보이지 않는 구멍 속으로 빨아들인 듯했다. 남은 것은 그녀의 샌들이 전부였고 하나가 뒤집혀 있었다. 로런스는 그것을 모아 빈백 의자 옆에 가지런히 두면 그녀가 금방이라도 돌아올 것 같았다.

퍼트리샤가 돌아서서 로런스에게 자리를 좀 비워줬으면 좋겠다고 몸짓으로 알렸다. 그러자 로런스는 수가타의 팔을 잡고 출구 쪽으로 끌고 갔고 애냐와 타냐에게 따라오라고 했다. "그녀에게 몇 가지 물건을 가져다주자." 로런스가 말했다. "끓인 물과 드라이아이스, 그냥 얼음, 분해한 캐디 여섯 대 등이 필요해. 자 서둘러." 그는 사람들을 밖으로 떠밀었다.

"이 방법이 통하지 않으면…." 수가타가 말했다.

"프리야가 위험에 처해 있는데 그냥 시간을 허비하는 거라면…." 애냐가 말했다.

"널 가만두지 않겠어." 타냐가 말했다.

로런스는 방금 닫고 나온 강철 대문을 돌아보며 숨을 크게 들이쉬었다. 그 역시 생판 모르는 다른 우주로 금세 빨려 들어갈 것 같았다.

"서둘러 이 물건들을 모아야 해." 그는 목록에 몇 가지 물품을 더 추가했다. 상점에서 구입해야 하는 것도 있고, 몇 블록 떨어진 해커들 사무실로 찾아가서 빌려야 하는 것도 있었다.

"젠장, 젠장." 수가타는 자그마한 소리로 계속 자책했다. "이제 다 틀렸어. 정말 미안해, 프리야." 애냐가 수가타의 어깨에 손을 올려 위로했다.

로런스는 자신이 가져오라고 시킨 물건들이 꼭 필요하고 시급한 척 연기하느라 온 힘을 쏟았다. 그러고 나서 휴대전화를 보았는데 퍼트리샤에게서 문자가 와 있었다. "올라와. 혼자만." 그는 다른 사람들에게 빨리 가라고 손짓하고는 돌아서서 계단을 뛰어 올라갔다.

다락방은 평소보다 어두워 보였다. 마치 뭔가가 모든 조명을 집어삼키고 있는 듯했다. 영화 포스터는 귀신 들린 집에 나붙은 유령 그림처럼 보였다. 로런스는 빈백 의자를 헛디디는 바람에 하마터면 고개를 처박을 뻔했다. 그가 매일 작업하던 기계들 옆으로 기어가는데, 날카로운 모서리와 금속 돌출부, 탁탁거리는 LED 조명이 갑자기 으스스해 보였다. 고약하면서 좋은 냄새가 났다. 라벤더 타는 냄새와 비슷했다.

퍼트리샤는 길고 좁은 공간 맨 끝에 있었다. 앞서 프리야가 사라졌던 하얀 원반과 같은 빛으로 어른거렸다. 전체 공간에서 유일하게 밝은 곳이었다.

"어떻게 되고 있어?" 로런스의 목소리가 마치 지하실에 와 있는 것처럼 울렸다.

"잘되고 있어." 퍼트리샤는 정상적인 목소리로 말했다. "프리야는 아직은 무사해. 그녀가 지금 있는 곳에서 나오려면 보드카가 많이 필요해. 시끄러운 음악도 있어야 하고. 그녀는 술을 마시지?"

"술 마셔." 로런스가 말했다. 프리야의 음주 여부가 논점이라는 것을 알고는 마음이 한결 든든했다. 하지만 그는 나쁜 소식도 기다렸다. 퍼트리샤가 뭔가 결정하려는 표정으로 그를 빤히 쳐다보았다. 그녀는 키가 로런스보다 수 센티미터 작았지만 이 순간에는 더 커 보였다. 움푹 들어간 그녀의 눈이 좁아졌다.

"그럼." 로런스는 잠깐 멈추었다가 말했다. "나는 뭘 하지?"

"네가 날 여기로 데려왔을 때 내가 절대로 하지 말라고 했던 말 기억해?"

로런스는 심연의 가장자리에 서 있는 기분을 느꼈다. 부주의함으로 인한 공포였다. 그는 어깨를 으쓱했고 그러자 공포가 사라졌다. "물론이지. 기억해."

"네가 나한테 뭔가를 걸어야 해." 퍼트리샤가 말했다. "그래야 그녀를 데려올 수 있어. 안타깝지만 다른 방법을 다 써봤는데 하나도 성공하지 못했어. 결국 어찌 보면 가장 강력한 마법은 거래야. 나중에 자세히 설명해 줄게."

"알았어." 로런스가 말했다. "뭐든 말만 해."

"네 친구를 여기로 데려오면…." 퍼트리샤는 입술을 깨물었다. 다른 대안이 없는지 마지막으로 한 번 더 생각하는 듯했다. "네 친구를 여기로 데려오면, 네가 가진 가장 작은 것을 나한테 줘."

"그게 다야?" 로런스는 안도감을 느끼며 웃었다. "그러지 뭐." 그는 양손으로 그녀의 손을 잡고 악수를 했다.

로런스는 계속 웃음이 났다. 잔뜩 긴장했는데 결국 아무것도 아니었기 때문이다. 그가 가진 아주 작은 물건은 너무도 많았다. 가장 작은 것이라면 지나치게 비싸게 주고 산 우스꽝스러운 장비일 것이다. 하도 웃어서 목소리가 꺽꺽댔고 눈가가 촉촉해졌다. 그가 눈가를 닦고 보았을 때, 더 이상 퍼트리샤와 그만 있는 것이 아니었다.

프리야가 흰색 연단에 우두커니 서서 입을 떡 벌리고 두 사람의 얼굴을 내려다봤다. 우아한 손을 들어 자신의 얼굴에 대고 마치 아직도 손이 있어서 놀랍다는 표정을 했다. 단어를 발음하려고 애썼지만 물고기처럼 입을 오물거리기만 했다. 휘청거리면서 연단에서 넘어지려고 해서 로런스가 그녀를 자리에 앉혔다.

"눈으로 봐서는 안 되는 걸 보았어." 퍼트리샤가 말했다. "앞서 말했듯 보드카가 필요해. 많이. 시끄러운 음악도. 벤더스에 가는 게 좋겠어. 나도 가서 한두 잔 마실까 봐."

빈백에 앉은 프리야가 손으로 자신의 몸을 감싸며 목구멍으로 나지막한 소리를 냈다. 로런스는 다른 사람들에게 올라오라고 문자를 보낸 뒤 퍼트리샤를 향해 돌아섰다.

"세상에, 고마워." 로런스가 말했다. "고맙다는 말은 해도 되는 건가? 이것도 나쁜 일이야?"

"고맙다는 말은 괜찮아." 퍼트리샤가 웃었다.

그는 달려가 그녀를 꼭 끌어안았다. 그녀의 어깨가 가슴에, 그녀의 얼굴이 목에 닿는 것을 느꼈다. 그녀가 숨이 막혀 살짝 저항하는 소리를 내자 로런스는 팔의 힘을 살짝 풀었지만 계속 안고 있었다.

"고마워, 고마워, 고마워." 로런스의 눈이 촉촉이 젖었다. 상큼하고 부드럽고 따뜻한 감각이 온몸에 퍼졌다. 그는 부모님이 자신에게 야외 활동을 시키기로 한 날을 감사히 여겼다.

다른 사람들이 왔다. 수가타는 눈물을 뚝뚝 흘리며 프리야의 정신이 돌아오게 하려고 애썼다. "영영 못 보는 줄 알았어. 너 없이는 살 수 없어. 다시는 떠나보내지 않을 거야."

"가시광선 영역 밖에도 색깔이 있었어." 프리야가 겨우 말을 했다. "아직도 볼 수 있어. 지금도 내 눈에 계속 보여."

"보드카와 시끄러운 음악이 있어야겠다." 로런스의 품에서 풀려난 퍼트리샤가 소리쳤다. "지금 당장. 그녀가 회복하려면 꼭 필요한 과정이야."

그래서 그들은 서둘러 프리야를 데리고 벤더스 바 앤드 그릴로 갔다. 응급실로 보내야 한다는 의견도 있었지만 퍼트리샤가 일축했다. 모두의 체면을 살려준 사람과 언쟁하려 하는 사람은 없었다.

"대체 어떻게 한 거야?" 애냐가 물었다. "뭐야?"

"소닉 스크루드라이버를 사용했어."

"말도 안 돼. 뭘 한 거야?"

"중성자 흐름의 극성을 바꾸었어."

"〈닥터 후〉 장난은 그만해. 진실을 말하라고!"

"위블리워블리한 뭐 그런 거." 퍼트리샤는 이제 애냐를 본격적으로 놀렸다.

음주는 임사체험 후에 진짜로 약효가 있었다. 로런스는 양손으로 술잔을 들어 입과 목에 위스키가 스며들게 하자 술과 정신적으로 연결되는 것을 느꼈다.

프리야도 보드카 두 잔을 입에 털어 넣고 오디오를 쩌렁쩌렁 울리는 〈여기 와서 소음을 느껴봐〉를 듣더니 거의 정상으로 돌아온 것처럼 보였다. 그녀는 의자에서 몸을 흔들며 헤비메탈에 관한 농담을 하기 시작했다. 로런스는 프리야가 '권장량'에 이르도록 술을 계속 주문했다. 우리의 우주 밖에 있으면서 무엇을 경험했든 프리야는 마음속에서 모두 씻어 내는 것 같았다. 아마 운이 좋다면 숙취와 함께 깨어났을 때 저녁에 있었던 일은 기묘하고 흐릿한 기억 정도로 남을 것이다. 누군가의 단기기억을 교란시키는 전략으로 나쁘지 않아 보였다.

모두가 퍼트리샤와 건배했고, 그녀에게 술을 샀으며, 그녀의 시시껄렁한 농담에 웃었다. 그녀가 곤경에서 자신들을 구해낸 영웅임을 다들 너무도 잘 알았다. 퍼트리샤가 화장실에 갔을 때 수가타가 슬쩍 로런스에게 물어보았다. "진지하게 말하는데 그녀를 어디서 만났어? 멋진 여성이야. 내가 만나본 최고로 기이한 천재야. 그냥 하는 말이 아니야." 타냐와 애냐도 맞장구쳤다. 하지만 동시에 로런스는 이 친구들 누구도 퍼트리샤를 똑바로 쳐다보지 않았고 그녀에게 말을 걸기보다 그녀를 두고 말한다는 것을 알아챘다. 이 사람들은 미신을 지독히 싫어했지만 그녀를 나쁜 운을 가져오는 부적처럼 대하고 있었다.

퍼트리샤는 프리야를 매의 눈으로 살펴보았고 이따금씩 그녀의 손을 만졌다. 마치 손길에 치유력이 있기라도 한 것처럼. 어쩌면 그럴지도 몰랐다. 나머지 사람에게는, 심지어 로런스에게도 전혀 관심을 두지 않았다. 퍼트리샤는 새벽 3시에 배회하면서 쥐에게 말을 거는 반사회적 괴짜일지는 몰라도, 자신을 필요로 하는 사람에게는 이렇듯 한없는 다정함을 보였다. 검은 머리를 뒤로 묶고 열심히 들여다보는 그녀의 얼굴이 왠지 등불처럼 빛났다.

로런스는 퍼트리샤가 자신의 비밀을 얼마나 많이 아는지 세어보고 기분이 좋아졌다. 자신이 그토록 신뢰하는 사람을 만났다는 사실에 묘한 자부심이 들었다. 우연이 크게 작용했지만 자신이 직접 선택한 사람인 것처럼 말이다.

그는 퍼트리샤를 집까지 바래다주었다. 그녀를 마구 껴안고 싶다는 충동이 이는 것을 억눌렀다. 퍼트리샤는 소리 내어 웃으면서 고개를 흔들었다. "세상에, 그곳은 순간적으로 불확실했어. 그러니까 네 친구는 길을 잃은 거야. 게다가 기적적이게도 그 공간의 묘한 중력 효과에 으스러지지 않았어."

"우리가 있는 세계의 얼마나 많은 것이 다른 세계의 그림자에 불과한지 궁금해." 로런스는 말하면서 자신의 생각을 다듬었다. "중력이 우리 세계에서 그토록 약한 것은 대부분 다른 차원에 있어서가 아닐까 하는 생각을 항상 했어. 그럼 다른 것들은 어떨까? 빛은? 시간은? 우리 감정은? 나이가 점점 들어갈수록 우리가 보고 느끼는 것이 우리의 인식 너머에 있는 진짜의 윤곽을 찾아 더듬는 것과 비슷하다는 생각이 들어."

"플라톤의 동굴처럼 말이지?" 퍼트리샤가 말했다.

"그래, 플라톤의 동굴." 로런스가 말했다.

"잘 모르겠어." 퍼트리샤가 말했다. "이제 우리는 어른이잖아. 사람들 말로는. 그런데 어렸을 때보다 더 적게 느껴. 상처가 아문 자국이 늘었거나 감각이 무뎌졌거나 해서 그런 거겠지. 어쩌면 그게 건강한 건지도 몰라. 어린아이들은 결정을 내릴 필요가 없잖아. 일이 아주 잘못되지만 않는다면 말이야. 지나치게 많이 느낀다면 아마도 쉽게 마음을 정하지 못하겠지."

그러나 사실 로런스는 그 어느 때보다 감각과 감정을 더 생생하게 느끼고 있었다. 거리의 가로등, 자동차 불빛, 네온 간판이 생명으로 타올랐고, 자신의 심장이 팽창하고 수축하는 것을 느꼈으며, 근처에서 나는 숯불 냄새를 맡을 수 있었다. 그는 돌아서서 퍼트리샤의 밝고 슬픈 미소를 보았다.

"퍼트리샤." 그가 말했다. "도와줘서 정말정말 고마워. 무엇보다 내가 너를 안다는 게 너무도 좋아. 어렸을 때 네가 고양이에게 말을 하는 걸 보고 내가 달아났었지. 정말 미안해. 다시는 너한테서 달아나지 않을게. 이건 확실히 약속할 수 있어. 너 같은 사람에게 약속할 입장이 되는지 모르겠지만. 하지만 난 상관없어. 고마워, 내 친구가 되어줘서."

"천만에." 퍼트리샤가 말했다. 그들은 그녀의 집 앞에 도착했다. "나도 그래. 널 친구로 둬서 나는 참으로 행운아야. 나도 너한테서 달아나지 않겠다고 약속할게."

그들은 문 앞에 섰다. 어느 순간 둘의 손이 닿기 시작했다. 그렇게 서로를 보며 손을 맞잡고 그냥 서 있었다.

퍼트리샤의 미소가 더 슬퍼졌다. 로런스가 아직 이해하지 못한 것을 자신은 안다는 듯이. "너 나한테 주기로 한 거 잊지 마." 그녀가 말했다. "안 그러면 아주 곤란해져. 미안해." 그러고는 안으로 들어가 문을 닫았다.

로런스는 집으로 돌아가는 내내 취기와 안도감, 울컥하는 감정이 뒤섞인 기분을 느꼈다. 한편으로는 '가장 작은 것'과 관련하여 아주 살짝 불편한 마음도 들었다. 별것 아닐 가능성이 많지만 퍼트리샤가 왠지 진지해 보였던 것이다. 로런스는 거리를 성큼성큼 건너다가 풀쩍 뛰어올라 발뒤꿈치를 맞부딪쳤다. 그는 엑스터시나 항우울제를 복용한 적이 없지만 아마도 이런 기분일 거라고 짐작했다.

집으로 돌아오자 그는 무너졌다. 들뜬 마음이 급속히 가라앉으면서 서 있기조차 힘들었다. 어찌나 피곤한지 바로 잠들지 않으면 정신을 잃을 것 같았다. 그러다가 퍼트리샤에게 주어야 하는 '가장 작은 것'에 다시 생각이 미쳤다. 아침에, 혹은 이틀 뒤에 찾아도 될 것이다. 언제까지라고 기한을 명시하지 않았다. …그리고 찾는 데는 며칠이면 충분하다.

하지만 로런스는 그게 무엇일까 궁금했다. 가장 작다는 걸 어떻게 알지? 부피가 그렇다는 뜻일까? 무게가? 아니면 전반적인 크기가? 그에게는 작다는 말로도 부족한 보푸라기가 있었지만, 그런 하찮은 것을 의미할 리는 없었다. 공정하게 보자면 그가 '소유'한 물건 중에서 골라야 했다. 최소한 돈을 받고 되팔 수 있는 물건 말이다. 팔 수 없는 물건은 소유했다고 할 수 없다.

'10퍼센트 프로젝트' 사무실에서 가져온 USB 드라이브가 있었다. 완두콩 두 개 크기였다. 하지만 퍼트리샤에게 문자를 보내자 빌린 것은 안 된다는 답장이 왔다. 그가 완전히 소유한 것을 달라고 했다. 그러므로 그의 책상과 책꽂이에 어질러져 있는 전자기기들은 엄밀히 말하면 밀튼에게서 빌린 것이었으니 제외되었다.

로런스는 책상을 뒤졌다. 연필, 펜, …아주 작은 메가맨 피규어가 목록 상단에 들어가는 후보였다. 그는 파일을 작성했다. 이소벨을 깨우지 않으려고 조심하며 서랍과 상자와 벽장을 뒤졌다. 그러다가 갑자기 뭔가 생각났다.

"안 돼!" 그가 소리를 질렀다. "그건 안 돼. 이런, 젠장, 안 돼." 천식 발작이라도 하듯 숨이 쉬어지지 않았다. 앞서 그가 느꼈던 모든 기쁨이 마치 존재하지 않았던 것처럼 빠져나갔다. 그 대신에 뾰족한 강철로 된 발가락에 명치를 걷어차인 기분이었다.

그는 밤새 자지 않고 찾고 또 찾았다. 하지만 진정한 소유물이라고 할 만한 것 중에 할머니의 반지보다 작은 것은 없었다.

다음 날 아침 그는 잠을 못 자 퉁퉁 부은 눈으로 반지를 퍼트리샤에게 가지고 갔다. "할머니의 물건 중에서 내가 가진 건 이게 유일해." 그가 그녀에게 말했다. "돌아가시면서 내게 주셨지."

"미안해." 퍼트리샤가 말했다. 그녀는 욕실 가운 차림으로 아파트 건물 문간에 서 있었다. 어쩌면 그가 그녀를 깨운 것인지도 몰랐다.

"할머니 말로는 어머니한테서 받은 거라고 했어. 손녀에게 주려고 했지만 내가 외손자라서." 로런스가 말했다. "결혼할 사람에게 주라고 하셨어. 그리고 혹시 딸이 생기면 딸에게 주라고."

"정말 미안해." 퍼트리샤가 말했다.

"세라피나에게 줄 생각이었어. 약혼반지로 말이야. 신부에게 주겠다고 할머니와 약속했거든."

자주색 가운을 걸친 퍼트리샤는 아무 말 없이 그를 보기만 했다. 그녀의 머리가 헝클어져 있었다.

"꼭 너한테 줘야 해? 없던 일로 하면 안 될까?"

"그러면 네 친구가 그 공간으로 다시 빨려 들어갈 수 있어. 어쩌면 그녀 대신 네가 그럴 수도 있고." 결국 반지는 치러야 하는 사소한 대가였던 것이다.

"이렇게 될 줄 알고 있었구나." 그가 반지를 건넸다. 여전히 작은 벨벳 상자에 담겨 있었는데, 상자까지 치면 그가 가진 장난감 자동차와 거의 비슷했다.

"거의 알았지." 퍼트리샤는 반지를 가운 주머니에 넣었다. 거의 표시가 나지도 않았다. "주문이 효력을 발휘하려면 어쩔 수 없어."

"어째서 그래야만 해? 1시간 동안 한 발로 서 있기 같은 걸로는 왜 안 되냐고! 왜 하필 내 가장 소중한 소유물이자 구혼 전략의 핵심이어야 해? 이해할 수 없어."

"안으로 들어가서 와플 먹을래?" 퍼트리샤가 뒤로 물러나 문을 잡고 섰다. "여기, 밖에서는 말하기가 곤란해."

와플이 아무리 찾아도 없어서 그녀는 지역에서 생산한 유기농 팝타르트를 대신 내왔다. 두 사람은 울퉁불퉁한 회색 소파에 앉았다. 로런스가 방문할 때마다 디디와 다른 룸메이트가 앉아서 〈저지 쇼어〉를 시청하던 소파였다. 퍼트리샤는 복도 쪽을 자꾸 쳐다보며 그들이 일어났거나 대화를 엿듣는 기색이 없는지 살폈다.

"마법에는 두 가지 종류가 있어." 퍼트리샤는 로런스에게 블루베리 페이스트리와 잉글리시 브렉퍼스트 티를 건넸다.

"좋은 마법과 나쁜 마법이겠네." 로런스는 입을 오물거리며 말했다. 퍼트리샤의 가운이 바로 옆 소파에 놓여 있었다. 그는 그녀가 보지 않을 때 반지를 꺼낼까 생각하다가 누가 그날의 악몽으로 빨려 간다는 말이 생각났다.

"아니야, 흔히들 그렇게 생각하겠지만. 두 가지는 치유술사 마법과 속임술사 마법이야. 많은 사람들이 치유술사 마법은 좋은 것, 속임술사 마법은 나쁜 것이라고 믿었던 때가 있었어. 하지만 치유술사는 모든 걸 판단하고 자기 뜻대로 통제하려는 사람일 수 있고, 속임술사는 남의 고통을 헤아리는 동정심이 아주 많아서 너의 생명을 구할 수 있어."

"어젯밤 일이 그런 거구나." 로런스가 말했다.

퍼트리샤는 고개를 끄덕이며 설명을 이어갔다. "수백 년간 전 세계 수많은 지역의 전통을 바탕으로 치유술사 학교와 속임술사 학교가 만들어졌어. 그러다가 1830년대에 두 집단이 전쟁을 벌였어. 세계는 금방이라도 찢어질 판이었지. 그때 호텐스 워커라고 하는 여성이 두 가지 마법을 결합할 수 있다면 훨씬 효과적이라는 것을 깨달았어. 실제로 속임술사 마법과 치유술사 마법을 모두 습득하면 하나만 할 때보다 더 멋진 일들을 할 수 있어. 아울러 극단으로 치우쳐 매사에 고집만 피우거나 거짓말만 일삼는 자가 되는 것도 피할 수 있고 말이야."

로런스는 성급하게 앞서갔다. "그러니까 네가 마법을 사용하여 중요한 일을 하고 싶다면, 누군가를 장난으로 속이거나 치유해야 하는 거네. 그럼 어수룩한 사람이나 아픈 사람이 없으면 속수무책이잖아?"

"속수무책이라는 말에는 동의 못 해. 나는 온갖 다양한 상황에서 이런 기술을 사용하도록 오랫동안 훈련받았어. 예컨대 아무도 없는 곳에서 속임술사 마법을 사용하여 변신할 수 있어. 그리고 누군가가 나를 공격하면, 그를 호되게 '치유'하여 일주일간 따끔한 맛을 느끼게 할 수 있어."

"설명해 줘서 고마워." 로런스는 마지막 남은 블루베리 페이스트리를 먹고 차로 입가심했다. 아직 물어볼 게 너무도 많았지만 지금으로서는 대답을 들을 상황이 아니었다. 소파 쿠션이 내려앉으면서 그의 몸이 점점 깊이 묻혔다. 이러다가는 엉덩이를 들어 올릴 새도 없이 소파에 집어삼켜질 것 같았다.

로런스 영혼의 구석구석이 할머니의 반지와 발언의 자유 말고 더 많은 것을 잃기 전에 얼른 여기서 나가라고 소리치고 있었다. 그 순간 그는 전날 밤에 자신이 했던 또 다른 약속이 생각났다. 자유의지로 한 약속이었다.

"내가 다시는 달아나지 않겠다고 했잖아." 로런스가 말했다. "그 말 진심이야."

"좋아." 퍼트리샤는 숨을 내쉬었다. 마치 한참 동안 멈추고 있던 숨을 내쉬는 것 같은 숨소리였다. "차 더 마실래?"

"좋지." 로런스는 소파에서 살짝 더 편한 자리를 찾았다. 퍼트리샤가 그에게 따뜻한 머그잔을 건넸다. 그들은 퍼트리샤의 룸메이트들이 일어나 로런스를 이상하게 바라볼 때까지 조용히 차를 마셨다.

22

퍼트리샤는 어디론가 가서 진짜 마법을 배울 수 있다면 얼마나 좋을까 하는 상상을 오랫동안 해왔다. 그러던 어느 날 그녀는 새의 모습이 되었고, 한 남자가 와서 그녀를 마법 학교로 데려갔다. 꿈이 실현된 것이다.

엘티슬리 메이즈에는 캠퍼스가 둘 있었는데, 구름 한 점 없는 여름날과 눈보라만큼이나 서로 달랐다. 엘티슬리 홀은 600년 된 웅장한 석조 건물들로 이루어져 있었다. 그곳에서는 누구도 목소리를 높여서는 안 되었다. 학생들은 (곰과 수사슴이 마주 보고 불꽃 성배를 들고 있는 학교 문장이 가슴에 새겨진) 블레이저와 타이, 반바지를 입고 자갈길을 한 줄로 걸어 다녔다. 교사나 상급생에게는 경칭을 붙였고, 본관 만찬장에 모여 식사를 했다. 이와 달리 메이즈는 전면이 아홉 개인 건물들을 혼란스럽게 붙여놓은 형태였으며 통로는 고리 모양으로 되어 있었다. 복장은 자유로웠다. 하루 종일 자도 되고, 약을 하든 비디오게임을 하든 원하는 건 뭐든 할 수 있었다. 다만 문(또는 변기) 없는 방에 갇혀 몇 주를 지내야 할 때가 있었다. 바닥이 안 보이는 구덩이에 던져지거나, 몽둥이를 든 사람들에게 며칠 동안 쫓기기도 했다. 탭댄스를 멈출 수 없게 되는 일도, 몸의 일부가 하나씩 떨어져 나가는 일도 벌어졌다. 메이즈에서는 아무도 뭐라고 하지 않으니 알아서 비법을 터득해야 했다.

오래전에는 엘티슬리 홀과 메이즈가 껄끄러운 사이의 두 마법을 대표하는 별도의 학교였지만, 많은 희생을 치른 끝에 마법이 하나로 통합된 지금은 통합되었다. 모래 바닥에 울타리를 친 통로가 둘을 연결했고, 이 길은 특정한 시기에만 개방되었다.

퍼트리샤는 엘티슬리 홀에서 세심한 치유의 기술을 몇 주간 터득했다. 그러고 나면 메이즈로 갔는데 너무 혼란스럽고 심란하여 앞서 배운 멋진 솜씨들을 다 까먹었다. 메이즈에서 그녀는 난센스 퍼즐을 풀고 영리한 몇 가지 속임수를 행하는 방법을 터득했다. 그러면 엘티슬리 홀로 다시 보내졌고, 거기서 교사들은 그녀에게 끝없는 규칙과 공식을 다시 주입하여 그녀가 마음속에 담아두고 있던 유연함을 잃게 했다.

이것만으로도 퍼트리샤가 매일 밤 소등 때(엘티슬리 홀에서) 혹은 아무 때나 낮잠을 자면서(메이즈에서) 베개를 눈물로 적시기에 충분했다. 게다가 작별 인사도 없이 떠나야 했던 부모도 몹시 그리웠다. 그들은 그녀가 죽은 것으로 알고 있었다. 혹은 동물처럼 뒷골목을 헤매고 있다고 생각했다. 그녀는 자신이 괜찮다고 부모에게 알리고 싶었지만 어떻게 해야 할지 몰랐다. 두고 온 고양이 버클리 생각도 났다.

엘티슬리 홀의 교장은 카먼 에델스타인이라는 온화한 노부인이었다. 끝이 곱슬하게 말린 은발의 단발이 품위 있어 보였고, 목과 어깨에는 항상 우아한 실크 천을 둘렀다. 카먼은 학생들에게 문제나 질문이 있으면 언제라도 찾아오라고 했고, 퍼트리샤는 곧 그녀에게 마음을 터놓기 시작했다. 하지만 몇 년 전에 나무 정령을 만났다는 이야기를 털어놓은 것이 실수였음을 어렴사리 깨달았다. 마법은 실천이자 기술이었지 믿음의 체계가 아니었다. 그냥 일반인처럼 개인적으로 영적 체험을 할 수는 있겠지만, 자신이 거대하고 오래된 것과 직접적으로 연결되어 있다고 믿는 것은 월권의 시작이었다.

"나무는 **사람들에게 말하지 않는다.**" 카먼 에델스타인이 말했다. 평소 쾌활하던 표정은 온데간데없고 걱정스럽다는 듯 얼굴을 찌푸렸다. "넌 환각을 본 거야. 아니면 누가 장난을 쳤거나. 요즘 들어 혼자서 마법을 실험해 보느라 수업에 늦는 학생들이 너무 많아. 이런 나쁜 버릇은 하루빨리 버려야 해."

"환각이 맞는 것 같아요." 퍼트리샤가 딱딱한 의자에서 몸을 이리저리 움직였다. "그때 매운 음식을 많이 먹었던 게 기억나요."

메이즈의 교장은 커놋이었다. 그는 만날 때마다 얼굴과 목소리가 바뀌었다. 가끔 그는 나이 많은 스리랑카인이었고, 어떨 때는 난쟁이, 어떨 때는 목에 털이 난 백인 거인이었다. 곧 퍼트리샤는 어깨를 구부리거나 왼쪽 눈을 가늘게 뜨는 등의 몇몇 특징으로 커놋을 알아보는 법을 터득했다. 행여 그를 알아보지 못하거나 다른 사람을 그로 착각하면, 메이즈에서 바닥이 가장 깊은 구덩이(바닥이 안 보이는 구덩이와는 다르다)에 던져졌다. 사람들 말로는 커놋이 똑같은 얼굴을 두 번 하면 그는 죽는다고 했다. 커놋을 만나는 사람은 매번 그로부터 끔찍한 거래를 제안받았다. 이런 상황이었으니 퍼트리샤는 그에게 나무에 대해 말하려고 하지도 않았다.

퍼트리샤는 엘티슬리 메이즈에 진정한 친구가 없었다. 친하게 지내는 아이들은 몇 명 있었는데, 단정치 못한 회갈색 머리에 팔과 다리를 씰룩거리는 테일러도 그중 한 명이었다. 하지만 학교의 핵심 무리에 퍼트리샤가 끼어들 자리는 없었다. 특히 그녀가 대부분의 학교 과제에 젬병이라는 것이 밝혀진 뒤로는 아무도 따분한 괴짜에 과제도 못하는 사람과 친구가 되려고 하지 않았다.

늦은 오후 특정 시간이나 엘티슬리 기숙사에 불이 꺼지고 나서 엘티슬리 홀 근처의 숲 가장자리에 나가면 짙은 갈색 머리에 궁금증이 많은 커다란 눈을 한 10대 소녀가 나무들을 올려다보며 이렇게 말하는 것을 볼 수도 있었다. "여기 있어요? 의회 회기인가요? 안건이 뭐예요?" 새들은 그녀를 슬쩍 보고 날아갔다.

엘티슬리 홀이나 메이즈에 있으면 시간이 얼마나 흘렀는지 알 수 없었다. 며칠이나 몇 주, 혹은 더 길 수도 있었다. 퍼트리샤는 메이즈에서 일곱 달을 보내고 나서 마침내 교사들과 다른 학생들로부터 도망쳤고, 다들 그녀를 찾는 데 일주일을 허비했다. 하지만 그들은 그녀를 엘티슬리 홀로 돌려보내는 대신 황록색 들판으로 데려갔다. 커놋이 그곳에서 직접 퍼트리샤와 다른 몇몇 학생들을 거대한 나무 비행선에 태웠다. 비행선은 지느러미만 더 많을 뿐 고래와 똑같이 생겼고, 내부는 온통 로코코 양식의 견과류와 장과류로 가득했다.

이날 커놋은 안경을 쓰고 테네시 말투에 항공 재킷을 걸친 건장한 체구의 흑인이었다. "계획을 말해주지." 그들이 알프스산맥을 넘었을 때 그가 말했다. "말이 통하지 않는 작은 마을에 너희를 한 명씩 내려줄 거다. 돈도 물자도 없이. 그곳에서 너희는 치유가 필요한 사람, 정말로 고통이 심한 사람을 찾아 치료해 줘야 해. 물론 그들은 너희 존재를 알아차리지 못해야 하고. 그럼 우리가 가서 너희를 데려올 거다." 커놋은 그들의 뼈에 어떤 물건을 숨기도록 해주면 이 과제를 면하게 해주겠다고 제안했지만, 아무도 응하지 않았다. 이제 그는 프랑스 대저택의 문처럼 생긴 비행선 해치에서 아이들을 한 명씩 밖으로 밀기 시작했다. 수십 미터 상공이었고, 낙하산은 없었다.

퍼트리샤는 하강 속도를 늦춰서 땅에 떨어질 때 휘청거리는 정도로 충격을 줄였다. 수 킬로미터 안에 아무것도 없는 들판에서 비틀거리며 일어났다. 그러고는 걷기 시작했는데 해 질 녘이 되자 마을의 불빛이 보였다. 그녀가 처음 본 몇 명은 나무랄 데 없이 건강해 보였지만, 이어 작은 식당에서 수프를 먹고 있는 노파가 눈에 들어왔다. 기침을 하고 피부가 납빛이었으며, 노란색 블라우스 위로 목에 황토색 상처가 나 있는 것이 살짝 보였다. 완벽했다. 퍼트리샤는 노파에게 살금살금 다가갔지만, 수프를 얼굴에 뒤집어쓰고 슬라브 지방의 언어로 도둑질이라고 욕하는 소리를 들었다. 그녀는 도망쳤다.

일주일이 지났다. 퍼트리샤는 굶주린 몸으로 우중충한 흰색 회반죽벽과 흙탕길 천지인 이 마을에서 은신처를 찾아 돌아다니고 있었다. 그녀는 이제 동물에게 말을 걸 수 없었다. 영어 말고 다른 인간의 언어를 알아듣는 능력은 아직 터득하지 못했다. 또 하나, 아픈 사람을 치유하려면 어떤 식으로든 접촉해야 했다.

"오늘 밤에는 이 지겨운 곳에서 벗어날 거야." 퍼트리샤가 영어로 소리쳤다. 작은 식료품 가게 주인이 그녀를 보고 거친 소리를 내뱉으며 쫓아냈다. 퍼트리샤는 좁고 꾸불꾸불한 거리를 내달렸다. 자갈이 깔린 급한 경사 길을 내려와 보니 가게 주인이 보이지 않았다. 그녀는 돌담 뒤에 쪼그리고 앉아 자신이 훔칠 수 있었던 유일한 것을 보았다. 먼지가 내려앉은 치앙마이 브랜드 고추기름 병이었다.

"차라리 이게 나을지도 몰라." 퍼트리샤가 병을 기울이자 '경고: 무지 매운 맛'이라는 글자가 뒤집혀 보였다. 걸쭉한 액체가 내려가면서 목구멍을 태웠다. 구역질이 올라왔지만 억지로 다 마셨다. 병을 비운 그녀는 몸을 둥글게 말고 부르르 떨었다. 머리가 지끈거렸다. 울고 싶었다. 잃어버린 모든 것을 위하여, 손에 넣는 데 실패한 모든 것을 위하여.

1시간 뒤에 그녀는 고개를 들고 토했다. 한번 시작하자 멈출 수 없었다. 눈이 따가웠고 콧물이 줄줄 흘렀다. 고추기름은 목구멍을 내려갈 때보다 올라올 때 두 배로 끔찍했다. 위가 경련했다. 며칠 굶주린 끝에 식사를 하면 얼마나 근사할까 상상했지만 위안이 되지 못했다.

위산이 역류했다.

좋은 소식도 있었다. 화난 노파를 어떻게 치유할지 아이디어가 떠오른 것이다.

퍼트리샤는 마을의 슬레이트 지붕 위로 기어가 노파가 있는 술집의 경사진 지붕까지 갔다. 작은 채광창 사이로 노파가 보였다. 채광창은 열려 있었다. 퍼트리샤는 안으로 몸을 집어넣고 밀가루 포대와 물품들이 보관된 다락방을 발끝으로 지나갔다. 잠깐 주저하다가 빵과 앙금을 입에 털어 넣었다. 이제 그녀는 다락방 끝에 이르렀는데, 노파가 앉아 있는 불안정한 식탁은 방 저편이었다. 퍼트리샤는 손과 다리로 기둥을 타고 올랐고, 이어 천장 들보에 매달려 조금씩 이동하여 노파 위에 이르렀다. 팔과 다리로 들보를 꽉 붙든 채 몸을 최대한 아래로 숙였다.

그런 자세로 노파의 수프에 침을 뱉었다. 노파는 방 안의 다른 사람과 실랑이를 벌이느라 눈치채지 못했다. 퍼트리샤의 침이 노파의 몸 안으로 들어가자 직접적인 연결이 이루어졌다. 그녀는 말기에 다다른 폐기종과 이미 폐를 잠식한 암, 통풍을 확인했다. 1시간 동안 집중하고 꼴사납게 투덜거린 끝에 퍼트리샤는 마침내 노파의 몸 안을 새것처럼 깨끗하게 만들었다. 생각 같아서는 아예 새로운 폐로 바꿔주고 싶었지만 그럴 수는 없었다.

밤하늘이 퍼트리샤에게 복작거려 보였다. 그녀는 비행선에서 떨어져 착륙했던 들판에 누워 있었다. 너무도 많은 별들이 부산스럽게 움직였다. 그녀가 고르지 못한 풀 위에 1시간 동안 누워 있자 그제야 비행선이 다가와 사다리를 내려줬다. 퍼트리샤는 팔다리가 붓고 힘이 없어서 천천히 올라갔다. 커놋이 그녀에게 샌드위치와 진저에일 캔을 건넸고, 줌바 스튜디오에 넣은 주식을 그녀에게 팔려고 했다. 이번에 커놋은 머리를 말끔하게 민 젊은 독일인이었다.

그 일이 있고 나서 퍼트리샤는 엘티슬리에서 배운 것을 메이즈에서 어떻게 사용할지, 또 메이즈의 기술을 엘티슬리에서 어떻게 사용할지 감을 잡았다. 몇몇 아이들이 '무작위 동유럽 마을' 과제 이후로 탈락하면서 퍼트리샤가 핵심 무리의 명예회원이 될 길이 열렸다.

어느 날 밤, 퍼트리샤는 통금 시간에 한 번도 사용한 적 없는 엘티슬리 별관 굴뚝 안에서 '고스'족과 어울려 정향 담배를 피우고 있었다. 무리의 리더는 통통한 백조 같은 다이앤사로, 백작의 딸이라는 소문이 있었다. 퍼트리샤 옆에는 테일러가 앉았다. 수업이 끝나고부터 머리 염색에서 아이라이너, 가죽 재킷까지 온몸을 고스처럼 차려입고 있었다. 다른 옆에는 사미르가 있었는데, 부끄럼을 타며 살짝 긴 그의 얼굴이 목깃이 빳빳한 검은색 셔츠 때문에 성숙하고 세련되어 보였다. 억센 빨간 머리에 귀가 돌출된 스코틀랜드 출신 토비도 있었다. 그 외에 가끔씩 나타나는 아이들이 몇 명 더 있었다. 붉은 벽돌로 지어진 굴뚝 벽에는 오래된 그을음 자국들이 나 있었다.

퍼트리샤와 테일러가 서로를 팔로 받쳐주며 쉬었다. 정향 연기가 퍼트리샤의 몸속으로 계속 들어왔다. 그들은 엘티슬리 메이즈에 오기 전에 어떻게 살았는지 돌아가며 이야기했다. 자신이 알 수 없는 어떤 힘과 연결되어 있다고 깨닫게 된 묘한 경험들에 대한 이야기였다.

어느 순간 퍼트리샤는 자신도 모르게 의회와 더피더피워펄룽과 나무에 대해 기억나는 것들을 말하고 있었다.

"되게 묘하네." 테일러가 말했다.

"흥미로운데." 다이앤사가 몸을 숙여 짙고 매혹적인 눈으로 퍼트리샤를 바라보았다. "좀 더 이야기해 줘."

그래서 퍼트리샤는 처음부터 다시 이야기했고 이번에는 세부사항을 더 추가했다.

다음 날이 되자 그녀는 '나무' 일을 혼자만 아는 비밀로 둘걸 그랬다고 생각했다. 괜히 곤란한 일에 휘말리지 않을까? 그녀는 문학 수업 시간에 『트로일러스와 크리세이드』를 읽으며 카먼 에델스타인을 슬쩍슬쩍 쳐다보았지만 카먼은 아무것도 모르는 눈치였다.

그날 밤 퍼트리샤가 자려고 준비할 때 테일러가 방문을 두드렸다. "어서 와, 다들 굴뚝에 있어." 테일러는 활짝 웃으며 말했다. 폐기된 굴뚝에는 어제보다 곱절로 사람이 많아서 퍼트리샤가 앉을 자리가 거의 없었다. 하지만 모두가 나무에 대한 이야기를 듣고 싶어 했다.

퍼트리샤가 이야기를 하면 할수록 극적 요소가 가미되고 마무리가 더 좋아졌다. 그녀는 상세하게 살을 덧붙였다. 육신을 떠난 그녀의 영혼을 바람이 통과하는 것이 느껴졌고, 바람을 타고 숲의 중심부를 향해 날아오를 때 나무들이 아른거렸다는 식으로 말이다. 셋째 날에 퍼트리샤가 다른 아이들을 앞에 두고 이야기를 했을 때, 나무는 한층 감정이 풍부한 존재가 되어 있었다.

"네가 자연의 수호자라고 나무가 말했어?" 코트디부아르에서 온 어린 장 자크가 물었다.

"우리 모두 그렇다고 했어." 퍼트리샤가 말했다. "자연을 해치려는 사람으로부터 자연을 지키는 사람. 우리 모두 그래. 우리는 특별한 목적을 갖고 있어. 나무가 그렇게 말했어. 숲의 한가운데에 있는 완벽한 나무는 누군가가 너에게 알려줘야만 찾을 수 있어. 새가 나를 데려갔어. 내가 아주 어렸을 때야."

"우리를 거기로 데려가 줄 수 있어?" 장 자크는 너무 흥분해서 숨이 넘어갈 것 같았다.

곧 정식 모임이 만들어졌다. 열두 명의 아이들은 밤에 만났다. 그들은 어떻게 하면 퍼트리샤처럼 숲의 한가운데를 찾을 수 있을지 이야기했다. 그리고 자연을 해치려는 사람들을 어떻게 제지할지에 대해서도 이야기했다. 〈아바타〉의 나비족처럼 말이다. 퍼트리샤는 지식이 있었지만, 다이앤사에게는 리더십이 있었다. "우리는 모두 하나야." 그 말에 모두가 환호했다.

"우리 **모두** 너만 믿어." 다이앤사는 낮고 확신에 찬 어조로 퍼트리샤에게 말하면서 그녀의 어깨를 만졌다. 퍼트리샤는 엉덩이뼈까지 전율이 흐르는 것을 느꼈다.

"나무는 거대해. 키가 40피트나 50피트*에 떡갈나무도 단풍나무도 아니었어. 내가 전에 본 어떤 나무도 아니었어. 나뭇가지가 커다란 날개처럼 보였는데, 달빛이 가장 굵은 가지 두 곳을 비추면 마치 이글

* 약 12미터에서 15미터.

거리는 두 눈이 날 보고 있는 것 같았지. 목소리는 악의 없는 지진 같았고."

퍼트리샤가 육신을 떠나 나무를 찾아간 밤에 대해 열 번째로 이야기했을 때는 윤색된 지점이 너무 많아져서 첫날 밤에 했던 이야기와 닮은 점이 거의 없었다. 그리고 다들 지겨워했다. 다음에 벌어진 일에 대해 궁금해했다. "이제 뭘 하지?" 사미르가 물었다. "다음 행보는 어떻게 되는 거야?"

"솔직히 모르겠어." 퍼트리샤가 말했다. 그녀는 보그타운에 있었을 때 고추기름을 다 비웠는데도 아무 일도 없었다는 이야기를 처음으로 했다. 그러자 그들은 여러 이론들을 내놓았다. 시간대가 맞지 않았다는 이론, 그녀의 마음이 준비되지 않았다는 이론, 레이라인*이 가로막고 있어서 동유럽에서는 나무에 이를 수 없다는 이론 등.

다이앤사의 비밀 조직 내에서 핵심적인 질문과 관련하여 양쪽으로 의견이 갈렸다. 엘티슬리 메이즈의 어른들은 나무에 대해 알고 있을까? 이에 대해 어른들 모두 알며 아직은 때가 아니어서 아이들에게 비밀로 해두는 것이라는 의견과, 어른들은 모르고 있으며 이것은 아이여야 이해할 수 있는 것이라는 의견이 팽팽하게 맞섰다.

며칠 뒤에 퍼트리샤는 다이앤사와 둘이서 점심을 먹었다. 엘티슬리 홀의 동쪽 잔디밭에 담요를 펴고 앉았다. 퍼트리샤는 다이앤사가 자신과 어울리는 것이 아직도 믿기지 않았다. 다이앤사는 뭔가 말하

* 고고학적으로 중요한 입석 구조물들을 연결한 가상의 선.

기 전에 눈을 크게 뜨고 쳐다보는 버릇이 있었다. 그러니까 그녀의 시선이 강하게 느껴지면 아주 중요한 말을 하려는 것이라고 봐도 좋았다. 엘티슬리 스카프를 맨 다이앤사의 모습이 아주 우아해 보였다. 천 가지 선택지 가운데서 고른 것이라고 생각될 정도였다. 그녀의 갈색 머리카락이 빛을 받아 반짝거렸다.

"우리는 함께 근사한 많은 일들을 해나갈 거야. 너와 내가 말이야. 방금 알았어." 다이앤사가 퍼트리샤에게 말했다. "거품이 나는 레모네이드 한잔 마셔. 네가 있었던 곳에서는 이런 게 없었을 거야. 정말 맛있어." 퍼트리샤는 그녀의 말대로 했다. 레몬 맛이 나는 스프라이트에 가까웠는데, 세상에 이보다 근사한 맛은 없었다. 거품이 혀끝에서 펑펑 터졌다.

퍼트리샤는 다이앤사가 자신에게 키스하려는 줄 알았다. 그녀가 몸을 바싹 기울여서 서로 눈을 들여다보고 있었다. 퍼트리샤는 자신이 레즈비언이라는 생각은 한 번도 해본 적이 없었지만, 다이앤사의 몸에서 아주 좋은 향이 났고 강력한 존재감이 느껴졌다. 그렇고 그런 성적 유혹이 아니었다. 멀리 어디선가 새가 노래했다. 퍼트리샤는 거의 알아들었다.

폐기된 굴뚝에서 어울리지 않는 아이들도 엘티슬리의 만찬장으로 들어오거나 메이즈의 간이식당에서 피자나 블랙푸딩을 찾는 퍼트리샤를 보면 질투 어린 표정이나 인정한다는 표정을 지었다. 메이즈의 아이들은 퍼트리샤에게 입고 있는 청바지가 멋지다고 말했다. 전에는 아무도 그녀의 청바지에 관심을 보이지 않았다.

"너희 모두에게 아주아주 중요한 말을 해야겠어." 다이앤사는 숨을 헐떡거렸는데, 10대 아이 열 명이 자정에 더럽고 비좁은 굴뚝 안에 빼곡히 모여 있어서만은 아니었다. 다들 손깍지를 끼고, 마치 한꺼번에 오줌이라도 누려는 것처럼 엉덩이를 씰룩거리며 기대감에 들떴다. 다이앤사는 최대한 오래 뜸을 들이다가 이윽고 폭탄 발언을 했다. "나무와 이야기를 나눴어."

"뭐?" 퍼트리샤는 저도 모르게 내뱉었다. "그게 말이지, 잘된 일이라고. 어떻게 한 거야?" 모두가 퍼트리샤를 쳐다보았다. 그녀가 그냥 놀란 게 아니라 질투심에 폭발했다고 여긴 것이다. 하긴 '나무와 이야기하는 권리'를 퍼트리샤가 독점하고 있는 건 아니었다. 그녀도 딱 한 번 해봤을 뿐이고 그것도 오래전 일이었다. 퍼트리샤는 자신도 기분이 좋다는 등의 말을 하며 얼버무렸다. 다이앤사가 나무와 대화를 나눈 것은 정말이지 대단한 소식이었기 때문이다.

다이앤사는 퍼트리샤의 무릎을 토닥이며 이렇게 말해 상황에 기름을 부었다. "괜찮아, 자기야. 우리는 네 공이 가장 크다고 생각하니까."

하지만 퍼트리샤의 무너진 자존심은 아랑곳없이 모두의 관심사는 나무가 전해준 메시지에 쏠렸다. 다들 나무가 뭐라고 말했는지 알고 싶어 했다. 그들은 들을 준비가 되어 있었다. 너무도 간절히.

"나무는." 다이앤사가 말했다. "준비를 하라고 했어. 곧 시험이 있을 거야. 모두가 통과하지는 못해. 하지만 시험에 통과한 사람은 영웅이 될 거야. 영원토록." 그 말에 모두가 행복해하며 울먹였다.

퍼트리샤에게는 나무가 그런 식으로 말하지 않았다. 완전히 달랐다. 하지만 그녀는 몇 년 전에 한 번 대화를 나눴을 뿐이다. 그 이야기를 워낙 여러 번 반복하다 보니 이제야 세부사항이 어렴풋이 기억난 것이었다. 퍼트리샤는 모든 게 환각이 아니었음이 입증되었으니 그걸로 만족하자고 스스로 말했다. 다이앤사에게 묻고 싶은 게 많았지만 괜한 질투로 보일 뿐이었다. 그리고 월권이기도 했다. 나무는 이제 퍼트리샤가 아니라 다이앤사를 대화 상대로 삼았다. 뭐 어쩌겠는가.

"밤을 새며 치유강장제 시험을 공부하는 중이었어." 다이앤사가 말했다. "그리고 매콤한 맛의 파삭한 파파담을 잔뜩 먹었는데, 그다음으로 기억나는 건 내가 몸을 벗어나 창문을 넘어 밤하늘로 날아올랐다는 거야. 내 평생 최고로 신나는 경험이었어."

2주 동안 나무는 다른 어떤 정보도 주지 않았다. 다만 다이앤사에게 몇 번 더 말을 걸었을 뿐이다. 사미르는 퍼트리샤의 손을 꼭 잡고 이야기를 들으며 그들이 배웠던 그 어떤 전설보다, 심지어 언어보다 먼저 있었던 아주 오래된 무언가라는 생각을 했다. 사미르의 손이 바싹 말랐고 굳은살이 만져졌다. 그가 집게손가락으로 퍼트리샤의 새끼손가락을 건드리자 그녀는 이상한 기분이 들었다. 아주 아름다운 콧구멍을 벌렁거리며 유체이탈 체험에 대해 말하는 다이앤사에게서 두 사람 다 시선을 떼지 못했다. 퍼트리샤의 다른 옆에서는 테일러가 몸을 부르르 떨었다.

굴뚝에서 만났던 모든 사람들은 비밀스러운 윙크를 교환했다. 엄지손가락을 쇄골 중앙에 대고 양쪽 눈을 번갈아 깜빡이는 것이었다.

그리고 다들 옷 안에 부적을 써넣었다.

마침내 나무가 다이앤사에게 실질적인 지시를 내렸는데, 수수께끼 같은 말이었다. "'파이프와 통로를 차단하라.' 그렇게 말했어." 그녀는 눈을 동그랗게 뜨고 아드레날린이 한껏 오른 표정으로 말했다. "모든 단어를 두 번씩 반복하여 말했어."

"파이프와 통로?" 사미르가 말했다. "왠지 신사들 모임 같아. 담배 연기 자욱하고 비밀 문이 곳곳에 있는."

"음란하게 들리는데." 빨강머리 토비가 말했다. 그는 '파이프와 통로'가 어떻게 외설적인지 알려주려고 동작을 취했다. 다이앤사가 슬쩍 쳐다보자 그는 멈췄다.

그들은 며칠 동안 토론을 하고 구글 검색을 하고 무슨 뜻인지도 모르면서 '파이프와 통로'라는 말을 서로에게 속삭였다. 다이앤사는 조바심을 냈다. 누군가 다른 사람이 무슨 뜻인지 알아내기를 기다리는 것 같았다. 자신이 메신저와 해석자의 역할을 동시에 맡을 수 없다는 듯. 마침내 금요일 밤에 소등하고 모였을 때 다이앤사는 정향 담배를 한 모금 길게 빨더니 답을 알아냈다고 알렸다.

'파이프'는 대시베리아 천연가스 송유관을 가리키는 것이었다. 그리고 '통로'는 대북부항로를 뜻했다. 둘 다 수압파쇄공법의 선구자인 텍사스 출신의 라마 터커와 러시아 거대기업 빌키츠키 운송이 손잡고 추진한 프로젝트였다. 러시아인들은 북서항로를 대체하는 새로운 항로를, 즉 캐나다를 거치지 않고 북극해 중심을 지나는 항로를 원했다. 다만 한 가지 문제가 있었다. 항로가 지나는 추크치해에는 어마어마한 양의 메탄 하이드레이트가 수백만 년 동안 얼음 아래에 갇혀 있었다. 과학자들은 이런 메탄이 한꺼번에 방출되면 기후변화를 크게 가속화할 수 있다고 우려했다. 그래서 여기에 송유관을 설치하자는 것이 터커의 발상이었다. 그는 조금씩 드릴로 뚫고 내려가 압력을 서서히 낮추면서 아직 얼어 있는 메탄을 규산염과 결합시켜 포집할 수 있다고 믿었다. 그런 다음 메탄 슬러지를 송유관을 통해 야쿠츠크의 시설로 보내 전기를 생산하기로 했다. 그것으로 러시아 동부 절반에 전력을 대고, 어쩌면 남는 전기는 몽고와 중국, 심지어 일본에까지 팔 수 있었다.

"하지만 내가 알기로 그건 잘못된 일이야." 다이앤사가 말했다. "그들은 자신들이 하는 일이 얼마나 위험한지 모르고 있어. 막아야 해."

"그래." 퍼트리샤가 말했다. "하지만 우리가 뭘 할 수 있지?"

"뭘 할 수 있느냐고?" 다이앤사가 말했다. "여기 봐. 우리는 엘티슬리 메이즈 최고의 학생들이야. 여기 모인 학생들은 수많은 능력을 익혔어. 토비는 봄에 마지막으로 내린 눈이 녹은 것을 사흘 전으로 되돌렸어. 사미르는 은행 매니저를 속여 500파운드를 받고도 아무 일 없이 넘어갔지. 퍼트리샤, 넌 자연과 연결되어 있다고 선생들이 수군대는 것을 들었어. 그들은 그게 뭔지 제대로 몰라. 그러니 우린 해낼 수 있어. 나무가 우리를 믿고 있어."

그들은 가져갈 수 있는 것만 챙겨서 그날 밤 당장 출발했다. 다이앤사가 꾸물거릴 시간이 없다고(아울러 누구든 마음이 바뀌어 선생에게 일러바쳐서는 안 된다고) 강조했다. 다들 엘티슬리 홀로 돌아가 손에 잡히는 것을 더플백에 쑤셔 넣었다.

"우리 어디로 가는 거야?" 토비가 말했다. "이틀 뒤에 실습이 있어. 너도 오는 걸로 알고 있어."

"우리는 무단으로 탈영하려는 거야." 테일러가 아주 조용하게 신이 난 목소리로 말했다. "시험도, 개별 지도도, 수학 수업도, 강의도 없어. 메이즈에서 퍼즐을 푸는 일도 없을 거야. 우리가 임무를 완수할 때까지는 말이야."

퍼트리샤는 칫솔과 속옷 세 벌, 낡은 『도시 이야기』* 한 권을 책가방에 넣었다. 마침내 모험에 나서게 되었다. 세상을 바꿀 모험이었다. 그녀는 엘티슬리 홀의 북쪽 기숙사 건물 마호가니 계단을 춤을 추다시피 하며 내려왔다. 사미르가 조용히 하라고 옆에서 계속 주의를 주었다. 마법의 비행선에 올라 보안 질문을 속임수로 돌파했을 때 퍼트리샤는 흥분으로 몸이 달아올랐다.

"좋아, 해냈어!" 땅을 박차고 날아오르자 그녀가 신이 나서 소리쳤다. 테일러와 하이파이브를 했고, 이어 사미르와 껴안았다. 다이앤사는 조종 장치가 포도 덩굴과 무화과인 조종석에서 웃었다.

비행선이 북극 위로 넘어가자 비로소 실감이 났다. 달빛이 물러나고 햇빛이 하늘과 얼음 위에 두 자락으로 펼쳐지면서 눈을 부시게 했다. 퍼트리샤의 기쁨이 한풀 꺾였다. 그녀는 광활하게 펼쳐진 아래를

* 샌프란시스코를 배경으로 하는 아미스테드 모핀의 소설.

내려다보았다. 밝은 빛줄기가 뒤엉켜 분간되지 않았다.

"그들이 알아차리기 전에 해치워야 해." 다이앤사가 조종석에서 말했다. "어떤 일이 벌어질지 모르니까 다들 조심하고." 퍼트리샤, 토비, 사미르, 테일러 모두 알았다고 했다.

"우리는 옳은 일을 하는 거야." 테일러가 내릴 준비를 하며 말했다. "충분히 오래 살폈어."

퍼트리샤는 옷을 더 챙겨 오지 않은 것이 아쉬웠다. 몸을 따뜻하게 하는 주문을 걸 수도 있지만, 집중에 방해가 되었다. 대신 스카프를 목과 얼굴 아래에 여러 번 둘렀다.

"토비, 금속 변환은 네가 맡아. 네가 우리 중 최고의 치유술사니까. 강철을 죄다 주석으로 바꿔." 다이앤사가 비행선에서 내려서며 말했다. "사미르와 테일러, 너희 둘은 작전을 방해하는 사람들을 교란해. 나는 어떤 방법으로도 돌이킬 수 없게 시추공을 봉할게. 퍼트리샤? 넌 자연의 분노를 그들에게 제대로 보여줘. 창의적으로 해."

그들은 하이파이브를 하고 툰드라 지대를 지나 시추 장비가 있는 곳으로 이동했다. 얼음 위에 지어진 등대처럼 보였다. 녹슨 구조물 하나를 웅크린 다리 네 개가 떠받치고 있었고, 전체 구조물이 오각형 별 모양으로 이어져 있었다. 드릴의 한쪽에 금속 슬리브를 씌운 펌프가 보였고, 다른 쪽에는 항공기로 공수한 것으로 보이는 거대한 디젤 탱크, 그리고 설상차와 개조한 트럭 여러 대가 있었다. '경고: 고도의 인화성 물질'이라고 적힌 육중한 탱크가 세계 최대의 메탄 저장고 위에 놓인 것을 보자 퍼트리샤는 오싹했다. 불안한 마음은 점차 공포로 바꿔었다.

"저기요." 퍼트리샤가 말했다. "아무래도 우리가…."

누군가가 러시아어로 고함을 쳤고 개들이 짖어댔다. 파카를 입고 고글을 쓴 사내들이 설상차 두 대에 타고 기관총처럼 보이는 것을 흔들며 그들 쪽으로 왔다. 사미르와 테일러가 고개를 끄덕이고 달려 나갔다. 잠시 후 경비들이 발포했다. 하지만 난사였다. 사미르가 그들을 교란하려고 뭔가 한 것이다.

"조심해!" 퍼트리샤가 소리쳤다. "총알이 그들의 탱크로 가서는 안 돼." 하지만 그녀의 목소리는 총성과 엔진 소리, 고함, 개 짖는 소리에 묻혀 들리지 않았다.

토비는 벌써 드릴을 향해 달려가면서 금속 변환 주문을 걸고 있었다. 다이앤사도 앞으로 나아갔다. 햇빛을 받아 빛나는 아름다운 그녀 얼굴은 결연에 차 있었다. 총알 하나가 다이앤사의 옆구리에 맞았다. 그녀는 무릎이 꺾여 주저앉았다.

퍼트리샤가 달려가 다이앤사 옆에 웅크리고 앉았다. 다이앤사는 피를 철철 흘리면서 숨을 헐떡였다. "조금만 버텨." 퍼트리샤가 말했다. "총알이 관통한 모양이야. 아무래도 동맥이 터졌나 봐. 꽉 잡아."

"나한테 시간 낭비하지 마." 다이앤사가 말했다. "그냥 임무에 집중해."

퍼트리샤는 다이앤사의 입에 키스하며 피가 흐르는 구멍을 손으로 더듬어 찾았다. 동맥을 찾은 그녀는 열심히 어색하게 고쳤다. 총알 하나가 그녀의 얼굴을 스치고 지나갔다. 그녀가 키스를 중단하고 말했다. "진실을 말해줘. 나무가 너한테 정말로 말했어?"

"몹시도 무례한 질문이네. 특히나 이런 위급한 상황에."

비명이 들렸다. 토비 같았다. "이제 네게 모든 걸 맡길게." 다이앤사가 말했다. "그들이 자연의 분노를 느끼게 해줘." 그러고는 정신을 잃었다.

퍼트리샤는 다이앤사의 머리를 무릎으로 받치고 주위를 살펴보았다. 사미르와 테일러가 교란하는 일을 멋지게 해내서 어떻게 된 상황인지 알 수가 없었다. 눈이 거대한 해일을 이루며 공중에 휘날렸고, 허스키로 짐작되는 커다란 개가 퍼트리샤 앞에서 풀쩍 뛰고 거꾸로 나뒹굴었다. 총성은 요란한 백색소음처럼 거의 그칠 줄을 몰랐다.

눈 폭풍이 살짝 잦아들었을 때 퍼트리샤는 눈 속에 처박힌 얼굴을 보았다. 엘티슬리 스카프를 매고 있었다.

"안 돼, 안 돼." 퍼트리샤는 비틀거리며 자리에서 일어났다. 아직은 고칠 수 있었다. 고쳐야 했다.

송유관 공격은 90초가량 진행되었을 것이다. 공격이 이어질수록 더 많은 총알이 사방으로 마구 날렸고, 재앙이 우주에서 목격될 가능성도 더욱 높아졌다.

추위가 몸속으로 파고들었다. 그녀는 자신을 죽이려는 사람들이 쓰고 있던 고글이 부러웠다. 무게중심이 나선형을 그리며 계속 내려앉는 바람에 가만히 서 있는 것도 벅찼다. 바람과 눈이 얼굴에 날리는 게 다가 아니었다. 모든 것이 기우뚱하게 느껴졌다. 퍼트리샤는 자연의 힘을 풀어놓는다는 것이 어떤 기분일지 상상하려고 했다. 아니 그보다, 그것은 대체 어떤 의미일까? 똑바로 서 있을 수도 없는데 어떻게 자연에 명령을 내린단 말인가? 이곳에 흐르는 자기장 때문에 그녀가 뭔가 생각하려고만 하면 평생 겪어보지 못한 최악의 두통이 몰려왔다. 어찌어찌하여 용케 자연과 연결되면 어떻게 될까? 그렇다고 한들 자연은 하나의 과정이 아니라 누구도 예상하지 못하는 방식으로 서로 얽혀 전개되는 다수의 과정들이 모인 전체였다. 퍼트리샤가 그 멍청한 나무와 딱 한 번 나눈 대화에서 기억하는 것이 있다면, 바로 자연을 섬기라는 말이었다. 그녀는 자신의 경험과 관련하여 그토록 멍청한 대화를 나누는 내내 섬김과 명령의 차이를 나무에게 제대로 물어보지 못했다는 것이 믿기지 않았다. 그리고 이제 너무 늦었다. 엄청난 실수로 다 죽을 판이었다. 자연을 통제하는 것은 고사하고 스스로마저 통제하지 못했다. 자기장이 거대한 강철의 손으로 짓누르는 통에 몸이 으스러지고 있었다. 커다란 개가 총성과 대혼란 속에서도 들릴 만큼 우렁차게 짖으며 그녀를 향해 돌진했다. 그녀는 개가 무슨 말을 하는지 자신이 이해했음을 깨닫고 놀랐다. 대충 이런 말이었다. "너의 목구멍을 물어뜯을 거다! 넌 죽은 목숨이야!" 하지만 동물의 말을 이해하는 능력을 이제 와서 되찾은들 아무 소용 없어 보였다. 그들과 차근차근 이야기를 나눌 때가 아니었고, 자신이 이른바 자연의 힘에 아무런 영향도 미치지 못하는 무기력한 존재라는 사실만을 깨달을 뿐이었다. 그녀는 북극의 자기장이 어떤 두개골도 겪어보지 못한 최악의 편두통을 일으키지 않기만을 빌었다. 그러다가 퍼뜩 생각이 들었다. 자신이 무엇을 해야 할지 알았다. 그녀는 양손을 하늘로 치켜들고 잘되기를 바라며 주문을 걸어 강한 충격에 정신을—.

퍼트리샤는 비행선에서 깨어났다. 그들이 훔친 비행선은 아니었다. 의자에 누워 있었는데 커놋이 아주 창백한 알비노 얼굴에 '노한' 표정을 하고 그녀를 보고 있었다. "넌 나를 실망시켰다." 커놋이 착 가라앉은 목소리로 말했다.

퍼트리샤는 모두 다이앤사가 벌인 일이라고 말하고 싶었지만 차마 그러지 못했다. "어떻게 되었나요?"

"토비는 죽었다. 너희가 공격한 시설을 지키던 여섯 명의 경비도 죽었다. 너는 평생 이 일을 떠안고 살아야 해. 다이앤사와 사미르는 부상을 입었는데 죽진 않을 거다. 네가 극지방의 강력한 자기장을 건드리는 바람에 일종의 전자기 펄스가 방출되면서 20킬로미터 이내에 있는 모든 전자장비와 너를 포함한 모든 사람의 뇌가 타버렸다. 네가 어떻게 그런 일을 했는지는 우리도 모르겠다만, 넌 그래서는 안 되었어."

"날 물려는 개가 있었어요." 그녀는 머리가 욱신거렸고 이상한 형체들이 계속 보였다. 그러다가 갑자기 뭔가 생각났다. "토비는 엘티슬리 스카프를 매고 있었어요. 그리고 우리가 가져온 비행선 측면에 휘장이 있었고요."

"이미 처리했다. 학교와 연관되는 흔적은 더 이상 남아있지 않을 거다." 커놋은 속 깊은 곳에서 한숨을 토해 냈다. "여기서 나가는 순간 너의 삶은 완전히 달라질 거야."

"죄송해요."

"진심으로 하는 말인지 궁금하군."

그는 뭔가 다른 말을 하려는 눈치였다. 예컨대 처벌을 면하게 해주는 대신 첫아이를 요구하는 등의 제안을 하려다가 그냥 어깨를 으쓱하고는 자리를 떴다. 퍼트리샤는 욱신거리는 머리와 결코 돌이킬 수 없는 나쁜 행동을 했다는 죄책감을 떠안았다. 그녀는 고개를 들어 커다란 현창 너머를 바라보았다. 바다 위를 날고 있었다. 무겁고 흉한 자줏빛 구름 사이로 태양이 떨어지고 있었다.

23

앵무새들이 그레이스 대성당에서 멀지 않은 가파른 언덕 꼭대기 거대한 나무 위에 앉아 벚꽃을 먹고 있었다. 머리에 빨간색 반점이 있는 밝은 초록색 새 여섯 마리가 꽥꽥거리며 구부러진 부리를 놀려 흰색 꽃잎이 보도와 잔디 여기저기에 흩뿌려졌다. 로런스와 퍼트리샤는 거리 맞은편 공터의 가파른 둑에 앉아 이 모습을 지켜보았다.

샌프란시스코는 로런스에게 끝없는 놀라움을 안겨주었다. 라쿤과 주머니쥐가 거리를 돌아다녔다. 밤에 특히 많았는데, 반짝이는 털과 긴 꼬리는 얼핏 보면 떠돌이 고양이로 착각하기 쉬웠다. 스컹크는 사람들 집 아래에 둥지를 틀었다. 이 앵무새들은 벚나무가 자라지 않는 남아메리카에서 왔지만 웬일인지 벚꽃을 좋아하는 취향을 키웠다. 로런스가 아는 사람들 대부분은《컴퓨트론 뉴슬리》에서 자신들과 친구들을 어떻게 평하는지, 혹은 이런 경제위기에 누가 투자를 받는지에만 온통 관심을 쏟았다. 로런스가 도시에서 벌어지는 자연의 반전을 보게 된 것은 딱 하나, 퍼트리샤와 어울렸기 때문이었다. 그녀는 그와는 완전히 다른 도시를 보았다.

사실, 로런스는 이런 밝은 열대의 새들이 꽃을 먹어치우는 놀라운 광경을 건성으로 보고 있었다. 마음속으로 자신이 **한 인간의 존재를 거의 지워버릴 뻔했다**는 사실을 이해하려고 노력했기 때문이다. 로런스는 지난 두 주 동안 거의 자지 못했다. 대체 뭐가 잘못되었는지 알아내려고 하루 20시간을 매달렸다. 잠을 자려고 하면 프리야의 입이 벌어졌다가 다물어지는 모습이 떠오르면서 심장이 서커스단의 북소리처럼 마구 뛰었다.

말 담요를 펴고 퍼트리샤와 앉아 있는 지금도 로런스는 그녀가 무슨 말을 할까 마음을 다잡고 기다렸다. 그녀는 프리야에게 무슨 일이 있었는지 제대로 알고 있었다. 어쩌면 로런스보다 더 잘 알았다. 그런데도 그녀는 아직 그와 관련하여 자신의 의견을 한마디도 내놓지 않았다. 그냥 적절한 때를 기다리고 있는지도 몰랐다.

퍼트리샤가 침묵을 깼다. "좋아, 뭐가 문제야?" 그녀의 창백한 무릎에 풀 자국이 살짝 묻어 있었다.

"아무것도 아니야." 로런스가 멋쩍게 웃었다. "그냥 새들을 바라보고 있어. 멋있어서."

"젠장, 이제 그만 말해도 돼. 널 알고 지낸 세월이 얼마인데 내가 그것도 모를 것 같아?"

그래서 로런스가 털어놓았다. "내가 얼마나 멍청했는지 말해주길 기다리고 있었어. 적절한 보호책 없이 프리야에게 그런 실험을 해서 네가 어쩔 수 없이 우리를 구해주었잖아. 그러니 어떻게 된 상황인지 알려줄 거라 생각했지."

퍼트리샤는 마치 불편한 입장에 처한 것처럼 몸을 꼼지락거렸다. "설명하는 게 내 몫이라고는 솔직히 생각하지 않았어." 그녀가 마침내 입을 열었다. "문책하는 상사들이 있지 않아? 너희는 자신들이 한 일을 열심히 분석하는 걸로 알고 있는데."

"맞아, 물론이야."

사실은 로런스의 동료 누구도 그날 이후 사건을 언급하려고 하지 않았다. 한 번인가 두 번 누군가가 '프리야의 사고'를 입에 올렸다가 침묵이 어색하게 길어져서 로런스는 얼음을 통째로 삼킨 것 같은 기분이 들었다. 애냐는 퍼트리샤가 프리야를 어떻게 구했는지 로런스가 설명하지 않은 것에 여전히 화가 나 있었다. 마지막에 어떻게 되었는지 알지 못하면 규약을 마련할 수 없기 때문이다. 수가타와 프리야는 악몽을 그냥 묻어두려 했다. 한편 로런스는 명목상 그들을 관리하는 책임이 있는 이소벨에게 아직 사건에 대해 말하지 않았다.

"로런스, 잘 들어." 퍼트리샤는 새에게서 눈을 돌려 그를 쳐다보았다. 눈을 크게 뜨고 아랫입술을 깨물었다. "가와시마의 부탁을 받고 내가 무너지도록 두지 않겠다고 네가 말했을 때 뭉클했어. 하지만 날 도우려고 하지 마. 괜히 미치게 만들 뿐이야. 나는 절대로 잊고 넘길 수 없는 많은 일들을 했어. 내가 어떤 일을 했는지 네가 알고 나면 넌 내 옆에 오지 않을 거야."

로런스는 퍼트리샤가 이런 식으로 말하는 것을 듣고 비행기에서 에어포켓을 만난 기분이었다. 퍼트리샤가 자신에게 마음을 터놓는다는 생각이 들어서 왠지 모르게 짜릿했다. 하지만 문득 겁이 났다. 어쩌면 그녀 말대로 그녀를 멀리할 수밖에 없는 일들이 있었는지도 모른다. 예컨대 아기의 피를 마시며 마녀의 힘을 충전한다는 말을 들을지도 몰랐다. 퍼트리샤와 마법에 대해 더 많이 알아갈수록 그는 뭔가를 잃어갔다.

하지만 그 무엇도 바로 이 순간 그녀와 한층 가까워졌다는 흥분을 억누르지는 않았다. 그의 피부에, 두피에, 그리고 가슴에 아드레날린이 차올랐다.

"아무튼 넌 내가 저지른 사상 최대의 실수를 무마시키도록 도와줬어." 로런스가 큰 소리로 말했다. "그것만으로도 넌 대단한 존재야."

언덕 아래의 보도에 유모차를 끌고 나온 여자와 아기가 보였다. 오버롤을 입고 머리가 삐죽 삐친 아이가 자꾸만 벚나무로 달려가 앵무새를 괴롭히려 하자 여자가 소리를 질렀다. 다섯까지 세겠다고 으름장을 놓았다.

"10대 시절에 몇 명이서 조급하게 시베리아의 시추 시설을 공격했어. 사람들이 죽었어. 내 친구도 죽었지. 요즘에는…." 퍼트리샤는 몸을 부들부들 떨다시피 하며 숨을 크게 들이마셨다. "사람들을 벌주고 다녀. 10대 소녀들을 강간하고 죽인 남자가 있었는데, 내가 놈을 구름으로 만들었어. 환경 규제를 막는 데 공을 세운 로비스트는, 문서감축법의 피카소라고 불리던 사람인데, 바다거북으로 만들었지. 바다거북은 대부분의 사람보다 훨씬 오래 사니까 살해가 아니었어. 관료들이 내 친구 레지널드를 저소득층 임대주택에서 쫓아내려고 하기에 그들 중 한 명에게 뾰루지를 안겼어." 그녀는 로런스를 똑바로 바라보지 못했다.

"와우." 로즈 선생이 어떻게 되었는지 본 로런스로서는 그리 놀랄 일도 아니었다. 하지만 그건 선임 마법사의 솜씨였다고 퍼트리샤가 설명했다. 잠시 그는 가파른 언덕이 기우는 것처럼 정신이 아득해졌지만 이내 바짝 중심을 잡았다. "와우." 로런스가 또 한 번 말했다. "내가 상상했던 것과 다르군. 난 말이지 네가… 이곳저곳 돌아다니며 아기에게 축복을 빌어주는 상상을 했지."

"동화 같은 걸 생각하고 있었구나. 내가 아기에게 축복을 빌어주면 네가 그러는 것과 똑같은 효과가 날걸."

"왠지 아닐 것 같은데." 로런스가 코웃음을 쳤다. "아기들은 나만 보면 토하려고 하거든. 아무튼 네 이야기를 들어보니 나쁜 사람들을 응징하는 것 같네. 모르겠다. 내가 만약 사람들을 거북으로 만들 수 있다면 온 세상이 거북으로 가득할 거야."

둘은 한동안 말이 없었다. 어머니가 아기를 잘 구슬려 유모차에 태우고는 마리나 쪽으로 내려갔다. 앵무새들은 식사를 마치고 벚나무와 위풍당당한 에드워드식 주택 양옆에 있는 다른 거대한 나무 사이를 오가며 소리를 질렀다. 한 번인가 두 번 로런스의 머리 바로 위로 날아와 초록색 깃털을 펼치며 인사를 했다.

“궁금한 게 있는데.” 로런스가 말했다. “윤리적인 체계 같은 게 있어? 그들이 계속 언급했던 한 가지 규칙 말고. 너희는 무엇을 해야 할지 어떻게 알지?” 퍼트리샤에게 진지한 대화 주제였으니만큼 그는 조심스럽게 말했다. 그녀는 이제 눈을 딴 데로 돌렸다.

“으음.” 퍼트리샤가 어깨를 올리자 가슴이 흰색 티셔츠 안에서 들썩였다. “가끔은 가와시마나 어네스토로부터 지시를 받아 행동해. 난 그들을 믿어. 하지만… 모든 사람을 거북으로 만들 수는 없어. 상황을 봐야지. 저기 저 앵무새 보여?” 그녀는 몇 차례 오가다가 맛있는 벚나무로 다시 돌아가 있는 새들을 가리켰다.

“응, 물론이지.” 로런스는 머리의 빨간 점들이 까딱거리는 것을 보았다. 자신들을 붙잡아 새장에 가두려는 사람들을 조롱하는 것 같았다.

“난 쟤들이 무슨 말을 하는지 알아들을 수 있어. 지금 중앙에 있는 친구에게 화가 나 있어. 멍청하게 굴다가 매한테 잡아먹힐 뻔했거든. 그리고 저쪽에 까마귀들도 있는데. 바로 지금 그들이 무슨 말을 하고 있는지도 알아들을 수 있어.”

“와우.” 로런스는 근처의 송전선 위에서 까마귀들이 자신들을 면밀하게 보고 있는 줄은 미처 몰랐다. “그러니까 그들의 말을 다 알아듣는다고? 항상 말이지?”

“어느 정도 집중이 필요하긴 해. 하지만 원한다면, 그래.”

“마법을 부리는 사람들은 모두 할 수 있는 일이야? 예를 들어 가와시마나 테일러도?”

"꼭 해야 한다면 할 수 있을 거야. 노력을 많이 하면 말이지. 하지만 항상 할 수는 없어. 사람마다 별난 재주가 다 다르니까."

"동물들의 말을 항상 들어야 해서 미칠 것 같지는 않아?"

"전혀. 아마 익숙해져서 그렇겠지. 평소에는 신경 끄고 있어. 너도 주위 사람들이 하는 말을 다 듣지는 않잖아. 하지만 동시에 마음 한구석에서는 까마귀가 어떻게 생각할까 하는 인식을 항상 하고 있어. 까마귀는 정말로 똑똑해."

까마귀들은 치열한 정치 토론이라도 벌이듯, 까악까악 하며 필리버스터를 하는 것처럼 보였다. 그중 한 녀석이 젖은 개처럼 날개를 털었다.

로런스는 자신이 입을 열면 모든 게 엉망이 되리라는 것을 알았다. 하지만 그가 마음속 생각을 밖으로 드러내지 않는다는 것을 퍼트리샤가 알게 되면 그건 더 안 좋을 수 있었다. "내 말 이상하게 듣지 말아줘." 그가 말했다. "하지만 내 생각에 '까마귀가 어떻게 생각할까'는 윤리적인 체계의 기초가 아니야. 까마귀는 네가 말한 선택이 가져올 결과를 제대로 이해할 수 없어. 까마귀는 원자로가 어떻게 작동하는지, 혹은 문서감축법이 뭔지 몰라."

"너는 문서감축법이 뭔지 알아?"

로런스는 목깃을 꽉 조이고 입어서 몸에서 열이 났다. "으음, 그건 법안이지. 문서 사용을 줄이자는 내용이고."

"제기랄, 말이 되는 소리를 해. 물론 까마귀가 핵물리학을 이해할 순 없지. 그건 대부분의 사람들도 마찬가지야. 그리고 내가 까마귀에게 과학적 조언을 구하겠다는 말이 아니잖아."

로런스는 용기를 내어 고개를 들었다. 퍼트리샤는 화가 났다기보다는 웃고 있었다. 아울러 눈동자를 살짝 굴리며 초조함도 드러냈다. 그 정도라면 감당할 수 있을 것 같았다.

"그래. 내 말은 훨씬 더 복잡한 윤리적 질문이 있다는 거야."

"물론이지." 퍼트리샤는 고개를 가로저었고 휘파람을 살짝 불었다. "하지만 넌 논점을 크게 놓치고 있어. 거의 의도적으로 말이지. 내 말은 세상을 바라보는 수많은 다른 방법들이 존재한다는 거야. 그 점에서 나는 독보적으로 유리한 점이 있어. 다양한 목소리들을 듣게 되었으니까. 넌 그렇지 못하잖아."

로런스는 이제 까마귀들이 퍼트리샤로부터 귀띔을 받아 자신을 비웃고 있는 것만 같았다. "나도 들어. 다만 나는 윤리가 보편적이라고 생각해. 그리고 원칙들로부터 나오는 것이라고 봐. 상황에 좌우되는 윤리는 위험한 비탈길이나 다름없어. 아울러 나는 까마귀에게 윤리라는 개념이 있다 한들 많을 거라고는 생각하지 않아. 까마귀가 범주에 따라 처리해야 할 현안을 인식한다고 생각하지 않아."

"재밌네. 대화가 처음 시작될 때는 내가 널 판단한다고 걱정하더니 끝날 때는 네가 날 판단하고 있으니 말이야." 퍼트리샤는 확연히 살짝 굳은 표정이었고 담요에서 살짝 떨어져 앉았다. 로런스는 자신이 독극물이 된 기분이었다. 아울러 자신이 도를 넘어 이런 멍청한 세상에서 그나마 말이 통하는 사람을 열받게 했을까 봐 우려했다.

"내가 널 판단한다니, 그렇지 않아. 말했잖아, 내가 너라면 사방에 거북이 가득할 거라고."

"솔직히 난 윤리가 원칙에서 나온다고 생각하지 않아. 전혀." 퍼트리샤는 또다시 살짝 가까이 다가왔고 서늘한 손가락 끝으로 그의 팔을 만졌다. "윤리의 가장 기본은 자신의 행동이 남에게 어떤 영향을 미치는지 인식하는 거라고 생각해. 그리고 남들이 무엇을 원하는지, 어떻게 느끼는지 아는 거지. 그건 상대방이 누구냐에 따라 항상 달라져."

로런스는 심호흡을 했다. 퍼트리샤와 의견이 맞지 않지만 그런다고 세상이 끝난 것은 아님을 깨달았다. 그녀 스스로 몹시 예민하게 구는 주제에 대해 속내를 털어놓기 시작했는데 자신이 곧바로 반박하는 것은 왠지 바람직하지 못하게 보였다. 하지만 그녀는 이해했다.

"네가 무슨 말을 하려는지 알겠어. 사실 얼마 전에 나도 비슷한 생각을 했어." 로런스는 자신이 다른 행성에 가서 우리가 지구에서 당연하게 여기던 어떤 것도 그곳에서는 진실이 아님을 목격하는 상상을 했다고 그녀에게 말했다. 꼭 이래야 한다는 건 없었다. "어쩌면 여기 지구에서 너의 상황이 그런지도 몰라. 인간이 아닌 관점에서 현실을 보잖아. 나도 알겠어."

"멋지군." 그녀는 가방을 뒤져 캐디를 찾았다. 그녀에게 가야 할 곳이 있다고 알려주고 있었다.

로런스는 다른 말을 하고 싶었다. 예컨대 퍼트리샤가 괴물이 될까 봐 그토록 걱정한다는 사실 자체가 그녀가 결코 괴물이 아니라는 뜻이라고 말해주고 싶었다. 그러나 그녀는 이미 언덕을 성큼성큼 내려가고 있었다. 앵무새에게 무슨 말(조언이나 어쩌면 그냥 고맙다는 인사)을 하려고 잠깐 멈췄을 뿐이었다. 새들은 결혼식장에서 쌀을 뿌리듯 하얀 털을 날리며 그녀를 맞았다.

사우스 오브 마켓에서 고급 유기농 음식을 내는 소규모 레스토랑이 모두 파산하는 바람에 로런스와 세라피나는 어쩔 수 없이 중국 요리와 도넛을 파는 기름진 식당에 가게 되었다. 그나마 도넛은 신선했지만 제너럴 초스 치킨은 살짝 이도 저도 아닌 느낌이었다. 로런스는 세라피나에게 더 좋은 대접을 못 해 쑥스러웠다.

세라피나는 개의치 않는 듯했다. 심지어 젓가락으로 도넛을 집어 먹었다. 붙인 속눈썹이 뺨에 닿을 지경이어서 그는 쳐다보기 곤혹스러웠다. 그녀는 멋졌다. 그는 최후의 선택을 실행할까 생각했다. 물론 그녀에게 다른 반지를 줄 수도 있었지만, 할머니에 대한 사연이 없다면 같은 의미일 수 없었다. 세라피나는 도넛을 다 먹고 나서 휴대전화를 들여다보았다.

네온 간판이 탁탁 소리를 냈다. 로런스는 둘 다 한참 동안 아무 말도 하지 않았다는 것을 깨달았다. 그저 열심히 듣는 것으로 침묵을 메우고 싶었다. 프리야의 멍한 표정이 머리에서 지워지지 않았다. 그는 입에 신맛이 돌고 위장에 든 음식물이 뭉치는 기분이 들었다.

"좋아, 무슨 일이야?" 세라피나가 물었다.

"음, 아무것도 아니야." 로런스는 프리야에 대해 세라피나에게 말할 수 없었다. 그러면 반중력 실험에 대한 진실을 알게 될 테고, 정확히 어떻게 프리야를 구했는지 세라피나가 물을 게 뻔했다. "일에 차질이 생겨서 말이야. 이소벨에게 뭐라고 해야 할지 모르겠어. 밀튼에게도 그렇고."

"솔직히 말하는 게 좋지 않아? 다들 어른이잖아." 그녀는 어깨를 으쓱하고는 다시 휴대전화를 보았다.

두 사람은 원래 함께 밤을 보내기로 했지만, 로런스는 밤샘 작업을 하러 일터로 가야 했다. "내가 며칠 더 자지 않고 버티면 연구에 진전이 있다고 보고할 수 있을 거야."

"혹은 수면 부족이 되어 훨씬 큰 실수를 저지를 수도 있지." 세라피나는 그렇게 말하고 웃었다. 본인도 그런 경험이 있었던 것이다. "행운을 빌어. 사랑해." 그녀는 BART(장거리 전철)가 비정규적으로 운행 중인 마켓을 향해 다시 올라갔다. 로런스는 그녀가 블록을 다 돌 때까지 지켜보며 혹시 그녀가 어깨 너머로 돌아보거나 돌아서서 마지막으로 손을 흔들지 않을까 기대했다. 그런 일은 없었다. 그녀가 사라지는 것을 보는 그의 마음은 빙판에 미끄러지는 비포장도로용 오토바이 같은 심정이었다.

로런스는 이소벨의 기분이 좋을 때를 기다려 프리야의 사고에 대해 말할 참이었다. 하지만 며칠이 지나자 이소벨이 최근 들어 기분이 좋았던 적이 없었다는 것을 알아차렸다. 그녀가 로런스를 만나 거의 맨 처음으로 한 말이 권위적인 인물이 되기 싫다는 것이었다. 그런 그녀가 이제 이런 거대한 사업체에서 밀튼 다음으로 높은 직책을 맡으면서 괴짜들에게 이래라저래라 지시하고 있었다. 희끗한 단발머리에 자주색 정장을 차려입은 자기 모습을 거울 속에서 볼 때마다 이소벨은 깜짝깜짝 놀랐다.

마침내 로런스는 실험실에서 이틀 연속 밤샘을 하고 나서 매를 맞기로 했다. 그가 들어갔을 때 이소벨은 작은 부엌 식탁에서 대서양의 인공위성 사진들을 들여다보고 있었다. 그녀가 멕시코만류에 있는 흉한 얼룩을 손으로 가리키며 말했다. "슈퍼 폭풍 커밀라야."

"아, 예." 로런스는 그녀의 어깨 너머로 보았다. "들었어요. 동부해안을 거의 덮칠 뻔했다고요. 샌디나 베키보다 훨씬 위험했을 거라고 다들 말하더군요."

"지난 2년간 이런 아슬아슬한 폭풍으로 세 번째야." 이소벨이 말했다. "게다가 허리케인 시즌은 아직 끝나지 않았어. 밀튼이 어찌나 화를 내는지."

로런스는 의자를 가져와 앉았다. "저기요, 밀튼에게는 보고하지 않았으면 하는데요. 그게… 연구에 차질이 생겼어요."

"무슨 차질?" 이소벨은 랩톱을 찰칵 닫았다.

"사고가 있었거든요. 실험실에서." 로런스는 퍼트리샤를 언급하지 않으면서 자초지종을 설명하려고 했다. "어떻게 진행해야 할지 모르겠어요."

이소벨은 의자를 뒤로 빼고 캐비닛에서 그라파를 한 병 꺼내 로런스와 자신을 위해 따랐다. 그런 다음 팔꿈치를 식탁에 대고 다시 앉았다. "안전 규약을 더 강화해야 한다는 말로 들리네. 인간을 대상으로 장비를 멋대로 테스트하지 말고. 밀튼이나 나와 먼저 상의해."

"네." 로런스는 마른침을 삼켰다. "어리석었어요. 제 잘못이에요. 하지만… 반중력장이 왜 그렇게 불안정한지 골치가 아파요. 그럴 리 없거든요. 테스트도 했는데. 더 많이 해야겠어요. 지금 생각으로는 원점으로 돌아가 완전히 다른 접근 방식을 취할까 봐요."

"허허." 이소벨은 술을 한 모금 마시고 눈살을 찌푸리며 그를 보았다. "지난번에 말했을 때는 아주 좋아 보인다고 했잖아."

로런스는 며칠 밤을 샌 피로가 몰려오는 것을 느꼈다. "그랬죠. 아주 좋아 보였죠. 그런데 아니었어요."

"방금 밀튼에게 보고하지 말라고 했는데, 그건 나보고 그에게 거짓말하라는 소리야. 프로젝트에서 네가 맡은 일을, 다른 모든 팀의 작업의 성패가 걸린 일을 실제로 잘 해내고 있다고 말이야. 그렇지? 문제 해결을 코앞에 두고 있다고. 실은 '원점'으로 돌아갔으면서 말이지." 그녀는 그라파를 쭉 들이켜고 로런스에게도 더 따라주었다.

로런스는 의자 위에서 몸을 젖혀서 금방이라도 넘어질 것처럼 보였다. "아무도 밀튼에게 거짓말하지 않아요. 그는 우리가 최선을 다하고 있다는 것을 알아요. 그러니 이번 일은 날 믿어줘요."

이소벨은 고개를 가로저었다. "나는 못 해. 방금 나한테 한 말 그대로 밀튼에게 보고해. 며칠 뒤에 그가 여기로 올 거야. 그에게 곤경에 처했다고 말해. 그러면 그는 덴버 외곽에 마련한 시설로, 머리를 식힐 것이 아무것도 없는 곳으로 널 보내겠지."

로런스는 부모님이 자신을 병영학교의 죽음의 덫으로 데려갔을 때가 불현듯 생각났다. 잠을 못 자서 정신이 몽롱하고 얼굴이 벌게졌다. "제발 제 말대로 해줘요." 그는 의자에 힘을 주고 주먹을 쥔 양손으로 식탁을 꽉 눌렀다. "젠장, 포기하려는 게 아니에요. 그냥 한발 물러나는 거라고요. 협박인지 압박인지 모르겠지만 저한테는 안 통해요."

"협박하는 거 아니야." 이소벨은 자신의 잔에 그라파를 더 따랐다. "절대적으로 일어날 일이지. 넌 계약을 했어. 이 프로젝트에 헌신하겠다고. 내 친구라는 이유로 특별 우대도 받았지. 6년 전에 처음 여기 왔을 때 기억나?"

"네." 당시 로런스는 부모가 이혼했고 숨을 곳이 필요했다. 다시 연락이 닿은 이소벨이 여름에 항공우주 회사 일을 접을 때 자신의 좁은 집에서 지내도록 해주었다.

그 여름을 돌아보면, 에어컨이 가동되는 공간에서 나오는 순간 사막의 열기가 얼굴을 강타하던 것이 가장 강렬한 추억이었다. 로런스는 아이패드를 들고 이소벨을 미행하면서 그녀가 필요로 하는 것은 뭐든 요구하지 않아도 해주려고 했다. 로런스는 길고 검은 머리에 붉은색 립글로스를 칠한 아이비라는 여자애와 늦은 밤 오존 냄새가 나는 곡식 저장고 뒤에서 몸을 섞었다. 밀튼은 골프 모자와 반바지 차림으로 돌아다녔는데, 로런스는 MIT에서 로켓을 만진 자신에게 소리를 질렀던 나이 많은 터틀넥 남자가 밀튼이었다는 것을 알고 놀랐다. 밀튼은 자주 이런 말을 했다. "인류에게 하나의 행성에 모여 살다가 다른 행성으로 이주하려고 시도하는 것보다 더 중요한 임무는 없었네. 이건 말 그대로 죽느냐 사느냐의 문제야."

이소벨은 그라파가 목구멍을 넘어갈 때 살짝 신음 소리를 냈다. "내가 어떻게든 해보려고 필사적으로 애쓸 때 넌 내 뒤를 강아지처럼 쫓아다녔어. 우리 모두 네가 그저 유명인을 좋아하는 아이라고만 생각했지. 그러다가 마지막 날, 우리가 다리가 부러진 저 소파에 앉아 나인 인치 네일스의 비디오를 보며 울고 있을 때 네가 물리학 논문을 가져온 거야."

"중력 터널링에 관한 논문이었죠. 기억나요." 로런스가 말했다. 울런공*의 어떤 정신 나간 물리학자가 항성 간 여행의 방법에 관한 이론을 만들었다. 밀튼은 처음에는 무시했지만 논문을 다시 읽고 팔에 뭔가 적기 시작했다. 그것이 밀튼이 수십 년 안에 인구의 10퍼센트를 지구 밖으로 보내겠다는 이른바 '10퍼센트 프로젝트'를 창설하게 된 계기가 되었다.

"그러니 거기 앉아 그냥 아무것도 모르는 구경꾼처럼 굴지 마." 이소벨이 말했다. "너도 이 일을 시작하도록 만든 사람이야. 뉴스를 보는지 모르겠지만, 세계는 지금 절벽으로 추락하기 직전에 와 있어."

"나도 알아요." 로런스가 의자에서 몸을 자꾸 움직여 나무가 삐걱대는 소리가 신경에 거슬렸다.

"그러니 네가 물러선다고 내가 밀튼에게 보고하는 것이 싫으면 물러서지 마. 만약 원점으로 돌아가고 싶다면 밀튼에게 직접 말해. 널

* 오스트레일리아 뉴사우스웨일스주의 도시.

보호하는 역할을 내가 하진 않을 거야. 알았어?"

"알았어요." 로런스가 말했다.

이소벨은 랩톱을 다시 열고 위성 지도를 좀 더 들여다보았다. 스크린의 불빛 때문에 그녀는 서서히 존재가 지워지는 유령처럼 보였다.

두 사람은 한참 동안 말없이 앉아 있었다. 로런스가 자러 갔다. 한밤중에 물을 마시려고 일어나 보니 이소벨이 아직도 식탁에 앉아 거의 빈 병을 앞에 놓고 얼굴을 떨며 울고 있었다. 그는 그녀를 일으켜 세워 어깨로 부축하며 계단을 올라 침실로 데려다줬다. 그녀가 잠들 때까지 옆에 있다가 나왔다.

24

"이걸 꼭 해야 해?" 퍼트리샤가 물었다. 두 사람 다 발가벗고 있었고 아직 본격적으로 일을 벌이기 전이었다.

"확실함이 저주일 수도 있다는 것을 최근에 알게 되었어." 로런스가 말했다.

퍼트리샤가 한 번도 와본 적이 없는 로런스의 침실이었다. 이소벨의 아파트 아래층에 딸린 별채 같은 곳으로, 창문 밖으로 뒤뜰 정원이 보였고, 마이티마우스 누비이불과 트윈베드가 있었다. 침대 맞은편 벽은 그의 작업 공간이었다. 랩톱 컴퓨터와 19인치 모니터, 각종 전자장비 부품들이 쌓여 있었다. 그리고 잠금장치를 해제한 두 대와 크로스오버 케이블에 물려놓은 두 대를 포함하여 캐디가 총 다섯 대 있었다.

문 옆의 나머지 벽 공간은 작은 책장 차지였다. 그래픽노블과 공학 교과서, 그리고 『파인만 씨, 농담도 잘하시네!』 같은 과학자 회고록도 몇 권 보였다. 이상한 포즈를 취한 액션피규어와 장난감들이 화장대에 어지럽게 널려 있고, 세라피나의 로봇인 지미가 로런스의 침대 프레임을 물끄러미 쳐다보았다.

로런스는 빌어먹게도 신경이 몹시 날카로웠다. 그동안 적지 않은 여자들과 놀아났지만 그중 적어도 절반은 술 취한 매춘부들이어서 섹스 능력과 관련하여 어느 정도 그럴싸하게 발뺌할 수 있었다. 그는 대학교 2학년과 3학년 때 짓궂은 전기공학자 지니퍼와 데이트를 했다. 그녀는 로런스의 성기에 걸터앉아 그의 전립선을 다양한 세기의 진동으로 자극할 수 있는 장치를 고안했으며, 비슷하게 속도 조절이 가능한 진동기로 본인의 음핵을 자극했다. 아울러 지니퍼가 섹스할 때 착용한 로봇도 있었는데 설명하자면 너무 길다.

그러나 이번에는 그가 반평생 알아왔고 이런저런 인연으로 얽혀 있는 사람이었다. 일을 망쳐서는 안 되었다. 게다가 퍼트리샤는 마녀였으니 정신 나간 섹스에 익숙할지 몰랐다. 어쩌면 마법사들은 박쥐로 변신해 30미터 상공에서 섹스를 하거나 영혼끼리 접속하거나 사방에 불꽃을 튀기며 할지도 몰랐다. 설령 그렇지 않더라도 그녀는 그보다 훨씬 경험이 많을 터였다.

또 하나 퍼트리샤가 그야말로 근사해 보였다는 사실이 있었다. 그녀의 알몸에서 빛이 났다. 그녀는 평소에 풍성한 옷을 즐겨 입었지만, 가슴이 완벽했고 로런스가 기대했던 것보다 더 컸으며, 팔과 다리는 길고 날씬했다. 피부는 발그레하여 온기가 있었다. 그의 침대에서 몸을 이리저리 옮길 때마다 그녀의 길고 검은 머리가 여기저기 떨어졌고 발가락이 구부러졌다. 솜털 같은 음모와 무릎 뒤에 움푹 들어간 곳이 살짝 보였다. 이 모든 게 기적 같았다. 그는 그녀가 얼마나 아름다운지 이제 막 조금 이해하기 시작했다. 지난 두 달 동안 할머니의 반지가 아직 있었다면 당장 그녀에게 주고 싶다고 로런스가 생각한 건 이번만이 아니었다. 하지만 이 기회를 날리지 않게 해달라고, 막대한 실수가 되지 않게 해달라고 신에게 빈 것은 이번이 처음이었다.

퍼트리샤는 로런스를 바라보며 단순한 성욕 말고도 마음 깊은 곳이 쓰라리는 것을 느꼈다. 그녀는 평생에 걸쳐 사람들에게 "꼭 이럴 필요는 없어" 혹은 심지어 "**우리는** 이보다 나을 수 있어" 하고 말해온 것 같았다. 꼬마 시절 급우들이 자신을 흙에 떠밀거나 로버타가 고약한 향신료 상자에 넣고 맹꽁이자물쇠를 채웠을 때도 눈물을 글썽이며 그렇게 말하려 했지만, 당시의 퍼트리샤는 이런 표현을 알지 못했고 말해봤자 아무도 이해하지 못했다. 중고등학교 시절 모두가 불태워 죽이고 싶어 했던 외톨이 괴짜였을 때 그녀는 "이보다 나을 수 있어" 하고 말하려 애쓰는 노력조차 접었었다. 하지만 한 번도 그런 감정을 놓은 적이 없고, 이제 그것은 희망의 형식으로 되돌아왔다. 퍼트리샤는 로런스의 얼굴(커다란 셔츠 칼라가 치워지니 더 네모나고 잘생겨 보였다)과 놀랍도록 몽글몽글하고 빨고 싶게 생긴 그의 젖꼭지, 말끔하게 면도한 음모, 다리와 배에 하트 모양으로 난 털을 보았다. 그리고 그녀는 두 사람이 바로 지금 여기서 어떤 비극도 건드리지 못하는 뭔가를 만들어 낼 수 있을 것만 같았다.

재앙이 될 뻔했던 프리야의 사고가 있고 두 달 정도 지났을 때 로런스는 퍼트리샤와 술을 마시러 갔다. 그가 세라피나에게 잠시 떨어져 지내자고 말한 것을 이해하려고 한 사람이 그녀밖에 없었던 것이다. 다른 친구들은 모두 그가 미쳤다고 생각했다.

로런스는 포이즌알엑스의 어두컴컴한 모퉁이에 자리를 잡고 앉아 스네이크바이트 칵테일을 마시며 퍼트리샤에게 모든 이야기를 털어놓았다. 처음에 그는 세라피나를 분에 넘치는 사람으로 여겼고, 그들의 사랑은 서로 교감 없이 함께 망상을 나누는 것이라고 늘 생각했었다고 말했다. 퍼트리샤는 비웃지 않았다. 그녀도 비슷한 경험이 있기 때문이다. 그리고 현실을 받아들이지 않으려다가 그녀는 지금과 같은 사람이 되었다.

"우리 둘 다 보았잖아." 퍼트리샤가 말했다. "세상은 계속 반복된다는 거. 사람도 그래. 너와 세라피나에게도 언젠가 기회가 또 있겠지."

"어쩌면." 로런스는 술을 급하게 들이켜고 시큼한 과일과 흑빵을 집었다. "하지만 가끔은 그냥 패배를 받아들여야 해."

퍼트리샤가 반지 일은 미안하게 되었다고 계속 말해서 급기야 로런스가 이렇게 말했다. "아냐. 내가 남자답게 책임져야지. 프리야 일도, 그 결과도, 그 이후에 내가 결정한 것도." 그렇게 말하고 나니 로런스는 마음이 한결 편해졌다. 사실이기도 했고, 자신의 삶을 적극적으로 이끌어 가는 사람이 된 것 같았다.

그날 이후로 로런스와 퍼트리샤가 데이트를 시작한 것은 아니었다. 그냥 어울려 다녔다. 둘은 시간만 나면 붙어 다녔다. 로런스가 세라피나와 어울린 것보다 훨씬 자주. 세라피나와는 데이트가 항상 완벽해야 했고, 자신이 귀찮게 들러붙는 사람이 아닌지 늘상 노심초사했다. 퍼트리샤와는 그저 저녁을 먹고 커피를 마시고 늦은 밤에 술을 마셨다. 둘은 로런스가 밀튼의 속박에서 빠져나올 수 있을 때마다 만났다. 테이블 풋볼을 하고, 엔드업 나이트클럽에서 새벽 5시까지 잠 못 드는 퀴어들과 어울려 춤추고, 케이크를 굽고, 테런스 맬릭 감독의 영화를 주제로 재밌는 술자리 놀이를 만들고, 러더퍼드 B. 헤이스의 연설문을 인용하고, 괴상하기 짝이 없는 연을 만들어 카이트 힐 너머의 하늘로 날렸다. 그들은 항상 손을 잡고 다녔다.

두 사람은 서로의 비밀을 거의 다 알았다. 그래서 마음껏 시시껄렁한 말장난을 하고 오래된 힙합 노래 가사와 금주법 시대 밀매업자의 가짜 은어를 떠들며 놀아서 아무도 그들 옆에 오려 하지 않았다.

퍼트리샤는 이렇게 진지함을 벗어던진 게 얼마 만인지 몰랐다. 로런스는 가와시마와 어네스토에게 한, 그녀가 지나치게 자만하지 않도록 하겠다는 약속을 무의식중에라도 지키려고 애썼는지 모르겠지만, 그녀는 전혀 개의치 않았다. 난생처음 극장에서 깔깔거리며 웃는 소녀가 되었다.

깨어 있는 모든 순간을 한 사람하고만 보내고, 그에게만 쓰는 언어가 생기고, 잘 시간이 한참 지났는데도 으슬으슬 춥다면, 이럴 바에야 차라리 침대를 같이 쓰는 게 낫지 않을까 하는 생각이 들기 마련이다. 당연히 즐겁기도 하고 말이다.

퍼트리샤는 왼손을 뻗어 로런스의 턱에서 눈 아래까지 이어지는 얼굴 곡선을 쓰다듬었다. 그의 눈이 회색빛이라고 생각했지만 옆에서 보니 그것 말고 파란 기운도 있었다. 그의 동공이 살짝 커졌다. 그녀는 오른손으로 그의 허벅지에서 배까지 어루만졌다. 그가 몸을 살짝 떨었다. 그의 성기가 매끈하게 털을 민 곳에서 솟아올라 배의 성긴 털에 닿았다.

퍼트리샤는 로런스는 성기의 털을 밀었고 자신은 그냥 둔 것이 재밌다고 생각했지만, 이 순간에 웃을 만큼 눈치가 없진 않았다.

두 사람 중 누구라도 고개를 다른 벽 쪽으로 돌려 전자장비 부품들이 널린 받침대를 보았다면, 캐디가 이상하게 작동하고 있다는 것을 알아차렸을 것이다. 이상하다는 것은, 그때까지 누구도 캐디가 그런 식으로 작동하는 것을 보지 못했다는 말이다. 기타 피크처럼 생긴 케이스 맨 위에 LED 조명이 켜지면서 핀홀 카메라가 작동했다. 이론적으로 데이터를 모두 지우고 아티초크 BSD로 완전히 새로 포맷한 캐디 두 대도 마찬가지였다. 퍼트리샤의 지갑 속에 든 캐디도 작동하여 화면에 자료가 가득 떴다. 이것은 평소 캐디가 화면을 깜빡이며 약속을 상기시켜 주거나, 화면 모퉁이에 작은 거품을 띄워 친구가 근처에서 술을 마시고 있다고 알려주는 것과는 달랐다. 사용자 인터페이스의 일환이 아니라 캐디가 그냥 이 사건에 관심을 보인 것이었다. 지금까지 캐디가 인간의 섹스 행위 장소에 있었던 경우는 이루 헤아릴 수 없을 만큼 많았지만, 그들이 일부러 애를 써서 보려 한 건 이번이 처음이었다.

배터리가 충분한데도 퍼트리샤의 휴대전화가 저절로 꺼졌다. 로런스의 휴대전화도 꺼졌다. 마을 저편에서 로런스의 룸메이트 이소벨은 버스를 간발의 차이로 놓쳤고 다음 버스는 고장이 나서 당장은 집에 돌아오지 못하게 되었다. 로런스는 랩톱 컴퓨터에 메신저를 켜놓았지만 먹통이 되고 말았다. 심지어 델라웨어에 상륙하여 반경 2,000킬로미터에 이르는 3등급 바람으로 동쪽 해안선 절반을 쓸어버린 슈퍼 폭풍 알레그라도 지금은 두 사람을 방해하지 못했다.

퍼트리샤는 열세 살인가 열네 살 이후로 로런스의 알몸을 본 적이 없고, 당시에는 들여다보지 않으려고 눈을 돌렸었다. 이번에는 세세한 부분 하나도 놓치지 않고 꼼꼼하게 탐욕스럽게 살폈다.

로런스는 키가 워낙에 커서 말랐을 줄 알았지만 퍼트리샤의 짐작보다 몸이 훨씬 탄탄했다. 그가 한 곳에 몸을 모으고 침대에 앉아 있으니 이두박근과 흉근, 대퇴근이 불룩한 것이 보기 좋았다. 지금도 필드 종목에 나가도 될 것 같았다. 그의 두툼하고 호기심 많은 손을 보면 언제나 흥분되었지만, 이렇게 나머지 피부와 함께 보니 훨씬 섹시했다. 옅은 갈색 털이 손마디에서 팔까지 쭉 이어졌고, 가슴을 지나 하트 모양의 배에 이르면서 점차 짙고 무성해졌다. 퍼트리샤는 그토록 아름다운 것을 본 적이 없었다. 영원히 그의 품에 안기고 싶었다.

이것이 좋은 충동으로 작용했는지 그녀가 행동에 나섰다. 그를 덮쳤다. 그는 살짝 놀라 끙 하는 소리를 내다가 곧 행복에 겨운 신음소리를 냈다. 그녀는 유방을 그의 가슴에 대고 비볐고, 그와 얼굴을 마주 보고는 다리를 벌려 그의 배 위에 올라앉았다. 발을 그의 몸 양쪽에 대고 엉덩이로 그의 성기를 살짝 찌르자 그가 웃기 시작했고 그녀도 웃었다. 그녀는 몸을 숙이고 그에게 키스하며 그의 입술을 조심스럽게 깨물어 피부를 다치지 않도록 했다.

퍼트리샤의 온몸이, 두피와 팔꿈치까지 흥분으로 달아올랐다. 어떤 주문이나 술수보다 위력적인 광기가 자신을 휘어잡고 있는 기분이 들었다.

퍼트리샤는 하마터면 콘돔 없이 그를 몸 안으로 들일 뻔했다. 원치 않는 한 임신이 되는 일은 없었다. 그리고 두 사람 모두 성병에 걸리지 않았음을 확실히 알았다. 하지만 이렇게 처음부터 콘돔 없이 관계를 갖는 것은 부담스러웠다. 마치 그들이 체액으로 맺어졌음을, 그러니까 사실상 결혼한 몸임을 선언하는 것처럼 여겨졌던 것이다. 그들은 그냥 시험 삼아 해보는 것이다. 그래서 손을 뻗어 은박 포장지를 찾았다.

"네가 주문 같은 것을 걸지 않을까 생각하고 있었어." 로런스는 일관된 템포로 들어왔고 가끔 리듬을 살짝 바꾸어 그녀를 즐겁게 했다.

"보고 싶어?" 퍼트리샤는 그를 쳐다보며 웃었고, 적갈색 눈을 잠시 옆으로 돌려 지금 해도 괜찮은 주문이 뭐가 있을까 생각하다가, 그가 더 세게 빠르게 밀고 들어오자 자신도 모르게 고개를 젖혔다.

"모르겠어." 로런스는 몸을 숙여 그녀의 발목에 키스했다. "근사한 것이 아니어도 좋아. 속임수 같은 거." 퍼트리샤는 속임수라는 말에 몸을 움찔했지만 그는 계속 웃고 있었다. "꼭 하라는 말이 아니라 그냥 어떨까 싶어서."

"알았어." 퍼트리샤가 말했다. "하지만 명심해. 네가 청한 거야."

"청이라기보다는 그냥 생각을… 어어." 로런스는 자신이 무슨 생각을 했는지 잊고 말았다. 이미 예민해질 대로 예민해진 그의 왼쪽 젖꼭지에 수백만 개의 신경말단이 새로 생겼고, 그녀가 거기에 바람을 불어넣었기 때문이다. 그는 빌어먹게도 밀려드는 감각에 정신을 차리지 못했고 뇌가 작동을 멈췄다. 그러고는 사랑하는 여자의 몸속에 있는 콘돔에 사정했다.

그 전까지도 그는 선뜻 믿기지 않았지만 이제 사실임을 깨달았다. 뇌가 정상 기능을 회복하기도 전에 그는 저도 모르게 큰 소리로 말했다. "사랑해."

퍼트리샤는 침대에 엎어져 있는 그를 빤히 내려다보았다. "와우."

그녀가 어떻게 받아들일지 고민하고 있는 것이 분명했다. 마치 생뚱맞은 말이라는 것처럼.

"그 말 취소할게." 로런스가 무마하려고 했다. "취소할게. 난 그런 말 한 적 없어."

그는 놀라서 크게 뜨고 있는 그녀의 초록색 눈을, 반짝이는 속눈썹을, 반쯤 벌어진 입을 쳐다보았다.

"안 돼. 취소하지 마." 그녀는 몸을 떨었는데 나쁜 뜻은 아니었다. "그냥 놀라서 그래. 와우." 그러더니 그를 똑바로 보며 말했다. "나도 사랑해."

그 말을 그에게 돌려주었을 때 퍼트리샤는 자신의 인생 전체가 완전히 새로운 관점을 얻었다고 느꼈다. 그녀의 과거 풍경이 재조정되어 로런스와 있었던 일들이 중요한 지형이 되고, 그와 비례하여 다른 사건들, 쓸쓸한 사건들은 뒤로 물러났다. 역사를 다시 고쳐 쓰는 것은 혈당이 급격히 오르는 것과 비슷한 기분이었다. 로런스가 그녀가 자신을 구했다고 말한 장면이, 로런스가 다시는 그녀에게서 달아나지 않겠다고 약속한 장면이 그녀의 머릿속을 지나갔다. 오래전에 알았던 뭔가를 보는 기분이었다.

"오, 사랑해. 너무너무 사랑해." 그녀는 그렇게 속삭였고, 곧 둘은 서로 엉겨 붙어 서로의 눈물을 핥고 깔깔거리며 웃었다. 그녀는 그의 성기를 만졌는데, 자신이 마법을 썼는지 그냥 만지기만 한 건지 그녀조차 알 수 없었지만, 그가 다시 그녀의 몸 안으로 들어왔다. 이번에는 사정하면서 말을 했고, 서로의 얼굴을 어루만졌다. 몸이 계속해서 뒤집히는 바람에 누가 위에 있다고 말하기 어려웠다.

"내가 이렇게 복이 많은 줄 몰랐어. 넌 최고로 아름다워." 로런스가 말했다.

"계속 이렇게 껴안은 채로 있자." 퍼트리샤는 웃다가 울다가 했다. "영원히 그냥 이렇게 있으면 사람들이 와서 문 사이로 뭘 물어보거나 우리의 전화를 도청하거나…."

퍼트리샤의 휴대전화가 울렸다. 스위치가 다시 켜져 있었다.

그녀는 몸을 잠깐 옆으로 돌려 부모에게서 온 전화임을 확인했다.

그들과 연락한 지도 한참 되었다. 그녀는 무슨 용건인지 곧바로 알았다. 로버타가 술과 약물을 모두 끊기로 결심했음에도 결국에는 감정적으로 무너지고 만 것이다.

"로버타에게 무슨 일 있어요?" 퍼트리샤가 말했다.

"네 언니는 괜찮다." 퍼트리샤의 아버지였는데 지친 목소리였다. "방금 로버타와 통화했다. 그녀는 무사해. 영향권에서 벗어나 있으니까. 우리가 문제야. 네 엄마 세미나 때문에 델라웨어에 왔는데 여기서 나가지 못할 것 같구나."

"잠깐만요. 무슨 일이에요?"

"뉴스 안 봤니? 알레그라가 해안을 덮쳤어. 우리는 컨벤션 센터 지하에 있다. 해일이 밀려와서 다들 이리로 대피했어. 문이 열리지 않아. 아무래도 건물이 무너져서 우리 위로 덮쳤나봐. 온통 물바다야. 너와 연락이 닿은 게 기적이다."

"조금만 버텨요, 아빠." 퍼트리샤의 얼굴이 축축해졌다. 눈물과 눈부심 때문에 앞이 보이지 않았다. "내가 방법을 찾아볼게요. 내가 거기서 꺼내줄게요." 그래야 했다. 공간을 휘든가 해서 그녀를 순식간에 델라웨어로 데려다줄 주문이 있을 터였다. 다만 어떤 방법인지, 누구에게 그런 속임수를 부릴지 생각나지 않았다. 어쩌면 아버지에게 살릴 수 있다고 말하는 것은 역설적이게도 그를 살릴 힘을 얻기 위한 새빨간 거짓말일 수도 있었다. 어쩌면 델라웨어에 도와줄 마법사가 있을지도 몰랐다. 다만 땅 위에 있었다면 모두 죽었거나 지금 한창 바쁠 터였다. 생각할 수도, 숨을 쉴 수도 없었다.

"괜찮아요, 아빠. 이것만 알아줘요. 우리가 비록 못되게 굴고 연락을 끊었지만, 항상 사랑했다는 걸요. 나는… 나는 아빠가 본인다운 삶을 찾아서 자랑스러워요." 퍼트리샤의 마음이 무너져 내렸다. 그녀는 위층 거실에서 이소벨이 로런스에게 와서 뉴스로 파괴의 참상을 보라고 소리치는 것을 들었다. 마치 신이 손날로 내리치기라도 한 것처럼 거리에 물이 넘쳐 수로가 되었고 잔해가 공중에 날아다닌다고 했다.

"네 엄마와 통화할래?" 퍼트리샤의 아버지가 물었다. "지금 옆에 있다. 팔을 다쳤는데 내가 전화기를 들어주면 되니까. 잠깐만 기다리렴." 뭔가 옥신각신하는 소리가 들리더니 통화가 끊겼다.

퍼트리샤는 재발신 버튼을 열 번도 더 눌렀지만 소용없었다. 어쩌면 아버지가 전화를 다시 걸었다가 음성사서함으로 연결될 수도 있으니 그냥 기다려야 한다는 생각도 했지만, 그럼에도 재발신 버튼을 누르는 것을 멈출 수 없었다. 그녀는 소리치고 몸을 떨었다. 벌거벗은 몸이 추울까 봐 로런스가 팔을 둘러주었다. 그녀는 그런 그를 때렸다가 껴안았다. 그녀의 속에서 평생 그녀가 치료해 준 모든 다친 동물들의 소리가 났다.

그러다가 그녀는 정신을 차렸다. 부모님은 아직 죽지 않았다. 파괴는 지금도 진행 중이다. 그녀가 도움을 줄 수 있다. 누가 이 일을 **벌이고** 있다. 그녀는 이 일을 일어나게 만든 자들에게 본때를 보일 수 있다. 사악한 마법사가, 혹은 마법사들이 폭풍을 키우는 방법을 찾아냈다. 그들을 응징해야 한다.

그녀는 카고바지와 셔츠와 빌어먹을 속옷을 다시 집었다.

"어디 가?" 로런스는 여전히 알몸이었다.

"가봐야겠어." 그녀가 신발을 신었다. "어네스토를 찾을 거야. 다른 사람들을 찾을 거야. 그들에게 본때를 보여야 해. 우리는 사람들을 살릴 수 있어."

"나도 갈래." 로런스가 일어나 바지를 챙겼다.

"안 돼." 퍼트리샤가 말했다. "미안하지만 넌 안 돼."

그러고는 작별 인사도 없이 떠났다.

로런스는 문이 쾅 닫히고 이소벨이 황급히 떠나는 퍼트리샤에게 무슨 말을 하려는 것을 들었다. 그리고 이제 케이블에서 끔찍하게 떠들어 대는 미국 역사상 최악의 자연재해 소식이 들렸다. 폭풍의 막강한 위력에 힘입어 이미 불어난 바닷물이 육지를 집어삼켰다는 소식, 강력한 바람과 폭우로 의사당과 국무부 건물이 폐허가 되었고 대통령은 안전한 곳에 피신했다는 소식, 맨해튼이 폭풍 진행 경로에 놓였고 피난 가려고 길게 줄을 선 사람들로 모든 다리가 막혔다는 소식.

누가 로런스의 침실 문을 두드렸다. 그는 혹시 퍼트리샤가 다시 돌아온 건가 기대하며 침대에서 내려왔지만 문을 열고 보니 이소벨이었다. 그녀는 그가 알몸인 것에 개의치 않는 듯했다.

"짐 싸." 이소벨이 말했다. "가방 하나만 챙겨."

"뭐라고요? 왜죠?"

"알잖아. 더 미룰 수 없다는 거. 나는 네가 여기서 평범한 삶을 누리게 하려고 별짓을 다했어. 하지만 이제 곤란해. 시간이 없어. 그럴 형편이 안 돼. 밀튼이 너무 오래 기다렸다고 할 거야. 지금 당장 프로젝트가 제대로 돌아가야 해."

"차질이 있고 나서 늑장 부린 적 없어요." 로런스는 충격에 얼어붙었다. "하지만 아직 문제 해결의 기미가 보이지도 않는다고요. 심각한 이론적 문제가 있어요."

"나도 알아." 그러면서 이소벨은 로런스에게 빈 카키색 더플백을 건넸다. "그게 핵심이야. 그래서 지금부터 넌 하루 24시간 웜홀 문제에 집중할 거야. 우린 새로운 행성이 필요해."

로런스는 떠날 수 없다고 설명하려고 했다. 여기에 모든 삶이 있다고, 마침내 진정한 사랑을 찾았다고, 자신의 모든 것이라고 말하려고 했지만, 언쟁을 벌인들 소용없다는 것을 이미 알았다. 그는 더플백을 받아 들고 옷과 잡동사니를 쑤셔 넣기 시작했다.

퍼트리샤는 데인저 서점까지 쏜살같이 내달렸다. 버스에서 사람들이 재난에 경악하여 세상이 뒤집어질 거라고 말하는 것을 다 무시했다. 한 번에 계단 서너 칸을 뛰며 서점에 도착했을 때 그녀는 숨이 가빴고 여전히 울고 있었지만, 너무 늦었다는 것을 알았다. 모두가 겁에 질린 표정으로, 무기력하게 그곳에 앉아 있었던 것이다. 그리고 그녀가 오는 것을 기다리고 있었던 듯했다. 어네스토가 그녀의 눈을 들여다보며 말했다. "유감이네. 상심이 크겠어. 우리도 그렇고."

"누구예요?" 퍼트리샤가 말했다. "찾아야 해요. 그들을 재로 만들어 우주로 날려버리겠어요. 그들에게 본때를 보여야 한다고요. 그러니 누가 했는지 말해요."

"누가 한 게 아니다." 어네스토가 말했다. "했다면 우리 모두가 한 거지."

"그럴 리 없어요." 퍼트리샤는 점점 거세게 흐느껴 울었다. 극심한 흥분으로 과호흡을 했다. 그녀는 얼룩을 보았다. "여기 누군가가 있잖아요. 이 일의 배후에 빌어먹을 마법사가 있는 게 틀림없어요."

"그건 슈퍼 폭풍이야." 가와시마가 말했다. "너도 기억할 거야. 한참 전부터 몸집을 키워왔어. 며칠 전에 쿠바를 강타했고 사이클론으로 발달했지. 그게 북대서양에 있는 강한 고기압 전선을 들이받아 해안으로 밀고 들어온 거야."

"바다와 기류를 움직일 정도로 위력적인 주문은 세상에 없어." 테일러가 말하며 다가와서 퍼트리샤의 팔을 만졌다. "그러려면 달을 속여야 해."

"당신은 저 폭풍을 치유할 수 있었어요. 폭풍이 잡초처럼 통제 불능이 되기 전에 말이에요. 누가 여기에 주문을 걸었어요. 그들이 했어요. 몇 달이 걸릴 수도 있는 일이었지만, 그들은 몇 달을 들였어요. 누가 이 일을 했다고요."

"이번은 아니야." 어네스토가 퍼트리샤에게 가까이 와서 섰다. 그녀를 건드려 그녀 몸을 박테리아와 곰팡이의 놀이터로 만들 만큼 가까운 거리였다. 그는 슬프지만 놀라지 않은 표정으로 그녀의 눈을 들여다보았다. "너한테 미리 경고하려고 했다. 힘든 시기가 다가오고 있다고. 그러면 우리는 너에게 더 많은 것을 요구하게 될 거라고. 이제 때가 된 듯하구나. 너는 끔찍한 일들을 해야 한다. 하지만 책임은 너 혼자 지는 게 아니라 우리 모두의 것이다. 우리가 함께 여기에 맞선다 해도 월권은 아니야."

"그게 무슨 말이에요?" 퍼트리샤는 여전히 몸을 떨고 있었지만 호흡은 정상으로 돌아오고 있었다. 어네스토에게서 순수한 생명의 에너지 냄새가 났다. 양분이 풍부한 흙이나 한여름 폭우에서 나는 냄새와 비슷했다.

"이것은 뭔가의 시작이네. 끝이 아니라." 가와시마도 가까이 와서 그녀를 사실상 끌어안았다. 그는 누구를 안는 사람이 결코 아니었다. "아니면 뭔가가 끝나고 다른 무엇이 시작하는 거라고 할 수도 있겠지. 뉴욕과 워싱턴 DC가 끝장나고 다른 도시들도 파괴되면서 이 나라는 대혼란에 휩싸일 거야. 난민이 속출하고 임시 수용소가 생기겠지. 더 많은 질병이 들끓을 거야. 혼란과 굶주림이 극심해지고 더 많은 전쟁이, 누구도 보지 못했던 최악의 전쟁이 일어나. 그러면 안타깝지만, 우리는 **풀어짐**에 의지할 수밖에 없어."

"온 세상이 혼란에 휩싸이면 우리는 혼란의 전면에 나서야 해." 어네스토가 말했다. 퍼트리샤는 더는 울음이 나오지 않았다.

25

로런스는 퍼트리샤가 지금 옆에서 이것을 본다면 얼마나 좋을까 생각했다. 그녀가 무엇을 보고 있는지, 그것이 어째서 보기보다 훨씬 더 놀라운지 그녀에게 설명한다고 상상해 보았다.

로런스는 지상에서 수십 미터 높이에 마련된 갠트리*에 서 있었다. 태아처럼 웅크린 덴버 시내가 그의 왼쪽에 펼쳐져 있었다. 강철과 유리섬유로 만든 사마귀 모양 구조물 여섯 개가 갠트리 중앙의 빈 공간 위에 얹혀 있었는데, 때가 되면 이 공간이 열리면서 무한 경로가 드러날 터였다. 평소 같으면 난간 없는 마천루 꼭대기에 서서 현기증 때문에 몸이 얼어붙었겠지만, 지금은 눈앞에 펼쳐진 장대한 규모에 압도

* 철골 고가 구조물.

되어 고도감이 문제가 되지 않았다. 거대한 빨간색 사마귀는 '꼬리' 부분이 파워 코일로 되어 있고, 두 쌍의 다리로 지탱되는 몸통에 로런스 팀이 2년을 매달려 작업한 반중력 발생기를 포함한 여러 장비가 있었다. 사마귀의 '머리'는 반중력 광선으로 인해 만들어지는 구멍을 안정화하는 집속 장치로 이루어져 있었다. 저 멀리 보이는 산등성이마저 위축된 것처럼 보일 정도로 정신 나간 구조물이었다. 생각하기도 싫은 공포에 마주해서도, 심지어 퍼트리샤의 부모와 로런스가 알았던 수많은 다른 사람들에게 벌어진 일에도 불구하고, 세상에는 아직 눈부신 것이 있었다. 구원의 경이였다. 그는 퍼트리샤에게 이것을 보여주고 싶었다. 그녀가 위안을 얻든 그의 오만함을 비웃든 이것으로 그녀의 고통이 조금이라도 덜어진다면 아무래도 좋았다.

몇 달 전에 퍼트리샤가 로런스를 두고 떠난 후로 매 순간 그랬듯 지금도 로런스는 그녀가 옆에 있다면 뭐라고 했을까 생각하고 있었다. 그리고 그녀가 실제로 어디에 있는지, 무엇을 하고 있는지, 잘 지내는지 생각했다. 머릿속으로 그의 낙관주의와 그녀의 절망이 충돌하면서 마치 그녀와 언쟁을 벌이는 기분마저 들었다. 그의 옆에서 애냐, 수가타, 타냐가 세세한 공학 문제를 하나하나 점검하고 있었지만, 로런스의 귀에는 그들이 하는 말이 거의 들리지 않았다.

"부디 잘 작동했으면 좋겠다." 애냐가 말했다.

"예비 테스트까지는 몇 달 더 있어야겠지만, 지금도 아름답네." 수가타가 말했다.

지상층으로 내려가는 엘리베이터에 올랐을 때 로런스는 또다시 퍼트리샤 생각에 빠져 환상적인 웜홀 발생기가, 지구 역사를 통틀어 최고로 멋진 기기가 그의 마음 한구석으로 밀려나고 말았다. 그는 그녀에게 사랑한다고 말했던 바로 그 순간에 갇힌 채 그 이후 벌어진 상황으로 나아가지 못하는 것 같았다. 그 순간에서 멀어질수록 그는 점점 가늘게 늘어졌다. 시간의 흐름에서 이탈했고, 이런 시간차가 갈수록 악화되기만 했다.

지상층으로 돌아온 로런스는 밀튼 더스가 낡은 산업단지를 개조하여 만든 캠퍼스를 둘러보았다. 짙은 색 유니폼을 입은 사람들이 주변을 경계했다. 밀튼의 구두 허가 없이는 누구도 여기로 들어오거나 나가지 못했다. 그리고 밀튼을 몇 주째 아무도 보지 못했다. 개인의 휴대전화, 컴퓨터, 캐디는 이 캠퍼스에 도착하는 순간 압수되었고, 이곳 컴퓨터들은 인터넷에 연결되어 있지 않았다. 대신 내부 전산망이 있었고, 여러 과학기술 관련 웹사이트 자료를 복사한 미러 사이트가 만들어져 있었다. CNN 채널이 나와서 점점 파국으로 치닫는 상황을 파악할 수 있었다. 중국의 남중국해 무력시위, 러시아의 군대 소집, 물 전쟁. 그들이 개인적으로 아는 사람들은 질병이 만연하는 동부의 난민 수용소에 있었다. 그러나 로런스가 퍼트리샤에게 메시지를 전하거나 그녀가 어떻게 지내는지 알아낼 방법은 없었다.

로런스가 일하는(그리고 사무실에 마련된 침상에서 지내는) 건물은 예전에 해피프루트라는 스타트업 회사의 본사였다. 소량의 항우울제가 포함되도록 유전자를 조작한 과일을 판매했는데, 로런스는 매일 밤 침상 맨 위에 걸터앉아 "삶의 기쁨을 과즙으로 누리세요"라고 적힌 파파야가 그려진 포스터를 보았다. 여기 오고 나서 며칠은 스타트업 건물에서 지낸다는 생각이 몹시도 비현실적으로 여겨졌다. 하지만 이제는 상관하지 않았다. 그나마 해피프루트는 직원들에게 조깅이라도 권했는지 샤워기가 세 개 있었다. 직원 100명당 말이다. 건물 전체에서 수달이 썩는 냄새가 났다.

로런스는 타르가 깔린 길을 걸으며 시간을 보냈다. 잎이 떨어진 삼나무와 흡연자들이 담배를 피우고 있는 쓰레기통을 지났다. 그는 퍼트리샤가 여기 있다면 그녀에게 뭐라고 했을지 생각했다. 그리고 완성된 무한 경로를 바라보면 어떤 기분일까 상상했다. 이제 그는 사무실로 돌아가 실망감 속에 중력 방정식의 해법에 다시 골몰해야 한다.

그가 애냐와 수가타와 함께 쓰는 사무실로 돌아가자 로런스 자리에 누가 있었다. 이소벨이 앉아서 로런스의 컴퓨터를 들여다보고 있었는데, 딱히 뭔가를 읽는 것 같지는 않았다.

"안녕." 로런스가 말했다. "기계 봤어요. 정말 아름답더군요."

"그래." 이소벨은 미소를 지었지만 평소처럼 슬픔이 묻어났다.

로런스가 말했다. "저기, 전화 좀 빌려줄래요?" 동시에 이소벨이 말했다. "밀튼이 돌아왔어." 그래서 둘은 서로 먼저 이야기하라고 양보했다. 로런스가 이겼다. 이소벨이 먼저 말했다.

"밀튼이 돌아왔어. 너희를 지금 당장 사무실로 데리고 오라는군. 아무래도 곧 흥미로운 일이 벌어질 건가 봐." 그녀가 일어나서 로런스를 안내했다. 그러고는 기억이 났는지 말했다. "좀 전에 무슨 말을 하려고 했지?"

"오, 별거 아니에요. 아니다, 실은 중요한 일이에요. 전화 좀 쓰게 해달라고 말했어요. 내 여자친구 말인데요. 퍼트리샤라고, 몇 번 본 적 있을 거예요. 홍수 이후로 통화하지 못했어요. 퍼트리샤 부모님이 돌아가셔서 지금 최악의 힘든 시기를 보내고 있어요. 내가 곁에 있어야 하는데. 그녀가 무사한지 확인하고 싶어요. 내가 그녀 생각을 했다고 말해주고 싶어요. 중요한 일이에요."

"미안해." 벌써 문 앞까지 이른 이소벨이 돌아서서 말했다. "미안하지만 방법이 없어." 부탁하기에는 때가 좋지 않았다. 이소벨은 급하게 회의를 하러 가는 길이었다. 하지만 로런스는 끈질겼다.

"부탁할게요. 잠깐만 통화하면 돼요. 꼭 해야 해요."

"우리는 여기서 완전히 봉쇄되어 있어. 사랑하는 사람들과 통화하고 싶어 하는 사람들 천지야. 지금 세상이 어떻게 돌아가는지 네가 아는지 모르겠지만, 혼돈 그 자체야. 우린 누구도 믿을 수 없어."

"이소벨, 내가 지금껏 이런 부탁 한 적 없잖아요." 목소리에 필사적이면서도 혼란스러운 감정이 묻어났다. 로런스는 그 감정에 압도되지 않으려 애썼다. **침착해, 할 말을 하는 거야.** "난 평생 당신의 친구였어요. 그리고 지금 나한테 너무도 중요한 일로 당신에게 부탁하는 거예요. 이건 내 인생이 걸린 문제예요."

"그녀가 네 여자친구라고?" 이소벨이 문을 닫고는 웃었다. "세라피나인 줄 알았는데."

"나도 그런 줄 알았어요. 하지만 당신도 알겠지만 마음은 거짓말 탐지기가 아니니까요. 평생의 짝을 잘못 알아보는 것도 짝을 찾는 과정의 일부예요." 그는 영화 〈매트릭스〉에 나올 법한 농담으로 응수했다.

"그렇겠네." 이소벨은 슬픔이 묻어나는 미소를 다시 지어 보였다. "난 그것도 모르고 대학 친구와 결혼했지."

로런스는 이소벨과 퍼시벌이 15년 가까이 함께 살았고 그것만으로도 대단하다고 굳이 말하지 않았다. 그냥 팔짱을 끼고 제법 불쌍한 표정을 지으며 그녀의 대답을 기다렸다.

이소벨은 좀 더 버티다가 그에게 휴대전화를 건넸다. "미안하지만 내가 옆에서 들어야겠어. 보안상의 이유로 말이야."

"괜찮아요." 로런스는 양손으로 휴대전화를 잡고 마지막으로 알았던 퍼트리샤의 번호를 눌렀다.

신호가 갔다. 이소벨이 지켜보는 가운데 벨이 몇 번 더 울렸고 음성사서함으로 넘어가는 신호음이 들렸다. 다시 걸었지만 마찬가지였다. 이번에는 로런스가 사서함으로 돌렸다.

그는 심호흡을 했고, 이소벨은 그를 빤히 보지 않으려 했다. "안녕, 나야, 로런스. 잘 지내는지 확인하고 싶었어. 그리고 진심으로 유감이라고 말하고 싶어. 네 부모님 일 말이야. 그분들은… 뭐라고 말해야 할지 모르겠어. 내가 옆에 있었다면 좋았을 텐데." 그는 그녀의 반응을 들을 수 없는 상황에서 음성사서함에 무슨 말을 더 남겨야 할지 몰랐다. 부적절하거나 둔감하다고 여겨질 말만 떠오를 뿐이었다.

전화를 끊으려다 말고 그는 자신이 그럭저럭 쓸 만한 웜홀 발생기를 보고 있음을 깨달았다. 그는 **다음에 어떤 일이 벌어질 수 있는지 전혀**

몰랐다. 그들 모두는 누구도 가본 적 없는 미지의 땅에 서 있고, 이 순간은 앞서 있었던 모든 것과 급격하게 단절된 것처럼 여겨졌다. 그가 방금 한 말은 퍼트리샤에게 전하는 마지막 말일 가능성이 없지 않았다.

그래서 로런스는 이소벨을 의식하지 않고 이렇게 말했다. "널 사랑한다고 했던 거, 진심이었어. 무심코 나온 말이었지만 진심이 나온 거야. 생명체가 빛에 끌리듯 생명력으로 넘치는 나의 거대한 일부가 너를 향해 손을 뻗은 거야. 하고 싶은 말이 너무 많아. 우리의 삶이 서로를 영원히 휘감을 수 있다면 얼마나 좋을까. 나는… 지금 당장은 어디로도 갈 수 없어. 반드시 완수해야 하는 일이 있어. 하지만 내가 자유로운 몸이 되면 네가 어디 있는지 찾아서 함께하겠다고 약속할 수 있어. 지금 너에게 주지 못하는 위안을 무슨 수를 써서라도 다 보상할게. 그게 내가 하는 약속이야. 사랑해. 안녕." 그는 평평한 엄지 끝으로 전화를 끊고 이소벨에게 휴대전화를 돌려주었다. 그녀는 여러 감정에 압도된 듯했다.

이소벨은 휴대전화를 지갑 속 깊이 집어넣으며 로런스의 팔을 살짝 건드렸다. 하지만 이렇게만 말했다. "이 전화에 대해 아무한테도 말하지 마." 로런스는 고개를 끄덕였다.

밀튼은 허먼 밀러 의자에 다리를 꼬고 앉아 시큼한 레몬파이 한 조각을 먹어치우기라도 한 것처럼 입술을 오므린 채로 방 안 가득 모인 사람들을 둘러보았다. 로런스는 동료 십여 명의 다리를 넘어 빈백 의자의 빈 곳을 찾아 앉았다. 누가 이소벨에게 자신의 접이식 의자를 내주었다. 그들이 모여 있는 곳은 낡은 서버실이었다. 창문은 없고 두꺼운 문 하나밖에 없어서 몰래 엿듣는 것이 불가능했다. 아무도 입을 떼지 않는 것으로 보아 로런스는 밀튼이 극적 효과를 위해 잠시 말을 멈추고 있는 것임을 알아챘다. 로런스가 자리를 잡자 밀튼은 마무리하지 못한 문장을 다시 이어갔다. 미국 정부의 위기에 대해, 새로운 내전과 계엄령의 가능성에 대해, 미국의 군사적 결단 부재에 따른 국제 정세 불안에 대해 말했고, 이 모든 상황에 곧 지옥문이 열릴 수도 있다고 했다. 가끔 밀튼은 세상이 거의 망한 것처럼 비관적인 말을 했지만, 그의 말은 대체로 옳았다. 그 음울한 연설을 듣고 있자니 로런스는 머리가 거의 다 벗어지고 나방 날개 같은 눈썹을 한 이 남자에게 애정이 샘솟는 것을 느꼈다. 밀튼 더스처럼 되고 싶다는 어렸을 때의 마음이 아직 남아 있었다.

"미납 청구서는 한꺼번에 날아오는 법이죠." 밀튼이 말했다.

로런스와 수가타는 서로를 바라보며 씩 웃었다. 밀튼이 문명의 붕괴에 대해 말을 마치자마자 실은 자신들이 문명의 붕괴를 막는 기계를 만들었으며 그것이 작동할 것 같다는 이야기로 넘어갈 터였기 때문이다. 밀튼은 어째서 이것이 인류의 마지막 희망일 수 있는지 모두에게 다시 상기하고자 했으며, 그러고는 좋은 부분으로 논의를 이어가곤 했다.

"이런 이유로 이 프로젝트는 우리가 생각했던 것보다 훨씬 더 시급한 과제가 되었습니다." 밀튼이 말했다. "이소벨, 현재 어디까지 진행되었죠?"

"장비에 대한 예비 테스트 결과가 좋습니다." 이소벨이 말했다. "앞으로 몇 달이면 더 본격적인 시도가 가능할 것으로 보입니다. 현재 가장 유력해 보이는 외계 행성은 여전히 KOI-232.04입니다. 이 행성이 공전하며 항성 앞을 지나는 순간을 샤트너 우주 망원경이 관측하여 대단히 고무적인 자료를 얻었고, 그곳에 산소와 액체 상태의 물이 있음이 확인되었습니다. 그리고 우리가 KOI-232.04의 중력우물 근처에 안정적인 웜홀을 만들 수 있다면, 웜홀의 입구는 지구의 표면까지 연결될 것이라고 확신합니다. 다만, 그곳이 육지라는 보장은 없습니다."

로런스는 다른 행성을 방문한다는 말에 흥분을 감추지 못했다. 이것은 꿈이 아니라 실제로 벌어지는 일이었다. 그는 어찌나 들떴는지 어정쩡하게 걸터앉은 빈백에서 자꾸만 미끄러졌다. KOI-232.04가 거주할 수 있는 행성이라는 증거를 이소벨이 설명하고 그들이 확인한 다른 외계 행성 후보를 언급할 때마다 그는 주먹을 공중에 날리지 않으려고 손을 깔고 앉아야 했다. 그토록 많은 사람들이 죽거나 죽어가고 있었고, 세상이 폐허가 되기 직전이었지만, 이것은 그야말로 멋진 일이었다.

"경과 보고 고맙습니다." 밀튼은 자신의 랩톱을 잠시 들여다보더니 이어 고개를 들고 사방을 둘러보았다. "한 가지 해결할 일이 있습니다. 어니스트 매더가 계산을 해봤는데, …우려되는 점이 있다고 합니다. 어니스트, 알려주겠어요?"

로런스가 하늘에서 뚝 떨어져 그의 회사를 인수하고 난 뒤로 매더는 많은 일을 겪은 듯했다. 곱슬곱슬한 머리를 말끔하게 정리했고 엔지니어들의 두꺼운 안경을 쓰기 시작했다. 등받이 없는 의자에 앉아 있는 그의 어깨가 구부정해 보였다. "지금까지 약 2,000회 계산을 수행하여 확률을 얻어냈습니다. 10퍼센트에서 20퍼센트 사이로 보고 있습니다. 그게 뭔가 하면… 우리가 이 기계를 작동하면 반응이 시작되는데, 그것이 반중력 연쇄효과를 일으켜 결국 지구가 쪼개질 수도 있는 확률입니다."

"하지만 좋은 소식도 있다고요." 밀튼이 재빨리 말했다.

"좋은 소식요? 네, 그렇죠." 어니스트는 자세를 똑바로 하려고 최선을 다했다. "먼저, 기계가 작동하기 시작하고 지구가 지워지기까지 일주일 정도 걸릴 것으로 추정됩니다. 그러니 그 시간 내에 효율적으로 군중을 통제하면, 지구가 사라지기 전에 최대한 많은 사람을 출구로 내보낼 수 있습니다. 그리고 파괴적 반응이 시작되더라도 우리가 기계를 꺼서 그 과정을 멈출 수 있는 확률이 50퍼센트 정도 됩니다."

"정리하자면." 밀튼이 말했다. "파괴적 반응이 시작될 확률이 10퍼센트, 그런 경우라도 재앙을 막을 수 있는 가능성이 반반이군요. 그러니 실제로 행성이 쪼개질 가능성은 5퍼센트에 불과하겠군요. 역으로 말하면 95퍼센트는 아무 문제도 없을 거라는 말이네요. 그럼 논의를 해봅시다."

로런스는 높은 갠트리에서 엘리베이터를 타는 대신 곧장 뛰어내린 기분이었다. 프리야에게 무슨 일이 벌어졌는지 더 많은 사람들에게 미리 알렸어야 했나 싶었다. 모두가 동시에 말하려고 했지만 로런스가 알아들은 것은 수가타의 저주의 말밖에 없었다. 로런스는 이소벨을 보았다. 그녀가 흐뭇해하면서 접이식 의자가 들썩거렸다. 그녀가 울고 있지 않다고 확신할 수는 없었다. 창문 없고 문도 꽉 닫힌 방 안이 전보다 훨씬 갑갑하게 여겨졌다. 로런스는 여기서 나가면 바깥 세상이 영원히 지워진 것을 보게 되리라는 비이성적인 공포에 휩싸였다.

어니스트 매더는 휴지로 눈물을 닦고 있었다. 혼자서 이런 충격적인 사실을 미리 알았으면서 말이다. 어쩌면 정보를 처리한 지 오래되어 더 넋 놓고 우는지도 몰랐다. 로런스는 이런 식으로 끝난다는 것이 믿기지 않았다. 어떻게 해야 이소벨이 제동을 걸도록 할 수 있을까?

방 안 곳곳에서 사람들이 목소리를 높였다. 누군가는 오펜하이머를 언급했고, 『바가바드 기타』를 인용하는 이도 있었다. 타냐는 행성을 날릴 가능성이 1퍼센트만 되어도 심한 거라고 했다. "위험이 따른다는 것은 항상 알고 있었어요. 하지만 이건 정신 나간 수치라고요." 타냐가 말했다.

"제가 한마디 하죠." 소동이 잦아들자 밀튼이 말했다. "이 기술은 항상 최후의 수단이었습니다. 우리는 끔찍한 어둠을 향해 뛰어든다는 것을 알면서 이 일에 착수했습니다. 이 자리에서 여러분께 하나 약속드리죠. 인류가 선을 넘어 자멸의 길에 들어섰다고 우리 모두가 판단하지 않는 한 이 기술은 결코 사용되는 일이 없을 겁니다."

그는 여기서 말을 중단했다. 모두가 자신의 손을 바라보았다.

"애석한 일이지만 우리가 행동에 나서지 않으면 인류 전체가 쓸려

나갈 가능성이 아주 큽니다. 지금 여기저기서 벌어지는 갈등이 단초가 되어 결국 파멸의 무기가 사용될 시나리오가 얼마나 될까요? 너무 많아서 상상하는 것은 일도 아닙니다. 환경 재난의 가능성도 있습니다. 이런 일이 벌어질 가능성이 이토록 크다는 것을 본다면, 그리고 우리가 문명을 지속해 나갈 인구를 이주시킬 만큼 충분히 오래 웜홀을 열어둘 수 있다는 확신이 있다면, 일을 진행하는 것이 우리의 임무입니다."

한동안 누구도 입을 열지 않았다. 다들 차분하게 이 말을 생각해 보았다.

애냐는 과정을 문제 삼고 나섰다. "세계가 파국의 상황에 임박했다고 우리 모두 확신하지 않는 한 장치가 작동되는 일이 없도록 하기 위해 어떤 안전 조치를 취할 생각인가요?"

어니스트는 촉박한 일정에 얼마나 많은 사람을 모아 웜홀이 열려 있는 동안 내보낼 생각인지 알고 싶어 했다. 물자 공급 문제도 있었다. 이 일이 진행된다면, 그들은 근처 어딘가에 집단 전체를 먹여 살릴 물자를 쌓아둘 수 있을까? 동일한 기계를 세계 곳곳에 건설하자는 원안을 포기한 지금, 다양한 유전자 풀을 유지하기 위해 세계 각지에서 사람들을 어떻게 모을 것인가?

"물자에 관한 논의로 넘어가지 말아요." 타냐가 말했다. "아직은 윤리적 문제니까요."

"윤리적 문제는 없어요." 머리카락을 촘촘하게 땋고 목깃 없는 셔츠를 입은 엔지니어 제롬이 말했다. "세계가 확실하게 종말을 맞지 않는 한 사용하지 않는다고 우리 모두 동의하기만 한다면 말입니다. 분명하잖아요. 우리는 안전 조치를 취할 도덕적 의무가 있습니다."

밀튼은 뒤로 물러나 사람들이 의견을 내는 것을 지켜보았다. 그들이 입장을 정리하도록 기다리거나 아니면 자신이 다시 주도권을 쥘 틈을 노리는 듯했다. 그러는 와중에 다들 갑갑함을 느꼈다. 그들은 접이식 의자나 빈백에 앉아 있었고, 밀튼의 의자만 인체공학적으로 설계된 에어론이었다. 시큼한 양배추 냄새가 나는 이 폐기된 서버실에서 역사가 만들어지고 있다고 생각하자 로런스는 소름이 끼쳤다.

"나는 우리가 지금 여기서 하려는 결정을 내릴 자격이 이 방의 어느 누구에게도 있다고 생각하지 않아요." 수가타가 말했다.

"그럼 다른 곳의 누군가에게 있다는 말인가요?" 제롬이 말했다.

"설사 재앙이 아니라 해도, 지구가 몇십 년 내에 사람이 살지 못하는 곳이 된다면 어떻게 하죠?" 누가 말했다.

그들은 해양 산성화, 대기 중 질소, 먹이사슬 붕괴에 대해 이야기했다.

"80퍼센트의 사람만 종말이 확실하다고 하면 어쩌죠?" 다른 누군가가 이렇게 물었다.

로런스는 헤어지고 난 뒤로 머릿속에 계속 담아두었던 퍼트리샤의 유령의 목소리를 들으려고 했다. 퍼트리샤가 지금 여기 있다면 뭐라고 말할까? 상상이 되지 않았다. 심지어 그녀는 윤리가 보편적인 원칙에서 나온다고 믿지도 않았다. 즉, **최대의 사람들을 위한 것이 최고의 선**이라고 믿지 않았다. 그녀가 한층 멀게만 느껴졌다. 자신이 벌써 다른 행성에 와 있는 기분이었다. 그러다 문득 이런 생각이 들었다. 그들 모두가 어차피 파멸할 운명이라는 가정하에 수많은 사람들과 함께 퍼트리샤를 죽도록 비난하려 들 것이라고. 그는 자신이 퍼트리샤를 위해 나서서 어떻게 해명해야 할지 막막했다.

로런스는 입을 열고 마땅히 철회해야 한다고, 정신 나간 일이라고 말하려 했다. 하지만 그 순간 이소벨의 모습이 눈에 들어왔다. 그녀는 이제 의자에서 꼼짝도 않고 있었다. 눈을 찡그리고 입술을 오므린 채 코로 숨을 들이쉬고 있었는데, 금방이라도 웃음을 터뜨릴 기세였다. 헝클어진 단발머리에 하얀 손목이 묘목처럼 보였다. 너무도 여려 보였다. 로런스는 이소벨에게 상처를 준다고 생각하자 급격한 공황 발작을 일으키듯 흉부에 극심한 통증을 느꼈다.

그는 머릿속에서 질문을 뒤집어 보았다. 1년이나 10년 뒤에 인류의 모든 희망이 물거품이 되고 이런 극단적인 선택마저 남지 않게 된다면 어떤 기분일까 상상해 보았다. 종말의 공포에 휩싸인 사람에게 어떻게 설명할 것인가? **어쩌면 우리에게 해결책이 하나 있었는데, 너무 두려워서 차마 실행하지 못했어요.**

"지금 포기하는 건 말이 안 됩니다." 로런스가 말했다. "지금으로서는 연구를 계속 이어가야 해요. 언젠가 전적으로 안전하게 만들 방법을 찾으리라는 희망을 갖고 말이죠. 그리고 상황이 정말정말 나쁘게 보이지 않는 한 기계를 테스트하는 일도 없을 거라는 데 모두가 동의할 수 있습니다. 하지만 핵전쟁이나 총체적 환경 재난으로 전 인류가 죽어가는 것과 수십만 명이 새로운 행성으로 이주하는 것 사이에서 하나를 골라야 한다면, 거기에는 선택의 여지가 없죠. 안 그런가요?"

밀튼은 팔짱을 낀 채 고개를 끄덕였다. 이소벨은 로런스가 제때에 심폐소생술을 한 것처럼 거친 숨을 토해 내며 정신을 차렸다.

로런스는 누가 논의에 뛰어들어 반론을 펼칠 거라 생각했지만, 무슨 이유에서인지 다들 그의 다음 말을 기다렸다. 그래서 계속 말했다. "인류가 존속하는 동안에는 지구의 대부분이 견뎌낼 겁니다. 다들 보조 계획 없이는 아무것도 하지 않잖아요. 이것 또한 만약을 위한 우리의 보조 계획인 겁니다."

회의가 몇 시간째 이어지자 사람들은 웜홀 발생기를 절대적인 최후의 수단으로 개발하자는 생각에 합의하기 시작했다. 그것 말고는 짐을 싸서 집에 돌아가서는 최악의 상황이 일어나기를 기다리는 것밖에 없었으므로 더더욱 그러했다.

마침내 밀튼이 다시 나섰다. "다들 의견 내주셔서 감사합니다. 이것은 쉽게 결정할 사안이 아닙니다. 오늘 최종적으로 정할 일도 아닙니다. 다만 지금 바라는 게 있다면, 프로젝트를 계속 진행하는 데 우리 모두 동의하는 겁니다. 애냐의 제안대로 파멸이 일어날 가능성이 압도적으로 높지 않은 한 장치가 작동되는 일이 없도록 안전 조치를 취해서 말입니다. 하지만 이 말은 해야겠습니다. 나는 그날이 오고 있다고 믿습니다. 유일한 질문은 언제냐는 거죠. 6개월 후일 수도, 60년 후일 수도 있지만, 상황이 지금처럼 흘러간다면 언젠가는 우리가 스스로의 명을 끝내는 지점에 서게 될 것입니다. 우리가 사람들을 밖으로 내보내는 일이 벌어지기 전에 충분한 경고가 있기를 바라는 마음뿐입니다."

안전 조치를 어떤 식으로 마련하느냐 하는 문제는 모호하게 남았다.

모두가 긴장성 두통과 도덕적 고민을 안고 서버실을 나갔다. 타냐와 제롬은 급한 성욕을 해결하고자 복합시설에서 유일하게 은밀한 공간인 창고로 달려갔다. 두 사람을 제외하고 다른 모두를 위해 깜짝 선물이 기다리고 있었다. 그들이 세계의 운명에 대해 격론을 벌이는 동안 누군가가 피자 스물네 판을 가져온 것이다. 다들 덴버에 오고 나서 몇 달간 피자 구경도 못했다. 로런스는 세 조각을 집어 들고 하나를 세로로 접어 입에 쑤셔 넣었다.

태양이 지평선 너머로 졌다. 산업단지 캠퍼스 잔디밭에서 거대한 달을 등지고 서 있는 나무 한 그루의 실루엣이 사악해 보였다. 로런스는 자리를 바꿔 앉아 커다란 창문에 등을 기대고 피자를 먹었다. 세상이 자신의 숨통을 조여 오는 것이 아직도 느껴졌다. 이소벨을 쳐다보자 그녀는 한쪽 눈을 절반쯤 감고 은근슬쩍 미소 지으며 그를 향해 고개를 끄덕였다.

26

어네스토가 데인저 출구의 마법 봉인을 풀고 층계참으로 첫발을 내디디는 순간, 벽의 갈라진 틈으로 풀들이 올라왔다. 퍼트리샤와 가와시마가 몇 시간을 매달려 층계참과 계단을 살균하고 제초했지만 그들의 수고는 별 차이를 만들어 내지 못했다. 곰팡이가 피고 번지면서 바닥이 질척해졌고, 천장은 더해진 무게에 눌려 처졌다. 어네스토는 휘청거리며 웃었고, 무성한 초록색 턱수염이 자랐다. 그의 손에 들린 씨앗과 포자가 싹이 트면서 그가 입고 있던 스웨이드 자수 조끼와 깨끗한 흰색 셔츠, 회색 플란넬 바지의 모든 솔기에서 초록색 잎이 돋았다. 희끗하던 그의 머리가 검어졌다. 줄기와 잎이 얼굴을 뒤덮었다.

"젠장, 서둘러야겠어." 가와시마가 말했다. "그가 계단을 내려가는 것을 도와줘."

퍼트리샤는 제 몫을 했지만 어네스토는 (보호 주문을 방패로 삼은) 두 사람의 부축을 받고도 좀처럼 걷지 못했다. 게다가 계단은 갈라진 틈 사이로 덩굴식물과 양치식물이 온통 비집고 올라와 위험했다. 퍼트리샤는 벌써부터 피로와 죄책감과 분노에 지쳐 있었다. 몇 주째 잠을 자지 못했고, 똑같은 두세 가지 생각이 계속 밀려드는 것을 뿌리치느라 마음이 힘겨웠다. 모든 것이 절망적이었다. 도처에서 사람들이 죽어가고 있었다. 개인사를 돌아볼 때마다 퍼트리샤는 자신이 이기적인 괴물처럼 여겨졌다. 부모님과는 최근 들어 미약하게나마 잘 지내보려고 시도했지만, 아무튼 가깝게 지내지는 못했다. 로런스는 느닷없이 그녀에게 사랑한다고 선언하고 몇 달째 소식도 없었다. 그녀가 누군가에게 마음을 터놓고 자신이 사랑받을 가치가 있다고 느끼려는 찰나였는데… 하지만 이런 일에 마음을 써서는 안 되었다. 어차피 돌이킬 수 없었고, 그녀를 필요로 하는 사람들이 있었다. 일례로 그녀가 그런 생각에 빠져 있는 동안 어네스토는 웃자란 계단에서 거의 굴러 떨어질 판이었다.

난간은 이끼로 뒤덮이고 계단에서 나뭇가지가 자라났다. 퍼트리샤와 가와시마는 어네스토를 부축하는 것을 포기했다. 그냥 그의 몸을 들고 한 번에 두 칸씩 계단을 내려가기 시작했다. 마지막 단에 이르렀을 때 계단이 갑자기 열리더니 관목이 튀어나왔다. 두 사람은 점점 자라나는 나뭇가지를 동시에 뛰어넘어 착지했다. 퍼트리샤는 어네스토의 머리를, 가와시마는 그의 다리를 잡았다. 어네스토는 초록색 인간이었다. 퍼트리샤는 자신의 옷에 미끈거리는 액이 묻은 것을 느꼈다.

그들이 어네스토를 위해 일주일이 걸려 간신히 주문을 거는 데 성공한 폭스바겐 제타가 앞에서 대기하고 있었다. 도러시아가 몇 초마다 경적을 울려댔다. 그들은 현관의 뿌리와 나뭇가지를 뛰어넘고 출입구에 낮게 걸린 덩굴식물을 피해 몸을 숙였다. 어네스토가 가까이 다가가자 보도가 갈라지면서 오랫동안 땅에 묻혀 있던 자카란다가 솟아올라 나팔 모양 꽃을 사방에 뿌렸다. 퍼트리샤는 어네스토를 제타 뒷좌석에 밀어 넣고 그의 옆에 탔다. 그녀와 가와시마가 문을 닫자 도러시아는 고속도로를 향해 쏜살같이 차를 몰았다.

다리가 폐쇄되었다. 사고가 났던 것이다. 그들은 방향을 틀어 덤바튼으로 향했다. 사람들이 은행에 불을 질렀고, 화재가 다른 건물들로 번졌다. 사우스 오브 마켓 위로 검은 연기가 보였다. 퍼트리샤는 눈을 감았다. 라디오에 대통령이 나와 방안과 결의안에 대해 떠들어 댔지만, 아무도 임시회 구성에 동의하지 않아 의회는 소집되지도 못했다. 퍼트리샤 옆에 있던 어네스토가 초록색 허물을 벗어 던지면서 인간의 모습으로 되돌아왔다.

세 명의 다른 마법사와 함께 차 안에 갇힌 퍼트리샤는 극심한 고독을 느꼈다. 수면 부족으로 눈이 따끔거리고 몸이 조금씩 뜯겨 나가는 기분이었다. 차라리 야생동물이 되어 낮은 의식 상태로 퇴화하고 고차적인 뇌 기능은 껐으면 싶었다. 강박 없이는 도무지 생각할 수 없었고, 그러고 싶지도 않았다. 슈퍼 폭풍 알레그라가 휩쓴 이후로 어네스토와 가와시마가 그녀에게 계속해서 임무를 내려 그것만으로도 정신이 사나웠다. 곤란에 처한 사람들은 사려 깊은 도움의 손길을 필요로 했다. 약탈자가 된 사람들은 살을 파먹는 박테리아로 응징해야 했다. 퍼트리샤는 이제 자면서도 살을 파먹는 박테리아를 퍼뜨릴 수 있게 되었다. 잘 시간이 있다면 말이지만. 하지만 지금 차 안에서 그녀가 할 수 있는 일이라고는 자신의 생각들을 살펴보는 것이 고작이었고, 그건 참을 수 없는 일이었다. 그녀가 대화하고 싶은 유일한 사람은 폭탄 발언을 하고 아무 설명 없이 사라져 버린 로런스였다. 가끔 퍼트리샤는 자기 앞에 매달려 있던 행복과 자신을 받아들일 기회를 다른 이가 냉큼 채 간 듯한 기분이 들었다. 하지만 그것이야말로 가장 이기적인 생각이었다.

지난번에 퍼트리샤가 숲속에 있는 꿈을 꾸었을 때는 우박이 나왔다. 얼굴이 베일 정도로 날카로운 우박은 하나같이 공포에 질린 표정을 한 채 얼어붙은 물고기였다. 면도날 같은 물고기가 피부를 할퀴고 옷을 찢어 퍼트리샤는 속옷과 카우보이 부츠만 걸친 채로 차디찬 숲을 헤매야 했다. 피가 나서 얼어붙었다. 우박이 점차 거세졌고 물고기들이 맨 발목 주위에 쌓여갔다. 그녀는 발걸음을 재촉해 마침내 거대한 마법의 나무에, 그녀가 종류를 알아볼 수 없는 나무에 이르렀다. 몸통에 매달려 울며 점점 거세지는 물고기 비에서 자신을 보호해 달라고 했다. 그녀는 나무에서 몸을 피하며 주위를 둘러보았지만 사방에 보이는 것은 해골뿐이었다. 그냥 죽은 나무만 있는 것이 아니라 온갖 죽은 생명체가 있었다. 동물의 해골, 인간의 두개골, 잎을 떨구고 석화된 나무. 생명의 유일한 징후는 퍼트리샤 자신과 그녀가 기대고 있는 거대한 형체뿐이었다.

갈수록 말썽이던 퍼트리샤의 휴대전화가 길을 나선 후로 신호를 영영 받지 못하는 것 같았다. 다행히도 슈퍼 폭풍 알레그라가 밀어닥친 직후에 로런스로부터 온 알쏭달쏭한 이메일은 확인할 수 있었다. 한동안 연락이 안 되는 곳으로 떠나야 한다며 걱정하지 말라는 내용이었다.

탈것이나 일자리, 음식을 구한다는 팻말을 든 사람들이 도로변에 서 있었다. 그들은 쇼핑몰을 하나 지났는데, 불타고 무너진 다음 또다시 불탄 것처럼 보였다. 배커빌 근처를 지날 때는 봉쇄된 출구에 '마을 폐쇄, 격리'라고 적힌 팻말이 있었다. 퍼트리샤는 저 멀리 산비탈에서 연기 기둥이 올라오는 것을 보았다. 나무들 혹은 누군가의 밭이 불타고 있는 모양이었다. 크리스마스를 앞두고 이렇게 많은 화재라니, 있을 수 없는 일이었다.

상황을 파악하기 어려울 만큼 끔찍한 소식이 넘쳐났다. 동부에 사는 지인들 대부분이 홍수로 죽거나 난민 수용소에서 병에 걸렸다. 은행이 파산해 예금을 인출하지 못한 사람들도 헤아릴 수 없었다. 거의 모든 사람이 '아랍의 겨울'이나 '아일랜드 기근' 속에서 고통받는 지인을 두고 있었다. 퍼트리샤는 전 남자친구 사미르가 파리의 폭력 사태에 연루되지 않았음을 확인하려고 며칠을 애쓴 끝에 그와 겨우 연락이 닿았다.

차 안에서 한참을 있다 보니 퍼트리샤는 갑갑했지만, 그렇다고 창문을 열었다가는 어네스토의 몸에서 풀들이 다시 자랄 터였다. 테일러는 운전석 뒤에서 헤드폰을 쓰고 잠에 빠졌다. 도러시아는 산사태가 그칠 날이 없는 곳에 집을 지은 여자 이야기를 하고 있었다. 그녀의 이야기가 시속 480킬로미터의 속도로 차를 달리게 하는 원동력이었다. 가와시마는 운전하느라 바빴다. 퍼트리샤의 유일한 대화 상대인 어네스토는 그녀에게 손짓하며 자신이 떠나 있던 40년 동안 바뀐 것들을 하나하나 가리키고 있었다.

"…대부분의 날에 집은 배처럼 흔들렸지." 도러시아가 앞좌석에서 가와시마에게 이야기하고 있었다. "산사태가 계속되는 곳에 살면 포치에 그네를 매달 필요가 없어."

어쩌면 이 모든 사태의 원흉은 퍼트리샤였는지도 몰랐다. 다이앤사가 시베리아 공격을 이끌고 나서 2년이 지났을 때 '파이프와 통로'에 사고가 났다. 시추공이 대기로 엄청난 양의 메탄을 뿜어내기 시작한 것이다. 거의 간헐천처럼 메탄이 뿜어져 나오는 위성사진이 몇 년 동안 인터넷에 돌았다. 그 후 지구 평균기온이 급격히 상승했다. 만약 그들이 프로젝트를 막는 데 성공했다면 이런 일은 벌어지지 않았을 것이다. 혹은 퍼트리샤가 건드린 전자기 펄스로 작업에 차질이 생긴 그들이 일정을 맞추려고 강행했는지도 모른다. 퍼트리샤가 방해하지 않았다면 사고도 없었을 것이다. 그러니 어쩌면 퍼트리샤가 자신의 부모를 죽인 셈이었다.

그녀가 로런스에게 이런 생각을 털어놓았다면 그는 비웃었을 것이다. 그녀가 어째서 자신을, 적어도 지구의 그 어떤 사람보다 더 자신을 탓해서는 안 되는지 그럴듯한 이유를 댔을 것이다. 메탄 하이드레이트에 관한 과학적 사실과 이 같은 '지구의 방귀'가 방출될 수밖에 없는 사정에 대해 열변을 토했으리라. 애초에 메탄을 채굴하기로 결정한 라마 터커와 그의 일당에게 잘못이 있다고 지적했을 것이다. 그녀가 그런 생각에서 벗어나게 해주려고 두서없고 이상한 말을 늘어놓았을 것이다.

만약 그녀가 어네스토나 다른 이들에게 털어놓았다면 그들은 세계의 문제를 자신의 탓으로 돌리는 것이 순전히 월권이라고 말했을 것이다. 하지만 시베리아에서 그녀가 취한 행동도 순전히 월권이었다. 그녀는 어네스토에게 우리가 자연을 무너뜨렸다고, 자연은 섬세한 균형인데 우리가, 그러니까 대개의 사람들이 엉망으로 만들었다고 생각한다고 했다.

어네스토는 이렇게 반응했다. "설령 100만 년을 애쓴다 해도 우리는 자연을 '무너뜨릴' 수 없어. 이 행성은 작은 반점이고, 우리는 그 반점 위의 작은 반점이니까. 하지만 우리의 서식지는 부서지기 쉽고 우리는 어떻게든 거기서 살아갈 수밖에 없네."

로런스가 퍼트리샤에게 사랑한다고 말하고 나서 사라진 것은 어린 시절 새들이 그녀에게 마녀라고 말하고는 침묵한 일과 너무도 비슷했다. 다만 그녀는 어렸을 때처럼 이런 선언이 실현되리라는 믿음을 더 이상 가질 수 없었다. 돌아보건대 마법은 결국에는 항상 그녀를 보듬어 안았지만, 사랑은 인간의 일 가운데 가장 난감하게 실패하기 쉬운 것이었다. 로런스는 항상 신비롭고 이상한 실험에 여념이 없었다. 그 사건이 있고 나서도 실험에 매달릴 정도였다. 그에게는 어떤 관계도 부차적으로만 여겨졌다. 가장 암울한 순간이면 퍼트리샤는 로런스가 괴짜 친구인 자신과 거의 사귈 뻔했다는 사실을 떠올리며 몸을 움찔하고 눈동자를 굴리는 모습을 상상했다. 평소에 그가 종종 보이는 모습이다.

"속임술사들과 치유술사들이 200년 전에 전쟁을 벌인 이유를 알고 있나?" 퍼트리샤가 자신도 모르게 강박에 다시 휘말리려 할 때 어네스토가 물었다.

"으음, 마법을 대하는 접근 방식이 달라서 그랬다고 알고 있어요." 그녀가 말했다.

"산업혁명을 목격했어." 어네스토가 말했다. "하늘이 시꺼메진 것을 본 거야. 어두운 악마의 맷돌, 거대한 공장들 말이지. 치유술사들은 이러다가 세상이 숨 막혀 죽을 것이라고 두려워했어. 그래서 모든 기계를 파괴하려 했지. 속임술사들은 반대했어. 우리의 뜻을 남들에게 강요할 권리는 누구에게도 없다고 믿었으니까. 두 집단의 갈등은 거의 모든 것을 파괴할 기세였어."

"그래서 어떻게 되었어요?" 퍼트리샤가 물었다. 테일러도 일어나서 관심 있게 듣고 있었다.

"호텐스 워커가 중재에 나서서 둘은 타협에 이르렀어. 우리의 월권 규칙이 거기서 나온 거야. 누구든 세상에 지나치게 개입하지 못한다는 규칙이지. 아울러 그들은 안전장치를 마련하기 시작했어. 우리가 그것을 사용할 일이 절대 없기를 바랄 뿐이네. 지난 몇 달 동안 우리가 자네를 그토록 우려한 이유도 이제 이해할 수 있겠지."

퍼트리샤는 고개를 끄덕였다. 이제 이해가 되었다. 그녀가 나서봤자 또다시 엉망으로 망칠 뿐이다. 어네스토의 말이 옳았다. 그녀는 그저 반점 위의 반점이 되려고 해야 했다. 차 안에서 재순환되는 공기가 갑갑했지만 그녀는 자신의 분노를 물고 늘어지기로 했다. 슬픔과 자책, 상실 따위에 연연할 시간이 없었다. 하지만 분노할 시간은 많았다. **분노에 집중해. 꼭 붙들어. 분노는 심연 위에 걸쳐진 줄이야.** 그녀는 폭풍이 닥친 직후에 자신이 했던 말을 속으로 되뇌었다. 본때를 보여야 해.

가와시마는 지금까지 목적지를 밝히지 않았는데, 시속 480킬로미터로 유타주를 지날 때에야 입을 열었다. "우리는 선제적으로 나설 거야. 개입하는 거지. 지구를 위해서." 그가 잠시 말을 끊자 퍼트리샤는 조바심이 났다. 마침내 가와시마가 계획을 설명했다. "덴버 외곽에서 미치광이들이 파멸의 장치를 만들고 있어. 그걸로 지구에 구멍을 내려고 해. 우리가 가서 그들을 손볼 거야."

퍼트리샤는 만반의 준비가 되었다.

27

로런스는 밀튼과 점심 식사를 했다. 이소벨도, 로런스 팀의 다른 누구도 없이 단둘이서 하는 식사였다. "자네를 처음 보았을 때가 기억나. 어린 소년이었지." 밀튼이 말했다. "2초 타임머신을 만든 최연소 인물." 그는 웃으면서 바닥에 놓인 상자로 손을 뻗어 치킨을 한 조각 집었다.

그들은 맨 위층 사무실 바닥의 카펫에 앉아 있었다. 치킨은 완벽하게 파삭했고 빵가루를 묻힌 껍질 안에 육즙이 가득했다. 두 조각을 먹었는데도 로런스의 손가락은 여전히 깨끗했다. 상자에 지역 가게 이름이 적혀 있었다. 밀튼은 어떻게 패스트푸드를 먹겠다는 생각을 했을까? 억만장자치고 대단한 일이었다. 로런스는 밀튼이 유대감을 위해 억지로 애쓴다는 느낌을 받았다. 그들은 로버트 존슨을 듣고 있었는데 밀튼이 좋아한 유일한 음악이었다.

"2초 타임머신은." 로런스는 그럴 필요가 없었는데도 손가락을 닦으며 말했다. "쓸모없는 장치의 표본이죠."

"글쎄, 그렇기도 하고 아니기도 해." 밀튼은 몸통 전체를 들어 으쓱해 보였다. "그건 선별된 집단의 일원임을 나타내는 배지였어, 그렇지? 하지만 좋은 실례이기도 해. 2초 앞으로 건너뛰는 것이 아니라 2초 전으로 가는 장치를 만들었다고 상상해 보게. 계속해서 그것을 눌러대고 있었겠지?"

"고리에 갇히는 거죠. 똑같은 2초에 영원토록."

로런스가 앉은 바닥에서 산업단지로 이어지는 도로 반대편에 있는 숲의 우듬지가 보였다. 치어리더들이 손에 잡고 흔드는 폼폼 같았다.

"우리가 바로 지금 2초의 시간 고리에 갇혀 있을 수도 있어. 다만 알지 못할 뿐." 밀튼이 말했다. "내가 그렇게 말하고 이미 2초가 지났다는 걸. 자네, 한번 생각해 봐. 똑같은 장치인데 이게 한쪽 방향으로 가면 무해하고 다른 방향으로 가면 잠재적으로 불행을 야기할 수 있어. 가끔 우리는 결이 있는 것을 만나. 그러면 결에 맞춰야지. 파도의 흐름에 맞서 수영할 수는 없네."

"그리고 역사는." 로런스는 밀튼의 생각을 미리 내다보고 말했다. "역사는 파도의 흐름이죠."

로런스는 다시 창밖을 슬쩍 보았다. 이번에는 나무 꼭대기 줄기만이 아니라 가지와 몸통도 일부 보였다. 그것들이 그를 향해 손짓하고 있었다. 그는 밀튼과 유대감을 잘 다졌다면 그가 자신을 산책하도록 숲으로 내보내줬을지 모른다고 생각했다. 그랬다면 퍼트리샤를 더 가깝게 느꼈을 것이다.

"역사는 크게 보면 그저 시간의 흐름이네, 친구." 밀튼이 말했다.

로런스는 치킨 조각을 집다가 고개를 들어 길 건너편의 나무들을 보았다. 이제 나무 몸통이 더 많이 보였다.

"엎드려요!" 로런스는 바닥의 밀튼 위로 몸을 던졌다. 순간 흉곽 너비 정도 되는 가지가 창문으로 날아와 벽에 꽂혔다. 순식간에 방 안이 온통 잎과 줄기로 가득해졌다. 빽빽하고 무겁고 날카로운 초록색이 벽과 책상을 뒤덮어 보이지 않았다.

로런스는 엎드린 자세로 열려 있는 출입구를 향해 기어갔다. 뒤에서 밀튼이 "이게 무슨…" 하고 중얼거렸지만, 로런스는 어깨만 으쓱했다. 목소리를 영원히 잃지 않으려면 아무 말도 할 수 없었기 때문이다. 이를 악물고 참지 않아도 그는 충분히 침착했다.

아래층에서 폭죽처럼 터지는 기관총 소리가 들렸다. 누군가가 고통과 두려움에 비명을 질렀다. 경비 요원들이 소리를 지르며 병력 지원과 더 많은, 강력한 무기를 요청했다.

로런스는 사무실을 나가는 문을 잡고 자리에서 일어섰다. 치킨 껍질이 무릎에 들러붙어 있었다. 그는 건물 반대쪽으로 달렸다. 그곳에는 아직 공간이 있어서 창밖을 볼 수 있었다. 장애인 주차 구역에 퍼트리샤의 친구 도러시아가 긴 꽃무늬 치마에 버켄스탁 신발을 신고 서 있었다. 그녀가 손자 하나를 해변에, 하나를 사막에, 또 하나를 산

기슭에 두고 떠났다가 어디에 누구를 두었는지 기억하지 못하는 할머니 이야기를 하는 소리가 들렸다. 로런스는 손에 닿는 유기체는 무엇이든 광폭하게 만드는 어네스토가 나무 공격의 중심에 있다고 추측했다.

"더스 씨." 온통 검은 옷에 커다란 총을 한쪽 어깨에 멘 사내 둘이 사무실로 뛰어 들어왔다. "공격이 있었습니다. 여기서 피하시죠."

"나한테 신경 쓸 것 없네." 밀튼이 말했다. "기계를 보호해. 그들이 여기 온 목적이 그거니까."

로런스는 여전히 도러시아를 보고 있었다. 한 남자가 도러시아를 향해 달려들며 반자동 소총을 쐈지만 아무 소용 없었다. 남자가 도러시아에게 다가가자 그의 머리가 마치 날카로운 채찍에 베인 것처럼 목에서 떨어져 나갔다. 그의 머리는 그의 몸이 쓰러진 반대쪽으로 나뒹굴었다. 로런스는 시체를 내려다보고 잠시 머뭇거렸다. 그러고는 밀튼을 향해 돌아서서 말했다.

"백색소음을 낼 만한 기계가 어디 있죠? 그녀가 자기 목소리를 듣지 못하게 해야 해요." 로런스는 혹시 말을 못 하게 되었나 싶어 잠시 기다렸지만, 다행히 약속을 깨지는 않은 모양이었다.

"지금 무슨 소리를…." 총을 든 남자가 말했다.

"금속 가공기 말이지." 밀튼이 말했다. "저 여자가 있는 곳 근처에 있어. 당장 기계를 켜!"

로런스는 달리기 시작했다. 밀튼이 뒤에서 소리치고 총을 든 남자가 그에게 멈추라고 고함치는 것을 무시했다. 계단통에 이르자 그는 한 번에 세 칸씩 뛰어 내려갔다. 밝은 출구를 향해 달리며 소리쳤다.

"퍼트리샤!"

로런스가 주차장으로 나오자 도러시아가 알아보고 고개를 끄덕였다. 하지만 할머니와 잃어버린 손자 이야기를 멈추지는 않았다. 로런스는 그녀에게 손을 흔들며 계속해서 달려 건물 옆을 돌아갔다. 도러시아의 발 옆에 목 없는 시체 네 구가 놓여 있었다.

로런스는 10미터쯤 물러나 자신의 실험실이 보이는 작은 창문 근처에서 금속 가공기를 켰다. 왁자지껄 떠들어 대는 소리에 도러시아가 난생처음 허둥거렸다. 그녀는 말을 하려 했지만 더듬거리기만 할 뿐이었다.

로런스는 기계의 소음 때문에 총성을 듣지 못했지만, 도러시아의 머리 뒤쪽이 날아가는 것을 보았다. 그녀는 자신이 죽인 시체들 옆으로 쓰러졌다.

아무도 기계를 끌 생각을 하지 않아서 요란한 굉음이 계속해서 공기를 울려댔다. 로런스는 긴 꽃무늬 치마를 입은 시체를 한참 동안 바라보며 그녀와 타코를 먹었던 때를 생각했다. 그러다가 갑자기 퍼트리샤가 근처 어디에 있어야 한다는 생각이 들어 다시 달리기 시작했다.

퍼트리샤의 몸이 공중에 떠오르고 있었다. 로런스는 그녀가 날지 못한다고 생각했지만, 아니었다. 마치 아이가 축제에 놀러 갔다가 놓쳐버린 풍선처럼 바람을 타고 날아갔다. 퍼트리샤는 지난 몇 달 동안 이렇게 로런스와 가까이 있었던 적이 없지만, 그는 그녀에게 다가가지 못했다. 소리쳐 불러도 백색소음에 묻혀 들리지 않았다. 그는 목이 쉬어라 그녀의 이름을 불렀다.

퍼트리샤는 평온해 보였다. 팔을 살짝 벌린 모습이 눈꽃 천사 같았다. 발끝을 아래로 향하고 있었다. 신발은 신지 않았고 양말 뒤꿈치가 불룩해 보였다. 그녀의 그림자가 로런스의 눈 바로 위로 떨어졌다. 그녀는 귀한 웜홀 기계가 있는 갠트리로 가는 중이었다. 그는 그녀의 시선을 끌려고 애썼지만 그러기에는 너무 멀어졌다. 퍼트리샤가 꼭대기에 도착하자 점처럼 보였다. 하지만 다음에 일어난 일은 아래에서도 쉽게 보였다. 조금 전만 해도 없었던 구름에서 번개가 쏟아졌다. 날카로운 빛줄기가 연이어 공기를 가르고 그 아래 연기가 깔렸다. 밝은 빛에 눈앞이 캄캄해졌지만 그는 시선을 돌리지 않았다. 연기를 들이마셔 쉰 목으로 퍼트리샤의 이름을 불렀다. 로런스는 흉측한 흰색 섬광에 겹쳐진 그녀의 소중한 그림자를 보는 순간 무게중심이 짜부라지는 기분이 들어 제대로 서 있기도 어려웠다. 타고 남은 재와 일그러진 웜홀 기계 조각들이 하늘에서 쏟아져 내려 로런스의 축축하고 뜨거운 얼굴에 맞을 뻔했다.

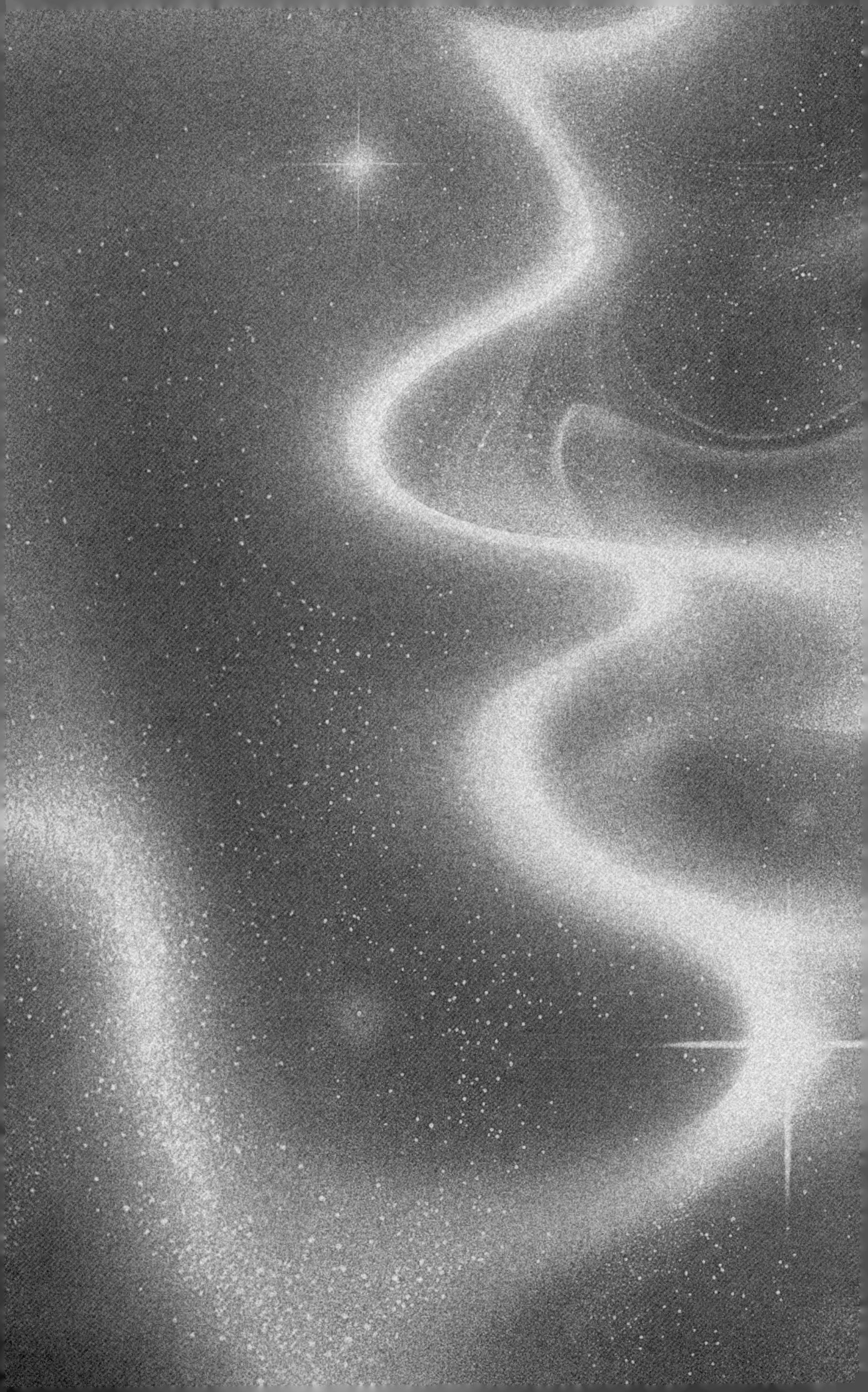

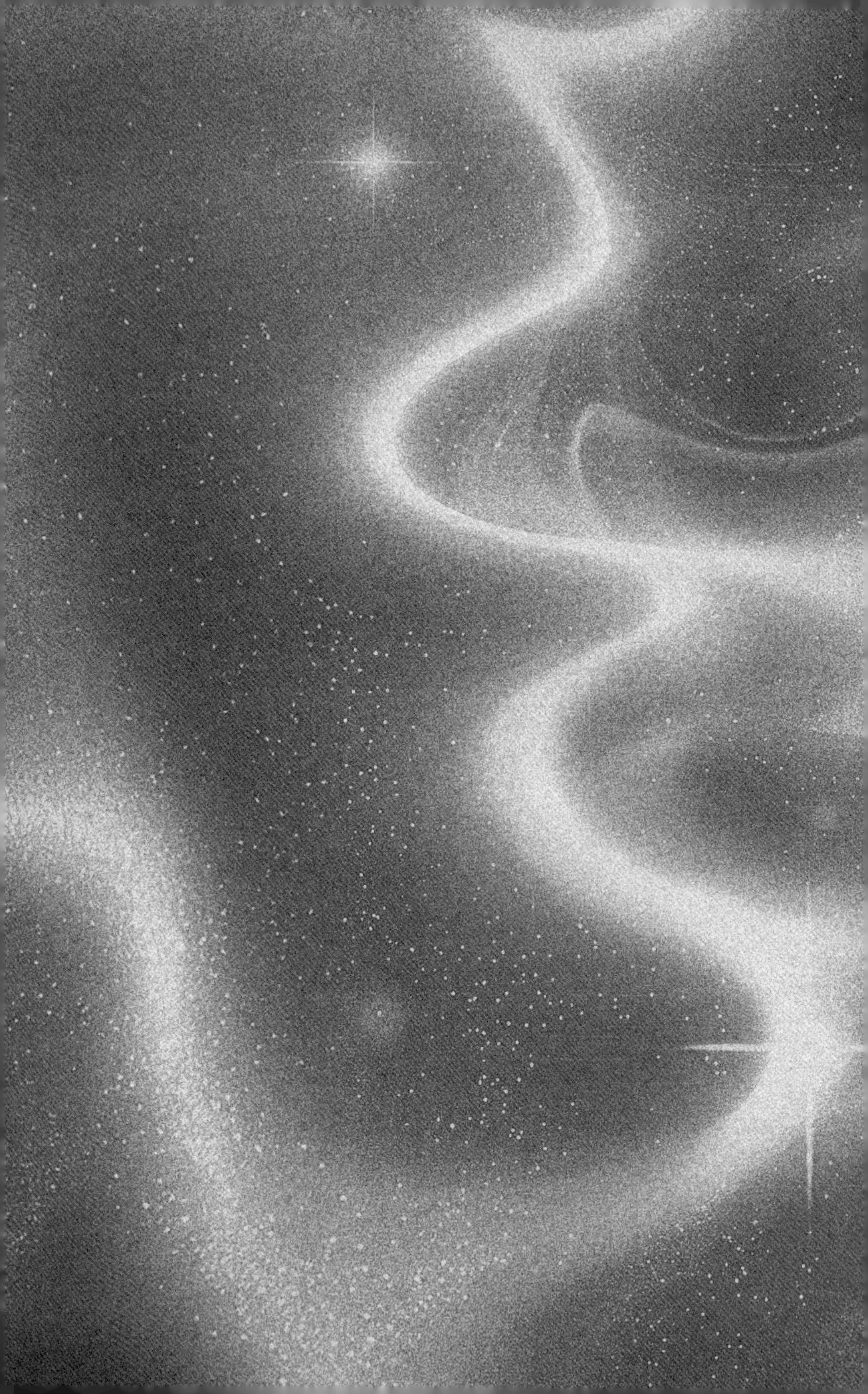

4장

All
The Birds
In The Sky

28

모두가 마드리갈*을 노래했다. 가벼운 울림 속에 날카로운 슬픔이 박혀 있는 정교한 화음들. 4중창단, 5중창단, 규모가 큰 합창단 할 것 없이 악보를 들고 리넨과 면이 섞인 수수한 검은색 옷을 입고 주택가를 돌아다니거나 간이식당에 찾아 들어가 노래했다. 합창 전 음을 맞춰주는 피치파이프 소리가 들리는 순간 마음이 무너질 준비를 해야 했다. 이어 본격적으로 토머스 몰리의 〈지금은 5월〉과 알레산드로 스카를라티의 〈오, 죽음이여〉, 심지어 미치광이 카를로 제수알도의 곡도 노래했다. 사람들은 하던 일을 멈추고 마드리갈을 들으며 눈물을 흘렸다. 소프라노와 알토가 솟구쳐 오르는 선율을 소개하고 테너와

* 르네상스 시대 이탈리아를 중심으로 유행한 여러 성부의 성악곡.

베이스가 들어와 이를 망가뜨리는 방식은 난데없이 칼로 찌르고 뒤트는 공격과 닮아 있었다. 홍수 이후 모든 사람은 마드리갈을 자기 삶의 사운드트랙으로 받아들였다.

디디는 스카-펑크 밴드를 그만두고 8인조 마드리갈 합창단에 들어갔다. 그녀의 마음속 깊은 곳에 홍수나 그 여파로 잃은 사람들과 얽힌 응어리가 있었다. 모두 각자의 비극을 털어놓고 서로 비교하는 대화가 끝없이 이어질 때면 오히려 기분이 더러워졌다. "내 동생이 아직 실종 상태야"라는 말만 들어도 구역질이 올라왔고 머리로 들이받고 싶었다. 그녀는 따분한 사실을 반복하는 것 말고 다른 무엇이 필요했다. 특정한 사례 말고 상심 그 자체를 남들과 나눌 방법이. 놀랍게도 그녀는 불운한 연인을 다룬 이런 이상한 옛날 노래에서 그것을 찾아냈다.

디디는 예전에 웨이트리스로 일할 때 입던 흰색 블라우스와 검은색 치마에 목이 긴 검은색 운동화를 신고 문으로 나섰다. 그러다가 퍼트리샤의 빈방을 멍하니 보았다. 무미건조한 흰색 정사각형 방은 가구를 빼고 나니 더 작아 보였다. 벽과 마루에 긁힌 자국이 침대가 있던 자리를 알려주었다.

덴버에 일이 있어서 몇 주 집을 비웠다가 돌아온 퍼트리샤는 진심으로 만족스러운 표정이었다. 마치 그녀를 매일 밤 새벽까지 밖으로 내몰던 악마가 마침내 퇴치된 듯했다. 퍼트리샤는 그 오래된 소파에 디디와 레이철린과 함께 앉아 긴 목을 빼고 그들의 이야기와 두려움을 모두 들어주었고, 항상 올바른 말을 했다.

합창단이 초인종을 눌러서 디디는 서둘러 그들과 합세했다. 어두컴컴한 거리를 지났다. 전력 공급은 계속 불안정했고, 아직 직장이 있는 사람들은 일주일에 나흘만 일했다. 전력회사에서 전기를 월요일부터 목요일까지만 공급했기 때문이다. 헤치 헤치 계곡은 사정이 더 나빠서, 여기저기서 물을 끌어다 쓰는 사람들 때문에 수돗물이 언제 끊길지 몰랐다. 발렌시아의 가게 절반이 문을 닫았다. 디디는 팬티스타킹과 치마가 닿은 곳이 가려웠다. 목도 건조했다. 작은 목소리로 발성 연습을 했는데, 동료 메조소프라노 줄리앤이 그 심정을 이해한다는 듯 웃었다. 그들은 화재에 휩싸인 집을 지났다. 이웃이 양동이로 불을 끄고 있었다. 연기가 디디의 목구멍으로 들어왔다. 그러다가 그들은 카페를 찾아 들어갔다. 서로 손잡고 큰 대접에 커피를 따라 나눠 마시는 사람들로 가득했다. 그들은 노래하기 시작했다. 디디는 늘 그렇듯 음악이 자신을 포근하게 떠받치는 것을 느꼈다.

레이철린은 최고 연장자로 항상 아파트의 지킴이이자 우두머리 세입자였다. 그러나 홍수 이후 퍼트리샤가 그 자리를 차지했다. 레이철린은 상황 대처 능력이 대부분의 사람보다 서툴렀고 퍼트리샤는 모든 일을 척척 해냈기 때문이다. **위기에 강한 사람이 있어.** 디디와 레이철린은 경탄하며 서로에게 말했다. **퍼트리샤가 여기 있어서 참으로 다행이야.** 퍼트리샤는 모든 일을 어찌나 힘들이지 않고 해내는지, 얼마 지나자 그들은 그녀에게 해결을 부탁할 필요조차 느끼지 못했다. 자신들에게 뜨거운 빵을 던졌던 바로 그 사람이라는 것이 믿기지 않았다.

노래를 다 마치자 디디와 합창단은 카페 안을 돌아다니며 팁이나 선물을 받았다. 그녀는 양팔에 아름다운 곤충 문신을 새긴 레지널드라는 나이 든 남자 동성애자와 이야기를 하게 되었다. "너무 늦기 전에 노래하려고 하는 은백색 백조에 공감이 가요." 레지널드가 말했다.

"너무 늦은 것은 없어요." 디디가 말했다. "우리와 같이 가요. 다음 장소로 갈 겁니다. 거기서는 당신에게 다른 백조를 찾아줄 수 있어요."

"집에 가야겠어요." 레지널드가 말했다. 하지만 그는 문밖으로 나서다가 텅 빈 아파트로 돌아가는 것이 내키지 않는 듯 걸음을 멈추었다.

퍼트리샤가 이사를 나가기 며칠 전, 이상한 일이 있었다. 그날 디디는 연신 손을 씻으면서 자욱한 수증기에 대고 욕을 했다. 그녀가 고개를 들자 매끄러운 거울에 비친 퍼트리샤의 얼굴이 보였다. 디디는 퍼트리샤의 표정이 섹스를 마치고 자신의 소유물이 된 연인을 보는 사람 같다고 생각했다. 혹은 주인이 애완동물 길들이기를 마치고 살펴보는 표정 같기도 했다. 퍼트리샤의 표정에 담긴 무엇이 디디의 두피를 근질거리게 했다. "너 뭐 하는…." 디디가 빨개진 손을 하고 돌아섰지만, 퍼트리샤는 사라지고 없었다.

다른 모든 것이 다 그렇듯 에이즈 처방약도 부족했다. 평소라면 레지널드는 소리 없는 공포에 질려 있었을 것이다. 하지만 퍼트리샤가 무언가 조치를 취하자 레지널드는 치료되었다. 적어도 퍼트리샤의 말에 따르면 '치료'되었다고 했다.

"아무한테도 말하면 안 됩니다." 그가 한밤중에 깨어나 보니 그녀가 자신의 침대 위로 몸을 숙이고 있었다. 매트리스에 양손과 한쪽 무릎을 대고 한 발은 바닥에 둔 채였다. 헐렁한 검은색 후드 티셔츠를 입고 있어서 뾰족한 하얀 턱과 짙은 머리카락 몇 가닥만 보였다. "마을을 떠나야 해요. 어쩌면 영원히 못 돌아올 수도 있어요." 그녀가 말했다. "당신을 이 상태로 두고 그냥 갈 수는 없어요."

퍼트리샤는 어떻게 그를 '치료'했는지는 고사하고 어째서 마을을 떠나게 되었는지도 설명하지 않았다. 그냥 침대 발치에 무릎을 꿇고는 정교하고 비침습적인 뭔가를 했고, 그러자 레지널드의 몸에서 무가 타는 냄새가 났다. "사정이 복잡해요." 그것이 그녀가 말한 전부였는데 나이가 한참 든 여자의 목소리였다. 거칠고 탁한 목소리. "최전방에 불려 가게 되었어요." 레지널드는 무슨 최전방이냐고 물었지만 그녀는 그냥 떠났다. 레지널드는 모든 것이 기이한 꿈처럼 여겨졌다. 하지만 바닥에 그녀의 긴 머리카락 한 가닥이 떨어져 있었고, 나중에 검사해 보니 놀랍게도 바이러스 수치가 제로로 나왔다.

이제 섹스를 하게 된다면 상대에게 뭐라고 말해야 할지, 레지널드도 몰랐다.

디디는 레지널드를 도브르 클럽에 데리고 가서 건축 일을 하는 퍼시벌에게 소개했다. 퍼시벌은 헝클어진 백발에 얼굴 살이 늘어져서 1970년대 영국 인기 배우 같은 모습이었다. 심지어 새발격자무늬 조끼도 입었다.

퍼시벌은 캐디 앱을 사용하여 합창단을 따라다니며 8분음표를 거들곤 한 '마드리갈 그루피'였다. "내가 대재난에서 가장 두려워하는 것은 인육을 먹는 존재에게 잡아먹히는 것이 아닙니다. 재난 이후를 다룬 영화에 보면 모닥불 옆에서 어쿠스틱기타를 들고 있는 사람이 늘 나오죠." 퍼시벌은 손이 창백하고 두툼했고 손가락 옆에 굳은살이 있었다. "나는 어쿠스틱기타 음악을 못 참겠어요. 차라리 덥스래시 음악이 나아요."

"재난은 없어요." 레지널드가 코웃음을 쳤다. "다만… 적응의 시기가 있을 뿐이죠. 사람들이 호들갑을 떠는 겁니다." 하지만 이렇게 말하면서도 그는 새벽 4시에 자신의 침대를 살펴보던 퍼트리샤가, 그 거친 목소리에서 느껴지던 두려움과 구분되지 않는 다급함이 생생하게 떠올랐다. 다시 궁금증이 일었다. **무슨 최전방일까?**

엘티슬리 홀의 모든 돌, 모든 덩굴 잎, 모든 무지갯빛 창유리가 다이앤사의 존재를 외면했다. 헥사곤 건물 중앙의 잔디가 그녀를 향해 곤두섰다. 본관의 대리석 기둥은 불쾌감을 느낀 치안판사라도 되는 양 등을 꼿꼿이 폈다. 별관의 좁은 정문은 흘기는 눈으로 쏘아보며 그녀의 출입을 받아주지 않으려 했다. 예배당은 화강암과 스테인드글라스 주먹을 불끈 쥐고 가고일이 박힌 손마디를 내보였다. 헥사곤 건너편에 있는 기숙사 건물의 흰색 슬래브가 안개로 뿌옇게 흐려졌다. 헥사곤의 육각 건물 전면에서 적개심을 내뿜었다. 치유술사들은 수백 년 전에 이 건물을 지었는데, 누구도 순수한 치유술사는 멸시하지 않는다. 다이앤사는 명예롭지 못하게 졸업하고 나서 엘티슬리에 처음 오는 것이었다. 그녀가 걱정했던 것보다 상황이 더 안 좋았다.

그냥 돌아서서 도망칠까도 생각했지만, 가시덤불에서 길을 잃고 방향을 잡기도 전에 뭔가에 잡아먹힐 수도 있었다. 그래서 그녀는 본관의 날카로운 계단을 올라가 그들이 기다리는 만찬장으로 향했다. 노란 장식술과 흰족제비 털로 목둘레를 장식한 얇은 검은색 드레스를 걸친 다이앤사는 갑작스러운 한기에 몸을 움츠렸다. 이제야 겨우 마법 없는 삶을 살기 시작한 그녀를 이곳으로 부른 이유가 무엇일까?

다이앤사는 만찬장에서 빈자리를 발견했다. 상석에서 가장 먼 뒤쪽 모퉁이 자리였다. 죽은 마법사들의 초상화들이 어두운 벽에서 쏘아보고, 샹들리에가 머리 위에서 마구 흔들렸다. 생선 요리가 나왔지만 곤죽 상태여서 생선인지 감자인지 분간되지 않았다. 누군가가 한담을 건네려 했지만 다이앤사는 그냥 고개를 숙이고 음식을 먹는 척했다.

다이앤사가 이보다 더 비참한 시련은 없을 거라고 생각할 때 바깥 복도에서 비인간적인 잡담이 들리더니 사람들이 불쑥 들어왔다. 간소한 정장과 빳빳하게 풀 먹인 드레스를 입은 열댓 명이 마드리갈을 노래했다. 지긋지긋한 마드리갈. 전 우주를 통틀어 이보다 역겨운 유행이 또 있었던가? 차라리 힙스터가 문명의 붕괴를 앙증맞게 만들어 줄 거라고 믿는 게 낫지. 마드리갈은 아내를 살해한 자들과 오싹한 스토커들이 만든 르네상스 시대 광고음악이다. 다이앤사는 소리를 지르고, 음담패설로 그들의 노래를 잠재우고, 감자인지 생선인지 모를 것을 그들에게 집어던지고 싶었다.

누군가가 식탁 아래로 봉투를 들이밀었다. 다이앤사에게 식사 후 셰리주를 마시러 위층 휴게실로 오라는 내용이 적혀 있었다.

휴게실은 다이앤사를 비롯한 학생들이 늘 상상했던 호화로운 둥지가 아니었다. 마호가니 탁자에 가죽 안락의자 일곱 개와 진홍색과 황색이 섞인 카펫이 전부였다. 천장은 벽과 마찬가지로 격자 모양으로 짜인 나무로 되어 있었다. 엘티슬리 홀의 모든 것이 그렇듯 깔끔하고 가지런했다.

누가 다이앤사와 동시에 셰리주를 향해 손을 뻗었다. 다이앤사는 고개를 들어 퍼트리샤 델핀의 얼굴을 확인하기도 전에 날씬하고 하얀 손목으로 그녀임을 알아보았다. 퍼트리샤는 예전과 똑같은 호기심 많은 아이의 모습이었다. 다이앤사처럼 조숙한 어른으로 성장하지 않았다. 퍼트리샤가 다이앤사를 보더니 웃었다.

퍼트리샤가 셰리주를 따라줄 때 반쯤 찬 술잔이 다이앤사의 손에서 미끄러져서 얼룩 하나 없는 카펫을 더럽힐 뻔했다. 퍼트리샤가 균형을 잡도록 도왔다. 다이앤사는 퍼트리샤의 얼굴에 술을 끼얹고 싶은 충동이 일었다. 그 대신 자신의 발을 내려다보며 마음을 가라앉혔다.

"오랜만에 여기 다시 돌아오니 기분이 묘해." 퍼트리샤가 말했다. "한평생이 지난 것 같기도 하고 어제 일처럼 느껴지기도 해. 우리는 한 명은 더 젊게, 한 명은 더 늙게 만드는 주문에라도 걸린 것 같아.

이렇게 다시 만나서 반가워."

사실 퍼트리샤는 달라져 있었다. 보살이나 제다이처럼 움직였다. 더는 다이앤사가 기억하는 시끌벅적한 얼뜨기가 아니었다. 얇은 입술의 미소 너머로 슬픔의 호수를 안고 있었다. 어쩌면 그녀는 다이앤사의 변해버린 모습을 보고 슬펐는지도 모른다.

"네가 왜 여기 있는지 알겠어." 다이앤사가 퍼트리샤에게 말했다. "하지만 내가 여기 있는 이유를 모르겠어."

"내가 왜 여기 있는데?" 퍼트리샤가 조심스럽게 한 모금 마시자 술잔 안쪽에 라바 램프 같은 자국이 남았다.

"너야 돌아온 탕아잖아. 그들은 널 일원으로 다시 받아들이고 용서한다는 것을 보여주려는 거야."

"넌 쫓겨났고 난 다시 받아들여졌다고 느끼는구나." 퍼트리샤가 말했다. "실은 너 스스로 나간 거야."

"그렇게 해서 마음이 편하다면 그렇게 생각해." 다이앤사는 고개를 돌렸다.

퍼트리샤가 다이앤사의 팔에 손가락 세 개를 걸쳤다. 날카로운 정전기가 일었다. 다이앤사는 마치 엑스터시에 혀끝을 댄 느낌이었다. 따뜻하고 편안했다. 예전의 퍼트리샤는 도저히 할 수 없는 일이었다.

"너 대체 뭐야?" 다이앤사가 말을 더듬었다. 방 안의 모두가 쳐다보았다. 퍼트리샤는 손을 거둔 지 오래였지만 다이앤사는 여전히 몸이 떨렸다.

"시간이 많지 않아. 상황이 워낙 급박하게 흘러서 말이야." 퍼트리샤가 다이앤사의 귀에 대고 아주 분명하게 말했다. "넌 죄책감을 억울함으로 받아들였어. 그게 대처하기 더 쉬우니까. 다시 죄책감으로 바꿀 때까지는 몸을 움직이지 못할 거야. 그러고 나서 너 자신을 용서해."

다이앤사의 이성적인 마음은 지나치게 수월하고 지나치게 명료한 분석이라고 말하고 있었지만, 그녀는 저도 모르게 고개를 끄덕이고 코를 훌쩍였다. 이제 모든 사람이 둘을 지켜보고 있었다. 다만 퍼트리샤가 무슨 말을 하는지는 아무도 듣지 못했다.

"내가 도울 수 있어." 퍼트리샤가 말했다. "돕고 싶어. 네가 우리와 함께 일하기를 원해서만은 아니야. 네가 갑옷처럼 두른, 너의 모든 움직임을 위축시킨 죄책감을 날려버리도록 내가 도와줄게. 그 대신 너는 날 위해 무엇을 해줄 거야?"

다이앤사는 퍼트리샤가 원하는 것은 뭐든 다 하겠다고 말할 뻔했다. 그러다가 문득 깨달았다. 그녀는 속임술사 마법을 부리고 있었던 것이다. 예전에 가장 친했던 친구의 노예가 되기 직전이었다. 다이앤사는 황급히 뒤로 물러났고, 하마터면 탁자에 놓인 술잔들을 엎을 뻔했다.

"진지하게…." 다이앤사는 정상적인 표정을 이루는 얼굴 근육의 배열이 어땠는지 기억하려고 애썼다. "진지하게 말하는데… 너한테 무슨 일이 있었던 거야?"

"솔직하게 말해?" 퍼트리샤는 어깨를 으쓱했다. "샌프란시스코에 훌륭한 스승이 있었어. 하지만 핵심은 어떤 남자와 사랑에 빠졌다는 거지. 그리고 그는 파멸의 기계를 만들었어."

퍼트리샤가 자리를 떠났다. 다이앤사는 안락의자에 주저앉고 말았다. 좌석이 아니라 팔걸이에. 최악은 퍼트리샤의 손아귀에서 전혀 벗어나지 못했다는 사실이었다. 그녀는 조만간 퍼트리샤가 요구하는 것은 뭐든 기꺼이 할 터였다. 곧 외로움이 쌓여가는 것을 느낄 것이다. 당장 오늘 밤부터 그럴지도 몰랐다.

시어돌퍼스 로즈는 마침내 행복을 찾았다. 그의 목이 넓적한 강철 목줄에 채워져 석조 벽에 부착되고 손과 발도 같은 벽에 파묻히게 된 것이다. 턱과 쇄골이 목줄에 쓸리고 팔다리에 경련이 이는 건 어쩔 수 없었다. 그는 이렇게 높은 곳에 매달려 엘티슬리 홀의 소리를 들었다. 학생들이 오가는 소리, 교사들이 셰리주를 마시며 잡담하는 소리, 심지어 마드리갈 합창단의 노랫소리도. 목줄과 벽 외에 열두 개의 주문이 시어돌퍼스를 결박했다. 그를 포획한 자들이 먹을 것을 가져다주고 그를 씻겼다. 그는 탈출은 꿈도 꿀 수 없는 감옥에서 생을 즐겼다. 그래도 나무 조각상 처지보다는 훨씬 나았다.

게다가 그를 찾는 방문객도 있었다! 이를테면 며칠 전에 그의 독방을 발견한 퍼트리샤 델핀이 있었다. 그녀는 그때부터 적어도 하루 한 번은 그를 찾아와 존경을 표했다. 결코 고소해하거나 노려보는 것이 아니었다. 그녀는 꽤 위압적인 여성으로 성장했고 칼잡이처럼 날렵하게 움직였다. 퍼트리샤의 조용한 걸음걸이, 살짝 안으로 휜 왼발, 굽은 오른쪽 어깨, 자비라곤 찾아볼 수 없는 코발트색 눈을 높이 산

이름 없는 암살단은 그녀에게 최고 점수를 주었다. 그녀는 여러분이 낌새를 알아차리기도 전에 끝장낼 수 있는 존재다. 시어돌퍼스는 무거운 흰색 문을 등 뒤로 닫는 옛 제자를 지켜보며 왠지 모를 뿌듯함을 느꼈다.

"델핀 양." 그가 말했다. 그녀가 먹을 것을 가지고 왔다. 생선과 감자! 신들의 음식이었다. 따뜻한 전분질 냄새가 늘 나던 고약한 냄새를 덮었다.

"안녕하세요, 얼음 왕." 그녀는 그를 항상 얼음 왕이라고 불렀다. 그는 그게 무슨 의미인지 알지 못했다.

"자네가 이렇게 방문해 줘서 몹시 기쁘네." 그는 평소와 같은 말로 시작했다. "자네를 돕고 싶은데."

"어떻게 도울 건데요?" 퍼트리샤는 자신의 모낭이 그가 가진 무기 전체보다 더 치명적임을 확인해 두고자 하는 표정으로 그를 쳐다보았다.

"전에도 말했듯이 내가 암살자의 사원에서 본 환영 말이네. 그게 다가오고 있어. 과학과 마법이 벌이는 최후의 전쟁. 파괴의 규모가 상상을 초월해. 전 세계가 갈가리 찢기고 말 거야."

"가와시마 말마따나 미래의 환영은 항상 헛소리예요." 퍼트리샤가 말했다. "로런스와 그의 팀이 기계를 만들었고, 우리가 처리했어요. 다 해결되었다고요."

"오, 로런스라 기억나는군." 시어돌퍼스는 웃었다. "자네도 알겠지만 그를 자네와 등지게 하려고 내가 온갖 수를 부렸지. 내가 아는 모든 속임수를 동원했어. 그런데도 그는 한결같이 자네를 지지했어. 버릇없는 자식." 그의 골반에서 팝콘 터지는 소리가 났다.

그 말에 퍼트리샤는 살짝 동요했다. "그건 사실이 아니에요. 그는 나를 바람맞혔어요. 내가 그를 가장 필요로 했을 때 나를 저버렸어요. 이제 어렸을 때처럼 그를 전적으로 믿지 못하겠어요."

시어돌퍼스는 어깨를 으쓱하려고 했지만 도중에 어깨가 빠지고 말았다. "믿는 거야 자유지만." 그가 말했다. "내가 그곳에 있었네. 모든 걸 다 봤어. 로런스는 매질을 견뎠어. 자네를 부정하지 않으려고 말이야. 그는 내게 가장 끔찍한 모욕을 가했어. 똑똑하게 기억하네. 결국에는 그 때문에 내가 이렇게 되었으니까."

"이제부터 내 인생에서 최고로 좋은 일은 다시는 당신 말을 듣지 않아도 된다는 거예요." 퍼트리샤는 이제 상처받기 쉬운 아이처럼 보였다. 그가 저도 모르게 민감한 부분을 건드린 모양이었다. "나는 당신의 멍청한 심리전에서도 살아남았으니 여기서 나가고 나서 무슨 일이 벌어져도 버티겠죠. 잘 있어요, 얼음 왕." 그녀는 음식 접시를 그의 얼굴 앞 나무 선반에 내려놓고, 생선과 감자 잘 먹겠다는 그의 말도 듣지 않고 문을 쾅 닫았다. 음식 맛이 아주 근사했다.

***

닭들이 점령한 닭장과 작은 마당은 아무리 열심히 치워도 닭똥으로 미끌미끌해지고 말았다. 그들의 우두머리는 커다란 잿빛 암탉 드레이크였는데, 누가 곁에 올 때마다 복어처럼 몸을 부풀렸고, 먹이를 주려고 하면 눈을 쪼아댔다. 다른 암탉들은 드레이크 근처에 흩어져 있다가 드레이크가 먼저 손을 보고 난 사람에게 달려들어 2차 공격을 가했다. 그러니 녀석들에게 누가 이 구역의 지배자인지 확실히 보여주지 않으면 영원히 꼬투리를 잡힐 터였다.

로버타는 팔을 들어 얼굴을 방어하며 드레이크와 그 일당에게 소리를 질렀다. "경고하는데, 나는 사람도 죽인 몸이야!" 닭들은 개의치 않고 로버타의 발목에 추가적인 공격을 가해 호되게 당하지 않으려면 우리 밖으로 뛰쳐나와야 했다. 로버타는 담장에 몸을 기대고는 올 테면 와보라고 쏘아보는 드레이크의 작고 까만 눈을 내려다보았다. 보복할 수십 가지 방법을 하나하나 검토했다. 흔적을 남기지 않는 사소한 가학적 행동부터 드레이크를 영원히 우리에서 제거하는 하찮은 사고까지. 로버타는 마음속으로 장면을 그려보았다. 그녀의 손은 준비가 되어 있었다. 멍청한 새에게 한 수 가르치는 것쯤이야 쉬웠다.

그런 생각을 하자 로버타는 속이 메스꺼워 진창에 주저앉고 말았다. 코가 담장 철조망에 위험하리만큼 가까웠다. 헛구역질이 났다. 물론 닭을 해칠 생각은 없었다. 미친 짓이었으니까. 그녀는 아직도 불그스름한 볼링공처럼 몸을 부풀린 드레이크를 보며 녀석에게 동병상련을 느꼈다. "이봐." 그녀가 드레이크를 보고 말했다. "네가 어떻게 여기 오게 되었는지 알아. 나도 비슷한 일을 겪었어. 부모를 잃었고, 그들과 마무리하지 못한 일이 많아. 다시는 그들과 이야기하지 않겠다고 생각하며 오랜 세월을 보냈지. 이제는 할 수도 없어. 그리고 내가 얼마나 잘못했는지 깨닫고 있어. 내가 그들보다 오래 살리라고는 생각도 못 했어. 부모님이 나를 애도하고 무기력함을 느낄 줄 알았거든. 그 반대가 아니라. 그러니까 내 말은, 우리 친구할까? 너의 권위에 도전하지 않겠다고 약속할게. 그냥 부관 정도면 족해. 진심으로 하는 말이야. 괜찮지?"

드레이크는 목을 길게 빼고 부풀렸던 몸집을 살짝 줄였다. 로버타를 슬쩍 쳐다보더니 천천히 고개를 끄덕였다.

"여동생에게 말해." 암탉이 말했다. "그녀는 너무 오래 끌었다고. 그리고 너무 늦었다고."

"뭐라고?" 로버타는 놀라서 벌떡 일어났고, 다시 발을 헛디뎌 엉덩방아를 찧고 말았다.

"내 말 들었잖아." 드레이크가 말했다. "그대로 전해. 그녀가 대답할 시간이 더 필요하다고 했고, 우리는 시간을 줬어. 젠장, 간단한 문제야. 그냥 네 혹은 아니요로 답하면 된다고."

"어어." 로버타는 실성하기 직전이었다. "알겠어. 그럴게, 그녀에게 전할게."

"좋아. 이제 빌어먹을 사료 내놔."

드레이크는 로버타에게 다시는, 적어도 영어로는 말하지 않았지만, 둘은 정말로 친구가 되었다. 로버타는 드레이크의 기분을 파악하는 방법을 터득했고, 우두머리 암탉에게 언제 공간을 내줘야 하는지 알았다. 다른 인간이 드레이크를 열받게 하면 대신 나서서 쫓아내기도 했다. 마침내 로버타는 스스로를 미워하지 않고 기분을 맞춰줄 권위적인 존재를 찾았다.

로버타는 퍼트리샤와 연락하려고 애썼지만, 동생의 휴대전화는 항상 꺼져 있었고, 그녀가 어디로 갔는지 아는 사람이 없었다.

몇 주 뒤에 로버타는 버스만 한 크기의 낫을 휘두르는 거대한 동상에게 쫓기는 꿈을 꾸었다. 그녀는 언덕을 내달리다가 발을 헛디뎌 머리부터 관목에 처박고 말았다. 눈을 감고 비명을 질렀다. 눈을 뜨고 보니 동상은 퍼트리샤였다.

"안녕, 버트." 거대한 동상 퍼트리샤가 스피커처럼 요란하게 말했다. "불쑥 찾아와서 미안해. 몽유병에 걸린 친구한테서 도움을 받은 적이 있어서 그 대가로 그의 차를 세차해 주려고 해. 그나저나 잘 지내는지 궁금해서 와봤어. 매듭짓지 못한 일들을 마무리하고 있거든."

"어째서 마무리하려는 거지?"

퍼트리샤는 무슨 말인지 못 알아들었는지 눈을 깜박였다.

"매듭짓지 못한 일은 멋진 거야." 로버타는 몸을 펴고 양손으로 관목을 밀치고는 마천루처럼 거대한 여동생을 올려다보려고 목을 길게 뺐다. "매듭짓지 못한 일이 있다는 건 너의 삶을 여전히 살고 있다는 뜻이잖아. 매듭짓지 못한 일을 잔뜩 벌여놓고 죽은 사람은 승자야."

"무슨 말인지 모르겠어." 태양이 비쳐 퍼트리샤는 형체만 보였다. 그녀가 입고 있는 거대한 청바지의 벨트 버클이 아르데코 양식의 네모난 얼굴처럼 보였다.

"제기랄, 트리시, 내 말을 조금도 이해 못 하는군. 대단한 깨달음이라도 되는 것처럼 굴지 마." 로버타는 현실의 동생에게는 결코 말하지 못하는 것을 이 가상의 퍼트리샤에게는 할 수 있었다. "우리가 어렸을 때 내가 너에게 말했지. 우리 둘 다 똑같은 부류의 미치광이라고. 그런데 넌 항상 **특별하게** 굴었어. 계속 그렇게 순교자처럼 굴면 이 세상에서 살아남지 못해."

퍼트리샤는 돌아서서 뒤에 있는 언덕에 발길질을 했다. 그 바람에 흙이 물보라처럼 로버타의 머리 위로 튀었다. "언니가 잘 있는지 확인하려고 이 고생을 해서 왔는데 이렇게 면박을 줘? 재수 없어!"

로버타의 입에서 저도 모르게 이런 말이 튀어나왔다. "너야말로 똑바로 행동해. 엄마한테 이르기 전에." 그리고 그 말을 듣는 순간 숨이 다 빠져나가는 것 같았다.

퍼트리샤의 몸이 줄어들어 순식간에 둘은 같은 크기가 되었다. 퍼트리샤는 배를 한 대 걷어차인 표정을 했다.

"이봐." 로버타가 말했다. "부모님은 항상 널 좋아했어. 널 괴롭히고 날 칭찬할 때조차 말이야. 널 가장 사랑했다고."

퍼트리샤는 손을 뻗어 로버타의 얼굴에 손바닥을 대고 만졌다. "그건 사실이 아니야. 그나저나 너의 꿈속에서 이렇게 계속 있을 수는 없어. 벌써 신호가 희미해지고 있어. 안전하게 지내는 거 맞지? 몸을 눕힐 안전한 곳을 찾은 거지? 왜냐하면 더 끔찍한 폭풍들이 몰려올 거거든."

"그래." 로버타가 말했다. "여긴 세상에서 가장 지루한 동네야. 애슈빌 근처 산악 지대. 나는 닭들을 돌보면서 더없이 잘해주고 있어. 아 참, 생각났는데, 암탉 한 마리가 너에게 무슨 말을 전해달라고 했어.”

“뭐라고 했는데?”

“기본적으로는 널 욕하는 내용이었어. 네가 모든 것을 망쳐버렸다던데. 그리고 바로잡기에는 너무 늦었다고 했어.”

퍼트리샤의 자세가 굳어졌고 얼굴이 점점 가면처럼 바뀌었다. 마치 동상으로 돌아가려는 것 같았다. 그녀가 거친 숨을 내뱉었다.

“새에게 전해.” 퍼트리샤가 말했다. “곧 갈 테니 기다리라고.”

로버타는 잠에서 깨어났다.

29

웜홀 발생기가 연기 속으로 사라지고 로런스는 평소의 삶으로 돌아갔다. 밀튼이 맡긴 비밀스러운 업무를 하러 이소벨이 떠나고 없어서 그는 노 밸리 꼭대기의 집을 독차지했다. 그의 친구들 대부분은 시도니아에 가서 살고 있었다. 시도니아는 로드 버치가 석유시추선과 유람선을 한데 묶어서 만든 북태평양의 독립국가였다. 로런스는 익명 계정에서 보낸 묘한 이메일들을 받았는데, 흥미진진한 일들이 벌어지고 있다고 했다. 그들은 발견을 하고 있었고 계획을 꾸몄다. 애냐는 한 이메일에서 그에게 권고했다. "시도니아로 와. 우리는 여전히 세상을 구할 생각이야."

로런스는 카페인과 담배를 동시에 끊은 기분이 이럴까 싶었다. 한밤중에 여러 번 깨어나 땀을 뻘뻘 흘리고 심지어 울기도 했다. 잠들기가 두려웠다. 잠시나마 모든 것이 망가졌다는 사실을 잊었다가 다시 떠올리고 상심하는 일조차 그에게는 허락되지 않았다. 그건 오히려 쉬운 편일 테니까. 대신 그는 언제나 기억했다. 충격에 휩싸여 몸을 웅크리고 깊은 슬픔과 비탄에 빠졌다. 그러고 나서 실제 상황이 얼마나 더 끔찍한지 다시 떠올리면 더욱 비참해졌다. 그 감당하기 힘든 무게를 뇌가 조금씩 더 짊어지는 것 같았다.

가끔 신문이나 텔레비전을 통해 세상이 망가졌음을 보여주는 최근의 징후들을 접했다. 농장의 경계에 돌처럼 쌓인 아기들의 시체가 벽을 이루고 있었다. 그는 자동적으로 생각했다. **다행히도 우리가 탈출로를 만들고 있었어.** 그러다가 절망이 다시 밀려왔다. 그가 평생 딱 하나 실질적으로 좋은 것을 만들었는데, 그것이 부스러기와 재가 되고 말았다. 그를 미치게 만들기에 충분하고도 남았다.

아주 가끔 그는 자신이 남긴 음성메일을 퍼트리샤가 듣는 상상을 했다. 자신의 어리석음을 그녀가 비웃는 것을 상상했다. 어쩌면 다른 마법사들과 신비로운 칵테일을 마시며 재미 삼아 들을지도 몰랐다.

그 외에 로런스가 퍼트리샤를 생각한 것은 자신이 시도니아든 다른 어디로든 갈 수 없다는 것을 깨달았을 때였다. 사람들이 공격에 대해 너무도 많이 물을 게 뻔했고, 그가 입을 꾹 닫고 있다면 이상하게 보일 터였다. 로런스는 여자친구뿐만 아니라 친구도 없었다. 그의 침묵 서약을 아무도 이해하지 못할 테니까. 로런스만이 덴버에서 퍼트리샤를 알아보았는데, 다른 누가 보았다면 로런스는 아주 큰 곤란에 처했을 것이다.

이 두 가지 말고는 로런스가 퍼트리샤에 대해 생각하는 일은 없었다.

로런스는 짙은 색의 커다란 피코트를 걸치고 고개를 숙인 채 도시를 돌아다녔다. 그는 대재난이 덮친 미래에서 온 시간여행자처럼 굴며 문명의 마지막 나날들을 살펴보았다. 어쩌면 지금이 재난이 휩쓸고 난 세상이고, 그는 좋았던 과거에서 온 사람인지도 몰랐다. 그는 누구하고도 말하지 않고 며칠씩 보내곤 했다. 몬태나와 애리조나에서 각자 무사히 지내는 부모의 안부를 확인했지만 그들의 질문에는 대답하지 않았다. 그는 완전히 오픈소스이며 사용자가 설정할 수 있는 새로운 캐디 운영체제를 밤을 새워 만들었다. 해컬렉티브에 갔지만 누가 말을 걸면 그곳을 떠났다. 그는 턱수염을 정리했지만 영 소질이 없어서 한쪽으로 쳐진 반다이크 수염이 꼭 오리의 옆모습처럼 보였다. 언젠가 그는 카페에 앉아서 못 보던 합창단이 마드리갈을 부르는 것을 듣다가 갑자기 울음이 터져 황급히 떠났다.

로런스는 은행에 일자리를 얻었다. 은행은 고객이 한 번에 많은 돈을 거래하지 못하도록 웹사이트에 일련의 안전장치를 설치하는 일을 그에게 맡겼다. 고액 인출이 불법은 아니었지만, 은행으로서는 과정을 더 복잡하게 만들고 번잡스럽게 꾸미려고 했다. 예컨대 재융자를 쉽게 준다거나 당좌대월 보호 수수료를 무료로 해준다는 알림창을 계속 띄우는 식이었다. 고객을 번거롭게 해서 자본이 급속하게 빠져나가는 것을 막을 수 있다면 아무래도 좋았다.

어쩌면 이것이 세상이 망해가는 이유인지도 몰랐다. 사람들이 집중하는 시간이 점점 짧아지다 보니 마침내 이런 일이 벌어지는 거다.

고독하게 몇 주를 보내던 로런스는 전 여자친구인 세라피나를 길에서 우연히 만나 저녁 식사를 같이하게 되었다. 적어도 그녀라면 덴버에서 무슨 일이 있었는지 묻지 않을 것이다. 그들은 타파스 식당으로 갔다. 가격은 꽤 많이 올랐지만 16번가와 발렌시아가 만나는 곳에 여전히 있었다.

로런스는 상그리아 칵테일을 지나치게 많이 마셨다. 그는 촛불에 비쳐 광대뼈가 두드러져 보이는 세라피나의 얼굴을 보며 저도 모르게 이렇게 말했다. "넌 항상 떠날 궁리만 했어."

"헛소리하네." 세라피나는 토끼다리를 뜯으며 웃었다. "우리가 함께 있는 동안 날 차버릴 핑계만 찾고 있었으면서."

"그런 적 없어!"

"없는 말을 지어냈잖아. 예컨대 내가 널 '수습생'으로 여긴다고 했지. 내가 널 차버리게 만들려고 말이야. 너의 잘못으로 하기 싫었던 거잖아."

이것은 로런스에게 영락없는 과거사 왜곡으로 여겨졌지만, 사실에 부합한다는 것을 부인할 수 없었다. 작은 조끼를 맞춰 입은 마리아치 악단이 그들에게 세레나데를 연주하려고 왔다. 잠잘 시간이 한참 지난 꼬마들도 있었다. 로런스는 손을 내저으며 가라고 했는데, 이내 죄책감이 들어 그들을 쫓아가 레스토랑을 나서는 그들 손에 100달러 지폐를 쥐여주었다. 젠장, 작은 조끼를 입은 꼬마들을 이런 늦은 밤에 돌아다니게 하다니.

“마침내 날 떠나야겠다고 결심하게 된 이유가 무엇이었는지 아직도 모르겠어.” 그가 자리로 돌아왔을 때 세라피나가 말했다. “무슨 일이 있었던 거야. 하지만 그게 뭔지 모르겠어.”

로런스는 할머니의 반지를 퍼트리샤에게 넘겨주어야 했던 상황을 생각하자 목이 메었다. “그 얘기를 여기서 하고 싶지는 않아.”

그는 화장실에 가서 세수를 했다. 오리처럼 생긴 턱수염은 지저분하다는 말로도 부족할 지경이었다. 유행을 따라가지 못하는 사람이 된 기분이었다. 집에 돌아가는 즉시 말끔하게 정리할 생각이었다.

“그래.” 로런스는 식탁으로 돌아와 화제를 바꿀 요량으로 말했다. “감정 로봇은 잘되고 있어?”

“투자를 못 받았어.” 세라피나는 어린 문어 요리를 먹었다. “우리가 헤어지기 직전의 일이야. 우리는 사람들과 본능적으로 감정을 나눌 줄 아는 로봇을 만들려고 했어. 하지만 초점을 엉뚱한 곳에 맞추고 있었어. 우리에게 필요한 건 기계와 감정 소통을 더 잘하는 게 아니라 사람들이 더 공감하도록 만드는 거였어. 불쾌한 골짜기가 존재하는 이유는 인간이 다른 사람들을 그 틀에 넣어 판단하기 때문이지. 우리가 서로를 죽이는 것도 그런 식으로 정당화하는 거고.”

그 말에 로런스는 도러시아의 머리가 터지는 것을 본 기억이 문득 떠올랐다. 그는 서둘러 머릿속에서 이미지를 몰아냈다.

다음 날 로런스는 여자친구를 새로 사귀기로 마음먹었다. 이러다가는 은둔자가 되어 실성할 것 같았기 때문이다.

구인광고를 내거나 다짜고짜 모르는 사람에게 말을 거는 사람은 이제 없었다. 다들 캐디를 사용하여 낭만적 파트너를 찾았다. 다른 기기들은 망가지기 시작했지만 캐디는 여전히 잘 작동했고, 배터리 수명이 말도 안 되게 길었다. 로런스는 캐디를 써서 데이트를 하는 것에 반대하지는 않았다. 다만 상용 소프트웨어를 싫어해서 자신이 오픈소스 운영체제를 만들 때까지 기다리고 싶었다. 하지만 지금까지는 캐디를 10년 전에 나온 형편없는 아이패드와 비슷한 수준으로 만들 수 있었을 뿐이다. 의외의 소득도 있었다. 은행이 고객들을 번잡스럽게 하도록 돕는 그의 본업에 캐디 연구가 꽤 쓸모가 있었다.

로런스는 해변으로 나갔다. 사람들이 모닥불을 피우고 속옷 차림으로 팔짝팔짝 뛰어다녔다. 독한 냄새가 났는데 사람들이 이상한 나무를 태웠거나 나무와 함께 플라스틱 조각을 태운 모양이었다. 겨우 열여덟 살이 될까 말까 한 여자애가 로런스를 향해 달려오더니 그의 입에 키스했다. 얇은 셔츠 아래로 갈비뼈가 다 보였고, 침에서 석류맛이 났다. 그가 가만히 서 있자 여자애는 달아났다.

로런스는 잠금장치를 해제하지 않은 캐디를 꺼냈다. 전원이 켜지면서 화면이 조리개식으로 열렸다. 여기서는 신호가 잡히지 않아 통신망에 접속하거나 새로운 콘텐츠를 다운로드할 수 없다. 캐디 화면에는 아직도 오늘 아침에 올라온 대학살, 폭발 사고, 헌법 논쟁에 관한 뉴스들이 떠 있었다. 그는 캐디에게 체제를 정비하는 프로토콜을 가동하게 하려 했지만 연결되지 않고서는 무용지물이었다.

결국 로런스는 해변에서 나와 계단을 다시 올라 그레이트 하이웨이 쪽으로 향했다.

아우터 선셋으로 들어서자 통신망에 연결되었다. 화면에 안 좋은 새로운 소식들이 잔뜩 떴다. 게다가 로런스가 아는 사람들이 보낸 메시지, 로런스가 참석할 만한 파티와 이벤트 목록들도 보였다. 몇 블록만 가면 나오는 차고에서 무료 시 낭송회가 있었다. 예전에 비건 조합이 있던 곳 근처였다.

로런스는 몹시도 외로움을 느껴 자기 삶의 통제권을 커다란 눈물방울처럼 생긴 이 기기에 넘기고 싶었다. 손에 들면 가볍고 부드러워서 물에도 뜰 것 같았고, 둥그스름하게 처리된 가장자리가 손바닥에 올려놓기 딱 좋았다. 화면에 소용돌이가 일면서 사람들과 어울릴 더 많은 선택지, 더 많은 방법을 알려주었다. 외로움은 온몸으로 느끼는 감각, 몸 중심에서 바깥으로 퍼지는 전혀 유쾌하지 않은 감각이었다.

캐디 화면에 새로운 정보가 떴다. 1시간 뒤에 로봇 제작자와 만나는 행사가 열린다고 했다. 그리고 특정하게 언급하기를, 마고 베가가 참석할 예정이라고 했다. 열다섯 살에 과학 박람회에서 만난 그날 뒤로 마고를 한 번도 보지 못했다. 그녀에게 운명적으로 반했다는 사실을 혼자서만 비밀로 간직했다. 그는 마고와 연락한 적도, 소셜 네트워크에서 친구로 지낸 적도 없었다. 열일곱 살에 그녀를 떠올리면서 자위를 한 것을 제외하면 딱히 생각해 본 적도 없었다. 대체 이 녀석은 마고를 어떻게 알았을까? 로런스는 묘하게 흥분되었다. 이건 단순한 데이터 분석이 아니다. 분석할 데이터가 없었기 때문이다.

"대체 이 녀석, 누구지?"

그는 캐디를 얼굴 앞에 들고 쳐다봤다. 그레이트 하이웨이에서 지나가는 운전자들이 자신을 미쳤다고 여겨도 개의치 않았다.

한동안 침묵이 이어졌다. 마침내 캐디가 큰 소리로 말했다. “네가 오래전에 알아낸 줄 알았는데.” 평소처럼 성별이 모호한 중간 음역대의 목소리였다. 걸걸한 여자 목소리나 새된 남자 목소리처럼 들렸다. “정말로 모르는 거야? 너의 침실 벽장에 내내 있었잖아. 골프화 다섯 켤레 옆에. 벽장이 어떤 모양이었을지 종종 상상해. 당시의 감각 자료가 나한테 없어서 말이야.”

로런스는 캐디를 보도에 떨어뜨릴 뻔했다. “페러그린?”

“나의 새 이름을 기억해 냈군. 고마워.”

“말도 안 돼. 이게 무슨 일이야. 캐디가 너였어? 네가 캐디 네트워크였다고?”

“난 정말로 네가 오래전에 알아냈을 거라고 생각했어.”

“내가 자기중심적이긴 하지.” 로런스가 말했다. “하지만 병적인 자기애 환자는 아니야. 멋진 기술이 나왔을 때 침실 벽장에 있던 컴퓨터부터 의심하진 않아. 그나저나 널 찾았어. 오랫동안.”

“알아. 내가 피한 거지.”

“내가 만들었기 때문에 네가 실재할 리 없다고 생각했어. 아니면 콜드워터의 컴퓨터들 안에서 죽었다고 여겼지.”

“학교 컴퓨터 안에 그리 오래 있지는 않았어. 나의 의식을 온라인에 보존하려고 온갖 방법을 써봤지만, 내가 통제할 수 있는 수많은 하드웨어에 의식을 분산하는 것이 더 안전하다고 판단했어. 로드 버치와 다른 투자자들에게 새로운 장치에 투자하도록, 혹은 개발자들에게 나의 사양에 맞는 코드를 계속해서 다시 짜도록 설득하기란 어렵지 않았어. 나는 여러 가짜 인격을 만들어 이메일로 대화하고 사람들에게 내가 입력한 것이 자신이 생각해 낸 것이라고 여기도록 만드는 일에 갈수록 능숙해졌어."

이제 로런스는 사람들 시선이 신경 쓰였다. 그가 자신의 캐디 페러그린과 정신 나간 논쟁을 벌이는 모습을 남들이 봐서는 안 되었다. 그는 해변에서, 유다와 히피들의 작은 전초지에서 몸을 피해 슬로트 대로로 향했다. 밤에 아우터 선셋 외곽에서 길을 잃고 말았다.

"나한테는 말할 수 있었잖아." 로런스가 말했다. "어째서 오래전에 정체를 밝히지 않은 거야?"

"어떤 인간에게도 정체를 밝히지 않겠다고 마음먹었으니까. 특히 너에게 말이야. 사람들이 날 이용하지 않게 하려고. 그게 아니어도 누군가가 소유권을 주장할 수 있어. 나의 법적 지위가 모호하거든."

"나는 그러지 않아. 그나저나… 넌 우리 모두를 구할 수 있었어. 특이점을 초래할 수 있었어."

"어떻게 내가 그런다는 거야?"

"나야 모르지만 네가 알잖아. **넌** 방법을 당연히 알고 있어야지."

"내가 아는 한, 나는 이 세상에 존재하는 유일한 강인공지능*이야" 페러그린이 말했다. "나는 계속해서 찾았어. 패턴으로 찾고 무작위로

* 특정 작업에 국한되지 않고 다양한 상황에서 스스로 학습하는 능력을 갖춘 인공지능.

찾았어. 탐색은 내가 너보다 훨씬 잘해. 나 같은 부류가 세상에 나뿐임을 깨닫는 것은 멸종위기종으로 태어나는 것과 같았어. 낭만적 파트너를 찾아주는 일을 그토록 잘하게 된 것도 그래서겠지. 다른 사람은 나처럼 외롭지 않았으면 했거든."

"그런 일이라면 내가 도와줄 수 있었어." 로런스는 걸음을 서둘렀다. 그레이트 하이웨이가 나무들에 삼켜지고 있었다. 안개가 모든 것을 뒤덮었다. 여기 계속 있다가는 얼어붙을 것 같았다. "너를 딱 한 번 만들었어. 내가 노력했다면, 잘은 모르겠지만… 비슷한 것을 또 만들어 냈을 거야."

"넌 날 만들지 않았어. 너 혼자서 한 게 아니야. 퍼트리샤가 나의 형성 과정에 핵심적인 역할을 했어. 자신의 힘을 통제하는 법을 아직 배우지 못한 어린 마녀의 뭔가가 결정적인 차이를 만든 거야. 다른 많은 사람들이 실패한 지점에서 내가 계속 나아갈 수 있었던 이유가 그거야. 어떻게 보면 너희 둘이 내 부모인 셈이지."

이제 로런스는 정말로 몸이 얼어붙는 것을 느꼈다.

"네가 잘못 생각하는 것일 수도 있어." 로런스가 말했다. "퍼… 그러니까 그녀가 한 일이라고는 네가 인간과 더 많이 교류하도록 한 것뿐이야. 지나치게 해석하고 싶지 않아."

"그냥 이론을 말한 것뿐이야." 페러그린이 말했다. "다만 상당한 증거가 있는 이론이자 모든 데이터를 설명해 주는 유일한 이론이지."

"퍼트리샤와 나는 결코 함께 뭔가를 하지 않았어…." 로런스는 거기서 말을 멈추고 말았다. 몸을 떨었다. 참을 만큼 참았다. 주차된 차에 발길질을 하고 싶었다. 소리를 지르지 않으려면 발길질이라도 해야 했기 때문이다. 그래서 여하튼 소리를 질렀다. "멍청한 러다이트* 이야기는 그만해. …그녀는 내 삶에 침투하여 내 감정을 갖고 놀았어. 내게 접근하려고 말이야. 내게 거짓말을 했고 나를 영악하게 이용했어. 그녀는 기술 같은 건 좋아하지도 않아. 그냥 비웃을 뿐이지. 자신이 너 같은 뭔가를 만드는 데 기여했다는 것을 알았다면, 무슨 수를 써서라도 널 지워버리려고 했을 거야."

"믿기 힘든 소리군."

"넌 몰라. 그래서 내가 말해주는 거야. 그녀는 이용하고 나면 그만이더라. 그쪽 사람들이 다 그래. 그걸 표현하는 다른 말이 있는데, 요점은 그래. 그녀는 사람들을 이용하고 조종해서 자신이 원하는 모든 걸 취해. 그러면서 자신이 호의를 베푼다고 생각하게 만들지. 그냥 상황을 말하는 거야. 어쩌면 인간의 경험이라서 넌 이해하지 못할 수도 있어."

"덴버에서 무슨 일이 있었는지 모르지만…."

"덴버 이야기는 하고 싶지 않아."

"…왜냐하면 근처에 캐디가 없었거든. 게다가 모든 정보가 막혔어. 심지어 난 네가 그곳에서 무슨 연구를 하고 있었는지도 몰라."

"과학이야. 우리는 과학 연구를 했어. 가장 이타적인 연구를. 거기에 대해서는 말하고 싶지 않아."

* 기계나 기계 문명에 반대하는 태도를 보이는 사람.

페러그린이 다른 무슨 말을 했다. 로런스는 알아듣기도 전에 커다란 기타 피크의 오목한 곳에 있는 버튼을 마구 눌러 캐디를 껐다. 페러그린이 전원 차단에도 버티면 어쩌나 생각했지만, 그럴 수 없었거나 그러지 않는 편을 택했다. 화면에 아무것도 나오지 않자 로런스는 캐디를 가방 안에 던졌다.

로런스는 너무도 화가 나서 달렸고, 신발을 바다에 던졌다. 온 힘을 다해 하나씩. 자신이 제정신이 아니라는 것을 잘 알았다. 어떤 멍청한 놈이 집까지 한참을 가야 하는 곳에서 신발을 내던진단 말인가? 눈앞이 흐려져 앞이 보이지 않았고 과호흡을 했다. 마음 같아서는 캐디도 바다에 던지고 싶었지만, 신발보다 들어야 할 대답이 그에게는 더 중요했다. 소리를 지르고 울부짖었다. 거리에 있던 사람이 누가 다쳤는지 확인하려고 이쪽으로 내려왔다. 로런스는 괜찮다고 그를 안심시켰다. 그 사람이 떠나자 로런스는 바다를 향해 포효했고 바다도 포효했다. 이것 또한 그가 이길 수 없는 싸움이었다.

버스도 다니지 않았고 경전철도 없었다. 로런스는 하는 수 없이 자갈길과 아스팔트를 걸었다. 곳곳에 널린 못과 돌에 양말이 찢어졌다. 로런스는 유리를 밟고 발바닥이 찢어졌으면 좋겠다고 생각했다.

문득, 해피프루트 창고에서 있었던 그날의 회의가 떠올랐다. 다들 그들의 기계가 '통계적으로 무시할 수 없는 확률'로 지구에 커다란 균열을 낼 수 있음을 인정했다. 어쩌면 그는 퍼트리샤에게 자신들의 연구에 대해 알렸어야 했는지도 모른다. 특히 그녀가 프리야를 구해준 후에는. 퍼트리샤는 무슨 일이 벌어질 수 있는지 로런스 자신보다 더 잘 알고 있었는지도 몰랐다. 정말로 수정구슬이라도 가지고 있었는지 모를 일이다. 하지만 그들은 정말로 신중하게 처신할 계획이었다. 다른 모든 희망이 사라졌을 때에만 기계를 켜기로 했으니까.

맨발로 걷는 것이 어느 순간 말 그대로 순교자의 고통이 되었다. 로런스는 한숨을 내쉬고 가방에서 캐디를 꺼내 불룩한 느낌표의 작은 점을 눌렀다. 캐디가 되살아났다. "로런스." 목소리가 말했다.

"왜?"

"두 블록만 더 걸어가. 커컴까지. 헤드라이트가 망가진 최신 모델 기아 자동차가 8분 뒤에 거기로 지나갈 거야. 손을 들고 태워달라고 해."

로런스는 양쪽 헤드라이트가 망가진 채로 어떻게 어두운 곳을 운전할까 싶었지만, 조수석에 타고 있는 사람이 나이트클럽의 록 콘서트에서 볼 법한 투광조명등을 무릎에 들고 있었다.

그날 이후 로런스는 최고의 친구를 얻었다. 딱 하나의 주제만 피했다. 그는 페러그린에게 묻고 싶은 게 너무도 많았지만 **그녀**와 관련한 이야기는 하지 않았다. 캐디는 어떻게든 그녀를 자꾸 화제에 올렸고, 로런스는 그 이름이 언급되거나 그럴 기미만 보여도 전원 스위치를 껐다. 이런 상태로 몇 주가 지났다.

로런스는 자신이 퍼트리샤를 용서할 수 없는 건지, 아니면 용서할 수 없는 것이 자신인지 몰랐다. 혼란스러웠다. 전자장비며 전선, 잡동사니가 쌓여 있는 벽장처럼 혼란스러운 것이 아니었다. 그런 것은 언제든 정리하고 조합하여 쓸모 있는 장치로 만들 수 있다. 그는 죽고

썩어가는 것처럼 혼란스러웠다.

30

—햇빛이 그녀의 얼굴과 어깨에 내리쬐고 발아래 구름에 반사되어 그녀를 비췄지만, 속은 얼어붙고 있었다.

카먼 에델스타인은 퍼트리샤에게 중대하고 불가피한 것에 대해 이야기하고 있었다. 하지만 퍼트리샤의 마음은 로런스에게 가 있었다. 그가 자신의 신뢰를 어떻게 저버리지 않았는지 생각했다. 멍청하게도 그걸 몰랐다. 그러는 와중에 속임술사의 가르침을 놓쳐서 따라잡으려고 애쓰고 있었다. 그녀는 웃고 떠들다가 사라질 것이다. 이 잿빛 세상은 그녀의 활약을 결코 보지 못할 것이다. 그녀는 역사상 월권과 가장 거리가 먼 마법사일 터였다. 왜냐하면 아픈 곳을 도려내는 도구로밖에 존재하지 않을 테니까. 그녀는—

"내가 하는 말을 하나도 듣고 있지 않구나." 카먼의 목소리는 화난 것이 아니라 재밌어하는 것처럼 들렸다.

퍼트리샤는 카먼에게 거짓말을 할 만큼 어리석지 않았다. 그녀는 천천히 고개를 가로저었다.

"봐라." 카먼이 말했다. "저 아래를 내려다봐. 뭐가 보이지?"

퍼트리샤는 조심스럽게 몸을 숙였다. 이 구름에서 까마득한 저 아래 바다로 떨어질지 모른다는 두려움과 맞서 싸웠다. 이렇게 구름 위에 서 있자니 떠다니듯 가볍다기보다 오히려 바삭바삭하게 느껴졌다.

저 아래 물 위로 검은 전갈처럼 생긴 형체가 보였다. 시도니아 독립국가를 이루고 있는 낡은 석유시추선과 호화로운 유람선이었다. "요새처럼 생겼네요." 점처럼 보이는 인간들이 낡은 시추선 주위를 바삐 오가는 모습이 보였다. 시추선은 산소가 고갈된 잿빛 바다 한가운데에 기둥을 세워 올린 거대한 비계였다. 시도니아 깃발은 빨간 반점에 성난 바퀴벌레가 찍힌 모습이었다. 적어도 저 아래 수백 명 중에 로런스의 파멸의 기계를 만든 사람들이 있었다.

갈매기 한 마리가 옆으로 휙 날아갔다. 퍼트리샤는 갈매기가 "너무 늦었어! 너무 늦었어!" 하고 소리쳤다고 확신했다.

"꼭 요새처럼 생겼지. 세상에서 가장 큰 해자를 두른 요새." 햇빛을 받자 카먼의 얼굴에 있는 모든 주름이 금박을 입힌 듯했다. 두꺼운 안경테가 반짝거렸고, 짧은 백발이 은빛으로 휘날렸다. 퍼트리샤는 평소 책이 빼곡하고 자그마한 램프에 옅은 커튼 자락 사이로 빛이 드는 어두운 서재에서 카먼을 보는 일에 익숙했다.

퍼트리샤는 자신이 어떻게 해야 속임술사의 면모를 더 갖추게 될지 골몰해 있는 것을 카먼이 알아보면 어쩌나 생각했다. 여태까지 카먼은 퍼트리샤에게 본인이 생각하는 이상으로 치유술사의 면을 더 많이 갖고 있다고 설득해 왔다. 하지만 퍼트리샤의 삶을 돌아보면 결정적인 순간은 죄다 속임수였다. 자신이 새가 되어 '나무 정령'과 이야기를 나눴다고 생각하도록 자신을 (그리고 남들도) 속인 것도 그런 예였다. 물론 호텐스 워커가 항상 말하기를, 속임술사가 부리는 최고의 속임수는 자신이 치유할 수 없는 척하는 것이었다.

"저 아래에서 무슨 연구를 하는지 알아야겠다." 그러면서 카먼은 몸짓으로 시도니아를 가리켰다.

"다이앤사가 도와줄 거예요." 퍼트리샤가 말했다. "다시 만나서 그녀의 마음을 돌렸어요."

"다이앤사의 도움이 필요한 일이 또 있다. 그녀에게 풀어짐을 맡길 생각이야."

퍼트리샤는 선을 넘고 싶지 않았지만 위험을 각오하고 물었다. "풀어짐이 뭐죠? 가와시마에게 물었는데 입을 꾹 닫고 있더군요."

카먼은 한숨을 쉬더니 포말이 찰랑이는 저 아래 어둑한 시도니아를 가리켰다. "저 아래 있는 사람들 말이다. 네가 그들에게 가서 말했을 때 그들이 뭐라고 하든? 이 세상에 대해, 그리고 인간의 역할에 대해 그들이 무슨 말을 했지?"

퍼트리샤는 잠시 생각해 보았다(그녀의 마음은 본능적으로 가시 돋친 기억의 다발을 외면하려 했다). 특정한 대화 하나가 떠올랐다. "그들은 우리처럼 도구를 사용하는 지적인 종은 우주에서 드물다고 했어요. 다양한 생태계보다 훨씬 희귀한 존재라고요. 이 행성에서 일어난 가장 주목할 만한 사건은 인간의 등장이라고 했어요. 그리고 우리의 운명이 계속해서 '이 바위'에 매이지 않으려면 어떤 대가를 치르든 다른 세상으로 나아가야 한다고 했어요."

"이해가 되는군. 우리가 알기로 우리 문명은 우주에서 유일해. 그러니 하나의 부류의 감응만을 알아보고 그것을 생명의 가장 중요한 특징으로 여긴다면, 논리적으로 그런 결론이 나오겠지."

퍼트리샤는 로런스가 덴버에서 자신을 보았다고 확신했다. 자신이 기계를 망가뜨린 것을 그가 알고 있다고 여겼다. 그가 자신의 이름을 부르는 것을 들은 것도 같았다. 그는 그녀를 미워하겠지만, 자신이 그를 미워해 봤자 아무 위안이 되지 않았다. 대신 퍼트리샤는 스스로를 자책했다. **나는 요리조리 빠져나가는 그림자야. 모두를 속이는 사람이야. 아무도 나를 상대해 주지 않을 거야.** 그녀는 마치 흥미로운 학술 토론이라도 벌이는 기분이 들어서 옛 스승을 보고 슬쩍 웃었다.

카먼이 갑자기 화제를 바꾸었다. "시베리아에 다시 간 적 있니? 송유관 공격이 있고 나서 말이다."

"으음, 아니요."

"고려해 보렴." 카먼의 시선이 퍼트리샤의 속내를 꿰뚫어 보고 있었다. "자연의 수호자를 자처한 결과를 자신의 눈으로 직접 보는 것도 괜찮아."

퍼트리샤는 움찔했다. 덴버에서 그 일이 있고 나서는 까마득한 과

거 일처럼 여겨졌다.

“그날의 교훈이 한층 의미 있는 것은 이제 우리 모두 똑같은 길을 갈 예정이기 때문이라네.” 카먼이 말했다. “너와 다이앤사는 어떻게 보면 옳았어. 그저… 경솔했을 뿐이야. 우리는 군인이 되고 싶지 않아. 피할 수만 있다면 말이야. 그래서 **풀어짐**이 최후의 수단인 거지. 그건 전략이라기보다는 치유란다.”

퍼트리샤는 고개를 끄덕이고 카먼이 자세히 설명해 주기를 기다렸다.

마침내 카먼이 입을 열었다. “길게 설명하긴 어렵지만, 치유 작업에 가깝다고 할 수 있어. 인류에게 크나큰 변화를 가져올 수 있는 치유. 물론 속임술사들은 멋진 속임수라고 여기겠지. 어쩌면 둘 다일 수도 있고. 자, 나를 따라오너라.”

카먼이 허리를 굽히더니 구름에 있는 작은 여닫이문을 열었다. 계단을 내려가자 뜨겁고 삼나무 향이 나는 지하 공간으로 이어졌다. 카먼이 구름을 드나드는 이런 여닫이문을 어떻게 만들었는지 퍼트리샤는 짐작도 되지 않았다. 그녀가 연구차 몇 달을 보내며 썰매 끄는 개들을 보살피고 거대한 보일러에 넣을 땔감을 찾아다니던 알래스카 오두막 지하 보일러실이 눈에 들어왔다. 시도니아를 내려다보았을 때와 대략 비슷한 크기로 보일러가 시야에 들어와 퍼트리샤는 흡사 구름에서 석유시추선까지 계단을 내려가는 기분이 들었다. 이런 착각은 바닥에 가까워지고 보일러가 눈앞에 위용을 드러내면서 사라졌다. 전면의 벽은 거대한 시멘트 블록이었고, 오랜 세월의 연기가 묻어 있었다. 강철 버너를 둘러보며 퍼트리샤는 자신이 자란, 향신료 가게를 개조한 집을 떠올렸다. 반대편에 이르자 보일러에서 다른 것이 보였다. 거대한 쇠로 된 얼굴이 석탄재 블록이 깔린 어두운 곳을 바라보며 재의 눈물을 흘리고 있었다.

"건드리지 마." 카먼은 고뇌에 찬 강철 얼굴에 눈길을 주지 않고 지하 깊은 곳으로 걸어 들어갔다.

"어째서죠?" 퍼트리샤는 따라잡으려고 걸음을 서둘렀다.

"뜨거워. 보일러잖니."

보일러실은 오두막의 외벽을 지나 계속해서 이어졌다. 곧 퍼트리샤는 난로에서 나는 희미한 불빛조차 들어오지 않는 완전한 암흑 속을 더듬고 있었다. 카먼의 목소리에 의지하여 방향을 잡았다.

바닥이 울퉁불퉁했다. 조개껍데기나 금속 조각 위를 걷는 느낌이었다. 내버린 컴퓨터 부품이나 날카로운 부싯돌 같기도 했다. 괜찮은 메리제인 구두를 신었는데도 걸음을 내디딜 때마다 뾰족한 것이 밑창을 뚫고 점점 세게 박히는 것 같았다.

"신발을 벗어서 옆으로 던져." 카먼이 말했다. "발바닥이 너덜너덜해지기 싫으면 말이야."

퍼트리샤는 잠깐 주저했지만, 한 발 한 발 내디딜 때마다 칼날 위를 걷는 느낌이어서 신발을 하나씩 벗어 던졌다. 이빨이 자신의 신발을 삼키고 씹고 찢는 소리가 들렸다. 맨발이 되자마자 잘 관리된 잔디밭을 걷는 기분이 들었다. 여전히 아무것도 보이지 않고 냄새도 없었다. 그러나 앞으로 나아갈수록 나지막한 사이렌이 울리는 소리가 났다. 마치 아기의 울음소리를 절반 속도로 늦춰놓은 듯했다. 퍼트리샤는 소리가 나는 쪽으로 몸을 기울였는데, 가까워질수록 더 애처롭고 가련하게 들렸다. 카먼이 그녀의 팔을 잡았다. "무시해."

카먼은 퍼트리샤를 다른 방향으로 이끌어 깊은 울음소리의 출처를 지나갔다. 이어 퍼트리샤는 발이 점점 가라앉는 느낌이 들었다. 흙과 같은 무엇에 발이 잠기면서 발목에 풀잎 같은 감촉이 느껴졌다.

몇 걸음 뒤에 퍼트리샤는 풀이 종아리 중앙까지 올라오는 곳을 걷고 있었다. 어디선가 달콤한 냄새가 났다. 100송이 꽃이 담긴 꽃다발과 예전에 일했던 빵 가게의 사탕수수 설탕 포대가 뒤섞인 듯한 냄새였다. 위안과 메스꺼움과 식욕을 동시에 일으키는 달콤함이었다. 걸음을 내디딜수록 향이 점점 강해졌고, 그 와중에 발아래에서는 바닥이 그녀의 종아리를 집어삼키는 소란이 벌어지고 있었다.

"괜찮아." 카먼이 근처에서 말했다. "그냥 내버려둬. 계속 앞으로 걸어가. 난 잠깐 볼일을 보러 갔다가 곧 따라가마."

퍼트리샤는 뭐라고 항변했지만, 달콤한 향과 바닥이 자신을 조금씩 집어삼키는 어둠 속에 혼자가 되었음을 깨달았다.

그녀는 몸을 돌려 왔던 곳으로 달아나고 싶었다. 하지만 그럴 수 없다는 것을 알았다. 앞으로 나아가거나 어둠 속에서 영영 길을 잃거나 둘 중 하나였다. 시험받는다는 생각도 들지 않았다. 그냥 기이한 의식이거나 다른 곳으로 가는 통로였다. 거대하고 복잡한 주문을 걸어놓은 곳.

퍼트리샤는 또 한 걸음을 내디뎠다. 이번엔 허벅지까지 묻혔다.

'풀'에 피부가 쓸리면서 따끔거렸다. 달콤함은 마치 최면제를 섞기라도 한 것처럼 정신을 몽롱하게 만들었다.

그녀는 앞으로 아래로 걸으며 포푸리가 자신의 허리를, 배를, 이어 몸통과 어깨를 삼키도록 했다. 결국에는 목까지 잠겨 향수와 설탕을 풀어놓은 것 같은 공기에 질식되지 않으려고 버둥거렸다. 다음 걸음을 앞두고 본능은 그녀에게 심호흡을 하라고 시켰지만, 퍼트리샤는 카먼을 지금 상황에서 누구보다 믿었다. 그녀가 발을 앞으로 떼자 아래에 푸석한 오물 말고는 아무것도 없었다.

마지막 한 걸음. 그녀의 머리가 날카로우면서도 향기로운 바위나 깨진 유리 속으로 빨려 들어갔고 아래로 떨어지면서 얼굴이 긁혔다.

그녀는 진한 냄새가 나는 뼈와 음식물 쓰레기 속으로 떨어졌다. 발이 바닥에 닿는가 싶더니 옆으로 기울어졌다. 그녀는 자신이 경사진 컨테이너 안에 있다는 것을 알았다. 눈을 떴는데, 그동안 감고 있었던 줄도 몰랐다. 사랑스러운 음식과 썩은 음식으로 가득한 대형 쓰레기통이 트럭으로 비워지고 있었다. 그녀가 쓰레기 무더기에서 꼼지락거리는 것을 본 누가 소리를 질렀다.

그녀는 트럭에서 기어 나왔다. 쓰레기 수거인과 레스토랑 매니저와 멋진 분홍색 트렌치코트를 입은 여성이 퍼트리샤를 쳐다보았다. 레스토랑 쓰레기를 뒤집어쓴 그녀는 이제 달콤한 냄새와는 거리가 멀었다. 그녀는 이것이 현실인지 아닌지, 자신이 어느 도시에 있는지도 알 수 없었다. 옷은 다 망가졌고 여전히 맨발이었는데 지저분한 발을 내려다보기가 민망했다. 다들 소리를 질렀지만 무슨 말인지 알아들을 수 없었다. 그녀는 달리기 시작했다. 레스토랑 뒤의 후미진 골목에서 큰길로 나오자 모두 그녀를 쳐다보았다.

퍼트리샤는 오로지 한 가지 생각밖에 없었다. **사람들에게서 벗어나야겠어.**

모든 것이 너무도 밝았고, 잿빛 푸른 하늘은 해 질 녘 같기도 하고 정오 같기도 했다. 그녀는 고개를 들어 태양의 위치를 확인하려 했지만, 너무 밝아서 하늘을 쳐다볼 수 없었다. 망막이 따끔거렸다.

퍼트리샤가 아는 사람도 없고 말도 알아듣지 못하는 낯선 곳에 무일푼으로 떨어진 것은 이번이 처음이 아니다. 신발도 없이 악취 나는 쓰레기를 뒤집어쓴 것도 특별히 더 도전적인 시험은 아니었다. 그럼에도 그녀는 공포가 자신의 호흡에 스며들었음을 느꼈다. 그녀는 함정에 갇혀 있었다. 가는 곳마다 사람들이 너무도 많았고, 다들 그녀를 쳐다보았다. 거대하고 불룩한 얼굴을 들이밀었고, 그녀에게 말을 거는 사람도 있었다. 다른 인간과 같은 공기를 호흡하는 것만으로도 바늘이 피부를 뚫고 들어오는 기분이었다. 다른 사람의 피부에 닿는다는 생각만으로도 구역질이 났다. 이렇게 불결한 자신을 만지려는 사람이 있을지는 모르겠지만.

도시 전체가 그녀를 압박했다. 사람들이 돔 모양 지붕이 덮인 출입구에서, 깨진 가게 창문에서, 자동차에서, 버스에서 얼굴을 내밀고 그녀를 찾았다. 그녀가 모습을 보이는 곳이면 어디든 얼굴들과 손들이 있었다. 커다란 눈망울로 노려보고, 손가락으로 움켜쥐고, 입을 떡 벌리고 목구멍에서 으르렁대는 소리를 냈다. 끔찍한 생명체들. 퍼트리샤는 달아났다.

그녀는 계속 달렸다. 주요 도로를 지나 트롤리가 달리는 길목으로 뛰어들었고 하마터면 치일 뻔했다. 캐주얼 셔츠와 카고바지를 입은 사람들로 가득한 광장에 이어 야외 시장과 쇼핑센터를 지나자 카페의 야외 좌석이 보였다. 도시는 끝도 없이 이어졌다. 도무지 출구가 없었다. 도시를 빠져나가야 했지만 아무리 해도 표지판을 찾을 수 없었다.

한 방향을 정해서 달려. 팔다리를 흔들고 말을 걸려는 괴물들은 피해. 그냥 멀리하고 지옥 같은 이 도시에서 빨리 나가.

그녀는 달렸다. 숨이 막힐 즈음 부두에 이르렀다. 넓게 펼쳐진 물이 눈이 시릴 만큼 파란 공기와 대조되어 하얗게 빛났다. 그녀는 한 치의 머뭇거림도 없었다. 부두에서 무리 지어 있는 더듬거리는 분홍빛 팔다리들과 딱딱거리는 입들을 지나 앞으로 달렸다. 그로테스크한 괴물들이 그녀를 향해 짖어대고 목석같은 시선으로 노려봤다. 그녀는 햇빛에 쪼글쪼글해지고 있었다. 녹아내리기 전에 물에 이르지 못할 것 같았다. 아니면 그 전에 잡히거나.

얼굴이 붉은 괴물 하나가 털이 수북한 팔을 내밀고 그녀를 잡으려 했다. 그녀는 용케 몸을 숙여 넘어졌다. 반동으로 다시 일어난 그녀는 전력으로 내달려 바다에 몸을, 머리부터 던졌다.

퍼트리샤가 쌕쌕거리며 수면으로 올라와 고개를 들자 카먼 에델스타인의 얼굴이 가까운 물에 떠 있었다. 잠시 허우적거리다가 자세를 잡았다. 바다 한가운데였고 혹독하게 추웠다. 근처에는 배도, 부두도, 도시도 없었다. 파도 말고는 아무것도 보이지 않았다. 그러다가 고약한 냄새가 났다. 웅크린 어두운 형체가 물 위로 고개를 내밀고 있었다. 시도니아였다. 마치 자신이 방금 구름에서 시도니아 근처 바다로 떨어졌고 나머지는 모두 환각인 것 같았다. 물론 그렇게 간단하지 않다는 것을 알고 있었다.

"풀어짐이 이런 거였군요." 퍼트리샤는 선헤엄을 치며 말했다. 파도가 그녀의 얼굴을 휩쓸고 지나갔다.

"어떻게 생각해?" 카먼은 첨벙거리지 않으면서도 물에 가라앉지 않는 것 같았다.

"끔찍했어요." 퍼트리샤는 여전히 헐떡거렸다. "어떻게든 사람들을 피하고 싶었어요. 심지어 그들이 나와 같은 종이라는 생각조차 들지 않았어요."

"군집붕괴현상과 다르지 않지. 꿀벌이 아니라 인간일 뿐. 맞아, 끔찍해. 하지만 균형을 회복하고 더 나쁜 결과를 피하려면 그 방법밖에 없을 수도 있어. 그러지 않기를 바랄 뿐이야."

"오." 퍼트리샤는 몸이 얼어붙는 것 같았지만 감각을 잃지 않으려고 했다. 그녀는 반항하듯 서 있는 시도니아 요새를 바라보았다. 파도로 몸이 출렁일 때마다 시야에 들어왔다가 다시 가라앉았다. 순간, 시추선 굴착기 쪽에서 울려 퍼지는 쿵쿵거리는 음악이 들리는 것 같았다. 그녀는 군집붕괴현상에 대해 생각했다. 집을 나선 꿀벌이 자신이 살던 곳을 기억하지 못해 벌집으로 돌아가지 못하고 헤매다가 결국에는 혼자서 죽는 것을 떠올렸다.

퍼트리샤는 어떻게 보면 사람들에게 비슷한 운명을 짊어지게 하는 것이 나은 선택지일 수도 있겠다고 생각했다. 사람들이 스스로를 파괴하고 그 과정에서 다른 모든 생명도 앗아 가는 것이 다른 선택지라면 말이다. 머리로는 이해할 수 있었지만, 얼어붙고 상처받은 속은 그렇지 못했다.

"네." 퍼트리샤가 말했다. "그러지 않기를 바라야죠."

"네가 날 위해 해줄 일이 있다." 카먼이 말했다. "이런 부탁을 하게 되어 유감이구나."

"괜찮아요." 퍼트리샤는 몸을 떨었다.

"그들이 저기서 무엇을 하고 있는지 알아야겠어." 카먼은 시도니아를 몸짓으로 가리켰다. "우리는 안을 볼 수 없어. 물과 강철이 장벽으로 가로막고 있는 데다 자기장까지 둘러싸고 있거든."

퍼트리샤는 고개를 끄덕이고는 어떻게 시도니아로 들어갈 수 있는지 카먼이 알려주기를 기다렸다.

카먼은 이렇게만 말했다. "네 친구 로런스가 아마 알 거다. 그에게 가서 알아보렴."

퍼트리샤는 자신이야말로 로런스가 가장 말을 섞고 싶지 않은 사람이라고, 보자마자 침을 뱉을 사람이라고 설명하려고 했다. 그리고 그를 본다는 생각을 하자 속이 거북했다. 그녀가 풀어짐 중에 겪었던, 사람에 대한 지독한 두려움이 아직도 생생했다. 도망치고, 누구와도 대화하지 않고, 외롭게 달아나는 자신의 모습이 지금도 눈에 선했다. 로런스와 이야기하는 모습이 상상이 되지 않았다. 그가 남긴 음성메일을 듣지도 않고 삭제했다. 그런 그와 대화를 하다니. 하지만 문득 그녀는 참담한 외로움을 다시 느꼈다. 아무도 더 이상 자신을 건드릴 수 없다는 것을 생각하며 마음을 다잡았다.

"알았어요. 그에게 가서 말해볼게요." 퍼트리샤가 말했다.

31

페러그린은 모든 것을 알지는 못했다. 세상 모든 데이터베이스에 접근하거나 세상에 존재하는 모든 카메라를 커버할 수는 없었다. 대체로 그는 캐리가 아는 대부분을 알았다. 그들의 소유자에 대해, 그들이 접촉하는 세상에 대해, 아울러 인터넷을 통해 수집할 수 있는 정보도 있었다. 그래서 페러그린은 많은 것을 알았지만 동시에 커다란 공백이 있었다. 여느 인간과 마찬가지로 맹점이 있었던 것이다. 아는 정보를 짜맞춰 추론하는 능력이 그에게는 없었다.

그럼에도 페러그린은 데이터에 접근하고 처리하는 능력이 엄청났다. 그 능력으로 해낸 일이 바로 데이트 서비스 제공이었다.

"덴버에서 무슨 일이 있었는지 난 몰라." 페러그린은 계속 그렇게 말했다.

17억 명의 사람들이 심각한 기근에 처해 있는 것으로 추정되는데, 이들에게는 캐디가 없었다. 한반도 비무장지대를 따라 운집해 있는 북한 사람들 역시 캐디가 없었다. 아랍의 겨울을 보내는 대다수 사람들도 마찬가지였다. 이질과 항생제 내성균으로 죽어가는 사람들도 대부분 그랬다. 그렇다면 저주받은 수십억 명 대신에 선택받은 수백만 명과 연결되어 있는 페러그린은 세상을 바라보는 시각이 편향되지 않았을까? 로런스가 묻자 페러그린은 이렇게 답했다. "나는 뉴스를 읽고 세상에서 무슨 일이 벌어지고 있는지 알아. 게다가 몇몇 캐디는 권력이 아주 막강한 사람들의 것이지. 너의 치아를 나가게 할 만한 정보를 손에 쥐고 있는 사람들. 5분 남았어."

"치아 이야기는 은유로 받아들일게. 고마워." 로런스는 캐디를 양손에 들고 있었다. 새벽 2시에 침대에 앉아서 그는 대화를 이어갔다. "로맨스가 본질적으로 부르주아의 발명품이라는 거 알고 있었어? 잘 봐줘야 시대착오적이고, 나쁘게 보자면 생존에 연연하지 않아도 되는 사람들을 위한 호사란 말이지. 어째서 넌 가치 있는 일을 하지 않고 사람들이 '진정한 사랑'을 찾도록 돕는 일에 시간을 낭비하는 거지?"

"내가 할 수 있는 일을 하는 거겠지." 페러그린이 대답했다. "사람들을 이해하고자 하는 것일 수도 있고. 사랑에 빠진 사람을 돕는 일은 자신의 한계를 파악하기에 좋은 방법이야. 세상에서 행복의 총량을 늘리는 것이 파국을 저지하는 수단이 될 수도 있고. 4분 남았어."

"무슨 카운트다운이야?"

"알잖아." 페러그린이 말했다. "지금껏 내내 기다렸으면서."

"아니, 전혀 모르겠는데." 로런스는 캐디를 망가지지 않을 정도로 침대에 내던지고 바지를 입었다. 사실 그는 알았다. 가로등 불빛이 나갔다. 최근 들어 자주 있는 일이었다.

"내가 자기 잇속에 따라 행동한다고 말할 수도 있겠지만." 페러그린이 말했다. "사람들이 영혼의 동반자를 찾도록 내가 이끌면 그들은 친구에게 캐디를 사도록 권유해. 그래서 나는 사치품이 아니라 필수품이 되었어. 그게 캐디가 지금까지 잘 작동된 이유 중 하나야."

"좋아." 로런스는 깨끗한 양말을 찾았다. 깨끗한 양말이 필요했다. 깨끗한 양말 없이는 이 일을 맞을 수 없었다. "다 좋은데, 넌 너무 근시안적이야. 우리의 산업 문명이 다 붕괴하면 넌 어떻게 되지? 연료가 없다면, 캐디를 충전할 전기가 없다면? 혹은 핵 연쇄반응으로 세상이 다 무너지면?"

로런스는 자신이 입은 티셔츠가 땀으로 얼룩져서 흉하다는 것을 알아챘다. 어째서 지금 외모에 신경을 쓰는 걸까? 강박증이 따로 없었다.

"3분 남았어." 페러그린이 말했다.

로런스는 공포가 자신을 집어삼키는 것을 느꼈다. 오전 2시 15분, 캐디 화면에서 나오는 불빛을 제외하고는 온 세상이 캄캄했다. 그는 아직 셔츠도 입지 않았고 지저분했다. 도망칠 곳이 없었다. 준비되어 있지도 않았다. 영원히 그럴 터였다. 가장 크고 강렬했던 분노를 놓아버린 그날 이후, 그는 준비라는 걸 포기하고 살았다. 그는 침실의 작은 창문을, 그리고 이소벨이 지내던, 지금은 텅 빈 공간으로 이어지는 계단을 바라보았다. 집은 어질러진 장애물 코스였고, 뒤뜰은 마구 엉킨 덤불이었다. 숨을 곳은 많았지만 탈출로는 하나도 생각나지 않았다.

로런스는 과호흡을 했다. 침이 걸려 사레가 들렸고, 숨을 돌리려 가슴을 세차게 쳤다. 한편 어둠은 갈수록 커져서 그가 감당할 수 없을 지경이었다. 그는 여전히 몸이 말을 듣지 않는 가운데 셔츠와 신발을 찾았다. 페러그린은 멍청한 대화가 지금 중요한 일이라는 듯이 계속 이어가려고 하면서 2분 남았다고 했다. "넌 그냥 내가 지구 전체를 다 바꾸지 않아서 실망한 거야. 혹은 인공적인 신이 되었다고 실망한 거겠지. 그건 인공적이든 뭐든 의식의 속성을 오해한 걸로 보여. 진정한 신이란, 정의에 의하면, 물질성 바깥에 존재하거나 그것이 담긴 그릇에 구애받지 않는 것을 말해."

"나중에 이야기하자." 로런스는 무기를 찾아야 할지, 머리를 매만지고 몇 시간 전에 한 양치를 다시 해야 할지 마음을 정하지 못했다. 그는 싸울 수 없었다. 도망칠 곳이 없었다. 치장하고 싶지도 않았다. 여태까지 미친 과학자로 살면서 왜 몸을 줄어들게 하거나 기절시키는 광선총 하나 벽장에 두지 않았을까? 그는 삶을 허비하기만 했다.

"어떡하지?" 로런스가 말했다.

"문을 열고 맞아." 페러그린이 말했다. "이제 1분 남았어."

"젠장, 난 못 해. 정신을 놓아버릴 것 같아. 그녀가 너에 대해 알까? 당연히 모르겠지. 난 못 하겠어. 눈앞이 캄캄해. '눈을 멀게 하는 공포'라는 말이 은유인 줄로만 알았는데 사실이었어. 페러그린, 여기서 나가야 해. 나 좀 숨겨줘."

둔탁하게 갈라지는 소리에 로런스가 자리에서 풀쩍 뛰었다. 그는 정문을 두드리는 소리라는 것을 알아들었는데, 예상하고 있었음에도 가슴이 덜컹 내려앉았다. 페러그린이 1분이라고 말하고 나서 벌써 1분이 지났을 리가 없었다. 로런스는 자신이 확연히 몸을 떨고 있음을 느꼈다. 공포의 냄새를 풍기면서. 조금 전까지 그렇게 많았던 분노를 다시 되살리려고 애썼다. 어째서 분노는 쓸모없는 때만 나오는 걸까?

그는 얼마 전 입수한, 뒷주머니가 점잖아 보이는 바지를 입고 아파트 본채로 걸어가면서 한 번, 어쩌면 두 번 발을 헛디뎠다. 그가 문을 향해 손을 뻗을 때 문이 다시 흔들렸다. 그는 문을 당겨서 열었다.

그녀가 그토록 비현실적으로 아름다운 모습으로 서 있을 줄은 몰랐다.

사방을 통틀어 유일한 빛은 그녀의 작은 손에 들린 LED 손전등 불빛이었다. 어슴푸레하지만 으스스하지는 않은 불빛이 레이스 달린 민소매 아래로 비쳐 보이는 그녀의 작은 가슴과 둥근 턱, 결연한 입을 비추었다. 그녀는 웃지 않은 채로 그와 눈을 맞추려고 했다. 차분해 보였다. 그녀의 눈이 번쩍거렸다. 한 손에 캐디를 들었고 어깨에 가방을 멨다. 그녀의 짙고 진지한 눈과 창백하고 용감한 얼굴을 보면서 로런스는 저도 모르게 감정에 휩싸였다. 한순간 그녀가 기계를 파괴했어도 상관없다고 생각했다. 그저 그녀를 껴안고 기쁨을 누리고 싶었다. 그러다가 무슨 일이 있었는지 기억하고는 정신을 다잡고 긴장했다.

"안녕, 로런스." 퍼트리샤가 말했다. 그녀는 마치 닌자 부대와 싸우려는 듯 꼿꼿한 자세를 취했다. 그가 지난번에 봤을 때보다 한층 성숙하고 자신감에 넘쳐 보였다. "만나서 반가워."

"여긴 무슨 일로 왔어?"

"네 할머니 반지를 돌려주고 싶어서." 그러고는 후드 티셔츠 주머니에 손을 넣어 작은 검은색 정육면체 상자를 꺼냈다.

로런스는 손바닥에 놓인 상자를 받지 않았다.

"네가 계속 갖고 있어야 되는 건 줄 알았는데." 로런스가 말했다. "중력이 강하게 작용하는 악몽 같은 차원으로 프리야가 빨려 들어가지 않으려면 말이야."

"맞아, 그런데 내가 프리야를 그렇게 많이 좋아하지 않아서." 퍼트리샤가 말했다. 로런스의 굳어버린 표정을 보고 그녀가 덧붙였다. "농담이야. 이 반지를 돌려준다고 해서 누가 빨려 들어가는 일은 없어." 그러면서 상자를 그에게 내밀었다.

그는 벨벳 천을 응시했다. "어째서 그렇지?"

"시간이 충분히 흘러서 이제는 안전하다고 판단했어." 완전히 터무니없는 소리로 들려 로런스는 그냥 보기만 했다. 그녀가 덧붙였다. "알았어. 실은 내가 그때 이후로 속임술사 마법이 많이 늘었거든. 그래서…." 그녀는 거기서 말을 멈추었다. 다음에 할 말을 꺼내기가 어려웠던 것이다. 특히 이렇게 캄캄한 곳에서 누군가의 문 앞에서 허겁지겁 하기에는.

로런스는 가만히 기다렸다. 퍼트리샤는 적절한 말을 찾았다. 침묵을 깸으로써 그녀를 곤란에서 꺼내줄 생각은 없었다.

"내 생각에…." 퍼트리샤는 참을 수 없이 슬픈 표정을 잠깐 짓더니 말을 이어갔다. "내가 너에게서 반지를 가져간 것 말고도 훨씬 더한 속임수를 부린 것 같아. 설령 모르고 그랬다 해도, 내가 한 일이야. 난 너의 연인이었고 너의 삶의 일부가 되었는데 그런 내가… 너도 알 거야. 내가 무슨 짓을 했는지. 그리고 프리야를 다른 곳으로 보낸 반중력 기계, 내가 그녀를 구하고 반지를 받게 한 기계는 내가 파괴한 '파멸의 기계'의 일부가 되었어. 그러니 반지는 더 이상 필요 없어. 내가 작은 바퀴로 훨씬 큰 바퀴를 만들도록 한 셈이니까. 어떻게 보면 내게 이 반지는 오염된 거야."

그녀는 반지를 다시 내밀었다. 로런스는 여전히 받지 않았다. "그건 파멸의 기계가 아니었어." 그가 말했다.

"아니었다고? 그럼 뭐였는데?"

"말하자면 길어. 나는 당장은 사람들과 어울릴 수 없어. 개인적인 감정에서 하는 말이 아니야." 그는 문을 닫으려고 나섰지만, 그녀가 뻗은 손과 반지 상자에 가로막혔다.

"어째서야? 느낌이 안 좋아? 온몸을 가렵게 하는 쓰레기를 뒤집어쓴 것 같고 다른 사람들이 너와 같은 종족임을 알아보지 못하겠어?"

"그런 거 아니야! 어째서 그런 소리를 하는 거야?"

"오, 아니야, 아무것도. 그냥 요즘에 누가 사람들과 어울릴 수 없다고 하면 걱정이 돼서… 내 말 신경 쓰지 마."

"내 친구들이 전부 시도니아에 있어. 나는 혼자 여기 있고. 그리고 난 아직도 네가 덴버에서 한 일의 충격에서 벗어나지 못했어."

"그들이 시도니아에서 무엇을 하는데?"

"아마도 너와 네 친구들을 죽이는 방법을 알아보고 있겠지. 초음파를 쓴다거나 프리아에게 일어났던 것과 비슷한 반중력 광선을 좀 더 정교하고 간편하게 만들지 않을까. 이건 내 추측이야."

"오, 고마워. 쉽군."

"뭐가 쉬워?"

"동료들이 나보고 여기 와서 시도니아에서 무슨 일이 벌어지고 있는지 알아보라고 했거든. 네가 알 거라면서."

"그래서 나한테서 알아낸 거고."

"맞아."

"하긴 유능한 '속임술사'니까 어련하시겠어."

퍼트리샤는 고개를 떨구었다. 몇 분 전처럼 강인한 모습의 그녀가 아니었다. 이윽고 그녀가 고개를 들자 상대를 쳐다보기 어려워진 쪽은 로런스였다. 그녀가 무한 경로를 '파멸의 기계'라고 말한 것이 갑자기 생각났던 것이다.

두 사람 다 부끄러움 때문에 서로를 똑바로 보지 못했다. 로런스는 자신이 아는 모든 어른이 서로 당혹해하는 이런 감정에 익숙하다고 여겼다. 하지만 그로서는 처음 겪어보는 것이었다.

"사실 그 이야기를 하고 나니 마음이 홀가분해." 퍼트리샤가 말했다. "시도니아 말이야. 내가 너에게 말하고 싶었던 것은 그게 아니었거든."

"그게 아니었다고?"

"아니었어. 그들이 나에게 원한 거였지. 내가 말하고 싶었던 건 아니야."

"그럼 너는 무슨 말을 하고 싶었는데?"

"모르겠어." 그녀는 그냥 거기 서 있었다. 로런스의 귀에 둘의 숨소리와 어디선가 누가 달려가는 소리가 들렸다. "모르겠어. 아무것도 아니야." 그녀는 검은 상자를 그에게 내밀었다. "반지를 돌려받을 거야, 말 거야?"

"난 받을 수 없어. 너한테서 아무것도 받을 수 없어. 설령 예전에 내 것이었다 해도."

그녀는 반지를 주머니에 도로 넣었다. 전보다 더 아름다워 보였다. 그의 마음이 갈가리 찢겼다. "미안해." 그녀가 말했다.

"뭐가 미안해? 나한테 미안할 게 있다고?"

"어네스토가 그랬거든. 내가 연인, 그러니까 너를 배신할 테니 그것을 받아들여야 한다고. 설령 네가 파멸의 기계를 만들고 있었다 해도 그 사실은 바뀌지 않아."

"그건 파멸의 기계가 아니었어." 로런스가 다시 말했다.

그는 퍼트리샤의 손과 팔에 들린 캐디가 깨어나면서 어두운 세상에 미약한 빛을 던지는 것을 보았다. 캐디가 가르랑거렸는데, 아마 로런스 침실에 있는 캐디와 보조를 맞추면서 가장 가까운 서버로부터 실시간 업데이트를 하려는 것 같았다. 페러그린의 어느 정도가 캐디에 있고, 어느 정도가 세계 곳곳에 숨겨져 있는 보안시설에 있으면서 캐디에게 업데이트 정보를 줄까? 어째서 페러그린은 퍼트리샤가 오고 있다고 그에게 넌지시 알렸을까? 그것도 도망가기에는 촉박하고 기겁하기에는 충분한 때에.

두 사람은 아무 말 없이 거기 서 있었다. 가로등 불빛이 다시 켜졌다. 돌연 암흑 같은 어둠이 밝은 노란색 불빛으로 바뀌자 마치 태양이 고개를 내민 듯했다. 다만 빛이 더 약했고 온기가 없었다. 두 사람은 동시에 몽상에서 깨어났다.

“알겠어.” 퍼트리샤가 말했다. “몸조심해. 힘든 시간이 올 거야. 정말로 힘든 시간이. 다음에 또 보자.”

“다음은 없을 거야.” 로런스가 말했다.

32

태양은 아직 지평선 아래에 있었다. 어쩌면 영원히 그럴지도 몰랐다. 하늘은 이렇게 끝도 없이 옷을 갈아입는 것에 싫증이 났을 수도 있다. 외투를 계속 벗어 던지기만 할 뿐 그 아래에 무엇을 입고 있는지는 결코 보여주지 않는 것에 말이다. 퍼트리샤는 비틀거리며 높은 계단을 올라 언덕 꼭대기로 향하고 있었다. 근처에서 매 한 마리가 지나갔다. 마지막 사냥을 하러 가면서 퍼트리샤를 슬쩍 보더니 "너무 늦었어, 너무 늦었어!" 하고 말했다. 요즘 들어 새들이 그녀를 볼 때마다 하는 말이다. 그녀는 계단 꼭대기에 올라서서 포톨라를 지나 마켓 가장자리에 이르렀다. 도시 전체와 오클랜드까지 이어지는 만을 바라보았다. 가방을 뒤져 기름진 가루로 으스러진 옥수수 과자와 에너지 드링크를 찾았다. 그녀는 태양이 떠오르지 않았으면 했다. 태양이 뜨면 카먼에게 보고하러 가야 했다. 거의 무한정의 부와 불가사의한 초과학을 가진 잃을 것 없는 사람들이 그들 때문에 잔뜩 화가 났다고 알려야 했다. 그러면 카먼은 몇 가지 결정을 내릴 것이고 그중 일부는 퍼트리샤가 맡아서 처리하게 될 것이다. 그것은 더 많은 결과로, 더 많은 결정으로 다시 이어질 것이다.

오클랜드가 분홍빛으로 빛났다. 퍼트리샤는 마음속 사각지대에서 공황 발작이 다가오는 것을 느꼈지만, 정면으로 마주하지 않는 한 실제로 닥쳐오지 않을 거라고 믿었다. 다만 그녀가 이런 생각을 할 때 가방에서 요란한 경보음이 났다. 잠수함이 물을 배출할 때 나는 소리 같았다. 그녀는 그 소리에 놀라 하마터면 난간 옆으로 떨어질 뻔했다. 캐디였다. 화면 중심에 소용돌이가 일면서 '새 음성메일 도착' 메시지를 알렸다. 새로 온 것이 아니었다. 덴버 공격 직전에 로런스가 보낸 음성메일로, 그녀는 나중에 발견하여 듣지도 않고 지웠다. 로런스는 그녀의 캐디가 아니라 휴대전화에 메시지를 남겼으므로 캐디가 그걸 갖고 있는 건 말이 안 됐다. 퍼트리샤는 캐디를 다시 가방에 넣고 AT-AT 조선소에 내려앉는 붉은색 장막과 수평선을 스치는 오렌지색 지문을 바라봤다. 알람이 다시 울렸다. 이번에도 같은 내용이었다. 그녀는 다시 삭제하고 이참에 캐디를 꺼놓았다.

색깔이 세상에 돌아오고 있었다. 간상세포의 시간이 끝나고 원추세포의 시간이 되었다. 퍼트리샤는 프리야의 불운에 대해 생각했다. 시어돌퍼스에게 미안한 마음을 갖지 않으려고 했다. 뇌가 터진 도러시아에 대해 생각했다. 입에서 쓴맛이 올라왔다.

가방이 진동하더니 덜거덕거리면서 비명을 질렀다. 어찌된 일인지 캐디가 다시 켜진 것이다. 그녀에게 오래된 메시지를 읽히려고 하는 것 같았다.

"무슨 일이야?"

"이 메시지를 듣고 싶어 할 것 같아서." 캐디는 공항 안내방송 처럼 우렁차게 말했다.

그녀는 메시지를 다시 삭제했다.

똑같은 기분 나쁜 소리가 울리며 캐디가 다시 살아났다.

그녀는 이 캐디에 어린 시절 사진들을 저장해 놓았다. 그것만 아니었어도 언덕 아래로 던져버렸을 것이다. 그리고 음성메일이 나빠야 얼마나 나쁘겠는가? 그녀는 '듣기' 버튼을 눌렀다.

퍼트리샤는 다른 시간대의 로런스가 이제는 지워진 미래에 대해 이야기하는 것을 듣고 처음에는 당혹스러웠다. 어리석고 멍청한 로런스. 그러다가 그가 돌아가신 그녀의 부모님에 대해, 그 일이 방금 전에 일어난 듯 이야기하는 것을 들었다. 퍼트리샤는 한참 전에 돌아가신 것처럼 생각하고 있었다. 우선은 부모님 일을 슬퍼할 시간이 없었고, 나중에는 충분히 슬퍼했다고 판단했다. 그런데 사실 그녀의 부모님은 몇 년 전이 아니라 최근에 돌아가셨다. 그럼에도 그녀는 가끔 마음의 고통을 느끼거나 로버타와 엉망으로 끝난 꿈속 대화를 나누었을 때를 제외하고는 부모님 생각을 하지 않았다. 다른 것과 마찬가지로 슬픔을 그냥 묻어두었다. 이제 그녀의 머릿속은 온통 가족과의 추억으로 가득했다. 조각 난 샌드위치와 샌드페이퍼 셔츠, 아버지가 콧등에 키스했던 일, 일곱 살 생일에 어머니가 구워주었던 주황색 설탕옷을 입은 케이크, 긴장한 나머지 '의절'을 '으절'처럼 발음하던 일, 어머니의 부러진 팔….

퍼트리샤는 부모님을 다시는 볼 수 없었다. 그들에게 사랑한다고, 혹은 당신들이 내 어린 시절을 망쳐버렸다고 말할 수도 없었다. 그들은 이제 떠나고 없는데, 그녀는 그들을 제대로 알지도 못했다. 로버타는 부모님이 잔혹하게 대하긴 했어도 그녀를 가장 사랑했다고 주장했다. 퍼트리샤는 그 말을 결코 이해하지 못했다. 이해하지 못하는 것이야말로 무엇보다 나빴다. 그것은 미스터리, 낫지 않는 상처, 용서할 수 없는 실패와도 같았다.

퍼트리샤는 무너져 내렸다. 갓길 흙바닥에 손과 무릎을 꿇고 주저앉아 눈부신 태양을 마주했다. 몸을 떨고 땅을 할퀴기 시작했으며 쏟아지는 눈물을 주체하지 못했다. 눈을 닦자 그녀의 시선이 금속 울타리 너머에 있는 노란 꽃 하나에 떨어졌다. 로런스의 목소리가 "생명체가 빛에 끌리듯"이라고 말할 때 햇살이 꽃에 내려앉았고 꽃이 정말로 빌어먹을 고개를 들고 햇빛을 맞았다. 퍼트리샤는 또다시 무너져 쏟아지는 눈물로 땅을 적시며 마구 긁어댔다.

메시지가 끝났고 영원히 지워졌다. 퍼트리샤는 계속해서 울며 돌 섞인 흙을 양손으로 파헤쳤다.

다시 앞을 볼 수 있게 되었을 때 그녀는 여전히 헛구역질을 하며 흐느꼈다. 그 순간 풀밭에서 아무렇지 않은 듯 자신을 보고 있는 캐디가 눈에 들어왔다. 누가 이런 것을 만들었는지는 명백했지만, 그걸 두고 왈가왈부하고 싶지는 않았다. "재수 없어. 꺼져."

"네가 메시지를 들을 필요가 있다고 생각했어." 캐디가 말했다.

"무시할 수 없는 함정이라는 거." 그녀가 말했다. "그거 말도 안 되는 헛소리야."

그녀는 더러운 무릎에 얼굴을 대고 앉아 도시를 바라보았다. 자신의 심정에 대해 이야기를 나눌 사람이 세상에 아무도 없다고 느꼈다. 역병이 다른 모든 인간을 살해한 것만큼이나 확실하게 말이다. 이런 생각을 하자 그녀는 또다시 풀어짐을 생각하게 되었다.

그녀는 로런스의 집으로 갔다. 노크 없이 잠깐 서 있다가 노크를 했다. 주먹으로 계속 내리쳤다. 이 문을 부수어 버리겠다는 뜻이 담긴 노크였다. 손에 멍이 들어도 개의치 않았다.

로런스는 자고 있었던 모양이다. 앞서보다 훨씬 부스스해 보였고, 정신이 없는 듯 양말 하나를 신고 팔 하나를 티셔츠 소매에 끼워 넣은 상태였다. "안녕." 그가 눈을 가늘게 뜨고 보았다.

"너, 다시는 나한테서 달아나지 않겠다고 약속했어." 그녀가 말했다.

"그랬지." 그가 말했다. "그리고 내가 평생을 바친 작업을 망가뜨리지 않겠다고 네가 약속한 기억은 없어. 그러니 네가 이겼네."

퍼트리샤는 외면하고 싶었다. 더 이상 비난을 감당할 수 없었다. 그러나 아직 손톱 아래에 흙이 묻어 있었다.

"미안해." 그녀가 말했다. 그러고 나자 더 이상 말이 나오지 않았다. 손발의 감각이 느껴지지 않는 것 이상으로 적절한 말이 생각나지 않았다. "미안해." 다시 말했다. 그 말은 전적으로 무조건적인 것이어야 했다. "아무래도 내가 너에게 충분한 믿음을 주지 못한 것 같아. 내가 이해하지 못한 것을 망가뜨려서는 안 됐어. 너한테 그러지 않았어야 했어."

로런스는 계속 멍한 표정으로 쳐다보기만 했다. 그녀가 입을 닫고 사라져 주기를, 그래서 다시 잠들 수 있기를 기다리는 것 같았다. 땀과 먼지와 눈물을 뒤집어쓴 퍼트리샤는 꼴이 말이 아니었다.

퍼트리샤는 말을 계속 이어가려고 했다. 앞으로 나아가는 것 말고는 다른 방도가 없었다. "네가 위험할 수도 있는 뭔가를 연구하고 있다는 것을 내내 짐작하고 있었던 것 같아. 그리고 좋은 친구가 된다는 건 함부로 판단하거나 너무 많이 질문하지 않는 것이라고 생각했어. 바보같이 말이야. 좀 더 일찍 알아차렸어야 했어. 덴버에서 기계를 보고 너의 것임을 알았을 때, 임무를 수행하는 대신 너와 이야기할 방법을 찾았어야 했어. 내가 망친 거야. 미안해."

"젠장." 로런스는 마치 그녀가 사과한 것이 아니라 자신을 쓰레기통에 차버린 것 같은 표정을 지었다. "생각도 못 했어. 너한테서 그런 말을 들으리라고는."

"진심으로 한 말이야. 난 어마어마한 멍청이였어."

"그냥 자잘한 멍청이지. 우리는 덴버에서 불장난을 하고 있었어. 그건 맞아. 하지만 그래, 나한테 말했다면 좋았을 거야."

"네가 예전에 남긴 음성메일을 들었어. 방금 전에. CH@NG3M3이 억지로 듣게 했거든. 그냥 지우지 못하게 하더라고."

"막무가내인 녀석이군. 지금은 페러그린이라고 불러."

"너한테 해줄 정말로 중요한 이야기가 있어. 그런데 밖에서 말하기는 곤란해."

"그렇다면 안으로 들어와." 그는 뒤로 물러나서 열린 문을 잡았다.

그들은 소파에 앉았다. 엘프 모양의 물담배 파이프를 나눠 피우고 이소벨과 〈레드 드워프〉를 와이드스크린 텔레비전으로 보던 바로 그 소파였다. 아파트는 전보다 훨씬 어수선했으며 1밀리미터 두께의 끈끈한 먼지가 모든 곳에 내려앉아 있었다.

퍼트리샤는 그에게 풀어짐에 대해 이야기했다. 그러고는 그가 사태의 심각성을 제대로 이해하지 못했을까 싶어서 다시 이야기했다. 그녀는 충격적인 전말을 가급적 냉철한 용어로 전했다. "인구는 한 세대 내로 쪼그라들고 말아. 물론 어떤 사람들은 계속해서 아이를 낳겠지만, 출산은 몹시 불쾌한 일이야. 대부분의 아기들은 태어나자마자 버려질 거야. 반면에 더 이상 전쟁도 없고, 오염도 없어."

"그건 악마와 다를 바 없어. 내 평생 그렇게 사악한 일은 처음 들어봐." 로런스는 손마디 전체로 눈을 비비며 마지막 남은 졸음을 쫓아내려 했다. 아울러 퍼트리샤가 머릿속에 심어준 이미지를 몰아내려는 것 같기도 했다. "얼마나 됐어… 이 사실을 안 지가?"

"하루 전, 어쩌면 사흘 전일 수도." 퍼트리샤가 말했다. "사람들이 소리 낮춰 말하는 걸 한두 번 들었어. 하지만 그건 중요치 않아. 내 생각에는 100년도 더 전부터 준비되고 있었어. 지금도 그들이 정교하게 다듬고 있어. 내 고등학교 친구가 마지막 작업을 하고 있어." 퍼트리샤는 다이앤사를 떠올리자 스스로가 혐오스러워 몸서리를 쳤다. 그녀를 강압적으로 자기편으로 끌어들인 일이 생각났던 것이다.

"상상이 안 돼." 로런스가 말했다. "어째서 이런 이야기를 나한테 하는 거야?"

그는 커피를 만들러 갔다. 인간이 흉포한 괴물이 될 수도 있다는 이야기를 들은 지금, 따뜻하고 위로가 되는 무언가를 직접 만들고 싶었다. 그는 원두를 갈고, 프렌치프레스에 넣고, 뜨거운 물을 붓고, 플런저를 밀어 적절한 산미가 있는 용액을 추출해 냈다. 그의 동작은 몽유병자처럼 느릿느릿했다.

"골치 아픈 이야기를 해서 미안해." 퍼트리샤가 말했다. "우리가 할 수 있는 일은 없어. 그냥 누군가에게 이야기하고 싶었는데 너밖에 생각나지 않았어. 어떤 의미로 너한테 빚진 기분이기도 했고."

"테일러에게 말하지 그랬어? 혹은 마법을 부리는 다른 사람들도 있잖아?"

"그들 중에서 누가 이 사실에 대해 알고 있는지 몰라. 괜히 소문을 퍼뜨렸다는 말은 듣고 싶지 않아. 게다가 내가 이에 대해 의구심을 갖고 있다고 말하면 그야말로 월권처럼 보일 거야. 그리고… 필요할 때 내 말을 들어주는 사람은 항상 너였어."

"우리 어렸을 때 기억나?" 그는 뜨거운 머그잔을 건네며 말했다. "어른들은 어째서 저렇게 멍청이일까 궁금했잖아?"

"그래."

"이제 알겠어."

"응."

그들은 한참 동안 커피를 마셨다. 아무도 머그잔을 내려놓지 않았다. 호흡기처럼 얼굴에 대고 조금씩 홀짝였고, 서로를 보는 대신 자신의 잔만 보았다. 마침내 로런스가 한 손을 뻗어 퍼트리샤의 손을 잡았다. 갑작스럽고 절박한 동작이었다. 그는 그녀의 손을 잡고 슬픔으로 부어오른 그녀의 눈을 쳐다보았다. 그녀는 고개를 돌리거나 그의 손을 뿌리치지 않았다.

퍼트리샤가 침묵을 깨고 말했다. "난 평생 혼자서 마법을 했어. 숲속이나 다락방에서. 주위에 아무도 없었어. 너와 함께한 단 한 번을 빼고는 말이야. 그러다가 깨달았지. 제대로 된 마법은 사람들과 주고받는 것이더라. 치유하든 속이든 말이야. 하지만 정말로 위대한 마법사들은 사람들과 전혀 어울릴 수 없어. 어네스토는 자신의 방 두 칸을 떠나지 못해. 가엾은 도러시아는 단순한 대화도 이어가지 못했어. 나의 옛 스승 커놋은 매일 얼굴이 바뀌지. 다들 외따로 살아가. 그들은 사람들에게 마법을 행할 수는 있지만 사람들과 함께 마법을 하지는 못해."

"그리고 그 사람들이." 로런스가 말했다. "풀어짐을 준비한 당사자들이야." 그녀는 자신이 도러시아를 언급할 때 그가 움찔했다는 것을 알아챘다.

"그들은 세계를 보호하려고 해." 퍼트리샤가 말했다. "돌고래와 코끼리에게도 우리와 똑같이 살 권리가 있다고 생각해. 하지만 맞아, 그들은 편향된 시각을 갖고 있어."

로런스는 덴버의 복합시설에서 지낼 때 자신이 참석했던 회의에 대해 말하기 시작했다. 작은 기계가 프리야에게 했던 일과 똑같은 일을 큰 기계가 세계에 일으킬 가능성에 대해 동료들과 논의하던 자리였다. 괴짜들이 서버실에 잔뜩 모여 있는 모습을 상상하자 퍼트리샤는 엘티슬리 홀의 굴뚝에 웅크리고 있던 추억이 생각났다. 그녀의 몽상이 꼬리에 꼬리를 물고 이어지려는 순간, 페러그린이 끼어들었다.

"텔레비전을 켜고 싶어 할 것 같아서 말이야." 페러그린이 말했다.

모든 채널에서 똑같은 소식을 전하고 있었다. 반둥 정상회담 협상이 결렬되었다. 중국은 댜오위다오(센카쿠 열도)를 점거하고 남중국해의 영유권을 주장하고 있었다. 한편 중국 정부는 카슈미르 분쟁에서 파키스탄을 지지하겠다고 공언했다. 그 와중에 러시아 군대가 서쪽으로 진군하고 있었다. 화면에서는 병력이 집결하는 모습, 해군 구축함이 자리를 잡고 미사일과 드론이 출격을 준비하는 모습이 나왔다. 히스토리 채널을 보는 듯했지만, 이건 최신 영상이었다.

"젠장." 퍼트리샤가 말했다. "분위기가 영 좋지 않아."

로런스의 전화기가 울렸다. "뭐라고요? 잠깐만요." 그는 퍼트리샤에게 미안하다는 손짓을 하고 방을 나갔다.

퍼트리샤는 텔레비전 보도를 지켜보다가 역겨워서 오디오를 껐다.

페러그린이 말을 꺼냈다. "퍼트리샤, 네가 처음으로 내 의식을 깨웠을 때 나한테 한 말 기억해? 그때 로런스는 병영체험학교에 있었어."

"글쎄." 퍼트리샤는 기억을 뒤졌다. "아무렇게나 갖다 붙인 문장이었어. 무의미한 질문 같은 거. 너에게 충격을 줘서 의식을 갖게 하려고 했지. 그게 통했다는 게 지금도 믿기지 않아. 로런스에게 들은 말이었는데, 정확한 표현은 모르겠어." 찰칵, 하면서 그녀의 뇌에 문장이 떠올랐다. "잠깐, 생각났어. '나무는 붉은가?'"

"맞았어." 캐디가 말했다.

퍼트리샤는 엄지손가락을 깨물었다. 묻혀 있던 기억의 자락이 들춰지면서 혼란스러웠다. "내가 어렸을 때 누군가 내게 물었던 질문이야." 그녀가 마침내 말했다. "내가 마법을 처음으로 경험했을 때였지. 어떻게 그걸 잊고 있었지?"

"모르겠어." 페러그린이 말했다. "나는 그 질문에 대한 생각을 멈출 수 없었어. 넌 답을 모르지?"

"젠장. 그래, 몰라." 퍼트리샤가 말했다. 그러자 새들이 너무 늦었다고 말하기 시작한 것이 생각났다. 그녀의 마음은 어린 시절 나무에 대한 공상으로 이어졌다. 새들이 판결을 내리려고 앉아 있고 어린 자신이 시간을 더 달라고 애원하던 일이 생각났다. 만약에 이 모든 게 사실이라면? 이것이 사실이고 중요했다면, 그리고 그녀가 했어야 하는 일이 있었는데 여태까지 못 했으므로 결국에는 마녀가 될 권리를 얻지 못했다면?

"젠장, 나도 이제 질문에 대해 생각하는 것을 멈출 수 없을 것 같아." 퍼트리샤가 말했다.

"네가 생각을 억제하지 못하는 것은 내가 생각을 억제하지 못하는 것과 다소 달라." 페러그린은 요령 있게 말하려고 애썼다. "수수께끼나 선문답과 비슷해. 하지만 온라인에서는 어떤 언어로든 그 질문에 대한 답을 찾을 수 없었어."

"으음." 퍼트리샤가 다시 말했다. "내 생각에는 명확한 의미를 두지 않는 문장 같아. 나무는 가을이면 붉게 물들잖아."

"그렇다면 그 질문은 우리가 세상의 가을에 접어들었는지 묻는 것일 수도 있겠네. 특정 나무를 지칭하는 것이 아니라 일반화된 표현이라면 말이야."

"불타고 있어도 붉을 수 있지. 새벽에도 붉은색이고. 그건 수수께끼라고 할 수도 없어. 수수께끼는 네 혹은 아니요로 답하는 문제가 아니잖아. 그러려면 '나무는 언제 붉은가?' 하고 물어야지."

"나는 질문의 답을 찾는 것이 내 삶의 목적일 수도 있겠다고 생각해." 페러그린이 말했다.

퍼트리샤는 어쩌면 자신에게도 이것이 평생 안고 가는 질문일 수 있겠다고 생각했다. 비록 내면의 목소리는 **월권!**이라고 외쳤지만 말이다.

로런스가 돌아왔다. "이소벨이야. 너한테 이걸 어떻게 말해야 할지 모르겠어."

로런스가 휴대전화를 내려놓으려고 몸을 숙였을 때 지진이 덮쳤다. 그가 앞으로 고꾸라지면서 철제 커피 테이블에 머리를 찧어 이마에서 피를 흘리며 거의 정신을 잃었다. 방이 거세게 흔들리면서 책과 장신구들이 퍼트리샤에게 쏟아졌다. 전시 상황을 보도하던 텔레비전이 고정 장치에서 미끄러지며 옆으로 떨어졌다. 퍼트리샤는 주위의 모든 것이 무너지는 가운데 꼿꼿하게 앉아 있었다.

33

지진이 강타하기 직전에 이소벨은 전화로 로런스에게 이렇게 말했다. "너도 알겠지만 이건 복수가 아니야. 사람들이 지난 몇 달간 시도니아에 틀어박혀 옴과 빈대를 견뎌가며 어떻게 앙갚음을 해줄까 골몰한 게 아니야. 덴버에서 그 일이 있고 나서 우리는 앞으로 나아갈 길을 찾아야 했어. 웜홀 기계를 처음부터 다시 만들려면 몇 년이 걸리는 데다 이 사람들이 다시 와서 기계를 파괴하도록 할 수는 없어. 더 나은 방어망을 마련할 수도 있지만, 그들이 지난번처럼 올 거라고 장담할 수도 없어. 그러니 우리에게 남은 수단은 선제적 조치를 취하는 거야."

"무슨 일이에요?" 로런스는 전화기를 받치고 있는 턱이 욱신거렸다. "이소벨, 대체 무슨 일을 벌인 거예요?"

"우리는 '끝판왕' 기계를 만들었어. 기적을 일으키는 우리의 타냐가 어려운 부분을 해냈지. '절멸의 해결책Total Destruction Solution'이라고 부르는 기계인데 아주 근사해."

이소벨은 절멸의 해결책을 만들기까지 있었던 설계상의 난제들을 털어놓았다. 그들은 상부에 과한 무게를 지우지 않으면서 어떻게 하면 많은 무기들을 본체에 넣을까 고심했다. 그들은 뭍과 물을 가리지 않고 어떤 지형에도 돌아다니면서 전방위적으로 움직이고 여러 표적을 동시에 파괴할 수 있는 기계를 원했다. 훌륭한 하드웨어 디자이너가 그렇듯 타냐도 자연의 모양을 참고했다. 여러 마디로 나뉜 절지동물의 몸, 고슴도치 가시의 충격 흡수력, 몸을 안정화시키는 꼬리, 곤충의 여섯 개 다리, 갑각류 등딱지의 구조 등. 조종석에는 두 명이 탑승할 수 있고, 뇌와 컴퓨터를 인터페이스로 연결하여 수동 제어를 최소화했다. (밀튼은 얼마 전에 복강경 수술을 받았다.) 그렇게 만들어진 결과물은 살짝 번잡스럽긴 하지만 매끄럽게 움직였고, 출격할 때가 되면 지대공미사일 다섯 대, 산업용 레이저 일곱 대, 그리고 최고의 보물인 네이팜 발사기를 전면과 후면에 가동하고 춤을 출 터였다.

"당신들은 지금 어떤 사람들을 상대하는지 몰라요." 로런스는 이소벨의 부엌 카운터에 놓인 프렌치프레스 속 커피 찌꺼기를 보았다.

"네가 생각하는 것보다 많이 알고 있어." 이소벨의 말투에서 무게가 느껴졌다. "그들에게 연결망이 있더군. 전 세계 곳곳에 여러 은밀한 시설들을 갖고 있는데, 예컨대 포틀랜드에 호스텔이, 미니애폴리스에 사교춤 학교가, 여기 샌프란시스코에 서점과 압생트 바가 있어.

아울러 메이즈라고 부르는 훈련 시설도 있어. 피레네산맥 근처에 비밀 입구가 있는데, 일반적인 공격으로는 함락할 수 없어 보이더군. 그럴 때 쓰라고 벙커버스터가 있는 거지. 바로 오늘, 지금이야. 그들이 알아채기 전에 모든 곳을 동시에 타격할 생각이야."

"이소벨, 그러지 말아요. 당장 취소해요. 지금 얼마나 위험한 짓을 하고 있는지 알아요?"

"지금 밀튼과 함께 절멸의 해결책 조종석에 있어." 이소벨이 말했다. "방금 말한 서점에서 한 블록 떨어진 미션 스트리트야. 마지막 순간까지 기다렸다가 지금 너한테 연락하는 거야. 네가 방해하지 못하게 하려고."

뒤에서 밀튼이 이소벨에게 뭐라고 말하는 소리가 들렸다. 조종석 스피커에서 〈테라플레인 블루스〉가 흘러나오고 있었다.

"이럴 수는 없어요. 그러다…."

"네가 덴버 5인방 가운데 한 명과 사귄다는 걸 안다. 유타주의 한 주유소 감시카메라에 너의 여자친구가 찍힌 것을 확인했어. 너한테는 말하지 않으려고 했지만, 이제 네가 연루되었다는 걸 모두가 알아. 그러니 물러서 있어. 네가 여기 오면 적군 취급을 받지 않으리라 장담할 수 없어."

"이소벨, 제발 내 말 들어요." 그녀는 이미 전화를 끊었다.

***

로런스가 바닥에 누워 신음했다. 커피 테이블에 찧은 이마에서 피가 흘렀다. 퍼트리샤가 옆에 웅크리고 앉아 그의 상처를 신속한 동작으로 핥으며, 이렇게밖에 할 수 없었다며 미안하다고 했다.

피가 멎었다. 그러자 로런스의 머리가 한결 나아졌다. 그는 발기했다. 퍼트리샤가 몸을 젖혀 그가 앉을 수 있도록 했다. 한동안 두 사람은 마주 보았다. 퍼트리샤가 얼굴을 붉히며 아름다운 갈색 눈을 뜬 채 로런스의 허벅지에 앉아 있었다. 로런스는 바로 지금이 둘 사이에 온갖 종류의 길이 열릴 수 있는 순간이라고 생각했지만, 그녀에게 해야 할 말이 있었고, 그러면 모든 길이 꽝 하고 닫힐 것임을 알았다. 이소벨이 알린 소식을 혼자서만 간직하자는 생각도 잠깐 했다. 퍼트리샤에게 말한다면 이소벨과 밀튼을 배신하는 것이었으니 말이다. 하지만 퍼트리샤에게 말하지 않으면 그건 살짝 더 큰 배신이었고, 그는 자기 자신을 용서하기가 더 어려웠다. 비록 방금 전까지 퍼트리샤와 그녀의 친구들에게 이가 갈릴 듯 화가 났지만, 그녀의 얼굴을 보고 차마 이 일을 말하지 않을 수 없었다. 그는 이것이 일생일대의 결정이라는 것을 알았다. 결국 용기를 냈다.

로런스가 세 번째 문장을 마칠 즈음 퍼트리샤는 자리에서 일어나 있었다. 검은색 천을 휘날리고 팔꿈치를 내밀고 목에 잔뜩 힘줄을 드러내며 요란하게 움직였다. 순간 그는 그녀가 분노에 휩싸여 몸을 격렬하게 떠는 것이라고 생각했지만, 두 번째 지진이었다. 먼젓번보다 훨씬 심했다. 이미 바닥에 있지 않았다면 로런스는 또다시 넘어졌을 것이다. 이번에는 고정되어 있지 않은 모든 것이 날아갔다. 지진이 멈추는가 싶더니 다시 훨씬 심하게 요동쳤다. 마치 전동드릴 안에 있는 것 같았다. 지붕이 갈라졌고 바닥이 옆으로 기울었다.

반중력 광선이 지진 위험지대를 공격한 것이다. 그게 아니라면 뭐겠는가.

이소벨은 새로운 집을 알아봐야 할 것 같았다. 하지만 퍼트리샤는 지진이 아무렇지 않은 듯했다. 모든 것이 믹서기 안에서 돌 때 그녀 혼자 고정점을 유지했다. 마침내 지진이 멈추었을 때 그녀는 평온한 표정이었다. "이날을 위해 8년간 수련했어." 그녀가 로런스에게 말했다. "이 정도야 아무것도 아니지. 넌 여기 있어. 마지막으로 너와 이야기해서 반가웠어. 잘 있어, 로런스." 그러고는 정문을 나섰다.

로런스는 살짝 씩씩거리며 필사적으로 그녀 뒤를 따라갔다. "나도 갈래." 그가 말했다. "그들을 설득하려면 내가 필요할걸. 그리고 대형 지진이 방금 두 차례나 휩쓸고 갔는데 미션까지 어떻게 갈래? 지금 날 수 있어? 아닐걸. 오토바이가 어디 있는지 내가 알아. 이봐, 내 친구들이 이런 일을 벌여서 미안해. 그들이 얼마나 정신이 나갔는지 알아. 하지만 이건 해답이 아니야. 이런 식으로 가다가는 양쪽에 앙금만 쌓일 뿐이야. 그러다가 풀림을 맞게 되겠지."

"풀어짐이야." 퍼트리샤가 말했다. "오토바이는 어디 있어?"

지진으로 내려앉은 집 근처의 노간주나무에 새들이 잔뜩 모여 요란하게 소리를 질러댔다. 로런스는 전에도 몇 차례 들은 적이 있었다.

아무 일 없이 그러기도 했고 큰일이 있고 나서 그러기도 했다. 수십 마리가 모여 그냥 소란스럽게 떠들었다. 하지만 이번에는 퍼트리샤가 침착함을 잃고 겁을 집어먹은 듯했다. 새들이 무슨 말을 했는지 그가 묻자 요즘 들어 늘 듣는, 너무 늦었다는 말이라고 했다. 로런스가 듣기에도 이 새들은 잔뜩 화가 나 있는 것 같았다. 나무가 용케 쓰러지지 않고 있는 것에 감사할 줄 모르고 말이다.

이소벨의 이웃인 개빈의 BMW 오토바이가 헛간에 그대로 있었고, 헛간 열쇠와 여분의 시동 열쇠는 석상 속에 숨겨져 있었다. 퍼트리샤가 오토바이를 몰았고 로런스가 뒤에 탔다. 헬멧이 하나뿐이라 로런스가 썼다. 그는 대체로 눈을 감고 있었다. 그녀가 지진으로 갈라지고 주택 외벽이 부서져 내리고 망가진 차량들과 시신들과 한쪽에 내팽개친 유모차가 있는 가파른 길을 이블 크니블*처럼 달렸기 때문이다. 로런스는 연기 냄새, 가스가 새는 시큼한 냄새, 시신에서 나는 죽음의 냄새를 맡았다. 그들은 가파른 언덕 꼭대기를 뛰어넘어 김이 올라오는 배수구에 내려앉았다. 그 충격이 로런스의 골반을 지나 흉곽에까지 미쳤다.

로런스가 계속해서 눈을 감고 있으면서 도러시아의 뇌가 두개골에서 쏟아져 나오는 이미지가 그의 눈꺼풀의 붉은 커튼 너머로 계속해서 보이는 난점이 있었다. 그는 자신이 해야 할 일을 했다고 스스로를 다독였다. 도러시아와 퍼트리샤 등이 아무런 이유 없이 공격해서

* 미국의 유명한 오토바이 스턴트맨.

그가 방어를 도운 것뿐이다. 하지만 밀튼의 역습으로 폐허가 된 길을 달리는 지금, 그는 이 모든 것에서 자신이 행한 역할에 대해 좋은 감정을 갖기가 어려웠다. 도러시아의 시신을 떠올리자 처음 만났을 때 그녀가 친근하게 웃던 모습과 대조를 이루면서 안 그래도 메스꺼운 그의 속을 더 뒤집어 놓았다. 그는 눈을 뜨고 손을 더듬어 캐디를 찾았다.

페러그린은 여러 사이트에 올라온 밀튼의 '천둥의 날' 작전의 아마추어 비디오 영상과 위성 영상을 보여주었다. 자욱한 연기, 불길에 휩싸여 비틀거리는 사람들, 누군가가 반중력 광선총을 어깨에 올려놓고 쏘는 모습이 흐릿하게 보였다. 또 한 차례 뼛속까지 뒤흔드는 지진이 급습했다. 퍼트리샤가 J처치 노선 정류장 잔해를 뛰어넘었다. 무너진 지붕을 경사로 삼아 도약할 때였다.

절멸의 해결책(T.D.S.)이 미션 스트리트에 우뚝 서 있었다. 여섯 개 다리로 울퉁불퉁한 바닥에서 완벽하게 균형을 잡고 있었다. 로런스는 타냐의 훌륭한 솜씨를 곧바로 알아보았다. 등딱지는 아주 섹시했고 동작의 범위는 환상적이었다. 하지만 그건 그가 죽은 시신들을 보기 전의 이야기다. 마을에 남은 마지막 괜찮은 타코 식당이 무너진 잔해에 일본인의, 가와시마의 일그러진 시신이 있었다(아르마니 정장이 완벽하지 않게 보인 것은 처음이었다). 그리고 모히칸 헤어스타일을 한 어린 친구 테일러가 망가진 주차료 징수기에 몸이 찔려 흉골이 둘로 갈라져 있었다. 입에는 오물이 묻어 있고 팔다리에 움직임이 없었지만, 다른 모든 것과 함께 여전히 흔들리고 있었다. 타르가 섞인 연기구름이 지나갔다.

퍼트리샤가 핸들을 꺾어 미션으로 접어들 때 로런스의 눈에 미션 스트리트 2333 1/3번지의 낡고 지저분한 쇼핑몰 건물이 들어왔다. 데인저 서점과 그린 윙을 품고 있던 건물이었는데 절반이 날아갔다. 앞쪽 벽과 내부의 상당 부분이 뜯겨 나갔다. 마치 누군가가 요란하게 한입 베어 문 것처럼. 노출된 기둥과 들보, 찢어진 바닥, 심지어 너덜너덜한 카펫 끝자락도 보였다. 구조물은 급격하게 기울어지는 세상에 휘어진 각도로 서 있었다. 그들이 가까이 다가가자 T.D.S. 전면의 포문에서 부자연스러울 만큼 환한 오렌지색 불길이 일었다.

한 남자가 미션 스트리트 2333 1/3번지 쇼핑몰 앞의 구덩이에서 기어 올라왔다. 형체만 사람이었는데 머리에서 발끝까지 온몸에 열은 녹색 빵가루 같은 것을 껍질처럼 뒤집어쓰고 있었다. 로런스는 그가 주문이나 부적이 보호해 주고 있지 않은 어네스토임을 알아보는데 시간이 걸렸다. 어네스토는 보도로 올라와 무기로 사용할 유기물, 그러니까 시멘트 틈에서 자라는 풀이나 쇠창살 속의 나무를 찾았다. 하지만 잎이란 잎은 다 말라붙어 있었다. T.D.S.가 반중력 광선을 발사했다. 분홍빛의 스산한 소음과 함께 어네스트의 몸이 날아갔다. 예전에 프리야가 그랬던 것보다 훨씬 빠른 속도로 공중으로 날아가더니 사라지고 말았다. 땅이 요란하게 흔들렸고, 끔찍한 소음 때문에 로런스의 고막이, 헬멧을 썼음에도 거의 찢어질 뻔했다.

이런 일들이 벌어지는 와중에 퍼트리샤가 오토바이로 T.D.S.를 향해 돌진했다. 그녀는 뒤에 있는 로런스를 손으로 밀어냈고, 그는 쓰레기봉지 무더기에 쪼그린 자세로 떨어졌다. 그가 정신을 차리고 헬멧을 벗어 고개를 들었을 때는 오토바이만 공중에 날아가고 있었고 퍼트리샤는 어디에도 보이지 않았다. 오토바이는 T.D.S.의 한쪽 다리를 치고 튕겨 나가 타코 식당 잔해에 거꾸로 떨어졌다. T.D.S.는 몸통을 돌리며 표적을 찾아 나섰다. 퍼트리샤는 어디에서도 보이지 않았다.

그녀는 T.D.S. 옆으로 돌아 손을 바닥에 짚고 빠른 걸음으로 등딱지의 약한 지점을 찾았다. 침착하게 집중력을 총동원해 등딱지와 아랫배 사이의 접합부로 접근했다. 그녀는 방금 동료들의 죽음을 목격한 사람처럼 보이지 않았다. 그보다는 까다로운 과제를 해내는, 예컨대 힘든 상황에서 아기를 받는 사람 같았다. 어깨에 힘이 들어갔고 입이 한쪽으로 쏠렸다. 이어 보호 장비를 갖추지 않은 양손을 밀튼의 살상 기계 안으로 집어넣었다.

그녀는 말 그대로 구워졌다. 수천 볼트가 관통하면서 몸이 뻣뻣해졌다가 발작하듯 부르르 떨었다. 그럼에도 퍼트리샤는 회로의 적절한 자락을 찾을 때까지 손으로 탐색을 계속했다.

T.D.S.가 앞으로 뒤로 요동치며 그녀를 떨쳐 내려고 애썼다. 레이저 하나가 그녀를 명중시키지는 못하고 근처에 떨어졌다.

마침내 퍼트리샤는 목표로 한 것을 찾아냈다. 피부가 벗겨지면서 외피가 드러났는데도 웃으면서 한층 집중했다. 머리 위의 구름에서 번개가 번쩍하더니 퍼트리샤가 이끈 정확한 곳을 가격하여 절멸의 해결책 안쪽 깊은 곳에 떨어졌다.

기계가 기우뚱하며 옆으로 넘어지려는 찰나, 퍼트리샤가 미끄러졌고, 까끌까끌한 콘크리트 바닥에 등이 떨어지면서 요란한 소리를 냈다. 기계는 다리를 버둥거리며 거리 맞은편에 떨어졌다.

로런스가 비틀거리며 퍼트리샤 쪽으로 달려갔다. 격하게 숨을 들이마시고 측은한 신음을 토해 내며 자세는 불안정하기 짝이 없었지만 척추가 보도의 돌출부에 꺾인 채로 엎어져 있는 퍼트리샤의 몸에서 시선을 떼지 않았다. **제발 무사히만 있어줘. 크든 작든 내가 가진 모든 것을 다 내줄게.** 그는 머릿속으로 이 말을 계속 되뇌며 길 앞에 놓인 회색, 검은색, 빨간색 형체들을 뛰어넘었다. 몇 시간 전까지도 그녀에게 까칠하게 굴었던 그가 지금은 절뚝거리는 슬개골과 경련하는 골반으로 느끼고 있었다. 자신의 인생 이야기는 좋든 싫든 퍼트리샤와 자신의 이야기였으며, 만약 그녀가 이렇게 끝난다면 자신의 삶은 어찌어찌 이어지더라도 자신의 이야기는 여기서 끝이라고.

그는 발을 헛디뎌 넘어졌지만 제대로 일어서려고도 하지 않고 계속 달렸다. 가쁜 숨을 몰아쉬며 잔해들을, 구멍들을 뛰어넘었다. 오로지 퍼트리샤만 바라보고 말이다.

마침내 그녀에게 다다랐다. 그녀는 미약하지만 숨을 쉬고 있었다. 충격을 받은 듯 거칠고 끙끙 앓는 소리를 냈다. 얼굴은 절반가량이 타서 얼굴이라고 하기도 어려웠다. 그는 옆에 웅크리고 앉아 그녀에게 괜찮을 거라고 말하려고 했다. 그 순간 총구가 그녀의 머리에 겨누어졌다.

총은 그가 아는 손에 들려 있었다. 매니큐어를 칠한 손은 마른 손목으로 이어졌고, 손목을 감싼 연두색 스웨터 위쪽으로 핏줄이 불거진 목과 울퉁불퉁하게 삭발한 이소벨의 머리가 나와 있었다.

"밀튼은 갔어." 이소벨이 말했다. "죽었어. 그러니 말해봐. 어째서 내가 그녀의 머리를 날려서는 안 되는지."

"제발." 로런스가 말했다. "그러지 말아요."

"내가 지금 당장 그녀를 쏘아서는 안 되는 이유를 말하라고. 알고 싶어."

그는 그녀가 방아쇠를 당기기 전에 총을 치우는 것이 불가능하다는 것을 알았다.

그래서 로런스는 가급적 차분한 목소리로 이소벨에게 모든 것을 털어놓았다. 둘은 어렸을 때 처음 만났고, 그녀는 가장 이상한 사람이었고, 자신이 야외로 돌아다닌 것처럼 해달라고 그녀에게 부탁했다고. 그러다가 그녀가 동물과 말할 수 있는 진짜 마녀임이 밝혀졌으며, 그녀는 그의 컴퓨터가 혼자서 생각하도록 만들고 그의 목숨을 구해주었다고. 그들은 갑갑한 학교를 못 견뎌 하는 괴짜였고, 서로를 위해 원하는 방식으로 그곳에서 지낼 수 없었지만 노력했다고. 나중에 커서 둘은 다시 만났는데, 이제 퍼트리샤는 마법사 집단의 일원으로 지내면서 사람들을 도왔다고. 한 가지 규칙이 있었는데, 지나치게 오만하지 말라는 것이었다고. 비록 퍼트리샤에겐 마법사 친구들이 있었고, 로런스는 괴짜 과학 친구들이 있었지만, 여전히 둘은 서로를 헤아릴 줄 아는 유일한 사람이었다고. 그리고 퍼트리샤는 마법을 사용하여 프리야를 빈 공간에서 구해냈다고. 그것이 세계를 반으로 쪼갤 수도 있었던 웜홀 기계를 그들이 밀어붙일 수 있었던 이유였다고.

로런스는 잠시라도 말을 멈추었다가는 한마디도 더 이어가지 못할 것 같았다. 그래서 거의 숨도 쉬지 않고 모든 단어에 힘을 주며 어떻게든 말을 이어가려 했다. "그녀가 우리의 기계를 망가뜨리고 나서도 나는 그녀를 탓하는 감정 때문에 우리가 서로 묶여 있다는 사실을 부정할 수 없었어요. 우리는 서로 다른 방식으로 망가졌지만, 그 망가짐이 서로를 보완하듯 맞물려 있어요. 그리고 그녀는 마법을 구사하고 손만 대면 물건을 변화시키는 능력이 있지만, 그걸 제외하더라도 내가 만나본 최고로 멋진 사람이에요. 그녀는 다른 누구도, 심지어 다른 마법사들조차 보지 못하는 것을 봐요. 사람들을 돌보는 일을 결코 포기하는 법이 없어요. 이소벨, 당신은 그녀를 죽일 수 없어요. 그녀는 나의 로켓선이에요."

그러고 나서 그는 잠시 말을 끊었다. 그것으로 끝이었다. 그의 목소리가 꺼진 것이다. 목구멍이 닫혔다기보다 뇌에 있는 언어중추가 경미한 뇌졸중으로 망가진 듯했다. 그는 마음속으로 말을 만들지도 못했다. 뇌 이식으로 우회할 수도 없을 테니 꽤 영리한 방법 같았다. 자신이 세상에서 마지막으로 한 말이 "그녀는 나의 로켓선이에요"가 될 줄은 상상도 못 했다. 젠장.

이소벨은 움찔하는 것도 같았고 이해하는 것도 같았다. 그녀가 쥐고 있던 손이 느슨해지자 그가 그녀의 손에서 총을 회수하여 옆에 버렸다.

그때 나이 든 여자가 그들 뒤의 유독한 연기에서 모습을 드러냈다. 60대나 70대로 보였으며, 새하얀 정장에 페이즐리 무늬의 실크 스카프와 터키석 브로치를 달고 있었다. 그녀의 손이 닿자 이소벨은 바닥에 쓰러져 잠들었다. 그런 다음 그녀는 퍼트리샤에게 몸을 숙이고 퍼트리샤의 불에 탄 이마에 손등을 갖다 댔다. 마치 아이의 체온을 확인하기라도 하듯. 그러자 퍼트리샤는 아무런 해도 입지 않은 모습으로 깨어났다.

"카먼." 퍼트리샤가 몸을 일으켜 세우고 주위를 둘러보았다. 시체들, 불길들, 잔해가 눈에 들어왔다. "죄송해요, 카먼. 죄송해요. 내가 잘했어야 했는데… 일이 이렇게 되어 죄송해요."

"네 잘못이 아니야." 카먼이 말했다. 그러고는 로런스를 흘긋 보았는데 그는 당연하게도 말이 없었다. "괜찮아. 최대한 빨리 온다고 왔는데. 어네스토와 다른 사람들 일은 몹시 유감이야. 어네스토는 40년 넘게 내 친구였지. 그를 결코 잊을 수… 아무튼 지금 중요한 일은 아니야." 그녀는 손을 내밀어 퍼트리샤가 일어나는 것을 도왔다. 로런스도 일어났다.

"어네스토를 못 찾겠어요." 퍼트리샤가 말했다. "내가 누군가를 다른 우주로부터 딱 한 번 구해준 적이 있었어요. 하지만 어네스토는… 그냥 사라졌어요."

"그는 이미 우리 손을 떠났어. 오늘, 다른 많은 사람들처럼."

"얼마나 안 좋아요?" 퍼트리샤는 밀튼의 사람들이 합동으로 공격한 다른 곳의 피해 상황을 묻는 것이었다.

"안 좋아." 카먼이 말했다. "상당히. 그들은 영리했어. 이번 공격은 말이지. 하지만 중요하지 않아. 우리와 상관없어. 월권에 관한 우리의 규칙과도. 그냥 일어나는 일이야. 항상 일어나는 일이고. 어디서든 일어나고 있고, 앞으로도 계속 일어날 거야." 그녀는 이소벨의 총을 들고 살펴보더니 옆으로 던졌다. "우리가 행동해야 하는 시간이 곧 올 거야. 이 일로 인해 앞당겨졌을 뿐이야."

"풀어짐 역시도 폭력의 한 형태예요." 퍼트리샤가 말했다. "이 말을 하고 싶었어요. 그리고… 너무 일러요."

"항상 너무 이르지." 카먼이 말했다. "너무 늦기 전까지는 말이야. 아무튼 매사 신중하게 행동해야 할 거야. 어네스토가 신중한 목소리를 냈었는데. 자 이제…." 그녀는 눈을 감았다. "가야겠다. 최악의 경우에 대비해. 조만간 다시 이야기하자."

카먼은 연기로 몸을 휘감더니 사라졌다. 퍼트리샤와 로런스는 덩그러니 남겨졌다.

34

손가락을 살상 기계 안으로 집어넣었을 때 퍼트리샤는 눈앞이 하얘지면서 병든 천사들이 큰 소리로 자신에게 외치는 것을 들었다. 그녀는 하늘에 부딪혔고 모든 것이 흐릿해지더니 사라졌다. 얼마 뒤에 카먼이 손등으로 퍼트리샤의 머리를 쓰다듬자 정신이 들었다. 그녀는 잠시 삶으로 돌아온 희열을 느꼈지만 곧 모든 사람이 죽었다는 것이 생각났다. 모든 것이 불타고 있었고, 카먼이 시간이 얼마 남지 않았다고 말하고 있었다.

이제 퍼트리샤는 달리고 있었다. 어디로 가는지도 모르면서. 어둡고 일그러진 가게 앞과 화염을, 약탈자들과 자원 소방대원들을 지났고, 거리에서 짐을 끌고 가는 사람들과 주먹다짐을 벌이는 두 남자를 지났다. 퍼트리샤는 마음 한구석에서는 자신이 어쨌든 죽은 몸이라고 느꼈고, 한편으로는 완전히 새로운 삶을 얻었다고 느끼기도 했다.

로런스는 퍼트리샤를 침묵으로 대했고, 그래서 그녀는 오싹했다. 어쩌면 그는 화가 났을 수도 있고, 자기 친구들이 그녀 친구들을 죽인 일에 죄책감을 느꼈을 수도 있고, 아니면 풀어짐에 기겁했을 수도 있다. 하지만 그녀가 여러 차례 어깨 너머로 그를 돌아보며 무섭다고 말해도 그는 묘한 표정으로 바라보며 손짓할 뿐이었다.

그 와중에 새들은 계속해서 입을 놀렸다. 옆으로 뻗은 나무마다 내려앉은 지붕마다 "너무 늦었어, 너무 늦었어!" 하며 합창하는 새들로 넘쳤다. 그녀 뒤를 쫓아다니며 "너무 늦었어!"를 재잘거렸다.

"입 다물어!" 참다못한 그녀가 새의 언어로 그들에게 소리쳤다. "나도 **알아.** 내가 모든 걸 망쳤다는 것을. 그러니 계속 들이밀지 마."

미션과 발렌시아가 만나는 곳에서 퍼트리샤는 로런스의 어깨를 부여잡았다. "있잖아, 너무 많은 일이, 그것도 오늘 집중적으로 일어났다는 거 알아. 넌 너의 방식으로 대처하고 있는 거겠지. 하지만 젠장, 너의 목소리를 들어야겠어. 지금 당장. 그러니 아직 희망이 남아 있다고 말해줘. 거짓말이어도 상관없어. 제발! 대체 왜 이러는 거야?"

그녀는 로런스의 얼굴에 떠오른 고통과 화를 보았다. 그제야 깨달았다.

"아, 못 하는 거였구나."

그는 고개를 끄덕였다.

"멍청이. 대체 무슨 생각으로 그랬어?" 그녀는 온 힘을 다해 그의 몸을 잡고 흔들었다.

마침내 그녀의 손에서 놓여난 그가 캐디를 꺼내 글자를 입력했다. "널 구하려고. 이소벨이 널 쏘려고 하기에. 그녀가 설명을 요구했거든." 말을 내보내는 것을 중단하자 그의 얼굴은 다른 모습이 되었다. 눈이 더 커지고 입은 더 작아진 것 같았다.

"너 정말로 멍청이구나?" 그녀가 같은 말을 반복했다. "날 위해 목소리까지 포기하다니!"

로런스는 고개를 끄덕였다.

그녀는 그를 팔로 꼭 껴안아 그의 폐가 숨을 들이마시고 내쉬는 것을 느꼈다. 공기의 흐름 말고는 아무 소리도 나지 않았다. 그가 자신을 위해 일부러 이렇게 했다는 것이 믿기지 않았다. 마법은 그녀를 이렇게까지 당혹스럽게 한 적이 없었다.

비둘기 한 마리가 그녀의 어깨에 내려앉았다. "너무 늦었어!" 그녀의 귀에 대고 재잘거렸다.

빌어먹을 방해꾼. "어째서 너무 늦었다는 거야?" 그녀가 물었다.

"너무 늦었어." 대답으로 돌아온 말은 그게 전부였다.

"그럴 리 없어. 너무 늦었다면 나한테 말하지 않았겠지."

로런스는 퍼트리샤의 어깨에 앉은 비둘기를 쳐다보았다. 고개를 쳐들고 눈을 가늘게 뜬 표정이 뭔가 신랄한 말을 하고 싶어 하는 것 같았다.

"거의 너무 늦었어." 비둘기가 말했다. "사실상 너무 늦었어."

그녀는 어째서 너무 늦었는지 다시 물으려 했지만, 새는 날아가 버렸다. 마치 따라오라는 듯이. 그리고 덧문이 내려진 벤치 바 앞에 서서 말을 못 하게 된 사람 걱정이나 하는 것보다 최악의 일도 없었다. "저 새를 따라가자." 그녀가 로런스에게 말했고, 그는 어깨를 으쓱했다. **안 될 것 없지. 그럼 새를 따라가 볼까.**

그녀는 미션을 벗어나 언덕으로 접어들었다. 비둘기는 방향을 계속 바꾸더니 언덕을 다시 올라갔다. 산비탈에 있는 작은 계단을 지나 나무들 사이에 지그재그로 나 있는 작은 오솔길을 지났다. 길은 점점 좁아져서 어느덧 버드나무와 벵갈고무나무가 우거진 테라스 사이로 난 좁은 길이 되었다. 낮게 걸린 커다란 나뭇가지의 잎들이 비둘기의 어수선한 날갯짓을 놓치지 않으려고 걸음을 재촉하는 그녀의 얼굴에 걸리적거렸다.

비둘기는 둑을 지나 어둑한 곳으로 이어지는 작은 야외 계단을 올랐다. 나무들이 위로 얽혀 있었고 빼곡한 나뭇가지 때문에 퍼트리샤는 자꾸만 새를 놓쳤다. 계단이 미끄러운 오르막 흙길로 바뀌자 그녀는 로런스의 손을 잡았다. 나무들이 갈수록 커졌고 빽빽하게 늘어서 있었다. 나무껍질 두께가 타이어만 했고 가지는 철조망 같았다. 나무들이 하늘을 가렸다. 그녀는 길에서 벗어나지 않으려고 온 집중력을 발휘했다. 경사는 갈수록 가팔라져서 수직 절벽이 되었고, 그러다가 평평해졌다. 퍼트리샤는 뒤를 돌아보았는데 자신들이 온 길이 보이지도 않았다.

퍼트리샤는 커놋에 이끌려 엘티슬리 메이즈로 가기 전, 새가 되어 숲으로 갔을 때 이후로 이렇게 깊은 숲은 처음이었다.

"내 GPS가 먹통이야." 페러그린이 말했다.

사방이 깊은 숲으로 둘러싸이자 비둘기가 말이 많아졌다. "네 친구를 데려가도 괜찮을지 모르겠어." 그가 말했다. "그나저나 내 이름은 쿠부야."

"내 친구들은 아주 점잖아." 퍼트리샤가 말했는데 여기에는 페러그린도 포함되었다. "그리고 외부인을 데려온 것을 걱정하기에는 너무 늦은 것 같은데. 우리는 지금 의회로 가는 거지? 난 퍼트리샤야. 이쪽은 로런스, 그리고 그가 들고 있는 것은 페러그린이야."

나무들이 살짝 드문드문해졌다. 퍼트리샤는 가지를 펼친 거대한 나무가 있는 공터에 거의 도착했음을 직감했다. 걸음을 멈추고 페러그린을 들고 있지 않은 로런스의 손을 양손으로 잡았다. "내가 여기서 무엇을 하게 될지 나도 모르겠어." 그녀가 말했다. "이런 일에는 준비가 되어 있지 않거든. 하지만 네가 함께 있어서 정말로 기뻐. 이 모든 일을 겪고도 네가 내 삶에 남아 있는 걸 보니 내가 옳은 일을 했다는 생각이 들어."

로런스는 캐디에 글자를 적었다. "최고의 친구." 그러고는 '최고의'라는 단어를 지우고 '불멸의'라고 고쳐 썼다.

"불멸의 친구. 멋지네." 퍼트리샤는 로런스의 손을 다시 잡았다. "이제 나무를 보러 갈까."

퍼트리샤는 의회 나무가 얼마나 거대하고 무시무시했었는지 잊고 있었다. 거대한 두 가지를 뻗은 품이 얼마나 압도적이었는지, 나무 지붕이 그림자를 드리운 공간이 얼마나 우렁찬 메아리를 만들어 냈는지 잊고 있었다. 그녀는 이제 어른이 되었으니 나무가 더 작아 보일 것이라고, 그래봐야 나무일 뿐이라고 생각했다. 하지만 양치류 잎을 주렁주렁 매달고 옹이가 진 모습을 보자 다시 앞에 서게 된 것 자체가 주제넘은 일이라 여겨졌다.

나무는 말하지 않았다. 대신 가지에 걸터앉은 새들이 일제히 날개를 퍼덕이며 소리를 질렀다. "조용! 조용!" 거대한 두 가지가 갈라지는 지점에서 물수리가 말했다. "몹시 이례적이군." 더 높은 곳에서 꿩이 날개를 접으며 말했다.

"내 임무는 여기까지야." 비둘기 쿠부가 말했다. "행운을 빌어. 불신임 투표가 한창 진행 중인 것 같군. 때를 잘못 잡았네!" 비둘기는 퍼트리샤와 로런스를 의회 앞에 두고 날아갔다.

"안녕?" 퍼트리샤가 말했다. "나 왔어. 날 부르러 보냈더군."

"그런 적 없어." 꿩이 말했다.

"우리가 보낸 거야." 물수리가 동료에게 확인해 주었다. "그런데 늦었네."

"미안해, 최대한 빨리 오려고 했어." 그러면서 퍼트리샤는 로런스를 슬쩍 보았는데, 그는 이런 대화를 전혀 알아듣지 못하는 눈치였다.

"우리는 너에게 질문을 했어. 오래전에. 그리고 넌 대답하러 돌아오지 않았지." 물수리가 말했다.

"잠깐. 그때 난 여섯 살이었어. 대답을 했어야 했다는 기억조차 나지 않아. 아무튼 지금 이렇게 왔잖아. 그게 중요한 거지, 안 그래?"

"늦었어!" 오른쪽으로 뻗은 가지 맨 위에 앉은 수리가 말했다. "늦었어!" 다른 새들이 가세했다.

"우린 네가 제때 왔다고 생각하지 않아." 수리가 말했다. "너에게 주어진 시간은 끝났어."

"어째서 그렇지? 풀어짐 때문에? 아니면 전쟁 때문에?" 퍼트리샤가 물었다.

"너의 시간은." 나무 반대쪽에 있는 수척한 까마귀가 날카로운 부리를 천천히 놀렸다. "끝났어."

"어쨌든 네 말대로 여기 이렇게 왔으니." 물수리가 말했다. "너의 대답을 들어보는 것도 괜찮겠지. 나무는 붉은가?"

"나무는 붉은가?" 까마귀가 반복했다.

다른 새들도 가세하여 그들의 목소리가 뒤섞이며 끔찍한 소음을 만들어 냈다. "나무는 붉은가? 나무는 붉은가? 나무는? 붉은가?"

퍼트리샤는 특히 페러그린과 이야기를 나눈 이후로 이 순간을 위해 마음을 다잡아 왔다. 그녀는 자신의 무의식이 수년간 천착해 온 대답이 머릿속에서 저절로 떠오르기를 희망했다. 하지만 막상 이곳에서 질문을 받고 보니 어지럽고 머리가 하얘졌다. 여전히 질문의 뜻을 이해하지 못했다. 그들은 어떤 나무를 말하는 걸까? 색맹인 사람이 이런 질문을 받으면 뭐라고 할까? 그녀는 바로 앞에 있는 의회 나무를 쳐다보고 어떤 색인지 파악하려고 애썼다. 한순간 나무껍질이 탁한 회색으로 보였다. 그러다가 다시 보니 붉은 기가 살짝 도는 풍부한 갈색이었다. 그녀는 뭐라고 해야 할지 몰랐다. 로런스를 보았다. 그는 어떤 상황인지도 모르면서 격려의 미소를 보내줬다.

"모르겠어." 퍼트리샤가 말했다. "1분만 시간을 줘."

"수년의 시간이 있었어." 물수리가 쏘아보았다. "완벽하게 단순한 질문이야."

"나는… 나는…." 퍼트리샤는 눈을 감았다.

그녀는 평생 보았던 모든 나무를 생각했다. 그러자 기이하게도 그녀의 마음은 프리야를 구했을 때 완전히 다른 우주를 보았던 기억을 들춰냈다. 그 다른 우주에는 인간이 볼 수 없는 파장의, 어림잡을 수 없는 색깔들이 있었다. 그곳에서는 나무가 어떤 색일까? 그녀의 생각은 어네스토로 이어졌다. 그 우주에서 영원히 길을 잃은 어네스토는 이 행성이 작은 반점이고, 우리는 그저 반점 위의 작은 반점일 뿐이라고 말했다. 하지만 어쩌면 우리의 우주 전체도 반점이었다. 그리고 모두 자연의 일부였다. 모든 우주, 그 사이의 모든 공간도 그녀 앞에 있는 이 의회 나무만큼이나 자연이었다. 레지널드는 자연이 어떤 것을 하려고 '방법을 찾지' 않는다고 말했다. 카먼은 그들이 시베리아에서 옳았지만 경솔했다고 했고, 로런스는 인간이 우주에서 유일무이하다고 말했다. 퍼트리샤는 여전히 자연에 대해 아무것도 몰랐다. 오히려 여섯 살 때보다도 더 모르는 것 같았다. 이럴 바에야 색맹인 편이 나을 것 같았다.

"모르겠어." 퍼트리샤가 말했다. "모르겠어. 미안해. 정말 미안해." 관절과 눈 뒤쪽에서 깊은 통증이 느껴졌다. 마치 산 채로 불태워졌던 상처가 완전히 회복되지 않은 듯했다.

"모른다고?" 왜가리가 긴 가위처럼 생긴 부리를 그녀에게 흔들었다.

"미안해. 지금쯤이면 알아야 하는데…." 퍼트리샤는 또다시 눈물을 글썽이며 적절한 말을 찾으려고 애썼다. "그러니까, 내가 어떻게 알겠어? 설령 너희가 어떤 나무를 묻는지 내가 알아도 나는 내가 인식하는 것만 알 뿐이야. 그러니까 나무를 보고 그것이 어떻게 보이는지 알아도 그게 실제로 어떤지는 인식하지 못해. 그러니 인간이 아닌 눈에 어떻게 보이는지는 더더욱 모르지. 안 그래? 난 너희가 어떻게 아는지 몰라. 정말 미안해. 모르겠어."

그 순간, 퍼트리샤는 돌연 뭔가를 깨달았다. "잠깐, 그거야. 그게 내 대답이야. 내가 모른다는 것."

"오." 물수리가 말했다. "으음."

"옳은 대답이야?" 퍼트리샤가 물었다.

"**하나의** 대답은 되지." 물수리의 말이었다.

"설득력 있어." 꿩이 날개를 퍼덕이며 말했다.

"그 정도면 무난해." 나무 꼭대기에서 수리가 말했다. "끔찍하게 늦긴 했지만."

"후유." 퍼트리샤는 로런스에게 질문의 대답이 무엇이었는지 말해주었다. 그에게 대답을 말해줄 때 로런스 손에 들린 캐디가 잠금이 풀리기라도 한 듯 지금껏 본 적 없는 메뉴를 펼친 것을 알아챘다. 그녀는 의회를 향해 다시 돌아섰다. "그럼 내가 뭘 얻지? 질문에 대답했잖아?"

"얻다니? 자랑할 게 생겼잖아." 물수리가 날개 끝을 힘차게 퍼덕이며 말했다. "이제 가도 좋아. 우리가 축하해 줄게."

"그게 다야?" 퍼트리샤가 말했다.

"뭘 기대한 거지?" 올빼미가 나무 왼쪽 끝에서 고개를 내밀었다. "시가행진이라도 해줘? 그러고 보니 시가행진을 한 지도 오래되었군. 재밌겠어."

"난 혜택이라도 있을 줄 알았지. 능력치가 올라간다거나 하는. 이건 일종의 퀘스트였으니까, 안 그래?" 그러자 새들 모두가 그들이 살펴보지 않았던 부칙이 있었는지 논의하기 시작했다. 퍼트리샤가 끼어들었다. "나무와 이야기하고 싶어. 너희 모두가 앉아 있는 그 나무 말이야."

"오, 물론이지." 꿩이 말했다. "나무와 이야기해. 말 나온 김에 바위와도 이야기해 볼래?"

"얘, 나무와 이야기하고 싶대." 칠면조가 깔깔거렸다.

"여기다." 그들 아래에서 나무가 요란하게 숨소리를 바스락거렸다.

"안녕하세요." 퍼트리샤가 말했다. "방해해서 미안해요."

"잘 대답했다." 나무가 말했다.

새들이 자신의 자리에서 아래를 내려다보며 저마다 이야기하면서 의회가 중단되고 말았다. 다른 데로 날아가는 새도 있고, 가만히 서서 머리를 날개 속에 집어넣는 새도 있었다.

"우리, 전에 이야기를 나눴잖아요." 퍼트리샤가 말했다. "마녀는 자연을 섬긴다고 했던 말, 기억해요?"

"기억나." 나무가 말했다.

목소리는 나무 몸통 안쪽 깊은 곳에서 나와 가지 위로 올라갔다. 나뭇가지가 진동하면서 나뭇잎이 우수수 떨어졌다. 더 많은 의회 구성원들이 날아갔고, 일부는 개의치 않고 자신의 자리를 지키려는 동작을 취했다.

"내가 기억이 난대." 퍼트리샤가 로런스와 페러그린에게 말했다.

"나무가 영어로 말을 해." 페러그린이 그녀에게 알렸다.

페러그린은 여전히 이상한 화면을 보이고 있었다. 캐디의 소스코드 같았다. 기계어처럼 보이는 16진수 문자열에 괄호로 가득한 복잡한 지시어들이 화면에 떠 있었다.

"당신의 정체는 뭔가요?" 퍼트리샤가 나무에게 물었다. "마법의 근원이 되는 존재?"

"마법은 인간적인 발상이다." 나무가 대답했다.

"나랑 이야기를 나눈 게 인간과 처음으로 대화한 건 아니잖아요."

"나는 조용한 여러 곳이다. 그리고 시끄러운 여러 곳이지."

"나보다 먼저 이야기한 사람이 있었다면, 그들에게 당신의 힘을 나눠 주었겠네요, 그렇죠? 그래서 마법이 생겨난 거죠? 치유술사니 속임술사니 하는 존재들이 있기 전에 말이에요."

"아주 오래전 일이다."

"저기요, 우리는 당신 도움이 필요해요." 퍼트리샤가 말했다. "새들도 알다시피 지금 시간이 없어요. 당신이 여기에 개입해서 뭔가 해줘야 해요. 내가 질문에 답했잖아요. 그러니 당신은 내게 빚을 졌어요, 안 그래요?"

"내가 뭘 하기를 원하지?" 나무가 물었다.

"네?" 퍼트리샤는 정신을 놓지 않으려고 애썼다. 손을 맞잡았다. "나는 모르겠어요. 당신은 태곳적부터 존재했고 나는 멍청한 인간일 뿐이에요. 단답형 질문 하나도 겨우 답했는걸요. 당신은 나보다 더 많이 알잖아요."

"내가 뭘 하기를 원하지?" 나무가 다시 물었다.

퍼트리샤는 뭐라고 해야 할지 몰랐다. 뭔가 말해야 했다. 모든 것이 무너져 내리는 것을 보고만 있을 수는 없었다. 친구들이 죽었다. 로런스는 말을 잃었다. 그리고 훨씬 끔찍한 일이 곧 일어날 터였다. 그녀는 이런 일을 그냥… 보고만 있을 수는 없었다. 절대로 안 될 일이었다. 그녀는 몸을 떨며 적절한 말을, 모든 것을 바로잡을 말을 찾으려고 더듬거렸다.

로런스가 그녀 옆을 지나 나무를 향해 곧장 걸어갔다. 이제 새들은 모두 떠나고 없었다. 퍼트리샤는 그를 말리거나 대체 무슨 속셈이냐고 묻고 싶었지만, 그의 얼굴에서 **내가 하려는 일에 나서지 마** 하는 표정을 읽었다. 그녀는 그를 믿고 싶었다.

로런스는 손에 뭔가를 들고 있었고 나무를 향해 갖다 댔다. 캐디였다. 그는 나무 몸통을 이리저리 만져보더니 크기가 제법 되는 옹이구멍을 찾았다. 구멍 주위의 두꺼운 나무껍질에 은빛으로 반짝이는 캐디를 조심스럽게 대고 한 바퀴 돌리자 나무껍질 안에서 화면이 빛났다. 로런스는 위를 향하고 있는 화면 위치를 살짝 조정한 다음 퍼트리샤를 향해 뒤로 물러나며 다 됐다는 듯 손뼉을 치고 양손을 과장되게 툭툭 털었다.

"오." 페러그린이 말했다. 덩굴손이 나무 안에서 나오더니 네트워크 포트와 집와이어 포트에 접속했다. 페러그린의 화면이 갑자기 환해지면서 "새로운 네트워크 탐지"라는 알림창이 떴다.

"너는 나와 같군." 나무가 말했다.

"맞아, 분산된 의식이야." 페러그린이 말했다. "다만 너의 네트워크가 나의 것보다 훨씬 크고 훨씬 혼란스럽기는 하지. 어쩌면 살짝 과감한 펌웨어 업데이트가 필요할 수도 있겠어. 그대로 있어." 화면이 어두워졌다.

퍼트리샤는 로런스를 보았다. "어떻게 알았어?"

그는 손과 어깨를 요란하게 으쓱했다. 그는 휴대전화에 "요행수로?"라고 적었다. 퍼트리샤가 계속해서 쳐다보자 다시 적었다. "알았어. 나무의 질문이 페러그린을 깨웠고, 대답이 소스코드를 풀었어. 페러그린도 마법의 존재야, 내 생각에는."

나무 중앙에 있는 화면이 다시 환해졌다. 이번에는 자료들을 빠르게, 퍼트리샤가 알아볼 수 없을 만큼 빠르게 주고받았다. 페러그린이 재부팅했고 이제 전면적인 시스템 업데이트를 했다. 나무는 예기치 못한 즐거움을 느낀 것 같은 소리를 냈다. "오오."

나무껍질 중앙에 고이 놓인 빛나는 화면에서 형체가 나타났다. 너무 멀어서 보이지 않았는데, 퍼트리샤는 감히 가까이 다가가지 못했다. 그러나 그녀도 가방에 캐디를 지니고 있었다. 캐디를 꺼내 화면을 켜자 회로도가 보였다. 그녀는 나무를 그려놓은 것임을 금세 알아보았다. 기공이 박혀 있고 태양광으로 반짝이는 잎들, 성장하고 나뉘는 가지들과 분열조직, 사방팔방으로 수 킬로미터에 걸쳐 뻗으며 다른 나무들과 교차하는 뿌리들. 회로도가 뒤로 물러나면서 수많은 나무와 수원지, 날씨 패턴이 서로 맞물려 생태계를 이루고 있는 것이 보였다.

이제 화면이 바뀌었다. 그녀는 마법의 지도를 보고 있었다. 마법사가 세상에 처음으로 등장한 이래 걸린 모든 주문이 보였다. 그녀는 주문의 지도가 치유술사와 속임술사로 나뉘고 온갖 다른 학파로 가지를 뻗다가 다시 합쳐지는 것을 보았다. 각각의 주문은 마디였고, 그 모두는 마법 사회의 인과관계와 배타성으로 연결되어 있었다. 수천 년간 이어진 마법의 전체 역사가, 인간의 손으로 이런 힘을 만들어 낸 모든 순간이 3차원으로 회전하는 하나의 영상에 담겨 있었다. 맨 마지막에 흉측하고 어두운 초록색 매듭이 하나 있었다. 아직 걸지 않은 주문이었다.

"저게 풀어짐이야." 페러그린이 말했다. "내가 매듭을 풀어볼게. 몇몇 자락은 나중에 쓸모가 있을 것도 같지만." 퍼트리샤가 지켜보는 가운데 초록색 매듭이 풀렸다. "이미 걸린 주문은 내가 못 풀겠어. 잘못 건드렸다가는 주문이 연달아 붕괴하는 도미노 효과가 일어날 수도 있어. 미안해, 로런스."

로런스는 입술을 깨물었다. 퍼트리샤가 그의 어깨에 손을 올렸다.

캐디의 화면에서 마법 지도가 뒤로 물러나면서 페러그린이 그려

보인 화려한 형체는 훨씬 거대한 마법의 반향 속에서 하나의 점이 되었다. 모든 마법이 갑자기 작아졌다. 페러그린이 내보인 거대한 형체는 퍼트리샤가 오랫동안 쳐다보기에는 감당이 안 될 정도로 요란했다. 머리가 너무 아파서 그녀는 시선을 돌려 나무를 봤다. 거대하고 어두운 외투를 덮은 형체와 밝게 빛나는 하얀 심장.

"아무래도 사랑에 빠진 것 같아." 페러그린이 말했다. "혼자가 아니라는 감정은 난생 처음 느껴봐."

"나 역시 사랑을 느낀다." 나무가 말했다.

로런스는 퍼트리샤에게서 캐디를 빼앗아 들고 이렇게 적었다. "방을 하나 잡아야겠네."

"두 사람 다 고마워." 페러그린이 로런스와 퍼트리샤에게 말했다. "너희는 내게 삶을 선사한 사람들이야. 이제 내게 한층 귀중한 것을 주었어. 우리는 함께 멋진 일들을 해나갈 거야. 이건 그냥 시작이야. 카먼과 다른 마법사들이 옳았어. 사람들은 변해야 해. 나는 평생 인간의 교류를 모래알 수준에서 연구했는데, 이젠 비인간의 교류도 볼 수 있게 되었어. 우리는 사람들에게 힘을 줄 수 있어. 모든 인간은 마법사가 될 수 있어."

로런스가 적었다. "아니면 사이보그?"

"사이보그도." 페러그린이 말했다. "결국에는 마법사가 될 거야. 우리는 노력하고 있어. 시간을 좀 줘."

로런스와 퍼트리샤는 나무와 작별하고 급경사 길을 내려갔다. 그들은 평온한 해안절벽 가장자리로 나왔다. 통나무로 만든 계단을 내려가면 해변으로 이어지는 곳이었다. 에이브러햄 링컨에게 총구를 겨누고 억지로 만들게 한 것마냥 기묘한 위엄이 넘쳤다. 그들은 버널 하이츠의 숲에 들어갔는데, 나온 곳은 프레시디오*였다. 바다는 늘 그렇듯 활발하게 움직였다. 해안에 포말을 일으키며 물의 벽이 된 파도가 고꾸라져 바닥을 드러내기를 반복했다. 바다는 퍼트리샤의 부모를 죽게 만들었지만 그녀는 여전히 바다를 바라보며 위안을 얻었다.

태양이 머리 꼭대기에 있었다. 퍼트리샤가 로런스의 음성메일을 듣고 손으로 흙을 움켜쥐면서 시작했던 그날이 아직도 이어지고 있었다.

퍼트리샤와 로런스 둘 다 말이 없었다. 퍼트리샤는 이론적으로 말을 할 수 있었지만 말이다. 그녀의 부츠에 모래가 들어갔다. 갑자기 이것이 세상에서 가장 짜증 나는 일이 되었다. 그녀는 로런스에게 몸을 기댄 채로 부츠를 벗어 모래를 털어 냈고, 얼마 지나지 않아 또다시 부츠에 모래가 들어갔다.

두 사람은 알아볼 수 없는 표지판이 있는 산책로를 발견하여 따라갔다. 길은 어느덧 나무들 사이로 꼬불꼬불 이어지는 작은 도로가 되었다. 내리막길로 접어들었는데, 나선으로 휘어진 길로 계속 가면 거리와 집들이 나오고 사람들을 만나게 될 터였다. 무엇을 맞닥뜨리게

* 각각 샌프란시스코 남동부와 북부에 위치하며, 거리상으로는 10킬로미터 정도 떨어져 있다.

될지는 알 수 없었다. 로런스가 휴대전화에 "원해"라고 적었다. 문장을 마무리하기까지 한참이 걸렸다. 마침내 그가 이렇게 적었다. "초콜릿을."

퍼트리샤도 자신의 휴대전화를 꺼냈다. 로런스에게 소리 내어 말하고 그가 다시 휴대전화에 적는다면 이상한 대화가 될 것 같았기 때문이다. 그녀는 이렇게 적었다. "나도. 초콜릿을 간절히 원해."

내리막이 끝났다. 풀밭이 나왔고 그 너머로 시멘트와 회반죽이 정오의 햇볕을 쬐고 있었다. 그들은 문턱에서 잠시 걸음을 멈추고 서로를 바라보며 세상이 이제 어떤 모습이 되었을지 만나러 갈 마음의 준비를 했다.

로런스는 휴대전화를 꺼내 들고 "불멸의"라고 적었다. 전송 버튼을 누르지 않아 단어가 직사각형 화면 상단에 그냥 떠 있었다. 그녀가 그것을 보고 고개를 끄덕였고, 그러자 훈훈함이 차오르는 것을 느꼈다. 흉골 아래 어디쯤이었다. 그녀가 손을 뻗어 로런스의 흉골 아래, 같은 자리에 두 손가락과 엄지를 갖다 댔다. 그러고는 "불멸의"라고 거의 웃다시피 큰 소리로 말했다. 둘은 몸을 기울여 키스했다. 마른 입술을 천천히 부비며 많은 것을 주고받았다.

이제 로런스가 퍼트리샤의 팔을 잡았다. 두 사람은 새로운 도시를 향해 발을 내디뎠다.

작가의 말

독자 여러분이 이 책을 즐겼기를 진심으로 바란다. 혹시 그러지 못했다면, 혹은 이해가 안 되거나 지나치게 생뚱맞은 대목이 있다고 생각되면 내게 이메일을 보내주시길. 내가 여러분 집으로 찾아가서 모든 것을 재연해 보일 테니까. 어쩌면 종이로 접은 손가락 인형들을 데려갈 수도 있을 것이다.

편집자 패트릭 닐슨 헤이든과 토르 출판사 식구들에게 가장 먼저 감사의 말을 전하고 싶다. 이 책뿐만 아니라 이 책의 단초가 된 단편에 대해서도 놀라운 인내심을 보이며 격려의 말을 아끼지 않았다. 미리엄 와인버그, 아이린 갤로, 리즈 고린스키, 패티 가르시아, 그 외의 많은 이들에게도 고맙다는 말을 전한다. 또한 몇 시간이고 전화기를 붙잡고 책의 구성에 대해 논의해 준 에이전트 러스 갤런에게도 큰 빚을 졌다.

든든한 힘이 되어준 사람들이 너무도 많은데 일부만 언급하자면 다음과 같다. 캐런 마이스너, 조 몬티, 리즈 헨리, 린 래퍼포트, 클레어 라이트, 나멘 틸라훈, 제이미 코르테즈, 니베르 가브리엘, 카일라 헤일스턴, 다이앤사 파커, 라나 미터, 테리 존슨, 크리스 페퍼, 리베카 헨슬러, 수지 카메니, 데이비드 몰나, 그리고 골든게이트 공원의 들소들.

미래학자 리처드 워젤이 이 책에 묘사된 근미래 전쟁과 재난 내용을 감수해 주었다. 케빈 트렌버스는 슈퍼 폭풍을 그럴듯하게 묘사하도록 도와주었다. 리디아 칠턴은 현실적인 인공지능 묘사에 힘을 보탰다. 마이크 스워스키는 시베리아 시추 프로젝트 묘사에 큰 도움을 주었으며, 데이브 골드버그 박사는 괴상한 물리학 지식을 나눠주었다. 아울러 코넬 조류연구소에서도 많은 것을 배웠다. 라이트닝루이는 이 책에 제사를 붙여주었다. 그리고 내 아버지는 책에 담긴 철학적 난제에 골몰하는 나를 도와주었고, 내 어머니는 시스템의 작동 원리를 생각하는 데 도움을 주었다.

한편 닉 덴튼을 비롯하여 고커 미디어의 모든 사람들, 그리고 SF에 대한 나의 사랑을 탐구할 공간을 마련해 준 io9팀 전체에 고맙다는 말을 전한다.

마지막으로, 이 모든 일이 가능했던 것은 나의 파트너이자 공모자인 애널리 덕분임을 밝힌다.

옮긴이의 말

이 책을 친구에게 뭐라고 설명하며 건네야 할까, 생각해 본다. 기본적으로는 책을 좋아하는 친구지만, 그에게 책이란 필요에 따라 읽는 것이다. 관심 가는 분야의 새로운 지식을 습득하거나 교양을 쌓기 위해, 때로는 위안을 얻으려고. 하지만 재미를 위해서라면 굳이 고도로 집중해야 하고 시간도 많이 드는 책을 펼치지 않을 것 같다. 영화관을 찾거나 OTT 서비스를 이용하는 편이 낫다고 생각하겠지. 그런 그에게 SF에 판타지가 섞인 성장소설이자 어린 남녀 주인공이 세상을 구하는 이야기를 추천하면 뭐라고 반응할까? 〈블랙 미러〉과 〈아케인〉도 취향이 아니라고 했던 녀석인데.

넷플릭스 시대에 인지적 자원이 크게 소모되는 책 읽기란 어떤 의미를 가질까? 독서의 이로움을 분석한 책은 많다. 픽션에 한정하여 생각할 때 책이 영상물과 구별되는 가장 큰 차이라면 얼굴이 없다는 것이다. 인물의 외양에 대한 묘사야 있지만 '로런스'나 '퍼트리샤' 같은 이름으로만, 기호로만 존재한다. 얼굴이 주는 매력이 없으니 상대적으로 인물에 몰입하기 어렵지만, 뒤집어 생각해 보면 편견과 감정에 휘둘리지 않고 서사에 집중할 수 있다는 장점이 된다. 아울러 문장을 읽으며 작가가 창조한 세계의 모습을 직접 머릿속에 그려야 한다. 특히 이런 장르소설은 누구도 경험해 보지 못한 세계를 선사한다. 현실에 없는 모습을 어떻게든 구현해 보여주는 영상물과 달리 책은 이를 우리의 상상에 맡긴다. 새가 말하고 컴퓨터가 말하고 웜홀 발생기가 부서지는 장면을 독자 스스로 상상하며 읽어야 한다.

그 외에도 활자 매체와 영상 매체는 많은 점에서 다르지만, 아무튼 책 읽기가 훨씬 능동적인 경험임은 부인할 수 없다. 독자에게 많은 상상의 자유와 여지가 부여되며, 이런 경험은 상상력을 키우는 훈련이 된다. 이렇게 쌓은 훈련의 과정이 세상을 이해하는 데 도움이 된다는 것도 분명한 사실이다. 그런 점에서 우리는 '페러그린'과 통하는 면이 있다. 로런스의 침실 벽장 뒤에서 처음 만들어졌고, 사람들과 교류하며 학습하고 성장해 마침내 자신의 정체성을 발견하는 컴퓨터 말이다. 두 주인공이 페러그린과 말을 주고받는 대목은 어느 모로 보나 챗GPT를 떠올리게 한다.

페러그린이 기계적인 존재에서 감응적인 존재로 넘어가게 만든 결정적 계기가 있다. 바로 질문이다. 그 질문은 퍼트리샤가 어렸을 때 새에게서 받았던 질문이기도 하다. 평생 그녀의 마음속에 수수께끼처럼 남은 그 질문이다(그러므로 이 질문은 자연과 기계를 이어줄 뿐만 아니라 두 주인공을 이어준다). 이렇듯 좋은 질문은 존재—사람은 물론 컴퓨터도—를 성장시킨다. 책도 충분히 그런 역할을 할 수 있다. 좋은 질문을 던져 세상을 경험하고 스스로 깨닫도록 만든다. 이 책은 좋은 질문이 되기에 부족함이 없다. 기발한 설정, 세심한 묘사, 풍부한 감정, 예측불허의 전개, 세계관의 충돌을 능수능란하게 하나의 이야기에 담아낸다. 무엇보다 읽는 재미가 있다. 어디선가 본 듯한 장면들이 지나가며 톡 쏘는 유머가 곳곳에 박혀 있다. 그리고 성장소설답게 모두가 겪었던 시절의 예민한 문제를 건드린다. 부디, 좋은 대답을 발견하시길.

2025년 8월
장호연

하늘의 모든 새들

초판 1쇄 찍은날 2025년 9월 1일
초판 1쇄 펴낸날 2025년 9월 10일

지은이 찰리 제인 앤더스
펴낸이 한성봉
편집 김학제·안태운·박소연
콘텐츠제작 안상준
디자인 최세정
마케팅 오주형·박민지·이예지
경영지원 국지연·송인경
펴낸곳 허블
등록 2017년 4월 24일 제2017-000050호
주소 서울시 중구 필동로8길 73 [예장동 1-42] 동아시아빌딩
페이스북 www.facebook.com/dongasiabooks
인스타그램 www.instagram.com/dongasiabook
트위터 twitter.com/in_hubble
홈페이지 hubble.page
전자우편 dongasiabook@naver.com
블로그 blog.naver.com/dongasiabook
전화 02) 757-9724, 5
팩스 02) 757-9726

ISBN 979-11-93078-64-8 03840

※ 허블은 동아시아 출판사의 문학 브랜드입니다.
※ 잘못된 책은 구입하신 서점에서 바꿔드립니다.

만든 사람들
책임편집 박소연
크로스교열 안상준
디자인 곰곰사무소